齐鲁大商

路景文 著

人民日报出版社

北京

图书在版编目（CIP）数据

齐鲁大商 / 路景文著. —北京：人民日报出版社，
2025.1
ISBN 978-7-5115-7946-1

Ⅰ. ①齐… Ⅱ. ①路… Ⅲ. ①长篇小说—中国—当代
Ⅳ. ①I247.5

中国国家版本馆CIP数据核字（2023）第155744号

书　　名：**齐鲁大商**
　　　　　QILU DASHANG
作　　者：路景文
出 版 人：刘华新
责任编辑：刘天一
封面设计：中尚图
出版发行：人民日报出版社
社　　址：北京金台西路2号
邮政编码：100733
发行热线：（010）65369527　65369846　65369509　65369512
邮购热线：（010）65369530
编辑热线：（010）65363105
网　　址：www.peopledailypress.com
经　　销：新华书店
印　　刷：大厂回族自治县彩虹印刷有限公司
法律顾问：北京科宇律师事务所010-83632312
开　　本：710mm × 1000mm　1/16
字　　数：445千字
印　　张：30.25
版次印次：2025年1月第1版　2025年1月第1次印刷
书　　号：ISBN 978-7-5115-7946-1
定　　价：62.50元

如有印装质量问题，请与本社调换，电话（010）65369463

目 录

摸鱼儿·槐荫飘茶香

槐倚墙，枝繁叶茂，花语叶烁清香。枝蔓散处皆清凉，家人凭门远望。行千里。身何处、男儿昂首走四方。举目远望。前路多彷徨，痴心不改，槐荫飘茶香。

紫藤花，古树初添新桠。蜂儿闻香落下。儿郎轻手关书匣，奏议咏声远下。叹国殇。以身许、曲折婉转心无挂。与君相伴。星火源前，蛾蝶共舞，向迩无牵挂。

中原大地沧桑巨变，古老黄河的数次辗转腾挪将东部平原梳理得千沟万壑，然奔涌而来的洪水也将荒碱盐坡养育成了沃野良田。清朝末年，黄河又一次神龙摆尾将原本平静的大清河搅了个天翻地覆，滔滔河水借流而下，几番冲撞将沿河州县变成泽国方罢休。然天地造化，腾挪间黄河略侧了个身，将南边的几个村落送给了阳坡的一方小镇，顺便将小镇从身边推远了几里。虽说上天眷顾，然咫尺之间却无法让小镇躲开悬河利剑，平静和安逸自此不再眷顾，恐惧和不安则慢慢扎进了小镇百姓的心里。

第一章

兄弟间，情谊小中现
一张饼，漫卷蒲台县

小镇街上，两个伙计正抬着一筐铜钱往前走着，后面跟着几个十来岁的少年。走在前面的少年手里拿着一根树枝，边走边在墙上画着，墙上高高低低布满了线条，然少年见到划痕高处仍忍不住要跳一跳，总要比前面的高些才肯罢休。后面的几个孩子也人手一根，手里的树枝虽长短不一，然总不离开那墙面，到了街口便成了武器，忍不住嘿嘿哈哈对打一番。一不小心，筐里的铜钱撒出来几个，伙计放下担子连忙捡起放到钱堆上，谁知刚走两步又掉下几个，伙计只好将抬筐再次放下。"别捡了！别捡了！"就听走在前面的少年喊道。准备捡钱的伙计不解地看着那个孩子，心道这都不捡，这可都是钱啊！"别捡了，多抬一筐不就有了！"少年跟上来喊道。两个伙计只得依了他，胡乱捡起两个又抬起装钱的筐继续往前走。见有铜钱得捡，那几个跟着的孩子呼啦啦冲过去将掉下的铜钱捡了起来，双眼便不离抬筐里的铜钱左右，而说话的少年则依然悠闲，不紧不慢跟在后面。这个少年是谁？钱都不稀罕？说起来这个孩子不是别人，乃是此地富商魏毓炳的小儿子魏振莒，排名老五，人们都习惯喊他"魏五子"。魏振莒是魏毓炳新娶的姨太太生的，生他的时候前面四个哥哥已然分家另过，所以人们都说这魏五子可怜，老爷子的家产都分给了四个哥哥，什么也没留给他，说他魏五子"没份儿"。可这钱又是哪里来的？难道魏毓炳留了后手钱没全分？且听在下慢慢道来。

几个人把钱抬到一个崭新的院子，进了门伙计问道："少爷，钱放到哪儿啊？"魏五子朝院子四周看了看，西墙根下有块空地，上面搭了个凉棚，便指着凉棚道："放那儿！"伙计心想这都是钱啊，怎么能放到院子里？便愣着没动，见两个伙计还在看他，五子又喊了一句："还愣着干什么？放凉棚里就行！"此时有个孩子道："放在外面你也不怕人家给你偷了去？"五子道："谁来偷我就让他自己拿，他能拿多少？"那个孩子比画道："他能偷这么一大捧。"五子哈哈一笑道："才这么点。"另一个孩子也比画道："这可是老多钱了，那次俺娘拿钱我看见了，我们家才这么一点点。"五子道："谁需要钱和我说，我给他一大捧，你们谁要？"几个孩子虽眼热巴巴却还是摇摇头道："这是你的钱，我们不要。"五子道："那有什么，谁要用就给谁，长大了我再赚，到时候你们就不觉得多了。"不过孩子们却没人伸手，两个伙计听闻此言只得依了他，抬过去将钱倒在了地上。在此多说一句，后来这个凉棚便成了五子的存钱之所，常年在此存钱，竟有一棵榆树长在了钱堆之上，经历数年竟有碗口粗细，镇上去过五子老院的都知道这事儿。

"再回去抬，大哥说了给我五筐，你们去抬，我在家等着你们，完了咱们再去二哥家要，一次要齐了省得以后麻烦。"说完便叫几个孩子进屋去玩。两个伙计听了便再去抬钱，有个孩子道："我们也去，帮你把路上的钱捡回来，长大了也带我们挣钱。"五子道："好，到时候我带你们挣很多钱。"孩子们听了满心欢喜，呼啦啦跟着跑了出去，不过有两个孩子却没跟去，只跟着他进屋去玩。过了大约一个时辰工夫，孩子们冲进屋里道："都抬完了。"五子应声出来，见墙边的铜钱已然堆了不小的一堆，此时有个孩子道："我们捡的钱也给你放下了。"说着亮了亮双手。五子道："不用，你们捡的就是你们的。"说着跑到钱堆上捧了一大捧，每个孩子都分了些，见有些少还又跑去捧了一捧。分完钱五子抬头看了看日头，见时辰尚早便道："好，咱们去我二哥家。"说罢领着他们便向二哥家走去。听说要去二哥家，孩子们知道五子二哥素来严厉，又兼怀里都揣着些铜钱，便推脱吃饭四面散了，只刚跟他进屋玩的两

个孩子跟了去。

二哥家是一处三进的院落，院墙下面九层青砖铺底，上面坯墙白灰抹了，青色罩瓦下显得格外干净，后面正房砖瓦到顶，明显比邻家高大了许多。进了院子二道门是一处垂花门，门大开着，五子边往里跑边喊："二哥！二哥！"就听房内应道："老五！快来。"二哥从屋内走了出来："你看你满头的汗，又上哪儿跑去了，快到屋里去凉快凉快。"抬头见还带着两个伙计，肩上还背着筐，立时明白了。原来，前几天父亲找到他们弟兄四个，道："你们四个都成家立业了，日子都过得还不错，可是五子娘进门晚，五子生得也晚，当时分家的时候东西都分了，现在五子大了，你们看看能不能帮衬帮衬？"说起来还是大哥先开的口，说："只要五子开口大家绝无二话。"大家也都这个意思，便将此事应了下来。想到此老二道："五子，你去找景晔玩会儿，顺便问问你嫂子，中午准备做什么好吃的？"老五听罢便带着两个孩子去后院。二哥转身来到院子里，向两个伙计问道："去过我大哥家了？大哥给了多少？""去了，一共抬了五筐。"伙计比画着回道。老二想了想道："你们去账房找贾先生，就说我说的，要八筐铜钱。"两个伙计听了转身要走，老二忙叫住，又道："等等，等等，我家条件好，多给点儿不要紧，等去老三家就说也在我家抬了五筐，千万记住，不管谁问起来都不要多说，钱抬完了过来吃饭，我让老贾给你们安排。"伙计们谢了便去找贾管家拿钱。不一会儿，就见贾管家从大门进来，二哥冲他做了个手势，道："给他们两个安排饭，搞点好吃的。"贾先生点头应了转身出去安排。二哥转身来到后院，见几个小孩子正在说着什么，几个人年龄相仿，景晔略小些，不过都在一个学堂读书，只儿子文文静静，五子活泼好动些。景晔道："五叔，昨天先生说了，这些天我们书背得不好，叫我们早点去。"五子嬉笑着道："你去喊我吧，我起不来。"旁边一个孩子道："每次就你去得晚。"此时一直在门口做针线的二哥媳妇道："晔儿，后天早些去喊你五叔，一起去学堂。"景晔爽口答应了。二哥媳妇放下针线对五子道："走，咱们去前面看看，让厨房给你们做好吃的。"五子喊道："我要吃鱼！"二哥接口："好，好，让贾先生吩咐人去塘里打，放的黄河鲤鱼还有不少，捡大的捞些来。"又对儿子道："景晫，读一上午书了，去跟你五叔他们玩会儿吧。"说罢转身去了前面。

中午吃罢饭，又到另外两个哥哥家里抬了钱，傍晚时分五子便径直回到了老院。五子进门见父亲正在客厅坐着，便跑上前去喊："爹，我回来了。"父亲魏毓炳见五子回来了，向他招手："来，五子，过来。"魏毓炳疼爱地摸了摸儿子的头，又掰着五子肩膀看了看，点了点头道："嗯好，又长壮了。"五子嘿嘿笑了两声，肩膀使劲地往上挺了挺，道："我也长高了。"魏毓炳不觉一笑："学堂先生教你们什么书了？""四书五经，先学的大学。"听五子说开始学四书五经了，魏毓炳便道："现在就开始学四书五经了啊？你能背过吗？背给我听听。"五子向后面倒了一步，挺直了身子摇头晃脑地背道："大学之道，在明明德，在亲民，在止于至善。知止而后有定；定而后能静；静而后能安；安而后能虑；虑而后能得。物有本末，事有终始。知所先后，则近道矣。古之欲明明德于天下者，先治其国；欲治其国者，先齐其家；欲齐其家者，先修其身；欲修其身者，先正其心；欲正其心者，先诚其意；欲诚其意者，先致其知；致知在格物。"一气儿背了一大段，背完这些就听魏毓炳夸道："不错，一字不错，还有吗？"五子听父亲夸奖更来了兴致，接着背道："物格而后知至；知至而后意诚；意诚而后心正；心正而后身修；身修而后家齐；家齐而后国治；国治而后天下平。"最后更是拉了个长音，还学着先生模样隔空点了三下。"好，好，你明白说的什么意思吗？"魏毓炳问道。五子昂着头摇头晃脑地学着先生的样子道："先生说，让先修身，然后齐家、治国、平天下。"魏毓炳笑着说道："对，做人就要先修身，然后才能齐家、治国、平天下，好好听先生的话，将来做有用之才。"魏毓炳想了想问道："按日子明天学堂不上学，我带你去蒲台，你去不去？"五子听了高兴得跳了起来，大声喊道："去！"说完欢天喜地地往后院跑去，边跑边喊道："去蒲台喽！娘，我爹明天带我去蒲台喽！"五子娘盖氏听到孩子声音从后院西里间走了出来。盖氏三十岁左右年纪，峨眉凤目，面若桃花，上身穿淡紫色团花纹杭绸长袄，宽袖宽粉绣边，下身着紫色间浅粉碎花凤尾裙，银簪挽着发髻，笑容满面地快步走了出来，边走边喊道："慢点，别摔着！"见母亲出来，五子一下子扑到母亲的身上，这一下急了些，母亲竟被他撞得差点仰倒，往后倒退了两步方接住了他。五子双手紧紧搂住母亲脖子，紧贴在母亲脸上亲个不够，吊着不肯下来，小脑袋在母亲颈上拱来拱去。过了好一会儿，五子才恋恋不舍地松开手，待他站定，盖氏仔细看了，五子比搬出去之前又长高了一些，不觉满脸都笑开了花儿。此时就听五子道："娘，我爹说明天带我去蒲台，现在天天去学堂读书背书，好久没跟我爹出去。"知道老爷要带儿子出去长见识，盖氏自然高兴，嘱咐道："好，就知道你爹疼你，他是带你出去长见识。你爹这些年走南闯北，见的人多，知道的事也多，跟着出去不要尽想着玩，多跟着你爹学学。"五子忙道："知道了，娘。"说话间盖氏转身从床头柜里拿出点心让儿子吃，五子接过便往娘的嘴里塞了一块，又往嘴里塞了一块，抓着几块便跑了出去。盖氏跟了出来，见儿子正把点心往父亲手里塞，边塞边说道："爹，你也吃两块，可好吃了。"魏毓炳接过点心高兴地道："好，好，我吃，我吃。"抬头对盖氏道："自从给五子盖了房子让老吴照看着，家来的少了，不过看着长个儿了。"说到这里，魏毓炳忽想起分家的事，便问："五子，你去你哥哥那里没有？"五子应道："去了，都给了，我放新院了。伙计们说二哥给得最多，给了八筐，大哥、三哥、四哥给了五筐，二哥不让和别人说。"听五子如此说，魏毓炳放心了，道："好，我知道了。"魏毓炳暗赞，老二处理事情十分周到，既多帮了五子还不让其他兄弟为难，让他十分放心，便嘱咐五子："回去告诉伙计们，出去不要说谁给的钱多钱少，兄弟们互相帮衬，多少没关系。"五子忙应道："好的，爹，我知道，他们说二哥嘱咐过他们了。"盖氏问道："明天带他去蒲台？"魏毓炳应道："是啊，去看看家里的生意，顺便把买卖上的钱兑了银子，也带他出去见见世面。"盖氏知道这是教孩子，连忙道："好，你们一路上小心，回来给你们做糖醋鲤鱼吃，五子最爱吃了。"五子一听高兴得又跳了起来，嘴里喊道："有鱼吃喽！有鱼吃喽！我最爱吃娘做的糖醋鲤鱼了。"

官道上，一辆马车正向前行驶，车上拉了三个大箱子，用棉被盖得严严实实。魏毓炳坐在马车里侧，五子穿着厚厚的棉袄坐在箱子上，管家魏振平则坐在外侧，还有个年轻的伙计在前面赶着马，不时吆喝着。天边太阳刚刚跃出地平面，暗黑色的云彩还泛着红边儿，四周白纱般的云也微微泛着金光。路边的杂草仍被露水沾得满满的，赶路的人们踏上去，露珠儿便奋不顾身扑到鞋子上，不一会便让你感受到早晨的清凉。出来二十多里路了，眼看着马开始吃力，管家跳下马车跟着跑了起来，谁知落地没走几步，凉意便从脚尖传了过来，连忙慢下脚步转到车后，顺着车辙往前走。路上行人渐渐多了起来，来来往往多是下地干活的农人，扛锹拎锄下地干活。看人多了起来，五子也来了精神，虽说满眼的庄稼没什么新奇，可架不住那颗想进城长见识的心早已上满了弦。小脑瓜左转右摆不停地四处张望，还时不时站起来向前面望两眼，又走了半个时辰，随着五子的大声叫喊，蒲台县城近在眼前了。

说起蒲台县，历史悠久得很，算起来有两千多年的历史了。传说秦始皇派徐福东渡去寻找长生不老药，一去不归，秦始皇十分牵挂，于是便东巡来到了东海边上，"萦蒲系马，筑台望焉"，于是人们将此台称之为"秦台"，因秦台四周遍生蒲草，又称"蒲台"，蒲台县因此而得名。大清河流经此处，水源丰富，良田肥沃，并且此地有棉花种植习惯，百姓们直接售卖或纺成棉线销往淄川、博山等地。蒲台县归属武定府管辖，府内所属各县生产的棉花大多经由此地外销，作为商贸集散地的蒲台县也因此积聚了众多商号、钱庄。

进得城来，商铺鳞次栉比，一片繁华景象，向前不多远，路边有一处饭店，高高的牌匾上书"蒲湖饭店"四个大字。魏毓炳招呼大家先停下，吩咐伙计在门口守着马车，带上五子和管家进去吃饭。三个人进了饭店，找了个靠窗的桌子坐下，管家招呼伙计要了包子和两份小菜。魏毓炳有些内急，起身去后院方便，回来的路上迎面走来两个人，二人都身穿长袍马褂、一副商人打扮，边走边聊着什么，听其中一个道："黄的白的可能要涨钱啊。"另外一个道："有可能，这次朝廷打了败仗，听说要赔不少银子。"那人接话："可不是吗，人家夷人可不要这制钱，只认这黄的白的。"另一个压低声音："我们要不要换点银子存着？"另外一个道："也好，把柜上的钱先换了吧。"错身而过，魏毓炳微微一愣。回到饭桌前，魏毓炳拿起包子咬了一口，想起刚才两个人说的话。前些日子听说朝廷吃了败仗，看样子要赔给人家不少银子，如此一来黄金白银应该是要涨钱啊，自己这次即为兑换银子，时机正好，日后银子涨价便赚了，然转念一想，自己这次带的钱有点少，兑了银子即便赚了也挣不多。五子见父亲拿着包子出神，便问："爹，怎么了？你怎么不吃包子？"魏毓炳还没回过神来，脱口而出道："钱少了。"五子听了忙道："钱少了？我有啊！"魏毓炳抬头看了儿子一眼，心道："对啊，何不把五子的钱一起兑了。"主意已定，魏毓炳道："振平，你先别吃了，带上包子抓紧回去找老吴，让他把五子家的钱全拉来，要快，雇辆车去，我和五子先去钱庄。"一边说着一边用纸包起包子递给管家。管家知道魏毓炳一定想到了什么，拿着包子出门便走。

匆匆吃过饭，父子二人来到了蒲城最大的钱庄"义盛号"。门口伙计见是魏毓炳，知道是钱庄老主顾，连忙把二人让进来坐了，随后进内堂去请掌柜的。掌柜的姓季，与魏毓炳是老相识，出来寒暄两句又将二人让进了内堂，分宾主落座。伙计们上了茶来，季掌柜打量着五子道："魏掌柜，这位小公子怎么从来没见过啊？"魏毓炳道："犬子振菖，排行老五。五子，见过你季伯父。""伯父好。"五子上前给季掌柜行了个礼，又回到父亲身边规规矩矩站定。"不错，一看就知书达理，你的几位公子我都见过，个个精明强干，真让人羡慕。"魏毓炳微微一笑，道："老兄过奖了，几个孩子还算争气，已经顶门立户了，只有老五还小，还请季掌柜日后多加提点。"季掌柜一听就明白了，是魏毓炳带孩子出来长长见识，自然应道："好说，好说。"魏毓炳道："贵号现在是越开越大了，我看东边的院子也拆了，是不是又要扩建啊？"季掌柜环顾了一下四周，道："这个院子已经三十多年了，咱们认识的时候这个院刚起，当时看着不小，可这几年事儿也多了、人也多了，院子里再没地方盖了，正好东边院子要拆，我帮他找了个好去处，这里就算给我了。"魏毓炳道："不错不错，都说你这日进斗金，所言非虚啊。"季掌柜道："可不敢这么说，承蒙各位照顾本号，还算兴旺，人来人往得多了，能用的钱比以前稍微活泛了点，日进斗金不敢说，不过说起来这蒲城差不多一半的商户都在本店兑银子。"魏毓炳道："大家都信你，钱庄越开越大自然都要找您帮衬帮衬。"季掌柜道："客气了，大家互相照顾。"魏毓炳道："老兄过谦了，在下每次来都是来请您帮忙。"季掌柜道："咱们两个您还客气什么，这次要兑多少银子啊？"魏毓炳道："还是您做生意有数，各家的事儿门清，福建茶叶生意又到付款日子了，还是老规矩，先到您这里兑银子，十天后起运，半年后出了茶叶咱们再清账。"季掌柜道："这个我知道，可以，今年要兑多少？"魏毓炳道："今年茶叶生意好，八万两。"季掌柜道："你家生意也越来越好了，比以前多了三倍不止。"魏毓炳道："这两年向北贩得多，薄利多销，薄利多销。"季掌柜道："谁不知道您南方有老商家，茶叶好，自然要得多。"魏毓炳道："借您吉言，不知道您尝着味道如何？"季掌柜道："干啥说啥，自己家的茶叶一喝就知道，这些年一直喝着您家的茶叶，今年的特别煞口，不错不错。"魏毓炳道："您喝着顺口就行，茶庄有什么照顾不周的您尽管说话。"季掌柜道："好说好说。"季掌柜说着起身出去问了下账房，库存上有五万两，回来便道："好，大后天您来拉银子，现在行市一千六百个钱一两，定金按常例还是一成，伙计们说定金您拉来了，一会儿我安排伙计们收下。"魏毓炳答道："好！那就辛苦老兄了。"虽说魏振菖一句话也没说，可父亲的话他一字不差地记在心里，心中暗自计算，本来是拿家里的铜钱来兑银子的，可父亲竟换了十倍的银子，一下子他还不知道原因，可现在不能问，待出去了再向父亲请教。大约半个时辰工夫定金清点完毕，字据写好魏毓炳起身告辞。

自义盛号出来，魏毓炳父子便到西城门等候魏管家，待到中午，远远就见魏管家和老吴跟着车急急忙忙赶了过来。父子二人迎了上去，将车上的钱分到两辆车上，又到另外两家钱庄兑了银子，只说要付南方茶钱，两家都知道魏家茶叶生意做得不错，自认来了大生意非常高兴，也没多问便答应了，两个钱庄又分别定了四万两银子。话不多说，虽说事情办得顺利，可等办完这些已经到了下晌，几个人急忙往回赶，到家已是掌灯时分。等人走了五子才向父亲问起今天为什么兑了这么多银子，魏毓炳只说过些日子自会告诉他，

五子也就没再多问。

第二天一大早，义盛号门前来了一辆马车，上面下来一位掌柜，正是昨日魏毓炳在酒馆遇到的两个商人中年轻的那位。此人进门便对伙计道："伙计，快去叫你们掌柜的来。"伙计们抬头见是义和商号的二掌柜张义江，连忙请到内堂就座，上了茶立马去请季掌柜。季掌柜刚起床还在洗漱，听伙计说义和商号二掌柜来了，连忙擦了把脸便来到前面。义和商号是蒲城数一数二的大商号，二掌柜亲自来了还来得这么早定有什么急事，两个人见过季掌柜忙问道："老兄大驾光临有失远迎，有事让伙计们传个话不就行了，还麻烦您亲自来。"张义江笑道："哈哈，那怎么行，您老兄是咱蒲城数一数二的大老板，我今天过来是有事相求。"季掌柜道："什么大老板啊？都是弟兄们帮衬，有什么事您尽管吩咐。"张义江道："您客气，这次过来是有件事请老兄帮忙。"季掌柜忙道："咱们还用客气，您请说。"张义江道："我大哥说这段时间要去南方进批货，量比较大，吩咐让我准备银子，大哥吩咐的事我能不赶紧办吗，没想到号上的银子一时凑不齐，您的义盛号是咱蒲城最大的钱庄，这不就找您来了吗。"季掌柜道："好说好说，不知道大掌柜用多少银子？我好给您准备着。"张义江道："十万两。"张义江说完，却见季掌柜并没有应话且面有难色，忙问道："怎么啦？要我先把定金送过来吗？"此时就听季掌柜道："定金的事是小事，您我还信不过吗，要三万两万我还能办，不过也要等两天，眼前实在是不好办了。"张义江惊诧道："怎么？还有您季大掌柜不好办的，这么大个钱庄三万两万还要等几天，怎么了？出什么事了？"季掌柜道："哎呀您想多了，放心，没什么事，不过上午来了个客人，把我这里的银子全预订了。"张义江问道："都预订了？谁如此厉害？一下子能把您的银子全预订了。"季掌柜应道："这个，钱庄规矩我们不能说，实在不好意思，还是麻烦您去另外两家看看吧，虽说他们两家生意小点，凑十万八万两银子应该不成问题吧。"张义江没办法只好说道："好吧，我先去那两家看看。"说罢起身告辞。话不多说，张义江到另外两家钱庄也是一样，银子都让人兑走了。张义江急忙赶回商号，见到大掌柜忙回道："大哥，不好了！"大掌柜道："慌什么？出什么事了？"张义江道："大哥，咱让人家给抢了先了，蒲台县的银子都让人给订走了。"大掌柜问道："怎么回事？"张义江道："今天我一大早就去义盛号定银子了，说大哥要去南方进货，可义盛号老季却说他拿不出银子来了，说是昨天都让人家预订了，我赶紧又去另外两家，你说怪了，另外两家也说昨天来了个客商，把他们的银子全预订了。""定了多少？"大掌柜问道。张义江道："在义盛号定了八万两，另外两家各订了四万两。"大掌柜凝神想了想道："看来是有人比我们早想到了。"大掌柜紧跟着又问道："知道是谁吗？"张义江回道："不知道，钱庄说为客人保密，不过都说是昨天刚定的。"大掌柜见事已至此也就道："哎，罢了，你赶紧去武定府看看还有没有机会。"张义江转身出去，大掌柜却又把他叫了回来吩咐道："你派人到钱庄盯着点，我倒看看这位高人是谁。"

半年后，张义江来见大掌柜，对大掌柜道："大哥，查到了，上次定银子的叫魏毓炳，也是武定府的，就是咱们城西那个魏集镇的。"大掌柜道："魏毓炳，是不是开茶庄的那个？"张义江道："对对对，就是他，和您说的一样，今年与往年一样官府课税只收银子，不过额外加了不少，市面银子难寻只能高价购买，现今已经涨到了两千二百个钱一两。昨天，魏毓炳已经把义盛号和另外两家兑银子的钱全还上了，抛去利钱一倒手赚了两成多。"大掌柜想了好一会儿才道："此人按说没这么大势力，竟然一下子办了那么大一个事，把咱们蒲城的钱全兑了去，是个高人。"张义江道："他是什么高人？碰巧了吧。"大掌柜道："哪有这么巧啊？"又问道："刚你说这个人叫什么来着？"张义江回道："魏毓炳。"就见大掌柜来回踱着步在屋内转了两圈，口中念念有词道："魏毓炳，魏毓炳，真是一张'饼（炳）'卷了蒲台县啊！"

岂料这只是一个故事，是一位老者正对一个年轻人讲着的，只不过老者看着有些眼熟。老者对面前年轻人道："这是我十二岁的时候跟你老爷爷一起去蒲台县兑银子的事，现在仔细想想，抓住机会、掌控行情、当机立断是你老爷爷一辈子的经商之道。再有便是无论做何事都要给别人留后路，虽然我们挣了钱，但形式上我们实实在在地提了钱，也还了钱，给钱庄留了面子，现在蒲台城各商家见到咱们魏家都还高看一眼。"年轻人听得入了迷，仿佛面前打开了一个新奇的世界，不知道是不是天赋所在，别人看似乏味的事情在年轻人这里变成了新奇的故事，令他心驰神往、莫名地痴迷。

老者便是故事里的小孩魏五子魏振菖，给这个年轻人讲这些事却是为何？且听下回分解。

第二章

水情急，纵马不停蹄
筑高堤，千金堤上移

话说这一天，小镇上一处高门大院里急匆匆走出来两个人，前面这位身高七尺开外，宽肩膀、高身架、浓眉阔目、四方大脸，应是经历了风霜，脸膛微微有些发红，看身上则是一副商人打扮，身上着灰绸暗纹棉长袍，罩一件古铜色团花缎子褂马褂，倒给这粗犷北方汉子身上增添了几分儒雅，不是魏振菖又是何人？魏振菖身后紧跟着一个年轻人，一样的身形魁梧，往脸上看白里透红，十分的俊秀，浓眉大眼、鼻直口阔，像极了前面这人。此人身穿蓝绸布团花棉长袍，外罩绛色缂金水仙纹褂马褂，亦步亦趋跟在魏振菖身后，是魏振菖的儿子，名叫魏景曦。魏振菖提着衣襟快步走在前面，边走边吩咐道："曦子，快拿我的拜帖去见知县大人，就说今年黄河出凌汛比往年早不少，河水不断上涨，可能是下游起了冰坝了？请知县大人速查。"说完从袖子里掏出拜帖递给年轻人。魏景曦接了拜帖道："好，我这就去。"说罢转身就要走。谁知魏振菖向前刚走几步却又回头叫住魏景曦，道："回来回来。"魏景曦忙转身回来。魏振菖问："你去了怎么说？"魏景曦道："我就说堤上巡查的说黄河出凌汛了，请知县大人查查是不是下面起了冰坝。"魏振菖瞪了年轻人一眼，道："再怎么办？"魏景曦道："报完信我就回来，和您一块上堤。"魏振菖瞪了儿子一眼，道："还是我去县里吧，你带人上堤，抓紧通知沿河各村立即上堤抢险。"魏景曦道："好。"说完转身要走。魏振菖又看一眼魏景曦，道："算了算了，还是让肇庆去吧。"说罢带着魏景曦继续往前走。

两个人向前走不多远，在一处两进院落前停了下来，长者当街站定，魏景曦进门叫人。年轻人闯进大门便喊道："肇庆，肇庆，快出来。"屋内一个人听到喊声跑了出来，正是上回听故事的那个年轻人，此人也姓魏，名唤肇庆。魏肇庆见是魏景曦忙道："景曦叔，你怎么来了？"魏景曦道："我爹找你有事，快跟我走。"魏肇庆连忙跟着魏景曦来到外面，见魏振菖站在当街，忙上前见礼道："五爷爷，您怎么来了？快家里坐。"魏振菖道："不了，肇庆，有个急事，刚堤上巡查的回来说起凌汛了，河水已然开始上涨，怀疑下游起了冰坝，你抓紧去县里请知县大人速查。"魏肇庆忙应了："好的爷爷，我这就去，请凌大人抓紧组织人上堤抢险。"魏振菖又道："每次起冰坝都要大折腾一回，今年凌汛这么早估计是上游有水过来，要是真起了冰坝上下夹攻可就麻烦了。"说完看了魏肇庆一眼。魏肇庆忙道："好，我马上动身，去了和凌大人好好说说，一定请他尽快行动。"魏振菖又道："河水涨得这么快，冰坝应该离咱们不远，现在没别的办法，只能抓紧加固河堤。"魏肇庆道："您放心，我快去快回，一定不耽误事。"魏振菖转身对儿子喊道："曦子，快跟我走，咱们去堤上，绝不能在咱们这里开了口子。"说完二人上了下人牵过来的马直奔黄河大堤而去。

见事情紧急，魏肇庆赶紧骑快马往县城赶。一路快马加鞭马不停蹄，到了县衙，魏肇庆递上拜帖，说黄河发现凌汛紧急求见凌大人。此时知县凌寿柏刚把府衙的差役送走，府衙传来快报说："黄河蒲城段出现冰坝，虽全力抢险，无奈上游积冰累堆，坝体日渐增高，已阻断河道，令沿河州府速加防范。"此事关系重大正要安排，忽听衙役来报说魏集邑庠生魏肇庆求见，是为黄河的事而来。魏集镇紧靠黄河，难道河水已经涨起来了？凌寿柏忙吩咐让魏肇庆进来。魏肇庆来到近前施大礼，凌寿柏忙拦下，道："你有功名在身见我不必拘礼，来得正好，刚才府衙的差役传信说蒲城那边起了冰坝，河水堵塞无法下泄，你们那里怎么样了？"魏肇庆惊诧道："真是蒲城那边起冰坝了？"凌大人道："快报上确是如此说的，我正要召集衙役商议你就来了。"魏肇庆忙道："此次学生前来就是奏报此事，黄河上巡查的说今年凌汛早于往年，并且今天水面猛然上涨，怀疑下游起了冰坝，特来向大人禀报，请大人早作安排。"凌寿柏沉思片刻，道："既然确定出了冰坝，水面又猛然上涨，想是冰坝离魏集不远，凌汛恐怕在所难免，事情紧急我马上安排。"说罢凌寿柏向外面喊道："来人！"不一刻，师爷从外堂跑了进来。凌寿柏道："蒲城快报黄河出现冰坝，已然堵塞河道，魏集也前来禀报说水面已然开始上涨，你赶紧去府衙禀告，转告府尊大人知道。"师爷听完转身要走，就听凌寿柏又道："等等，让衙役们抓紧堂口集合，听候调遣。"师爷应声出去。凌寿柏到后堂换了官衣出来，道："肇庆，走，跟我去前面。"来到前堂，衙役们已经集合完毕，凌寿柏吩咐道："府衙来了快报，黄河蒲城段出现冰坝，魏集上报河水猛然上涨，据此判断冰坝应该距此不远，此次凌汛非同小可。李贤、张俊、马先德你们三个拿我令牌速去魏集、清河等沿河各乡，安排保甲长们征集砖石木料，立即就近运往黄河大堰加固河堤，通知他们所有物资一律登记造册，朝廷按价付款。告诉他们，十六岁以上劳力一律前往黄河大堤听候调遣，不得有误。"李贤三个人应了，凌寿柏又吩咐道："张欣、孟凡刚、孟凡强你们三人拿上我的令牌，再带上几个差役，马上去其余各乡征调十六岁以上青壮劳力，就近速去黄河大堰抗洪抢险，让他们立即组织，如有违抗依律从严惩治。"几人领命出去。又对魏肇庆道："李贤他们几个处事老成，这次我派他们去沿河各乡应该没有问题，其余各乡我已安排人去，估计他们很快就到，不过既然你来了，这里有我的令牌，你先带上，有什么事也可直接号令。"魏肇庆忙谢过凌大人告辞出来。

来到外面，魏肇庆见李贤三人正在商量着什么，忙走上前去道："三位大哥，我家就在魏集，凌大人安排的事我回去向保长回报便是，还请三位大哥抓紧去其他几乡通知。"李贤道："此事关系重大，还是我们去比较好，你报信过来就行了。"魏肇庆道："大哥没事，我爷爷是魏集保长，已经组织各村赶往大堤了。"就听马先德道："哦，魏保长是你爷爷啊，魏集行动就是快，好吧，你抓紧回去告诉魏保长，其他各乡很快就到。"魏肇庆又向三人行了个礼，道："有件事想请三位大哥帮忙，不知道可不可以？"李贤道："什么事？你说。"魏肇庆道："魏集紧邻蒲城，抗汛首当其冲，胡家集离魏集最近，能不能麻烦哥哥们先去那里报个信，安排他们尽快前去支援？"李贤道："我们三人三个乡，你去魏集正好替出一个，那我就去胡家集跑一趟。"魏肇庆道："太感谢了。"说着向李贤行了个礼。李贤忙道："不必客气。"魏肇庆道："好，三位大哥，事情紧急我就先回去了，过后我和我爷爷一起前来拜谢。"说罢魏肇庆飞身上马赶回魏集。

魏肇庆回到魏集，见人们肩扛手提带着家什正急匆匆往黄河大堤赶，于是穿镇而过直奔黄河大堤。到了堤上找到五爷爷，把去县衙禀报的事简单讲了一遍："爷爷，出大事了，我刚到县衙就听凌大人说府衙来了快报，黄河蒲城段出了冰坝，几番排险但冰块越积越多，已经堵塞了河道。"魏振菖惊道："啊，蒲城真出冰坝了啊？那可麻烦了，县里怎么安排？"魏肇庆回道："凌大人已经安排人各乡传令，组织人员上堤抢险，还安排附近各乡物资就近运到堤上，我来的时候县里已经派人去了胡集，他们随后就到。"魏振菖道："那就好，那就好。"心里稍稍松了一口气，不过又道："现在有个急事，黄河在咱们魏集有三道险工，这是一道，一道紧靠清河，还有一道在铁匠魏，现在河水上涨还不算太快，抓紧加固险工还来得及，时间长了恐怕就麻烦了。我派你叔叔已经赶往清河那边了，你现在马上去铁匠魏，把蒲城起冰坝的事告诉他们，他们离蒲城最近，所以更危险，让他们火速行动起来，只要这边胡家集的人来了，我立即安排他们过去支援。""好，我马上去。"魏肇庆应了，飞身上马，顺着河堤直奔铁匠魏。

说到铁匠魏，不得不说说魏集古镇的来历。魏集镇便是篇首我们提到的黄河古镇。早在唐朝初年，唐太宗李世民决定远征高丽，任命刑部尚书张亮为水军统帅，指挥水军经山东境内大清河向莱州湾集结，于是大清河成为当时水军集结的重要水运河道。为征调当地物资以及兵员征募和休整，唐军沿河建起了几十个军兵驿站，魏集位于大清河一处龙湾阳坡，最适合建驿站，于是便在此地设立一个驿站。驿站建成后，驻守此驿站的士兵为唐朝名臣魏征家族后人，号称"魏家班"，魏家班一直驻守于此直到战争结束。魏家班之所以留守驿站，没有奔赴高丽战场，乃统帅张亮有意为之，张亮钦佩魏征为人耿直，不计得失，勇于进谏，为使魏氏子孙延续兴旺，故意让魏家班留守在这个沿河驿站。魏家班也知恩图报，工作十分努力出色，自建立驿站至东征结束，魏家驿没有发生过一起物资丢失和士兵逃跑事件，所有接待工作也做得令过往军队十分满意，被大唐水军称为永安驿站。直到战事结束，魏家班有些人已在当地结婚生子，并以驿站为家建起了村庄，村名就叫魏家驿。随着时代变迁，魏家驿演变成大清河下游的一个重要水陆码头，繁衍生息成为村镇，称永安镇。后因魏振菖魏氏一族逐渐兴盛，建集立市改名称魏集镇。铁匠魏属魏家班兵器制作营地，因制作铁器而得名铁匠魏。

　　魏肇庆来到铁匠魏，远远就见几百号人已经赶到了大堤上，一位长者正在安排："俊青，你带一百人把村边杨树砍了，做好木桩分三排在险工上打好。俊杰，你带一百人村里收集砖石木头，抓紧时间加固险工，实在找不到就把村里破旧房子先拆掉。"二人立刻分别带人行动。魏肇庆来到近前道："请问可是魏忠路魏伯父？"老人应道："是，你是？"魏肇庆自我介绍道："伯父，我叫魏肇庆，魏振菖是我爷爷。"老者应道："哦，知道，知道，是魏保长让你来的？"魏肇庆忙向老者说明来意："对，我刚从县城回来，县衙收到急报，说蒲城出了冰坝，黄河水已经被彻底堵住了，爷爷不放心这边，安排我赶紧过来送信。"魏忠路惊诧："什么？蒲城那边出冰坝了？"魏肇庆应道："是的，县里凌大人亲口和我说的。"魏忠路顿觉事态严重："真出冰坝这事就大了，哪次出冰坝最后不是决堤啊，我们这里离蒲城又近，又是险工，就我们这些人怎么行啊？"说着看了看周围的人们，眉头一下子锁了起来。魏肇庆道："伯父您先别着急，我从县里回来的时候已经通知了胡家集那边，我爷爷说了，他们来了先派到这边来。"魏忠路道："那太好了，没别的办法，现在唯一的办法就是大家齐心协力加高堤坝，或许还有救，好处是咱们这几个村紧靠河道，抗洪抢险大家都知道，只是稍远的几个村还不知道情况行动有些迟缓，我这就安排人去传信。"魏肇庆暗自庆幸，幸亏知县凌大人想得周全，让自己带了县里的令牌，忙道："伯父，我去县里禀报黄河的事，凌大人发下令牌安排各乡全力抗洪抢险，令牌我带来了，我骑马跑得快，我去传令吧，麻烦您安排个人引路就行。"说着拿出令牌让魏忠路看了看。老者见有县里的令牌，连忙转身向一个十四五岁的少年喊道："俊德，过来。"少年应声跑了过来。老者吩咐道："你带着魏少爷到各村传信，事情紧急赶紧去。"又对少年说道："你带着魏少爷先去老君堂，找你张大爷，让他抓紧组织人，他们村大，一个村顶我们好几个村，他们到了就好办了，那里说好了再去其他村，记好了啊。"少年应了，跟着魏肇庆骑马去各村传信。

见两个人走了，魏忠路转身对身边的几个甲长道："大家听到没有，蒲城出了冰坝，河道已经堵住了，知县大人下令让大家筑坝护堤，事情紧急，大家抓紧行动，千万不能耽误。"众人满口答应。魏忠路道："从现在开始，各村按以前划定的地界开始筑堤，离堤五十步外取土，堤宽一丈，筑高五尺，切不可马虎大意。"众甲长应了，魏忠路又道："现在看来伐树的人少了，还要增加一百人和俊青一起伐树，沿河都要下桩。"一个甲长道："好，我带人去。"说着又对一个甲长道："老刘，你带人到村里卸门板，越多越好，险工这里必须加固好。"那人应了也带人去了。大家开始行动，谁知时间不长有两个甲长跑了回来，道："地上冻片还没化开，锨都崴了也掘不开，取土太难了，这怎么办？"魏忠路道："抓紧安排人回家拿大镐，找棒小伙子先把冻片开出来，下边就不要紧了，安排人推上车子去各户敛，越多越好。"魏忠路又道："现在不管用啥法，无论如何也要把堤坝垒起来，万一开了口子啥都没了。"几人听魏忠路说完知道事情紧急，纷纷回村传信，一时间男女老少皆招了来。

再说魏肇庆，骑着马与魏俊德到各村传信，见到各村甲长传令道："凌大人有令，黄河蒲城段出现冰坝，请各村甲长组织劳力物资火速赶往黄河大堤筑坝修堤，抗洪抢险。"一路马不停蹄，幸亏有县令大人令牌，众甲长知道事情紧急二话不说便立即开始行动。只在老君堂多说了几句，村子太大希望尽快组织，话说老君堂这边正对险工，自知凌汛厉害不敢片刻耽搁，也就不再多言。差不多一个时辰就把信传完了，两个人又急忙赶回大堤。

回到堤上，远远就见一群人正在抢锤下桩，有一人格外显眼。此人肩宽背厚、虎背熊腰，下身穿短打黑裤，腰扎板带，上身只着一紧身小袄，衣袖高高挽起显得十分干净利落，就见此人抢起大锤狠狠砸向木桩，低吼声中木桩下去足足半尺有余。魏肇庆指着那人问道："俊德，那是谁啊？好力气！"俊德应道："那是我大哥俊青，我们家他力气最大。"听俊德如此说，魏肇庆忍不住多看两眼，问道："你俊青哥力气这么大，怎么练的？他会功夫？"俊德自豪地道："俊青哥功夫可好了，七八个人不是个儿，不过我二哥功夫更好。"魏肇庆疑问道："你二哥？"俊德四下看了看，指着远处一个挑担的年轻人道："是啊，你看那不是吗，我二哥俊杰。"见此人细腰乍背，高挑的身型，上身只穿一件白布单衫，下身也是短打黑裤，腰扎板带，足蹬白底黑帮紧口布鞋，肩上挑着一对篮子，里面砖石瓦块足有一百多斤。虽如此，却见此人腰不塌脚不乱，肩上扁担随着脚步忽闪忽闪打着颤儿，如同打着拍子般快步来到大堤下面。到了堤前却不放下，只肩上用力一颠，扁担稍微往前一搭，另一只手抓住后面篮子，脚下用力稳步登上河堤，如履平地一般。见魏肇庆惊奇于二哥，俊德得意地道："我二哥不光功夫好，还有更厉害的呢，我二哥还会投枪，三十步内指哪儿打哪儿。"魏肇庆更是满脸惊奇，道："这么厉害？有时间我一定见识见识。"

此时，各村劳力陆续赶到了大堤上，甲长们齐聚魏忠路身旁，就听魏忠路对大家道："这次筑坝非同小可，县里说冰坝起在蒲城这边，不过去年冬天人家那边起过工程，堤坝比我们这里高了不少，所以说这次凌汛咱们这里更危险，我们只有齐心协力好好把堤坝筑起来，才能扛过这次大灾，大家明白吗？"众甲长分别应了："都按您说的办。""您放心，都听您的安排。"此时魏忠路见二人传令回来，忙向众人介绍道："我给大家介绍一下，这位是咱们保长魏振菖的孙子，叫魏肇庆，今天都要谢谢这个小伙子，黄河起凌汛是他去县里报了信，知道蒲城起冰坝又来给我们送信，要不咱们还不知道蒲城那边出了冰坝。刚才又去各村传信让大家抓紧上堤，真要决了堤咱们谁都跑不了，所以说没有他说不定要出大事，这小伙子是帮了咱们大忙了。"众人也道："是啊，就是他去我们村传信的，是要谢谢这个小伙子。"魏肇庆忙道："不敢当，不敢当，是我爷爷一手安排的，我只是跑跑腿而已，不值一提，伯父调度有方更值得小侄学习。"听魏肇庆如此说，魏忠路更是刮目相看，又仔细打量了打量眼前这个小伙子。眼前这个小伙子身高七尺，长脸盘，高鼻梁，浓眉大眼，双眸闪闪发亮，俊秀的脸上不知是冷风冻的还是奔波忙碌，略有些微微发红，更显得分外精神，往身上看，着一件浅灰纯色缎子棉长袍，上身配淡蓝绸布棉坎肩，脚蹬黑棉布官靴，站立间目不转睛凝神静气，说话不疾不徐言辞简约，举手投足彬彬有礼。魏忠路不由得暗自佩服，魏家不愧是大户人家家教有方，教出来的孩子个个大气十足。魏肇庆道："伯父，还有什么吩咐吗？要不我和大家一起干活去了？"魏忠路忙上前拦下道："这怎么成，能来报信我们已经非常感谢了，要是再让你干活，传出去还不让人家笑话。"众甲长也道："这小伙子不错。""不用干，干活我们有人。"见众人百般阻拦魏肇庆也就作罢，不过还是随魏忠路一起看了筑堤现场，仔细询问了堤坝详情，又到堤下挖土的地方仔细看了，暂见眼前无事，对魏忠路道："伯父，大家都在忙，您也指挥有方，暂时我也帮不上什么忙，我还是回去向我爷爷汇报一下这里的情况，看那边还有什么吩咐，如果这边有什么事烦请伯父派人通知一下。"听魏肇庆说得有理，魏忠路道："好，请你爷爷放心，有四邻八庄的乡亲们在，大堤一定修好。"魏肇庆告辞回去向魏振菖汇报。

再说魏景曦，按照吩咐去加固西边的险工。到了险工人们还不知道危险将至，大堤上一个人也没有。魏景曦连忙去找附近熟悉的甲长，大家知道他是魏振菖的儿子，也都传信给村民上堤筑坝抗洪抢险。但见河面上冰块不断飘过，密密麻麻一眼望不到头，时不时发出吭喱巨响，可众人却在大堤上指指点点不见动作，魏景曦上前问道："凌汛都来了，大家怎么还不抓紧行动，还等什么？"众人却七嘴八舌众说纷纭："不就是上游来冰吗，哪年春天不是这样，冰过去就没事了，没事。"听众人如此说，魏景曦有点着急，道："我这大老远赶来通知大家，大家还不赶快行动，下游真要是出了冰坝，大家怎么办？"此时有个人道："你叫大家来，我们不是来了吗，大家都看了，这河面挺正常的，这不没事吗？"听此人如此说，魏景曦一下子急了，道："好，反正我已经通知到了，你们爱干不干！"甩袖子就要走。就在此时，见清河乡不断有人赶来，一打听才知道县衙派人到清河通知，说蒲城段起了冰坝，已经堵住了河道，命令沿河各村修堤筑堤。众甲长见事情确实，连忙安排修堤筑坝加固险工。各村就近取土分段筑堤，沿河筑起了高不足两尺、宽三尺的堤坝。

转眼到了傍晚时分，大家纷纷要求回家，魏景曦与各位甲长架不住正要松口之际，就见远处魏振莒与魏肇庆一起骑马赶了过来。魏振莒听魏景曦讲了当下情况，就见他双眉紧锁一脸怒气，立即让魏景曦召集各甲长过来一起商量。一个甲长道："今年凌坝出在蒲城，离我们这里那么远，我们已经加固了险工，量它也决不了口，再说我们也筑起了堤坝。"另一个甲长道："怕什么，冰坝出在蒲城，离我们好几十里地呢，就算冰坝厉害，也就管十几里地，再怎么也到不了咱们这里。"刚才说话的甲长又道："哪里离冰坝近哪里危险，到这里水就小了，一定开不了口子。"人多嘴杂都称决口很难。此时一个甲长用眼瞄了魏振莒一眼，扭头对着众人道："我们应了县衙命令，已经带人修堤筑坝，马上就开春了，富户人家自有保障，咱穷苦人家还要做工挣钱，要不哪来钱过日子？"不远处几个劳力也随声附和："都快断粮了，粥都喝不上了。"魏振莒道："你们说的这些我知道，可大家想过没有，虽说蒲城离这里有点远，可自前年蒲城决堤后人家年年都加固堤坝，这是为什么？还不是上次利津出凌坝，口子却开到了蒲城。和你们说的一样，前年开口子就是蒲城认为凌坝不出在当地没放在心上，他们没想到利津崔家能为抗洪早早出钱把河堤修了，所以才在蒲城开了口子。再说这次凌汛非同小可，县里说冰坝已经彻底封堵了河道，防不防得住现在就看谁的堤高，谁的堤厚。大家又不是不知道，真要决了口哪次不是成县的淹啊，别说你们几个村，县城也跑不了，真到那时候村都冲没了，别说吃的了，家都没了！"魏肇庆接着魏振莒的话道："今天在铁匠魏那边，男女老少都上阵了，大家是五十步外取土，我过来的时候堤坝差不多十步宽，两尺高了，他们说最少筑一丈，为保险起见，沿河还要伐树下桩。"几个甲长互相看了看，就听刚才说话的甲长又道："伐树下桩我们没的说，可这树不全是我们自家的，总要花钱补给人家。"魏肇庆道："县里凌大人说了，所需物资一律登记造册，县里按价付款。"有个甲长道："县里的话你也听，哪次不是这么说，到时候仨瓜俩枣就打发了，这些咱不说，今天修河堤可费了老劲了，冻片还没化开，大家到处敛土才把这堤修起来，再修，恐怕他们都不干。"正在商议，却见远处人群开始陆陆续续往河堤下走去，甲长们喊了几声，就见人群回头看了看，见没有下音便又想散去。甲长们又向魏振菖牢骚道："现在就这样，就算我们几个想干，大家不听怎么办啊？"魏振菖扭头向河里望去，眼见得河面上流冰密密麻麻一眼望不到头，撞击之声不绝于耳，无暇多想冲几个甲长喊道："大家快点把人拢回来，告诉大家，这次修堤魏家出钱，修堤的有一个算一个，三尺河堤两百个钱！"魏振菖扭头对魏景曦和魏肇庆大声道："景曦、肇庆，你两个马上回家，让家人把钱抬到河堤上。"谁也没想到魏家竟会自己出钱修堤，几个甲长愣在当场都不敢相信，这么长的河堤要多少钱啊？就在大家愣神的时候，魏肇庆大声喊道："大家都愣着干什么，我爷爷说话算数！人家铁匠魏那边早说了，就算用大镐开也要把河堤修起来，真要开了口子，后悔都来不及了。"大家这才反应过来分头喊人，各自分段修筑大堤。时间不长钱送了来，魏振菖命人把钱抬到堤坝上，隔一里就见一拉溜十筐铜钱排在一起，一筐土背到堤上就有一个制钱发到手里。见魏家为了修堤不惜自己出钱，没人再说什么，大家伙急急忙忙干了起来，魏振菖这才松了口气，不过还是安排魏肇庆和魏景曦二人在这里盯着，才去其他地方巡查。

傍晚，天渐渐黑了下来，人们仍在河堤上忙碌着。河水合着冰块污浊浊一片，呜咽低吼打着旋儿翻滚而下，远处一两丈见方的冰块不时飘来，撞在前面冰块上发出吭哐巨响，震人心魄。不知是河水冲刷河床的颤动，或是冰块冲击堤坝的震动，还是激流搅动的流转晕眩，总觉脚下抖动不已，让人脚下一阵阵发软。远处不时有河岸坍塌的声音传来，把人们悬在嗓子眼上的心揪住拧上一把，让人心慌意乱间不得片刻安宁。人们一刻也不敢偷懒，打着灯笼来来回回寻看着，高声呼喊着，哪里的河堤坍塌得厉害人们就往哪里拥过去，手忙脚乱地打上木桩，将门板砖石没头没脑地滑下去。一时间，叫喊呼号声，倾倒重物的碰撞声，冰块的撞击声，此起彼伏，不绝于耳。此时的人们再也顾不得什么劳累、饥饿，只是机械地背上泥土砖石，手脚并用爬上河堤，将土培在堤坝上。奔波着、忙碌着、号呼着，人们完全忘记了自己，也忘记了那堤坝上抬筐里满满的铜钱。

第三章

赴京城，携十年苦功
承父志，怀父子深情

　　三天三夜，河水不再上涨，后来听说是在南边决了口。人们又在堤上值守了一天，见大水慢慢退去，魏肇庆按照吩咐把钱给大家分了这才回了家。刚进门，就见妻子孟芷妍站在院中时不时向门口张望，见他回来便急匆匆迎了上来："回来了啊，你一直在堤上吗？他们说发大水了，没事吧？"说着眼圈儿便红了。魏肇庆上前抓住妻子的手，道："我这不好好的嘛，没事了没事了，放心吧，你不知道，这次要不是五爷爷可就出大事了。"魏肇庆看着妻子红红的双眼怜爱万分，抬手擦了擦妻子脸上的泪。芷妍轻轻点了点头，道："我知道，不过你三天三夜都没回来了，也不捎个信回来，我担心坏了。"魏肇庆拍了下脑袋道："哎呀，这一忙起来就忘了，怨我怨我。"说着轻舒双臂把妻子拥进怀里，轻声道："你是没看见，河水流过的时候都打着旋儿，河堤都在颤动，晚上河水带起的黑风呜呜咽咽，现在想想都吸魂摄魄，太可怕了。"说着下意识地搂紧了妻子。过了好一会儿，魏肇庆轻拍着妻子的背道："没事了，没事了。"芷妍猛想起魏肇庆恐怕还没吃饭，忙道："好了，不说了，快进屋吃饭。"

　　丫鬟已经把饭菜端了上来，切好的驴肉整整齐齐地码了一盘，还冒着热气儿；一份浓汤的豆腐，鲜红的辣椒合着肥肉都冒着油儿，应该是煨了不短的时间；醋熘的白菜一看那细丝儿就是妻子的手艺；还有一盘切碎了的酱菜包瓜儿，刚刚撒上了香油。驴肉的香味、包瓜儿混着香油的味道一下子扑到了鼻子里，魏肇庆顾不得洗手，伸手抓了一块驴肉扔进嘴里。芷妍端了盆水进来，魏肇庆连忙净了手，回来坐好，妻子拿起筷子夹起一块驴肉送到了魏肇庆的碗里。芷妍静静地看着魏肇庆狼吞虎咽，心道这还是第一次看他吃得如此香甜，定是这几天在堤上吃不好喝不好，还着急上火的，于是进里间拿出前些日子茶庄送来的绿茶泡好端了上来。魏肇庆一连吃了三个馍，就听芷妍道："喝口茶，这两天累坏了，中午休息一下，我让他们下午去捞几条鱼，晚上给你做你爱吃的糖醋鲤鱼，奖励奖励你。"魏肇庆忽想起自己的吃相，不好意思地笑了笑。

这一觉下去便是两个时辰，迷迷糊糊睁开眼已是傍晚时分，魏肇庆起来喝了口茶，突想起妻子说给自己做鱼吃，便向厨房走去。进了厨房，两条红尾鲤鱼已经改了刀，用盐细细搓了放在了盘子里。芷妍正在调配作料，就见她先舀了些淀粉放在碗里，拿出京城捎回来的柿酱用勺子舀了些，又放了些白糖和着清水进去，拿起筷子轻轻地打起来。见芷妍忙活，魏肇庆却不管这些，慢慢拥了上去紧紧抱住，双手不老实地捂在了妻子胸上。芷妍一只手端着碗，另一只手拿着筷子挣脱不得，只能左右摇晃着嗔道："快，快松开，月儿进来看见多不好。"碗里的酱汁左晃右晃眼看着就要洒了出来，然魏肇庆却是不依，只紧紧与妻子搂在一起不肯松开。妻子连忙放下手里的碗，朝门口看了好几眼，柔声道："月儿一会儿就过来了，让她看见笑话你。"魏肇庆也不说话，只搂着妻子缠绵了许久才意犹未尽地松开。

丫鬟进来把灶上的火引旺，芷妍将鱼在白面里打了个滚，又在蛋汁里蘸了，方拿着鱼尾将鱼儿慢慢放入热油里炸。鱼在油里飞速加热，鱼肉慢慢打起了卷儿，不一会儿鱼身上像是开起了黄白相间的花儿，足足大了一倍，香味也随着鱼儿慢慢涨大散了出来，鲜美的味道门口便能闻到。待两条鱼慢慢慢慢变成了金黄色，头尾高高翘起像小船一般，这才被捞了出来。再次烧热油把葱姜放进去，把醋烹上，瞬时一股酸香味扑面而来，随后调好的酱汁儿也慢慢倒进锅里，一下子汤便浓了起来，咕嘟咕嘟地冒着泡儿，甜香味也冲了出来。等汤汁变成了浓酱，用勺子均匀地浇在鱼上，糖醋鲤鱼便成了。魏肇庆看妻子忙活像看一出戏般有滋有味，围在身后转来转去，脸上的笑一时也不肯离开，等芷妍让丫鬟把给奶奶的送了去，才端起另一条来到客厅。一小盆浓浓的米粥早已摆上了桌子，一盘切驴肝，一盘炒藕丝儿，还有一小碟酱腌黄瓜条儿。两个人坐了下来，魏肇庆先夹了一块鱼肉，放在嘴前吹了吹送到妻子嘴边，见妻子细细地嚼了这才夹了一块放进嘴里。唇齿间鱼肉的鲜味、面糊的焦香、汤汁的酸甜刹那间融在一起直冲味蕾，让人口舌生津。

过了年就要进京赶考了，魏肇庆一刻也不敢松懈，早早便起来读书，饭时芷妍进来喊过两次才放下手中的书。吃罢饭，忽听到远处传来一阵阵锣鼓声，丫鬟不知何事都跑出去看热闹。魏肇庆进书房刚拿起书，芷妍便急匆匆进来道："庆哥，月儿说五爷爷让你过去一趟。"魏肇庆连忙放下书来到街上，就见一群人敲锣打鼓已经到了魏振菖家门前。

魏振菖家门前，就见上马石、下马石分立左右，大青石已被磨得有些圆润，想必经常人来人往。再往上看，垂花门匾额上书"福寿堂"三个大字，乃书法名家何绍基所题，圆润饱满。大门两侧便是南屋，高高的屋檐比别家不知高了多少，使院子显得威严不少。这是一处五进的院落，房屋院墙一水的砖瓦到顶，前院高大敞亮，后院则是两层楼房，当地很难见到，于是有好事的便称这个院子为"楼院"。进到院里就见左右两排正房，中间过道连通后院，东西厢房分列两旁，两处宅基的院子自然宽阔敞亮了不少。东面正房前栽一株石榴，多子多福当为主人所盼；西侧一棵在北方极为少见，是一株海棠，已臂膀粗细，看枝蔓蓬松飘逸，不知何人理得如此健壮。

人们敲锣打鼓进了镇子，锣鼓声吸引了不少人来，不长时间，宽阔的院子被挤了个满满当当。魏振菖早已迎了出来，见了众人忙拱手致意，众人也纷纷抱拳行礼。大家站定，魏忠路紧走两步上前道："魏保长，这些年但凡灾害来临，您都力救乡亲们于水火，这次洪灾若不是您提早发现，危急之时又捐款修堤，十里八村难保不说，说不定多少人因此丢了性命，各位乡亲无以为报，我们六十四名村甲长共同商议，连夜赶制了这块牌匾给您送来，略表寸心。"此时俊青、俊杰将牌匾抬到了魏振菖面前，红绸揭下，"好善乐施"四个大字金光闪闪。魏振菖忙抱拳拱手道："各位乡亲，魏家自迁居至此承蒙大家照顾，有事经常劳烦各位，大恩不敢言谢，再说魏集镇是我们大家的，抗洪抢险是我们大家的事，理应共同呵护，我魏振菖自是义不容辞，接受此匾实不敢当。"魏忠路忙道："今天送来牌匾是大家的一片心意，也是大家多年来蒙您庇佑的感恩之心，魏保长不必推辞，今后无论有什么事，我们大家唯您马首是瞻，众位乡亲一定义不容辞。"大家齐声劝魏振菖收下，魏振菖也就不再推辞，只是连连拱手向大家致谢。此时魏肇庆也赶了过来，魏忠路见他来了对魏振菖道："魏保长，你的这个孙子处事干练，做事果断还谦逊有礼，一看就家教有方，将来必成大器。"魏振菖道："这是景晔的儿子，父亲在京城做官为国尽忠，他也在国子监读过书，现在安心备考特意留在家里，过了年就要进京赶考了。"众人都向魏肇庆看过来。魏肇庆忙向大家施礼，道："抗洪抢险的事都是我爷爷安排的，我只是跑跑腿而已，能渡过难关全仰伯父威望所致，安排有序，小侄应该向您学习。"见魏肇庆如此说大家更是频频点头。魏忠路招手叫了三个儿子过来，道："俊青、俊杰、俊德还不见过魏保长。"三个人忙上前施礼。三个年轻人个个精明强干，精神抖擞，魏振菖看着也是满心高兴，对魏忠路道："这几个小伙子看着就让人喜欢，以后带着他们常到家里来玩。"

　　说了会话，魏振菖邀大家客厅喝茶，见坐不下许多，众人忙客气两句便散了，只留下魏忠路几个年长的进屋说话。魏肇庆领着三兄弟和几个年轻人到偏房说话，魏振菖和魏忠路看着几个年轻人凑在一起十分高兴，就听魏忠路道："以后啊，就看他们的了，现在的年轻人比咱们那时候可强多了，不说别的，肇庆这孩子真是行事大气，看着就让人喜欢。"魏振菖笑道："哈哈，承蒙夸奖，你别看这小子文质彬彬，可是处事十分果断，学业也好，次次考试都是名列前茅。古人云'学成文武艺，货与帝王家'，进京赶考自是正途，可我真想把他留在身边学做生意。"几个人纷纷点头称是，都说真要跟他做生意那定是青出于蓝而胜于蓝。

　　转眼到了冬天，魏肇庆便要进京赴考，此时京城传来书信，叔父魏景昉知道魏肇庆要进京赶考，便要魏肇庆把祖母吴老夫人一起护送到京城。这里要介绍一下，魏肇庆亲生父亲就是魏景昉，因其伯父膝下无子，魏肇庆自小就过继给了伯父魏景晫，但此后魏景昉再也没有儿子，于是两家都把他当儿子看待，虽尊魏景晫为父，称魏景昉为叔，然家人早已将此事告诉了魏肇庆，两边诸事自然按父母家事应承，魏肇庆是一肩挑两家。魏肇庆进京赶考家中再无亲近男丁侍奉，所以魏景昉让他护送母亲一同前来，再就是魏景昉在京为官多年已没有了外放的想法，也想着接母亲进京颐养天年。

　　知道老夫人要来，魏景昉早早命人赶制了新衣，等母亲到了便请她换上，又命人准备一桌上好的酒席。谁知饭菜端上来老夫人仍穿着来时的衣服，坐在桌前却不动筷子。见母亲脸色不好，魏景昉忙跪下道："娘，儿子哪里做得不周？还请母亲明示。"吴老夫人闻听此言道："昉儿，为娘素来喜欢安静淡泊，虽说这京城车水马龙灯火辉煌，住的房子也比家里的大气豪华，但这些都不是我想要的。你接我过来我知道你是想尽孝心，如今给我这些美味佳肴、绫罗绸缎可我总觉着有些不习惯。在老家快一辈子了，我穿惯了家里的衣服，吃惯了家里的饭，咱们本来是朴素人家，如果来到京城就像变了个人似的，传出去还不叫人家笑话？"老夫人说完魏景昉才知道母亲用意，忙道："娘，本想孝敬您，没想到惹您生气了，是儿的不对。"吴老夫人道："虽说你是想孝敬我，可这些我却不能一受了之，如此下去，咱们勤俭持家的家风岂不在为娘这里丢了。"魏景昉忙道："娘，我知道了，以后再不惹您生气了。"见吴老夫人脸色缓和了些，忙道："娘，饭菜都做好了，咱们先吃饭吧，以后再不这样了。"可老夫人仍是不动筷子。见吴老夫人如此坚持，魏景昉忙命人把桌上的饭菜撤下了大半，老妇人这才动了筷，此后做好的衣服也拿了去退了，老妇人这才满意，此是后话。说起来吴老夫人乃是滨县太学吴学礼的女儿，自幼知书达理善解人意，为当地有名的大家闺秀，自嫁入魏家孝敬老人治家有方，深受家人敬重。自此以后，魏家按照老人家的吩咐粗茶淡饭简衣普从，不敢有丝毫的奢华浪费。

　　大家开始吃饭，可饭间魏肇庆总觉得少些什么，不知道自己的父亲魏景晔为什么没来，是叔叔没通知，还是父亲忙，按说无论如何老夫人来了他一定要过来看看，叔叔没说，魏肇庆也不好多问。饭间老夫人倒是提了一句，魏景晔只说哥哥有事过不来，却无他话。吃过饭魏肇庆急忙回自己家，刚进家门，下人便把他引往内宅，一路也不说话，魏肇庆突然心中忐忑起来。进到卧房就见父亲躺在床上，身上盖着厚厚的被子，往脸上看双眼紧闭眉头紧皱，母亲王氏则坐在床边伺候。王氏见魏肇庆进来忙迎了上来，小声道："你可来了！"魏肇庆听母亲如此说更是心里一惊，忙问道："娘，我爹怎么了？"母亲道："你爹这几个月突然经常咳嗽，有时候咳起来就停不下，近些日子有些喘不上气来，觉总睡不好。""郎中看了怎么说？"魏肇庆焦急地问。王氏道："郎中说你爹在任上日夜操劳，烟用的又多，恐是染了肺疾，给开了些药睡觉倒是好点儿了，就是咳嗽始终不见好。白天还好，一到晚上就厉害，有时候咳起来只能坐着，倒都倒不下，这不刚刚睡下，先不要喊他了，让你爹再睡会儿。"魏肇庆慢慢走到父亲床边，看着父亲消瘦蜡白的脸一时手足无措。魏肇庆问道："怎么不早点给我写信？"母亲道："你爹说你在家温习要紧，不让我写信告诉你。"过了约一刻钟工夫，父亲在一阵剧烈的咳嗽声中醒了过来，见魏肇庆坐在床前，忙伸手拉住魏肇庆的手，魏景晔脸上登时来了精神，眼睛也明亮了许多，然随即用双手捂住嘴又不停地咳嗽起来。魏肇庆忙用手轻轻拍打父亲的后背，母亲拿过痰盂接住了父亲咳出的痰，魏肇庆仔细看过来，但见痰里几道淡淡的血丝隐隐可见。忙扶父亲躺下休息，见父亲慢慢平复下来，魏肇庆便要去叔父家要叔父去请太医，魏景晔却拦了下来，道："不要去你叔那儿，免得惊动了你奶奶，太医前天刚来看过，先吃两天药再说吧。"魏肇庆只好停住脚步。

　　晚上，父亲强撑着起来与魏肇庆一起吃晚饭。菜是夫人亲手做的，一大桌子，可是谁也没吃下多少，父亲也只喝了一小碗粥。吃过饭，嘱咐魏肇庆好好温习功课不要太过分心，又问了下老夫人的情况父亲便去休息了。父亲走后王氏告诉魏肇庆，父亲知道他聪慧多思做事稳妥，一直盼望他能科举高中光宗耀祖，凡事当以学业为重。话虽如此，但现在看来父亲的病已是很重，时辰已晚只能第二天再做打算。魏肇庆一晚上翻来覆去合不上眼，直到三更才迷迷糊糊睡去，第二天一早还是去了叔父家中，让叔父请宫中太医来为父亲诊治。太医早已来过，这次只是多了位老先生，老先生仔细给魏景晔把了脉，又问了下病情，想要说话却欲言又止。魏景昉见了忙道："王老太医，这里不方便，请到前面喝茶。"太医们随着魏景昉来到前院，魏肇庆也跟了出来，上了茶来魏景昉问道："王老太医，我哥的病怎么样？"王太医沉吟半晌才对魏景昉道："魏大人，实在对不住了，我开副药让魏大人服下先维持几天，还是再寻名医吧。"说到此大家都已明白，王太医看不了的病哪里还有什么名医啊。魏肇庆扑通一声跪了下来，哭求道："请王大人发发慈悲，救救我爹的命吧，救救我爹的命吧。"王太医虽说怜惜只是已无良策，只言道："快起来，快起来，我们回去再做商议，一定会尽力的。"说着起身去拉魏肇庆。魏景昉忙上前扶王太医坐下，又对王太医道："王老太医，我哥的病到了这个时候请您来就知道让您勉为其难了，不过还请看在我哥平日里为国尽忠的份上，多想些方子，救救我哥。"说着一躬到地。王太医忙站起来道："魏大人为官为人我们都佩服得紧，在下一定竭尽全力想办法，回去一定好好商量商量。"老太医先开了个方子留下随后便要回去，任魏景昉百般挽留却也不肯住下，叔侄二人只好千恩万谢送了出去。

第三天，魏景晔精神出奇地好，魏肇庆搬了把椅子放在门口，让父亲坐在上面晒晒太阳，自己则搬了个小凳坐在旁边。不知为何，这一天魏景晔基本没有咳嗽，面色也稍稍有了些血色，只紧盯着儿子看个不够，满眼的疼爱。就听魏景晔缓缓说道："肇庆啊，我在外为官这么多年，待了不少地方，好不容易在户部安顿了下来，可为了让你安心读书一直把你留在老家，总算是要春考了，你准备好了吗？"魏肇庆忙应道："爹，您放心，您嘱咐我的话我时时记得，天天专心读书，都准备好了。"看着儿子坚定的目光，魏景晔点了点头，脸上露出满意的笑容。魏景晔又道："切记，考试的时候千万不要慌乱，考官看你答卷你也不用心慌，职责所在必须要看的，你答你的便是。再就是文章要想好了再写，字写得一定要整洁，要不文章写得再好书写潦草也不会取你，只说你心性不稳做事无条理，这也是为官之大忌。"魏肇庆忙应道："记下了，爹。"见父子两人说话，王夫人也搬了把椅子坐下来看着爷俩，满眼的怜爱，却总也掩不住那深深的忧郁。父子二人足足聊了一个多时辰，总觉得有说不完的事情要嘱咐。

魏景晫的病情时好时坏，太医又过来了一趟，新开的方子也试了，可总也不见好转。这一天天还没亮，丫鬟来敲门说夫人请他快去，魏肇庆忙披上衣服来到父亲房内，却见魏景晫躺在床上气息微弱，王夫人跪在旁边满脸是泪。夫人见魏肇庆来了忙趴在魏景晫耳边哭道："快醒醒，肇庆来了。"就见魏景晫微微睁开双眼看了一眼儿子，用力抬起右手，魏肇庆忙跑上前去一把握住父亲的手，却不想刚抓到就感觉那只手陡然垂了下去。魏肇庆知道父亲去了，猛地扑倒在魏景晫身上号啕大哭，仅仅团圆了几天便是阴阳两隔，着实让人痛心不已。不知多长时间，两个人才在下人的劝说下止住悲声，这才打发人给魏景昉送了信去。等魏景昉来了又是痛哭一场，一家人都暗自垂泪伤感不已，人已故去痛苦伤心却也奈何不得，最后经过商议，决定还是扶柩回家安葬。

丧事不细说，只说事情处理完了，魏景昉把魏振菖请了过来，当着老人家的面，魏景昉道："肇庆，景晫哥是我的亲哥哥，你，我一定尽力照顾，虽说自小你跟随大哥长大，可我毕竟是你的生父，咱们还是一家人，无论今后有什么事尽可来找我。"这些魏肇庆自然知道忙点头称是。魏景昉接着道："再就是有一件事我要和你说下，你和你娘都要在家守孝，今年春试是不能参加了。"虽说魏肇庆知道是朝廷规矩，但一心继承父志的他听到此不免失落，抬头看向屋顶强忍住泪水。魏景昉怜爱地看着魏肇庆道："不要灰心，后面机会有的是。"魏肇庆紧咬牙关点了点头。魏景昉起身对魏振菖道："五叔，刑部还有事，明天我就回去了，嫂子还有肇庆麻烦您多加照顾。"魏振菖道："一家人还说这些话，肇庆是我看着长大的，你回去就是，家里的事有我。"魏景昉又对魏肇庆道："过了这段时间，想奶奶了就来京城，虽说要守孝，不过来家里还是可以的，要不你奶奶见不到你也会牵挂，再就是在家要好好读书，下次赶考会更有把握。"魏肇庆忙应了。

且说魏景昉走后，魏肇庆很长时间都没有出门，整日憋在家里无所事事。十几年来，魏肇庆一直以读书考取功名为任，以他的学识阅历眼见目标即将实现，可这突然的变故却让一切成了泡影。处理父亲丧事的时候只有悲伤没空想太多，现在闲下来，失落便一下子堆满了心头，一下子要空度三年，这三年要怎么过？他一下子没了主意。一段时间以来魏肇庆茶饭不想，人明显消瘦了许多，芷妍看在眼里疼在心里，一时也想不出什么好主意，想着五爷爷魏振菖见多识广，又是家族主事，何不请他来劝解劝解，于是便遣了丫鬟去请。时间不长，魏振菖便来了。丫鬟上了茶，芷妍先见过说明原委才去书房叫了魏肇庆过来。魏振菖道："肇庆啊，你父亲去世我也十分难过，说起来我和你父亲是一起长大的，虽说他读书好去了外面做官，可我们两个的感情一点也没断，他就这么去了我也十分难受。你父亲自小专心苦读，考取了功名光宗耀祖，外出做官不负皇恩，恪尽职守呕心沥血死在任上，能够得到朝廷褒奖这是我们家族的荣耀，可不管怎么说人死了，再怎么难过也不能复生，你也要想开一些。"魏肇庆冲魏振菖点了点头，道理虽说都明白，可发生在自己身上才知心痛如何。魏振菖又道："你自小以你父亲为榜样一心考取功名，这是好事，家里都支持你，我们也相信你有这个能力，但是人生不可能事事如意，以后还会遇到很多意想不到事，这些道理你应该明白。"魏肇庆点了点头，道："爷爷，我知道，您放心我没事。"其实魏肇庆并不是死读书的书呆子，也与魏振菖一起处理过不少事情，道理自然懂得，只是两件事一下子落在头上一时缓不过劲来而已。"这样就好，以前你一心读书，父母又时常不在身边，家里的事情和你说得少，正好现在闲着没事，我给你讲讲咱们魏家的事儿。"魏振菖就把魏家自迁居魏集以来耕种辛苦、经商兴家、教子读书、出仕尽忠一一讲给魏肇庆听。

魏振菖讲道："这耕种讲究勤，人勤地不懒。这经商讲究道，君子爱财取之有道，这个道包含道义和门道。道义好讲，就是要以信取义，再有就是门道，我给你讲讲你老爷爷'一张饼（炳）卷了蒲台县'的事，那是我小的时候……"故事又回到开头的那一幕。

第四章

初探境，心扉开丽影
下梅村，宛若太虚境

从此以后，魏肇庆除了在家看书，一有空便去魏振菖家里听他讲家里的事情，讲长辈们的经商之道。只要有时间，魏振菖就带着魏肇庆去魏家的生意上看看，里里外外不厌其烦地讲给他听，各种生意门道，货物查验不分巨细。魏肇庆学得也十分用心，人就这点好，只要是喜欢的东西学起来倒不觉得特别辛苦，并且还能在里面体会到诸多乐趣。

说话间几个月过去了，此时的魏肇庆已经能就事论事提出一些问题，也能对有些事的做法提出不同的见解，这一天魏肇庆和五爷爷魏振菖两人正聊得不亦乐乎，忽见一个家人拿着一封书信跑了进来。魏振菖接过来一看，是自家福建茶商来的书信，就见信中写道："各位商东：本茶庄不慎失火，资材尽毁，账目无迹可查，按经商规矩提报官府，自即日起外债不举，内债全消。"看完魏振菖一下子愣住了。说起来，这位茶商自上辈结交以来已合作几十年，两家一直以来都有走动，现在突然失火不知道家人可有受伤，信上却只字未提。他把书信递给魏肇庆，魏肇庆看罢问道："可是前年夏天来的陈掌柜？"魏振菖点了点头道："正是。咱们家春季赊茶，秋后还账，欠他的茶钱只是尾欠，也就几百两银子，年年都是如此，只是不知道陈掌柜家人怎么样了？"魏肇庆道："天灾人祸水火无情，这个还真不好说。"扭头忙问家人："送信的人呢？"家人连忙把送信的人叫了进来，可送信的人道："老爷，这封信是去济南府办事的东家捎回来的，捎信的人没说别的，只说务必将信送到。"魏振菖道："好吧，回去就说谢谢你们家掌柜，让他有时间过来喝茶。"打发走送信人，魏振菖道："内债全消，人情不能消，再就是又到了进茶的时候了，往年只要我们家书信到了，陈掌柜便会安排船只发茶叶过来，陈家出了事我们的茶源就断了，再就是不知道陈掌柜怎么样了？"魏肇庆道："那我们应该过去一趟，看看到底怎么样了。"魏振菖道："是啊，无论如何我们都应该去看看。"魏肇庆道："过去看望一下也好放心，不过茶商咱们只能另找一家了。"魏振菖道："另找一家可不这么简单，不是说所有茶商都像陈掌柜这样信得过，我们魏家和陈掌柜做了几十年的生意，是靠实实在在的资金往来才建立起来信任，另找一家谈何容易啊！"魏肇庆道："那我们拿钱去买不就行了？"魏振菖听后摇了摇头道："我们家的商户每年需要三大船茶叶，银子就要八九万两，我们家虽说挣了些钱，可大部分钱都用在了茶庄和商铺上面，没有太多现钱，去年修河堤又花去了近三万两，家里一下子还真拿不出这么多钱。去年本想办一家钱庄，有事也好周转，可事情接二连三，再加上眼前我们没太多现银也就没办成，现在想来怪我没有当机立断。"说完摇了摇头懊恼地长叹一声。魏肇庆道："那怎么办？没茶可卖自家茶庄还好说，其他批发咱们家茶叶的商户怎么办？以后大家如何信得过咱们魏家。"魏振菖想了想，像是下了很大决心道："看来，我要亲自去一趟了。""五爷爷，您都这么大岁数了怎么去？路又这么远，您身体又不好……"虽说魏振菖刚刚年过五十，可这两年身体一直不好，有时候肚子疼起来站都站不直。去年修堤辛苦，过后老爷子就病倒了好几天。想来也是，去年修堤，魏景晔亡故，教导魏肇庆都耗费了不少精力，眼看着身体一天不如一天，魏振菖也自觉精力大不如以前了，万一病倒在路上可怎么办？可自己不去又能让谁去？思前想后还是说道："我不去谁去？你叔叔做事简单，照看个商铺还照看不过来，谈这么大生意我实在是不放心。"魏肇庆看在眼里急在心里，他知道绝不能让五爷爷去，别的不说只说这鞍马劳顿，这么大岁数肯定受不了，更何况五爷爷还有病在身，真要去了说不定就回不来了，思虑再三就见魏肇庆用力攥了攥拳，像是嘴里蹦出来的一样，两个字脱口而出："我去！"两个人都愣住了，都直愣愣地看着对方。魏振菖听到魏肇庆说去既喜又忧，喜的是魏肇庆这是振作起来了，自己的心思没有白费，魏家也需要一个家族生意上的接班人，魏肇庆能承担那是再好不过，忧的是只跟着自己学了这么点时间，虽说魏肇庆悟性高，处事干练果断，可能否办好这件大事老爷子心里也没有把握。魏振菖想了好一会儿才道："好是好，让我再想想。"魏肇庆也在想，自己想承担，可这么大的事也不是说办就办成的，搞不好家族生意就会出问题，也就说道："好，五爷爷，我也好好想想。"

魏肇庆回到家刚坐下，就听到门外有人叫他，忙出门看是谁，就见俊德一边喊着肇庆哥一边跑了进来，俊青和俊杰也从后面大步走了进来。自从去年春天认识以来，几个人便成了好朋友，俊青比魏肇庆大两岁，俊杰和魏肇庆同岁，俊德小几岁，几个人年龄差不多自然聊得来。魏肇庆也去过铁匠魏两次，听魏忠路讲过铁匠魏的一些故事。魏老爷子一家虽说世代以打铁为生，可祖上是魏征家族的卫队亲兵，武艺超群，还曾带兵打过仗，并且这些年来功夫传家从未断过。魏肇庆亲眼见过俊杰练过一套枪法，为唐代名将秦琼所授，名曰罗家枪法。罗家枪的要诀是一扎眉篡二扎手，三扎肩头四扎肘，五扎前胸六扎膝，七扎两跨穿裆走，八扎金鸡乱点头，九扎银蛇刺咽喉，五虎绝命断魂枪，策马回身敌难走。就见俊杰使起枪来提拿扎扫虎虎生风，枪枪不离要害，手眼身法扎实迅猛，急急如暴风骤雨，小巧处却又灵似猿猴，神出鬼没，难怪俊德一直说俊杰功夫好。见是他们兄弟三个来了，魏肇庆顿觉眼前一亮，心道真是天助我也。就听俊杰道："肇庆哥，兄弟给你拜年了。""拜年，拜什么年啊，咱们兄弟没那些虚礼，来来来快进屋。"魏肇庆边说边拉着兄弟三人进屋。妻子芷妍听到说话也从里间走了出来，与众人见过面说道："你们来得正好，他在家正闷着没事干，你们来了正好聊聊，庆哥，今天就你们兄弟几个，就不去咱娘那里了，我做几个菜，大家在家里吃吧，省得大人在拘束。"魏肇庆道："也好，你和娘说一声，再就是让月儿把那边的饭菜准备好了。"芷妍应了出去。俊青道:"兄弟,我爹一直叫我们过来看你,年前年后事情多,到现在才来。"魏肇庆道:"俊青哥,咱们兄弟还用如此客气,啥时候来都一样,伯父身体可好?"俊青答道:"我爹身体一向不错,他一直念叨是魏家救了咱们全镇,要我们好好向你学习。"魏肇庆道:"哎呀,一点小事不值一提,再就是咱们十里八村都是一家人,就应该这么办。"魏肇庆又道:"俊青哥,你今天来了,正好有个事想请你帮忙,看能不能办?"俊青虽然持重,但兄弟有事相求也是二话不说,直言道:"兄弟,你尽管说,只要我能做到绝无二话。"魏肇庆就把福建茶商家失火的事讲给了兄弟三个听,最后道:"要是今年断了货,咱家里茶庄自卖的还好说,从我家贩茶的茶商还有十几家,上下牵涉上百口人也会因此断了生计。"俊杰问道:"肇庆哥,你就说你想让我们干什么吧。"魏肇庆道:"我想让你们和我一道去南方贩茶。""好,没问题。"俊杰立刻应道,就听俊青道:"应该没问题,我们回家和我爹说说,不过我们都没出过远门,贩茶的钱怎么带,如何识茶我们也不懂,我们去了能干什么啊?"魏肇庆摆摆手道:"这些不用你们操心,我来办,只要你们和我去就行了,咱们一起我就更敢去了。"听魏肇庆如此说,俊青、俊杰满口答应:"好,那就行,这事就这么定了。"都是年轻人,做起事来就是干净利落。时间不长饭菜准备好了,兄弟四人都是性情中人,喝得自然十分尽兴,俊德年纪小不喝酒,俊青、俊杰却都是满脸通红才回了家。

　　第二天,魏肇庆来到五爷爷家中,对魏振菖道:"五爷爷,我想好了,这次我去有这么几个有利条件。一是虽说陈掌柜写信来说外债不举、内债全消,但作为咱们的老商家,我们应该送些银子过去聊表心意,再就是与福建茶商共事这么多年,有陈掌柜引荐我想也不会有太大问题;二是我去虽不如您亲自去,不过只要您写封信我带过去,陈掌柜应该能信任我;三是昨天我家来了几位客人,您也认识,就是铁匠魏魏伯父的三个儿子,个个武艺高强,我和他们说好了,他们答应和我一起去福建。"魏振菖见魏肇庆如此把握,高兴地点了点头道:"既然这样,你去历练一下也好,我让同春茂茶庄的贾掌柜和你一起去,他是识茶老手,以前也跟我去过福建,陈掌柜家他也认识。"魏肇庆道："那更好了，有他去您就放心吧，有事我多跟他商量就是。"魏振菖道："这样，你先准备两天，我再给你讲讲福建茶叶生意，去了不要说出外行话来，再就是你想想，看带多少银子过去合适。"魏肇庆问道："我们还欠多少银子？"魏振菖说："我查了下，还欠陈老板三百八十一两，这次我们全部送过去。"魏肇庆考虑了一下道："这倒是个问题，即外债不举、内债全消，我们照数目给他就是坏了规矩，其他外欠的会找他们还钱，再就是其他欠钱的也会对咱们有所议论，说我们坏了规矩反而不好，我看不如送六百两过去，这钱就算是慰问，不算归还欠款。"魏振菖道："好，就按你说的办，再就是这几年我们和陈掌柜家只要书信送到买茶就不要定金了，现在重新联系，定金一定不能少，按规矩要十分之一的定金，我们进十五万两银子的货，你就带两万两银子过去吧，以备不时之需。"魏肇庆道："好，这些就不少了，我先带着去，有事我再给您写信。"

这几天让家里打点行装不细说，魏肇庆只要有空就到魏振菖家听他讲福建茶事。魏振菖讲道："老百姓都讲开门七件事，柴米油盐酱醋茶，虽说茶排在最后一位，但茶文化流传至今，里面自然有很多道理。茶是待客之道，无茶奉上白水即视为失礼，并且茶叶自古就有药用之说，'诸药为各病之药，茶为百病之药'，医书上说过茶有清热、解毒、疏胃止痢等效。到了北方，游牧民族以牛羊肉为主食，火气大须以茶清理肠胃，更是离不开茶，所以说上至皇上百官，下至平头百姓，只要有点条件的就多多少少备点茶叶，我们魏家从你老爷爷开始就结交福建茶商贩卖茶叶，有此家业也是靠了这茶叶。现在茶业兴盛当属福建，以武夷山茶为最好，陈掌柜就在崇安县，这次去就让贾掌柜带路直奔崇安县。"随后又给魏肇庆讲了武夷岩茶的一些讲究，魏肇庆一一记下，魏振菖最后道："时间短，先给你讲这些，路上再让贾掌柜给你讲讲。""好，有不懂的我再问他。"魏肇庆应道。魏振菖又道："你这次去的主要目的是把茶叶赊了来，路上不太平，所以最好不要管运送的事，茶商都有自己固定的运送商队，路上他们自有办法，我们只要确定在哪里接货就行了，越近越好，至于定金多少，你看着办。""好，我记下了。"魏振菖又叮嘱道：

"现在路上也不太平，你千万小心，遇事大家相互照应，切记生意上不懂的千万不要乱说，有事多和贾掌柜商议，事情办不成先回来，我们再想办法。"魏肇庆一一应下。

一行四人收拾完行装便开始出发，路上艰辛自不多说，且说这一天到了崇安县。几个人一商量决定先去陈掌柜的同春茂茶庄，这里多说一句，魏集的也叫同春茂茶庄，取的是同源之意。贾掌柜以前来过还记得路，一路带着大家来到茶庄，可到了茶庄众人都傻了眼，但见整个院子已是焦土一片，仅有的几堵砖墙也已放倒，有几个伙计正在整理杂物。南方人习用木料搭建房屋，遇到火灾真的是不堪一击。贾掌柜上前一打问才知道，快过年的时候不慎失了火，加之当晚风大，一夜之间宅院全部化为了灰烬。贾掌柜道："这位小哥，我们是山东来的，是陈掌柜的朋友，知道这边出了事特意过来探望。"伙计应道："掌柜的好，这么远还来探望实在感谢，请问有什么事吗？"贾掌柜问道："我们刚过来就见茶庄这个样子，不知道陈掌柜可好？现在哪里？"伙计道："陈掌柜不在了。"几个人虽说有些心理准备，但听了还是大吃一惊，魏肇庆忙上前问道："怎么回事？陈掌柜怎么不在了？"伙计道："火烧起来才发现老掌柜没出来，待要救的时候已然进不去了，后来听夫人说头天晚间老掌柜和大儿子都喝了酒，估计睡得太沉没能逃出来，只夫人和小儿子侥幸逃了出来。"几个人互相看了一眼，知道这定是真的了。魏肇庆道："怎么会这样？太可惜了！"贾掌柜问道："到底怎么失的火？"伙计回道："官府倒是过来查看了，说房屋烧得乱七八糟很难说，只知道火是从老爷房里起来的，具体不知道怎么回事。"贾掌柜问道："如此说来一个多月了，家里都安顿好了没有？"伙计们回道："收拾得差不多了，就我们几个在这里整理整理，说是要把宅基卖了。"魏肇庆问道："不知道夫人和少爷去哪里了？"伙计道："我们家邹掌柜送夫人和少爷回老家了。"贾掌柜问道："请问陈掌柜老家哪里的？"伙计回道："离这里不远，就在下梅。"说着伙计隔空指了个方向。贾掌柜又问了一句："下梅村吗？"伙计点头称是，不过就算知道大家也不好去，于是请这个伙计带路，一行人先去下梅再说。

几个人坐了去下梅村的船，就见河道内船只来来往往络绎不绝，伙计介绍道："每到这个时节过来贩茶的就源源不断，茶农们都是把茶叶先送到下梅，再由下梅转运到崇安，然后才运往全国各地，所以这条水道每到这个时节便会热闹非凡。"船走了大约一个时辰，前面来到一处村庄，但见四周青山高耸，中间水养邑人，山环水抱间营造出一个美丽村落。下得船来，就见村内房屋高墙对立，窄巷通幽，溪水潺流绕房而过，千里难寻的一处雅居之所。伙计指引着来到一处宅院前，就见大门上方砖雕遍是，雕梁画栋，门两侧浮雕琴棋书画，檐下花藤镂空雕刻翩翩飞舞五只蝙蝠，谓之"五福临门"，蝠头朝下寓意"福"到。伙计上前敲门，有人开门迎了进去，进到院内就见青瓦屋顶起架舒平，墙架立砖斗砌，木柱板壁挑梁减柱显得屋宇空间大出不少，东阁西厢，书屋楼台一应俱全。院中四方天井，天井下摆长条石花架，兰花、海棠分置两旁，一路进去一重天井一重厅，清雅别致各不同。门窗为透花式样，八扇为一樘的格扇窗，叙棂、平行棂雕祥云图案，更见南方人细致精巧之功。魏肇庆第一次进到如此精致的南方院落，一下子便被其富贵和雅致所吸引，如不是有事要办，那定是驻足不前看个仔细。几个人客厅就座，丫鬟请了夫人出来，夫人与众人见礼完毕，贾掌柜指着魏肇庆介绍道："夫人，我们是从山东武定府过来的，这是我们家少爷魏肇庆，魏家一直以来经营贵茶庄茶叶，知道贵庄突遭不幸特来慰问。"魏肇庆起身与夫人再次见过。陈夫人道："家中突遭不幸，老爷未能幸免，各位远道而来不胜感激。"魏肇庆道："我们魏家自我老爷爷开始就与贵庄生意往来，这么多年承蒙照顾，前来探望实属应当。"说罢便让贾掌柜把银子拿给陈夫人。陈夫人忙摆手道："虽然我家资财尽毁，然已按当地规矩宣布外债不举，内债全消，所以此银概不能收。"魏肇庆道："夫人讲得在理，但是魏家承蒙贵庄多年照顾，此银绝非归还外债，而是慰问陈掌柜家人。"夫人犹豫不定，忙吩咐伙计去把邹掌柜请来。

一盏茶工夫，伙计带着邹掌柜走了进来。邹掌柜三十几岁年纪，也就七尺身材，身穿深紫色长袍，配蓝色马褂，打扮得十分干净利落，高颧骨低鼻梁，眼窝靠后，目光深邃好似一眼就能看透对方。进到房内邹掌柜行礼见过，陈夫人把魏肇庆几人来的意思说给了邹掌柜听。邹掌柜听罢向魏肇庆深施一礼，道："魏老掌柜深明大义思虑周全，资财不违规矩，值得我辈尊敬，魏少爷远道前来，辛苦，辛苦。"又用福建话和夫人说了几句，夫人这才收了银子去后院，把少爷带了出来与众人一一拜谢。邹掌柜对大家道："各位掌柜，我家夫人和少爷多谢各位慷慨相助，不胜感激，按理应该在家设宴款待，然少爷尚小，夫人主持家务多有不便，今天由我代表夫人少爷略表寸心。"

辞别陈夫人出来，邹掌柜道："大家刚到下梅还没找住处吧？时间还早，我先安排大家住下休息休息。"说罢领着众人来到一家旅店。远远就见旅店里人来人往热闹非凡，客人们操着各地口音谈天说地，一看便是各地客商汇聚于此。小二远远见客人来了却不招呼，来到近前见是邹掌柜带了人来才道："邹掌柜，今日客满了，您看？"邹掌柜走上前去与他用福建方言交流了一番，伙计们这才把他们带到不远处的旅馆别院，专门接待重要客人的地方，安排魏肇庆一行四人分别住下。

一路舟车劳顿也是乏了，几个人倒下便呼呼大睡，一觉醒来已是夕阳西下。几个人刚起，邹掌柜便带了下人提着食盒从外面走了进来，怀里还抱着两坛米酒。酒菜一一摆上桌，众人分别落座，邹掌柜道："魏少爷，不知道大家口味，我要了几样我们当地菜，请大家尝尝鲜。"说着给众人介绍道："这是岚谷熏鹅，这是八珍炖兔肉，这是文公菜，这是稻花鱼，还有这个是肚包蛋，不知道合不合各位口味，如有需要我喊伙计们加过来。"魏肇庆忙道："这就够了，多谢邹掌柜。"邹掌柜道："哪里，哪里，魏少爷不用客气。"大家把酒倒上，邹掌柜端起酒杯道："按我们崇安规矩，在此我敬大家三杯酒，这第一杯酒替我们东家敬各位，家中有事，能有千里之外的朋友想着，还不远千里前来慰问，我们东家当是三生有幸，万分欣慰。"魏肇庆忙道："既是朋友，又承蒙陈掌柜照顾多年，来看看也是应该的，来时不知陈掌柜不幸遇难，深觉惋惜，这杯酒我们一起告慰陈掌柜。"说罢，将酒洒在地上，众人也依样做了。邹掌柜又道："这第二杯酒我代我们家夫人少爷敬大家，感谢大家慷慨相助。"魏肇庆道："前恩不言谢，理当过来慰问。"大家举杯一同饮了。邹掌柜再次端起酒杯道:"这第三杯酒,我敬大家,虽说与众位初次相识,但对大家为人行事深感敬佩,这杯酒我敬各位。"魏肇庆道:"邹掌柜客气了,来了以后您就跑前跑后,照顾得如此周到,在此我们大家也谢了。"几个人又饮了杯中酒。客套话讲完,几个人你来我往对饮了起来,饮酒间邹掌柜仔细打量了打量几个人。来的这位魏公子,家里与陈掌柜茶庄有买卖往来,看言谈举止彬彬有礼应是大家出来的,前些年魏家老掌柜来过,大气豪爽,气度上颇有些神似;来的这个掌柜恭顺和善、谨言慎行像个生意人,也算得体;可来的另外两位虽说穿着长袍马褂,打扮得像生意人,可言谈举止拘束异常看样学样,却不像生意人,行事举止却又规规矩矩,就说吃菜吧,看魏肇庆动筷两人才举筷,饮酒也是,魏肇庆浅尝两个人便湿湿嘴唇,魏肇庆满杯下肚,两个人也才小半杯左右,但见两人皮肤黝黑,身材魁梧倒像是练家子,不过二人却与魏肇庆称兄道弟,邹掌柜一下子想不明白了。见邹掌柜老是打量自己,俊杰说道:"邹掌柜,你看我们兄弟俩不像生意人对吧?"邹掌柜听他点破也就说道:"呵呵,我看二位不像常年跑外。"俊杰道:"对,对,邹掌柜看得挺准,我和我哥一直在家务农,去年春天赶上黄河闹凌汛,肇庆哥飞马传信,这才和肇庆哥认识,从此我们就和肇庆哥成了好朋友,这次他来这里,家里安排我们跟着一起过来,外面的事我们不太懂,所以才跟着肇庆哥学。"邹掌柜道:"原来两位老兄是为魏少爷帮忙啊。"俊杰说道:"这不叫帮忙,这就是我们自己的事,您不知道,当时发大水的时候上游来的大冰块差不多一两丈大,一个劲儿地往前堆,再加上天寒地冻取土又困难,眼看着就要出事,是肇庆哥跑前跑后到处传信。再就是为了护住大堤,五爷爷从自家拿钱出来,你知道几十里河堤那是花了多少钱啊?成筐的铜钱往河堤上抬啊。是魏家救了全镇百姓,跟着一起来这件小事不叫帮忙,这就是自己的事儿。"邹掌柜听后连连点头,举杯敬酒道:"这位老兄不说我还不知道魏家竟有如此壮举,我敬魏少爷一杯酒。"魏肇庆道:"邹掌柜太客气了,这些都是我爷爷安排办的,我爷爷说过,十里八村都是乡亲,都是应该的。"邹掌柜道:"魏少爷不必客气,今天我们意气相投,我看你们都以兄弟相称,如不嫌弃你我也兄弟相称如何？"魏肇庆道："那再好不过了，少爷、掌柜的称呼听起来就不舒服，来，哥哥，这杯我先敬你。"喝了杯中酒，魏肇庆道："哥哥，刚你也听他们叫了，我叫魏肇庆，不知哥哥大号叫什么？"邹掌柜道："不敢，小字云东。"魏肇庆道："好，云东哥。"说着抱拳行了个礼又举杯敬了一杯。酒至微醉，伙计们送来了当地名吃光饼，大家一看有饼上来更是高兴得不得了，连吃了几天米饭，肚子胀胀的却总觉得吃不饱，上来了面食自是眼前一亮，哥哥弟弟已经叫得十分亲热，也就不再拘礼拿起便吃了起来。魏肇庆抬头仔细打量了打量邹掌柜，心道这邹掌柜着实不简单，考虑得确实周全。吃罢饭大伙又说了会儿话，临走邹云东道："时间不早了，大家早点休息，明天一早我过来带大家四处转转。"

　　第二天一早，大家简单吃了早饭，邹掌柜带大家来到村外山下，顺着山间小路慢慢往山上走。山东老家这时候寒冬刚过，大地还是光秃秃的，然而这里已是葱绿满山，大家穿林过溪，绕山而行，沿着山间小径林间仔细穿行。行进间，随处可见樟树、水松、红豆杉以及各种从未见过的树种花草，空气清新而湿润，树香伴着花香沁人心脾，树下苔藓附于石，浓浓的绿色随处可见，更为山林增添了一抹底色。山溪过处茶树丰茂，茶园叠嶂，鸟鸣不时传来，突一声长鸣更显得山谷清幽。虽说越往山上走茶树越来越稀少，然山石散落处时有大棵茶树枝繁叶茂，一枞树枝散发开来，好似大大的绿色花朵，比山下茶株更粗壮了许多。几个人一路说笑着一路往山上走，除贾掌柜年纪稍大些都是二十来岁的年轻人，说说笑笑倒也不觉太累。来到山顶，举目望去，山峰层峦叠嶂美不胜收，向山下望去，青山环绕的下梅村更显得清净悠闲。阳光泼洒在屋顶之上，闪着点点金光，溪流穿村而过，似一条白色飘带轻盈流动，韵律般上下挥舞，下梅村更显得娇柔而灵动，魏肇庆暗道好一处桃源景象。魏肇庆好似呆了般看着下梅村，眼前景象似一幅画卷摆在自己眼前，宁静和灵性一下子驻进了心里。

　　山上下来已过正午，好歹吃过午饭稍事休息，邹云东来到旅店说带魏肇庆去见一个人。太阳已然偏西，几个人懒洋洋地跟着邹云东来到一座大宅院前，就见门前青石铺路，高高的两根旗杆当街耸立，往大门上看，正上方牌匾书"大夫第"三个大字，门当石雕鲤鱼跳龙门，寓的是"富贵有余"，另一面雕一只昂首曲鼻的大象驮着一方印玺，寓"出将入相"。迈步进到院里，客厅正面几案上摆一对花瓶，左瓶插如意，说的是"万事如意，吉庆平安"，右瓶插一剑，取的是"品（瓶）升一级"，中堂立"花开富贵"，房屋门扇隔窗均饰以木雕、蝙蝠、花卉将屋宇烘托得十分雍容华贵。一位老者端坐在正堂太师椅上，邹云东见了忙上前施礼，道："大伯，这就是中午我和您说的魏少东家。"魏肇庆忙上前施礼："见过大伯，冒昧前来，请多指教。"老者起身道："客气，客气，云东中午和我说了你们的事，我说有缘来见一面。"又道："山东我也去过，待客以酒，我们这里以茶会友，请随我来。"老者引众人来到后花园。就见花园墙上书"小樊川"三个大字，两侧饰"镜""月"二台、双层石花架上兰草葱葱，枝叶蔓舒。院中间一方金鱼池，大红的金鱼儿游来游去悠闲自得，三两株茶树散植园中，一棵罗汉松倚墙而立，已是茶碗粗细，人影树形好不雅致。靠鱼池摆一方茶台，一把紫砂壶，六头白瓷小茶碗，桌上摆孝母糕、芝麻果、咸笋干、芋果四样小茶点，炭火炉上紫陶壶冒出缕缕热气。众人分别落座，邹掌柜负责泡茶，就见邹云东先用热水将茶具冲洗一遍，才用茶勺将茶叶放入紫砂壶内，高举陶壶水龙入壶，轻刮浮沫，盖上壶盖热水浇壶，片刻后一手关公巡城，六杯茶倒满却是倒掉，再次冲了方分与众人。邹云东向前伸手示意道："请。"整套动作一气呵成，这茶也是一般深浅，一看便是老行家。众人忙应："好。"虽说这茶还未沾唇，茶香却早已扑面而来，然魏肇庆一行除了贾掌柜外都未来过福建，从未见过如此喝茶，贾掌柜虽在路上讲过福建有功夫茶一说，也只是说说未曾见过，如此小杯如何把握魏肇庆一下子不知如何是好。此时就见贾掌柜伸出右手，一手三龙护鼎轻轻端起茶杯，魏肇庆见了便依样学样端起茶杯。但见杯内茶汤呈金黄色，圆润如滚珠流盘，那清香更是扑鼻入脑，让人飘然若仙，才入口一股木香瞬间从舌尖化开，转而回甘，浓浓醇香久久不散。老者在旁边一直仔细地看着魏肇庆，见魏肇庆凝神静气水咽细咽，不觉面带喜色，知是茶道熟客。三泡过后茶色更浓，木味渐渐不知所踪，取而代之的是一股清纯香味，细品顿觉香浓涩冲，全身神清气爽，几杯下来，刚刚的倦意顿时消失得无影无踪，虽说时值春日，然身上竟有些微微发热。魏肇庆忙向老者问道："请问伯父，此等好茶未曾品过，不知此为何种名茶。"老者道："魏少爷，你倒说说此茶如何之好？"魏肇庆一听便知这是老人家要看看自己的茶识，忙道："在您老面前我怎么敢说。"老者道："不必自谦，你且说说看。"魏肇庆道："那我就献丑了，不对之处请伯父指教。"老者道："好，你请讲。"魏肇庆道："此茶入口木香浓郁，回甘迅猛，木香味中杂有杉、樟等诸多树香，应为众树之上山坡高处所生茶树，且三泡过后茶色更浓，茶香醇厚茶味纯正，应是激出本茶原味，饮后神清气爽，劲道可谓刚健。"老者道："不错，那就多喝几杯。"大家又慢慢品了几杯，都觉微微发热浑身通泰。老者又道："你再说说看。"魏肇庆接着评道："此后几杯，茶色虽略有转淡，但仍为深金黄色，香味不散，甜味渐增，此是第十泡，仍有如此成色，深感难得，如猜得不错，此茶应为山顶之茶，生于岩崖之上，经风历雨，根基深不可测，应为老茶壮树，此茶不可多得。"老者笑着微微点了点头，道："君山顶上茶树不多，也就那么几棵，每年也就几个有缘人能品一下。"

俊杰午间饭吃得急，来了直觉口渴得紧便多喝了几杯，说话间便觉腹中空空，虽说桌上摆着茶点却不好伸手，只时不时看向贾掌柜和魏肇庆，见两人不曾动手只得作罢，谁知馋虫儿作祟，这口水时不时冒出来，只得多喝了几杯遮掩过去，却不想几杯下去肚子里更是空得难受，看着茶点眼馋便不觉多看了几眼。俊青也是如此，但俊青沉稳尚能忍住，只是眼睛却也是不由自主瞟过去。又两杯茶下肚，俊杰的手想着接茶却有些跑偏，不过还好强忍了下来。邹云东看了心里明白，忙将茶点往眼前送了送，抬手道："来尝尝，味道如何？"俊青俊杰这才拿了茶点吃了起来。

此时魏肇庆仍在品茶境中，此已是十五泡，茶色仍是金黄色，花香渐去，然棕香甘甜不减，微微放置浓感立起，身上更是微汗渐出，全身酣畅不已，心中更是惊奇不已，心道此茶是何等缘分才能品到。老者见魏肇庆轻嗅细咽间时而深思，时而微笑，时而抬头看景，意识已完全沉入品茶境中，不觉深深点了点头，心道年轻人对茶有如此品位实属不易，便叫道："魏公子，魏公子。"连叫两声魏肇庆才回过神来，忙应道："不好意思，伯父，来时听贾掌柜讲起本地三大名品，大红袍，肉桂，水仙，此茶厚重，醇香而余味清幽，当属尊贵上品，莫非此茶是老枞水仙？"老者眼前一亮，对小伙子是越看越喜欢，道："说得不错，此茶乃村后君山之茶，枝叶散出颇像水仙，故而取名老枞水仙。"说完频频点头，道："好，好，你我有此茶缘，也是我们的缘分。"转身向邹掌柜说道："带魏公子去见你大哥吧，就说我见过了。"魏肇庆知是老者出手相助，忙起身致谢，老人示意魏肇庆坐下不必客气，仍继续品茶。几人又品了会儿茶，虽屡屡示意邹掌柜介绍，然邹掌柜却笑而不答，也不好多问，茶喝得差不多了便起身致谢告辞。老者亲送魏肇庆出来，看他们远去仍是满脸笑意连连点头，忍不住还轻轻嗯了一声。

来到街上，魏肇庆忙问邹云东："刚才我问见谁，哥哥说见了再说，现在见过了，这位老伯是谁啊？"邹云东道："大伯是景隆号老东家邹世杰老先生。"魏肇庆惊道："景隆号，可是与山西常家做生意的景隆号？"邹云东答道："正是。"魏肇庆一下子急了，拉起邹云东便往回走，边走边道："在景隆号老掌柜面前我还评茶，哎，我这也太失礼了，快跟我回去赔罪。"邹掌柜忙拦住道："不用不用，在我们这里品茶评茶不论大小，你今天讲得不错，回去老先生才生气呢。"邹云东接着又道："我一直还担心，就怕你吃点心。"魏肇庆问道："吃点心？这怎么说？"邹云东道："咱们这里喝茶即品茶，讲究的是气定神闲，品讲和一，一吃茶点品不能品讲不能讲，更见肚里油水不足谈不到富贵，你是品讲都好，过了老东家这关，茶叶生意老东家见了，少东家言听计从。虽说你不讲来的原因，我也知道你们为何而来，从昨天晚上一直到今天中午，你行事从容不急不躁，足见家境教养自是不凡，我才引你去见老东家，好了，现在有事你就和少东家说吧。"听邹云东讲完，魏肇庆忙谢道："我还不知如何是好哥哥就为我操办好了，真不知道该怎么感谢才好。"说着向邹云东深施一礼。邹掌柜忙拦住道："你我昨晚既已称兄弟又何必如此客气。"魏肇庆道只好抱拳谢过。

第二天，魏肇庆一行来到了景隆号，邹云东进去通报不一会儿便有人出来带众人进去。景隆号少东家邹云轩已在会客厅等候，大家见礼落座，魏肇庆道："邹掌柜，前段时间在下接到同春茂陈掌柜的书信，说茶号失火资材尽失，家里与陈家做了几十年的茶叶生意，一直都有往来，我爷爷放心不下陈掌柜让我过来看看，未承想陈掌柜不幸遇难，令人十分痛惜。"邹云轩道："是啊，陈掌柜是我们茶行前辈，如今不幸辞世着实令人惋惜。"魏肇庆道："幸好陈夫人还有小公子业已安顿妥当，回去我也好向爷爷禀报。"邹云轩道："也算是不幸中的万幸。"魏肇庆道："此次前来还有一事想请邹掌柜帮忙。"邹云轩道："不必客气，你说。"魏肇庆道："魏家与陈家做了几十年的茶叶生意，现在陈家有事生意就停了，不仅牵涉自家生意，还有生意伙伴十几家也会受到损失，来的时候本想请陈掌柜代为撮合，未承想陈掌柜已遭不幸，幸好结识了邹掌柜，邹掌柜不辞辛苦代为引荐，今天特来贵店求助，还望邹掌柜成全。"邹云轩知道魏肇庆已见过老掌柜，听魏肇庆说完便直奔主题道："不知你们每年在陈掌柜那里进多少茶叶。"魏肇庆答道："来的时候问过我家爷爷，每年要六万斤茶叶。"邹云轩问道"如何结算？"魏肇庆答道："每年都是写信给陈掌柜，茶叶便送过去，年前一并结算。"邹云轩暗想父亲既然见过应该没有问题，可这一张口就是十几万两银子的生意也是大了些。此时就听魏肇庆道："茶行的规矩我们知道，今年的定金带过来了，如有需要这次可以多付一些。"邹云轩道："那倒不必，我们茶行规矩定金是多少就是多少。"想了想又道："听云东说以前是你家爷爷掌管生意，近些日子我正好得闲，这样吧，我安排一下随后前去拜望一下他老人家，到时候一同商议可好？"魏肇庆明白这是要去考察，于是立马应下，道："邹掌柜能去实在是太好了，我先代我爷爷表示欢迎，我想爷爷也一定想见见您这位茶商俊杰。"邹云轩道："好，我随后就到。"

事情说定，魏肇庆告辞出来，来到街上对邹云东道："多谢哥哥代为撮合，今日事成全仰仗您的帮忙。"邹云东道："哪里，哪里，还是兄弟一家品行打动了老掌柜，不过魏兄弟你的品茶功夫更是令在下佩服。"魏肇庆道："哪里哪里，在您面前献丑了，这次邹掌柜来山东，也请哥哥一同前来，到时候弟弟摆酒致谢。"邹掌柜满口答应："你放心我一定去，我也想去见见魏老掌柜，到时候少不了麻烦。"

第五章

朋远道，自然坐大轿
锋芒冒，鞘匣自不罩

魏肇庆回到魏集便直接去了五爷爷魏振莒家，把福建一行的经历讲给五爷爷听："那天我们到了崇安县，先去了同茂春茶庄，没想到茶庄全烧毁了，陈掌柜和大公子都不幸遇难。"听魏肇庆如此说魏振莒登时站了起来，盯着魏肇庆道："怎么，陈掌柜没了？"魏肇庆点了点头，就见魏老爷子双手抱拳向着南方拜了两拜，仰天长叹道："老伙计，一路走好。"过了好一会儿方才坐下，问："你找到他的家人没有？"魏肇庆道："我们打听了一下，陈夫人和小儿子幸免于难，回了乡下老家下梅，于是我们决定先去看望陈家老小，有幸在陈家遇到了邹掌柜邹云东。"魏振莒道："是不是一个三十来岁的小伙子？个子不高，瘦瘦的？"魏肇庆应道："是啊，就是您说的那个样子。"魏振莒道："我前些年去的时候见过面，那时候他还是个三掌柜。"魏肇庆接着又道："邹掌柜很周到，先安排我们住下，第二天带我们去了君山，下午带我们去见了景隆号邹老东家，老东家还招待我们品了老枞水仙。"魏振莒问道："邹老东家？老枞水仙？这十几年我也就品过两次，你小子第一次去就见到了邹老东家，他还拿老枞水仙招待了你，你小子运气不错啊。"魏肇庆道："说起来幸亏邹掌柜，当时去的时候没有介绍去见谁，到了以后老东家让我评茶，我竟在他老人家面前班门弄斧了一番，没想到竟合了他老人家心意，安排我们去见了少东家。邹掌柜出来才告诉我那是邹老东家，当时有个地缝我恨不能钻进去了。"魏振菖道："不妨，确实这次邹掌柜安排得当，如果让你评茶你畏畏缩缩，定入不了老掌柜法眼。"魏肇庆道："过后去茶庄拜见少东家，谈起茶叶生意他没有立即答应，不过他说要来看您，我想他是要来考察一下。"魏振菖道："是啊，一下子十几万两银子的生意，又是初次，不放心很正常，过来看看也是应该的。"魏肇庆道："他一说我就立即答应了，还邀了邹掌柜与他一同过来。"魏振菖道："对，就要立即答应下来，过来看看无非看看家境，我这里前几年新修的宅院还可以，只是你的院子显得小了点儿。"魏肇庆道："我父亲四处为官，在户部也节俭惯了，没有修建好的院落，我叔叔常年在京为官，上了年纪说要回家来住，刚修的院子，能不能用那个院子接待一下？"魏振菖道："那太好了，你先回家，我安排人过去看看，收拾收拾，缺什么从我这里直接搬过去就行。"魏肇庆道："谢谢五爷爷，还有一件，经商之人一般好面子，我在路上就想，五爷爷您是皇封的五品官，能不能用官家仪仗迎接一下啊？"魏振菖道："这个没问题，我安排他们办就是。"说罢看着魏肇庆欣喜地道："可以啊，才出去这么几天见识倒长了不少。"魏肇庆不好意思地道："还不是和爷爷您学的。"魏振菖也是高兴，笑道："好小子，不错，快回家去吧，去看看你娘，省得家里人不放心。"魏肇庆忙应道："好，好，我这就回家。"

三天后，魏肇庆正在魏振菖家闲聊，就听到远处传来铜锣开道的声音，"邹掌柜来了。"魏肇庆道。魏振菖忙道："肇庆，你先去门口迎接，我去换身衣服。"魏肇庆忙吩咐家人："快去把贾掌柜喊来。"边说边往院外走。来到街上，就见四个人抬着一顶轿子，前面仪仗开道，远远地走了过来，后面还跟着一辆车。魏肇庆快步上前迎接，轿子落下就见邹云轩走了出来，一见面就道："老兄，你搞得太隆重了吧。"魏肇庆忙道："爷爷说邹掌柜初次来应该隆重一点，派人去接一下，仪仗是现成的。"此时邹云东也从后面车上跳了下来，魏肇庆忙上前见礼，邹云东也道："肇庆老兄，没想到你还有这一手，厉害。"魏肇庆道："和哥哥比这叫小巫见大巫，见笑。"引着众人来到魏振菖家。

大家进门就见魏振菖已经快步迎到了院子里，魏肇庆忙上前引荐道："爷爷，这就是景隆号邹云轩邹少爷，这位是邹云东邹掌柜。"两个人忙上前见礼，道："见过爷爷。"魏振菖忙拦下道："好，好，一路辛苦了，先进屋，先进屋。"邹云轩见到魏振菖眼里掠过一丝惊奇，虽说老人家面色不是太好，然看年龄也就五十上下，精气神尚足，不意转头看了一眼魏肇庆。魏肇庆忙上前介绍道："这是我五爷爷，家中生意一直由我五爷爷管着，只因去年修堤爷爷累病了，这段时间一直身体不好，所以才由我代去。"邹云轩道："我说呢，爷爷还这么年轻。"又对魏振菖道："您老多注意身体，千万不能再累着了。"魏振菖道："这次本该我去，可这身体实在不好，肇庆一直在家专心读书，一家人都希望他能出仕光宗耀祖，只因家中变故这才在家处理家中事务，这次也是第一次出这么远的门。"邹云轩道："是吗？看着真不像，不说还真不知道。"魏振菖道："邹掌柜如此年轻已然掌管景隆号，当真年轻有为啊！以后还请少东家多多帮衬。"邹云轩忙道："五爷爷，在您面前我怎么敢称少东家，叫我云轩就好。"魏振菖听邹少东家如此说也是非常高兴，道："好，好，那我就不客气了。"魏肇庆道："大家先进屋，到屋里说。"说着引大家进屋，众人分宾主落座，魏振菖道："以前经常听同茂春的陈掌柜提起你父亲，说你父亲一生精研茶道，力推当地茶叶行销南北，着实茶行翘楚，正当盛年力推年轻人主持茶行，实在是商行大家。"邹云轩道："父亲说茶道博大精深，潜心钻研茶道以图发扬光大，我现在主持茶行只是父亲想让我加以历练。"魏振菖道："长江后浪拍前浪，你们自当一代更比一代强啊。"邹云轩看了魏肇庆一眼道："多谢爷爷夸奖，看您实在是看好肇庆啊。"魏振菖闻言笑道："呵呵，肇庆当有此才，魏家与同茂春结交几十年，扶帮持守情谊深厚，陈掌柜这次出事实在可惜。"邹云轩道："是啊，陈掌柜为人敦厚，喜欢结交朋友，同茂春茶庄在我们当地也是数得上号的茶行，能得爷爷千里送福报，今后定能东山再起。"魏振菖道："那是一定，我们两家素有往来，我与陈掌柜也很聊得来，很多生意之道还多亏陈掌柜传授，不只是生意，我们是实实在在的朋友。"接着又道："我们与陈掌柜几十年来相互信赖，魏家才有此家业，十分感谢陈掌柜一家。"邹云轩道："爷爷您客气，我们福建茶商也是因为有了像您这样的朋友才能聚财聚德，别的不说，您这次不远千里慰问陈家老小就让我们佩服不已，并且送银子只做慰问不做还账，既不破规矩又行了善德，实在令在下佩服。"魏振菖转头看向魏肇庆，道："这都是肇庆的主意。"闻听此言，邹云轩对魏肇庆更是刮目相看。魏振菖看向邹云东，道："邹掌柜，前几年我去福建曾见过面，只是不曾细聊，这次听肇庆回来说多亏你辛苦接待，还代为引荐，我代表魏家向你说声谢谢。"说着抱拳向邹掌柜致意，邹云东忙起身道："是爷爷心怀大义感动了我，举手之劳何足挂齿，以后还请多多指教。"大家相见很是投缘，魏振菖也是高兴，道："好，今天晚上咱们就在家里吃饭，我陪大家喝两杯。"又对魏肇庆道："肇庆，先送少东家住下，一路也累了，休息一会儿过来吃饭。"于是魏肇庆便带着他们来到魏家客院，早有人打扫好了房间，安排几人住了下来。

第二天邹掌柜几人起得很晚。按说几个人酒量在南方算是大的，然魏老爷子太过豪爽，几个人都喝过了量，早上起来头还晕晕忽忽，吃过早饭才感觉略好了些。魏肇庆带众人来到黄河岸边，远远望去黄河大堤高出地面一丈有余，壮如长城蜿蜒曲折目力不及。来到堤上，河水携着冰块奔流而下，冰块在阳光的照射下耀人双目，如银河坠落人间甚是壮观。抵到近处，但见水流携着冰块在河面上打着旋儿，巨大的冰块相互碰撞不时发出吭哐巨响震人心魄，稍稍久驻便眼晕心眩凝眉揪心，心神仿佛被摄去了一般。几人忙抱拳凝神若虔诚教徒般噤声屏气，过了好一会儿方敢睁开双眼。

许久，众人恋恋不舍来到堤上，皆慨叹黄河巨龙着实令人震撼。见不远处有人来回巡视，邹云轩道："黄河天天悬在枕边确实不得安稳。"魏肇庆道："今年还算好些，上游来冰不多，遇到大量上游来冰时，大家都要上来了。"巡视的人来到近前，邹云轩上前道："大哥辛苦，今年水情没事吧？"巡视的人道："还行，今年的冰来得不快，水流得也挺顺，应该没事。"邹云轩道："这就好，要是堵起来怎么办啊？"巡视的人举了举手里的铜锣道："那就敲锣叫人啊。"邹云轩道："人来了能疏通开吗？"巡视的人仔细看了一眼邹云轩，听口音知是外地人这才道："如果不是天寒地冻堵了水路有时候能冲开，真堵了只能听天由命。"邹云轩道："那怎么办？""没办法，只能修堤，到时候就看哪里的堤高哪里的堤厚。"巡堤的道。邹云轩道："只能等着决堤啊？"巡堤的道："不然怎么办？这么大的水下去就是个死，再就是怎么弄开啊？"邹云轩黯然道："哦。"巡堤的见状道："你放心咱们魏集没事儿。"邹云轩道："这怎么说？"巡堤的道："我们魏集的堤高。"邹云轩道："是不是官家出钱修的堤啊？"巡堤的道："说着玩儿吧，县里啥时候管了？都是镇上魏家出的钱，要不去年早就淹了。你知道吗？为了修堤魏家花了多少钱吗？隔一里地就十筐铜钱，抬上一筐土去就给一个钱，花老了钱了。"那人边比画边说，仿佛诉说昨天的记忆一般。邹云轩问："是吗？不会是县里拨给他的钱吧？"巡堤的道："你这人，谁还骗你不成？大家又不傻，要是县里给钱我们凭啥说是魏家。"说罢负气便走，见此邹云轩心中却暗自一乐，心道魏家果然不凡，自己不枉此行。

中午几个人来到魏肇庆家，俊青、俊杰闻讯也赶了过来，虽说才分别儿天，一路上大家都感触颇深，对商业生意有了更进一步的理解，也对老掌柜和邹云东夸赞不已。众人一见面便有聊不完的话题，聊南方一行各种新奇见闻，聊南方人的心思细腻，聊黄河大地广袤千里，聊魏老爷子豪情大气，饭间几个年轻人更是热闹，同样是不醉无归，邹云轩也为这兄弟情谊所感动。频频举杯，情至热处，邹云轩道："肇庆兄，此次前来颇受感动，不仅魏家让我大开眼界，你更让我刮目相看，你我两家永结金兰之好，你看如何？"魏肇庆未承想邹云轩有如此提议，忙起身施礼道："哥哥，这如何高攀得起？"邹云轩道："如此说你就见外了，虽说我比你大几岁，然你我性情相投相见恨晚。"魏肇庆自然喜出望外，能做成生意当属不易，还能与景隆号少掌柜结成兄弟，魏肇庆兴奋地道："好，全凭大哥吩咐。"二人如何结拜咱们不细说，只说第三天家中商务繁忙，邹云轩与魏肇庆惜惜相别，五天后三大船茶叶浩浩荡荡运到了魏家码头。

茶叶到了，魏振菖安排人把货卸在了码头仓库，货刚卸完，老爷子便带着魏肇庆一起前去查看。就见仓库里一个个大茶包码得整整齐齐如同小山一般，将仓库堆了个满满当当，有几个伙计正在将茶包打开，两个人走上前去，拿起茶叶仔细观看，包包皆是条索紧结，色泽绿褐鲜润，指按下去应声而断干爽可见。魏振菖笑道："景隆号果然名不虚传，这茶叶等次比以前的要好一些，并且包装更加细致，这个包装下去半年也不会坏。"魏肇庆点头称是："看老掌柜就知道景隆号为何历久不衰，老掌柜结识茶商先以茶识人，然后再论生意，我们家生意虽不能说是景隆号的九牛一毛，也算不得大生意，然对待起来却如此认真，可见景隆号重信重义。"魏振菖看了魏肇庆一眼，微微笑道："对，说得不错，我们家也应如此。"两个人又看了两包便想作罢，魏肇庆却见伙计们还在不断打开茶包，问道："茶包难道都要打开查看吗？"伙计应道："每年都是这样，不光我们要查看，订货的客商来了他们也要看，所以都要事先打开。"魏肇庆又问道："如此查看不仅费时费力，再包起来也不一定包装得和以前一样，如果受潮发霉了怎么办？"此时有个伙计说道："以前都是这么办，一般不会发霉，也没有客商找过。"魏肇庆道："来了和客商说说，需要查看抽查一下不行吗？"魏振菖道："对，按肇庆说的办，先不要开了。"此时有个领头的伙计道："东家，到屋里喝口茶吧，咱们到屋里说。"两个人便跟着他来到屋里。

待伙计上了茶出去，领头的伙计道："东家，这茶包打开看着费事，可茶叶也会多出不少。"魏肇庆问道："这是怎么回事？"领头的伙计道："每年茶包到了我们都一一打开，事先从每个茶包里取出十斤茶叶，不过您放心，明天茶叶一定不会少，照样还是原来的斤数。"魏肇庆道："我知道，这茶干得很，打开以后吸收潮气一晚上能涨些斤数，虽说如此一来我家是多挣了些钱，可如果路途运输上再受些潮，难免不会发霉，因此降了品质恐怕得不偿失。"领头的伙计道："我们也十分小心，如果潮气大，我们就晚些打开，尽量不让它出事。"魏肇庆道："那也不行，景隆号的茶包如此细致，说明人家十分注重品质，我们家不能为这点蝇头小利坏了人家的名声，五爷爷，我看从今往后咱还是不打开的好。"魏振菖道："不错，和景隆号做生意我们更应该注意一些，先不要开了，明天客商来提茶，我们两个一起过来。"听老爷子发话了，领头的伙计这才出去安排。

谁知第二天两个人刚到货场，就见一群人围着伙计们嚷嚷个不停，魏肇庆心道，为他们着想的好事，怎么众人还不领情？于是赶紧走上前去。来到近前，却听一位客商说道："以前我们也知道，开了包装茶叶会增重，但只要把握得好一般也不会发霉，这么多年魏家一直照顾我们，市面上各商家都这么办，大家也就不说什么了，今年这么好的茶叶还不开包，几个月都坏不了，一定能卖个好价钱，今年无论如何也要多批给我们一些。"另一个说："可不是吗，那年我运到京城的茶叶就有些变味，到京城就没卖多少，幸亏外地还有客户，我找地方将茶叶又重新晾晒了几天，好不容易才低价卖了出去，要不那次就砸手里了。今年这么好的茶叶怎么也要多给我些，算是对那次补偿吧。"魏振菖听到这里看了魏肇庆一眼，轻轻地点了点头，心道这孩子确是个做生意的料，只要好好打磨一番前途不可限量，于是道："肇庆，这么多人都要货你看怎么办？"魏肇庆听五爷爷问他，却不急着发话，叫过领头的伙计道："今年订货的单子拿来我看看。"伙计忙从账房那里取了单子过来。魏肇庆一看，今年订货的一共四万斤茶叶，这次一共进了六万斤茶叶，心里便有了数。又叫过账房问道："去年咱们自销的茶叶有多少？"账房道："去年咱们自家茶庄一共卖了一万六千斤茶叶。"魏肇庆道："去年咱们进了多少茶叶？"账房道："去年进了五万四千斤。"魏肇庆又问道："那多出来的两千斤怎么回事？"账房道："哦，我们还进了些日照绿茶。"都问清楚了，魏肇庆大声道："大家静静，各位商东，大家先听我说，今年我们进的是福建景隆号的茶叶，大家都看了，品质没的说，既然大家都看好今年的茶市，想多进些货这也是应该的，可大家订货在先，各有各的数量，我们先保证大家订的货都能拿到，并且价钱与上年一样。"这货又好，价钱还不涨，大家自然高兴，有钱可赚大家就想多批些货，还是道："我们为什么不走，就是为了多拿些货，要不刚才不都拿了货走了吗，今年无论如何要多批些给我们。"魏肇庆道："大家听我说，这么多年魏家承蒙各位商东照顾，今年茶叶已经到了，都是按各位预订的数量进的，没法再加了，不过大家既然提出来了，我们这次就把自销的货拿出一些匀给大家，大家可在原来订货的基础上多拿两成。"货商们一听齐声叫好。魏肇庆又道："今年大家好好干，打出好名声，明年只要大家早报数量，一定保证供应，让大家多多发财。"听到这里商东们个个笑逐颜开齐声叫好。

此时，领头的伙计却站出来道："老掌柜，把货都给了他们，我们的茶庄怎么办？我们也要养家过日子。"这些干活的伙计大部分是各个茶庄抽调来的，自然关心自家店里的生意，见魏肇庆把茶叶都批发给了外地客商当然十分着急，况且今年的茶叶质量还这么好，一定要魏振菖给他们个说法。其他的伙计也纷纷说道："就是啊，都给了他们，我们怎么办？"一帮人都停下了手里的活计看向魏振菖。魏振菖却不答话，抬手指了指魏肇庆，伙计们又把头转向了魏肇庆。魏肇庆向四周看了看，见贾掌柜不知什么时候也站在了旁边，心里便有了数，道："今天虽说给了各地客商多加了些茶叶，但是自留的茶叶还有不少，也就比往年少了四千斤。"领头的伙计道："本来还想多要点，这一下子少了四千斤，那怎么够卖？"魏肇庆道："咱们茶庄去年日照绿茶卖得怎么样？"领头的伙计道："我们店就卖了千把斤，都说绿茶不经泡，回头客也不多。"魏肇庆道："这日照绿茶采茶早，叶芽鲜嫩，所以不能久泡，并且我们这里习惯滚水直冲，一下子就把茶叶煮熟了，所以他们说不经泡。"有伙计道："大家都那么泡茶，喝不住所以都不愿意买。"魏肇庆道："所以现在我们就要想想办法，这次我和贾掌柜去福建，学了很多东西，其中之一就是如何泡茶，水要多晾一会才能泡这日照绿茶，今后我们再卖日照绿茶，要先和客人们讲明了。再就是这泡茶有多种方法，从南方回来的路上我就与贾掌柜商量，看看用南方学到的泡茶方法卖绿茶怎么样，回来试了一下，果然效果非常好，茶水清香可口，久冲不瀣。"有个伙计道："这绿茶进的时候不便宜，比这岩茶还贵，卖了也挣不到多少钱。"魏肇庆道："这些我们也知道，这几年绿茶在咱们这里销路不好，所以进得少，价格就贵，不过这次贾掌柜与那边说好了，那边说只要我们销量过五千斤，半价供货，所以不要愁没货可卖，就怕你们卖不了。"说完扭头向贾掌柜道："贾掌柜，我说的对不对？"贾掌柜忙扬手招呼大家，道："肇庆少爷说得没错，我们试过好多次了，绿茶如此泡法清香爽口，放凉了仍可饮用，夏天消暑降燥绝对佳品，只要宣传到位一定会大卖，大家尽可放心。"领头的伙计问道："什么泡茶方法，这么好，好学不好学？"魏肇庆道："这个你们不用愁，等把茶叶分发完了，大家集合起来我仔细讲讲，保证大家一听就会，再就是让贾掌柜给大家讲讲茶经，一准今年的绿茶不愁卖，来年还要多进货。"来批货的商家也大声道："有这好事不能只教给他们，我们也要学。"魏肇庆道："好，只要大家想听，我保证大家都能学会。"听到这里大家不由得鼓起掌来，魏振菖更是频频点头。

第六章

行善事，偏遇手艺人
改方法，巧逢大师傅

这一天，芷妍和丫鬟月儿在房内做针线，月儿盯着芷妍手里的活计道："少奶奶，你绣的活儿真好看，就像把花儿镶在上面一样。"芷妍道："看你说的，哪有那么好？"月儿举了举手里的活道："你看看我的，再看看您的，比我的强了不知多少倍。"芷妍道："你绣的时间短，再就是你忙这忙那的，静不下心来，不过要说这绣活儿还是我娘，绣起来的被面枕头活灵活现的，比济南府的绣活还要好。"月儿道："啊，您的被面枕头都是姥娘绣的啊？我还以为您专门找人绣的呢。"芷妍回头看了一眼床上，道："这都是我娘亲手绣的。"月儿道："哎呀，姥娘对你可太好了。"接着又道："您这已经非常好了，你看，这袖口领边加上这些花边儿看着不显，打远一看不光精致了许多，还提了亮色，要是仔细看啊，这针脚细得让人都分辨不出来，还以为织上去的呢。"芷妍道："少爷天天跟着五爷爷在外面跑，自然要让少爷穿得规整一些，要不还不让人家笑话啊，你记着，万事只要仔细着做都是这个样儿。"月儿道："要那样就好了，你看我这手，张开手指头和蒲扇一样，再看您的手，就和那葱白儿似的，不能比不能比，我还是老老实实干粗活吧。"看着月儿调皮的样子，芷妍不免笑道："你这小丫头还挺会说话的。"月儿道："我也不知道，就喜欢和您说话。"芷妍道："是啊，多说说话干活不累。"月儿撒着娇道：

"少奶奶，只要您不烦我，我天天陪您说话。"芷妍笑道："你天天逗我笑，我哪里烦得来。"月儿道："是啊，咱家您和少爷这么好，日子过得也好，哪有烦心事啊。"芷妍道："怎么，有什么事让咱们小月儿烦心了？"月儿道："不说了，不说了，都是些穷人家的事，省得您烦心。"芷妍道："怎么让你说你倒不说了？"月儿道："也没什么事儿，就是村里来了几个逃荒的，说是去年发大水庄稼全淹了逃荒到了咱们这里，看着挺可怜的。"芷妍道："是啊，去年多亏了五爷爷带人抗洪抢险，要不咱们这也被淹了，听少爷说那来水都带着黑风，太吓人了。"月儿道："可不是吗，真要开了口子还不知道死多少人呢！一说这个我就头皮发紧。"芷妍道："五爷爷急公好义保得四邻八村平安，我老家章丘很多人都知道他老人家。"芷妍又问道："月儿，出来要饭都怪可怜的，他们有吃的没有啊？"月儿应道："少奶奶，我正想和您说这个事呢，虽说这家人可怜见的，可听说这个人怪得很，他家没吃的也不上街要饭，只上街找活干，他会木匠活，有活干点能挣口饭吃，可现在是春天，青黄不接，没多少活让他干，吃了上顿没下顿的。不过说来也怪，他不要饭也就罢了，老的小的也不让出来要，也不知道为什么。"芷妍道："恐怕是老的老小的小吧？那怎么行啊，既然来咱们村了就不能让他们饿着了，你拿点面还有送吊钱过去吧。"月儿应道："少奶奶，就知道您心善，好，我这就去。"说着放下手里的活，取了白面和一吊钱便去了村东破庙。

月儿来到破庙，只见一辆手推车放在庙门口，车子半新不旧但工料上乘，手把已被磨得锃亮透着油光，定是有些年头了，不过上上下下十分干净，车主人应该经常擦拭。车筐里放着些木匠家什，大大小小长短不一，却让主人摆得整整齐齐。一个男子站在破庙门口，此人身材魁梧、腰板挺直，着一身藏青色棉裤棉袄，棉衣虽说旧了些，但裁剪得十分合体，穿在身上看不出半分臃肿，倒背着手看着远处。往脸上看，大眼睛高鼻梁，宽厚的嘴唇略略突出，一副憨厚模样。屋里靠墙角堆了些麦草，上面铺了床被子，一位老太太斜倚着被子坐在墙边，有个小姑娘也就七八岁，坐在老太太身前，猛见有人来了，一骨碌爬起来躲到男人身后，探出头来向外张望。见月儿来到近前，男人迈步出门向前走了两步，站定却不说话。还是月儿先开口道："请问大哥贵姓，从哪里来的啊？"男人略点了个头，答道："大姐，在下免贵姓黄，老家河北隆尧黄家庄的，去年发大水家里被淹了，我多少会点木匠活，来贵庄讨口饭吃。"月儿道："原来是黄师傅啊，我们家少奶奶知道您过来了，这年月日子应该不好过，让我送点面还有一吊钱过来解个急。"说着就把面和钱递给黄木匠。黄木匠忙问道："少奶奶是有什么活干吗？"月儿道："我家少奶奶听说您来到魏集生活还没有着落，可怜见的，让我送过来的，没什么事。"黄木匠没有接东西反而摆手道："那可不行，我虽流落但我靠手艺挣钱，没落魄到以乞讨为生，谢谢你家少奶奶。"月儿道："这灾荒年景的，村里也没什么活干，我家少奶奶听说你拖家带口的才让我送过来的，你还客气什么？"可黄木匠却没有丝毫要留下东西的样子，解释道："大姐，请转告少奶奶，就说她的恩情我领了，可这面和钱我不能收，俗话说人穷志不短，无功不受禄，我没给少奶奶干活不能要这些东西。"月儿道："黄师傅，我们少奶奶一家都心善，时常接济穷苦人家，您还是收下吧，我回去也好交代。"黄木匠还是摆手道："东西我必不能收，手艺人的规矩我不能坏了。"月儿问道："你就不看看老的小的？"黄木匠回头看了母亲一眼，道："那也不行。"月儿见说服不了黄木匠，就把东西往地上一放，说了句："东西我留下了，你就收下吧。"说着转身离开。谁知刚走出几步，就见黄木匠提着东西追了上来，把东西往月儿怀里一塞，道："谢谢大姐好意，东西我真不能收，我真要收了就对不住我自己的手艺了。"说着转身跑开。

月儿愣在当地，半晌也没明白过来，见黄木匠死活不收，只好抱着东西回到魏肇庆家。到家把东西放下，进屋对孟夫人道："少奶奶，我回来了。"芷妍问道："东西送过去了吗？"月儿回道："少奶奶，可别说了，要不人家都说这个人怪呢，送去的东西都不要。"芷妍抬头看了月儿一眼道："怎么了？送的东西为什么不要？"月儿回道："少奶奶，按您的吩咐我拿了面和钱给他送去，我说我们家少奶奶心善，看他老的老小的小，送面过去接济一下，他不但不收，还说什么他是手艺人，讲究无功不受禄。什么手艺人？都快饿死了还推三阻四，真是死要面子活受罪。"芷妍听罢，道："可不能这么说，手艺人能有如此气节也算是讲究之人，看来是我冒失了。"月儿道："手艺人也不能等着饿死啊？"芷妍想了一会儿问道："他说他是手艺人？他会木匠活对吧？"月儿道："是啊，我看他的小车倒十分精致，那些木工家什也挺全的。"芷妍想了想道："既然这样，那好吧，夏天快到了，你让那个木匠做些蚊帐杆来，价钱嘛，就按五十个钱一根吧。"月儿一听忙道："太贵了少奶奶，我家的蚊帐杆就是竹竿子，一个钱都不到。"芷妍道："那不一样，咱家的要好一点。"月儿道："好一点的也就十几个钱，就算再好的也花不了二十个钱。"芷妍笑道："你去让他做便是，不必多问。"月儿想是少奶奶要帮那木匠，便也不说什么又去村东破庙找黄木匠。

路上，巧遇黄木匠正推着车子在街上揽活，月儿忙走上前去问道："黄师傅，揽到活了吗？"黄木匠见是月儿，不好意思地笑了笑，道："刚出来，还没呢。"月儿道："我家少奶奶说夏天快到了，要做几根蚊帐杆，你会吗？"黄木匠点头道："会，会，前天刚给前面的那家做了几根。"顺手指了指前面一户人家。月儿道："那就好，我们家要一套蚊帐杆，每根五十个钱。"黄师傅疑问道："五十个钱？前天那家看着好才给了二十个钱，用不了那么多钱。"月儿道："你这个人，我们家要的和别人家一样吗？你好好做就是，可要做好了啊。"说着把尺寸递给了黄木匠。

黄木匠本就勤快能干，只用了一天工夫蚊帐杆便做好了，第二天一早，黄木匠拿着蚊帐杆来到魏肇庆家，家人见是送蚊帐杆的忙把月儿叫了出来。月儿见是黄木匠便道："这么快就做好了啊？你稍等，我拿给我家少奶奶看看。"说着拿着蚊帐杆进到内宅，进屋便道"少奶奶你看，蚊帐杆做好了。"芷妍道："这么快就做好了啊？拿过来我看看。"就见四根蚊帐杆笔管条直，一般粗细，两头细雕葫芦头，白白亮亮煞是好看，算得十分精致，一看就知道黄木匠有手艺。谁知芷妍却不说话，而是伸手从妆台上拿起一把象牙梳子，将手柄上的圆孔往蚊帐杆上一套，慢慢将蚊帐杆竖了起来。随着蚊帐杆竖起，梳子便开始往下滑，本想手梳子会顺着蚊帐杆慢慢滑下，却谁知涩涩行行走走停停，就在梳子快滑到中间的时候竟卡住不动了，就见芷妍把蚊帐杆上的梳子取下来，对月儿道："月儿，你去和黄师傅说，这蚊帐杆做得还不够好，先给别人用了，自家用的还要再做，工钱还是按五十个钱一根算了吧。"月儿道："做得不好还给他那么高的工钱啊？我看给他二十文就不少。"芷妍道："论手艺已经不错了，虽说还欠些火候，就这么算吧。"月儿道："遇到少奶奶您，这木匠是烧了高香了啊。"

月儿拿了钱出来见到黄木匠，道："黄师傅，我家少奶奶看了。"黄木匠道："少奶奶怎么说？"月儿道："少奶奶说已经做得不错了，不过我家少奶奶说自家用还不行，先让别人用了，还要你继续做。"黄木匠一愣，道："啊，那我回去再做。"说着转身要走。月儿忙叫住黄木匠："你先等等，工钱先给你。"说罢把工钱递了过去。黄木匠接了见是两百个钱，忙拿出一些递给月儿。月儿道："不用不用，我家少奶奶说你做得已经不错了，只是自家用的还要比这好才行，你可要仔细了做。"黄师傅暗想人家不白出高价钱，蚊帐杆定是要最好的，忙道："你放心吧，我一定好好做。"第二天，黄木匠整整做了一天的蚊帐杆，自己看着满意了才拿着蚊帐杆来到魏家。月儿又拿了给夫人看，可月儿出来还是说钱先结了，少奶奶还是不够满意。就这样，黄木匠做的蚊帐杆换了好几种木料，打磨得也更加细致，样式换了好几种，来来回回也七八天了，却总是称不了少奶奶的心。

这一天，蚊帐杆拿进去还是一样的说法，等月儿说完，黄木匠连忙施礼道："大姐，我知道是少奶奶想帮我，可我做了这么多蚊帐杆，材料我也换了好几样，这做工我也算用心了，不知道少奶奶为什么还不满意啊。"月儿道："少奶奶没说，反正钱不少你的，你接着做就是。"黄木匠道："你不说我也不知道该怎么做了，这工钱就算了，还是请姑娘另请高明吧。"说着转身就要走。月儿见他要走忙喊道："回来，回来。"黄木匠听她叫停住脚步。月儿道："这事我也不好说，不过每次我把蚊帐杆拿进去，少奶奶都是用手梳子在蚊帐杆上套一套，我也不知道为啥。"黄木匠听月儿如此说心里便有了数，忙道："谢谢大姐指点。"黄木匠回去选了上好木料，仔仔细细做了差不多两天时间，新的蚊帐杆才做好了。送到了魏家，月儿拿给少奶奶看，这次的蚊帐杆在阳光下白得耀眼夺目，拿在手上提溜滑儿，让人爱不释手。芷妍还是用手梳子从上端套上，略将杆子稍稍立起，就见手梳子不紧不慢如丝般滑了下去，芷妍满意地点了点头，却遗憾地道："哎，本想多接济他两天，让他多挣些钱养家糊口，没想到他竟如此在意，这么快就做好了，月儿，你告诉黄师傅，蚊帐杆挺好，收下了。"月儿回了黄木匠："黄师傅，我们家少奶奶说了，这次的蚊帐杆挺好，收下了。"黄木匠忙上前施礼道："还好，还好，我知道是少奶奶接济我，此恩我记下了，大恩不言谢，自当后报。"

第七章

收当铺，救急危难中
传家业，当家魏肇庆

　　第二年夏天，魏振菖身体稍好了些，便带着魏肇庆四处查看自家生意。这一天来到了蒲台县城，听茶庄掌柜讲完店里的经营状况，几个人坐下闲聊，茶庄贾掌柜道："老东家，蒲台有家当铺要卖，便宜得很。"魏振菖问道："怎么，谁家的当铺要卖啊？"贾掌柜道："就府前街益德号当铺，这家当铺是胶东黄县马掌柜的，经营的时间也不短了，也还经营得不错，可出了一件事，让掌柜的不得不把这间当铺卖掉。"魏振菖问："出什么事了？怎么还要把当铺卖了？"贾掌柜道："说起来大家都觉得怪可惜的，马掌柜为人厚道，买卖也挺兴旺，不过时间长了，当铺的伙计与城里的人就慢慢熟了。"魏振菖道："熟了不更好吗？照你这么说应该经营得更好才对。"贾掌柜道："是，经营的是挺好，不过出了一件事儿。咱们这儿有个叫范兴的，这个范兴蒲台城里没有不知道的，整天东走西转游手好闲，是出了名的懒汉，因家里穷得叮当响，经常干些偷鸡摸狗的事，有时候他还把偷来的东西拿到当铺来当，换吃换喝。就因为他是当铺的常客，和当铺的伙计们见了面不闹不说话，不过他为人不咋地，伙计们也不拿他当人看，所以经常与他喝来骂去，甚至互相敲敲打打。"魏振菖道："那怎么行？不管是谁来店里那都是客人，在大街上怎么闹都行，在店里那绝对不行。"贾掌柜道："就是啊，那天范兴喝醉了又去了当铺，还没进门就咋呼说要当东西，当铺伙计们一听声音就知道是范兴来了，看他醉的那个样儿，当铺伙计们就和他随口闹起来了，问他当啥。也是闹惯了，有个伙计随口说了句：'他当个鸟啊！'范兴一听这话，也是喝醉了酒犯了浑，就盯着那个伙计问道：'我当个鸟你敢要么？'那个伙计也没拿着当回事，就随口说了句：'你只要敢当，我就敢要。'谁知道范兴真认了真，转身便跑了出去，不一会儿又晃晃悠悠地回来了，并且手里还拿了把刀。来到柜台前问刚才那个伙计：'你真敢要吗？'伙计们和他闹惯了，知道他那两下子，都寻思这小子拿着刀吓唬人呢，谁也没拿他当回事儿，一帮人都起哄说：'只要你敢当！我们就敢要！'见这么多人说，范兴下不来台了，面红耳赤双眼圆睁，头顶上的青筋都暴了起来，一下子犯了浑拿刀就往下面割了下去，一边割还一边咬着牙喊：'来，我就当个鸟！你们给我当了！'说着把那话儿啪的一声拍到了柜台上。当铺伙计们一下子就傻了，也没人上前拦挡他，万万没想到他竟会如此犯浑啊！眼睁睁看着范兴就摔倒在了柜台前面。等大家反应过来去请先生来救他已经晚了，他硬生生割下来，当时也没人帮他止血，先生到的时候血都流了一地了，当场就没救了，一条人命就这么一命呜呼了。"魏振菖道："哎呀，都说喝酒容易犯浑，闹着玩的事儿搭上一条命，你看这事闹得。"贾掌柜接着道："这个范兴活着的时候是个无赖，家里没人愿意搭理他，谁知道死了以后不管远的近的都认他当亲人了，跑到当铺就开始闹，说是当铺逼死了人命，把当铺闹了个稀里哗啦。可怜这个马掌柜，本来当铺开得好好的，这些人如此一闹，当铺就开不下去了，只好关门歇业。马掌柜托上人去说情，又是赔礼道歉又是赔银子，总算把这件事了结了，可这事一出，街面上说什么的都有，大家议论纷纷都说当铺千不该万不该，不该拿着人命闹着玩，都把责任推到了当铺头上。马掌柜也是又气又恼，花点银子是小事，以后可以再赚回来，出了这件事声誉完了，还没等他开门就有人来赎当，人气是无法挽回了，以后的生意也没法做了，没办法，他撵走了当铺的所有伙计，决定卖掉这家当铺。"魏振菖叹了口气道："也只能这么办了，做生意最主要的是声誉，坏了名声买卖肯定做不下去了。他什么时候开始卖的，怎么还没卖出去？"贾掌柜道："这个当铺以前买卖不错，很是红火，当的东西也多，马掌柜一开始开价四万两银子，可这四万两银子不是个小数目，钱少的想买买不起，有钱的想买又嫌名声不好听、不吉利，很长时间连问的都没有，马掌柜没办法只好忍痛将当铺半价出售。"听魏振莒和贾掌柜讨论当铺的事，魏肇庆一直没有说话，心中也为马掌柜的遭遇可惜，等贾掌柜讲完，魏振莒突然问道："肇庆，要不咱们买下来？"魏肇庆想了想道："当铺是不错，不过出了事大家看法就不好了，要消除影响恐怕要费些功夫。"贾掌柜答道："好就好在马掌柜这人还算厚道，对待主顾很有信用，也常教导伙计们不要急功近利，所以蒲城百姓还是比较信任这家当铺，就算出了如此大的事也没挤兑。"魏肇庆又问道："那马掌柜怎么不换些人来接着经营？"贾掌柜道："虽说没出现挤兑，但是在处理范兴这件事上他颇受了些难为，这家人欺负马掌柜是外地人，所以提的条件甚是苛刻，甚至提出要他抵命，再干就怕这家人再来闹，所以不能再干了。"魏振莒仔细想了想，道："名声不好听换了主家慢慢淡化就是了，咱们魏家来蒲台做生意几十年了，讲的就是公平道义，我们接手其他人一般不会议论，生意自然慢慢好起来，主要是马掌柜也不想出事啊，咱们也算是救了这位掌柜。"如此说来算是办了件好事。魏肇庆道："也对，再拖下去恐怕马掌柜受的损失更大，那些当东西的恐怕也会受到损失，现在接下各方都好。"魏振莒道："好，那就这样，老贾，今天下午你就安排与马掌柜见面，蒲城你也熟悉，接下来你就管起来吧，这里你看交给谁，也由你来定。"魏肇庆细一想，这安排实在是十分得当，刚才听贾掌柜讲当铺的事讲得头头是道，想是在这件事上用了心了，能够为主家着想自然人品心机到位，五爷爷奖励他任当铺掌柜，还让他推荐茶庄掌柜，定让贾掌柜心满意足，再就是贾掌柜也算老蒲城了，找人做事处理问题自然更具优势。魏肇庆想到这些不自觉看向魏振莒，恰好魏振莒也向这边看了过来，四目相对魏振莒微微一笑。具体如何接手当铺咱们不细说，就这样魏家盘下了这家当铺，确实也红火了些年头，不过后面发生了一件事，让魏家着实有些措手不及，此是后话。

转眼到了麦收，魏振菖却病倒了，只说肚子胀得难受，大夫让老爷子在家静养，于是麦收的事便安排给了魏肇庆。收麦子是个抢时间的活儿，魏集这地方地处华北平原一马平川，海上的台风稍微一使劲就会带几场雨来，有"六月的天孩子的脸"之说，如果遇上连阴雨麦子捂了，这一年就白忙活了。差不多一个月时间，魏肇庆整天忙在麦场上，虽说下过两场雨，总说起来还算顺利，麦子都入了库，秋苗也种了下去。这一天，魏肇庆去五爷爷家回说麦收的事，谁知家人却把他引往内宅，魏肇庆就觉得不对劲。进了卧房光线一下子暗了许多，魏振菖倚着被子躺在床上，面色发黑，肚子鼓鼓的，将身上的衣服都撑了起来。魏肇庆忙快步上前，问道："五爷爷，您这是怎么了？"魏振菖见魏肇庆来了硬撑着坐了起来，道："肇庆啊，没事，没事，快来坐。"说着就要下床穿鞋，谁知一个不稳身子猛然一晃，魏肇庆忙上前扶住了他："五爷爷，下来干什么？您先躺着。"魏振菖稍微一顿，摆摆手道："天天躺着，我起来坐坐。"此时魏景暿正好回来，二人把老人家搀到正堂坐下，魏景暿又搬了把椅子让魏肇庆坐在一边。魏景暿道："肇庆，我爹前些日子身子一直不好，这段时间又说肚子疼，怕你分心一直不让和你说。"魏肇庆道："不是说没事吗，怎么会这样？都这么厉害了怎么不告诉我？"魏景暿道："自你从福建回来，又是待客又是带你看家里的生意，那段时间把他累坏了，本来说休养几天就好了，谁知道肚子开始一天天胀，先生说可能是肝上的毛病，这天又热，经常肚子疼，已好几天吃不好饭了，可我爹说你在忙麦收的事，让我先不告诉你。"魏肇庆急忙问道："先生说要紧不要紧？"此时就见魏振菖摆摆手道："肇庆，别着急，我的病我知道。"魏肇庆忙道："爷爷，不是我着急，您都这样了怎么不早和我说，我现在就去京城，让我叔从京城请先生过来。"说着起身就要走。魏振菖忙示意魏景暿拦下，然后慢慢说道："肇庆啊，你先坐，我的身子我自己知道，年轻的时候为人直爽，喝酒没个节制，早就把肝伤了，到这个时候先生已经无能为力了。"说着抬手叫过魏景暿，道："暿子，把你大伯家肇祥和孩子们都叫过来。"魏景暿道："叫他们来干什么？"魏振菖道："叫你去你就去，把他们都叫过来，我有事说。"

　　魏景嘻出去把人都叫了过来，魏振菖到里间换上了官服，又让魏景嘻把祖先摆了起来，自己先向祖先磕了头，这才坐到太师椅上，挺直了身子道："景嘻、肇庆、肇祥，你们都跪下。"几个人听了不知所以，但听老人家吩咐也都赶紧跪了下来。魏振菖道："肇庆，你还记得那天我当着乡里乡亲说过的话吗？我说你文质彬彬很是聪明，我很喜欢，本想学成文武艺货与帝王家，进京赶考是正途，可我真想把你留在身边跟我学做生意，没想到，没想到今天我真要把生意托付给你了。"魏肇庆急忙阻拦道："五爷爷，您别这么说，我一定去找最好的先生给您看，您一定会好起来的。"此时就听魏振菖道："肇庆，我的身体我心里有数，你先听我说。"魏肇庆看了一眼叔叔魏景嘻，道："还是让景嘻叔接手吧，爷爷您放心，需要我做什么我一定竭尽全力。"魏振菖道："你想的我都知道，虽说景嘻是你叔，但他比你大不了几岁。景嘻随我，遇事容易冲动，可做生意切忌不能冲动。自你太爷爷开始，魏家生意向来都是查过、看过、想过、算过才去做，就是你老爷爷当机立断兑银子，那也是熟知银子行情，了解了时局才做的决定。"说完魏振菖深深喘了几口气，拿出手绢擦了擦额头上的汗，又对魏肇庆道："自从那天你开口说去福建，我就放心了，你从福建回来，待人接物也好，行动做派也好，都比以前从容了很多，虽说你没太多话，可我知道你心里有数，我知道家里生意后继有人了，只是，只是要辛苦你舍了功名了。"魏肇庆忙道："爷爷，您不要这么说，您辛苦了一辈子，我还想多孝敬您些日子。"魏振菖点了点头，道："肇庆啊，你有这个心我就心满意足了。"说罢扭头对魏景嘻道："景嘻，你记住，从现在开始，生意交给肇庆管理，凡事听从肇庆安排，切不可任意行事，你可听见了？"魏景嘻忙应道："知道了，爹，您放心，全凭您安排。"见景嘻应了下来，魏振菖又对魏肇祥说道："肇祥，我这么安排你可有意见？"魏肇祥道："全凭五爷爷安排。"魏振菖道："肇庆啊，今后魏家就靠你了，你千万记住，魏家一直受恩于众乡邻，无论魏家怎么还都不为过，万事要跑到前面，再就是帮人也是帮己。"这些道理魏振菖早就说过，魏肇庆自然知道，今天再次提起魏肇庆更是铭记在心。一个月后，魏振菖驾鹤西去。老爷子一生慷慨率直，把生意交给了魏肇庆也算是心愿达成。

　　魏肇庆自此正式接手了魏家生意，虽说事出有些突然，然魏肇庆是魏振茞手把手调教出来的，老爷子又带他把家里的生意都熟悉了个遍，也就没太多难事。但就在魏肇庆想要施展拳脚大干一番的时候，家里却出了一件大事。

第八章

遇难题，生意陷危机
逢机缘，巧思透新奇

　　这一天，官道上十几个人抬着一副担架急匆匆往前走着，一路小跑着进了魏集镇，众人身上脸上都是斑斑血迹，担架上这位虽说盖着被子，但看脸色气息微弱，应该是受了很重的伤。十几个人进了镇子直奔魏家药铺，有一个人直接来到了魏肇庆家，到了推门便闯了进去，一边进院一边喊道："少爷，少爷，不好了！星哥出事了！"魏肇庆急忙跑了出来，见此人身上脸上血迹斑斑忙问道："怎么了？魏星怎么了？小五子你怎么受伤了？"伙计道："星哥受伤了，东西也被抢了。"魏肇庆道："怎么回事？"伙计道："少爷，我和星哥一起去京城送麦子，我们刚出了山东地界就遇到了一伙土匪，他们不分青红皂白上来就打，东西被抢了去不说，星哥也被打伤了，镖局那边还死了一个。"魏家的麦子粪肥足，靠着黄河水又不缺，麦子长得好面自然好吃，家里有人在京城做官，所以每年收了新麦晾晒好了都要送些去京城。京城的家人常用自家面食招待客人，一来二去在京城都传开了，都知道魏家的面食好吃，于是魏家就在京城开了一家面粉店，专门经营自家的面粉，这次就是专门去送麦子的。魏肇庆问道："不是请了李家镖局押了镖吗？怎么还被抢了？"伙计道："是请了李家镖局保镖，以前没请镖局的时候货都出不了山东，这次是李家镖局的李镖头带着我们一起去京城送麦子，山东这边倒没事，可刚进了沧县，路边树林里就闯出来了一伙土匪，他们二话不说上来就抢，李镖头和星哥上前拦挡，还没等答话就打了起来，我们才十来个人，他们有三十多个，实在是打不过他们，星哥被砍了好几刀，伤得不轻，李镖头被砍中了脖子，当场就死了。"魏肇庆又问道："魏星不要紧吧？"伙计道："没有致命伤，暂时还没事。"魏肇庆道："镖局的人怎么说？"伙计道："镖局的说他们是按规矩来的，到了沧州拿了镖旗也没喊镖，是土匪们不讲规矩，他们说回去报告掌柜的，让掌柜的找沧州官府出面。"魏肇庆问道："他们有没有说这伙土匪是哪里的？"小五道："他们也不清楚，这伙人出来就抢，连山头都不报，李镖师死了，怕再出事其他人也没敢跟，只能先回来。"听伙计说完，魏肇庆愤恨地道："这些土匪，实在是太可恶了！"可土匪们来无影去无踪，任你再厉害现在也是拿他们没办法，事已至此，魏肇庆忙吩咐道："小五子，你先去找贾管家，让大夫先给魏星伤治，把受伤的伙计都叫过去，挨个检查检查都把伤先治好了，我一会儿就过去。"小五子应了出去找贾掌柜。

　　送走了小五子，魏肇庆坐下来又想了想，魏振菖曾和他说过，这几年确如小五子所说，不保镖东西出山东都困难，可现在保了镖还是被劫了，以后该如何是好？一下子也没理出头绪，想着先去看看魏星到底伤得怎么样了。魏肇庆出了家门，想找个伴儿一起去，便向哥哥魏肇祥家走去。刚到魏肇祥家门口，就听见院子里热闹异常，刚要推门就见一个人夺门而出，差点和他撞个满怀。那人见是魏肇庆忙屈膝见礼，魏肇庆道："怎么了？急急火火干什么去？"那人道："猴子跑了，我去找梯子。"魏肇庆忙道："快去吧，快去吧，慢点跑。"说着举步来到院子里。今天秋高气爽，不知道谁把魏肇祥买的两只猴儿放开了，跑到房顶上蹿下跳闹腾。老猴子带着小猴儿爬到了屋脊上，小猴儿刚刚两岁多，正是顽皮的时候，一开始东看看西望望小心翼翼，不一会儿便在屋顶上耍了起来。就见它一会儿从这个烟囱跑向那个烟囱，一会儿窜上烟囱向远处眺望，不时围着老猴子打着转儿，玩得疯了，还把着屋脊上的小脊兽儿打了个旋儿。自己疯玩够了，便躲到烟囱后面与老猴子玩起了捉迷藏，窜上窜下屋顶子都不够他折腾的。见小猴儿上蹿下跳玩得欢，老猴儿也犯了玩兴，两只猴儿一起互相追逐跳来蹦去，屋顶上的东西全成了两只猴儿的玩具，不一会便被摆弄了个遍。有好事的伙计向屋顶扔了个果子，小猴儿心急跳起来去抢，谁料一个没抓住果子快速滚向了屋檐，小猴儿却不肯舍上前去抓，谁知脚下打滑竟滑向屋檐。还是老猴儿手疾眼快，跳将过来一把将小猴儿抄起来抱在怀里，三两下跳到脊瓦上坐了下来。一开始小猴儿偷偷瞄向老猴儿一动也不敢动，不一会儿便在老猴子怀里拱来拱去纠缠了起来，见老猴子不甚管它，小猴儿便挣脱了老猴儿的怀抱又上蹿下跳了起来。两只猴儿在屋顶上闹得欢实，引得一帮人在院子里抬头观看，惊险处惹得人们一阵阵惊呼。魏肇庆进了院子见大家都往房上看，两只猴儿实在是活泼可爱，也就多看了两眼，可就在大家看着高兴的时候，突然一道黑影从天而降直冲小猴儿而来，眼见一双利爪紧紧钳住小猴子不由分说腾空而去。原来，就在猴儿们在房顶上闹腾的时候被天空中盘旋的老鹰发现了，老鹰在空中转了几圈，瞅准机会闪电般扎了下来将小猴儿叼了去。这可怕的一幕来得太突然了，在场所有人都惊的是目瞪口呆，老猴子还算反应快，可等反应过来跳起去抓，老鹰已经飞了起来，就在毫厘之间眼看着老鹰越飞越高。大家紧盯着越飞越远的老鹰束手无策，老猴子这才明白过来自己的孩儿被老鹰叼走了，急得是吱吱直叫，如同疯了一般在屋顶上转着圈儿乱蹿乱跳，站在烟囱上望着远方久久不肯下来。就在大家为老猴子失去猴儿痛惜的时候，却不知道为什么，闹腾了好一阵子的老猴子突然安静了下来，蹲在烟囱上若有所思。又过了一会儿，老猴子从烟囱上跳了下来，谁知却不下来，只在脊瓦上蹲着，像是受了巨大惊吓般将身子紧紧地缩成了一团，呆呆地望向天空，任谁喊也不下来。众人皆望向天空，却不见任何东西，过了好一会儿见老猴子还是不动，人们便要散去。突然，有眼尖的发现又有一只老鹰在天空盘旋，难道还是那只老鹰，刚刚抓走小猴儿的老鹰又回来了？此时就见老猴子也望向天空，还使劲将自己的身子紧紧缩了缩，并且时不时挪动一下，大家都不知道它要干什么。下面的人朝老猴子喊叫，怕是那只老鹰又要下来，更有人去搬梯子想把老猴子带下来。就在下面的人们着急万分的时候，还与刚才一样，那只老鹰盘旋了两圈瞅准机会突然又像利箭一般扎了下来，想把这只猴子也抓了去。谁也没想到老猴子这次早有了准备，食子之仇不共戴天，老猴子要为自己的猴儿报仇雪恨，眼见老鹰就要接近老猴子的那一刹那，老猴子身子突然一长，飞速伸出爪子向老鹰的眼睛恶狠狠地抓了过去，利爪立时将老鹰的眼睛抓得血肉模糊，与此同时老猴另一只利爪一把薅住老鹰的脖子，将老鹰死死按在了脚下。惊心动魄之际，在场的人惊得是目瞪口呆，没想到老猴子竟然把老鹰给抓了下来。屋顶上霹雳扑棱一顿闹腾，老猴子是死死按住老鹰一动不动，待老鹰实在闹腾不动了这才松开一只前爪。可老猴子并没有把老鹰一口咬死，而是用爪子一根一根地撕扯老鹰的羽毛。每扯下一根羽毛就听老鹰疼得嘎嘎惨叫一阵，扑腾一番，好像是在向老猴子求饶，也好像是难忍剧痛，那惨叫声撕心裂肺传出几里远，听得人们心惊胆战。任凭老鹰怎么求饶老猴子也不为所动，圆瞪着血红的双眼一根一根地将老鹰的羽毛撕扯了个一干二净，老鹰早已是一命呜呼没了动静。院里看热闹的人们都看着呆呆发愣，大气都不敢出，远远地看着老猴子将老鹰的羽毛一根根扯了个干干净净，眼见着老猴子将老鹰开膛挖心吃了个一点不剩。等人们反应过来，老猴子已经把老鹰吃完了，有人上去把老猴子牵了下来，人们这才慢慢散去。魏肇庆看了个全程，也是看得胆战心惊，见人散了便随着众人出了院子。魏肇庆一边走一边想着刚才的一幕，忽然心中一动，小猴儿突遭不幸老猴子也是痛彻心扉，这不是和眼前自己的境遇一样吗，自己要怎么做才能破解当前危局？思虑间慢慢走出来了好远，懵懵懂懂还与走过的人打了个招呼，猛然想起还要去看病人，苦笑了一声转身又回到了魏肇祥家。

　　叫上魏肇祥，两个人来到药铺，见魏星已经被安放到了病床上，身上的伤已经被纱布包扎了起来。药铺先生过来道："星子前胸后背有好几处刀伤，有两处已经伤到了骨头，要是再砍深一点恐怕就没命了，不过幸好没伤到里面，皮肉伤养一段时间就好了。"魏肇庆见纱布上仍有鲜血渗出来，忙道："没上止血药吗，怎么还有血？"药铺先生道："哪有那么快啊？刀口太深了。"魏肇祥道："我家里还有止血的丹药，我就去拿。"说着便往外走。药铺先生道："你家的也是我做的，不用了，我已经给他吃了，别着急，过会儿就好了。"说着搬椅子让两个人坐下。另外几个伤都不算重，也都包扎好了，便都站了过来，魏肇庆问道："你们一直跟镖局送货，知道这伙土匪是哪儿的吗？"一个伙计道："少爷，这伙土匪我见过，不过不在这条道上，他们不太讲规矩，所以镖局一般不走那条道。"魏肇庆问道："你们知道是谁吗？"伙计道："不知道，他们出来从不报号，那次出来抢东西就被我们打跑了，他们人少我们人多，不过这次他们人多了不少，并且还……"魏肇祥道："还怎么了？"伙计道："并且还厉害了，上次那个土匪头子让李镖头打得屁滚尿流的，要不是手下留情早要了他的命了，可这次他三下两下就把李镖头给砍死了，我们都上不了前。"魏肇祥道："怎么一下子就这么厉害了，你是不是认错人了？"伙计道："上次我就在旁边，不会认错的。"魏肇庆道："多长时间了？"伙计道："差不多一年了，想必是他拜师学艺了。"魏肇庆道："那倒是有可能。镖局就没人能打过他？"伙计道："没有，镖局里的我都认识，李镖头算厉害的了。"魏肇祥道："那我们就多去人，我就不信人多还打不过他们。"伙计道："那不一定，他们人也不少。"魏肇庆道："关键不是人多人少，是他们不按规矩来，保了镖他们还劫。"伙计道："是啊，以前也有过，一般给点钱也就放了，可这伙人什么规矩都不讲，二话不说上来就抢，就是奔着货来的。"魏肇祥道："那怎么办，总不能不送吧。"伙计道："还怎么送啊？镖局的人他们都敢杀。"另一个伙计道："我是不敢去了，你没见，那就是拼命啊。"魏肇庆道："你们先安心养伤，送不送以后再说。"接着又对药铺先生道："杨先生，先把他们的伤治好，我让管家把钱先给您送过来。"药铺先生道："哎呀少爷，这着什么急啊，等他们好了一块儿算吧。"魏肇庆道："也行，给他们好好看，把伤治好了就行。"药铺先生道："这您放心，少爷。"

第九章

坏规矩，二哥受责罚
出意外，镖师成林下

　　再说抢了粮食的土匪，一路放着哨顺着小路七绕八绕转了二十几里路方回到了村子。眼见的村子就在眼前，领头的却让大家在村外绕了小半圈，来到村西树林里挨到天擦黑才进了村子。村子不算太大，也就七八十户人家，整个村子里没有什么高墙大院，满眼都是低矮的土坯房，七零八落的，只有两条正街看着还算整齐，别的只能算作胡同，走到里面七拐八拐的进了迷宫一般。眼前是一处土坯院落，院子很大，院墙不常见地起了几层砖根脚，上面用土坯垒了一丈来高，里外都用麦草泥抹了，还算干净。虽说院子不算太新，但比起其他院子还是好了许多，东邻家的正房根脚都掉下来半尺深了，也还没修，院墙更是时间久了些，泥土脱落了几处，虽说又修补了，可看着像破补丁一样十分的显眼。进了院，正房六间北屋，砖砌的根脚起了两尺，上面土坯垒了，墙面还挂上了白灰。平弧的屋顶上没有挂瓦，也同样的麦草泥抹的，只是每年都要泥一遍，显得厚了不少。不知道是不是经常垫土，院子明显比外面高了些，这在农村倒是不常见。虽说简陋，但院子里收拾得十分干净，柴火草垛一概不见，靠西院墙起了一排木架子，架子上插了十几把钢刀，一看就知道这里经常有人练武。

　　其他人卸车，领头的土匪进了屋，有个人坐在堂屋的太师椅上。领头的土匪进门喊了声："大哥，我们回来了。"屋里那个人没动，只是眼睛扫了下手的座位，嘴里嗯了一声道："坐。"领头的土匪还没坐下便兴奋地道："大哥，我们今天早早就去李家铺埋伏下了，太阳还没出来从南边就来了个车队，我们二话不说就把他们拿下了，大哥你猜是什么？是十车麦子，足足十车麦子！大哥，我们从来没搞到过这么多东西。""没出事吧？"屋里人面无表情地问道。领头的兴奋劲儿还没下去，提高了声音道："还行，有几个家伙想找事，让我们给砍了，有个家伙会两下子想和我斗斗，我费了点劲把他砍倒了，多亏大哥指点的刀法，放以前，我打不过他。"说着，领头的拿起桌子上的茶壶倒了杯水咕咚咚灌了下去。屋里人问道："他们有镖没有？"虽说屋里人说话声音不大，但领头的还是惊得一哆嗦，拿在手里的茶壶险些撒了手，结结巴巴地道："没喊，车上也没见镖旗，看见东西这么多大家都着急，这个没仔细查。"屋里人听他说不知道，忍着气低声喝道："去查！"领头的连忙起身出去。不一会儿，领头的手里拿着一个镖旗低头捂脑进了屋，怯怯地道："大哥，是武定府李家的镖。"此时屋里人突站起来厉声喝道："你出去就不问问？"领头的土匪辩解道："大哥，今年大旱，我们都快断粮了，一直没什么进账，看来了活就着急把东西留下，一时忘了问。"屋里人指着领头的："一时忘了问？你可知道坏了规矩？到沧州押镖不喊镖，留东西要问有没有镖，只要是保了镖的人家赏才可以要，不赏也要放行，坏规矩的事你也敢干？"此时院子里的人听到吵声跑了进来，领头的争辩道："一时大意忘了问了，再就是我留了暗哨，没人跟着，没人知道是我们。"屋里人不再客气，指着其他人对领头的呵斥道："没人知道？没人知道？他不知道？还是他不知道？这么干早晚有人要了你的命，来人，拖出去，打！"院子里的人纷纷给领头的求情，道："大哥，二哥这也是为了大家，我们一定不说出去。""大哥，求求你饶了二哥吧。""大哥，打死我们也不会说的。"可屋里人像没听见一样，瞪着眼看着他们不再说话。知道多说无益，这些人只得拉着领头的来到外面，放在凳子上打了二十几棍子，不长时间屁股上已是皮开肉绽。领头的也算硬汉，愣是咬牙一声没叫，众人又纷纷进来给领头的求情，扑通扑通跪下一片，纷纷道："大哥，您就饶了二哥这次吧，大家家里都快断粮了，二哥才带大家去的，下次一定不敢了，下次一定不敢了。"说着几个人磕头如捣蒜。虽说是坏了规矩，可领头的毕竟是带大家劫到了东西，这个食不果腹衣不遮体的时候粮食就是命根子。屋里人咬了咬牙道："你们都给我听着，这次我放了他，你们有一个算一个，如果再犯第二次，直接拖出去，砍了！"

这里给大家介绍一下，此地是河北沧州刘家庄，屋里这个人叫刘自起，本村人士，自小跟着家人逃荒要饭到了沧州城里，见镖局里有人练武，眼看着拔不动腿，父母只好跪在镖局门前求镖局收留，镖局掌柜见孩子虽然瘦弱但长得一副好身板，便同意他留下来打杂。说起来镖局真是个好地方，刘自起到了这里能吃饱饭了，几年工夫便长成了大小伙子，并且一来二去和镖师们混熟了，拜了一位姓孟的师傅习得八卦刀法。早年间直隶沧州就有八卦刀法流传，高人无数，这里流传的八卦刀法讲究以身为心，注重身体变化，讲究腕要强，腰要柔，步要轻灵，撩、扎、拿、劈、剁俱在臂腕之刚健，手眼身法皆须腰身之协调，进退自如全在腿脚之灵巧。师傅教得用心，孩子也学得有心，再加上刘自起天生练武的料，一套八卦刀使得是炉火纯青。最后老师傅还传给他一套自创的招式，叫"腾跃十八式"，这套招法吸收八卦刀法之长，突出闪转腾挪，纵跃时往往出其不意，神出鬼没，对身法要求极高，这刘自起也是有缘人，这套招法与他的身形特长融合的是天衣无缝，再加上人又年轻，练起来那是心法合一如影随形。随着走镖护镖名声渐起，人送外号"鬼刀刘"。

就在刘自起要在镖局一展身手的时候，却不料天不遂人愿。那次是镖局来了一个大活，要押运几十车货物到山东淄博，镖局特意安排了一位宋姓镖师和鬼刀刘两位高手押镖。谁知镖车刚出沧州界，许是伙计们疏忽了没注意地界，一时大意忘了喊镖，庄稼地里突然窜出来一伙土匪二话不说上来就抢，见势不好刘自起和宋镖师只好拔刀迎战。虽说刘自起和宋镖师武艺高强，可是土匪们实在是太多了，不管招式，不管生死，好几百人蜂拥而上，刘自起他们寡不敌众被打得四散奔逃，宋镖师身负重伤，刘自起也挨了几下子，一帮人慌忙逃进青纱帐才算躲过一劫。回去以后镖局四处打探，打听到是一个姓张的土匪带头干的，纠集的人大都是附近各村百姓，抢了东西也就散了，货物自然是无从查找。丢了镖镖局就要赔偿，货主家运送的东西价值十几万两银子，镖局实在拿不出来只能把镖局解散。没按规矩喊镖，刘自起自然也被遣散了。虽说老掌柜没有为难刘自起和宋镖师，可刘自起咽不下这口气，四处打听姓张的土匪下落，最后在一家客栈找到了他，两个人你来我往拼了个你死我活，刘自起自是技高一筹将此人砍翻在地，但已于事无补。刘自起这次是没按规矩喊镖才被劫了镖，并且导致了镖局散伙，其他镖局因此也不再接收他，万般无奈，他只好回到了老家刘家庄。回家时间不久，有个人来找他，就是刚说的这个领头的，此人姓张，唤作张力，排行老二，为人比较豪爽，遇到灾年实在是过不下去了便纠集了一帮人在道上抢东西，这帮人也是当地百姓临时凑起来的，不大懂规矩，有时候也去抢镖局的镖，经常被打得屁滚尿流，虽说干着抢劫这个无本的买卖，却也是吃了上顿没下顿，有点窝囊。他听说刘自起回了老家，便过来请他入伙，刘自起架不住张力百般哀求，再加上又是同村，最终应了下来，但刘自起却不起意当土匪，只是教授他们武功不出山劫道。刘自起还给土匪们定了几条规矩，其中一条就是镖局的镖不抢，再怎么说自己在镖局干过，也是好面子的人，总不能让镖局说他背信弃义，所以定下了这条规矩。自从刘自起教了这帮人功夫以后倒是不大受欺负了，可今年大旱，到处都是劫道的，山东那边的货根本就过不来，他们已经很久没有劫到什么了，于是刘自起让他们到直隶山东搭界的地方去看。虽说这次抢到了东西，可没想到张力却坏了规矩，自己有言在先，于是下令打了张力二十几棍子，有兄弟们求情这才饶了他，不过刘自起还是警告这帮兄弟，如果下次谁再坏了规矩就一个字，死！

刘自起命人把麦子分散开，除了留下一车给手下弟兄们改善伙食以外，嘱咐两个可靠的把剩下的分头拿到集市上卖了，换些高粱玉米大家分了。还嘱咐给周围邻居也送些粮食过去，大灾之年粮食就是命根子，虽说大家也怀疑来路，但保命要紧，也就没人传扬出去。刘自起把这些安排完了，挑门帘迈步走进里屋，却见母亲搂着女儿直勾勾地看着他，女儿趴在母亲怀里一动不动。刘自起慌忙问道："这是怎么了？"此时女儿回头看了一眼，旋即又趴在母亲怀里，感觉是在瑟瑟发抖。刘自起忙上前道："没事，没事，别怕。"说着想去抱孩子。母亲却用力扒开刘自起的手，正色道："别怕？他们是什么人啊？别说我们不知道，他们是天天在外面抢东西的土匪，你还让人打他，你把自己当什么了？""我，我，他们来找我教他们练武，都是一个村的我怎么说不教啊？"刘自起道。刘自起母亲道："开始我就和你说，他们不是什么好人，不管他们，就算出去要饭也不能跟着他们。"刘自起道："我就教他们练武，别的我什么都不参与，他们的东西我都不要。"刘自起母亲道："那你为什么打他？还不是想管他们的事？"刘自起道："他们劫镖我不能不管？我和他们说过，镖不能劫。"刘自起母亲道："劫镖也不能管，只要你管了，他们办的事都是你的，以后杀人找了来，也是你指使的。"刘自起道："他们没杀人。"刘自起母亲道："他们没杀人？刚才二小子亲口说的，他说费了点劲把人砍倒了，不是杀人啊？"刘自起道："我知道人命关天，我早就和他们说了让他们手上有数，千万不能杀人，他们不会下死手，人没死，也就是伤了。"刘自起母亲道："打架哪知道轻重，万一哪天杀了人呢？"刘自起道："我以后好好教，让他们手上有数。"刘自起母亲道："那他们不会干点别的？一定要出去抢劫？"刘自起道："娘，您也知道，咱们这里就这点收成，吃上半年就不错了，就算让他们出去要饭他们也活不了，你看村里出去的有几个回来的，还不是在外面饿死了，我不能看着他们饿死吧？"刘自起母亲道："那他们真杀了人怎么办，到时候官府追查下来还不是要偿命？"刘自起道："我给他们立规矩，不让他们乱伤人，这次他们无缘无故劫镖还动手伤了人，所以我才管教他们，要不他们早晚死路一条。"刘自起母亲想了想道："以后要是再伤人，你就不能再管他们。"刘自起道："一定，一定，如果他们再伤人，我就再也不管他们了。"这时候刘自起母亲才抚着孩子的头，低声说道："晴儿，别怕了，你爹再不这样了。"过了好一会儿，孩子才抬起头怯怯地站好，不过仍偎在奶奶怀里，双手紧抱奶奶胳膊不松手。刘自起过去想要抱抱孩子，

孩子却不松手，母亲又趴在孩子耳边说了好些话，最后道："去吧，和你爹玩会儿，我去端饭。"孩子抬头见外面天已经黑了不敢出去，才不情愿地来到刘自起身边。

此后很长一段时间，刘自起都不让老二他们出去抢东西，同时安排人到沧州还有武定府打听消息，也没有太多动静。然形势还是悄悄发生了变化，让他们始料未及。

第十章

开商路，兄弟齐相助
共谋划，各自显功夫

　　这一天，魏肇庆把魏景曦、魏肇祥叫到了家里，又把俊青、俊杰也请了过来。自从魏俊青、魏俊杰两兄弟和魏肇庆一起去福建贩茶便走动得更勤了，三个人无话不谈，魏肇庆完全把两个人当成了自家兄弟。等大家都到了，魏肇庆把魏星押送粮食去京城、中途被土匪抢劫的事给大家讲了一遍。魏肇庆道："这些年来，咱们魏家的面粉在京城广受欢迎，所以每年都要把小麦送往京城。今年我安排魏星带人往京城送麦子，还请了武定府李家镖局押的镖，进了沧州地界按规矩拿了镖旗不再沿路喊镖，魏星他们想着趁早赶路躲开土匪劫道，可没想到刚进沧州界就让土匪抢了。这帮土匪不仅不守规矩劫镖，还不等搭话上来便砍，魏星直接身负重伤，镖师李成还当场丢了性命。"魏肇祥道："今年直隶大旱，好多地方颗粒无收，听说有的地方已经饿死人了，见到粮食一定像见到亲娘一样，还不死命地抢啊。"还没等魏肇祥说完，就听魏景曦道："抢个屁，也不看看谁家的粮食，我带人去抄了他们。"怪不得魏振菖说他儿子办事毛糙，事情还没等商量他就先急了。魏肇祥年龄比魏肇庆稍大一点，以前也经常出去办事，所以办事沉稳一些。魏肇祥道："小叔，咱们去哪里抄了他们啊？你知道他们是哪儿的吗？土匪在庄稼起来的时候出来抢劫，抢完就钻庄稼地，找都找不到，到了家就散了，抢的时候是匪，散了就是老百姓，就算官府也拿他们没办法，我们家才多少人，咱们上哪儿找他们去？"魏景曦是一时气急，也不知道该怎么办，不过还是负气地道："叫你说，还拿他们没办法了？"魏肇庆道："都先别着急，今天叫大家来就是一起想想办法，看看今后咱们该怎么办。"魏肇祥道："那天去看魏星大伙都说了，今年地面上不安稳，来往送货的经常被抢，你不保镖货连山东都出不去，这次咱们请了保镖可还是被劫了，说明这道上风险实在是太高了，再就是被劫了托人找都找不到，最主要的是就算咱们再厉害，他们不和你照面也没办法。"魏景曦道："既然地面上不太平，咱们就少往外送东西，咱们就在当地做生意，我敢保证，在武定府没人不给咱魏家面子。"魏肇祥道："小叔，咱家从老爷爷开始就四处联络买卖做生意，从没说遇到事就怕了的，到咱们这里就这么完了？"魏景曦听说此话站了起来，道："这也不行，那也不行，你说怎么办？"魏肇庆忙起来把魏景曦按到座位上，道："虽说咱们家这次被抢了，但也没坏到不敢出门的地步，我先给大家讲个事儿。"魏景曦道："都在说土匪劫道的事，怎么你还讲事儿啊？"魏肇祥道："你有办法也行啊？那我们都听你讲。"魏景曦瞪了瞪眼，也没什么好办法，只好强说道："听，我倒听听讲什么？"魏肇庆道："小叔，你先听我讲完，那天魏星负了伤，我喊肇祥哥一起过去看看，刚到肇祥哥家，恰巧碰见大伙儿正在看肇祥哥养的两只猴子在房顶上嬉闹……"魏肇庆就把那天在魏肇祥家看到的一幕讲给了兄弟几个听，讲到最后道："老猴子一开始抓耳挠腮没办法，可是它最后缩作一团，明显是诱敌深入，最后一招制敌为猴儿报了仇，这也算仇怨得报。这两天我想了很多，我们找不到他们在哪儿，可只要我们运送东西他们就有可能来抢，我们找不到他们，那就等他们自投罗网。今天俊青哥和俊杰也来了，就是想请他们两个人出来帮忙，只要我们足够强大，我们就不怕他们。"此时就听魏肇祥道："对对对，以后我们再运东西就多请些人，如果能让俊青、俊杰带人押送，那就一定不会出事了。"俊杰想了一下，扭头看了一眼哥哥，道："这倒没问题，我和我哥的徒弟就有十几个，四外两村练武的很多，到时候我们多找一些不就行了。"俊青也点头认可，看来俊青也是同意了。此时魏景曦却道："咱家送几车麦子去京城就要安排二十多个保镖，挣的钱还不够花销呢？”这倒是个问题，可魏肇庆却没有接魏景嘻的话，而是紧盯着魏肇祥看。魏肇祥见魏肇庆直勾勾地看着他，不解地问道：“看我干啥？我没法！”魏肇庆突然笑了起来，见魏肇庆莫名其妙地笑，魏肇祥也跟着笑了起来，不过还是道：“你看我笑也白搭，我真没法。”就在大家都莫名其妙地看着两个人的时候，就听魏肇庆道：“你没法可你有东西。”魏肇祥反问道：“我有啥东西？我怎么不知道。”魏肇庆卖了个关子道：“你有好东西。”魏肇祥突然明白了魏肇庆的意思，道：“你是说我的马，可是马才能驮多少东西啊？”魏肇庆正色道：“我是这么想的，肇祥哥善于养马，这事儿大家都知道的，说起来肇祥哥好养马还有个故事，大家听说过没？”刚听了鹰猴斗的故事，魏景嘻一下子来了兴致，道：“肇祥养马还有故事啊？肇庆，你快说说。”魏肇庆道：“小叔，你不知道啊？”魏景嘻说：“你不说我怎么知道啊，快说快说。”魏肇祥道：“刚你还不让肇庆说，这你怎么愿意听了？”魏景嘻道：“不是说你的事儿吗？我倒听听你又干什么好事了。”说罢指着魏肇祥一个劲儿坏笑。魏肇庆见魏肇祥没有反对，于是道：“为了习武、打猎，肇祥哥家里养了不少骡马，在他养的骡马当中有一匹骡子毛色鲜红体大膘肥威武超群，肇祥哥特别喜欢，可说是人见人爱。这天闲着没事，他带上伙计喜春直奔直隶郑州大集，想看看他的大骡子到底价值几何。这在咱们这里有个说法，叫‘晃市’。”

说起郑州，比作南北通衢略有些大，可此地是南方七省进京必经之路，各地商贾云集于此，每年举行一次的郑州庙会可说是鼎盛一时。川广云贵的药材、湖广的刺绣、江浙的绸缎、北方的棉布、四川的油漆，以及东北的人参、鹿茸，蒙古的牛羊马匹都在郑州集散。兴盛时郑州城内设有三街六市，兴隆街、中和街、广益街，药材市、珠宝玉器市、南货市、棉线市、百艺市还有城西北角的骡马市，市中还设有赛马场。每到庙会人山人海，有“从郑州至大庙，芦棚不见天日”的记载。据传，在庙会期间曾把井水喝干，牲口都要到七里外的白洋淀去饮水，村里人挑一担水来上庙，则能卖到十几文钱。附近各村的水井都有人看守，不然就会影响本村人生火做饭，更有“北京人

全，郓州货全"之说。

魏肇祥带着伙计喜春提前一天便到了郓州，先找了个旅店住了下来，第二天吃过早饭，这才骑着骡子来到了庙会上。正当备耕时节，市场上骡马不算太多，黄牛毛驴儿唱了主角。老牛们倒是沉稳，不是牛犊儿被牵走了一般不打唤声，可毛驴子就大不一样了，张开鼻孔便是一阵乱嚎，只有一只嚎也就罢了，只要毛驴儿开了腔，便此起彼伏没了消停，摇头摆尾抬头远望，小尾巴摆得唰唰带风。只那马儿高傲地与众不同，虽不时潇洒地甩甩长鬃，却从不抬头顾盼。马儿们眼看着温顺可人，主人们随叫随行，可生人却不敢往前触碰，那碗口大的蹄子可随时带着野性。就在这高亢的重奏声中，牲口经纪们三三两两手握手地谈着生意。再往脸上看，皱着眉说不定心满意足，哈哈笑的却把算盘珠儿拨弄个不停，只有两个人双双苦着脸，这桩买卖才算是终于谈成了。

魏肇祥二人找了个空闲地儿将牲口一拴，便拿出带来的马扎看热闹般往树下一坐，也不问价，好不清闲。在偌大的牲口市儿上，魏肇祥的这匹骡子绝对是出类拔萃，特别引人注目，不一会便来了好几拨人，都对这匹骡子赞不绝口，可说来奇怪，却没一个人上来问价。虽说魏肇祥有些奇怪却也不甚着急，只让喜春将随身带着的象棋拿了过来，两个人你来我往便厮杀了起来。见两个人下起了象棋，有几个闲人围过来观看，有人支招，也有人说起了闲话，说他们要卖马怎么也得找个经济。喜春抬头瞟了一眼也不搭理，魏肇祥抬头冲那人笑了笑又只顾埋头下棋。众人见此情景都摇摇头暗自发笑，这两个人不像是来卖马，倒像是专门来此下棋的。两个人你来我往下了差不多一个时辰，见有几个人围着骡子仔细看，两个人许是累了也就停下手来坐定观看，却不上前。那几个人围着骡子转了不下四五圈，指指点点又与同伴交流了一番，抬腿向魏肇祥这边走了几步，眼看着离魏肇祥这里十几步远，见魏肇祥这边没人起身，摇了摇头转身又与同来的去了别处。魏肇祥却也不急，他知道为什么没人来找他，又开始自顾自与喜春下棋。又过了半个时辰，眼看着无聊，魏肇祥让喜春看着牲口，自己到大集上转了一圈儿，挑了点弓弦箭支回来，一问还是没人问价，两个人起身收拾东西便要回家。

就在此时，一个商人打扮的人骑着马来到集市上，在市头上四处观看，一眼便看中了魏肇祥的这匹骡子。此人来到近前，向魏肇祥抱了抱拳，问："敢问兄台，您的这匹骡子卖吗？"魏肇庆见此人穿着打扮十分富贵，于是问道："不知道兄台可相中了？"那人指着大红骡子道："骡子不错，不知兄台能否割爱？"魏肇祥见此人有意心里却打起了算盘，虽说自己的骡子根本就没想卖，但已经拴在这里却也不好说不卖，便笑了笑道："既然拴在这里哪有不卖的道理。"此人道："既然兄台如此痛快，我也就不找经纪了，请老兄出个价吧。"一听此话魏肇祥心中一惊，想着吓走此人便来了个狮子大张口，道："既然老兄想要，你看一千二百两银子如何？"魏肇祥想来一匹骡马也就价值十几两银子，虽说这匹骡子自己精心选配，翻上几倍也就一二百两银子的价。谁知此人却立马应道："好，就按你说的，一千二百两银子。"接着又说道："兄台在此稍等，在下去取银子。"听说此话魏肇祥主仆立时蒙了，此人竟要花一千二百两银子买下魏肇祥的骡子。魏肇祥此时犯了难，自己心爱之物给多少钱也不能卖啊，可要不卖如何和人家说啊？就在魏肇祥为难的时候，喜春道："少爷，我的钱袋子忘在旅店了，你快去看看。"魏肇祥闻声赶紧解开骡子上马便走。喜春这才央告众人："麻烦各位告诉那个人，我家东西落旅店了急着去取，请他再寻别家。"说着也解开坐骑找了个借口策马而去。等那人取了银子再来，两个人已然不见踪影，便问众人道："刚卖骡子的人哪里去了？"一个道："他伙计说东西落旅店了，取东西去了。"一个道："你算了吧，人家不想卖跑了。"刚搭话的道："人说去取东西了，你怎么说人家跑了。"说跑了的道："你看他俩像卖马的吗？来了就下棋，也不管不问。"刚搭话的道："也是，可一千二百两银子也不卖吗？"说跑了的道："你也不看看是谁。"刚搭话的道："你认识？"说跑了的道："不认识，不过刚有人问他们哪里的，伙计说武定府魏集的，还叫他少爷，武定府魏家那可是能出钱修黄河大堤的主儿，他缺这点钱？"那人闻听此言摇摇头黯然离开。

魏肇庆道："肇祥哥回来以后，找人去郑州一打听才知道，那个人是想买了骡子上京进献给皇上。从此肇祥哥卖马的事就传开了，大家都知道肇祥哥好养马，养的马好。"魏肇祥听了忙摆手道："你可别说了，自从那次回来，我都不好意思去郑州赶集了。"魏景暄道："肇祥，你还有这出啊？我怎么没听说过？"魏肇祥道："我是偷跑回来的，这又不是什么好事，再就是咱们魏家的事大家都给留着面子，他们在魏集也不好意思传。"魏肇祥又道："我养马还可以，可这又能怎么样啊？我那几匹马能有多大用啊？"魏肇庆道："马有两个用处，其一可以拉车，一辆马车至少顶三四架推车，并且跑得也快，人推车一天也就走四五十里，而马拉车一天可以走上百里路，去京城六七天就到了，要人推车去至少要十几天。再就是可以用作战马，咱们这里的土匪都是当地的老百姓，他们不可能有马，如果我们的人骑着马与他们作战，既有气势又行动迅速，再加上有俊青、俊杰那就更如虎添翼了。"魏肇祥听到这里高兴了，道："好啊，看来我的骑马功夫要用上了，俊青、俊杰明天你们来我家，我教你们俩骑马。"魏肇庆道："肇祥哥，你光教他俩骑马可不行，还有大事等着你呢。"魏肇祥道："什么事啊？"魏肇庆道："就你家养的那几匹马哪里够啊？我们得去蒙古买马。"魏景暄道："你要多少马啊？还要去蒙古买，咱们家哪有那么多东西让你送啊？"此时就见魏肇庆面色严峻了起来，目光坚定一字一句地道："我要买二百六十匹马，做二百辆大车，训练六十匹警卫用的战马。"一下子要这么多东西，大家一时不知道魏肇庆要干什么，都紧紧盯着魏肇庆，魏肇庆又道："现今虽谈不上兵荒马乱，但是四处盗匪横生，咱们这里运往北方的布匹、粮食，南方过路的茶叶，还有北方贩过来的牛羊皮货时常被劫，各地商家苦不堪言。先不说商家挣不挣钱，货物卖不出去只能眼睁睁地等死，可只要往外卖，被劫一次就有可能直接倒闭，长此以往商路就要断了，真到那个时候咱们齐鲁商业就会变成一潭死水。我想我们应该迎难而上，创办商队与土匪们争个高低，在此我拜托各位，全力以赴各尽所长，帮我、帮魏家、帮各地商家重开商路。"说到这里大家都明白了，魏肇祥第一个站起来道："好，买马的事交给我，我一定把蒙古最好的马买回来。"魏肇庆点了点头，看了一眼魏俊青对魏肇祥道："好，这件事非你莫属，去的时候把俊青哥带上，大家也好有个商量。"此时魏景曦也站了起来，道："你要如此说我早就不说别的了，有啥需要我办的你尽管说。"魏肇庆来看了一眼俊杰道："小叔，你放心，有的是活干，你去铁匠魏找魏伯父联络招人吧，人是关键。"魏景曦道："好，招人你就交给我吧，你放心，打不过我的一个也不要！"众人闻听此言皆哈哈大笑。魏景曦又道："你们笑什么？怎么说我也会两下子。"说着摆了个架势。魏肇祥道："对对对，以后打不过就叫景曦叔出马，老将出马一个顶俩。"魏景曦道："你看我打不过你咋地？咱俩试吧试吧？"魏肇祥举手投降道："打不过打不过。"众人又一阵笑。都是年轻人，大事谋定群情激昂，激情之火就此点燃。

第十一章

做大车，遍寻无出路

蚊帐杆，小物大师傅

　　说干就干，魏肇庆带上俊杰出发了，他们先到了武定府。武定府，自始皇东巡便在此设县，历经县、州、郡，清雍正十二年升为府署，驻地设惠民县，只说其城，自宋朝建成至今已近千年，只看一人，兵圣孙武桑梓便是此地，山东便有了一山一水两圣人之说；只看四门城楼所悬牌匾"眺海、带河、望岱、拱京"，便知其扼守于关键之地；只看域内八景"圣殿松涛、凤台柳色、台星朗耀、魁阁晴辉、跸岭朝云、镜湖秋月、北泊秧歌、秦堤樵唱"，便知其韵味。两个人到了武定府一打听，倒是有几家木匠铺，二话不说两人径直往最大的那家而去。到了城西武家，经人指点便来到一个大院，进门一看院子里倒是一片繁忙景象，师傅们正在忙着活计，不过未见有大车停在院中。俊杰上前打问道："师傅您好，掌柜的可在？"师傅停下手中的活计，问道："找掌柜的有什么事啊？"俊杰道："我和我们东家来定做大车，麻烦您知会一下你们掌柜的。"师傅一看来了大活，忙向魏肇庆作了个揖道："掌柜的好，请跟我来。"说着便领着二人进屋。师傅向掌柜的回道："掌柜的，这位掌柜说要定做大车。"听说此话，掌柜的忙站请两人坐下，又对师傅道："快去请王师傅过来。"不一会儿就见一位身体健硕的师傅走了进来。他进门就问："是谁定做大车啊？"魏肇庆站起身来："在下魏集魏肇庆。"听魏肇庆报了身份，掌柜的也站起身来上下打量魏肇庆。魏肇庆去南方贩茶的事在武定府早已传开，掌柜的心中暗道："原来这就是魏肇庆啊。"忙道："原来是魏东家啊，失礼失礼，快坐。"忙吩咐伙计上茶。掌柜的问："魏东家，请问您要做什么样的大车啊？"魏肇庆道："这次来主要是定做一些拉货的大车。"掌柜的道："魏东家，不是我自夸，我这里大师傅不少，一准帮您做好。"说着指了指刚进来的王师傅道："王师傅专门学的做大车，干了二十年了，现在多了不敢说，咱惠民城里出十辆大车，五辆就是王师傅做的。"魏肇庆向王师傅抱了抱拳道："请问王师傅做的大车店里有吗？"王师傅道："这些年定做大车的不多，也没做多少，不过后院做好的倒有两架。"魏肇庆道："掌柜的，能否让在下先看看？"掌柜的道："这有什么不能，走，咱们一块儿去。"说着几个人起身来到后院。

一进后院就见墙边放着两架大车，一架厚重粗犷，一架精巧轻便。掌柜的道："这个大的是牛车，不过能拉重载，这个小的是专门坐人的，装上棚子就好了，现在还没人来要，也就没往上装。"魏肇庆围着大车转了两圈，对俊杰道："俊杰，你稍微拉拉看看。"俊杰来到厚重的大车前，将双辕往上一驾，虽说抬起来没费多大力气，然俊杰俩膀叫力往前猛拉，没承想车轴吱吱呀呀一个劲儿作响，才走出十几步竟气喘如牛，按说俊杰一把子好力气，没想竟还如此吃力。说话俊杰又拉起轻巧的那个，虽说比刚才省力了不少，吱呀声小了些，但也是费了些力气。此时魏肇庆来到了车轮前，蹲下来仔细观看，看着做工倒也精细，起身问道："王师傅，我看着做工挺好，可为什么拉起来如此吃力？"王师傅道："这大的是牛车，人哪有那么大的力气，套上牛就好多了，你看小的就轻快多了吧。"不过魏肇庆往车身上一看，用的材料竟比大的细薄了一半还要多，道："这个车怎么拉载啊？"王师傅道："你放心，拉个三四百斤没事。"魏肇庆道："刚才我听车轴吱吱呀呀地响，这是怎么回事啊？"王师傅道："都这样，木头磨木头，打上油走走磨一下就好了。"魏肇庆又问道："王师傅，车轴用的什么木头啊，耐磨吗？"王师傅答道："我这用的都是上好的榆木，用上两三年没事。"此时魏肇庆却在盘算，这车在家里一年走不了一两千里，自己的却十天半月就要走这些里程，忙问道："王师傅，还有更好的木头做车轴吗？"王师傅想了想道："有，就是贵了些。"魏肇庆问道："贵些不要紧，用什么木头啊？"王师傅道："枣木，硬了许多，就是木头难找。"魏肇庆问道："用枣木能用多长时间？"王师傅道："应该能用五六年吧。"魏肇庆又道："枣木好找吗？"掌柜的道："没事，既然掌柜的要，家里有两根，先给魏东家用上。"俊杰插话道："两根怎么够，我们东家要做二百辆大车。"掌柜的忙问："二百辆？就算我把县里的枣木都收了来，一下子也凑不够那么多。"魏肇庆问道："怎么枣木如此少？"掌柜的道："魏东家你不知道，这枣树只要结着枣子，都是家里的摇钱树，哪有肯刨的，所以没多少卖的，这才稀罕。"魏肇庆盘算虽说这枣木耐用些，但也不甚顶用，又问道："还有没有更好的？"王师傅道："这就是最好的了。"魏肇庆又问道："不知道这车轴用坏了怎么换？"王师傅道："换也不能说难换，不过你要到店里来换才行。"听罢魏肇庆摇了摇头道："哦，我知道了。"掌柜的看魏肇庆并不十分满意忙道："魏东家，不知道咱们家要这么多大车干什么。"魏肇庆道："家里商量着要搞一个运输商队，需要大车。"掌柜的道："魏家要搞商队啊，我说要这么多大车呢，不过这么多恐怕不好搞，就算我这里全年来做，也就做几十辆，不过只要您需要，我竭尽全力再找些师傅，一定帮东家做好。"魏肇庆道："好，那就谢谢掌柜的了，不过车轴的事还差点儿，我家商队十天半月就要走一两千里，光换车轴太麻烦了，有没有什么好办法？"掌柜的看了一眼王师傅，王师傅一摊双手也是无能为力，可平白舍了这么大个生意于心不甘，掌柜的道："魏掌柜，您给我三天时间，我一定把这件事解决好，到时候我亲自登门告诉您好消息。"魏肇庆道："好，我静候佳音。"说完带着俊杰离开了作坊。暂不说掌柜的叫齐了师傅们一起商量车轴的事，且说魏肇庆二人来到大街上，找人询问还有哪里有木匠铺。人们又告诉了他几家，倒也好找，都在附近。知道事情出在哪里，到了便单刀直入问车轴的事，不过几家的车轴大都是榆木，上好的枣木基本不曾用过，又找了几个木匠师傅问了，也没有更好的主意。天将傍晚仍是一无所获，只得回家再说。第二天两个人又去了蒲台县。蒲台县还是依旧的繁华，店铺林立，商务兴盛，细一打听也有五六家木匠铺，可谁知到了门上一问竟与武定府的别无二致，又跑了一天还是没得进展，魏肇庆也是皱起了眉头。两人商议与其回家不如就在此地住下，明日一早去青州府看看。话不多说，来到青州府竟也一样，只是工艺稍好些，不像武定府的那样笨重，可车轴并没有更好的材料。在外接连跑了半个月，济南府也去了，仍是一无所获，魏肇庆只好先回到了家里。

回到家，魏肇庆接过妻子递过来的茶，问道："城里木匠铺掌柜的可曾来过？"芷妍应道："打发了个伙计过来，说是还没想出好法子，叫咱们耐心等等。"本来的一丝希望也是落空，心中不免落寞。也是渴了，端起茶一饮而尽，就在魏肇庆愁眉不展的时候，抬头猛见前面亮光一闪。定睛仔细一看，原来是立在墙边的蚊帐杆光亮耀眼，顿觉眼前一亮。天气渐凉，芷妍安排丫鬟把蚊帐卸了拿到外面晾晒，卸下的蚊帐杆随手立在了客厅墙边，雪白的蚊帐杆恰在太阳的映照下泛着亮光，十分地惹眼。魏肇庆急忙跑过去拿起来观看，蚊帐杆笔管条直十分精致，那真真的一般粗细，两头细雕佛肚葫芦头，上手一摸滴溜儿滑，让人爱不释手。魏肇庆忙问道："这是什么时候做的？"就听芷妍笑道："这蚊帐杆天天在你头顶上都一个夏天了，你不是天天看着吗？"魏肇庆道："真的啊？不卸下来真还没注意，今天才看到这么精细，是哪家木匠铺做的？"芷妍回道："这些蚊帐杆不是木匠铺里做的，咱们村来了一个逃荒的木匠，是他做的。"魏肇庆追问道："逃荒的木匠？他有这么好的手艺？"芷妍答道："谁说逃荒的木匠就没有好手艺？春天，月儿说有个逃荒的怪得很，家里没吃的也不上街要饭，只在上街找活干，他会木匠活，有活就干点挣口饭吃，春天青黄不接也没多少活让他干，吃了上顿没下顿的，我看他可怜就让丫鬟给他送了些吃的，没想到他还不收，说自己是手艺人，想着也是，为了能帮帮他，我就让丫鬟找他做了几根蚊帐杆，真别说手艺还真不错……"不等夫人说完魏肇庆就问："这位师傅还在不在村里？"芷妍道："做完蚊帐杆我就没再问，你找他干什么？"魏肇庆道："大事！这可是大事！"芷妍道："月儿可能知道，我叫月儿过来问问。"说着转身来到门口，冲院里丫鬟喊道："月儿，你过来。"月儿连忙跑了过来。芷妍问道："月儿，给咱家做蚊帐杆的木匠走了没有？"月儿道："还没呢，昨天看见他在街边揽活，我还和他聊了几句。"此时就听魏肇庆道："好，好，这就好，这个木匠姓什么？"月儿回道："姓黄。"魏肇庆吩咐道："好，你赶紧去找下黄师傅，就说我有急事找他。"见魏肇庆如此着急，月儿连忙放下手里的活计出门去找黄师傅。时间不长，就见月儿带着黄木匠来到了家里，魏肇庆忙请黄木匠坐下，道："黄师傅，您老家是哪里啊？"黄师傅回道："少爷，我老家是河北隆尧黄家庄的，请问找我有什么事吗？"魏肇庆问道："我想请你帮个忙，不知道你会不会干。"黄木匠道："少爷客气了，要不是少爷一家我们一家老小还饿着肚子呢，是少爷一家帮衬我们才顺利度过灾年，有什么事您尽管吩咐。"魏肇庆道："可不要这么说，出门都是朋友，都是应该的，我就是想问问黄师傅，会不会做大车？"黄师傅眼睛一亮，道："做大车，您要做大车？别的我不敢说，我做大车的手艺在我们那还是数得着的，不光我，在整个河北隆尧就数我们黄家庄做的大车好，不知道您要做什么样的大车，拉客还是跑脚？"魏肇庆于是直奔主题，道："我要做跑脚的大车，不知道您老家做车轴用的什么木料。"听魏肇庆如此说，黄木匠抬头看了一眼魏肇庆，心想魏少爷一定是看过了几家，于是道："魏少爷，说起车轴倒是可以用几种木料，不过最好的木料做的车轴用在跑脚的大车上，最多不过用两三个月，虽说能换但十分麻烦，现在我们老家时兴用铁轴，用着不坏还轻快。"听黄师傅说完，魏肇庆大喜过望，心道"踏破铁鞋无觅处，得来全不费工夫"，瞪大了眼睛道："那可太好了！"虽说黄木匠会做大车，可他还是给魏肇庆解释道："魏少爷，做大车可不这么简单。第一要买合适的木料，咱们这里和我们老家树种差不多，榆树、槐树还有杨柳树都要用到，这倒不难，难的是我看当地基本没有做大车的，所用的铁环、铁瓦、车毂铁、车轴铁都没有，还有马鞍等用具也不全，一下子做不来。"魏肇庆听黄师傅说得头头是道更是高兴万分，道："黄师傅，这些都好办，你只要会做就行，你需要什么、哪里能买到、找什么人来做，你尽管开口。"黄木匠问："不知道魏少爷要做几驾马车。"魏肇庆道："二百架。"闻听此言惊得黄师傅一下子站了起来："二百架？就算我把黄家庄的木匠都搬来，一年也做不出这么多马车啊！"魏肇庆摆手让黄木匠坐下，胸有成竹地道："没事，没事，黄家庄有木匠，我们这里也有木匠，我安排人和你一起回家，一是找木匠和你一块儿过来做大车，再就是我在本地也找一批木匠听你调遣，这样不就快了吗？再就是你开好单子，在你们当地找工坊定制咱们所需的材料和用具，当地行情你熟，一切听你安排。"黄木匠听完说道："谢谢魏少爷信任，我一定竭尽全力，找最好的木匠、最好的工坊替咱们定做。"有了黄木匠，做大车的事算是有了眉目，魏肇庆的心才算放了下来，没想到自己辛辛苦苦找寻了这么长时间，事情倒在自己家里解决了。

魏肇庆问："黄师傅，你在哪里住啊？"黄木匠应道："暂时住在村东庙里。"魏肇庆想都没想便道："黄师傅，您看这样，我们家在村北还有一处院子，是家里的一处老宅，虽说破旧了点但院子很大，咱们就在那里做大车，我看您要不搬过去，有事也方便？"黄木匠心道，这家人就是周全，帮你还照顾面子，不过真要做这么多大车还是搬过去方便一些，忙道："那我就谢谢少爷，不和您客气了，回家收拾收拾我就搬过去。"黄木匠说完便告辞回到住处。搬家倒是快得很，黄木匠眼见得今后生活有了着落，就在街上买了些生活用品，回家小推车一推，带上那几床破被子便搬进了魏家老院子。可等他进院打开屋门一看，屋内用具一应俱全，连被子都是新的，厨房里的米面更是放得满满当当，黄木匠心里暗自佩服，魏少爷帮人不留痕迹不说，做事也着实周到让人无话可说。一家人满心欢喜地住了进来，年老的母亲再也不用睡在潮湿的地下，厚厚的铺被舒适而温暖，小姑娘一下子扑到柔软的棉被上打起了滚儿，在炕上又蹦又跳半天不肯下来，急得奶奶一个劲地招呼："别蹦了，快下来，再蹦炕就塌了。"而黄木匠却不以为意，只看着两个人一个劲地笑，想是为终于有了个家而高兴。

吃过晚饭收拾停当，黄木匠见时间不早便上炕休息。做大车对他来说不是太难的事，老家黄家庄自古就有做大车的传统，这木工样式、尺寸一切都印在了脑子里。大车由车辕、车身、车厢、车轮四大部分组成，车辕最重要，用两根通体的长木连通车身、车厢，是整个车的龙骨，这要用到榆木或槐木，结实最关键。车厢用木板铺垫要轻一些，一般用柳木，既有韧性也比较轻。最难做的是车轮，轴、辐、辁、辋、毂，怎么做自己都知道，木制车轴木料再好也不耐磨，魏东家已经定下了用铁轴，虽说价钱有点贵，不过看魏家这个样子应该置得起，那就用最好的铁轴。车辋是用硬质木破成扇形木板、开榫拼接起来的，一般槐木就行。不行！黄木匠否定了自己，得用榆木，榆木稍硬一些，中心以老榆木为毂，经年的老榆木木质坚硬并且定了性，不容易开裂还耐磨。铁制车轴好办，车毂轴孔里的铁箍最为关键，一旦制作不好马拉起来沉不说，还容易坏，这要请好的铁匠师傅来做才行，本村的铺子虽说便宜，但不如镇上铺子做得精细，还是要去镇上订购才行。其他就简单了，把车身后面车辕固定好木板就行，这里承重轻，一般的杨柳木都可以。还要采买夹板儿、鞍子、套包、搭攀、后秋、套靷、滚肚、嚼子、前靷、缰绳……想着想着，不知不觉迷迷糊糊睡了过去。

官道上黄师傅赶着马车，车子慢腾腾地往前走着，眼见得北边天阴了上来，雷声一阵紧似一阵，黄木匠用鞭子使劲赶着马，马也用足了力气向前拉，却怎么也快不起来。黄木匠连忙跑到后面使劲推着，累得浑身是汗也不见马车挪动多远，眼看着大雨将至，车上的货可怎么办啊？站定仔细地看了看马车，是自己亲手做的啊，自己做的马车竟然是这个样子，这可怎么向魏少爷交代啊？

第十二章

买骏马，千里踏征途
讲佳话，俊脸变红布

　　话说黄师傅赶着马车去送货，怎么赶也走不快，大手懊恼地一下拍在了大腿上。只此一下黄木匠猛然坐了起来，抬头一看眼前漆黑一片，环顾四周，顿了好一会儿才知道是自己做了一个梦，忽感觉身上凉飕飕的，竟出了一身大汗。仔细回想起来梦境历历在目，明明是自己做的大车，为什么马儿用那么大力气还是拉不动？自己已然在魏肇庆面前夸下海口，说黄家庄做的大车最好，问题到底出在哪里？想了好一会儿，黄师傅知道自己肯定是忘了什么，苦思良久不得其解，只好再次躺下。可就在他躺下的一刹那，一个念头突然闪过，这才想起是不是缺油了，自己又猛地坐了起来，想到此自己不觉笑了起来，想了这多，就是没想到轴毂间要滴黑油这个事儿。魏少爷可是要跑长途，这黑油是一定不能缺的，转念又想，一般上油要卸了车才行，万一路上缺油怎么办啊？黄师傅又陷入了沉思。再次躺下睡意全无，思前想后也没想出什么好办法，就在翻来覆去间猛然看见窗台上摆着一个细嘴油壶，便又有了主意。何不在车毂上斜钻个孔，不用的时候塞上木塞，再往木塞上拴个绳子，上油的时候用棍子一撬，用这细嘴油壶直接倒上不就行了，如此一来随时随地可以加，想到此竟兴奋得不行。黄木匠下了床来到窗台前，拿起油壶摆弄了好一会儿，又计算好了打孔的位置这才罢休。见外面的天依然很黑，

时间还早，躺下来想再睡会儿，谁知又想了很多很多，直到天快亮了才迷迷糊糊睡着了。

就在魏肇庆到处找人做大车的时候，魏肇祥和俊青也出发了，他们先来到了直隶郑州大集。刚下马，就有眼尖的认出了魏肇祥，对他指指点点七嘴八舌道："那个卖骡子的又来了。""哪个卖骡子的？""就是那个要价一千二百两银子，人家给他拿钱跑了的那个。""就是他啊，还好意思来啊？"突然有好事的喊了起来："大家快来看啊，那个卖骡子的又来了。"见有人喊，众人都好奇地围了过来。就听有人问道："兄弟，这次又来卖骡子啊？"却不等他答话，另一个道："这次你可卖不掉喽，那个进贡的不来啦。"刚才那个接口道："来了也不买了，怕你又跑喽。"说着大伙哄笑了起来。见人们七嘴八舌调侃他，魏肇祥却不着急，只问道："你们谁是这集上最好的经纪？"大家不知道他想干什么，不过人们还是从人群中推出一个人来，道："老徐！他是，他经手的牲口最多，眼最准。"魏肇祥仔细地打量被推出来的这个人，此人五十来岁，长得有些瘦小，但是一看身体却很结实，一举一动不慌不忙，眼珠子紧盯着你一动不动，像是要把人一下子看穿一样。魏肇祥跳下马抱拳拱手道："徐师傅，您是这里最好的经纪？"老徐不紧不慢地道："大家乱说的，也就买卖的牲口多了一点。"魏肇祥道："好，那就麻烦您了。"徐师傅还是不紧不慢地问道："有什么事？您请说。"魏肇祥道："我想买点好马。"徐师傅道："这好办，不知道您想买几匹。"听老徐问，俊青应道："我们要买二百六十匹，二百匹拉车，要能拉重载的，六十匹骑用，要脚力好的。"话音刚落旁边就有人议论纷纷："要二百六十匹马，这可是大买卖。""咱们郑州集上一年也就几百匹马的生意，他一下子要那么多？""这家伙说笑的吧，这里哪有这么多马，又是来取笑大家吧？"见大家不相信魏肇祥也不着急，不慌不忙地道："我的骡子不卖是因为本来就没想卖，只想看看大家识货不识货，心爱之物给多少钱我也不卖，再说我家也不缺这点钱。"大家又是一阵议论——"这家伙真有钱？""这家伙哪里的啊？""听说是武定府魏家，有钱的主儿。""武定府魏家啊，听说去年黄河发大水就是人家出钱修的黄河大堤。""能出钱修黄河大堤？那真不差钱。"听大家如此说，老徐倒是十分知礼，忙道："原来是魏肇祥少爷啊，失敬，失敬，这样的马能买到，不过按照您要的条件，在这里恐怕凑不齐数量。"魏肇祥道："我知道，我也没想在这里买，就是来找一个好经纪，都知道能在郑州干好经纪，口外的道一定熟得很，我想请您一起去口外买马。"这下大家明白了，徐师傅道："既然这么说那就好办了，我先安顿您住下，等我也收拾收拾。"魏肇祥道："好，那就麻烦了。"谁知徐师傅却又道："不知道您带了入关的手续没有。"魏肇祥问道："什么手续？"徐师傅道："龙票啊！当地买马虽说不需要，但是出关就要龙票了，要不您一匹马也贩不到关里。"见大家都看向他，魏肇祥心里也是暗暗发慌，但他还是故作镇定地道："我以为什么手续呢，龙票啊，我们从京城过去，早有人去办着了。"徐师傅道："那就好，我先安顿您住下。"说着便带着魏肇祥他们去了客栈。

第二天一行三人开始出发，一上路魏肇祥便问道："徐师傅，我想问下，您卖的马是从哪里来的？""不瞒少爷您，我卖的马都是大盛魁贩过来的马。"徐师傅应道。魏肇祥又问："买这些马要龙票吗？"徐师傅应道："这些不需要。"魏肇祥道："徐师傅！您昨天吓了我一跳。"徐师傅一愣，忙问："怎么了？"就听魏肇祥笑道："昨天您说要龙票，我还以为没有龙票马就买不到呢，我和您说，我这次不是贩马，而是买马。"徐师傅还是丈二和尚摸不着头脑，问道："贩马和买马还不是一样吗？"魏肇祥笑道："哈哈，那不一样，如果我要去贩马，一定要有龙票，昨天我还想着一起去京城办，可我这次是为了买马，那就不一定要自己办龙票了，和您一样买大盛魁的马不就行了。"徐师傅一听就笑了，道："哦哦，这样啊，那是不用办龙票，可是大盛魁的马要贵不少啊，您要这么多自己贩多合算啊？"魏肇祥道："这倒不是关键，关键是我要买到好马。如何在蒙古买马、买什么马你倒是在行，但是找谁买马、买了集中到哪里、怎么赶回来、路上这么多马要吃要喂怎么办？"听到此老徐暗自佩服，自己光想着省钱没想到还有这么多事。老徐忙道："还是魏少爷想得周全，这就好办了，昨天我还在想，这龙票办起来难得很，没想到您一下子化解了。"魏肇祥心里明白，即便办好了龙票，可如果马运不到家路上死了

跑了那定是得不偿失。没了其他事情困扰，徐师傅进蒙古那是轻车熟路，三个人马不停蹄一路来到了归化城。

到了归化城，却没有想象的高墙林立、殿宇轩昂，却像又进了郓州大集一样，店铺一家挨着一家，都是不大的门脸，只是门脸多了许多，到处人来人往、热闹非凡。魏肇祥问："徐师傅，这些都是什么店，怎么都不大啊？"人声嘈杂中徐师傅大声道："这可不是小店，里面大着呢，这些门脸都是做批发的，其中一多半是大盛魁的。来这里的人大多不是买家，而是商贩，门头上看好了货再用车从后面仓库装货，拉到草原上去卖，买卖好得很，整个蒙古草原上需要的东西，差不多都是从这里送出去的。"魏肇祥道："是啊，不过我感觉怎么和郓州大集差不多，不如我想象的气派。"徐师傅道："魏少爷，虽说这里看着是差了些，但归化城真正气派的不是这里，王爷府、大盛魁才是这里的好地方，办完事我带您去看看。"魏肇祥道："好，跑了一天了，咱们先找个店住下，大家伙先歇歇。"于是徐师傅领着魏肇祥找了个旅店先住了下来。走了一路也累了，三个人先休息了一下，连续骑了几天的马都累得要命，躺下便睡着了，魏肇祥一觉醒来见天已经暗了下来，忙叫徐师傅和俊青一起出去走走，顺便吃点饭。来到街上，来来往往的行人少了很多，不过大伙儿都呼朋引伴正朝一个方向去，魏肇祥不知所以便拉住一个人来问。原来今天晚上是大盛魁举行篝火宴，宴请老相与的日子，徐师傅一听后悔的不得了，忙向魏肇祥解释道："对不起了魏少爷，都怪我年纪大了多睡了会儿，要不早去大盛魁报个到，像您这样的相与是要坐上席的。"魏肇祥忙说："没事，没事，我们是来办事的，又不是为了吃饭。"不过几个人还是跟着人群来到了城外广场。

说是广场，不如说是草地更合适些。人们在草地上摆起了小半圈桌子，桌子上摆着时令水果，篝火堆也在桌子前面架了起来。远处十几个人在宰着肥羊，圈里圈外不少人忙活着，看来宴请的人不少，来的人群在另外的半圈站着，里三层外三层不下千人。此时老徐远远望见一个熟人在跑前跑后忙活，忙跑过去说了几句话，就见那人到中间桌前向一位掌柜模样的人说了，又走了过来和徐掌柜说了些什么。就见徐掌柜向魏肇祥挥了挥手，招呼他们两个过去，来到近前，就听徐掌柜的熟人道："魏少爷，不知道您来，没去请您，不过我和我们掌柜的说了，只要来了都是朋友，就委屈您在这边就座了。"说着把魏肇祥引到了最靠边的一张桌子坐了下来。魏肇祥忙道："您太客气了，谢谢了啊，等忙完了过来喝两杯。"那人应了又去忙别的。魏肇祥对徐师傅道："还是你徐师傅面子大，到了这里都有人请你客。"徐师傅道："我哪上得了这席啊，像我们这种小相与一般小客店就打发了。今天我和他说您要买二百多匹马，他才安排您上桌来坐，我是沾了您的光了。"魏肇祥道："呵呵，老徐别这么客气，要不是您我们也坐不到这里，来，徐师傅，快来坐。"就听徐师傅道："好好，少爷，您先坐。"三个人分别落座。

天渐渐黑了下来，篝火也点了起来，随着篝火越烧越旺，映得每个人脸上都是红彤彤的，大伙儿说着笑着，一年一度的盛会着实让人兴奋。全羊也在火堆上烤了起来，香味慢慢飘了过来，那香气实在诱人，引得人们不时瞟上两眼。此时就见刚才那人来到广场中间，大声道："尊敬的王爷，众位相与，今天大盛魁举办篝火盛会，一来是感谢各位王爷多年来对大盛魁的照拂，是各位王爷给了大盛魁在草原发展的机会，才有大盛魁的今天。二来是感谢众位相与，感谢各位相与多年来对大盛魁的支持和厚爱，希望各位相与和大盛魁就像今天的篝火一样，兴旺发达。今天，大盛魁与大家在此同享同乐，祝我们的大草原永远繁荣昌盛。"大家一阵欢呼。此人再次大声道："大家静一静，今天，我们和往年一样继续举办摔跤比赛，上来摔跤的勇士不管胜负，大盛魁都有奖励。"大家又一阵欢呼。"静一静，大家静一静，大家注意看好了，一下子让人扔出去的是没有的，让他一边哭去吧！"说到这里大家一阵哄堂大笑。此人接着又道："今年摔跤最终获胜的巴图鲁，大盛魁奖励纹银一百两，大家听好了，今年的奖励是纹银一——百——两！"这时候人群里发出一片叫好声"好！好！"人们都摩拳擦掌跃跃欲试。徐师傅道："大盛魁越来越厉害了，去年奖励是五十两银子，今年又翻了一番，出手越来越大方了。"这时候，就见魏肇祥扭头看向魏俊青："俊青，上去试试？"说着用下

巴点了下广场中央。俊青二十来岁正是血气方刚，但生性沉稳，只应道："都说蒙古人善于摔跤，那我就上去学两手。"魏肇祥笑道："好，好，不着急，你先吃点东西，看看他们怎么个摔法你再上去。"徐师傅见俊青应了下来，连忙去给他报了个名。

全羊烤好了，专门有人把羊肉精心分割了摆放在方形大盘子里，再摆到桌子上，桌子上碾碎的小茴香、新鲜的野韭花酱、割肉的小刀一应俱全，只等主人发话招呼开席。这时候，有几位漂亮的蒙古少女挨桌敬献哈达，等她们都献完了，中间桌旁一位老者站了起来，端起了酒碗大声道："尊贵的王爷，众位相与，大盛魁承蒙各位抬爱才有今天，感谢王爷对大盛魁的信任，祝各位王爷吉祥安康，也感谢各位相与对大盛魁的支持和眷顾，我祝大家万事如意，希望大盛魁与各位永结同好，共同维护我们美丽的大草原，请大家共同举杯，祝我们的草原永远繁荣昌盛。"徐掌柜指着说话的人对魏肇祥道："快看，那就是大盛魁的总号经理，史振兴史经理。"魏肇祥顺着他指的方向看过去，只见一位身形健硕的老者高举着酒杯，与大家共同饮了杯中酒。新烤的羊肉冒着热气，外面焦焦黄黄油光锃亮，里面软软嫩嫩汁液饱满。魏肇祥夹起一块羊肉放在鼻子底下一闻，羊肉的鲜味和焦香扑鼻而来，吃到嘴里却又弹性十足，又脆又焦满口鲜香，让人不忍咽下。第二块，看上去有点肥肥的，沾了一点韭花酱，瞬间激发出了更多的鲜美味道，肥美的汁水，嫩滑的口感，一股鲜味瞬时直击味蕾，而后享受的愉悦直冲上庭久久不散。每吃一块魏肇祥都要让鼻子闻一下，好让鼻子这个不争气容易被诱惑的家伙也好好享受一下这草原美味。

听着招呼三杯酒下了肚，几个人正吃得起劲的时候，就听场内招呼魏俊青的名字，魏俊青忙跑到场子里。已经有三十几个人来到了场子里面，就听主持人大声喊道："本次摔跤比赛，以场内圆圈为界，只能在圆圈内角力，出界、身体除脚以外任何部位着地即为输。"等他讲完规则，大家都穿上了"召格德"，有几个蒙古小伙面对面地比画了起来，魏俊青忙在一旁仔细观看，学了学门道。过了一会儿，大家分别抓了阄，有人专门看了，把大家分到两边，按照抓阄顺序进行比赛。这时候就见有两个人首先走上了赛场，一开始，两人互相试探着，抓住对方猛拉一下，然后互相撒开，就如此试探了几个回合，待明白了对方路数，两个人就像顶牛般将两只胳膊架了起来，开始角力。两个人互有攻守，几个回合下来，就见一方快速抓住对方的召格德向一边猛然拽了过去，另一个人见状紧迈两步，同时抓着进攻方的召格德向另一边猛扯，就见进攻方快速跨上一步想再把对方拉回来，可谁知对方这一下用了全身力气，突然来了个半转身将进攻方的劲力全部领了过去，进攻方一下子失去重心，重重地摔在了地上。俊青仔仔细细地在边上看着，手上不自觉地比画着，虽说这摔跤俊青以前没有见过，但小时候也是摸爬滚打长大的，多少也有互通的地方，看了两场就基本明白了，这蒙古摔跤讲究的是稳住下盘，借力发力，明白了这些便多少有了些数。轮到魏俊青出场了，对手虽说个头和魏俊青差不多，但是比较瘦弱，上去两人彼此试探，魏俊青想如此试探，几轮下来在体力上绝对是消耗不小，于是决定以快取胜。魏俊青猛然一下抓牢对方衣服，对方一不留神想发力推开摆脱，魏俊青看对方用力过猛身体后仰，顺势一个跨步，左手一带右臂用力，还没等对手反应过来一下子就将对手按倒在地。见俊青如此轻松地赢了第一局，魏肇祥也是惊喜不已，一个劲儿地鼓掌，却没想到更大的惊喜还在后面。

魏俊青一路过关斩将赛到了最后，赛场上只剩下俊青还有一名蒙古勇士，听场边的人一直在喊"巴图鲁"，原来此人是归化城著名摔跤手伊德尔，已经在大盛魁举行的篝火晚会上连续三年获得第一名，获称归化城第一巴图鲁。两个人一上场人群中爆发出一阵阵欢呼声，都为两位勇士的表现喝彩，伊德尔身高和魏俊青差不多，但是比魏俊青足足胖了一圈，魏肇祥为魏俊青捏了一把汗，虽说现在远远超出了目标，但他还是暗暗为俊青鼓劲。此时的魏俊青倒是淡定了许多，看着对手暗暗思量，幸亏自己前几轮果断出击，没耗费太多力气，要不让他抓住一个不稳就有可能被甩出去，打定主意便扎下下盘，力求稳中取胜。两个人你来我往试探了几个回合，魏俊青心想不能和他这么拖延下去，让他缓过劲来再赢就难了，上去一把便抓牢了对手衣服，对手一看也紧紧抓住了俊青的衣服。于是俊青开始发力，尽最大可能消耗对方，两个人就这么顶着，较起劲来。伊德尔心里也在想，这家伙看着挺壮不可能像前几场一样硬生生把对手掰倒，自己硬抗了几下，都被俊青用脚步卸于无形，知道是遇到对手了，也拉低了重心开始角力。魏俊青看对手掰了几次之后，突然就觉得伊德尔只是和自己顶着不再用力掰自己，心想这家伙挺聪明啊，想缓过劲来再收拾自己，于是突然发力猛然把对手往一边扯过去，伊德尔一个不注意差点摔倒，也是老行家几个跨步稳住了身形。这下子伊德尔被激怒了，连续用力向魏俊青发起攻击，而魏俊青却早想好了对策，腰部灵巧地左右摇摆，脚步随着伊德尔的发力不断变换着位置。等伊德尔几次攻击下来俊青明显听到他呼哧呼哧的喘气声，魏俊青见机会到了，猛地带着伊德尔在原地转起了圈儿，越转越快，众人十分不解，从没见过这种摔法。不过随着两个人越转越快，伊德尔脚下不再像以前那样稳当，就在毫厘间，魏俊青猛然后撤左手用力将伊德尔往怀里一带，伊德尔也是久经沙场眼疾手快，趁机将整个身体斜着向俊青压了过来，可他万万没想到，魏俊青借着旋转的劲儿连续两个跨步，伊德尔一不留神一个跨步步子迈大了些，一下子失去了重心。此时就见俊青左脚往后一跨，身子猛地一转，抡锤打铁的两膀力气一下子爆发了出来，整个身体直接压向了伊德尔，伊德尔再想收脚已经来不及了，两个人轰然倒地，伊德尔被魏俊青结结实实压在了身下。整个会场鸦雀无声，没想到一个名不见经传的陌生人能赢得了归化城第一勇士，就见魏俊青急忙起身，把伊德尔拉了起来。蒙古民族不愧是一个崇尚勇士的民族，大家爆发出一阵阵欢呼声"巴图鲁！巴图鲁！"淳朴的蒙古人民把自己的热情毫不吝啬抛向了他们心目中的英雄。俊青先和伊德尔紧紧地来了个大大的拥抱，又拉着他一起向大家致意。

　　过了好一会儿，待问明白了，主持人才向大家宣布："今年摔跤比赛获胜者是，大盛魁的山东相与，魏俊青！"听到是一个山东汉子得了冠军，人群中还是发出了一片惊呼之声。中间的老者仔细地打量着魏俊青，回身向自己的管家说了几句，就见管家来到魏肇祥的桌前道："魏少爷，我们家经理请您明天上午到府喝茶。"徐师傅忍不住又仔细地打量了打量魏肇祥，没想到魏少爷不显山不露水的一个随从露了一手便拿了个冠军，还成了大盛魁的座上宾，实在是不可思议，让人刮目相看。

第二天，三个人吃过早饭来到大盛魁总号。就见垂花门牌匾上书"大盛魁"三个大字，门两旁柱子上挂着一副对联，上联是"步八千里云程披星戴月"，下联是"集廿二省奇货裕国通商"，意境是如此大气，引得魏肇祥仔仔细细看了好几遍。徐师傅上前说明来由，伙计们进去通传，还没等传出话来，却引来不少人围过来说要看看是谁赢了蒙古"巴图鲁"。这么多年没有汉人能在大盛魁举办的摔跤比赛上赢了蒙古勇士拿到冠军，魏俊青是头一份，大家伙纷纷竖起大拇指。时间不长，管家出来把魏肇祥三人迎到了客厅，就见昨天敬酒的老者正端坐在客厅太师椅上。见几个人进来，老者站起身来，魏肇祥几个忙上前见礼，道："见过史经理。"魏肇祥上前一步介绍道："史经理，在下魏肇祥，我们来自山东武定府，这位是我的兄弟魏俊青，这位是我请的骡马经纪，徐师傅。""武定府魏家？听说过，前些天章丘来的孟掌柜还说起你家黄河修堤的事，有气魄！"魏肇祥忙道："是我爷爷带着大家干的，大灾大难面前都要出把力，大家才能过得去。"见魏肇祥如此谦虚，史经理连连点头，道："对，大灾大难面前就要挺身而出，老孟还说了一件事，说是明湖说书的黑妞进了你们家门，还说这事儿在济南府都传开了。"听史掌柜如此一说，魏肇祥竟不好意思起来，脸一下红了。正不知道如何回话的时候，史掌柜转身打量着魏俊青，道："昨天晚上就是这位兄弟在摔跤比赛上拿了第一名吧，在归化城，没人能在摔跤上赢得了蒙古巴图鲁，你是我们大盛魁连续三十六届篝火盛宴的第一位汉人冠军，你是汉人巴图鲁！"说着史经理伸出了大拇指。俊青忙道："谢谢史经理，侥幸获胜，侥幸获胜。"史经理道："不必客气，昨天我一直在现场，说真的，看你们两个块头，一开始觉得你不可能赢，但看你脚步灵活，臂力又这么大，一定是练过功夫吧？"魏俊青回道："打小跟父亲练习罗家枪法。"史经理道："我说呢，不是从小练起来的功夫练不到家。"转身又对魏肇祥道："魏公子，昨天管家说贵号要两百六十匹马，不知道贵号要这么多马做什么。你且说说，我好让伙计们采办。"魏肇祥道："采办马匹是我肇庆弟弟的安排，这段时间山东这边商路时常被盗匪袭扰，各地商家来往艰难，货物无法流通，为了重整商路，考虑组建骠马商队护运货物，知道我养马好马，所以安排我到贵号买马，要二百匹拉脚的马，高大健壮、骨架宽厚、稳当听使唤的；六十匹护卫骑的马，有精神头跑得快的烈马就行。""你弟弟安排的？难道你还不是当家的？"魏肇祥道："不是，现在当家的是我弟弟，我弟弟肇庆别看年纪小，经商上很有一套，自从我五爷爷走了，生意就传给他了，我们都听他的。""小小年纪竟有如此志向，你们魏家真是不可限量，怪不得你家小兄弟能如此轻松拿下这摔跤冠军。"说这话的时候史经理脸上满是惊奇。魏肇祥忙道："多谢伯父夸奖，什么时候有时间也请史掌柜来武定府看看，到家里坐坐。""好，好，有机会我一定过去看看，见见你兄弟魏肇庆，看看他到底什么样。"史经理连说好。史振兴招手叫管家过来，吩咐道："你去安排人，按照魏公子的要求把马匹准备好，再就是让李经理过来。"

不一会儿，一个中年掌柜走了进来。史经理介绍道："这位是我们大盛魁负责货物联络的李顺廷李经理，你们先认识一下，等马匹准备好了，我让李经理和你们一起去山东看看。我说这段时间怎么有些货物运不过来，应该是哪里出了问题，正好你们要干这个事，看看我们两家可不可以合作合作。"魏肇祥一听更是高兴得不知道说什么是好，忙谢道："多谢伯父如此关照，在此我先替我兄谢谢伯父，有什么事伯父请尽管吩咐。"魏家这真是收到了意外之喜，不但是马匹买得顺利，还把大盛魁召了过来，这真叫双喜临门。几个人告辞出来，路上就听俊青问道："肇祥哥，刚才听史经理说起黑妞我看你脸都红了，到底怎么回事儿？""红什么红啊，那是你嫂子。"魏肇祥不好意思地道。

第十三章

说黑妞，有书必要说
谈合作，大家自应和

　　说起黑妞，刘鹗的《老残游记》不得不提。话说黑妞白妞是济南明湖居戏园子说梨花大鼓的姊妹俩，姐姐叫白妞，妹妹叫黑妞。书中是这样描述黑妞的："约有十六七岁，长长鸭蛋脸，梳了一个抓髻，戴了一副银耳环，穿了一件蓝布外褂儿，一条蓝布裤子，都是黑布镶滚的，虽是粗布衣裳，倒十分洁净。"说起书来那是："忽羯鼓一声，歌喉遽发，字字清脆，声声婉转，如新莺出谷，乳燕归巢。每句七字，每段数十句，或缓或急，忽高忽低，其中转腔换调之处，百变不穷，觉一切歌曲腔调俱出其下，以为观止矣。"说大鼓的黑妞是如何嫁进魏家门做了魏肇祥的媳妇儿呢？这要从那年魏肇祥去济南府办事讲起。因为有些事情比较难办，只有找到抚台大人才能解决，于是就在济南府住了下来。去了几次都没见到抚台大人，魏肇祥心里着急可也没有办法，总不能天天在府署门口候着啊，只好静下心来慢慢等。这一天他又早早去了府署衙门，可官府的人说抚台大人出城去了，一时半会儿回不来，于是魏肇祥便想找个地方散散心。早就听说大明湖明湖居戏园子里有人说书，还说黑妞、白妞说的梨花大鼓天下一绝，也就想过去看一看，看是不是像人们说的那样。离开府衙魏肇祥带着伙计喜春便来到了明湖居，说起来时间尚早，谁知到了戏园子一问，却被告知来晚了，已经没有坐票了，只能站着，还告诉他尽量别走远了，来晚了连站着的地儿都没有，看不看得见那也不一定。喜春道："我刚进里面看了，里面这么多座，能不能帮帮忙匀两个？我们就两个人。"卖票的道："能定座的都是官府的老爷或者有钱的客商，都是些要面子的人，恐怕没人匀给你们。"喜春道："既然这么说我也不多问，你就说，这座怎么才能匀给我一个吧？"卖票的道："那只能这样，你们只能先靠边坐着，要是哪位老爷碰巧没来，我们把他的匀给你，不过这价钱要贵一些，看你们第一次来，只收你个双份吧。"喜春道："这不是匀给我们的吗？怎么还收双份的钱？"卖票的道："你第一次来，匀的票一般我们得收三倍的钱，这还抢不到呢。"喜春道："三倍，怎么这么贵啊？"卖票的道："贵，你们听听就知道了，不过话先说下，如果今天来全了，我们只能给您个小凳，您在前面凑合着。"喜春道："照这么说，我们拿双倍的钱还不一定有座？"卖票的道："想听只能这样。"此时魏肇祥说道："行了，就这么着吧，我们出去转转，这里什么时辰开演？"卖票的道："我们正午时辰正式开演，您最好早点赶过来，要不不好给您留座儿。"

两个人到了外面，向四周一看，就见满目垂柳环抱下的一座小楼，倒是有些风味。这明湖居样儿的小楼在"家家泉水，户户垂柳"的济南倒也有几处，不过这明湖居临湖而建，在湖水的衬映下，像一个大姑娘对着镜儿梳妆打扮，平白添了些妩媚妖娆。楼不算大，也就两层，雕梁画栋颇为精致，前后花窗透气敞亮，像极了南方建筑。魏肇祥围着明湖居转了一圈，见游廊下有几人在静坐看书，不知是艺人们揣摩新书还是早来的观众临湖品读，两个人轻轻走过，几人眼都不曾抬一下，让人不忍打扰。喜春道："少爷，我听说前面不远有个"芙蓉街"，想不想去看看？"魏肇祥道："芙蓉街，名字倒很雅致，你怎么知道？"喜春回道："少爷，你就别管了，反正是个好地方。"两个人问了路，倒是不远就在南面不远的地方。

两个人走街串巷沿着河道一路往南，一路上荷花塘儿随处可见，幸得活水流过，塘内便无半点浊色，清澈得紧。塘内清水绿叶相映成趣，花儿叶儿把整个池塘挤了个密密匝匝，虽说时间尚早，荷叶儿只是傲然挺立，可那婀娜身姿却也妩媚动人，风儿微微拂过，细腰儿不由得扭动轻晃起来，千人眼里万般姿态。荷花更似那小女孩羞红了的小脸儿，含羞带嗔，娇滴滴柔弱可人，一下子便勾走了人们的七魂八魄。两旁的柳树也来凑趣，垂下长长的发髻挑逗着路人，让前行的人们只能躲躲闪闪一路摇摇摆摆，竟似那酒儿喝多了一般。

这般景致路便不觉得远，不长时间两个人便出了胡同来到了芙蓉街上，眼前猛然繁华了起来。整条街道铺满了大块的石板，十分的平坦整洁，两旁的店铺密密匝匝一个挨着一个，许是天气转热，白色的遮阳布一块挨着一块把整条街都罩了起来，像是给芙蓉街打起了遮阳伞。"瑞祥"布店、"文升祥"百货店、"宏升斋"鞋帽店、"恒祥兴"绸布庄、"宝善斋"钟表店、京货店、首饰店、书画店林林总总挤了个满满当当，魏肇祥看到如此景象喜出望外，道："这么个好地方，你也不早说！"说着一头扎进书画店、古董行。逛了几家店魏肇祥意犹未尽，而喜春却有些心不在焉，来到店外魏肇祥问道："今天按你说的我们来了，也没见你买什么，怎么了？"喜春道："少爷，难道你没闻见？"魏肇祥提鼻闻了闻，道："对，是有些墨香，你小子什么时候也喜欢字画了。"喜春憋红了脸道："哪儿啊，少爷，你看那。"顺着喜春指的方向看去，远处不少小吃店在摆摊，离着挺远便有香味飘过来，十分诱人。魏肇祥一心想着书画没有注意，这才明白过来，于是点着喜春鼻子道："我说你小子带我到这里来，是不是馋了？"喜春道："少爷，经常听人说芙蓉街的小吃说多么多么好吃，我这才带您来的，您尝尝好吃不。"魏肇祥道："这么说你是带我解馋来了，咱可说好了，今天我坐着你站着，我吃着你看着。"说罢抬腿就往前走。喜春忙追上求道："哎呀少爷，少爷，我都带您来了，您怎么也赏我两口不是。"喜春又忙道："哎呀少爷，这么多好吃的，你不怕我当人面流口水啊？"魏肇祥道："看你这没出息样。"喜春又道："你自己吃多没意思啊！"魏肇祥回头看了一眼喜春，笑道："哈哈，看你这个馋样，今天就管你个小辫朝天。"一路望去，油旋、草包包子、锅贴、把子肉、盘丝饼、甜沫，一个挨着一个。且不说好吃与否，待他们最后那碗蒲菜奶汤下了肚，肚子已

是圆滚滚的了。

眼看午时了，两个人急忙往明湖居跑，到了园子，里面早已黑压压地站了个满满当当，连站着的地方都没有了。幸亏有人定了座没来，魏肇祥这才坐了下来，坐定向四外一看，就见大家有说有笑翘首以盼，魏肇祥暗想这梨花大鼓到底有多大魅力，竟让人们如此痴迷。抬头向台子上看去，舞台上仍是空无一人，又等了好一会儿，心里都有些不耐烦了。魏肇祥正要出去透透气，却见一个琴师来到了台前。琴师拿三弦弹了个小调，魏肇祥倒没在意，只是比走村的响脆了些，没什么新奇。一曲弹罢却见琴师正襟危坐起来，脆响声起竟是《风雨铁马》，忽而琴声慢若试探远望，忽而响声急似烈马奔袭，凛凛然寒风四起，声怯怯汗毛倒立，举目四望却不知何处是生地。忽眼前狼烟四起，刀箭如雨声如潮汐，厉声喊处杀声骤聚，铿锵锵刀剑坠地，嘈切切铁马金戈裂布声疾，寒光闪过取了那上将首级，惊煞煞缩肩身往后避，死抵椅背紧抱了双臂，槽牙紧咬双眉倒立，不料想琴声戛然无声息，举头四望才知是剧场听戏。

观众们惊魂暂定心情稍稍平复了些，见一个女子来到台前，就听旁边众人窃窃私语：“黑妞出来了，这就是黑妞。”细一看，那女子俊俏俏脸庞略略红，细弯弯柳眉配丹凤，红润润嘴唇露皓齿，轻舒玉臂手轻点，竟似那莺莺要牵俊张生，声未出却已将那情儿眼前送。鼓声咚咚响不停，梨花简打出了过门声，黑妞轻启朱唇曲声起，字字清脆似乳儿初啼，声声婉转若灵鸟唤晨曦。但见黑妞纤指轻点，眉目传神，声随指走，指走声随，若高山流水直沁心脾，一曲《韩湘子讨封》游遍了大唐好江山，巧连环入圣地直叫人惊奇拍案。虽说书场内黑压压一片，可每个人眼中再无旁人，黑妞就像近在咫尺为自己一个人表演，前前后后左左右右声若面前，果然是名不虚传。魏肇祥不光听得是如痴如醉，而且看得是目不转睛，一个中午都没有起身。黑妞唱了几段就要下场，刚转身就听身后啪的一声，一锭元宝落在舞台上，原来在这明湖居听书有个规矩，如果说你觉得书说得好，可以向说书人赏几枚铜钱，而这次却是一锭银元宝。黑妞转身顺着众人的目光一看，原来是一位英俊潇洒的年轻人正笑眯眯地看着她，许是这种事情见多了，黑妞道了个万福便转身下了场。自此，魏肇祥便迷上了黑妞，只要没事就天天到明湖居戏园子听书场场不落，并且每次来都是黑妞说完都向台上扔上一锭元宝，十几天下来场场如此。虽说魏肇祥天天送元宝，可从不打扰黑妞，只远远看着黑妞退场，然明湖居台上台下却议论纷纷，打听了才知道是武定府魏集的少爷。魏肇祥的大方豪爽、举止不凡自然引起了黑妞的注意，黄河发大水便是魏家捐资修堤保得大家平安，众人早已佩服不已，而魏肇祥又生得英俊潇洒，黑妞慢慢为魏肇祥的痴情所感动，终成好事嫁到魏家做了魏肇祥的二太太。这件事在济南府传为佳话，说起魏家来这件事不得不提，但是魏肇祥当场被人问起也觉得不好意思，脸一下子便红了。

咱们再说回来，有了大盛魁的支持事情就好办多了。选马由徐师傅把关，草原上的马大部分被大盛魁预订了下来，每年贩往内地的马少说也要几千匹，这次由总号经理亲自安排，伙计们很是用心，可谓精挑细选，都是牧民家里的上等好马，个个膘肥体壮。这天马匹挑选完了，魏肇祥过来亲自查看，过了数一共是两百匹，魏肇祥问道："我们要了两百匹拉脚的马，还有六十匹骑用的马呢？"挑马的伙计道："我们经理对您的事可用了心了，特意安排人传信给新疆那边，为您挑选了六十匹伊犁战马。"魏肇祥道："伊犁战马？那可是天马，你们史经理想得可真周到，可真要谢谢你家经理了。"魏肇祥喜欢养马自是对战马情有独钟，蒙古马耐劳，不畏寒冷，能适应粗放的饲养管理，生命力极强，能够在艰苦恶劣的条件下生存，但是个头相对较小，比较适合做赶脚的马，而伊犁马则体格高大、结构匀称，头部小巧而伶俐，眼大眸明、头颈高昂、四肢强健，并且奔跑速度快，是历朝历代战马的首选。

话不单说，魏肇祥去蒙古买马，家里这做大车的活也开工了。黄师傅从老家黄家庄找来了二十几个木匠师傅，魏肇庆也在本地找了二十几个木工，全由黄师傅指挥。材料也按照要求采买了，为了加快进度，黄师傅画出了图样，标好了尺寸，每个人按照图样制作各种部件，最后黄家庄的几个大师傅负责组装。这天魏肇庆来到黄师傅住的院子，见最前面十几个年轻力壮的小伙子正在锯木头，这活儿着实是力气活，虽说已是深秋，可小伙子们个个满头大汗。仔细看，有两位师傅拉得轻松自如，活却比别人干得多了不少，锯线还直，引得黄师傅看了许久。就见黄师傅将众人喊了过来，这才道："三哥，给他们说说你是怎么拉锯的，手上轻松还干得这么快。"三哥道："怎么拉锯？天天拉锯习惯了就行。"黄师傅道："三哥你就别客气了，有窍门就和他们说说，晚上请你喝酒。"三哥道："晚上喝酒，你去我就说。"黄师傅道："哎，这是小事，到时候不要喝得爬不起来就行。"引得众师傅一阵大笑。三哥道："好，那我就说说，这拉锯的一般都着急，恨不能一下干完，手上下刹的就重，不用大力拉不过来，送的时候也恨不能快点过去，也加上了劲，有时候锯条都给送弯了，对面拉起来就要多花力气，听着吱吱嘎嘎像是挺出活，可过不了一会儿就拉不动了，所以这拉锯要适当悠着点劲，送的时候不要用力送，稳住了就行。"说着，拉锯的师傅便架起了锯，你来我往拉了一会儿。三哥又讲道："大家看了没有？这活不光是力气活，也是个耗时间的活，急不来，这叫小步慢跑，劲不多出道还不少跑。"众人纷纷点头称是。虽说都是木匠师傅，每个人干活的习惯却不一样，有些活还真需要行家指点才行。见众人听得认真，拉锯的师傅十分得意，接着道："我还有独家窍门，你们想不想听？"众人七嘴八舌地道："我们晚上一人敬你三个酒。""晚上让馆子里给你上驴肉。"三哥道："好，那我就告诉你们，别看拉锯是两手用力，这身架也费力不少，所以能坐着就别站着，大凳、小凳、地上多倒倒身架，权当放松，连着拉一个时辰也不觉太累。"听到这里众人纷纷伸出大拇指。听这边热闹，凿卯开榫、撑架组装的也围了过来，都是行家自然一点就透。黄师傅也高兴，大声道："好，今天三哥把诀窍告诉大家了，晚上我请三哥好好喝一顿，今后只要有谁教大伙手艺，我都请他喝酒。"众人高声叫好。魏肇庆看了个全程，听黄师傅如此说忙道："黄师傅说得对，大家齐心协力，活不但干得好，还干得轻松。"听魏肇庆说话大家忙让开让他来到里面。魏肇庆仔细地打量了打量两位师傅，扭头对黄师傅道："这两位师傅如果愿意，以后就留下吧，后面的活也少不了。"听魏肇庆如此说黄师傅自然高兴，忙道："好的，魏少爷，我替他们谢谢您了。"两位拉锯的师傅也是感激万分，纷纷表示愿意留下。众人散了去忙自己的活，不过与以往不同，大家都铆足了劲儿，说不定活干好了也能留下来，别的不说，魏家的工钱可比别处高了许多。这里有黄师傅看着魏肇庆算是放心了，出了门魏肇庆让俊杰把晚上请客的事安排了，这才又去忙别的。

魏肇庆又去了趟铁匠魏，魏老爷子在帮他物色商队护卫。魏集镇周围几个村都是以前守护驿站的军人后裔，大都有着习武传统，单说跟着魏老爷子练武的就有几十号，老爷子让徒弟一传话，一下子就上千号人来报名。选人可马虎不得，除了年轻力壮、聪明机灵还要忠厚可靠，再就是武功要好，功夫不好到时候货物安全保护不了不说，没准还丢了性命。再就是还要挑赶车的师傅，这赶马车可是个技术活，需要心智、勇气和胆量俱佳，还要细心，特别是对马匹要熟悉，哪匹马麻利、哪匹马力气大、哪匹马认路都要掌握得仔仔细细，还要会装车卸货扎捆货物，再就是遇到劫匪还要组阵合营，没个机灵劲儿那是干不来的。挑来选去，一共挑选了三百六十名精干壮士，由几个得意弟子分别训练，老爷子又在里面挑选了六十个特别优秀的亲自进行特殊训练。特殊训练一项是骑马，另一项是远程攻击——掷枪术。老爷子祖上在军队干过，人手一杆长枪，双方马队对阵到了适当距离先把长枪扔出去。这些长枪借着马的速度扔出去，比弓箭迅猛得多，更容易造成杀伤。一般的土匪都是当地老百姓，吃不上饭了才出来当土匪，没多少战斗力，看到大车队这阵势一般不敢靠前，真出了事到时候马队冲一下，冲散就完事了，如果遇到亡命之徒那就不一样了，就要及时排兵布阵，到时候有了老爷子这独特的掷枪术，便会如虎添翼。老爷子将祖传的罗家枪法贡献了出来，让这六十个人专门练习，一段时间下来，差不多训练出来了一支颇有战斗力的小型军队来。

一切安排妥当，魏肇庆带上俊杰又出发了。魏肇庆第一站便去了武定府李家镖局。说起李家镖局，不得不说一个人，那就是李之芳李阁老。李之芳本是武定府人，小的时候就聪颖好学，顺治四年进士及第，被皇帝钦封为浙江金华推官。根据蛛丝马迹，李之芳预见吴三桂、耿精忠等人会反叛，便向康熙皇帝密陈，提醒康熙皇帝及早注意各藩王的动态，过后李之芳被康熙皇帝任命为兵部侍郎，总督浙江军务。不久，吴三桂在云南起兵反清，第二年春天，耿精忠也在福建起兵，向浙江进犯，李之芳与耿精忠进行了多次激烈的交锋，并于康熙十五年攻入福建，耿精忠自缚投降。康熙二十一年李之芳被晋升为兵部尚书，随后升任文华殿大学士内阁办公。作为当时级别最高的汉族官员，李之芳可说是荣极一时，年老还家被尊称为李阁老。因其涉明珠、索额图党争案遭贬还家，其后世多以经商为主，李家镖局便是其后一支创办的。李家镖局重信好义，在镖局行里也是名声在外，一直以来魏家的货物都是李家镖局来保送，基本没什么闪失，虽说上次镖局出事，凭着魏家和李家的交情，魏家非但没要赔偿还送了银子慰问死去的镖师，镖局对魏家也是高看一眼。

说是魏肇庆上门，李家镖局掌柜李元亨亲自到门口迎接。李元亨，是李阁老第七代孙，三十来岁，大高个，人长得高大，说起话来嗓门也高，见了魏肇庆便大声道："肇庆兄，我想过几天去谢谢你，没想到你倒先来了，快，快进屋！"说着拉起魏肇庆便往屋里让。魏肇庆随着他进屋各自落座，魏肇庆道："上次让老兄损失了镖师，深感抱歉，今天特地过来向镖师家属表示慰问，再就是有些事向哥哥请教请教。"李元亨为人耿直听不得别人客气，道："肇庆兄可别这么说，上次你的货都损失了我就很过意不去，按说我应该到府上当面向你致歉才对，你这么说让我更不知道怎么好了。"魏肇庆道："送货这个事儿保不准会出意外，一起承担是应该的，况且不是老兄不用心，实在是这些土匪太可恶了。"李元亨道："这么说让我真不好意思，先谢谢了啊。"魏肇庆道："老兄，今天有件事想向您请教请教。"李元亨道："咱们还谈什么请教，有什么事你尽管问。"魏肇庆道："从上次出事再没事吧？现在运货的还多不多？"李元亨嗯了一声，不过还是说道："肇庆兄，不瞒你说，大不如以前了，现在基本上都是小打小闹，没什么大活可运，再就是有很多活我都不敢接。现在道上太乱了，以前官府还清剿清剿，这两年太平军和捻军的事让朝廷焦头烂额，根本派不出兵来剿匪，特别是去京城这条道，只要出了青纱帐指不定从哪里就能冒出土匪来，以前再怎么说还都买镖局的面子，每年我也花些银子买个平安，这两年不一样了，出了很多亡命徒，规矩都不守，连你这批今年我都丢了三批货了。"听李元亨说的和自己想的基本差不多，魏肇庆道："现在到处闹匪患，商家送的东西经常被劫，有点实力的还好些，有的劫一次一下子就把本钱给赔进去了，直接就干不下去了，如此一来生意没人干了，长此下去商业不就完了吗？"李元亨道："可不是吗，我认识的商家倒闭的不下几十家了，可都没什么好办法，你说，这可怎么办啊？"魏肇庆道："大哥，您看这样行不行？我们魏家置办一批马车，把货物集中起来运输，您安排镖师押镖，我们也安排一些护卫人员和你一起保护货物，一来是大哥道上您熟悉，一般的盗匪讲规矩不会动咱们的货，二来是保护的人员多了，一般的盗匪也不敢动。"听魏肇庆如此说，李元亨眼前一亮，自己想的都是如何加大力量保好镖，可是人一多费用就高了，可人少了又怕被人劫，左右为难，现在魏家组织成立商队，一下子运力便加大了，多派些人手也是值得的，更何况魏家还有护卫，办成了各方都有好处。李元亨高兴地道："这好啊，如此一来就不怕他们了，肇庆兄，你搞了多少大车？"魏肇庆答道："两百辆。"李元亨听他说搞了两百辆大车还是吃了一惊。自己每天发运的货物也就十几小车的货，就算一趟用五六天，十几辆大车也就够了，可魏肇庆竟一下子搞了两百辆，李元亨道："肇庆兄，你搞这么多大车有这么多货吗？"魏肇庆道"老兄，我这次来就是为这事来的，想请老兄帮帮忙。"李元亨为人豪爽，更听不得这个请字，没等魏肇庆说完就道："肇庆兄别这么说，你办了这么个大好事，需要我干什么尽管说。"见李元亨如此直爽，魏肇庆很是高兴，道："老兄，以前找你运货的商家能不能帮我联系一下？既然我们要搞商队就要加大与这些商户的联络，我是这么想的，想搞成这个事要大家抱起团来才行，不管是干不干的商家麻烦大哥都帮我联系一下。干着的我们可以帮着运送货物，不干了的也可以帮我们联系他的外地商户，你放心，也不让他们白忙活，只要我们联系好了做成了买卖，我们一定给他些好处。"李元亨

道："这个好办，我去联系一下就行，都是咱的老主顾，我去联系他们一定信得过。"魏肇庆道："还有就是您在济南府德州府各地的同行们能不能也帮我联系一下？一是让他们帮着疏通道上，再就是按上面的路子和他们合作合作，这样路子就更宽了。"此时李元亨赞道："哎呀肇庆兄，大手笔呀！人家都说魏家让一个年轻人当了家，很多人还纳闷，肇庆兄，说实话我刚才还在犯嘀咕，你们魏家有多少货可以送啊？还做了两百辆大车，现在看来，如果这些都实现的话，两百辆？一千辆大车也不够啊。"魏肇庆道："这要大哥多帮忙才行。"李元亨道："好，包在我身上，这两年虽说生意不好做，可我们李家为人江湖上还是知道的，道上的人多少还卖我几分薄面，后天吧，后天咱兄弟俩一起到你说的几个州府和他们见见面，凭着你的见识，这件事一定能办成。我就说嘛，魏老爷子如此精明的一个人怎么可能轻易找一个年轻人当家，一定是有过人之处，你这一出手就来这么个大手笔，真厉害，哥哥佩服。"说完双拱手致意，魏肇庆忙还礼，改口道："大哥，可别这么说，我只是有了个想法，很多事情还要靠大哥帮忙，没有大哥帮忙，我恐怕啥都做不成。"李元亨满心高兴，忙道："兄弟，不用谦虚，虽说哥哥比你大几岁，但这件事我连想都不敢想，不过你要干，这个忙我帮定了。"魏肇庆道："好，有大哥帮忙，我就更有底了。"没想到事情如此顺利，不到半个时辰事就谈成了。自李家镖局出来，两人上马回魏集，快出城的时候魏肇庆忽然想起一件事情，忙喊住俊杰又回到城里。

第十四章

大盛魁，百年传奇路
武定府，再得新商途

武定府自明朝天启年开始就出产一种特产——酱菜，因其味道鲜美一直以来都作为贡品进献给皇上，当地人称"武定府酱菜"。魏家长居武定府，家里人早已习惯了武定府酱菜的口味，每到年节总要送些酱菜给外地的家人，去年魏振菖去世一时没办，还是京城捎了信来才采买了送去的，然过年的时候去京城，家里人说味道和以前有所不同，今天恰好过来，魏肇庆便想亲自去酱园看看到底怎么回事。武定府的酱园有"仙泉居""元香斋""大同"等八家名号，家里一直都用"仙泉居"的，说话间两个人便来到了"仙泉居"酱园门口。进到店铺一看，就见宽敞的铺面柜台上摆了一拉溜二十多个菜缸，磨茄、包瓜、糖包、酱桃仁、水晶莴苣、酱黄瓜、酱花生仁、合锦菜、酱地环、虎皮菜、百工皮林林总总十几样，洁白的大缸配上五颜六色的各色酱菜，干干净净却又花样繁多，另外酱油甜酱更是一应俱全。伙计们听说是魏家来采买酱菜，忙请了掌柜的出来，朱掌柜进门见是两个年轻人，忙问道："敢问高台贵姓？"魏肇庆道："在下魏肇庆。"朱掌柜听说魏家换了新东家叫魏肇庆，忙道："原来是魏少爷，您怎么还亲自来了，安排人捎信过来我立马派人给您送去。"魏肇庆道："掌柜的客气，我先过来看看。""好，好，我带您到园子里看看。"说着朱掌柜带着魏肇庆来到后院。刚进后院，便闻到了一股浓

浓的酱香，浓而不冲、香而不腻。往里走，凉棚下一群人正在忙活着，走近了一看，就见众人正拿着小茄子在青砖上磨着。朱掌柜拿起一个磨好的茄子介绍道："魏少爷您看，这磨茄要选新鲜的小茄子，先把茄子的把帽削去，在凉水中泡一下，放在青砖上磨皮，既要把紫皮磨去，又不要伤内皮，这个是功夫活，没有几年经验是不能上手做这个菜的。"说罢指着众人又道："您看，这些伙计大都干了一二十年了。"魏肇庆抬头一看，朱掌柜说得没错，大多是老伙计只有一两个年轻的在里面，应该是学徒，也就拿起磨茄来看了看，确如朱掌柜所说。魏肇庆问道："磨茄倒是常吃，不知道这个东西怎么做啊。"朱掌柜道："说起来也不难，茄子磨完了先在清水内洗净，用竹签在茄把处扎两三个眼，不过只能扎到中间千万不能扎透，然后放到盐水中腌上一天，第二天捞出来把盐水和茄籽挤干净，再装进酱缸里酱渍一个月就成了。"听他讲完魏肇庆才道："原来做酱菜如此细致啊！"朱掌柜应道："那是，每道酱菜都有不同的制作工艺，一点都不能马虎。"魏肇庆问道："朱掌柜，有件事我想问下，去年送往京城的酱菜怎么和以前的口味有点不一样啊？""去年？去年魏家没往京城送过酱菜啊。"朱掌柜应道。魏肇庆听了更是疑惑，就听朱掌柜又道："每年秋后都是管家开单子过来，我们与送往京城的贡菜一起送去，贵府自己到地方去取。我还纳闷，去年魏家怎么没来定送到京城的酱菜啊？"魏肇庆疑问道："送了啊，去年我安排人过来办的。"朱掌柜想了想道："是不是买的别家的？"魏肇庆没再应话，只问道："以前是不是每年都在您这里定啊？"朱掌柜应道："是啊，是啊，府上的都是管家开的单子，每月按时送过去，京城的每年也是他开单子过来。"魏肇庆道："好，我知道了。"绕着酱园转了一圈，朱掌柜吩咐伙计取了些新鲜酱菜拿到前面让魏肇庆尝尝。酱黄瓜真叫个鲜脆爽口，刚尝两口便满口生津，朱掌柜介绍道："我们的酱菜讲究四个字'鲜、甜、脆、嫩'。这鲜呢就是菜得鲜，选时令蔬菜当季腌制，甜酱是我们自己做的，单这甜酱尝一下也是味道极为鲜美，两鲜合一鲜自然鲜味十足。这甜，也是来自咱家做的甜酱，咸甜适中，咸中带甜，甜中微咸，甜而不腻。这脆，就是要保持菜品原有的清脆，火候把握是关键。这嫩，就是收购酱菜时选用适合腌渍的菜品，还要保持菜品新鲜脆嫩，才能保证酱菜的口感。就说刚才您看到的磨茄，虽说做起来要十一道工序，可经过师傅们的精挑细选和时间掌控，每个磨茄吃起来都有鲜甜脆嫩的感觉。"朱掌柜如数家珍般讲着他的酱菜，好一段时间才讲完。见魏肇庆听得仔细，朱掌柜也来了兴致又接着道："除了这鲜甜脆嫩，我们的酱菜还讲究色香味形，甜酱是咱家的独家秘方，您看您看。"说着拿起勺子舀了一勺甜酱递到魏肇庆面前。接着说道："咱家甜酱是这种金黄色的，宝光闪烁看着就诱人。这香讲究的是酱香浓郁，咱家的酱菜即便不点香油，也能远远闻到香味，绝对是味道纯正，余味绵长。这形更难得，这要师傅们精心制作才行，针对每样菜的特点，我们有多种不同的做法，光切菜的刀法就有二十多种。"说着朱师傅拿起一个小萝卜，看着不大，可他双手一拉足足拉长了一倍，差不多一尺来长。"魏少爷您看，这就是我们酱园张师傅独创的拉花刀法，既入味足又方便食用。"听朱掌柜讲完，魏肇庆不禁感叹，真不愧为名声在外的贡菜，一件小事竟能做得如此精致。魏肇庆品尝了几块，与朱师傅说的是一般无二，便对朱掌柜道："好，往魏集送的你要继续按时送来，今年送往京城的还是你送，回去我让管家开单子过来。"说完，魏肇庆匆匆忙忙带着俊杰离开了仙泉居。见魏肇庆匆匆离开，俊杰不知道发生了什么事，也急忙跟了出来，出了酱园小声问道："肇庆哥，怎么走得这么急，有什么事吗？"魏肇庆扭头看一眼俊杰，看他着急的样子笑了起来。他这一笑俊杰更迷糊了，低头看了看身上没什么不合适的，问道："到底怎么啦？看着我笑，我哪里不对了？"魏肇庆看他如此认真，忍不住又笑了起来，过了好一会才道："什么事？吃饭，吃了人家几口酱菜好吃得很，我都饿了，再待下去恐怕肚子都咕咕叫了，还不叫人笑话。"听魏肇庆如此说，俊杰忍不住哈哈大笑了起来，魏肇庆道："你笑什么？我看你吃酱菜老是吧嗒嘴，我怕你忍不住和人家要馍馍。"俊杰哈哈笑了几声才道："这朱掌柜也是不看事，也不请我们吃个饭，这都快晌午了。"魏肇庆道："准是忘了吧，我看他讲酱菜眉飞色舞的，那个痴迷，怪不得酱菜做得如此精致。"俊杰道："对，对，他这么一讲想着酱菜也好吃。"魏肇庆道："这次想吃什么？

你点。"俊杰听了忙道:"好了哥,我哪里吃过什么好吃的,好东西都是您带我吃的,您说去哪儿就去哪儿。"魏肇庆想了想道:"好吧,今天咱们去太和居吃灌汤包。"说罢二人直奔太和居。

两天后,魏肇庆和李元亨来到了济南府。一行人走在太平寺大街上,道路两旁镖局就有好几家,路上不时有镖车走过,来来往往还算热闹。众人来到一个镖局,就见牌匾上书"春阳镖局"四个大字,李元亨在路上早早介绍过,镖局掌柜是他结拜多年的二哥。见是李元亨来了,便有人快步进去通禀,门前护卫接了车马引了便往里走,不一会儿有几个人迎了出来,李元亨紧走了两步抱拳行礼道:"二哥。"领头的应道:"三弟来了,快里面请。"几个人进屋落座,领头的道:"老三,今天带了新朋友来,不知道是哪家的朋友。"李元亨看了魏肇庆一眼道:"我这位兄弟您不认识,不过我说个人您一定认识。"领头的笑道:"还和我卖关子,到底是哪位高人啊?"李元亨道:"魏振菖魏老爷子,是这兄弟的爷爷。"领头的听说是魏振菖的孙子,忙抱了抱拳道:"我说老兄器宇不凡,原来是魏老爷子家人,失敬,失敬。"魏肇庆忙起身还礼。此时李元亨忙给魏肇庆介绍道:"这就是我在路上给你介绍的,春阳镖局郝风平郝大掌柜。"魏肇庆起身施礼,道:"见过郝大掌柜。"郝风平道:"快坐快坐,魏老爷子急公好义大家都佩服得紧,不必客气。"下人上了茶,郝风平问道:"老三,今天来有什么事吗?"李元亨道:"今天我和肇庆兄弟过来,有件事想请哥哥帮忙。"郝风平看了魏肇庆一眼道:"你我兄弟还说什么帮忙,有事你尽管说!"李元亨道:"肇庆兄弟搞了个运输商队,做了二百辆大车,济南这边他不熟,所以想请大哥帮帮忙。"还没等郝风平说话,旁边一个镖师道:"我说三哥,这位兄弟胆子不小啊,现在道上什么情况你又不是不知道,现在咱们镖局明镖基本上不做了,他还如此大张旗鼓怎么行啊?"李元亨道:"五弟稍等,听我说完。"郝风平抬手止住那个镖师,李元亨接着道:"二哥,这些事肇庆兄弟早想到了,他不光做了大车,一并还招募了将近三百名功夫高手,又训练了几十个马上护卫,您知道,咱们这里基本没有高山,所以大群土匪无处藏身,只有小股土匪四处劫掠,商队有百十个护卫差不多就够了。"此时那个镖师又问道："他自己护卫就够了，还要我们干什么？"李元亨道："说起来还是肇庆兄弟想得仔细，不管怎么说，道上的朋友还是我们熟悉，没有我们参与，道上的朋友想必不会太买账。"听如此说郝凤平点点头道："要这么说这件事可做，只是现在大家都不敢运货，不知此事如何处理。"魏肇庆站起身来道："郝大掌柜，说起这件事还得从我们家货物被劫说起，上次家里货物在沧州被劫了，一个家人受了重伤，还连累李大哥损失了镖师。路上凶险就不多说了，自此家人们也不敢到处送货了。往小处想，一家人都为此事着急；往大处想，众多商家都遇到了这个难题，照此下去商路就断了。"见别人无话，魏肇庆又道："人说商不行则业无门，业无门则民不食，长此下去咱们齐鲁商业不就毁了吗？所以我就想，既然一家一户办不了，那我们就联合起来，人多力量大，有钱出钱有力出力。于是就想搞一个商队，烦请大哥帮忙请道上的朋友抬抬手，让大家把齐鲁商业重新搞起来。"郝凤平心中暗想，老三一口一个肇庆兄弟叫着，这小伙子是有些想法，让人不得小视，笑道："不错不错，如此一说这个想法不错，不愧是老爷子后人。"李元亨道："二哥，忘了和你说了，肇庆兄弟不光是老爷子后人，现在魏家的当家人就是这位肇庆兄弟。"听李元亨如此说，郝凤平又仔细打量了打量魏肇庆，心道这般年纪就有如此气度，忙站起身道："原来是魏东家，失敬失敬。"魏肇庆忙还礼："郝大掌柜，客气。"一旁李元亨哈哈笑道："哎呀，你们两个怎么这么客气，以后怎么说话，我和二哥是兄弟，肇庆，以后你就跟着我叫二哥吧。"郝凤平道："如果阁下不嫌弃，你就随着三弟叫吧。"魏肇庆忙上前行了个礼道："二哥。"郝凤平道："既然这样，你就和大家说说，具体想怎么办。"于是魏肇庆就把和李元亨商量的事向大家一一作了说明。听到高兴处郝凤平道："如此看来真是长江后浪推前浪，魏老爷子能把家业交给魏兄弟，实在是远见卓识。"魏肇庆忙谦虚道："不敢不敢，很多事还要哥哥们周全，我只是想到而已。"

有了济南府郝大掌柜认可，随后几个州府镖局就简单了，他们听说魏家搞起了马车商队都非常高兴，降低了运输成本不说，还化解了保镖风险。大家纷纷出谋划策，有的建议不仅要运送货物，各府各县都要建货栈，把所辖区域内货物都集中起来便于商队运输，这个事由各府的镖局承担。有的建议要统一结算，货送到先结算，然后提货则钱货两清，这个要魏家负责，魏肇庆自然应承了下来。

紧张忙碌中又过去了两个多月，魏肇庆与各州府商家联系基本有了眉目，马匹也贩回来了，黄师傅的大车也做好了大半，不过最令魏肇庆感到高兴的是魏肇祥把大盛魁的李顺廷经理也带了回来。前面讲过，大盛魁真的不可小觑，销售的货物多达几十种，极盛时有掌柜伙计六七千人，商队骆驼近二万头，几乎垄断了蒙古牧区贸易市场。大盛魁的进货渠道一是随时在归化城市场上采办，蒙古的牛羊马匹是其主要的承销货物，大部分要通过他们才能运往内地，二是大盛魁销售给牧民的货品，主要向外地来归化城销货的客商订购，三是派人到外地采购，因其购销的商品种类很多，号称是"集二十二省之奇货"。大盛魁发家主要是依靠驼人及上万峰骆驼组成的庞大商业物流，而魏家现在要开商路搞流通，恰恰在这个时候大盛魁的行家来了。

李顺廷来的这段时间，魏肇庆像得到了宝贝一样天天不离左右。他带着李顺廷来到了村北的院子，院子外面大车一拉溜儿摆了几十辆，一水儿的槐木车辕榆木架，柳木车厢精铁轴，上足了桐油的大车在太阳的照射下闪闪发亮，远远地一看，就像一个个精壮武士手持盾牌傲然站立煞是壮观。再仔细看黄师傅精心设计的车轮，骨架硬实不说，轮框上大大的蘑菇头铁钉一个个排列有序，还包上了厚厚的铁瓦，拼接处都用大铁钩钉着，就像给大车轮穿上了厚厚的铠甲。进到院里，黄师傅带领大伙正干得热火朝天，不善言谈的黄师傅只是和魏肇庆他们打了个招呼便又埋头干活，打造自己的作品，专注而又虔诚。李掌柜看了直挑大拇指，夸魏肇庆算是请到了最好的做车师傅。

接着又到了铁匠魏，魏忠路老爷子正带着商队护卫和赶车师傅进行训练，就见几十名壮汉骑着马飞驰而来，手里的长枪同时掷出，远处竖着的草人被长枪穿胸而过，随后拿起马上的长枪，马到枪到，枪到马到，一个个草人被挑得漫天飞舞，煞是壮观。远远地就见魏俊青过来，李经理指着俊青道："就是他，他在大盛魁举行的蒙古摔跤盛会上一举夺魁。"俊青忙跑过来打招呼。李经理道："一路上我就想问，他们说你以前没练过摔跤，怎么就夺冠了？"俊青一时不知如何回答，此时俊杰道："我哥是没练过蒙古摔跤，可我们这里也有摔跤啊。"俊青道："是，是，从小到大没少摔过，不过我们这里不叫摔跤，叫摔骨碌，也就摔法多少有些不同。"说着叫过两个人现场摔了起来。两个人你来我往叉着黄瓜架，倒是和蒙古摔跤有些相似，脚下不停地叉着绊子。李顺廷道："不错不错，到时候找些人去草原，大家再比试比试，一定十分热闹。"魏肇庆道："好，到时候我带着他们去。"众人听了个个摩拳擦掌，倒像是明天就要去一般兴奋地嗷嗷直叫。

再往前走，赶车师傅正在教授大家如何使用大鞭赶车。这鞭子可是个好东西，关键时候赶车师傅手里的鞭子就是指挥棒，指哪儿打哪儿，丝毫出错不得。就见师傅在地上挖了个小坑，里面埋了个小瓦片，也就半寸大小，众人连打了十几鞭子，也没动到瓦片分毫，此时魏家赶车师傅接过大鞭，目测了下距离，大鞭一挥网了个鞭花，就见鞭梢在空中画了个完美弧线，不偏不倚把瓦片从小坑里掏了出来，赢得了一片叫好声。这大鞭技术练的就是个准头和力度，力度小了，在马头上网个鞭花，那声脆响可以让马警醒一下，如果遇到调皮捣蛋的牲口，力度加大狠狠地来一下，一鞭子下去能在牲口身上打出一溜血槽，可以说在鞭子下面再不听话的马也要俯首帖耳。看完这些，李顺廷直夸魏肇庆手下高手云集，个个都是一等一的高手。魏肇庆又带李掌柜与李元亨见了面，把各地互联的事讲了讲，李掌柜更是频频点头称是，心中暗道，这魏肇庆小小年纪竟能如此心思缜密，不觉暗暗佩服。

外面转得差不多了，这一天魏肇庆请了魏景暄和魏肇祥来，一起陪着李经理说话。魏肇庆道："李经理，今天我把景暄叔和肇祥哥都请了来，就是想拜您为师，向您学习怎么做生意，还请先生不吝赐教。"见魏肇庆如此兴师动众，李经理忙道："魏掌柜客气了，这几天转下来我也是长了见识了。"魏肇庆道："先生客气，比起大盛魁来那是不及万一。"李经理道："魏少爷客气，不过大盛魁做生意这么多年有些经验之处，如果想听我就与各位说说？"魏肇庆忙道："那就多谢李先生了。"李掌柜道："我管着订货，大盛魁对订货自有一套办法。凡买大宗货，合价三百两银子以下的，现银交易从不驳价，表示厚待，如果价高货次，则永不再与共事，大宗商品也是如此，只要价钱公道便长期合作，如果欺行霸市恶意抬价或者以次充好便再不与之合作，时间一长，大盛魁的这种做法名声在外，也就无人敢来欺骗大盛魁。对于商品订货，凡选中的业户世代相传，一般不随便更换，如果他们资金短缺周转困难，大盛魁便拆借银两予以扶持，这样大盛魁便取得了对这些商户的优先购买权。再就是大盛魁对"相与"商号每逢账期一定予以宴请，凡共事年久或大量供货的商号，则请该号全体人员，并请经理到最好的馆子吃酒席，一般的"相与"，只请商号主人在较次的馆子吃普通酒席，吃好酒席的觉着与大盛魁交情厚，引以为荣，其他的自觉脸上无光也就发奋赶上。大盛魁通过这一做法，也间接地扩大了自身的影响。"魏景曦道："对，对，这招在山东也适用，山东人讲义气，好面子，都想争个先，咱们以后可以用用。"魏肇祥也点头称是。李经理接着道："山东货品在蒙区还是很受欢迎的，比如山东的布匹、绸缎、铁器、生烟就占了大盛魁的很大份额，特别是布匹在蒙区那是大受欢迎，莱州府、青州府、武定府、济南府都有生产，生产的斜纹布手感舒适质地柔软，吸水吸汗，还不卷边，并且粗线深纹十分耐磨，牧民们特别喜欢，不过这两年开始缺货断货，再就是运往山东的牲畜、毛皮也不如以前多了，我们也非常着急。"魏肇庆道："自从黄河在山东跨境而过，带来了不少灾荒，连年灾荒让老百姓度日如年，食不果腹，所以路上盗匪也越来越多，商路基本不通了。商户们辛辛苦苦加工的商品卖不出价，购买农户东西价格也就压到了最低，老百姓自然不愿种植棉花桑麻这些，慢慢商业都没了，所以魏家想重开商路，帮着大家渡过难关。"李经理道："魏家这次办起的商队就是破解困局的关键。"魏肇祥道："路上李经理和我讲，说开商路看起来容易但做起来很难，没有几年工夫做不起来。"李经理道："说什么我也没想到魏家竟谋划得如此周全，现在看来已经是万事俱备。"魏肇庆道："多谢李先生，您这东风一到，我们就可以出发了。"李经理道："在下岂敢！"魏肇庆道："李先生客气，刚才先生提到资助商户这件事，我们也应该在这上面多下些功夫，在魏集办一家钱庄，大家也好周转。"李经理道："可以，这件事真要早办，不光是能够激励商户和你合作，而且也是实力身份的象征，有了钱庄出去采购、沟通合作就容易很多。"魏肇庆道："好，那我们就尽快办。"李经理道："我看了，魏家这次全力以赴，又聚集了一大批人才，此事定能成功。"魏肇庆道："借您吉言，在此我也替山东商家谢谢李掌柜，谢谢大盛魁这么多年对山东商家的支持。"李经理道："既然这样，我也就不和你客气了，今后大盛魁的山东采买，就请魏少爷多费心了。"听到这话一家人都是高兴异常，魏肇庆上前一把抓住李经理的手道："谢谢，谢谢，多谢李经理抬爱，只要李经理说话，魏家一定全力以赴。"

第十五章

知小节，相助真性情
晓大义，聚齐巧能工

　　送走了李掌柜，商队的事也慢慢有了眉目，魏肇庆一颗悬着的心终于稍稍安了些。这天早上，魏肇庆睡了个懒觉才起的床。洗漱完，芷妍已把早饭摆到了桌子上，新擀的面条盛了一小盆，早上新蒸的馒头用小簸箩盛了，还热气腾腾的，清炖豆腐、辣炒白菜，还有一盘酱黄瓜和一盘酱磨茄整齐地摆在了桌子上。起得晚也是饿了，这新麦的香味一钻进鼻孔便勾起了食欲，魏肇庆拿起馒头咬了一大口，软软弹弹的却又嚼劲十足。芷妍盛了一碗面递了过来，魏肇庆喝了顿觉嘴里爽滑了许多，说话间只觉得齿颊生津，食欲大增。这些日子在外奔波没能在家吃上几顿饭，今天的早饭如此安逸，自然品出了饭菜的香味。吃饭这件事，如果是在外面的饭桌上，无论是山珍海味还是农家小菜，虽说主人都安排得精心用意，开始还能品尝出味道鲜美，可等你吃完饭，记住的只是一起聊的事情和无尽的让酒，饭的味道定是忘得一干二净。只有自家人一起吃饭，无论美味佳肴还是粗茶淡饭，都能感觉到做饭人的用心，也能品出饭食菜品的原本香味。芷妍道："尝尝酱菜，昨天下午刚送来的。"魏肇庆看了一眼，这金黄的酱色表明定是"仙泉居"酱菜，尝了一口，味道与那天的分毫不差，一样的鲜香脆嫩。吃着酱菜，魏肇庆忽然想起一件事来，对芷妍道："你打发人把五爷爷的管家景启叔叫来，我有事要问他。"

芷妍连忙出去安排。吃过武定府酱菜的人都知道，酱菜与馒头面条这些面食一起吃才叫绝配，面食香甜可口，细嚼起来主要是甜口，可北方人一般口重，喜欢咸的东西来增加味道，而酱菜准确来说应被称为咸菜，虽有多种鲜美味道但主要还是咸味，俗话说不咸不香，酱菜在这点上扣中了北方人的味蕾。面食的香甜和小菜的咸香融在一起的复合味道对北方人来说才叫真正的美味，魏肇庆足足吃了三个馒头、两碗面条，才恋恋不舍地离开了餐桌。

　　魏振菖的管家叫魏景启，说起来和魏肇庆是本家，魏家自第四代开始分为四支，魏肇庆是第四支后代，魏景启是长支后代。长支上辈多在外为官，开始的时候很是兴旺，但自魏毓炳以后，四支有几人弃儒从商，家风传承多人成为商界名士，而长支一脉多不善经营以出仕为主，出仕无望的只能在家劳作或为家族兴旺人家做工出力，现在说来家境稍差了些。魏景启也是读书人，年过三十仍未取得功名，虽说家境不至于贫寒，但也只能勉强度日。魏振菖看他老实忠厚便让他管理家中事务。见魏景启进来，魏肇庆忙起身招呼："景启叔。"魏景启虽说是长辈，但现在魏肇庆是当家的，也只能进来垂手站好，魏肇庆指了指椅子让他坐下，道："景启叔，您先坐。"坐定，魏景启问道："肇庆，怎么了？有事吗？"魏肇庆道："前些天去城里顺便去了一趟仙泉居酱园，和朱掌柜的聊了会儿，往年秋后我们都要送仙泉居的酱菜去京城，那天听朱掌柜说，去年没在他家定酱菜，可我明明记得安排你往京城送过啊？"魏景启道："哦，您说这件事啊，去年振菖叔领着大家修堤前前后后花了三万两银子，家里的银子基本空了，送酱菜的时候我亲自去武定府订的货，多转了几个地方，虽说"仙居泉"的酱菜最好，可是自从做了贡菜价钱也是贵了不少，为了省点银子，我选了大同酱园的酱菜，工料基本差不多，往年八百两银子的货去年只花了五百两，足足省了三百两银子。"魏景启边说边向魏肇庆比画着。刚说完，魏肇庆便问道："这件事回来和我说过没有？"见魏肇庆沉着脸，魏景启分辩道："和景嘻少爷说过，他知道的。"魏肇庆沉吟半响，魏景启见魏肇庆不说话，心想自己擅作主张虽说替魏家省了钱，但总是没和主事的说，看来魏肇庆是不知道这件事，忙起身道："肇庆，这事怪我，忘了早和你说一声了。"魏肇庆道："我知道了，再怎么说是我安排你去的，换了酱园也要和我说一声才对。"魏景启道："对不起了肇庆，是我不对，下次一定早和你说。"魏肇庆道："景启叔，咱们家送东西到京城虽说为了自用，但是魏家在京城除了为官的就是经商的，不免要用这些东西招待客人，虽说味道差不多，可京城的客人们非富即贵，那口头自然是精到得很，如果吃出点不同的味道来，传出去说我们家招待不周倒也没什么，要说咱们武定府的酱菜变了味儿，岂不是坏了武定府酱菜的名声吗？虽说仙泉居酱菜贵一点，但味道自有过人之处，创个牌子不容易，千万不要为了一点小钱坏了大事。"魏景启惶恐地道："肇庆少爷，我真是挑了三四家才选中的大同酱园，我尝过的，和仙泉居酱菜几乎不差，要不是亲自尝了我也不敢送去京城，主要是想给振菖叔省点银子，家里实在是没钱了，就没想这么多。"说罢一直低着头不敢抬头。芷妍道："景启叔也是为家里着想，去年日子也是真紧，没有景启叔精打细算，这么一大家子人还不知道怎么过呢。"魏肇庆没有接话，而是道："这样吧，五爷爷那里你看看有没有人能顶得了你的活。"魏景启心里咯噔一声，就觉差事要没了，忙怯怯地问道："怎么了？肇庆，我不是故意不告诉你的，在振菖叔家干得久了，支应家里人惯了就没想那么多。"说完抬头可怜巴巴地看着魏肇庆。谁知魏肇庆却道："是这样景启叔，我要创办商队，花钱的地方又多，我想找个人看着点，你帮我管着吧，算是商队的内掌柜。"听到这里魏景启是又惊又喜，惊的是虽说是好心但是事情总是没办好，头一句话吓得他够呛，喜的是魏肇庆体谅心里自然充满感激。买便宜酱菜虽说是为了魏家省钱，但这件事有可能损及魏家声誉，必须要说清楚，让魏景启知道利害关系，但为魏家省钱这是实心实意为魏家好，这样的人只要调教好就会实实在在为自己效命。魏景启这才明白，魏家生意为什么能兴旺发达，那就是做事首先要把事情做到极致，再说省钱节俭，这也是魏家名声在外的一个原因吧。魏景启忙道："谢谢，谢谢，谢谢体谅，您放心，我一定好好干。"

魏景启走后，芷妍道："景启叔送酱菜虽说没出事，但他做事没和你商量，你不但不罚他，怎么还让他去商队管这么大的事？"魏肇庆道："景启叔虽说自作主张，但他心是向着魏家的，五爷爷经常说他办事尽心，只要调教调教就能干得很好，再就是景启叔还有个绝活，一心三用，你知道吗？"芷妍问道："一心三用？什么一心三用？"魏肇庆卖了个关子道："你不知道吧？"芷妍道："我看你就一心三用，吃着饭，说着酱菜的事，还想着你的商队。"魏肇庆道："我这不叫一心三用，景启叔才是，我和你说啊，一般买卖东西的时候，要一个人过秤，一个人折价，记完账还要累数，而景启叔能一边记数，一边折价，一边合数，别人打着算盘还算不出来，他那里就心算出来了，这样的人才又尽心尽力替咱家办事，不好好用岂不可惜了？"芷妍道："我说你这么快就让他干这么重要的活儿，原来你早就考察好了，早知道我就不替他说好话了。"魏肇庆道："早和你说了就起不到警示作用了，不过夫人心好大家都知道，景启叔一定也念你的好。"芷妍道："我才不要别人记我的好。"魏肇庆道："好，我记得行不行？"芷妍瞟了魏肇庆一眼道："不用不用，你一心三用，用在我身上我哪受得了？"说着闪身便跑。魏肇庆道："我都三用了，看你哪里跑？"说着一把抓住芷妍揽在怀里。

正月十八是个响晴的天，温暖的阳光毫不吝惜地照耀着大地，让人们早早感受到了春天的温暖。魏集村北大路上，一百多辆马车整整齐齐排成一溜儿，车师傅和护卫们分别站在自己的马车旁。铆足了劲儿的车师傅掌着长鞭，忽而一个响鞭炸响，一百多匹马儿齐刷刷抬起头张望，更有几匹待得闷了打起了响鼻儿，与鞭声遥相呼应。三十个护卫骑着战马排在马队前面，整整齐齐煞是威风，精神抖擞的马儿憋不住劲儿，用蹄子不停刨着地面，有匹马儿更是竖起了桩，像是在告诉人们，只要缰绳一松它就会义无反顾地奔向前方。魏肇祥骑着他的大骡子也赶了过来，这一趟他要亲自跟着，胯下的大骡子在如此多的骏马前还是显得与众不同，毛色鲜红，就像缎面一样油光发亮，站在前面明显的高大壮硕，还时不时地打个响鼻，这时候只要魏肇祥一松缰绳，定会像一只穿云箭般飞驰而去。

大道两旁已经站满了人，人们眼里都充满了羡慕，恨不得自己也加入队伍。此时有几个好事的喊道："比一个！比一个！"就见一个护卫催马来到魏肇祥身边，两个人拉开架势，忽听一声鞭子炸响，两人同举马鞭，马儿立时飞奔而去，眨眼工夫跑出一里开外。比赛一开始便有了结果，魏肇祥的大骡子明显强了很多，一开始便超出了一个马头，转瞬便是一个马身，一里地不到就把护卫的马舍在了后面，不到三里地的路程护卫落后了半里多地。从远处一棵大槐树那折返，魏肇祥一马当先飞奔而归，待他停住好一会儿，后面的护卫才赶了过来。人们毫不吝惜地伸出大拇指，举起双手鼓掌欢呼起来，一个劲地夸魏肇祥的马是千里挑一的好坐骑。就在人们欢呼之时，魏肇庆、李元亨、魏忠路、魏景嘻，还有武定府十几位商家来到村头，魏肇庆大声道："各位商家，各位乡亲，承蒙大家厚爱，我们魏家才能如此顺利组成商队，在此我首先感谢各位，感谢大家对魏家的支持和关爱。这几年，各地盗匪横生，致我齐鲁大地商路阻断，商业凋零，人们常说，商不兴则业无门，业无门则民不食，只有商路顺畅，才能使我齐鲁大地商业兴旺，才能让百姓过上好生活。今天，是魏家骏马商队正式出发的日子，是一个值得庆贺的日子，魏家成立骏马商队，重开商路，为商家谋利，为百姓谋福。"听完，大家又鼓起掌来。过了一会儿，魏肇庆又大声道："今天，还有一件大事向大家宣布，就在前些日子，我哥哥魏肇祥带着大盛魁的李顺廷经理来了魏集，李经理宣布，今后大盛魁在山东的采买设在魏集，咱们山东的铁器、棉布、绸缎可以直销蒙古。"听到这里大伙儿欢呼了起来，没想到短短几个月的时间魏家便办成了两件大事。大家都在盘算，家里要多种棉花，要多织些棉布，商家们更是高兴，东西再也不怕在路上出事了，真要能卖到蒙古还要增加不少产量。大家的脸上堆满了笑容，大声说着笑着、议论着、憧憬着，酒醉般的脸庞在太阳底下愈加精神焕发。此时李元亨大声道："静一静，大家静一静，听我说，魏家为重启商路东奔西走，一家人为我齐鲁商业费尽心思，在此我代表各位商家说句话，振兴商业不光是魏家的事，也是我们大家的事，今后我们大家一定要全力以赴，共同振兴我齐鲁商业。"说到这里大家齐声叫好，俊青、俊杰高声喊道："骏马商队，马到成功。"大家也附声喊了起来："骏马商队，马到成功。""骏马商队，马到成功。"在人们的欢呼声中，魏肇祥一声令下："出发！"骏马商队出发了。远远望去，骏马商队浩浩荡荡绵延数里，人喊马嘶好不壮观。

第十六章

遇对手，始知难而退
重布局，若顺水推舟

这一天，刘自起兄弟几个又凑到了一起，刚坐下，老二道："大哥，完蛋了，他奶奶的山东那边搞了个什么骏马商队，不光有镖局护着，还雇了不少护卫，一下子就一百多号人，真搞不过了。这说前段时间还能劫一两个落单的，现在都他妈学聪明了，都跟着他们商队跑，我们连个落单的都劫不到。"另一个也抱怨道："是啊，他们的车队都百十辆马车一队，前天我们冲出去刚截住他们，一下子就有几十匹马飞奔过来，护卫的一下子又过来几十号，我们才三十几个人，就没敢动手。"又一个插话道："幸亏没动手，看那架势要是动起手来，说不定就折在那里了。"刘自起问道："他们有没有镖局护着？"一个方脸的回道："是有个人出来搭话问众位辛苦，问哪个线上的朋友，过后要来拜访。"刘自起问道："你怎么应的？"方脸的回道："我说沧州线上讨生活，今儿个拦线替兄弟们找点吃喝。"刘自起又问道："他怎么说的？"方脸的回道："他说今天从贵宝地借个道，以后走武定府住李家。"刘自起知道还是李家镖局，接着问道："他们留东西了没有？"方脸的回道："他们给了我一支镖旗，还送了五十两银子。"老二道："我说呢，上次让我们劫了，这次学鬼了，联起手来了。"刘自起想了一会儿道："这个李家镖局祖上在朝廷做大官，后来开起了镖局，官府都给他几分面子，镖局也越开越大，信誉还不错，在山东有些名气。"几个人七嘴八舌地议论着："护卫太多了，真打不了啊。""就咱们这点儿人，没法干了。""又要出去要饭了。"几个人都唉声叹气。此时那个方脸的站起来道："咱们也多组织人，大不了和他们拼了。"就听老二道："拼什么拼？忘了大哥定的规矩了？镖局的货不劫，我看你是找打。"说着抬手作势要打。那人看了一眼刘自起，忙低头坐下再不作声，此时有个大个子道："二哥，镖局的不能劫，不保镖的又没有，那我们只能等着饿死了？"老二看了大个子一眼道："饿死，饿死也不能坏了大哥的规矩，坐下。"看老二急了，大个子也连忙坐了下去。此时就听刘自起道："看来，道上的活儿是不好干了，大家还有什么主意吗？"众人你看看我我看看你都没办法。老二道："大哥，这次我们是真没法了，请大哥指条明路。"刘自起看了看大伙，道："既然大家都没有办法，也只能这样了。"老二道："大哥您说，上刀山下火海兄弟们都跟着您。"众人也都附和道："大哥，我们都跟着您干。""我们大伙都听您的。"刘自起道："既然这么说，那我就说说，我们这里离盐场如此近，守着宝贝疙瘩还能饿死了？今后咱们就做做盐场生意。"谁知道刘自起刚说完，就有一个人道："大哥，盐场可都是官军，不好惹吧？""官军怎么了？还不都是人。"一下子就让老二怼了回去。刘自起道："老二，你先去盐场那边打听打听，看看活怎么干，再就是去那边联络几个人摸摸底细，如果没有别的办法，今后咱们就吃盐场这碗饭了。"

老二找朋友打听了好些天，终于打听到海丰县有个叫李虎的经常贩卖私盐。这一天，老二来了李虎家。李虎家是一处两进的院子，算不上高墙大院却也颇为讲究，单看院墙，青砖根脚足足有三尺多高，上面土墙是白灰挂面，远远一看格外地显眼。进了二门，迎面五间瓦房一水的青砖到顶，两边看东西厢房也都是宽敞大间。进了屋两个人见过面，李虎道："马五哥和我说你今天要来，你们怎么认识？"老二道："我和五哥十几年的交情了，说起来还有点亲戚关系。"李虎道："五哥说老兄是道上的？"老二道："呵呵，不瞒大哥，在道上混了些年头了。"李虎问道："老兄打着头？"老二道："不，不，这两年一直跟着大哥刘自起。"李虎惊诧道："鬼刀刘，刘自起？"老二答道："啊，你也知道刘大哥？"李虎道："咱们这里谁不知道刘自起啊，前几年，大马庄张顺就是劫了他的镖，被他追到客栈给宰了。说起来张顺也是该死，劫了镖应该大家一起分分，没想到藏在镖里的钱都被他几个领头的卷跑了，刘自起杀了他，我们都觉得解恨，说啥也没想到刘自起也成了道上的人。"老二道："是啊，刘大哥被劫了镖以后，各个镖局都不收留，我知道大哥江湖上叫得响，就带着手下的弟兄们请他出山，大哥是个讲究人，我好话说尽了他才答应。"李虎道："有刘大当家的领着那你们可厉害了，不知道老兄今天来有什么事？"老二道："混不下去了，来你这里讨口饭吃，"李虎心里一动，问道："有刘大当家的领着怎么还混不下去，不可能吧？"老二道："说起来也不怪大哥，虽说从道上混，可是大哥立下规矩绝对不能抢镖局的货，自从山东那个骏马商队起来了，我们很久都没抢到东西了。"李虎道："哦，这样啊，刘大当家真是个讲究人。"老二道："大哥安排我今天过来就想和您一起做做盐场生意，不知道老哥意下如何？"听老二如此说，李虎眼珠子转了好几圈这才开口道："说起来，道上的朋友我打交道的不少，也有干这个活的，虽说你们有刘大当家的领着，可干这活风险实在是太大了。"老二笑道："风险大？老哥您不是干得好好的吗？"李虎听了干笑了两声，道："老兄，不瞒你说，我干和你们干不一样，我走的是官道，这个你们干不了。你们干只能在盐场和路上下手去抢，盐大部分走水路，没有大船没法劫，并且护卫也多，咱们这里没有大山大水大荡，即便抢了船去也没处藏，你也没处跑。"李虎又道："如此说你们只能从盐场下手，可这盐是朝廷的命根子，哪里不是守得死死的？你知道吗？朝廷律法说得很明白，贩私盐者杖一百，发配三年，带着家伙的一律罪加一等，拒捕者斩！挑担、收留的都要杖八十，这些与你们劫道不同，你们要面对的都是官府的人。"李虎一边说话一边不错眼珠地盯着老二，他想找到老二脸上的慌乱，哪怕一丝丝。不过老二也是见过世面，钢刀面前也不会躲闪，此刻脸上更是看不出半点声色。李虎接着道："我走官道，除了向盐户们收盐花钱，每斤盐要交五文过路钱，还要雇人把盐卖掉，过路过卡到处找人打点，开销大着呢，这个要多年积攒，一下子你们也干不了，再就是走官道也挣不了多少钱，除了人工还要四处打点，养家糊口罢了。"老二听他如此说心里顿时一凉，心道："都说贩私盐挣钱可也是个拼命的活啊，自己领着弟兄们在道上混，虽说有镖局护送，面对的都是老百姓，吓唬两下也就把钱留下了，遇到硬主凭着大哥教的武功也能对付个差不多，没什么风险，可是真要让官兵逮住，不要说发配三年了，那一百棍子也不是一般人能扛得住的，不死也得落个残废。"心里虽这么想，但还是道："李哥，你不要管我们怎么干，你就说有了盐你能不能处理掉吧？"李虎看他长时间不说话，说话又软了些就又加了一句："真要出事，我就算倾家荡产最起码能保住命，可你们哪里有钱打点啊？我看还是不干的好。"老二听他如此说，料是被他看轻了，立时正色道："我们这些人没别的本事，命贱得很，这些你不用操心。"李虎暗想这伙人还算硬气，忙道："我不是那个意思，虽说我要四处打点，既然刘大当家的看得起我，我先把话放这儿，只要你们送来的我一定全部收下。"老二听李虎如此说，事也算办成了，也就应道："好，就这么说，咱们一言为定。"

来到刘自起家，老二刚要说话，刘自起道："正想去你那里，你怎么过来了？"老二抬眼看了一眼里屋，会意道："刚好几个弟兄去我那里，闲着没事请你一块喝点。"刘自起道："好，稍等。"说完进了里屋。不一会儿出来道："好了，咱们走。"两家离得不远，路上聊了几句便到了老二家，有几个人正在屋里闲聊，见刘自起进来忙起身让座。老二道："大哥，我找到李虎了，可李虎说盐场这活不大好干，盐场抓到贩盐的每个先打一百板子，发配三年，带家伙的罪加一等，只要敢反抗抓住就杀，就算帮忙挑担收留，那都要打八十板子。"刘自起不动声色地道："这个我知道，说得如此厉害他怎么还干？"老二回道："这个我也问了，他说他们走的是官道，除了向盐户们收盐花钱，每斤盐要交五文过路钱，官军就不再查了。他还说，将盐雇人卖掉还要到处打点，开销很大也挣不了多少钱。"还没等刘自起再说话，旁边几个人听到这里七嘴八舌地道："逮着就打啊？"另一个人指着他调笑道："逮着就揍你，别说一百，用不了五十棍子就打死你。"刚才说话的那个道："那我是不敢去了，真让逮着还不没命了啊。"另外一个道："真被抓住我们也没钱去打点啊，只能等死。"刘自起冷脸道："怕死？怕死就别在道上混，天天说自己混道上，真没出息。"一句话说得众人急忙闭上了嘴。刘自起扭头又问道："老二，你有没有问他盐怎么处理？"老二忙答道："这个我问了，只要把盐送去他全都收下。"刘自起道："好，这就好。"刘自起想了想对大伙道："弟兄们，自从你们跟了我，我除了教你们功夫可以说从来没让你们干过什么，我也从没出去帮你们在道上干过活，再怎么说我在镖局干过，保镖的都是熟人，也不好真的拔刀相见，可现在你们都吃不上饭了，我不能不管，从现在开始我们要重整队伍，不但要帮你们吃上饭，还要帮你们过上好日子。"说完看了看大家，又道："在这里我先问下，今后我们要吃盐场这碗饭了，有不想干的今天说明了，以后再提可不要怪我不留情面。"那个上次说盐场都是官军的人站了起来，道："大哥，自从跟了您我们出去干活碰到的都是老百姓，打不了走就是，这次要和官军干，他们人那么多，到时候我们逃都没处逃，逮着就是死，我真不敢干了，我还是回家另谋出路吧，谢谢大哥多年来对我的照顾。"说罢扭头就往外走。众人大惊，都扭头看向刘自起，就见刘自起眉头紧皱冲老二瞪了一眼，脸立马沉了下来。老二没说话却跟了出去，过了挺长时间也不见老二回来，几个人正在议论，有个还调笑说："老二不是也不敢干了吧？"就在此时老二回来了，脸色铁青。几个人问道："怎么了，他不干就不干，何必和他生气。"几个人还在安慰老二，却听老二道："我把他弄死了。"众人这才注意到老二身上有些血迹，定是真的了。刘自起下意识地看了下里间，想起这是老二的家，便大声喝道："老二，我让你把他叫回来把事情讲清楚，你怎么把他给弄死了？"老二道："还没等大哥说话他就撂挑子不干，来的时候都是喝了血酒拜了祖师爷的，怎么能说来就来说走就走。"其他几个都附和道："就是，一起喝了血酒怎么说走就走。""杀得好，我们干的事他一清二楚，要是有一天官军找过来，说不定就把大家给卖了。"刘自起刚才所说都是给大家听的，这抢盐场可是个要命的生意，万一走漏了风声是要出大事的，所以他要先试试大家，没想到这一试还真就出了个不长眼的。刘自起扫了大家一眼，道："我本意是干这个事风险很大，想干的留下，不想干的说清楚可以走，敢留下的才是兄弟，不会出什么意外，谁让你杀他了。"老二道："我百般苦劝他就是不回头，最后和我说不要让大哥给害了。"刘自起瞪大了双眼问道："我怎么害大家了，这么做也是为大家好，我还是那句话，想干的留下，不想干的现在就可以走，大伙听好了，都不要为难。"老二道："就是，当年我请大哥出山，大哥和我们说得明明白白，哪些该干哪些不该干，都是为大家好，现在我们遇难了，大哥主动出来帮大家，说大哥害大家，真是忘恩负义。"另一个道："怕死就直说，说大哥，亏他说得出口，叫我也弄死他。"刘自起道："好，不说了，今天咱们就五个人，如果大家信得过我，咱们今天就结拜为兄弟。"几个人自然高兴纷纷说好，刘自起道："老二，摆香案！"就在老二摆香案的时候，刘自起吩咐人把那个死了的送回了家，还让人带了十两银子过去，说是劫道的时候遇到了硬茬子被人杀死了。香案摆好，刘自起手捧血酒道："今天我们五个人结拜为兄弟，有福同享，有难同当，生死为兄弟。"大家齐声道："有福同享，有难同当，生死为兄弟。"不论年龄大小都尊刘自起为大哥，老二张力为二哥，其余三个按年龄大小排了。

结拜完众人坐下，刘自起道："从现在开始我们就是兄弟，今后一定要齐心协力，话我就不多说了，老二，我们现在就三十几个人，人马不够，我们首先要招收人马，只要跟咱们干的我保证他一家不光吃饱饭，还能过上好日子，话说回来，三心二意的一个不要。"老二道："大哥，以前有不少人来入伙，我怕树大招风就没要，只要大哥一句话，一两百号人我还是能招来的。"刘自起道："好，这件事就由你来办。"接着刘自起对老三道："老三，几个人里就你武功好，老二招的人就由你负责训练，要让他们每个人都身怀绝技，最好能窜墙越脊如履平地。"又指着老四老五道："你们没事也跟老三学学，多几门功夫多条生路。"两个人应道："是！"又对老四道："老四，你负责置办一些小车，劫到盐后我们送盐要速度快，没个几十架小车不行，其他还需要什么东西你看着置办，这里有一百两银子，要尽快办好了。"又对老五道："咱们成立这么个队伍没人放风可不行，几个人里就数你心细，这件事由你来

管，千万记住，大家的命可都在你手里攥着，出了事我先找你。"老五忙应道："大哥放心，我一定盯好了。"刘自起又扭头对老二道："我这里有五百两银子，每个人都要有个趁手的家伙，你去置办，下一步的用度就在这些钱里出，不够你想办法。"老二应了。此时老三道："大哥，咱们拉起人马总要有个名号吧？"几个人也附和道："就是啊，我们得有个名号。"刘自起道："好，那我们就立个名号。"刘自起想了想才道："立名号就要立得响亮，咱们干事要一击而中，要像老鹰那样手到擒来，我们又在沧州地界，那就叫沧鹰帮，大家看怎么样？"大家齐声叫好："好！好！""沧鹰帮！""沧鹰帮！"

　　人们虽说日子不好过，但是真要当土匪还是有很多顾忌，听说要去贩私盐，知道其中厉害的一般不敢加入，再就是还有不少人没有通过老二的挑选，真和官军干起来要是走漏了风声那可是要命的事，所以老二挑选得也是格外小心。经过精挑细选，老二一共招了一百五十多人，加上之前三十来个也差不多快二百了，人员基本差不多了。秋后没事，于是找了几个地方由老三教习武术，沧州自古就有习武之风，倒也没太多人注意。刘自起有时间了也去各村看看，亲自调教，经过再次挑选，刘自起挑选了五十多个精明强干的，找了一处靠村边的院子专门教习武功。对这五十来个人，刘自起几乎是将自己的八卦刀法倾囊相授了，不到半年工夫，这些人差不多都成了功夫高手，空手一个人对付两三个人没什么问题，带上刀五六个人也近不了身。老三挑选了十几个天赋好的专门练习轻功，按说轻功可不是一时半会儿能学会的，可经过老三的精心调教，这些人很快就掌握了要领，一般的院墙双手一扒身体轻轻一纵就能轻松而过。虽是这样，高墙大院还是过不去，老三又找了几个身体轻巧臂力大的，专门练习绳索翻墙术，高高的院墙只要飞虎爪往上一搭，七八个人抓住绳索三下两下就能爬上墙头。刘自起看了暗自高兴，心道："有了这帮人什么事干不成啊。"

第十七章

巧谋划，暗夜来无踪
始称雄，天亮去无影

第二年，眼见地里的庄稼长了起来，树林里也能藏住人了，刘自起把几个兄弟叫到了老二家里。大家坐定，刘自起看了一眼老二，老二会意站起来道："兄弟几个准备了这么长时间，盐场的盐也收了，咱们也该开始干活了，我打听了，咱们这里的长芦盐场属直隶管辖，官军人数多卡子也多，不好下手，山东的永利、永阜、富国盐场虽说离我们稍微远一些，但是官军守得比较松容易下手，得手以后还可以在当地留下货分批带回来，也不太引人注意。引路的人我已经安排好了，包括留货的地方也事先联系了，只要大家手脚利落，应该不会出什么问题。老三、老四，你们让手下的人装扮成运货扛活的，分批到盐场附近，到了以后分批到小马庄北边集合，我带你们过去。老五，你负责沿路把风，有可疑的立马拿下。"众人分别应了。见安排妥当，刘自起道："我们劫盐场为的是盐，大家记住，不到万不得已不要伤人，就算和盐场起了冲突，也不是以命相搏的时候，要刀下留命，制住人就行，出了人命就结了死仇，我们不能一开始就把路堵了。"众人纷纷点头称是，都说会管好自己的手下。见众人应了，刘自起接着道："我带三十个人给你们接应，遇到紧急情况发信号，我来处理，第一次，我们就在永利盐场试试手，大家回去一定好好安排。"几个人分别应了，刘自起又看了众人一眼，道："好，就这么

定了，明天晚上，新集坨。"

第二天，几个人分头行动，都是当地老百姓，天擦黑以后人们陆陆续续赶到集合地点，倒也没什么人注意。到了晚间，老二先带着人把关口的守卫控制住，大队人马一路前行来到了新集坨门外。但见新集坨四周一片寂静，并没有守卫四处巡逻，只门房里亮着灯，不时传出吆五喝六的声音，听着像几个人喝酒耍钱。虽说没什么动静，可大家心都悬了起来。哪个盐坨不是一二百人在把守？他们有些在盐坨干过，知道盐农们的可怜，什么压秤扣钱那是家常便饭，私下里勒索也是司空见惯，有时候交盐的人被他们欺负急了也会吵吵两句，虽说明面上他们吓唬两句也就罢了，可私下里将那些领头的哄到一边就下了黑手，甚至还动过私刑，即便是在盐场干活的那个不是让人欺负的一愣一愣的，站下刚愣个神上来就踹，甚至皮鞭子招呼，那玩意抽在身上火辣辣地疼，没个十天半月好不了。可以说单让他们一个人来，靠近盐场腿就会打哆嗦，就在他们胡思乱想的时候，老二一声令下，就见老三带着几个人将飞虎爪往墙头一扔，轻轻松松爬上墙头纵身一跃跳进院内直扑门房。几个人一拥而入，闯进门就见一个守卫正要去墙边拿枪，老三二话不说一个箭步窜到近前，一把搂住那人钢刀便架到他的脖子上，就听老三低声喝道："都不许动，谁不老实我先宰了他。"其他几个见一下子涌进来好几个蒙面人，个个凶神恶煞般拿着钢刀，顿时傻在当场不知道如何是好。土匪们见他们愣了，一拥而上将守卫们捆了个结结实实。早有人将几个人的嘴用备好的布堵上，留下两个人看着，其他人快步来到院里，已经有人将大门打开，大批人马直扑守卫营房，众人却不作声，只是把窗户门口堵了个严严实实。再说另一批人，推着小车直奔盐堆，将口袋里装满盐推上就走，过了不到半刻钟工夫，带的口袋便全装满推走了。此时就见老二手一挥，大家分头撤出盐场，不一会便消失在夜色之中。临走，老三冲着门房守卫亮了亮手里的钢刀，作势朝守卫头上砍去，低声喝道："都老实点，我就在外面，谁要乱动就先要了谁的命。"吓得几个守卫缩成一团不敢动弹。这伙人手脚麻利行动迅速，撤出盐场后守卫们还在呼呼大睡，直到下半夜换岗的时候才发现盐场被抢了，这才慌作一团，连忙派人到外面查看，哪里还有劫匪的影子。

　　土匪们陆陆续续回到了村子，几个首领却没回家直接来到老二家中，一路上众人还十分严肃，进了院子几个人就开始嘻嘻哈哈闹将起来。进门就听老四大声道："太简单了，都说盐场守卫严，我们进去没费吹灰之力就把事办完了。"老三也道："我训练的人厉害吧，轻轻松松就进去了，没费多大劲就把他们控制住了。"老五也道："我安了十几个人在后面守着，一个人也没见跟出来，路上只遇到个走道的，还没等我们靠近，那个人跑得比兔子还快。"老四道："要不是等你赶上来，我们这时候早睡一觉了。"刘自起道："大家干得都挺好，配合得不错，这次盐场没防备，以后有防备了恐怕会麻烦一些，大家一定不要大意。"几个人忙应道："知道了，大哥。"刘自起又道："老二，按咱们商量的，得的钱先拿出六成给大家先分了，你们几个先分两成，余下的分给大家，剩下的钱咱们先存起来，以后好做打算。"老二几个道："好，全凭大哥安排。"刘自起又道："老二，这两天你先不要歇着，先去那边打听打听，看看有什么风声。去的时候带上些钱，看能不能找个内应，关键时候让他给咱们报个信，你不好出面让李虎去办。"老二回道："好，大哥，我这就去办。"又对其他几个人道："告诉手下的，嘴严实点，谁要是走漏了风声，帮规行事。"众人纷纷应下。

　　这天中午，盐场大使石东章刚到盐场就感觉气氛不对，手下见了他都躲躲闪闪不敢照面，石东章忙把副使叫来，一开始副使也是不肯说，被他逼急了才道："昨天晚上来了百十号人，把盐坨给抢了，抢了大约万数斤盐。"石东章道："谁给你的胆子，让人抢了上万斤盐还不早说，去把他们都叫来。"不长时间，副使把另一个副使和守卫头领叫了进来。几个人刚进门，石东章便冲他们骂道："你们怎么回事？又喝酒赌钱睡死了吧，这些年来有个小偷小摸我也不说什么，该分的不该分的钱你们也分了不少，只说让你们好好守着盐坨，就是不听，一下子丢了上万斤盐，对上面怎么交代？"一个副使道："我们轮班睡觉，是门口的守卫没发警报这才丢了盐。"石大使转向几个守卫头领，厉声问道："到底怎么回事？"守卫头领道："当时值班的几个都让人

绑了，他们说也不知道怎么回事。"石东章大声喝道："还不叫他们进来？"
几个守卫蹭门框进到屋里，也不说话。石东章训斥道："你们几个说说到底怎
么回事，是不是你们勾结来的？"几个守卫听石东章如此说吓得一下子丢了
魂，扑通扑通跪倒在地，道："大使大人，大使大人，万万不敢，万万不敢。"
其中一个道："昨天晚上，我听到门外有声音，刚要拿枪出去看看，突然就闯
进来几个人，还没等我拿起枪就把刀架在我脖子上了。"说着让石东章看了看
脖子上的血印，一边又道："大使大人您看看，这血印还在，他们一拥而上就
把我们捆了，嘴也给堵上了，想喊都没法喊了。"石大使一听不由得气不打一
处来，骂道："你们早干什么去了，我不是让你们晚上在外面巡逻吗，怎么都
跑屋里去了？只要我不在你们就天天喝酒赌钱，门口收钱的时候都知道往前
跑，可到了巡逻个个都想着偷懒，你们说，是不是你们的错？看我怎么让上
面治你们的罪。"几个人忙大声求饶："大人，大人，我们再也不敢了。"此时
刚被叫来的副使道："大人息怒，昨天这伙强盗行动实在迅速，我们还没明白
过来盐就被他们抢跑了，也是我们一时大意，请大使担待。"石东章自然不想
一下子承担下来，于是道："让我担待，说得轻巧，几百上千斤我也就当作不
知道算了，可这一下子丢了上万斤盐，你让我怎么担待？"一个姓梁的副使
看势头不对，想把石东章拉到里屋，石东章道："去里面干什么，有话就在这
里说。"副使低声道："大人，还请里面说话，属下有下情回禀。"石东章只
好跟他来到里间。石东章道："怎么回事？"副使道："今天的事是他们不对，
不过事情既然出了，报上去大家都有责任，可担责的第一个还不是您吗，您
看能不能抬抬手，让他们把丢的盐摊到盐户身上，今年盐户们交盐，每个盐
户都多扣些。"石大使低头想了想，叹了口气，他自然知道这盐既然丢了再怎
么骂也是追不回来了，于是冲副使点了点头。副使出来对几个人道："今天石
大人大人有大量，原谅了大家，不过就一点，丢盐的事谁都不许往外说，谁
要说出去出了事，都逃不了干系。"见石东章松了口大家千恩万谢。石东章
道："虽说事儿我替大家担了，不过今后大家一定要打起十二万分精神，加强
巡逻，确保盐场安全，再出事绝不轻饶。"几个人灰溜溜地退了出去。石大使

又叫住副使和两个守卫头领安排道："既然这群强盗行动迅速，那就要特别注意了，说不定哪天还会回来，大家可要防住了，告诉大家一定要按时巡逻站岗，安排远处的卡子看到有人来第一时间报信，出了事首先治他们的罪，再就是你们四个晚上轮流值班千万给我盯紧了。"几个人分别应了退了出去。盐场大使石东章虽说是个八品小官，但是实权不小，每年也有几千两银子进账，怎么说也是个肥差，这件事真要让上面知道了定是要问责，也只能如此处理。石东章在盐场里多住了几天，想着万一他们杀个回马枪也好有个应对，谁知这群土匪像人间蒸发了一样，没了半点踪影。

差不多一个月时间，石东章天天盯在盐场没有回家，这天石东章进城办事就在家住下了，谁知第二天一大早，石东章还没起床就听有人敲打院门，慌忙打开院门一看，就见一个盐场守卫站在门口。见石东章出来守卫走到近前俯在他耳边低声道："石大人，盐场又被抢了。"听守卫如此说，石东章打了一个寒战吓得差点没坐到地上，心道：自己已经安排好守卫怎么还被抢了？不敢停留，石东章立即随着守卫赶回了盐场。石东章刚到盐场，守卫带他径直来到了赵家坨，石东章一进门就见众人都在，一个个垂头丧气，一个守卫头领斜歪在椅子上，胳膊胸膛上虽说用白布包扎了起来，不过血水还是渗了出来。头领见石东章到了挣扎着要起身，石东章忙扶他坐下，问道："这是怎么回事？我就在家住了一天怎么又让人给抢了？"另一个守卫头领回报道："大人，按照您的吩咐我们夜里按时巡查，昨晚张司吏带人巡夜，不知道怎么回事突然冒出好多人，一个个手持钢刀。张司吏带领我们上前和他们拼杀，突然有个人三蹿两蹦就到了眼前，没等说话一刀就砍了过来，要不是张大人躲得快早就要了命了。您看，这也伤得不轻，那人随后就用刀逼住了张司吏，说谁敢动就要了张司吏的命，于是我们就没敢动。"说到此抬头看了石东章一眼，又嗫嚅道："他们就把我们围了起来，然后打开了盐场大门。"一个副使道："我们听到喊声，刚想从营房里出来，谁知道他们把营房门堵了起来，外面黑压压一片，听他们说已经劫持了张司吏，所以我们也没敢动，就这么被堵在了营房里，他们，他们就把盐给抢了。"副使见石东章脸色铁青，越说越慢竟不敢抬头。石东章骂道："说你们笨你们还不服，盐场一百多号人还能让人家给抢了？"另一个守卫头领道："我听到报信带人从东门赶过来，就有几十号人呼啦一下子冲了出来，挥刀就砍，好几个守卫都被砍伤了，他们太狠了，一个个都会功夫，我们根本不是他们的对手。大家都看到了，要不是他们手下留情，我们不知道被人家砍死多少呢。受伤的守卫都在营房躺着，石大人，你去看看吧。"虽说石东章知道他们说的都是实话，但还是道："你们就会为自己找借口，遇到强盗就要拼死杀敌，是你们贪生怕死吧？看我不上报朝廷治你们的罪。"梁副使又把石东章拉到一边，低声道："大人，大人，今天的事千万不要上报，真要上报了不也连累了大人您吗，要是上面怪罪您个擅离职守，您也不好开脱不是，再说您看受伤的这帮人，也不是没和他们打，真要处罚恐怕弟兄们不服。"石东章道："不上报？这丢的盐怎么办，咱们谁补上？"梁副使接着道："大人，我们哪里能补上，您看这样，但凡以后有拉盐的客商，我们就从他们身上多扣点慢慢补上，您看行不？"石东章嘴上说要上报，其实最怕上报的还是他，就坡下驴道："好吧，这次我舍命替你们担着，以后就是拼命也要保住盐垞。"下属们纷纷应是。无论如何张司吏他们几个也是为守护盐场负的伤，石东章忙安排人请了大夫过来医治。随后几天，盐场里里外外加强守卫，晚间石东章有时亲自带队巡逻以图平安无事，然令人奇怪的是，又过去了差不多一个月时间，这伙人又像上次一样，蒸发了。石东章是每天提心吊胆，说来也怪，那伙土匪像是把他遗忘了一样，随后的几个月再也没来骚扰过他，可是他这颗悬着的心，再也消停不下来了。

魏肇庆这两年也没闲着，近的不说，蒙古和福建就各去了一趟。蒙古一行见识了什么叫热情，带去的壮士们没给他丢脸，能在摔跤比赛中赢上几场的不在少数，俊青虽说不再是常胜将军，可他的神勇还是赢得了观众们毫不吝啬的掌声和热烈的欢呼声，越来越多的人知道了魏俊青，知道了山东魏家。福建之行也是收获颇丰，茶叶生意自不必说，单就邹老爷子的见识就够他学一阵子的了。老爷子和他投缘，除了茶叶必说以外，天南地北人情冷暖相谈甚欢。也就在这一年，魏肇庆的儿子魏堃降生了，添丁进口一家人都十分高兴，每个人的脸上都洋溢着喜色。

这一天，魏肇庆在家闲着没事，夫妻二人说说闲话。芷妍抱着儿子一抬头就见魏肇庆歪着头看她，满脸的笑意，羞道："天天看也看不够，添老大的时候也没见你天天看。"魏肇庆笑了笑道："还不一样？都是你生的宝，我哪个不疼，咱们家传到我这里男丁本来就少，你生了杰儿和堃儿，是我们魏家的大功臣。"常说母以子贵，为魏家添丁加口芷妍当然是功臣，魏肇庆如此说芷妍也是满心欢喜，看看儿子，再看看魏肇庆，满脸的幸福。魏肇庆逗了一会儿孩子，对芷妍道："和你商量个事，我想进京赶考。"芷妍慢慢抬起头看了魏肇庆一眼，道："我知道你还想进京赶考，中了功名也能光宗耀祖，可你已经接了魏家生意，你走了魏家的生意怎么办？"魏肇庆道："我也在为这事发愁，虽说这两年生意还不错，可现在很多地方不太平，说不定发生什么事，生意上有许多地方需要改善，否则日久生变。可这些年朝廷举步维艰，世道艰难，大家都看着着急，父亲走的时候也希望我出仕为官，父亲的嘱咐我不能不办。"芷妍道："这么说你就去，你既然想好了我听你的。"魏肇庆道："我知道，父亲去世你找五爷爷来开导我，我出门谈生意你在家照顾一家老小，辛苦你了，我要是进京赶考你就更辛苦了。""说什么呢？两个人还说这种话。"说着芷妍娇嗔地看了魏肇庆一眼，接着道："家里的事有我。"此时芷妍忽想起一件事来，道："你这几天看咱娘没有？这几次去听她老是咳嗽，我说请大夫来看看她一直不让，你请个大夫过去看看吧。""是吗？我这就去。"魏肇庆听妻子如此说，起身便去请大夫。

魏肇庆带着大夫来到母亲住的院子，丫鬟小凤把老夫人请了出来。先生仔细给老夫人诊过脉，对老夫人道："老夫人，你没什么大病，就是着了凉了，我开两副药发发汗就好了。"魏肇庆听没什么事就放心了，吩咐丫鬟随大夫去抓药。可待他送到门外，大夫招手让魏肇庆往外走了两步，道："刚才守着老夫人不好讲，老夫人心脉杂乱，脉象虚弱，面相上也看着好像心思忧郁，少爷可要多加照顾。"魏肇庆追问道："这怎么说？我和夫人时常过来和娘聊天解闷，看着也挺高兴的，这两年也没什么烦心事啊。"大夫道："是不是父母情深时常想念，这事很难说清，我开几副药让老夫人先服了，先看看再说。"魏肇庆忙道："这倒有可能，我父亲走得急，可能我娘一下子没缓过来，如何用药还请先生仔细斟酌，无论如何也要把我母亲的病治好。"大夫道："我先开些安神理气的药，吃药只是辅助，心病要用心药医，老夫人的病如果想要彻底治好还要少爷您来想办法。"魏肇庆道："好，我明白了。"魏肇庆回到房里陪母亲说了会话，用过药时间不长便出了身汗，老妇人精神好了不少。魏肇庆回去让夫人把大女儿送了过来，嘱咐妻子经常带儿子过去玩。有了孩子们的陪伴，老夫人心情明显好了不少，脸上也渐渐有了笑容，见母亲的病明显好转，魏肇庆这才放下心来照顾生意，温习功课。

第十八章

天难怨，心落倒春寒
危机现，如何渡难关

　　转眼过了年，天气逐渐转暖，这一天吃过午饭，老夫人心情挺好，便带孙女儿到黄河边看风景。麦子已然返青了，绿油油的一大片十分喜人，柳条儿变成了绿色，虽不是满眼的绿，但绿色正在使着劲儿地往外冒着，争先恐后迎接春天的到来。黄河里的水不算太大，只占了半个河床，虽说还是流得很急，但波浪小了许多，曲折蜿蜒的河岸上露出了宽宽的沙滩。老夫人许久没到外面看看了，这一天格外高兴，陪着孙女不停地跑来跑去，逗得孩子不时发出咯咯的笑声，远远地就能听到。丫鬟们也来了兴致，折了柳条做柳哨，就见她们捏着柳枝慢慢拧几下，费不了多大力气就把柳棍抻了出来，柳管儿便做成了，再将柳管截开，然后将一小节外皮去掉，一个柳哨便成了。反正是闲着无聊，粗的、细的、长的、短的柳哨做了一大堆，孩子拿起柳梢鼓起腮帮使劲地吹了起来，吹不太响便再换一个。每每遇到粗大的总是吹不出声音，丫鬟们见了便拿起来用力地吹，总是大人们力气大些，吹出的声音好听。看谁吹得好听孩子总要去抢，一时间高高低低、长长短短的柳哨声传来，几个人沐浴在和煦的阳光里，在沙滩上尽情地嬉闹。这柳哨声也惹得赶车师傅起了童心，竟折了一根拇指粗的柳枝来做柳哨，师傅用足了力气吹起来，竟吹出了长号的声音，孩子跑去要了来，可无论怎么用力，总是一点声音也吹不出来，丫鬟们也只能吹出短短的声音，于是你换我，我换你，最后吹得腮帮子都疼了。

嬉闹间，太阳慢慢偏了西，差不多一个时辰过去了，不知从什么时候开始，日头上好像蒙了一层黄纱，刚刚还热情十足的太阳慢慢失去了温暖。沉浸在欢笑中的人们却没十分在意，直到一阵凉风扑到身上才抬头看去，太阳差不多被遮掩了起来，再往北边看，远处已是黄沙漫天。忽的一阵风掠过，身上的汗一下子全不见了，老夫人禁不住打起了寒战。小凤连忙把老夫人扶上大堤，又招呼赶车师傅将孩子抱上来，众人赶紧往家走。眼见得北边黄沙慢慢靠近，还没到家风墙已吹到了眼前，狂风卷着尘土铺天盖地迎面而来，天地都变成了褐色，整个暗了下来，竟像夜幕降临了般。到了家，丫鬟连忙把老夫人搀到里屋，赶紧倒了热茶让老夫人喝了，谁知晚间老夫人直说身上冷，让丫鬟熬了姜汤喝下便早早睡了。第二天，老夫人便起不来床了，浑身上下酸痛得很，胳膊竟然抬不得，稍微一动肩膀刺痛得很，后背也疼了起来，躺也不是坐也不是。丫鬟忙去给魏肇庆送了信，魏肇庆急忙去请大夫过来，谁知上次来的大夫竟不在家，新请的先生给老夫人把过脉，道："夫人是着了冷风，我开副药赶紧让老夫人服下。"魏肇庆忙安排人抓了药，亲自熬好了喂给母亲服下，见老夫人出了汗这才回了家。然老夫人的病时好时坏，总是不见彻底好转，魏肇庆猛然想起上次大夫说过，母亲心脉杂乱，脉象虚弱，忙又去请了上次来看病的大夫过来。来到房内，但见老夫人身体缩成了一团，身上搭了两床被子还抵不住寒气，见大夫来了勉强伸出手诊了脉。见如此大夫也是一脸凝重，把了许久的脉才将手松开，思虑再三示意魏肇庆来到外面，这才道："老夫人本就心力不足，这次着了恶寒，时间有些长了，身体郁结加重了不少，我开副药赶紧给老夫人服下去。按说大药量连服三天，可我怕药用急了老夫人身体受不了，稍减一些让老夫人连服五天先看看。你嘱咐好丫鬟，老夫人无论做什么事都要安排人搀着，受了风寒腿上没劲，千万不能摔着了。"魏肇庆连续三天衣不解带守着母亲，一刻不敢离开左右。这一天，母亲见魏肇庆辛苦硬是强打精神吃了晚饭，催着魏肇庆回去休息。魏肇庆见母亲能起来吃饭了，也就稍微放了心回到了家里，谁知第二天天刚亮丫鬟便来砸门，魏肇庆到了一看，就见母亲直挺挺躺在床上，牙关紧咬已然说不出话来，魏肇庆大呼母亲悲痛不已，母亲却是一动不动，只有两滴清泪顺着眼角流将下来。

　　自己才回家一个晚上母亲便离开了自己，没有留下只言片语，魏肇庆懊悔万分。儿时承欢膝下受母亲疼爱，桩桩件件历历在目，一时间心如刀割，趴到母亲身上号啕大哭。芷妍随后也赶了过来，望着躺在床上的婆婆和哭泣的魏肇庆一时间手足无措，一面念着母亲的好，一面心疼自己的丈夫，也趴在床边痛哭不已。丫鬟请了魏景嘻和魏肇祥过来，这才劝住了痛哭的魏肇庆和芷妍。体弱的母亲熬过了严寒的冬天，却被一场倒春寒夺去了性命，命运即是如此，母亲去寻找自己心爱的丈夫，儿子却失去了疼爱自己的母亲，三年来接连失去了两位至亲的人，魏肇庆的心如刀扎般痛的是死去活来。魏肇庆一时不能接受母亲的死，虽说父亲去世，那却是重病所致，事情来得急倒也平常，母亲就在自己眼前，前一天自己还侍奉左右，虽说惹了风寒，可只过了一夜便阴阳两隔着实令人难以接受。李元亨、俊青、俊杰也赶了回来，一起操办老人家的丧事，也给京城送了信去，一来一去怎么也要七八天的时间，丧事就由魏景嘻主持着办了。

　　这天早上，魏肇庆仍像失了魂般傻呆呆躺在炕上，思前想后两行热泪涌出了眼角，魏肇庆任由热泪就这么流着，只闭着双眼一动不动。芷妍见魏肇庆流泪，忙用手胡乱地擦拭，自己也忍不住掉下泪来，然芷妍知道，此时不能憋在心里，倒不如让他哭出来的好，也不劝解只坐在旁边，用手轻抚着魏肇庆的头。过了好一会儿，魏肇庆才渐渐平复了些，芷妍忙拿了毛巾过来递给魏肇庆，又打了盆热水进来，就在此时忽听月儿在外面叫道："少爷，有人找。"魏肇庆急忙洗了把脸来到前面，见俊青的师弟崔秀强正在客厅等他。还没等魏肇庆开口，秀强迎上前来压低了声音道："少爷，出事了。"魏肇庆一愣，忙问道："怎么了？出了什么事？"秀强道："咱们的商队在周村让人给劫了。"魏肇庆心里一惊，忙问道："到底怎么回事？"秀强道："少爷，您先

别着急，东西还没被劫走，只是被堵在那里不让走了。我们往周村送货一直没什么事，这次一下子冒出很多土匪就把道给拦住了，不给钱就不让路，听我师傅说南边有一伙土匪闹得挺凶，估计可能是他们。"魏肇庆问道："打起来了没有？"秀强道："打倒是没打起来，他们见我们人多也没敢动手，不过镖局上去说了两次，都被他们赶了回来，这才两边送信找人过去帮忙。"魏肇庆想了想吩咐道："强子，看看护卫在家的有多少，赶紧集合起来抓紧去。"秀强道："要不要找找镖局李掌柜？"魏肇庆道："不用，镖局的上去说两次了，要给面子早给了。"听魏肇庆如此说秀强连忙出去集合队伍，恰好俊杰的队伍回来，一下子便集合了差不多两百多人。

马队行动要迅速很多，魏肇庆他们几十个人下午便赶上了商队，魏肇庆来到前面一看，就见前面密密麻麻一片差不多三百人堵在前面。见魏肇庆来了，俊青和镖局的人忙迎了过来，一问才知道，周村镖局的陈老掌柜已经赶了过来，正在前面与土匪们交涉。不一会儿陈老掌柜回来了，见魏肇庆在忙紧走两步上前道："魏东家，您怎么过来了？"魏肇庆忙道："听说这边出事了，我过来看看。怎么样了？"陈掌柜示意众人来到一边道："这事麻烦了。"魏肇庆道："怎么了？"俊青道："他们还真想动手不成？"陈掌柜道："我过去说了，他们倒也给些面子，不过他们咬定必须拿钱才能过去。"魏肇庆听如此说倒不着急了，道："看他们穿得破破烂烂的，都是些穷苦百姓，给他们便是。"陈掌柜却面有难色，道："他们要一点半点我就办了，可他们要的太多了。"俊青道："哪个要钱不是狮子大开口，大不了百八十两银子便打发了。"陈掌柜道："真要这样倒好说了。"俊青问道："那他们到底要多少？"陈掌柜道："他们要一万两。"听陈掌柜说要一万两众人都是一愣，俊杰道："他们也欺人太甚了吧，凭什么给他们那么多钱？"就听陈掌柜道："不光这次要，每年都要给他们一万两银子，要不我们来一次他们劫一次，还说这次是给我面子，到晚上要见不到银子，就别怪他们不客气了。"俊青道："那咱们就和他们试试，他们就这点人，我们还怕他不成。"众人听罢也都气愤异常，纷纷道："咱们和他们拼了，看他们有多大本事。""干两年了还真没遇到这样的，咱们今天就和他们试试。"众人摩拳擦掌就要动手。

虽说自己的护卫队实力不错，可魏肇庆却不想动手，一来是刚才他看了，前面堵着的人虽说是土匪，可都是些穷苦百姓，动起手来难免有个死伤；二来是对方在暗处自己在明处，明的不行他们来暗的更是防不胜防。于是叫住大家，道："大家等等。"又对陈掌柜道："陈掌柜，他们要那么高的价有什么来头？"陈掌柜道："他们是富家寨的人马。"魏肇庆问道："富家寨？"陈掌柜道："魏东家您有所不知，虽说富家寨离我们这里不下两百里，可说起富家寨没有一个不怕的。"魏俊青道："有那么厉害？"有个镖头道："先不说有多厉害，听说他们聚集了不下两千人。"听到此众人皆倒吸了一口凉气。此时俊杰道："趁他们人马还没到咱们先把这伙人给灭了。"那个镖头道："他们大队人马来了怎么办？"俊杰道："那我们就和他拼个你死我活。"那个镖头道："那怎么行，就咱们这点人怎么打得过他们，再说了他们也不是你看到的这些，寨子里面有厉害的。"俊杰道："总不能就这么耗着吧？他们大队人马来了更不好办了。"

事情着实有些棘手，众人都没有好办法，此时魏肇庆问道："陈掌柜，都说寨子里有厉害人物，都是些什么人啊？"陈掌柜道："李镖头说得没错，寨子里面确实有厉害人物，魏东家听没听说过捻子？"魏肇庆道："我倒是听五爷爷说过，不过这两年基本不见了。"陈掌柜道："捻军前些年被打散了，有不少流落到南边山区，富家寨大当家的就是捻子。"魏肇庆听罢心里也是一惊。陈掌柜道："魏东家，我看还是给他们吧，这些人咱们惹不起啊。"李家镖局的也道："魏东家，既然陈掌柜如此说，那就给他们吧，回去我和李掌柜说，以后这边咱们不跑了。"就在大家举棋不定的时候，魏肇庆却道："那我就去会会他们，他们大当家的在吗？"陈掌柜道："大当家的不在，是二当家的带人来的。"魏肇庆道："那咱们就等他来。"陈掌柜道："不会吧，你怎么知道他会来？"魏肇庆看了看时辰，道："走，时候差不多了，他该来了。"又对俊青道："你们带吃的了没有？"俊青忙道："每次来都和陈掌柜喝两盅，这次来特意带了些驴肉和烧鸡过来。"魏肇庆道："好吧，这次你就都贡献出来吧，回去我给你补上。"说罢便往对面走去。几个人见状忙拉住魏肇庆，俊杰道："肇庆哥，你千万不能去，还是我先过去看看。"魏肇庆却笑道："慌什么，又不是什么大事，既然是要钱就好办。"俊青道："再怎么说他们也是土匪，心狠手辣得很。"魏肇庆道："捻军所作所为还是有些约束的，没事，俊杰你和我去，咱们见机行事，俊青，你在这里守着，不到万不得已千万不能动手。"见如此，陈掌柜和俊杰只好带了东西又带了两个人跟了上去。

几个人来到对面，见对方站得七零八落倒没什么组织，魏肇庆心里有点纳闷，难道自己错了，只有这些人？但见这群人一个个说说笑笑赶集一般，魏肇庆还是确定了自己的想法。陈掌柜上前说要见二当家的，有个头领道："见二当家的干什么？刚才不是和你说了吗？等黑天见不到银子就把你们给办了。"陈掌柜道："我就是为银子的事来的，有要紧事要当面和二当家的说。"头领道："好吧，我去通报一声。"过了好一会儿头领才回来，道："你们跟我来，千万不要要什么花招，不老实把你们给剁了。"这个头领带着他们走出去差不多半里路，拐过路口就见前面搭了一座帐篷，再往后面看，让几个人的心一下子提到了嗓子眼。帐篷后面站了一队人马，黑压压一眼望不到头，整齐有序就像军队一般。陈掌柜见了心里一惊，这下子就像狼入虎口，忙拽了魏肇庆一下示意他走后面。魏肇庆自然知道陈掌柜意思，不想让他暴露身份，然魏肇庆却不以为意，仍带头往前面走。陈掌柜见魏肇庆神情坦然，虽不知道魏肇庆葫芦里卖的什么药，可仍为他捏了一把汗。俊杰此时神情一下子紧张了起来，头上的汗都冒了出来，不过却没有一丝退缩，回头向身后几个人使了个眼色，急走两步紧跟在魏肇庆身后。

来到帐篷前，头领进去通报后只让带魏肇庆和陈掌柜进去，却把俊杰拦在了外面，俊杰刚要上前争执，魏肇庆道："俊杰，你就在外面等着吧，我和大当家的见个面说句话。"这句话虽说声音不高，然帐篷里的几个人听魏肇庆如此说心里都是一愣，他怎么知道大当家的在里面？坐在中间那位眉毛一挑，嗯了一声道："有些门道。"两个人来到里面，魏肇庆抬头一看，就见帐篷里摆着一张八仙桌，上面茶壶茶碗一应俱全，桌子后面坐了一个人，就见此人仰坐在太师椅上，正歪着头盯着他看。此人也就五十多岁年纪，看身材十分魁梧，往脸上看，四方脸高颧骨高鼻梁，剑眉朗目鼻直口阔，然眼光深邃透着些斯文。陈掌柜忙上前道："见过大当家的。"就听此人道："你就是周村的老陈吧，不知道你带的这位朋友是谁啊？"还没等陈掌柜说话，魏肇庆上前道："见过大当家的，在下魏肇庆，大当家的辛苦。"那人坐直了身子又仔细打量了打量魏肇庆，道："你就是魏肇庆啊？"魏肇庆道："正是在下。"那人道："刚才不是和陈掌柜说好了吗，交银子放行，你又过来干什么？"魏肇庆道："在下过来听说是富家寨的英雄们在，想过来见见大当家的，一来是大当家的在江湖上闻名遐迩，特来拜见，二来是有些事想和大当家的详说详说。"那人却道："想见我的面，如你所愿你也见到了，来人，拉出去砍了。"陈掌柜忙拦道："慢，慢，大当家的，是在下思虑不周，和魏东家无关。"魏肇庆道："和大当家的见个面就杀，您这一天要杀多少人啊？"那人见魏肇庆面无惧色心里倒是一动，道："别的人见我可以不杀，你却一定要杀，你猜到我今天能来这里，留着你终是后患。"魏肇庆哈哈一笑，道："好，既然如此我无话可说，可大当家的能不能听我把话说完？"

此时老二站起来道："听他废什么话，来人。"此时门帘打开，却见俊杰用刀架在那个头领脖子上走了进来。见此情景老二和另外一个人猛然站了起来，拔刀就要上前。魏肇庆此时却道："俊杰，你干什么？"俊杰道："肇庆哥快过来，咱们走。"魏肇庆道："走什么走，话还没说完，把刀放下！"魏肇庆回头向大当家的深施一礼，道："都怪在下管教不严，还望大当家的海涵。"发生这些事那人坐在椅子上一动没动，见魏肇庆自始至终没有半点慌乱，便抬手向外挥了挥示意他们出去。魏肇庆向陈掌柜使了个眼色，陈掌柜会意忙上前去拿了俊杰的刀将二人推到外面。大当家的道："好吧，你说吧，我倒听听你怎么说。"魏肇庆道："大当家的今天有备而来，想是知道我是干什么的，近两年没有为难在下，魏肇庆在此谢过。"魏肇庆说此话几个人心里也在想，他怎么知道得如此清楚。大当家的道："不错，你还知道什么？"魏肇庆道："既然大当家的知道我是干什么的还要兴师动众前来，这就有些不对了吧？"二当家的道："有什么不对？大哥看你做事不错这才让你过来说话，我看你是活腻歪了？"魏肇庆道："虽说大当家的和在下做的事不同，可目的都是让百姓们脱离苦难，既然都做一样的事，何苦还要为难在下。"大当家的道："是有些歪理，不过你也看了，前面那些人过得怎么样，我总要让他们活下去吧？"魏肇庆道："好，既然大当家的开了口了，这次我如数奉上，不过今后能不能担待些个。"老二道："他妈的，要不是大哥早抄了你了，你还敢讨价还价。"魏肇庆道："大当家的，难道在下说得不在理？"大当家的示意老二坐下，想了想道："好吧，看在你敢来和我见面的份上，以后的就免你一半吧，不过记得按时送过来，千万不能让弟兄们上门去要。"魏肇庆忙道："谢过大当家的，那是一定。"

此时魏肇庆向外面喊道："俊杰，把东西抬进来。"旁边二人闻听此言又忽地站了起来，手按腰刀虎视眈眈。不一会，俊杰把烧鸡驴肉还有几坛子酒抬了进来，魏肇庆亲手把酒菜摆到了桌子上。众人见了都有些莫名其妙，难道魏肇庆这是活迷糊了，还要和土匪们交朋友不成，如果让外人知道了，官府论你通匪可是大罪。魏肇庆亲自动手将酒菜摆上了桌，道："大当家的，事情已经办完了，在下也没什么好谢的，家里带来了些酒食，还望大当家的不嫌弃，让弟兄们垫垫饥。"大当家的抬手让人把剩下的抬了出去。就在魏肇庆摆上这些东西的时候，大当家的一直紧盯不放，难道他怕魏肇庆害他？此时就见魏肇庆往碗里倒了些酒，端起来道："大当家的，客气话我就不多说了，我先敬您一碗。"说罢一口气干了碗中酒，又拿起一块驴肉放到嘴里嚼了起来。大当家的还是没有说话，只将眼前的烧鸡拿到近前，撕下一只鸡腿闻了闻。见如此魏肇庆伸手要拿鸡肉吃一块，好让大当家的放心，谁知大当家的却摆摆手，直接把鸡腿放到嘴里咬了一口，慢慢嚼了起来。老二道："大哥小心。"大当家的道："没事，这位兄弟不会害我。"大当家的慢条斯理把鸡腿吃完，又拿出汗巾子擦了把手，道："好吧，吃人家的嘴短，拿人家的手短，你的银子就免了，不过一年五千只烧鸡你可要按时给我送来。"满屋子的人都愣住了。此时又听大当家的说道："回去代我问魏振菖老先生好。"魏肇庆一听此话恍然大悟，忙道："谢大当家的，五爷爷在天有灵定念大当家的厚恩。"大当家的听魏振菖已故，黯然叹了口气，摆手道："好吧，你走吧。"魏肇庆忙谢过大当家的，带陈掌柜和俊杰离开了帐篷。

第十九章

新年起，大刀占大地
逐同行，大地树高旗

第二年，眼看着青纱帐又起来了，刘自起他们几个早早凑到了一起。去年干得顺手，几个人的打扮已今非昔比，都换上了凉爽的绸缎衣服，如果不是改不了撸胳膊挽袖子的毛病，几个人看起来更像是富贵人家的老爷，谁曾想去年还都穿着粗布的衣服，补丁摞着补丁，就连脚上穿着的布鞋打着补丁的还算好的，脚趾头顶出了洞的也还有不少人穿着。虽说穿着大不一样了，可这做派一下子却改不过来。老二进门就见老三又蹲在椅子上，老二也不说话，悄悄走到老四身后抬手就是一巴掌拍在老三后脑勺上。老二这下着实用了点力，拍得老三直接趴向桌子，可老三是个练家子，双手着了桌子同时胳膊便加上了力气，弹起身来转身一脚就踢了出去，回头见站在身后的却是老二，这踢出去的脚一下子便没了目的，硬生生从老二面前撤了回去。就听老二道："老三，咱这可都是有钱人了，你蹲在椅子上怎么看怎么不像，有钱人要有有钱人的做派。"老三嘿嘿干笑了两声道："习惯了，二哥。"老五笑道："三哥这是墙根底下晒太阳，饿肚子做派。"就见老三划拉了两下衣服坐到椅子上，反击道："像你们没饿过肚子一样，没大哥二哥，你们还不知道在哪个墙根底下晒着呢？"众人哄堂大笑，也是，在座的哪个没饿过肚子。刘自起从外面走了进来，脸上也是红光满面，全没有了前两年的沮丧，不过还是在镖局形成的习惯，凝神静气话不多说，见大家都到齐了，抬手向老二示意了下。老二站起来道："好，兄弟们都到齐了，这外面庄稼起来了，又到了我们出去干活的时候了，大哥今天叫大家来就是想商量一下，看看今年我们怎么干。"老二刚说完，就听老三道："这还商量啥？去年我们干得顺手，今年还是那么干不就行了？"刚说完就见老二瞪了他一眼，忙收住了声，老二道："你懂什么，我们干的是什么生意？是抢盐场！一不注意就要了命，不早做打算出事就是要命的事。"老三挠挠头笑了笑，不好意思地道："是，是，我听大哥二哥的。"老三在几个人中算是最横的，功夫也好，出去办事也冲得最猛，手下都服他，耍起横来手下都怕他，可不知道怎么了，只要见到刘自起和老二就是横不起来，难道这就是猫捉老鼠一物降一物？老二又道："去年一年，我们干了十五趟活，到手大约十七八万斤盐，钱都分到大家手里了，都过了个好年，一家人过得好好的大家都不想出事是不是？"几个兄弟随声附和道："是啊，是啊，多亏了大哥二哥指挥有方，我们听大哥二哥的。"老二道："去年我们干得顺主要就是抓住了盐场的短处，我打听了，被抢的这几个盐场每年有两三百万斤的产量，我们才拿了十五六万斤，对他们来说说小不小，说大也不算大，为了保住官位他们尽量瞒了不报，所以上面也没派兵来找我们的麻烦，今年盐场还是老样子，最多也就是巡逻的勤了点。再就是我们这些人的厉害他们都领教过，我们为的是盐，没对他们下死手，他们犯不着和我们拼命，所以象征性地打打也就算了。为了不出事，我们在里面找了几个内应，瞅他们当官的不在的时候我们再下手，当官的回来了也不敢深追，要不上面就会治他个擅离职守的罪过，让他吃不了兜着走，所以去年我们一直干得比较顺利。"老三忍不住道："我说呢，去年一年啥事也没有。"老二又道："不过从最后几次看，有几个盐坨派人想跟踪我们，虽说都被老五给办了，不过也说明他们警觉了不少，今天叫大家来就是商量一下，下一步怎么办。"老五道："是啊，盐场派人出来跟踪有四五次了，有两次还是隔了半个时辰才出来的，他们顺着车印子找，不是我们后面有人防着，恐怕会跟到我们放盐的地方。"老三道："那也不怕，二哥每次安排放盐的地方都不一样。"

老四插话道："不怕归不怕，再怎么说也是官府，小心一点儿没错。"老三刚才是老二压着不敢说话，听老四也说他一下子急了："怕什么，大不了和他们干就是。"老四道："没听二哥说吗，我们为的是盐，没必要和他们拼命，尽量打算得稳妥些。我看你是好日子过够了！"老三道："你个小兔崽子敢教训我，我看你是找打。"说着作势要起身。就听刘自起道："老三。"老三看了一眼刘自起，举起的手放在头上挠了两下便坐了下来，刘自起道："小心无多，伤了谁都不好。"老四听到这里冲着老三抬了抬脸。这时候，刘自起又加重了语气道："我们为的是盐，谁也不能挡我们的道，既然混道上，该上的时候就要上！"老三听到刘自起如此说，也冲着老四昂了昂头。见两人只是比画没说话，刘自起便接着道："去年如此顺利是他们没防备，估计今年一定会加强防护，所以今年我们还是要讲究个出其不意。有的盐坨我们可以连续干两次，有拼命迹象的，里面守卫有心机的，我们抽冷子抢一次就够了，特别是那些派出人来跟踪的，老二进一步摸摸底细，个别能不碰的就不碰，今年还和去年一样，够弟兄们的咱们就停手。老二，你摸一下运盐的商队还有盐场大户的情况，除了利津崔家势力大以外，其余应该没有特别强的，崔家我们暂时不动，其他的只要有机会我们去看看，这个你安排。"说完刘自起打量了下众人，众人都道："好，我们听大哥的。"老三道："大哥，我听说经常有人开船来贩私盐，每次量都很大，我们是不是也搞搞他们？"刘自起想了下道："老二，你安排人查查，他们来的时候我们搞一下，这些人本来干的就是贩私，他们贩了去就是抢了我们的生意，我们就抢他们的，这一带的盐场现在是我们的地盘！今后谁都不能插手！"几个人听得是亢奋异常，纷纷道："对，对，这里是我们的地盘！谁都不能插手！"等大家静下来，老二道："我查过，盐场的大户有好几家，生意也挺大，大哥，我们先去照顾他们一下，动两个大户，让盐场认为我们不敢动他们了我们再去。"老四道："盐商我们可以抢，盐户还是不要抢吧？"老二道："你懂什么，我说的是大户，就像咱们这里的大财主，他们家的东西也是强取豪夺来的，不抢白不抢。"听老二如此说，老四便不再作声。刘自起道："可以，不过这些大户你要打听好了，正经做生意的我们不动，欺行霸市的搞两个就搞两个。"见众人没有意见，刘自起道："去年一年我们做了那么多事，外面一点风声都没有，全靠兄弟们要求手下严，也多亏附近乡邻替我们保守秘密，这样，有实在过不下去就去接济一下，他们念着我们的好便不会出去乱说。再就是大家回去嘱咐好手下的人，不要惹是生非，凡是欺压乡邻的，一定严惩不贷，"众人应道："是。"老五道："大哥二哥，咱们日子过好了，有些人想跟着干，咱们收不收？"老二道："有来投奔的是好事，但是人多了目标就大，尽量不要收，除非特别好的收两个，老三，你把关。"老三应了，老二又道："老五，你把把风的远放五里，遇到急事放响箭。"老五应了。刘自起站起来看了看大家道："好，休息的时间不短了，又到了我们挣钱的时候了，兄弟们，明天开始，准备干活。"

这天傍晚，一条大船趁着夜色慢慢靠向马颊河岸边码头。见有船来，早有人向岸边树林打了暗号，就见树林里一下子冒出几十个人，扒开树枝杂草下面是一个个口袋，就见这几十个人背起口袋就往码头跑去。船慢慢靠了岸，有人从船舷上放下几块大木板稳稳地搭在岸上，从船上呼啦一下下来十几个人，手握钢刀站到岸上，保护背口袋的人往船上装货。谁知就在背口袋的人快到岸边的时候，突然从庄稼地里一下子闯出来一百多号人，哗啦一下围了过来。见有人来了，护卫头目急忙让手下到船上报信，自己带着十几个人迎了过来，扛口袋的人也纷纷扔下手中东西，取了腰上的兵器站在此人身后。接到报信，就见船上下来一个人，肥头大耳大腹便便，一步三晃地来到前面，扫了一眼来人，抱拳道："是哪位官爷带队？大水冲了龙王庙，我们在盐坨已经把费用交过了。"谁知青纱帐里出来的头领却道："这里没有官爷，这里都是大爷！"身后的人差点笑出声来，另一个头领忙摆手止住。船上下来的人一愣，心道我们在此贩盐多年，除了官兵来盘查过几次，年年都是顺顺利利，这些是什么人，官兵也没这阵势啊？忙问道："请问你们是谁的人马？来这里干什么？"就见一人走上前来，说道："今天没别的事，兄弟们日子不好过了，来讨口饭吃。"说话的不是别人，是沧鹰帮老二，刚才那个说来的都是大爷的也不是别人，是五兄弟里面最霸道的老三。此人见老二说得轻松便拿起大来，道："我说来这么多人干什么呢？原来是看我们发财眼红了，想来插一刀，你也不看看这是谁的船，和你们说吧，这是济南府马爷的船，官府还另看一眼呢，你们也敢动？"老二脸往下一沉，道："马爷？没听说过！我就知道见一面分一半，你们的货以后只要我们见着了，我就要一半。"老二刚说完，船上下来的人手一挥，护卫们呼啦一下围了过来，举着刀探头探脑想要动手，那个头目更是向前几步摆了个架势冲老二喊道："要想逞强，先过了我这关。"还没等他的话音落地，只见一个身影三腾两挪便到了面前，一个力劈华山刀就劈了下来。那头领连忙挥刀格挡，可是稍稍晚了一点，就晚了那么一点点，那人的刀已经劈了下来，幸亏那头领下意识往旁边躲了一躲，头躲过去了，一只胳膊却被齐刷刷砍了下来。眼前的一切发生得太突然了，双方都愣住了，可那人还没完，掉转刀头就要挥刀往上撩，想一下子结果了此人性命。见状老二急忙喊道："老三慢着！"老二再喊慢一点，那人就会被刀锋开膛破肚，听到喊声，老三收了一点，那人往后退了一点，可刀锋还是斜着在胸前划了一道，衣服从下到上划裂成两半，一道血口子从下到上清晰可见。如果再深一分，那人就会来个大开膛，吓得他腾腾腾接连倒退了好几步，扑通一声坐倒在地。谁也没想到竟然会这样，人们都惊呆了，船上下来那人的脸立时被吓得煞白，呆呆站在原地不知道如何是好。此时老二喊道："今天要货不要命，要命的，赶紧滚！"守卫们如梦方醒般啥也顾不上了，拉上主家架起头领急忙上船急匆匆解缆开船，那些背口袋的人也吓得四散奔逃，一个不剩。沧鹰帮的人还想上船去追，老二举手示意大家停下，见贩盐的跑干净了，指挥人把散落在岸边和树林里的盐带上，趁着夜色又消失得无影无踪。

第二十章

世道难，幸好天可怜
为度日，辛苦也心甘

这一天天刚亮，周村镖局货栈里里外外便赶集般忙碌了起来，人们推车担担来到这里，忙着把赶好的货交了。交完货人们却不离开，只在外面等着，围成一圈儿聊天说话，想是心情不错，嘻嘻哈哈笑声不断。还有些空手来的，大都皱着眉头眼巴巴地望向北城门，像是等着什么，时不时偷偷向货栈伙计问上几句。在众人面前伙计们却有些不大自然，不时向问事的瞪上几眼，还有的只管忙自己的，不管如何问也不搭腔，急得问事儿的抓耳挠腮不得要领。虽说忙了一个早上也来不及歇一歇，可大伙却没有怨言，中午那顿肉包子自不必说，活儿要是干到晚上，说不得东家还要在饭店里安排顿吃喝。

等了差不多一个时辰，远远就见镖局少掌柜陈镖头纵马而来，不长时间便来到了货栈，人们又呼啦一下子围过去问东问西，却听陈镖头边往里走边吩咐道："张师傅，你带两个人去城外接着，来了抓紧过来报信。"说罢陈镖头扫了一眼门外的人群，向过来迎接的货栈掌柜马宝兴道："老马，我和你说多少次了，门口不能站这么多人，商队来了不好进，下次再让我看到这么多人围在门口，我就让你专门看大门。"马宝兴忙道："少东家，人多这是咱家买卖好，送货多得都堵住了门。您放心我都说好了，等会儿商队来了他们一准让开，到时候要是这些人再堵着门，不用您说我就去看大门。"陈镖头道：

"等会儿我倒要看看，他们听不听你的话。"说着便进了屋。马宝兴招手叫过一个伙计道："快去沏茶。"伙计不情愿地走过来道："他带这么多人还要我们伺候？"说着指着身后道："这么多交货的怎么办？"马宝兴道："让你去就去，哪这么多废话，再不听话每天安排你值夜班，让你媳妇天天独守空房。"伙计忙道："别别别，我去还不行吗。"说着一溜小跑进屋沏茶。马宝兴见他去了转身来到收货的柜前，几个人虽说不停地忙碌，但今天送货的人确实太多，依然排了很长的队，便道："告诉他们，下次谁再赶着商队来这天交货就不收了。"收货的道："我说多少遍了，他们就是不听。"有送货的道："我们半夜就起来，赶了几十里路才到，您就帮忙收下吧。"见他如此说众人皆道："我们也是，几十里路来一趟不容易，还是帮忙收下吧。"马宝兴道："定好的货都给你们留好了，岔着空来，要不接不好货你们也收不到活儿。"也是习惯了，众人也就口头答应了。又围着货栈转了一圈，四处安排好了马宝兴这才到屋里陪陈镖头说话。

又过了差不多半个时辰工夫，派出去的人回来报信说远远看见商队过来了，马宝兴忙起身出去嘱咐道："加把劲儿，商队就到了。"收货的应道："好好，就好了。"马宝兴转身来到库房，对清理货物的伙计们道："大伙先停停，商队马上到了，各就各位。"众人停了手里的活计来到院子里。早就安排好了，十几个人负责搬运院子里的货物，本来留在院子里的货已经不多了，不长时间便清理一空；几个人负责驱赶院子里的闲散人等，见有生人一律清了出去；几个人到门口架起木栅栏抬了出去，这栅栏两边一摆，人群自然分了开来。此时陈镖头来到了门口，见是如此笑道："老马，我说让你看门你也不着急，原来你是留了一手啊。"马宝兴道："还能让少掌柜每次说啊，再不想办法真要看大门了。"陈镖头道："好，你要这么干，早晚调你到总号。"马宝兴道："好，我就等着少掌柜传圣旨了。"说着众人皆哈哈大笑。

商队进了城，一拉溜儿一百多辆马车，正是棉花上市的时候，车上的棉花装得满满当当，就像穿着臃肿的巨人一路蹒跚而来，要不是马儿时不时打个响鼻儿，不知这巨人是不是就会倒在路边睡下。走得近了，陈镖头和马宝兴忙迎了上去，见是俊青催马赶了上来，陈镖头喊道："魏大哥，一路辛苦。"俊青道："不辛苦，不辛苦，每次都麻烦你接着，到了我自己过去就行了。"说罢忙跳下马。陈镖头道："天天来接你我都高兴，这就是我们的头等大事。"俊青道："老掌柜鼎力相助我们才能干下去，还要多谢你和老掌柜。"陈镖头道："好哥哥，咱俩就不客气了，还是赶紧去镖局吧，我爹等着你呢。"俊青道："好好，我安排下就去。"陈镖头道："走吧走吧，让他们处理就是了。"俊青道："好，听你的，这就走。"说着俊青回头叫过师弟崔秀强来，道："强子，你在这里和马大哥交接，我先去镖局。"陈镖头对马宝兴道："这里交给你了，先把定的包子上来弟兄们垫吧垫吧，干完活儿要好好招待秀强兄弟，一定不能马虎。"

来到镖局，俊青从马上拿了个纸包便跟着陈镖头进了院子。客厅里酒宴早已摆好，只是有些特别，中间摆了两个空盘子。进屋俊青先将纸包递给了镖局伙计，就见伙计把纸包打开将东西摆在了空盘子上，东西也不算特别，就是魏集烧鸡和驴肉，在魏集倒是常见。两人相视一笑抱拳拱手按宾主落座，俊青道："陈掌柜，每次来了您都盛情款待，让我实在不好意思了。"陈掌柜道："老兄，客气什么，天天接你我都高兴。"俊青笑道："那我就在你这不走了，你可不要烦了。"陈掌柜道："我求之不得呢，你都好几趟没来了，今天咱们一醉方休。"说罢把酒斟上，陈掌柜端起酒杯道："客气话我就不说了，咱们先干了这杯。"俊青举杯与陈掌柜父子干了杯中酒，道："那咱们就尝尝。"的确与众不同，鸡肉的鲜美味道中药草的隐约味道为烧鸡增加了些特殊感觉，稍稍多了些余味。陈镖头道："这烧鸡我是越吃越爱吃了，味道的确与众不同，你说你们师傅怎么想的，怎么想起来在烧鸡里加药草？"陈掌柜道："这烧鸡可是有大用。"陈镖头道："这我知道，上次肇庆哥拿着烧鸡退了富家寨的土匪，还拿烧鸡顶了银子，这么便宜的事我怎么就没遇到过？"陈掌柜道："你遇到？这是上辈子修来的福，你怎么遇到？"俊青道："老掌柜，这事你没和少掌柜说？"陈掌柜道："不瞒兄弟说，干咱们这行的，很多东西就是要烂在肚子里。"俊青道："也对，有些事还真不能说。"陈镖头道："我都开始走镖了，你们不能老这么憋着我吧？"俊青道："老掌柜不和你说是为大家好，今天就咱们三个人，我就和你说说，不过话不传三家。"说罢看了一眼陈掌柜。陈镖头道："明白，规矩我懂。"俊青刚要说话，陈掌柜举起酒杯道："好，咱们先敬老爷子一杯酒，愿老爷子在天有灵保佑大家平安。"说罢将酒洒在地上。这话越说越糊涂了，陈镖头问道："老爷子又是谁啊？"陈掌柜道："你先别着急，听我慢慢和你说。说起老爷子那可是远近闻名，他就是魏掌柜的五爷爷魏振莒，魏家原来的当家人。"陈镖头道："我去魏集怎么没见过？"陈掌柜道："老爷子前几年过世了，我都没见过。"俊青接着道："老爷子一生行侠仗义，难得的好前辈。"说罢又问道："你听说过捻军吧？"陈镖头道："听说过，富家寨大当家的就是捻子。"俊青道："说起来有一次捻军攻打武定府，没攻下来，便想渡过黄河去南边。路过魏集镇便想筹措些给养，就把魏集镇给围了起来，幸好有个五爷爷的故人在里面当头领，这才没有打起来。当时捻军里面正闹瘟疫，此人便要五爷爷帮忙想想办法，话说五爷爷也有些为难，真要帮了传出去那便是资敌，但老爷子为人仗义，还是想出了个办法。魏集早就有做烧鸡的习惯，于是老爷子找了个大夫对症抓了些药，在煮烧鸡的时候放了进去，煮好了连水带汤一起送了过去，还让人把方子也送了过去。没想到得病的吃了魏集烧鸡竟然大部分好了，众人都感激不尽，不过此事做得比较隐秘，只有少数几个头领知道，也就没人传出来。虽如此，魏集烧鸡加药草这件事却流传了下来，现在吃起来还是别有风味，富家寨的大当家是几个头领中的一个，还是得了瘟疫吃烧鸡好了的那些，不得而知。"陈镖头道："原来这么回事啊，我说呢！"陈掌柜道："老爷子一辈子行侠仗义福泽子孙，没想到帮了我们这么个大忙，带出来的后辈更是青出于蓝胜于蓝，有幸得识你们是我这辈子的福分。"说罢举杯敬酒。俊青道："我们也是略尽微薄之力，没有您鼎力相助恐怕很难做好。"陈掌柜道："兄弟不必自谦，自从上次我们再没被骚扰过，肇庆老弟智勇双全着实令在下佩服。"俊青道："陈掌柜客气，不过肇庆哥的确与众不同。"陈掌柜道："绍峰，以后跟你叔叔们好好学学。"陈镖头忙应了。自此，魏俊青也觉烧鸡驴肉有些特色，来周村自不必说每次必带，每次出发去别处也带上些，不少人还找他要过魏集烧鸡的方子。

再说货栈这边，都合作好几年自然不用过多交代，好歹吃了点饭便开始干活，有些马车根本都不用卸，便直接分派到了各商家，只有少数散货要交接，差不多两时辰便办完了。过后，马宝兴带着秀强几个领头的去了酒馆，俊青早吩咐过两相照顾，也就不再客气。酒桌上，都是老相识一开始便进入了状态，不过他们走的是镖路，也只饮了五六分便要停下吃饭，可马宝兴确是奉了命的，一个劲儿地劝只将自己喝得差不多了才罢。

说起来马宝兴和陈掌柜两家是亲戚，只因马宝兴身体不太强壮不好外出押镖，所以让他在家负责货栈。这两年因为骏马商队的到来，镖局的活儿突然多了起来，马宝兴负责的货栈也开始天天忙，增加了几次人手还是一天忙到晚，不过马宝兴为人厚道，并且头脑灵活，货栈让他搞得有声有色。酒已微醉，马宝兴晃晃悠悠进了院子便听屋里传来儿子的哭声和老婆的责骂声："看什么呢你？你弟的手轧到了你看不见吗？"女儿辩道："我和他说了他不听，老往里伸手。"宝兴家的又骂道："他这么小，不干活你说我偏心，干活你又不好好看着他。"女儿辩道："天这么晚了，是他困了不小心，灯又不亮，那边那么黑我怎么看得见？"宝兴家的又骂道："还这么晚，你爹干活都还没回来，他这么忙又为啥？是你嫁人不要嫁妆还是你弟娶媳妇不盖屋啊？"说到这里女儿不再回嘴。马宝兴推门进屋，宝兴家的忙站起来到桌边拨了拨灯芯，又倒了碗水给他。马宝兴坐下，借着灯光见女儿在偷偷抹泪，小儿子不再大声哭却还是低声啜泣，便道："不早了，别干了，歇歇吧。"宝兴家的道："不干怎么行，好不容易接点活，早赶出来还能多接点。"马宝兴道："你放心，有我在咱家还能接不到活？"宝兴家的道："现在是好点了，活能接上手了，一年到头连干饭都吃不上的日子你又不是没经历过，现在最起码能吃上半年干粮了，就着有活多干点，省得以后天天喝粥。"马宝兴道："哎呀你先别着急，今天和商队的秀强吃饭，他说去年有七八两银子的分红，我算过了，今年买卖好，我们的分红应该也不少。"宝兴家的道："你去年才分了一千个钱，今年能到多少？能分一两银子？"说着指着三个孩子道："三个孩子都这

么大了，以后用钱的地方多了去了，就着有活多干点，省得到时候抓瞎。"马宝兴明白老婆是为家着急，只把小儿子揽到怀里，小孩子伸出红肿的手指给他看，马宝兴忙抓过来放在嘴边吹了吹，问道："还疼吗？"小儿子抹了下泪："还疼。"马宝兴把小儿子的手指放到嘴里使劲嘬了嘬，道："不疼了吧？"小儿子举着手指看了看："还疼。"宝兴家的道："一会儿就不疼了，你爹刚回来，让你爹歇歇。"小儿子看了娘一眼又看了看爹不再说疼，只偎在怀里不肯离开。此时大儿子在黑影里停下手里的活，道："娘，我饿了。"话音还没落地小儿子也喊道："我也饿了。"宝兴家的道："快睡觉了，吃啥啊吃？"马宝兴道："自己拿去，饿了不去拿吵什么吵。"大儿子会意起身出去，小儿子也吵吵着跟哥哥去了。不一会儿，一人举着一个饼子回来了，两个人机灵得很，在饼子上挖了个窝，上面放了些盐粒儿，还倒了些炸油在上面。马宝兴见女儿坐立不安，时不时看她娘，知道女儿也饿了，道："你俩家伙光知道自己吃，也不问你娘饿不饿，妮儿，去给你娘也拿个去。"宝兴家的刚想说话，女儿早已冲了出去。不一会儿，女儿拿着两个饼子回来了，一样放了盐和炸油，谁知宝兴家的却不接，只道："我不饿，你们吃吧。"女儿刚要把饼子往桌子上放，马宝兴道："都这时候了怎么不饿？快吃了吧。"大儿子道："我娘每次都不吃。"马宝兴道："你知道啥？你娘这是为你们省着。"宝兴家的道："你说孩子干啥，我不饿。"马宝兴道："什么不饿？还不知道你？"说着拿起饼子递了过去，宝兴家的这才拿起饼子，掰了一块给了大儿子方吃了起来。

几个人吃完饭，将棉花和棉籽分别包了码放到一边，又把轧车仔细抬到了墙边这才上炕休息。也是晚了，孩子们不一会儿便闭上了眼，宝兴家的端来了洗脚水，让马宝兴洗脚睡觉。宝兴家的边放下盆边问道："陈家小三在你们那儿干得怎么样啊？"马宝兴道："小三啊，还行，现在打杂，人挺机灵，不过我看他经常找老二学功夫，许是想去当镖师吧？你问他干啥？"宝兴家的道："问他干啥？不是你闺女我问他？这孩子从小调皮捣蛋，天天弄得鸡飞狗跳，要不是去了镖局谁来说我也不应。"马宝兴道："小时候哪有不坏的？来货栈好多了，再说这两年镖局生意好，谁不好好干啊？"宝兴家的道："不是人家商队来了你们能好过的吗？要是人家不来，你们都快吃不上饭了。"马宝兴道："怎么吃不上饭了？不过商队来了比早先好干多了。"宝兴家的道："你说人家咋干的？怎么能送这么多货来？"马宝兴道："你不知道吧，人家气脉大，一个商队就好几百辆大车，就说今天，送货的就有一百多辆，听说今年还要添置，不光这些，人家和蒙古那边还有买卖。"宝兴家的道："要是咱老大能跟着干就好了？"马宝兴道："我早就和你说，孩子们正长个别管着他们吃饭，让他们长得壮实一点好出去找活干，你看老大这小身板，咋让他出镖？"宝兴家的道："这怨我？"马宝兴看了老婆一眼，道："不怨你，不怨你，你放心，我在货栈干得还可以，等孩子大大让他跟着我干，表叔应该能给个面子。"宝兴家的道："那也行啊，咱老大听说，一定能干好。"接着又道："老二长得结实，你和老二说说跟他去学武，不知道他教不？"马宝兴道："你放心，他敢不教？老二那里我去说。"说着话马宝兴打起了哈欠。宝兴家的道："快睡觉吧，明儿还要早起。"说着便去铺床。

第二十一章

家虽小，融融情不少
非天扰，恶徒无从找

这一天，魏俊杰回到了魏集镇。自从加入骏马商队，俊杰几乎天天出发，这次回来恰好活儿不是太忙，黄师傅说有些车子需要整修一下，于是俊杰便给他的车队放了三天假，大家高高兴兴回了家。俊杰向魏肇庆告了假便回了家，刚进家门俊杰便喊道："志子，快来，看给你带什么回来了。"启志一阵风似的从屋里跑了出来，俊杰一把将儿子抱起来高高举过头顶，逗得孩子笑个不停。俊杰媳妇儿也走了出来，看两个人闹腾也不去管，只将俊杰的包袱拿了过去。两个人闹够了，俊杰从身旁的小推车上又拿起一个大纸包，解开是几块驴肉和一包热腾腾的大包子，拿起一个便递给了儿子。儿子接过包子旋即跑到母亲跟前，高高举着包子让娘先吃一口，俊杰媳妇儿大张着嘴咬了一小口，儿子哪里肯依，只得再咬一口，又回来让俊杰也咬了一口，这才大口吃了起来。进了屋，俊杰打开包袱拿出两块绸布对媳妇儿道："今天去肇庆哥家告假，嫂子拿了两块布料非让我带给你，还说让你不忙了去玩，说赶集的时候一定到家里住下。"俊杰媳妇儿道："嫂子真好，那么大门大户的也不说看不上咱们。"俊杰道："可不，和肇庆哥一样。"俊杰媳妇道："可咱拿什么去啊？家里也没拿得出手的东西。"听媳妇儿如此说俊杰忙道："没事儿，凭我和肇庆哥的关系，空手去嫂子都高兴。"俊杰媳妇儿道："你总带东西回来，我空手去总是不好意思。"说着看了眼窗外，道："肇庆哥吃羊肉不？要不家里养的羊让爹宰一只我送过去，好歹也是点心意。"俊杰道："应该吃，我们一起吃饭他没忌口的东西，去的时候多住两天，陪嫂子多说说话。"俊杰媳妇儿应了，见时候不早了忙去生火做饭。家里的饭简单，不长时间便端了上来，一盘辣椒炒茄子，切好的咸萝卜条，切了一小盘驴肉算是今天的大菜，簸箩里放着贴饼子还有一个包子，小盆里盛了满满一盆玉米粥。俊杰一看就知道媳妇儿已经把包子驴肉给老人送了过去，会意地看了媳妇儿一眼，道："吃了饭我就过去。"俊杰媳妇儿道："嗯，早去省得他们惦记。"

一家人开始吃饭，俊杰夹起一块茄子放进嘴里，刚嚼两口便问道："你是不是忘了放盐了？这么不咸。"俊杰媳妇儿道："哎呀坏了，忘了多放点了，你用咸菜就着点吧。"俊杰道："怎么忘了？你不会每次都放这么点吧？"俊杰媳妇道："凑合吃吧，你不知道盐多贵呀？"俊杰道："多贵？咱家不会连盐也买不起吧？"俊杰媳妇儿辩解道："咱爹咱娘岁数大了，花钱的地方就多了，前些天咱娘就病了好几天，再说俊德也该娶媳妇了，怎么也要给他盖个屋吧？"媳妇儿全是为家里考虑，俊杰冲媳妇笑了笑道："好，当家的，淡的好，淡的好。"俊杰媳妇扑哧一声笑了，道："平常这盐也就五六十个钱一斤，最近不知道怎么了？已经涨到了两百多一斤，差不多小半口袋粮食了。"俊杰惊诧道："这么贵啊？"俊杰媳妇道："可不是吗，听说还要涨钱，你凑合着吃，下回我多放点。"俊杰埋头吃饭若有所思。

魏忠路老爷子家的院子已经二十多年了，院墙是用泥踩的，也就一人来高，正房根脚只垒了几层砖，上面全是土坯，不过村里种的树不少，房梁、檩条在当时还是让人羡慕不已，后来又在西边搭了几间棚子算是偏房，院子没有大门，用杨树条子编的栅栏挡着，老爷子勤快，经常修修补补补还算整齐。透过栅栏门，见父亲正坐在院子里喝茶，俊杰抬开门走了进去，启志一边高声喊着"爷爷！爷爷！"一边飞跑过去拱进爷爷怀里，问道："爷爷，奶奶呢？"魏忠路摸了摸启志的头，应道："你奶奶在屋里。"启志从爷爷怀里挣出来又向北屋跑去。俊杰娘已经从屋里跑了出来，弯腰一把搂住孙子，又抬头看了看儿子，脸上早笑开了花。俊杰喊了声娘，启志也乖巧地喊着奶奶，母亲应了领着孙子直奔厨房，不一会儿饭菜端上了桌，与家里的差不多，就是驴肉和包子多了些。俊杰娘拿起包子塞到启志手里，又拿起一个往俊杰手里塞，俊杰一边推着一边道："我吃过了。"母亲哪里肯听，直塞进俊杰手里，没办法俊杰只好接了，又拿了包子分别递给了父母，看他们接了才开始吃起来。吃了一口菜也是淡得没有味道，俊杰问道："咱家是不是也没盐了？"母亲盯着俊杰道："哎呀，我刚才还经心多放了点，还不咸吗？"俊杰道："就稍微咸了一点点，不过还是没味。"俊杰娘道："下次我多放点。"俊杰问道："到底怎么回事啊？盐怎么这么贵了？"魏忠路道："为啥？还不是贩私盐的多了。"俊杰问道："贩私盐的多了就涨价吗？按说他们是私盐，怎么还比官府的价还高？"魏忠路道："私盐从哪里来的？还不是偷的盐场的，他们偷的多了，盐民挣不到钱自然就干不下去了，盐场没盐可卖，那还不涨价？"俊杰道："哦，这么回事啊。"魏忠路道："每逢盐场那边闹灾，老百姓没法了就贩点私盐熬过苦日子，今年没听说闹灾啊，不知道怎么回事？"俊杰道："就算再贵这盐也要吃啊，娘，这二两银子是肇庆少爷奖的，先给您。"俊杰娘道："不用，不用，两个人也花不着多少钱。"俊杰坚持道："花不了您就先留着，俊德也该找媳妇了，明年从这里起个院，往西边扩扩多盖两间，伺候着给俊德把媳妇娶了。"听俊杰如此说，俊杰娘看了魏忠路一眼，魏忠路自顾吃饭没说什么，又扭头看俊杰。俊杰道："志子他娘你还不知道吗，她不是那种小气的人，慢说这点，到时候还有。"俊杰娘也就接了钱。几个人继续吃饭，虽说吃过了，但是小伙子长得棒，一两个包子没啥感觉，不过在娘递过来第三个包子的时候俊杰直摆手，一个劲地道："吃不了了，吃不了了。"俊杰娘这才罢手。

刚吃完饭，邻居老两口过来串门，俊杰忙收拾碗筷，刚要伸手端咸菜，魏忠路看了一眼邻居大叔，向俊杰摆了摆手，俊杰便把咸菜碗舍在了桌子上。俊杰娘把热水提了出来，重新沏了茶，乡下喝茶没那么多讲究，都是大把抓的茶叶。喝了口茶，邻居大叔伸手在咸菜碗里捡了块萝卜嚼了起来。俊杰放下碗筷回来，仔细打量了下邻居大叔，问道："大叔，好长时间没见您了，看着好像胖了，我婶婶给您做啥好吃的？"说完大家都抬头看邻居大叔，是看起来有些富态。邻居大叔却道："啥好的啊，天天喝粥，干的好几个月不见了。"俊杰道："那还长胖？"邻居大叔道："你知道我一顿能喝几碗？"俊杰道看了一眼桌上的咸菜碗，道："多了不敢说，就这碗我一顿差不多喝三碗。"邻居大叔道比画了一个六，道："你才喝三碗，我一顿这个。"魏忠路道："你这不叫胖，你这叫水发了。"众人听了哈哈大笑起来，过了一会儿邻居大叔道："不知道为啥，和以前不一样，以前越胖越有劲儿，现在天天觉着浑身没劲。"魏忠路问道："你家是不是没盐吃了？"邻居大娘道："太贵了，买不起了，只能放一点点。"说着捏起手指比画着。邻居大叔也道："是啊，盐太贵了，家里的咸菜早就吃完了，天天口淡得很。"魏忠路道："老人们说不吃盐时间长了身上会肿，你这不会是浮肿了吧？"邻居大叔看了看身上，道："没事啊？"魏忠路道："你看看腿。"邻居大叔撸起裤腿按了按，一下子就是一个坑，道："我说呢，真肿了。"扭头对老婆吼道："我说你别舍不得，让你去买点去买点，这就忙了，没劲怎么干活？"老婆委屈地辩解道："买，我不想买啊，拿啥买啊？你家有钱没钱你不知道啊？"这两年虽说没什么大灾，可年纪大了没法出去帮工，全靠租的几亩地，地里出地里进的也就勉强度日，只能盘算买点盐赶紧腌上咸菜，要不还真不好过了，也就不好再说什么。邻居大叔叹了口气道："还是忠路哥有福，两个孩子都干着大差事，我要是有儿子一定让他跟着俊杰。"自己的三个儿子都有出息，小儿子在学堂读书也很出色，邻居家就不一样了，就一个姑娘嫁了出去，家境不好也帮不上家里，魏忠路道："孩子们都是你看着长起来的，还不和你的孩子一样？"邻居大叔道："那是，那是，我看着就高兴。"魏忠路看了老婆一眼，老婆随他进了屋，魏忠路道："咱家还有多少盐？给他叔拿点，再捞点咸菜送过去，腿都肿成那样了。"俊杰娘去厨房用碗盛了满满一碗咸菜，又舀了大半碗盐，拉着邻居婶婶送了过去。几个人又拉了会儿话，俊杰道："叔，您坐着，我先回去了。"说罢带着启志便要回家。俊杰娘逗孩子道："志子，今天跟奶奶睡吧，一会儿给

你剥花生吃。"邻家大叔也逗他道:"上次我拉的呱还想听不,一会讲给你听。"启志高兴地道:"听,听,爷爷讲的可好听了。"手却伸向俊杰。邻居大叔道:"一会我给你讲呼延庆打擂,你想不想听?"启志道:"呼延庆可厉害了。"说着抬头看向俊杰。此时俊杰娘过来揽过启志,抚着孩子头道:"走,咱们先去拿花生再回来听故事。"说完便领着启志进了屋。

三天后,俊杰回到了魏集镇。像每次一样,俊杰还是先去魏肇庆家报了个到,再就是想和魏肇庆说说盐的事。刚进门就见魏肇庆正在书房里看京报,多是些朝廷奏议,是魏肇庆前些日子去京城从叔叔那里带回来的。中秋节,魏肇庆带着一家人去了京城,这一天父子两人在书房喝茶,魏景昉拿过一份京报来看,魏肇庆见了也拿过一份来,见上面都是新近的奏议,忙问父亲这些可是专门给父亲的,父亲说这些京报虽说是朝政奏事,但朝廷已对外公开,京城便可以买到。魏肇庆忙对父亲说他想要这些京报,还和父亲说好,只要出了新的京报就让送货的伙计带回来,从此这些京报给了魏肇庆更多了解天下事的途径。魏肇庆虽说年轻,但悟性颇高,一下子看出了商业阻滞的症结,对症下药一手组建起了骏马商队,不仅盘活了当下经济,魏家也从此走上了丰盈的商路,让人刮目相看,越来越多的商家开始与他合作。这些年来,魏肇庆免不了同各地商人们坐到一起互通有无,时间一长见识自然增长了不少,可魏肇庆并不满足这些。虽说当地百姓一下子没有太多变化,不过这几年各家的农产基本都能卖出去了,而商户们则实实在在地看到了魏家的好处,手里多少赚了些钱,都想着把生意做得再大些,有个大事小情也愿意跟魏肇庆请教请教,一时间魏家门庭若市。自从魏肇庆拿到了京报,一有时间就拿出来看,让魏肇庆眼界又开阔了不少,国家大事也慢慢了解得更深刻了一些。

见俊杰来了,魏肇庆忙招呼他坐下,吩咐丫鬟上了茶,和俊杰聊了几句,问了下家里的情况。人们都这样,报喜不报忧,家里自然样样都好,说起来俊杰这些年也是出息了不少,虽说和大哥一样都是在商队干事,都是商队领队,可是同样的事情俊杰就会多动些脑筋,到了地方他都四处转转看看,帮魏肇庆了解各地商品行情,每每回来都要到魏肇庆这里坐坐,说说各地的情况，俊杰用心做事魏肇庆自更看中一些。俊杰见魏肇庆看报，好奇地问道："肇庆哥，这是哪里寄来的信啊？一下子寄了这么多，还写得这么密密麻麻的。"魏肇庆卖了个关子道："这不是信，这是个好东西。"俊杰拿起来看了看，道："这不是信？这不是信是啥？"魏肇庆看着俊杰道："这不是信，这是京报。"俊杰问："京报？干什么用？"魏肇庆道："这用处可大了，天下大事都在上面。"魏肇庆翻了翻拿出一张，道："你看这张。"说着抬头看了俊杰一眼，问道："你认得多少字了？"俊杰回道："哥，我这天天都在路上，没学多少。"魏肇庆道："不认字就是睁眼瞎，给你也不知道上面写了啥，学堂先生我嘱咐了，你去学就是。"俊杰忙应了。魏肇庆拿着京报，念道："光绪七年正月二十六日，俄历一八八一年二月十二日，圣彼得堡。大清国大皇帝大俄国大皇帝愿将两国边界及通商等事于两国有益者，商定妥协，以固和好，是以特派全权大臣会同商定。大清国钦差出使俄国全权大臣一等毅勇侯大理寺少卿曾纪泽，大俄国钦差参政大臣署理总管外部大臣萨那尔特部堂格，参议大臣出使中国全权大臣布策；两国全权大臣各将所奉全权谕旨互相校阅后，议定条约如左：第一条 大俄国大皇帝允将一千八百七十一年，即同治十年，俄兵代收伊犁地方，交还大清国管属。"然后道："你看，刚说左宗棠大人在新疆大胜，这不，俄国就把伊犁归还我朝了。"俊杰笑道："听说西北打了大胜仗，这京报上就有啊？"魏肇庆道："这是大事，这些事京报上都有，咱们领土被沙俄所占，左大人抬棺赴难，才有了这个结果，实在是不容易啊。以前光听说战败，割地赔款，这次咱们总算是扬眉吐气了一回，为这事我高兴了好几天了，你来了，说给你听听，也让你高兴高兴。"俊杰道："是该高兴高兴，我堂堂大清朝能人这么多，不能总让人家欺负吧？"俊杰见魏肇庆高兴，再想盐的事放在各家也算不得什么大事，话到嘴边也就没说出口，只问道："肇庆哥，明天就出发了，还有什么事吗？"魏肇庆沉浸在刚才的兴奋之中，没注意到俊杰想要说话，只说道："没事，有啥事你办就行。"俊杰也不好扫了兴致便告辞准备出发。

第二十二章

金莲小，家主作笑料
铁骑傲，可怜见枪炮

八月初六是奶奶生日，魏肇庆去京城为奶奶过寿，刚进城就见不远处围了一大群人，时不时有哄笑声传出来，官道被他们堵了个严严实实已是过不去了，人们也是好奇便停下观看。来到近前，见一个年轻人坐在一个大门楼前，七八个官宦子弟站在身后，一起往台阶下指指点点。再往台阶下看，见十四五个姑娘站在下面，一个个打扮得花枝招展，粉脸削肩细腰三寸金莲，只一阵浪笑却让人侧目观看。就听台上有人高喊："大家往后退，往后退，今天，贝子爷要学武圣人校场训美姬，谁得了头名贝子爷重重有赏。"此时有几个家人抬了张桌子过来，令旗令箭摆了个齐全，红漆托盘上银元宝码得是齐齐满满。准备好了，就见年轻人伸手拿起两把令旗，身子向后一靠，歪头瞟了身后的几个人一眼，点首叫过两个人来道："你俩天天说自己本事大，今天就让你们表现表现，这十几个人分成两队，你们各带一队，今天出的题目哪个赢了，爷重重有赏。"两个人受宠若惊忙接了令旗，到下边挑人排队。二人下去费了九牛二虎之力才让十几个姑娘站成了两排，却不想闹惯了的姑娘们不一会儿又闹成了一团，有一个低声下气求告着姑奶奶给点面子，换来的却是粉嫩指点摁眉间，有一个高声呵呼叫连天，也换来身背后推搡连连，见如此看客们更是笑声不断。乱糟糟闹泱间却听台阶上不大的一声令传："再闹，再闹把她们都关小黑屋。"只一声众姑娘便噤住了声言。

见是无聊寻乐，魏肇庆便想叫上家人赶紧离开，随身伙计却指着周围道："少爷，过不去了，稍等一会儿吧。"魏肇庆抬头向四周一看，就见人越聚越多，已把整条街道都堵了起来。于是说道："有没有胡同绕过去。"伙计道："过了这个地方也就不到两条街了，咱们带着车马，伤到人就麻烦了，过会儿就散了，稍等会儿吧。"说话间，大街小巷人流仍一个劲地涌向这边，边走边招呼道："快走啊，赏银子啦。""赏银子？赏什么银子。""你不知道，直接扔钱扔银子，前天有人抢了上百个钱。""快走啊，看戏去啊。""看什么戏啊？""昆曲儿，王府的班子。"不长时间，人们将此处围了个水泄不通。魏肇庆旁边让人群挤过来几位老者，其中一个还穿着官便衣，就听此人道："雍正朝不是把戏班子都赶出京城了吗，怎么王府还有戏班子？"旁边一个下人模样的人道："班子是不能在城里，可这些戏子们却可以进城唱堂会，明着不能养，可多唱些日子谁又来管啊。"旁边一个商人模样的人道："也是这两朝的事，前几朝他们怎么敢。"官员道："那也不能当街胡闹吧，这天天的事儿已经够闹心了，也不知道收敛些？"商人道："已经不错了，要不是上面明令他们不许离京，说不定闹到哪儿去呢？"官员道："都说京城规矩大，皇子们都要早晚请安，天天做功课，这些人上辈子的功德用完了看他们还能干什么？"商人道："他们这些人除了袭爵的是都要赶出京，别处哪有京城有乐子，这不趁着还没走可劲造！"官员道："他们可以考功名啊？"商人道："他们考功名干什么？到哪儿不是朝廷养着，只等家里把袭爵的事儿定下，该去哪就去哪喽。我听说平日里他们在家规矩也挺大，早晚也都请安做功课的，吃食功课也都有人管着，一般不能这么胡闹，可等家里的事定了下来，袭爵的可能还端着点，其他的眼看着就要离开王府了，家人们也只能睁一只眼闭一只眼。"官员道："台上这个他们叫他贝子爷，应该是袭了爵的吧，不应该在这里胡闹了啊？"商人道："叫贝子爷，那是奉承他吧，估计这家是个有钱有势的主儿，娇生惯养不好管了吧。"官员道："不管怎么说，这么多人看着，传到宫里也好说不好听啊。"商人道："那就看他家的势力了，势力大的传进

去又何妨？再者说了，哪里还不是一个样儿？"说完嘿嘿笑了两声。

此时就听台阶上又发了声，年轻人拿起令箭高声道："今天第一项，勇夺花魁。谁第一个把街口挂的花拿回来，赏银三十两。"话音刚落就有一个姑娘抬腿就跑去抢那花，却听上面大喝一声："等等，我说开始才能跑。"那姑娘却是不停，只管一股劲儿往前跑，不料想刚跑两步，刚大声教训姑娘们的那人猛追上去抬腿就是一脚，姑娘冷不防摔了个大马趴，正要起身撒泼，年轻人向随从使了个眼色，两随从蹿下台阶掐住脖子上去就是两巴掌，拖起便拉进院里，紧接着噼啪声忽而响起，哀号声音渐渐稀落，只一刻姑娘们便鸦雀无声。此时就见年轻人将令箭往台阶下一扔，大呼一声："开始！"却是那银子来得实在，姑娘们呼啦啦便往街口跑去，不料想那三寸金莲将身子拽了个硬生生，那屁股那腰身那削肩扭成了蛇形，碎步儿却也不停，大马趴摔得是扑通通，只百十步路程却足足跑了半刻多钟，只叫那看客们笑出了异声，坐在椅子上的年轻人更是开怀大笑手舞足蹈个不停，指着姑娘们"浪蹄子""骚劲儿"停不住声。刚商人模样的人道："看，这洋相出的，真这样训练兵马，连北京城都出不了。"旁边一长髯老者道："还说他们，想当年僧格林沁率领着三万蒙古铁骑还不是连人家的边都没碰到。"另一个短须老者道："可不是吗，我听说当年那三万人一起向前冲杀，说什么战马冲到阵前百步三射，吹得牛逼哄哄，可结果怎样，还没等冲锋就让人家大炮给轰下马了，你看，你看，就这样，自己先摔了个大马趴。"长髯老者道："别说了，就冲到阵前又能怎么样，还不是让人家一枪一个，冲到敌军阵里的也就三五个，没一个能活着回来，说是一阵就死了三千多。"商人道："没办法，人家枪炮那么厉害，不强攻怎么行？"长髯老者道："强攻自然是没办法的办法，可这一场仗下来人家也就损失几十个人，这么赔本的买卖你还敢做？"商人看了官员模样的人一眼，眼珠子又转了个圈这才道："那叫诱敌深入，我们不是在北京城死守了一阵子吗。"短须老者道："对对对，都诱到圆明园里看烟花去了。"官员模样的人盯了短须老者一眼，长髯老者道："说这些干什么？看戏，看戏。"短须老者道："可不嘛，咱老百姓能干啥，还不是看戏吗？"此时，姑娘们好不容易又跑回了台阶下，有一个姑娘将手中的花献了上去，上面倒也爽快，取了银子一股脑儿扔在姑娘怀中，姑娘顿时脸上笑开了花。

见如此姑娘们又一下子来了兴致，烂蹲在地上的也都慌忙站了起来，眼巴巴地等着年轻人再次发令。此时就见有人抬了根木头杆子过来，挖了个深坑将木头立在当街，命一个小厮又将刚才的花绑在了杆顶。年轻人再次站起，举着令箭道："第二项，谁爬上去把花取下来，赏银五十两。"说着把令箭往地上一扔。短须老者道："钱就这么花啊？摘个花就要五十两银子。"长髯老者道："五十两，我们一大家子能过上五年好日子了，咱们四家住的那个院子也卖不了五十两。"官员模样的人下意识地摸了下自己的袖口，里面装着三十万两银子的银票，是商人捐官的钱。他是从广州来这办事的，来的目的有两个。一个是要把商人的官凭从吏部领出来，虽说这个河道的官职吏部要留下三分之二的银子，可剩下的他能带回去，一下子就能在广州城上增加十门大炮，官员挺了挺腰杆，脸上露出了一丝笑意。再就是领着商人去工部一趟，他既领了河道，今后有些事免不了工部帮忙，先带他去认识认识，至于疏通关系花钱自不需要他多操心，此人在当地是有名的大商人。吏部就在前面，事情已然说好了，只要他来了就能办，不过有件事他挺糟心，他推荐给京城制造大炮的事没办好。前些日子为了购置大炮广州方面派人去外国购买兼学制造，现在自造的大炮比起外国进口大炮一点不差，朝廷却说已然装备够了。别人不知道自己还不明白吗，兵部自己常来常往，不要就不要吧，自己纯粹是为了帮忙顺便赚点官声，也没想挣多少钱。想着另外二十万两银子不知会去向哪里，说不定会进了谁的腰包，总之不会买他的大炮，也就莫名皱起了眉头。旁边的商人见官员脸上阴晴不定心里也是忐忑不安，虽说官员给他吃了定心丸，说这次来一定马到成功，可一时拿不到官凭总是踏实不了，虽说银子归银子，自己还送给眼前这位大人一幅字画，那可是花大价钱在京城专门寻的，可出仕为官却不是想得就能得到的，想着自己马上也会成为朝廷命官，不觉也挺了挺腰杆，眼前这些自己当了官也能这样。

此时姑娘们又一次乱了营，你推我搡围着杆子转了一圈又一圈，靠近的

抬起脚便往上爬，后面的死拉住上不了半分，乌泱泱一刻钟也没人出得了半身。见如此年轻人再次发话："一个一个来。"只一声却没人敢不听。第一个姑娘走上前用力一跳双手抓紧杆子，一双三寸金莲用力紧蹬，使了半天劲却不能半分上行，撒开手落了地哪能站稳，噔噔噔退几步摔了个面朝天灯，引得众人一阵哄堂笑声；下一个紧搂着杆子慢慢蹭，到了半截却没了劲儿悬在半空，摇头晃脑乱叫着，那两个坏小子一把把腿腔上乱拧，吱呀呀嚎叫咒骂个不停，无奈何忙松手蹲落在地方得轻松，揽着腰捂着胯眉头紧拧；到最后却是个黑姑娘走到前面，膝也顶脚也蹬双臂泛青，好不容易爬到了杆顶已是那眼似铜铃，落到地寸步难行股颤兢兢。一个个如杂耍只叫众人笑个不停，前也仰后也合小肚子吃疼，眼泪随着笑一个劲儿流个不住，不知情还以为众人都着了魔疯。

再次把银子赏了，年轻人站起来又取了一支令箭，扭头瞟了身后众人一眼，嘴角一歪道："把东西拿上来。"就见两个随从各拿了一个口袋走上前来。年轻人道："都往前站站，精神点，看着像打败的兵。"众姑娘倒也听令，连忙往台阶下又照原来的样子站成了两排。此时就见年轻人脸上一抹诡异怪笑一闪而过，大声道："第三项，开始！"众姑娘翘首以盼，不知又有个什么故事花情。就见两个随从将手中口袋口打开，随后把口袋用力往姑娘们脚下一扔，姑娘们不知何物，连忙上前去抢。岂料口袋里似活物胡乱蠕动，惊吓间姑娘们手足无措头皮发蒙，猛一扯瞥里里啪啦啦活物出洞，不一刻癞蛤蟆、绿草蛇、小蝎子、大蜈蚣四处横行。哪见过如此动静，姑娘们一时间乱成了一窝蜂，见一个高抬脚地不敢碰，见一个小碎步后闪咚咚，见一个扑通通倒在尘埃，见一个跪在地捂住了眼睛，更几个慌乱间跌下辇道，却都是一样地惊叫声声；台阶上一班人个个大笑不停，弯下腰又直起没个人形，刚那个年轻人仍嫌不到顶峰，忽见他将盘中银元宝洒向半空；见了钱哪一个不眼红，哗啦啦姑娘们无视那蛇鼠爬虫，辇道上咕咚咚连滚带爬往前猛冲，几个人撞一起手也不松，紧划拉将银钱抢到身下才不落空；辇道下小妮子更是双眼通红，紧迈两步一下子扑到半空，蹬歪着小金莲直往上拱，可辇道却都是脖颈刚到，众姑娘都被它挂到了半空，上不得下不去大喊声声；只此刻哪人肯听，抢完钱才顾起了姐妹亲情，怀抱银钱两个人都提拉不动，慢慢蹭上来已是那小脸儿通红；好半刻姑娘们再起身形，一个个灰头土脸衣蓬松，衣冠不整乱了营，紧抱着银子傻笑声声，活脱脱跑不了的贼汉打了败仗的兵。

怎么能这样，这不是耍着人玩吗？官员此刻莫名有点烦，道："不看了，快走，这也太不成样子了。"商人赔着笑道："刘大人，少安毋躁，也就几个年轻人闹着玩，何必当真。"官员道："这孙武子乃兵家至圣，校场训美姬美名传世教场立威，为的是以后好领兵打仗，他们这样当街出丑，岂不污了圣人名声。"长髯老者道："如何还谈圣人？万般皆下品，唯有读书高，入仕为官方能光耀宗祖，现如今读书好也不行，没银子照样行不通，读书人照样也要剑走偏锋。"短须老人道："谁说不是，这些人入得官行肆意敛财的数不胜数，强装颜面玩弄雅贿之风，古玩玉器名人字画皆是他们搜罗之物。"长髯老者道："官员掮客们取利如此轻松，必定穷奢极欲肆意折腾，糟蹋于如此下贱之地。"此时官员道："并非全如此吧，朝廷购置了不少铁甲战舰，听说前些日子出访日本，把他们吓得不轻。"短须老者道："吓唬几个倭寇还用得着铁甲舰，他们有几个胆？有本事到英吉利去走一遭，回来不尿裤子就行。"官员道："话不能这么说，铁甲舰你们见过？不要灭了朝廷的威风。"短须老者道："你仔细想想，拿人家卖给你的东西和人家打，你还能打得赢？"商人道："那说不定，只要我们买了来，两家的东西都一样，谅他们也不敢乱动。"短须老者道："就为了眼前这帮人，哪个肯为他们卖命？"长髯老者见话锋不对，忙道："看戏，看戏，莫谈国事，莫谈国事。"

第二十三章

友相好，举家大和小
情意到，万事不成扰

　　腊月十三这天，大雪下了整整一夜，魏集镇里里外外都被大雪覆盖了起来，只摸黑起来的拾粪老汉在街上留下了一串脚印，再无一点动静。日头出来好长时间，人们这才开始打扫街道，小镇上的人们早已收了手中的活计开始猫冬，睡惯了懒觉的青壮劳力更是一个个睡眼惺忪。夜里风不小，路上起了高高的雪檩子，骏马商队像往年一样也把活停了下来，待明年开春再行启动，俊青俊杰则又忙了两天，把商队车马安顿好了，这才一起来向魏肇庆告假。

　　差不多十年了，俊杰和俊青弟兄两个带着商队越来越顺手，除了和官府打交道由魏肇庆出面以外，与各地客商打交道的事都交给了兄弟俩。不过两个人处理起事情来各有千秋，俊青老实持重，各地客商对他信任有加，俊杰则活泛了不少，有些难题俊杰处理起来却能迎刃而解。再加上持家守财的魏景启和做车大师傅黄师傅，还有个里外都能干的魏肇祥，里里外外都有人打点，魏家这几年的生意可谓顺风顺水。魏肇庆则天天交往客商，读书看报，时间一长见解更加独到，客商们也乐得与魏肇庆交往，时不时会有些意外收获，这两年商队扩大了两倍不止。自从上次魏肇庆和俊杰聊过以后，有些京报魏肇庆看过了便会拿给俊杰看看，俊杰慢慢也对国家大事关心了起来，两个人渐渐成了无话不谈的朋友。这次两个人来告假，魏肇庆不仅封了红包给两个人带上，孟夫人更是包了一大堆东西给他俩。临出门，俊杰对魏肇庆道："肇庆哥，我爹常念叨，说好长时间没见你了，这快过年了，不忙您就抽空带嫂子来家里坐坐？"魏肇庆满口答应，说一定过去看望魏老爷子。

魏老爷子这两天也一直在忙活，一是魏肇庆要来家里，这是大事，再就是俊德也到了娶媳妇儿的年龄，家里在张罗着给他找媳妇儿。这几天来了好几波媒人，说的都是附近村里出了名的俊闺女，也难怪，魏老爷子德高望重，两个儿子又都跟着魏肇庆收入也丰盈，小儿子喜欢读书，考秀才不在话下，日后不管干什么也都是一把好手，相中的人自然很多，可魏老爷子心中自有定理，只要家教好，闺女人品好就行。话是这么说，怎么也要打听清楚了才好，便去各村亲戚那里打问了打问，现在就镇上贾家闺女和宫家村的一个姑娘比较中意。喜事聚在了一起，一家人在喜悦中等待着。

腊月二十三，一个车队行驶在黄河大堤上，魏肇庆和魏肇祥骑着马走在最前面，后面三辆轿子马车拉着芷妍和魏肇祥的两位夫人和孩子们，再后面还有三辆大车拉着礼品还有家人丫鬟们，一行浩浩荡荡直奔铁匠魏。魏肇庆一行离着好远就有好事的孩子远远见了，一路喊一路往村里跑去："来马车了！来马车了！"孩子们的喊声传得又快又远，不一会儿村里的男女老少都跑了出来。人们在村里能见到的多是小推车，就算牛车驴车不是大的富户一般也置办不起，再加上黄河水患频发，人们也就勉强度日，马车就更少见了。幸好魏集镇人们心齐，年年筑高堤坝，黄河基本没在魏集决口，再加上这几年魏肇庆疏通了商路，当地生产的东西基本上都能流通起来，生活算是稍好了一些。即便这样，大人们也只有出去赶集的时候才能见到马车，孩子们一般不出村则很难见到。这一次，一下子来了六辆马车，还有人骑着高头大马，自然新奇得不得了。待到近前，有个稍大点的孩子指着魏肇庆和魏肇祥对身边的小孩子们道："南面这个骑的是马，北面那个骑的是骡子。"孩子们都回头看他，问道："这不都是马吗，哪里不一样了？怎么说这个是马，那个是骡子？"刚才说话的孩子得意地道："你们不知道吧，我过年的时候去我舅舅家，

我舅舅和我说的，你们看，那个耳朵长的不叫马叫骡子，前面那个才是马。"
孩子们忙回头仔细看，是北面那个骑的"马"耳朵长了许多。有孩子向大人
们求证，大人们也点头称是，那孩子更趾高气扬了起来，指挥着孩子们向马
车围了过去。大人们也在议论着，指点着，一下子来如此多高头大马也是不
常见，满眼都是羡慕。来的马车是魏家的门面，用料上更是上乘，杨柳木大
都弃之不用，取而代之南方运过来的香楠还有北方极寒之地的硬木红松，黄
师傅在车棚上用足了巧功，带着几个精工师傅在车身上做出了不少造型，最
前面孟夫人坐的那辆便如同车架上搭凉亭，挑檐四出如屋顶般遮雨挡风，宽
宽阔阔容得下四五个人身形，棚壁上格叙光彩纵横，门脸小窗儿雕龙画凤，
淡紫色杭绸暖门帘端挂正当中。虽说车子精雕细琢，然不事张扬，木料都用
了本色，简洁而明快。马儿更是精挑细选，一水的枣红马毛色鲜亮，一个个
都系着精铜的串铃，走起路来哗铃铃直响，一路的威风。车刚停下，众人呼
啦一下子围了上去，恨不得凑上前去亲手摸摸，孩子们更是一拥而上围在了
车前。大人们忙吆喝着，怕孩子们不小心被马踢着了，纷纷喊着自家孩子的
名字，不过还是有胆大的孩子凑到车前，趁人不注意摸上一把，又一溜烟地
钻入人群，引得众人一阵阵哄堂大笑。下车的下车，下马的下马，一帮众人
前呼后拥进了院子，大包小包的礼物也搬了下来，师傅们忙把马都卸了下来
拴进了空闲院子里，把门锁了起来，嘱咐人看好了别让孩子进去。虽是这样，
男孩子们自然不肯离开拴马的院子，有的扒着墙头，有的扒着门缝往里面看，
高头大马吸引了所有男孩子们的目光。女孩子们也喜欢马，但看到打扮光鲜
亮丽的媳妇小姐丫鬟们那眼恨不得把人都看进去，一路紧紧地盯着，跟到了
魏忠路老爷子家里，把着门探头探脑往里面看。院里院外站满了人，把整个
院子围了个结结实实，俊青娘端出了花生、玉米花儿招待大家，时不时往孩
子们口袋里塞上一把，一时间家里像办喜事一样热闹。启东、启志两个人看
见高头大马也是新鲜，虽说两个人早见识过，可这么大的场面又是来自己家
让他俩着实兴奋了一番，东窜西跑了好一阵子才想起来他们还有任务，这才
扒开众人挤了进来。启志已经八岁了，长得虎头虎脑的很是壮实，他和魏堃

见过几面算是熟识，和哥哥一起跑过来喊魏堃一起玩。魏堃自六岁开始就专门请了私塾先生来教，在家读书的时间多，出来玩耍的时间少，只有启东启志去的时候才可以出去疯跑玩耍，孩子天性好玩，玩得熟了自然喜欢在一起，魏堃高兴地应着跑向哥俩。启志一把拉起魏堃就往外跑，一边跑一边道："快走，我带你去看好东西。"魏肇庆见是启东启志，也就放心让魏堃跟着，俊青见了忙招呼道："启东，看好两个弟弟。"孩子们哪里听得见，风一样跑得不见了踪影，只远远飘来一句："我们去看好东西！"

一群孩子跑到了一处院落，进到院里就见一头肥猪被捆放在院子中间，此时肥猪已经没有了反抗的力气，只是喘着粗气哼哼着，时不时地干叫两声，不知是呼唤同伴或者哀求什么。几个大人正在忙碌着，搬来了一条宽板凳，还搬了个缸盆放到宽凳前面，杀猪师傅高声向灶房问了句："热水好了没？"听里面妇人应了，杀猪师傅招呼人把猪架到宽凳上。肥猪似乎知道寿命将至发出了撕心裂肺的嚎叫，四蹄拼命地蹬扯着。几个人把它死死地按在宽凳上，就见杀猪师傅一手拿着尖刀，一手抓住猪耳朵，一刀捅了下去。魏堃拽了拽启志的衣角，怯怯地道："咱们走吧。"就听启志说道："等会儿，等会儿有好东西。"放完血，褪完毛，猪被挂在树上早已绑好的横梁上，倒挂在那里白白胖胖的，完全没有了原来脏脏的样子。杀猪师傅开始清除内脏，启东忙向大人们讨要，大人们逗他叫了好几声叔叔才把一个东西洗干净递给了他。孩子们一窝蜂跑到俊杰家里，启东冲那东西的一个口儿用力地吹着气，就见那东西慢慢涨大，等到启东的脸憋得通红的时候，那东西竟涨到了西瓜大小。启志用麻绳把口扎紧，就见他猛地向天上一扔，"气球"竟飞出好几尺高，待要落下，另一个孩子迎上一掌，立时打出几尺远，"气球"被打得飘来飘去，孩子们也就你追我赶，一窝蜂地哄闹起来。

小伙伴们闹得正欢，启志却跑回了屋里，就见他东瞧瞧、西看看，不知道找什么东西。就见他掀起炕上的被单看了看，翻来找去找了个破旧的抻了出来，不过实在是有些难看，就见他从簸箩里拿出剪刀，三两下爬到炕上，在箱里的包袱中拿出一块绸布，比画了好几下也没敢下刀，还是拿上破被单

跑了出来。启志大声喊道："停下，停下，把球给我。"孩子们不知道他要干什么，不过听他喊还是停了下来，把球也递了过来。就见他用被单把球里三层外三层裹了，撮了个口儿用麻线扎了，用剪子把多余的布剪了，一个布做的"足球"便做好了。启志上去一脚，就见"足球"忽悠悠地飞出去好远，这便更好了，不但能扔来扔去，还可以用脚踢了，孩子们重又飞跑了起来。

再说魏肇庆这边，魏忠路请了村里几位德高望重的老人作陪，大家一一见过分宾主落座。自从魏肇庆与大盛魁开始合作，当地出产的东西大都卖了出去，特别是铁匠魏经过这几年的融会贯通，有些铁匠掌握了更高的技艺，魏家需要的马车用具大都能在这里生产了，还有些卖往了蒙古，大家手里也多少有了些活泛钱。几个老人一边讲着魏肇庆的好，一边夸奖魏忠路的两个儿子聪明能干，还找到了像魏肇庆这样的好东家。没想到魏肇庆也挺能聊，聊起庄稼四时皆通，聊起铁器，哪里的工哪里的料如数家珍面面俱到，哈哈大笑声在院外就能听到。晌午，开席上菜，按农村的规矩先上来的是四个凉菜，煮好的花生用清酱拌了，豆腐皮拌上了当季的鲜葱，嫩嫩的地环儿早早地焯了水，撒上了细盐，新打的香油狠狠心多倒了些，路过的地儿都香气不散，还有出了油儿的腌鸡蛋满满地码了一盘。酒早已筛上，瓷盘上冒着蓝色火苗，棣州白的香气溢得满屋都是，给各人斟满，魏忠路端起酒盅站了起来，道："肇庆啊，今天到家里我非常高兴，这几年你带着大家走南闯北十分辛苦，不过大家托你的福日子慢慢好了，在这里第一杯酒我先敬你，感谢你给大家带来的好日子。"魏肇庆忙站起来，道："大伯，我和俊青、俊杰是您的晚辈，这个酒应该先敬您。"魏老爷子也是习武之人，爽快地道："好，为了今天的好日子，咱们共同干了。"第二个魏肇庆先端起了酒杯，道："大伯，这些年不光俊青、俊杰跟我一起走南闯北，您也忙前忙后，我先敬您一个，祝您健康长寿，也祝在座的身体健康。"魏忠路忙端起酒道："好，你们亲如兄弟，我看着就高兴。"魏忠路又端起酒对魏肇祥道："肇祥贤侄，听俊青、俊杰说，你不但豪爽英气，而且办事果断，兄弟俩很佩服你，我也敬你一个。"魏肇祥看了一眼俊青，道："俊青、俊杰和我亲如兄弟，应该我先敬您，我先干为敬。"说罢一饮而尽，的确是酒风如人品，一看就是个爽快人。菜也上得挺快，四凉四热，四炸四蒸，四大件一一端上了桌。四大件在北方传统说法叫鸡鱼肘肉，整鸡整鱼，铁匠魏特色酱肘子，还有一个是肉，这个肉咱们细说一下。农村的人们普遍缺油水，所以取五花肉煮七成熟，切片码到碗里，撒上葱姜丝，浇上少许青酱、香醋、肉汤放大锅里蒸上半个时辰，出锅扣在盘子上，上面一层油光光红彤彤十分诱人，夹起一块颤巍巍汁水饱满，吃到嘴里松嫩可口，入口即化肥而不腻，齿颊留香味道鲜美，是农村大席压轴菜。按规矩，无论什么菜上来都是先摆到客人面前，其他菜慢慢往下首轮换，只有客人动了筷其他人才能动手，虽说老人们都过着苦日子，但酒席上的规矩没人乱来。主人尽心用意吩咐厨师多加了油，魏肇庆略感油腻想吃点咸菜，却发现肉菜还有不少，咸菜却一扫而空，想老人们怎么都如此口重，也就吃了两口炒菜稍稍压了压油腻。

女人们这边更是热闹，孩子们大的小的没个消停，一个劲儿地跑来跑去。饭菜上来好了些，呼啦一下子围到了桌子边，女人们开始招呼孩子们吃饭，往孩子眼前夹着菜饭。孟夫人和魏堃则端坐在桌子前与俊杰娘一边拉着话儿一边慢慢吃着，俊杰娘看着规矩的魏堃不免感叹，如此好的家教想不成器也难，时不时把好吃的端到孩子跟前。魏堃很是知礼，一边谢着一边把好吃的匀给小伙伴。启东和启志已来过好几趟了，几个孩子投缘自然喜欢一起玩，看孩子们着急的样子芷妍倒十分明白，吃得差不多了便嘱咐两句让魏堃跟着出去玩。孩子们见魏堃出来了，又一窝蜂地跑到了大街上，一边跑一边高声叫喊，远处的黄河大堰上都能听得清清楚楚。

酒用了不少，老人们也打开了话匣子。年纪最长的老人道："不怕你们笑话，今天这顿饭以前从来没吃到过，今天算是吃了大席了。"说着抬手指了指几个肉菜道："放别处，这几个菜只能看不能动。"魏忠路接口道："肇庆啊，说实话咱们老百姓只有过年才能见着荤腥，将就着做几个菜，可亲戚却要来好几拨，要吃完了后面可怎么办啊？所以早去的只能看不能吃。"另一个老人道："咱们上岁数的都知道，可小孩子不知道啊，有不懂事的给吃了几口，咱这当舅的当姨父的也只能黑着脸不说话，心里那个烦啊。"年纪最长的老人道："可不是吗，下面只能再掂对，可说话后面的亲戚来了就倒霉了，不光好吃的没有了，还要听他舅叨叨小孩子的不是。"魏忠路道："大人听了数落，回去自然要教育一番，弄得小孩子好几年都不想去走亲戚。"另一个老人看了魏肇庆兄弟一眼，接口道："别说吃了，菜也没见这么多的，这鱼都是半边的，这鸡也都是躺着的，趴着的鸡几年也见不到一回。"年纪最长的老人道："那半只鸡是不是你儿子给人家吃了啊？"刚那人道："切，你侄子是那没家教的人吗？"此时邻居大叔魏忠祥指着肘子道："还说肉货，这肘子哪次不是酱米的，过年的时候都是摆上来做做样子，哪敢动筷？有一年去我姐家晚了点儿，我姐夫准备和我喝两盅，想拿它下酒，可谁知外面光鲜里面早坏了，可惜了好一阵子。"年纪最长的老人道："我说句没出息的话，今天是解了馋了。"说着抬头看了魏肇庆一眼，端起酒杯道："魏少爷，我们爷们没怎么出过门，您也别笑话，我们说的都是实话，要不是您，今天吃不上这么好的席面，我敬您杯酒。"说着一手端着酒杯，另一只手向上平托着敬了过来。魏肇庆一看忙站起来，端起酒杯道："大伯可别这么说，魏家很多事都靠大家帮忙，别看我来得少，俊青、俊杰没少和我说大家的好，咱们村里给我帮忙的就有十几个，我也得谢谢你们。"说着双手捧杯一饮而尽。这时候魏忠路道："都坐，都坐，肇庆可能不知道，说的这些都不假，前两年我带着俊青、俊杰出去打铁，忙活一天也就收五六斤粮食，刨去这炭火钱能填饱肚子就不错了。"魏忠祥道："你还有手艺能挣粮食家来，我出去干一天活，能喝得上粥就不错了。"待他说完众人皆点头称是。魏忠路道："说起来大家不信，前些年出去打铁亲戚都见不到。"魏肇祥道："按说伯父走村串户亲戚朋友应该很多才对。"魏忠路道："按说是这样，可这些年都吃不饱穿不暖的，来个亲戚还要伺候，很多亲戚朋友虽说交情很好，碍着面子见了面又不能不让家去吃饭，可有时候真伺候不起，自家的家把什只能借别人之手拿来，顺便捎些粮食过来，这些我也明白，到了也告诉庄乡爷们儿尽管拿来，有没有的再说，有些时候啊不是感情淡了，是真没有啊。"年纪最长的道："人穷志短，马瘦毛长，这世道啥时候能好啊？"魏忠祥道："今天都吃上大席了还说这话，有肇庆肇祥兄弟领着，孩子们又听说，比以前好多了。"年纪最长的老人道："那是人家兄弟俩的事，有人的可以挣俩钱，你像我，我能指望谁？这一年到头上边也没个人问，你说咱们还能盼什么？"另一个老人道："你还说你，这些年就发大水的时候见过一次知县大人，站得老远，只远远地看见个人影。"另一个老人道："咱们这里他来看看就不错了，白龙湾才是他最关心的，开了白龙湾淹了惠民县，都上讲儿了。"邻居大叔道："这叫什么事？咱们的命就不是命了？"几个老人说话，魏肇庆兄弟不好开口，然所说所议看似平淡，民心至此实则惊心动魄。此时就听魏忠路道："不说了，这两年日子好了，我们谢谢两个老侄子，没有他们俩咱们到不了现在这个样。"说着纷纷举杯向魏肇庆兄弟两人敬酒。

席面上得差不多了，村里的女人们开始忙碌了起来，她们聚到了俊杰家里。大锅已经刷好烧了起来，白菜切了好几棵，豆腐也从大师傅那里要来了半个，肉这次更是不少，足足一满碗，虽说已经不再冒热气，可那鲜红的肉块儿说不出的新鲜，那白肉更是油汪汪地闪着亮光。两大勺子油下了锅，眼看着起了油烟，切好的葱姜先扔了下去，紧接着那一碗猪肉便倒了下去，不一会儿那真是满屋子地飘香啊！两大勺子面酱倒进了锅里，紧接着三大盆白菜也被倒了进去，紧随着一大把盐便扔了进去，自认的大师傅二婶拿起大勺翻炒了起来，让白菜都沾上了油星。此时就见三婶端着盆进了屋，七八根排骨、五六块脊骨、三四块腿骨码了大半盆，也一股脑儿倒进了锅里，紧接着大半盆水也下了锅。灶膛里的火早已烧得通红，不一会便咕嘟嘟咕嘟嘟开了起来，那香气立时飘满了整个院子，引得人们不时往厨房这边看上两眼。差不多了，那半个豆腐又切了差不多一盆，一股脑儿倒进了锅里，眼看着豆腐旁边聚满了油花，不一会儿便跟着水泡颤动了起来。香味吸引着人们聚了过来，不一会儿院子里便热闹了起来，孩子们围着厨房打起了转儿。总算是熟了，院子里摆了好几张小桌，饭碗摆上了几排，二婶一声令下，成盆的白菜汤端到了小桌上。女人们在众人的注视下开始盛饭，一个人一满碗，可就有几个馋嘴的要抢那碗骨头，这时候眼也尖那手也快，不一会儿女人和孩子便散了个满院。散开后就看出来了，那几块骨头转眼便进了孩子们的碗，看孩子们啃得津津有味，女人们的心里也甜滋滋的，笑容堆满了整个脸。话说女人们能自顾自，男人们怎么办？这倒不必着急，撤下去的剩菜合着大师傅炖好的白菜豆腐也是一大锅，男人们倒上几大碗白酒围着桌子转起了圈。灶台前摆起了小桌，猪蹄膀早已经撕开摆起了盘，猪尾巴也被切成了段，那一盘炒腰花更是大师傅的拿手菜，杀猪师傅炒菜师傅七八个人围着小桌凑了个席面，筛好的酒热乎乎自然是暖人脾胃，几杯酒下了肚脸上顿时红光满面，讲话声不自觉地高了起来，开始大讲特讲他们的所闻所见。此时就见灶台前、院子里、大街上都站满了人，人手一大碗白菜汤开始吃饭，三五成群边吃边聊边说边笑，共同享受这次全村人的盛宴。

饭吃得差不多了，正席上几个人还在说着话，孩子们呼啦啦跑进了院里，没头没脑四处乱转，只魏堃上前行了个礼。有两个孩子见桌子上有好吃的拔不动腿，说来也巧有个孩子的爷爷就在桌上，见了忙喊孩子过来，孩子趁势钻进爷爷怀里，孩子爷爷捡了块肥肉放进孩子嘴里，另一个孩子也局促着跟了过来，有个老人也夹了块肉给他，孩子一把塞进嘴里狼吞虎咽地吃了起来。魏肇庆道："孩子们都上学了没有？"魏忠路道："说起来怪我，还没雇来先生呢。"年纪最长的老人道："雇先生？你去官府问过没有，让雇吗？"魏忠路道："咱们花钱雇先生问官府做什么？"年纪最长的老人道："这学堂可不是随便办的。"魏忠路道："早先是不让办，可现在没说不让办啊？"年纪最长的老人道："你常年出门还不知道啊？你看咱们这里哪个村里有学堂。"魏忠路道："这倒是，没见过。"年纪最长的老人道："咱们整个魏集就一处学堂，还在镇上，有钱你还是把孩子送到那里去吧，据我所知咱们村去学堂读书的除了您家老三应该没别人了，再说穷人家的孩子有几个考上功名的？"魏忠路道："考不考得上另说，让他们识些字懂个理也好啊。"年纪最长的老人道："是，不是说不好，可你听说过没有，可要是先生教了不该教的书那可是重罪，抓起来那都是轻的。"另一个老人道："你那是老皇历了，这两年哪里有人管啊？"年纪最长的老人道："你别管老皇历新皇历，你就说以前有没有吧？"魏肇庆道："再怎么说也要让孩子们识些字吧？也好出去办个事。"一个老人道："识字倒是不错，出门办事也方便，记得老辈子的人说祖上读书的人不少，早些年家里也还存着书呢，串乡说书的讲的那些事儿书上都有。"此时魏肇祥向那个被爷爷揽着的孩子道："小子，想上学吗？"那孩子虽说呜咽呜咽地吃着肉，但还是斩钉截铁地说道："不上！"魏肇祥微微一愣，追问道："上学可以考秀才，可以当大官，你为什么不上？"孩子仍斩钉截铁地说道："不上！"魏肇祥问道："为什么啊？"孩子道："会杀头。"众人看向孩子的爷爷。老人道："自从改朝换了代，上边说有些书犯忌讳，让大伙都把书交上去，听说不少人因此抄家杀了头，那时候小胆儿吓得都把书给烧了，孩子不念不念吧。"有一个老人道："可不是吗，听说那时候有人因为写诗就被满门抄斩了，可得要小心了。"魏肇祥道："这些都是以前的事儿了，现如今总不至于读书识字就杀头吧？"刚那个老人道："大侄子，今天我喝了酒了，我和你说，这你还不明白吗？人家就是不想让你读书识字。书上咋说的，书上说咱们都是汉人，咱们这里自古就是汉人的天下，他们满人是占了咱们的天下，孩子们知道了还不和他们抢啊，你说他们能愿意让你知道这个事儿吗？"有一个老人道："说让孩子们识字明理儿，你说争天下，明天就抓你去蹲大牢，可不能喝了酒乱说。"那个老人争辩道："我哪里乱说了？虽说家里的书没了，可老人们的话咱听过，你看看，现在这是过的啥日子？"魏忠路道："能过就不错了，不说这些了，你看这帮孩子成天就知道疯跑，连个礼数都不懂。"魏肇庆道："是啊，只有读书才会明理，孩子们要想有出息读书识字必不可少。"魏俊杰道："就是，不是肇庆哥让我识字，外面很多事我都不知道呢。"

魏忠路对魏肇庆道："前些日子俊杰和我说你让他跟着先生读书识字，他高兴得不得了，说跟着你可涨了见识了，这次回来就说请个先生教孩子们读书，让孩子们长出息，不过我问了几家都说出不来钱，一下子就没办。"俊杰插话道："爹，实在不行咱家先把钱出了，有了就给，没有就算了，别耽误了孩子。"魏忠路道："我是想着赏的饭不香，白给的东西不知道珍惜，才让他们多少出点，要这么说我过了年就办。"邻居大叔道："俊杰这两年出息了不少，这是为老少爷们儿办好事。"说罢指着在座的几位老人道："我们大字不识一个，天天就知道挣口吃的，两个饱一个倒，人家俊青俊杰天南地北跑着，讲的事咱们听都没听过，这还帮着村里办书坊，我看就是秀才也不一定赶得上这俩孩子。"俊杰道："大叔，你又取笑我。"邻居大叔正色道："这可不是取笑你，我们这些人也就这出息了，真希望你们有大出息。"魏肇庆道："好，就凭大叔这两句话，今后谁念书好就来我家读书。"众人更是高兴，一个老人道："那就更好了，说不定能考上个秀才。"说着站起来又向两兄弟敬酒。众人说着、笑着，脸红红的，声高高的，兴奋洋溢在每个人的脸上。

用罢饭喝了一会儿茶，魏肇庆一行往回赶，一路走在黄河大堤上。行至半路，魏肇庆、魏肇祥停下来欣赏黄河冬日风景，凛凛风中，兄弟二人举目望远。夕阳西下，远处黄河浮冰在阳光照耀下闪闪发光，分外耀眼，河边树木虽没有了茂盛的枝叶，然枝丫粗壮不失风姿，让人遐想连篇。

但望远，骏马随心同赴。来往千里无数。黄河冰封惊涛渡，舟船征返暂住。切莫走，君来看，来年皆是青葱处。酒意微促。斜靠河岸树，彩霞满天，盼锦绣共赴。

第二十四章

虎狼恶，上下莫敢惹
夫有责，无论灾与祸

过了年，魏景启向魏肇庆报告一年的经营情况。商业靠的是物流和钱流，魏肇庆准确地抓住了物流，适时地切入了钱流，可说是双管齐下。物流的客商也乐得把钱交给魏家，一是方便，二是魏家的信誉好，这几年魏家在生意上一直是顺风顺水。不过今年出了一件非常奇怪的事，让魏肇庆百思不得其解，那就是专营的盐店赔钱了。魏肇庆紧盯着魏景启，看得魏景启直发毛，不知道哪里做错了，此时就听魏肇庆道："要说其他生意可能出意外，这盐店可是专营的，挣得少也就罢了，怎么还赔钱了？"魏景启一听魏肇庆说这事反倒不紧张了，道："肇庆少爷，去年孟掌柜来报账的时候和我说盐店赔钱了，我也不信，仔细看了看还真是赔了。"魏肇庆追问道："那你说怎么赔的？"魏景启答道："我仔细查看了账目，也问了孟掌柜，咱们盐店进的盐少了，进的盐比上年减少了六成。"听说盐进的少了，魏肇庆更是不解："少了？少了多进就是，我早就嘱咐过，只要对生意好，可以各自拿主意。"听魏肇庆如此说，魏管家解释道："肇庆少爷，你对各个掌柜放得宽大家都明白，都想方设法把事做好，孟掌柜说不是他不想进，是没货可进，往年将一年所需数额报给盐商，盐商就会派人按月送来，可从去年春天开始就不一样了，不要说送盐来，就是自己去拉也未必有货，为这事他天天去找盐商说事，可盐商们也是无能为力，都说是盐坨出不来盐，他们也拉不着。"魏肇庆道："没听说盐场闹灾啊？怎么会出盐少了？"魏管家接着解释道："肇庆少爷，这个我也问了，孟掌柜说他托了人才打听到，说盐场经常闹土匪，不光盐场大户被抢过，连盐坨也经常被抢，很多盐场大户都不敢聚户晒盐了。有些大户已经开始搬走想去避难了，都担心往后不光盐被抢，怕辛苦攒的钱财也被抢了。再就是有些盐商在路上也被抢过，他们不是抢一点半点，而是把整个商队运的盐全抢走，损失很大，现在盐商们也是苦不堪言。"听魏景启说完，魏肇庆还是心存疑惑，又问道："是谁如此嚣张，敢动官盐？"魏景启回道："孟掌柜说这些土匪来无踪去无影，个个武功高强，到现在为止还没查到他们是从哪里来的，连官坨的护盐队也拿他们没办法，说派人跟踪了很多次，都让他们给逮了，逮着就一顿死揍，跟踪的人都被打怕了，谁都不敢再去查了，所以到现在还是毫无办法。"魏肇庆低头想了想，又看了看账目，道："怎么说我们也能进到盐，就算少也有的卖，怎么赔了这么多？"魏管家解释道："肇庆少爷，我们进的少了，可按您的吩咐盐价不能涨，收入就一定了，为了多进盐孟掌柜也是想方设法，花去了一些费用，再就是以前进盐基本足斤足两，现在差不多是八九两顶一斤，还爱要不要。少爷您吩咐过，咱们魏家生意要诚信为本，我们还是足斤足两地卖，这一进一出损失自然大了些。昨天回家我还问了家里，盐店基本买不到盐了，只能买私盐，而且私盐已经涨到了两百多文一斤，而官价不过四十多。"魏肇庆想了想道："你去告诉孟掌柜，盐店的事我知道了，事出有因不能全怪他，不过以后还要这么卖，千万不能因为赔点钱而坏了规矩。你让孟掌柜多想想办法，无论如何要多进些盐，不仅为我们家的生意，盐的事说大不大，可出事就是大事。"魏景启应了出去。

过后，魏景启将孟掌柜叫了来，把魏肇庆讲的话一五一十说给了他听，孟掌柜听了一个劲儿地说道："肇庆少爷真是个大善人！真是个大善人啊！"魏景启问道："肇庆少爷如此对你，你该怎么办？"孟掌柜忙应道："魏管家，我孟祥志算是服了魏少爷了，今年我就算跑断腿磨破嘴，也要多进些盐，把生意做好报答魏少爷。"魏景启道："好，有你这份心就好，不能光知道卖力气，少爷喜欢的是有办法的掌柜。外面的行情怎么样你打听了没有？不要老憋在武定府，各地的行情多去打听打听。"孟掌柜谢道："好，多谢魏管家指点。"

天气渐渐转暖，客商们陆续传了信来要商队把年前的货运送到位，俊青和俊杰兄弟两人早早来魏肇庆家里报了到。见两个人来了，魏肇庆忙招呼坐下，道："那天我喝得可真不少，没想到伯父酒量还是那么好。"俊杰道："我爹那是看到你高兴，平日里他喝不了那么多，我看你喝了不少，也就敬了两杯，没敢多和你喝。"魏肇庆道："咱们在一起这么多年了，我还不知道你们一直护着我。那天做的菜挺好的，特别是那个肘子，味道的确不一样，能不能叫那个厨师来教教我家师傅。"俊杰应道："没问题，回去我就叫五弟来，那个肘子是他的绝招，味道确实不一般。"魏肇庆想了想问道："有件事我不太明白，我看了，那天桌上肉没多吃，上的咸菜倒是一点不剩地全吃了，咱们村的人都这么口重啊？"俊杰道："前段时间我想和你说来着，那天看你高兴，就没说这扫兴的事。现在盐涨价涨得太厉害了！"魏肇庆道："你说说，怎么回事？"俊杰道："去年秋天，咱们不是放了几天假吗，我回家待了两天，你弟妹做的菜一点不咸，我就问她咱家里缺盐吗，你弟妹说今年盐涨价涨得邪乎，差不多两百多一斤了，邻居大叔因为长期吃盐少，身上都有浮肿了，所以看到咸菜也就多吃了些。"魏肇庆惊诧道："有这么厉害？"俊青道："听老人们讲，短时间吃盐少会浑身没劲，时间长了就会浑身浮肿甚至生疮，要是时间久了恐怕还会要人命。"听兄弟俩如此说，魏肇庆已经知道了大概，现在不光是缺盐，已经开始闹盐荒了。事情基本清楚了，该怎么办真要仔细想想，好长时间魏肇庆一言不发，又过了一会儿才说道："这样吧，俊青哥，你把骏马商队全管起来吧，你和肇祥哥说，让他替你跑两天，让俊杰先带你熟悉下他的线路。"又对俊杰道："俊杰，安排好以后马上来找我，咱们商量下一步该怎么办。"两个人分别应了，按照安排分头出去做事。

过了差不多一个月，魏肇庆让俊杰把魏景嘻、魏肇祥、魏景启还有盐店的孟掌柜请了来，一起商量盐的事。魏肇庆道："景嘻叔，肇祥哥，今天我叫大家来是商量一下盐的事，俊杰，你先说说这段时间打听到的情况。"俊杰道："这段时间肇庆哥让我打听盐场的消息，我四处找人打听，可以说基本打听清楚了。先说盐价，现在的盐价已经涨到了三百文一斤，按市面上粮食价格来算，差不多二十斤粮食才换一斤盐，能出门扛活有工钱的还能多少买点，那些家里没人出来干活儿的，基本买不起了。肇庆少爷，肇祥少爷，年前在我家陪着吃饭的那几个老人，有一位宝庆爷爷过世了，那天你看他们个个身体胖胖的，实际上那不是胖，是长时间吃不上盐身体浮肿了。"就听魏景曦道："还有这么个事啊？这盐也不是什么起眼的东西啊，不吃还能出这么大事啊？"魏肇祥道："这盐涨价一定事出有因，不会平白无故就涨，不管怎么说官府对盐还是控制得比较紧的，俊杰，是官盐涨到三百文了吗？"俊杰回道："肇祥少爷，是私盐涨了，官盐还是四十多一斤，不过市面上除了咱们家的盐店没涨以外，其他的盐店关张的关张，余下的大都抬高了价钱来卖，基本买不到官价盐了。"魏肇祥问道："这到底怎么回事？你查到了没有？"俊杰应道："我查了，这几年出了一伙盐匪，很是猖獗，不管是盐户还是盐坨见了就抢，很多盐场大户深受其苦搬走不干了。盐坨虽说有官兵护着也还是经常被抢，前几年抢得少盐价还不算太高，私盐和官价差不太多，可是从前年开始，搬走的人越来越多，盐坨的官盐也就越来越少了，盐价也就水涨船高。再就是他们还说，这伙劫匪已经在盐场抢了好多年了，前些年产的盐多看不出来，这两年盐户少了，他们还是照抢不误，当地盐户过不下去，有些已经被逼得出去逃荒要饭了。有知情的说这伙劫匪人人手持钢刀，个个武艺高强，计划得还十分周密，来无影去无踪。我核实了下，前些年咱们家麦子在沧州被劫，劫匪手里的武器也是钢刀，我猜想可能是一伙劫匪。盐坨那边我也打听了，当地盐坨官军拿他们也没什么办法，盐坨官员们为了保住自己官位，被抢的事一直不敢上报朝廷，只能到处克扣。盐坨官兵虽说拿着国家俸禄，但真到了一对一打仗上没几个真拼命的，更何况这帮劫匪实力本来就不一般，拼命也不一定怎么样。"魏肇庆看了看众人，在大家考虑俊杰说的话的时候，先表明了自己的态度，道："我想现在我们魏家应该站出来了，保护盐场，行销官盐，平抑盐价！"魏景曦一听猛然站了起来，道："不行，坚决不行，做生意讲究和气生财，不招惹官家不招惹土匪。上次你成立骏马商队，虽说也是和土匪对着干，那是土匪先伤了咱们，在道上他们先坏了规矩。这次不一样，自从咱们成立了骏马商队土匪基本没招惹咱们，这叫井水不犯河水，照俊杰所说，就是以前抢我们的土匪去做了盐枭也有可能，人家也算给了咱们面子，不和我们作对，咱们犯不上为别人的事去招惹他们。"魏景启道："肇庆少爷，按说这事我不该插嘴，可这也是我们大家的事，你想过没有，如果你开盐场杀土匪，兔子急了还咬人呢，如果他们再回来劫我们的商队那怎么办？那不是因小失大吗？"魏肇祥道："魏家这些年来行事光明磊落，区区一伙土匪怕他干什么？"魏景曦道："区区一伙土匪，想当年那是敢劫李家镖局的，现在我们和各地镖局结了盟他们才不敢轻举妄动，惹急了他们，真冲我们下手你能怎么办？你没听俊杰说吗，他们来无影去无踪训练有素，比以前强了许多，我们和他们对着干，说不定事没办成还惹火烧身。"魏肇祥道："那就甩手不管了？"魏景曦道："不是我们不管，是我们根本管不了。"魏肇祥道："怎么管不了，武定府的官军还没出马呢？"魏景曦道："他们出马，他那点兵能顶什么用，再说了你又不是不知道，就那些人能干什么，要钱的时候门儿清，抓个贼都抓不到。"魏肇庆道："景曦叔，肇祥哥，你们先听我说，要说魏家管这件事还是刚才景曦叔说的那句话。"魏景曦道："我可没同意要管他们。"魏肇庆道："可你说过是他们先坏了规矩。"魏景曦道："可他没招惹咱们啊？"魏肇庆道："是，这伙人是没招惹咱们，同时他们确实有些厉害，盐场都拿他们没办法，这么多年也就没人管得了这事，所以更需要有人站出来。咱们经商是为什么，其一是为家里能过上富足的生活，可如果仅仅为了过上好日子，那我们现在足够了，挣下的足够我们这些人安享今生，甚至下一代也吃喝不愁，可大家想过没有，为什么五爷爷为修堤护坝积劳成疾早早过世？那是因为魏家兴旺发达离不开四邻乡亲，你看看咱家里，为咱们耕田种地的是四邻乡亲，为我们押运货物的是四邻乡亲，端茶倒水的也是四邻乡亲，就连魏老爷子这么大岁数了还在为我们多方操劳，如果没有了他们，哪还有现在的魏家？如果他们有难我们不帮，还怎么说魏家行事光明磊落。往大处说，这百姓的难就是国家的难，国家有难匹夫有责，我们魏家历来受朝廷之恩，现在朝廷有难我们也应该站出来，为民解忧，为国分忧。"说完魏肇庆看了看大家。魏景曦道："我们魏家已经做的不少了，修堤筑坝，救灾扶民，这些我都没意见，想当年你五爷爷为了让大家吃上饭，让大伙去修护庄沿，吃的喝的管够，大伙从入冬一直修到来年下来粮食。咱不来这些虚的，你可以给伙计们多加些工钱，魏集的盐咱也可以平价供应。"魏肇庆道："是，魏集的咱家担得起，要是外面来买怎么办？"魏景曦道："那不行，外面的又没有施恩给我们，我们为什么要顾他们？"魏肇庆道："外面没有顾我们？我们商队哪个府县哪家镖局没去过？到处都是咱们的商家。"魏景曦道："就算你说得对，可这劫匪们不会和你客气，真惹急了那是要出人命的。"魏肇庆道："这伙劫匪是不容小视，对他们我们还是以前的方法，只要不主动骚扰我们，为了稳妥起见我们不会主动招惹他们，只要护住盐场就可以，可只要他们敢来欺负我们，那就绝不手下留情。"魏肇庆看了看大伙又说道："这件事一是要和各地盐场联合起来，因为我们不知道他们在哪里下手。只有和各地盐场联合起来，人多力量大，土匪才不敢轻举妄动。再就是我们要和盐坨合作，按规矩盐场的盐要先交到盐坨才能配送外销，所以我们和盐坨联合起来，保住了盐坨的盐就是保住了我们自己的盐，虽说盐坨官军不会拼命剿匪，可我们有共同的敌人，有了咱们的帮助，他们也会强大起来，不至于常常受土匪的气。还有就是有些事情只有官军才有权力办到，有了他们的支持，我们才能得心应手。"魏景曦道："外面倒是不怕了，那土匪闹到家里怎么办？"魏肇庆道："这个我也想了，咱们把四周的城墙重新修一修，一来万一黄河决口我们也能抵挡一阵子，二来也能抵挡土匪的进犯，一举两得。再就是我从京报上看了，全国各地开办了不少机械制造局，制造枪支大炮，这些枪械威力巨大，我们借盐坨之手购置枪支，有了枪支咱们就不怕他们，同时我会私下运些枪支回来，加派人手加强魏集镇的守护。"魏肇祥道："对，这些火枪我打猎就用，再强的猎物也能一枪放倒，有了它咱们就不怕他们了。"魏肇庆笑着道："现在的枪可比你的猎枪好得多，按报纸上说的，现在的枪支全部是后膛枪，是西洋引过来的技术，不光打得远还打得准。"魏肇祥已是手痒，心急地道："什么时候去买？我也去。"魏肇庆道："这可不是有钱就能买得到的，除了官府谁也买不到，不过大家放心，我来想办法。"听魏肇庆安排得如此周全魏景暗也就不好再说什么，不过还是忧心忡忡。肇庆安排道："孟掌柜，你对盐场盐坨比较熟悉，就由你去盐区勘察，尽量选好的盐场，让当地老百姓恢复晒盐，我们会通过盐场大量向他们收购食盐，不过这件事暂时不要声张，到时候我会告诉你。"孟掌柜道："好，我这就去盐场。"魏肇庆又对魏肇祥道："肇祥哥，明天咱们出发，去利津。""好，你说去哪咱就去哪。"魏肇祥应道。

魏肇庆很早就知道利津崔家，魏振菖不止一次和他说过崔家急公好义兴修黄河大堤的事，还说崔家不计名利在当地颇受百姓爱戴，不过此次去崔家魏肇庆还是有些心怀忐忑，他担心崔家这次没能迎难而上是遭受了巨大困难，他心里没底，毕竟每个大家族不可能一直健康。可就在他踏进崔家大门的那一刻，这些顾虑一扫而空，因为他看见崔凤藻崔老爷子站在正房门口等着他。老爷子已是须发皆白，瘦长脸，颧骨微微凸出，鼻直口正，看身形中等身材，不似商贾人家那般壮硕，倒有些仙风道骨，目光深邃，应是世间万物了然于胸。等魏肇庆走近，崔凤藻看着眼前这个年轻人心里也是浮想联翩。虽说魏肇庆看起来并不十分健壮，然刚毅的面庞、清澈的目光还有坚定的步伐无不像极了年轻的自己。老爷子降阶相迎，魏肇庆见此情景忙紧走两步上前施大礼，眼前这位老先生能迎出门来对他来说已经是莫大的礼遇了。崔凤藻急忙上前一步拉住了他，说道："孩子，先进屋。"只这一句就够了，魏肇庆的心暖暖的，仿佛五爷爷又来到了面前。

进屋落座，家人上了茶，还没等魏肇庆开口，崔凤藻道："不错，来得还不算晚。"魏肇庆心道老人确实厉害，已经知道他的此番来意，也就不再拐弯抹角直说道："都怪我思虑不周，没想到盐荒闹得如此厉害，早该前来请教，还请伯父不吝赐教。"崔凤藻听他如此说点头笑了笑，慢条斯理问道："如此说盐枭的事你已经打听清楚了？"魏肇庆道："正在安排人四处打听，这些人不是一个两个，慢慢查一定会查清楚。"崔凤藻道："不过有些棘手，我安排人暗访有一段时间了，也还没有头绪。"魏肇庆道："我这边倒是多少有了点眉目，应该与前些年劫我家镖的那伙土匪有些联系，这些人狡猾得很，沧州那边的也说不定。"崔凤藻点头哦了一声，听魏肇庆如此一说倒有些可能，却没有再问下去，而是话锋一转道："办盐场的事你都安排好了？朝廷那边同意了吗？"魏肇庆却道："这我还没想好，伯父，其实我并不想承办盐场。"崔凤藻道："你不承办盐场如何平抑盐价？"魏肇庆道："伯父，盐场历经千年向来朝廷十分重视，只是暂时出现了问题，再就是盐场盐商盘根错节一般人很难介入，我只想联合各方抵抗盐枭，借此平抑盐价不让百姓长久受罪。"崔凤藻重又打量了打量魏肇庆，出这么大力却不想就此获益，这个年轻人想法确实与众不同，不过还是说道："孩子，如果仅仅靠联合起来便能做到，事情也不至于此。朝廷上面我看一时半会儿无暇顾及，虽说这行颇有门道，也并非不能参与，你能参与进来要更好一些。"老爷子承办盐场多年自然经验丰富，魏肇庆明白这是在提点他，忙道："伯父，那我找人合作承办，这样要快一些。"崔凤藻道："这个办法不错，也省了不少麻烦。"接着又说道："你能参与进来，有人有钱暂时会多出些盐，不过这伙盐枭确实很难防范，势必以后会起冲突，你可想好了？"魏肇庆道："伯父，我想好了，这次不光我们联合起来，我想去天津买些枪支，到时候就有了和他们抗衡的资本。"崔凤藻眼前一亮，道："不错，这倒是个办法，孩子，盐场那边怎么说？"魏肇庆道："我还没去找他们，先过来听听您的看法。"崔凤藻道："好，你可以去找他们了，你就说这也是我的意思，想他们应该能帮着办。"魏肇庆道："谢谢伯父。"崔凤藻道："有些事一家一户出头总不好，还是以盐场为主要好一些。"魏肇庆忙道："是，多谢伯父提点。"

离开利津，魏肇庆又到了海兴张家。张家就没那么幸运了，盐场商队时常被抢，正要举家搬迁。见如此，魏肇庆就按崔老东家的想法，直截了当说明了自己的想法，张掌柜好像看到了曙光一般，立即答应和魏肇庆一起经办永利盐场。有了张家的加入省去了魏肇庆很多麻烦，起码开场晒盐寻找盐工盐户这事就好办了。魏肇庆又分别到济南府、青州府与当地的盐商们见了面，自从有了刘自起，盐商们贩私盐的路子也断了，官盐又越来越少，大多出现了亏空，仅几个大盐商还在苦苦支撑着，听魏肇庆说要和他们联合起来抵抗盐匪，盐商们自然十分赞同，答应有钱出钱有力出力。眼见事情安排停当，魏肇庆准备亲自去办一件大事。

第二十五章

事重大，里外都与洽
现机缘，前人早留下

这一天，魏肇庆来到了武定府，他要去拜访一个人。此人咱们前面提到过，他就是盐场大使石东章。石东章怎么还没走？没走，因为他不敢走。石东章治下的盐场年年被抢，虽说盐坨扣东家索西家当地怨声载道，还是免不了盐场亏空日增，可他是朝廷官员，出了这么大的事不光官位不保不说，说不定还要流放杀头，所以只能年年粉饰太平，四处活动力保不被调离。时值初春，盐场尚未开工，石东章闲居在家，听家人来报说魏肇庆求见，虽说二人并无交集，然久居武定府自然知道魏家，还是让家人把魏肇庆请了进来。魏肇庆以前见过石东章，刚到任上的石东章正值春风得意，盐场大使虽不是什么大官，但绝对算得上是个肥差，当时的石东章眼里只有知府大人一人。然此时石东章却是判若两人，虽说只有四十多一些年纪，头发已然花白，行动间谦卑了许多。见礼已毕坐定上茶，魏肇庆先开口道："石大人，在下此次前来是有件事想请大人帮忙，还请大人多多照拂。"石东章心道魏肇庆不会是为了盐的事找自己吧，故作托词道："魏掌柜客气，现今魏家兴旺发达，在下能帮上什么忙啊？"魏肇庆听他如此说开门见山道："石大人，在下听说现在盐场生意不甚景气，不知此话当真？"话说到此石东章心里一惊，难道魏肇庆知道了什么，遮掩道："承蒙诸位帮衬，还说得过去。"魏肇庆道："如此甚好，在下便直说了，此次来有两件事情想请大人帮忙：一是魏家想与海丰张家联合承办盐场，诸事还请石大人俯允；二是可否请石大人多批些盐引，略解武定府缺盐之忧？"听魏肇庆要办盐场，石东章一颗心落了地，现在办盐场都避之不及，为何魏家却要知难而上，魏肇庆说的第二句是什么他都没在意，赶紧问道："魏掌柜，你想如何开办盐场？"魏肇庆道："今天只在下和大人在，守着大人我也就实话实说，现在民间私盐已经涨到了三百文一斤，百姓深受其苦，听说是一伙盗匪造的孽，大人，您一定痛恨其恶行吧？"石东章哪里仅是痛恨其恶行啊，他是恨得牙根都痒痒，然听魏肇庆问起还是不免皱了一下眉，他不知道魏肇庆葫芦里到底卖的什么药，口中只是哦了两声，不过还是不动声色。魏肇庆又道："在下前些天去利津拜见过崔凤藻崔老前辈，知我经理此事，嘱我早些拜见大人。在下与海丰张家一起商议过，若想办好此事需与几家盐场联合成立护盐队，不但保护当地盐户不受滋扰，更要保护商队免遭劫掠。"石东章听魏肇庆说完心里大体有了数，暗自佩服魏肇庆说话有分寸，说话间并没有点明自己保护盐坨不力，也没说成立护盐队保护盐坨，给自己留足了面子，于是开诚布公道："魏掌柜，这伙劫匪个个武艺高强，来无踪去无影十分难防，盐场深受其苦啊。"魏肇庆道："他们的手段在下也听说了些，所以想请石大人帮个忙。"石东章道："你说说，你想怎么办？"魏肇庆道："买枪。"石东章道："买枪？"魏肇庆道："就算咱们成立护盐队，不过都是些当地百姓，人是不少但是没什么战斗力，只能另辟蹊径。"买枪，石东章想过无数遍，他早就知道有了枪就可以拒人于百步之外，那样他就不怕这帮土匪了，可难就难在他没钱，此时魏肇庆说要买枪，就像给了石东章一根救命的稻草，同时也打开了石东章的话匣子。石东章道："对，早该如此，在下虽说是朝廷派来的，为了保盐坨多次向上面申请采买枪支，但是年年不见动静，每年给盐场的经费就那点，实在是拿不出钱来采买，你要买，我一定尽力活动。你知道吗？现在制造枪支的最好的地方一个是江南制造局，一个是天津制造局，我有一个兄弟在天津制造局，去年去的时候还试射过一种叫林明敦的后膛枪，这种枪射程远、精度高，威力巨大，难得的好枪！我兄弟和我说过，为造这种枪机器局专门引进了美国机器，不过这种枪制造成本太高，一共就造了520支，至今还存放在机器局的仓库里。"魏肇庆听石东章说完，他知道这次来对了，石东章并不像别人说的那样窝囊，他只是遇到了对付不了的对手，如此就好办了，于是道："是啊？石大人真是有心之人，这样更好了，请石大人帮助操持，价钱好说。"石东章道："没问题，自家兄弟在，买些枪支他求之不得。"魏肇庆沉吟了一下道："石大人，在下有件事还请石大人体谅。"石东章道："不必客气，有事你尽管说。"魏肇庆道："在下兴办盐场一定会得罪那帮土匪，为保家人平安，有些枪支在下要用到其他地方，还请石大人体谅。"虽说买枪能解自己之忧，然私卖枪支毕竟关系重大，石东章仔细想了想，如此境况下解除危局别无他法，沉思半晌方道："那这么办，我以盐场的名义采买一批，再和我兄弟通融一下，另外以护盐队的名义也采买一部分，盐场的我们一人一半，另外的天知地知你知我知，切不可张扬。"两个人商定，先采买三百支林明敦后膛枪。此事既定，两个人说起了闲话，心情大好谈论起盐场风土诸事见闻谈笑风生，然石东章却一直不说第二件事，魏肇庆心里也有点着急，只是不好再问。正谈到崔凤藻捐资修堤，魏肇庆道："说起咱们山东，各地富商多有义举，利津崔家当仁不让。"石东章道："确实如此，每次到府上拜会，老东家慷慨之情愧不能及。"魏肇庆道："那是，在下自觉相见恨晚，更想多做些事情。"石东章道："既然你有此心，那就多给你些盐引，暂时疏导下盐价。"魏肇庆道："多谢大人体谅民情。"石东章道："魏掌柜言过了，我知道魏家一直官价卖盐，你们这是在做好事。"魏肇庆忙向石东章抱拳谢过。事情全部答应了下来，有了石东章的支持，魏家的盐场已如箭在弦上。

与石东章见过面，事情也办得顺利，魏肇庆心里一块大石头终于落了地。在外面奔波忙碌了近两个来月，这次离家最近，便与魏肇祥商量回家看看。魏肇庆到家刚坐下，芷妍告诉他："景曦叔找你好几趟了，我叫人请他过来吗？"魏肇庆忙问："景曦叔说有什么事吗？"芷妍应道："他见你不在就走了，还有两次是打发下人来的，我问他们也都说不知道。"魏肇庆忙道："快，快把景暿叔请过来，把肇祥哥也请来。"过了不一会儿就听院子里魏肇祥在嚷嚷："忙活了快两个月了，刚到家屁股还没坐热，又叫我来干什么啊？"魏肇祥说话就是直爽，人还没进屋话就传过来了，可不管怎么说，魏肇庆只要说话有事，魏肇祥二话不说立马就到。魏肇庆忙迎了出来，道："肇祥哥，快里面请。"魏肇祥刚要往客座上坐，魏肇庆道："景暿叔一会儿过来，他来找我好几趟了。"魏肇祥忙站起来坐到下手。此时魏景暿也赶了过来，两个人忙把魏景暿迎了进来，魏肇庆还没说话就听魏肇祥道："小叔，我刚进家门就让肇庆喊了过来，说你有事找他，家里出什么事了吗？"魏景暿见两个人衣服都还没换便道："我知道你两个辛苦，不过自从肇庆决定办盐场，我就一直在想这个事。"魏肇祥暗想是不是他又提出什么事来不想干啊，便道："我们都跑了两个月了，事情已经定下来了，现在说不干可不行啊。"魏景暿道："我能这么想吗？咱们魏家只要是定下来的事，不管多难都要齐心协力办好，这个规矩我还是知道的。"魏肇庆忙道："景暿叔说得对，我们都是这么想的，肇祥哥，听景暿叔说完。"魏景暿道："自从你们外出办事我就一直在想，我们的对手是一伙土匪，他们可以来无影去无踪，但是他们劫的盐不可能来无影去无踪，于是我就顺藤摸瓜，找到了为他们销盐的人。"魏肇庆和魏肇祥几乎同时问道："你找到销盐的了？谁啊？"魏景暿倒不急了，坐下来端起茶碗喝茶，刚倒的茶有些热，吹两下呷一口，又吹两下呷一口。魏肇庆知是魏景暿逗魏肇祥，也就坐下端起茶来喝，魏肇祥也是聪明，也端起茶来。魏景暿见这招没奏效，于是道："你们不想知道是谁？"魏肇祥道："我们知道是谁。"魏景暿道："你们怎么知道的？"魏肇祥道："那不能说，你先说，我们看看是不是一个人。"魏景暿道："这个人叫李虎。"魏肇祥道："我就知道是李虎。"魏景暿道："你怎么知道是李虎的？"魏肇祥道："我们怎么不能知道是李虎。"魏景暿道："那你说你怎么知道的？"魏肇祥道："你不是刚说了吗。"一直憋着笑的魏肇庆一口茶喷了出来，魏景暿看他这样一下子明白了过来，点着魏肇祥说道："你，你……"说着也憋不住笑了起来，此时的魏肇祥早笑得前仰后合直不起腰来。过了好一会儿，魏景暿道："这个李虎啊，是咱们海丰李家庄的，以前为盐商们帮忙贩私盐，不知道什么时候这伙土匪找到了他，土匪抢到的盐都分散存放到他指定的地方，他再安排手下四处贩卖。"魏肇祥问道："如此机密的事你是怎么打听出来的？"魏景曦得意地道："你爷爷一生为人仗义，到处都有朋友，我也跟着他四处走动过，自从你们走了我就想查查这伙土匪到底是什么人，去海丰那边找朋友打听这件事，都说土匪的事他们也不清楚，只说当地有人为这伙土匪帮忙。这伙土匪做事没有规矩，欺负了不少当地人，他们就把这件事告诉了我，不过这个李虎行事还算有规矩，所以一直没有出事。"魏肇祥道："我说呢？他们能来无影去无踪，一定是当地有人帮忙啊。"魏景曦道："我的想法是除掉这个销赃的人，他们就无处卖盐了。"魏肇祥道："对，这倒是个方法，打蛇打七寸，我们就断了他们的后路。"魏肇庆想了一会儿道："这件事我们一家不行，官府、盐场、盐商要一起动手，再就是这件事不能急，千万不能打草惊蛇。"魏景曦道："我知道，这件事我谁也没说。"魏肇庆道："景曦叔，我告诉你个好消息，今天去见石东章石大人，他答应帮我们到天津机器局买枪，还说帮咱们通融通融，另外买一些保护商队和家院，家里安全的事您就放心吧！"魏景曦听魏肇庆如此说，一个劲儿地说好，道："不管怎么说，一家老小都指着咱们，家里不安生生意也做不安生。"魏肇庆道："那我们就分头准备，肇祥哥，骏马商队那边你还是多照顾照顾，俊青他人老实，让他多长个心眼，俊杰这边我让他抓紧组建队伍。明天我就把银子送过去，联系石大人枪支尽快到位，景曦叔，再麻烦您把他们的收货地点摸摸清楚，越仔细越好。"

魏肇庆的到来让石东章高兴得一夜没睡好，总感觉翻身的时候到了，打定主意明天便出发去天津。谁知一大早，魏肇庆匆匆忙忙赶了过来，石东章忙请魏肇庆进屋，两人坐定，魏肇庆把昨天魏景曦打听到的情况和石东章说了，石东章一听拍案而起。说起李虎，石东章早就认识，这几年两个人还一起吃过几次饭，介绍自己和李虎认识的是手下的一个守卫头领，只说是经商做生意的，怎么也没想到是他在背后算计自己。有两次吃饭还是在李虎的家里，新盖的三进院子，不说雕梁画栋吧，可也算得上大气豪华。听说是他，石大人自然想到自己的手下，两个称兄道弟甚是亲密，肯定是勾结在一起了，嘴里不由得冒出一句："日防夜防，家贼难防。"魏肇庆忙问道："石大人，此话从何而来？"石东章道："我就不叫你掌柜了，你我兄弟相称。"魏肇庆忙道："石大人，这我怎么高攀得起。"石东章道："老兄不必客气，你的事我也听说过不少，你父亲在京为官我见了也要尊称伯父，再就是这两年你做的事大家都明白，现在百姓有难你又站了出来，实在是深明大义。"听石东章如此说魏肇庆忙站起来向石东章抱拳行礼，道："好，石大人，在下恭敬不如从命。"石东章又道："既然兄弟相称有些事我就不瞒你了，你刚才说的这个李虎，这几年我见过几次，还在一起吃过饭，我还帮他批过两次盐引，是我手下一个护卫首领介绍的，这几年我是日防夜防，没想到还是出在了家贼上面，今天你来得正好，要不我回去一安排劫匪就全都知道了。"魏肇庆道："对对，这还真不得不防。"接着魏肇庆把昨天商议的对策和石东章说了一遍，准备在存放食盐的地方设下埋伏伏击这帮劫匪。石东章仔细想了想道："这是个好主意，可你想过没有，擒贼先擒王，一般存放货物的都是小土匪，大头目在暗地指挥，一击不中恐怕后患无穷。"石东章说得对，如此一来就算是结了仇了，土匪们的手段还是比较厉害的，决不能留下后患，看来这件事还是要从长计议，必须想个稳妥的办法才行，不过既然能够找到他们藏盐的地方就不愁找不到他们的老巢，于是道："石大人，您看这样行不行，我们既然找到了他藏盐的地方，那就顺藤摸瓜找出他们的老巢，到时候我们齐心协力给他来个一网打尽。"石东章点头称是："好，就这么办，我那里有内奸不好行动，我现在全力排查，再就是秘密去天津把枪支买好，负责训练护卫队的事你秘密在魏集进行，在魏集多招些人马，盐场当地的先不动。"魏肇庆应道："好，这个我来安排。"石东章道："现在的关键是选精干的人在外围暗中调查，千万不要打草惊蛇。"魏肇庆忙应道："好，全凭大哥安排，我一定好好嘱咐他们。"

魏肇庆于是不再大张旗鼓行动，开始秘密准备，好在知道的人就这么几个，有些事情打着别的旗号开始慢慢运作。魏肇庆在原有护卫的基础上又招了五百人，护盐队便成立起来了，加上自己之前的护卫已经差不多八百多人了。石东章也行动了起来，有人出钱给盐坨买枪这样的好事千载难寻，他立刻动身去了天津机器局，话说有人好办事，很快就把枪支买了回来。石东章还在天津机器局请了两位师傅过来，专门教授使用枪支和日常保养，枪支可是十分金贵，很多人都不知道有这么个东西，更不用说接触，所以学起来十分用心，很快便掌握了用枪要领，虽说不能枪枪命中，但也能打个八九不离十。

时间转瞬即逝，护卫们训练差不多三个月了，来的时候都说是参加骏马商队，却不见肇庆少爷安排事情，大家都觉得纳闷，不过天天好吃好喝还有银子拿，也都没话说，都知道魏肇庆是个干大事的，说不定哪天就搞出个惊天动地的事情来。现在是要人有人要枪有枪，只要是找出土匪老巢，大家齐心协力事就成了，可万万没想到还是出了问题。

刘自起抢盐场虽说危害很大，盐场也好，被抢的商队也好，无不对他恨之入骨，但他计划周密，时至今日尚未有人查出他的踪迹，一来是刘自起心思缜密，断后工作做得好，很少留下痕迹，再就是这些人都是当地百姓，与众人看不出什么区别。为了查到他们的踪迹，魏景曦去了好几趟海丰，都说无迹可查，这一天，魏景曦又到了海丰县，朋友约了几个人一起吃饭。说话间谈到了这伙劫匪，其中有个人说了句："这伙人是非常厉害，不过我知道有人能查到他们。"魏景曦还没作声，就听另一个人问道："这些家伙来无踪去无影，连盐场都查不到，还有谁能查到？"此人道："这种事，瞒得了别人可瞒不了丐帮。"魏景曦问道："丐帮，咱们这里有丐帮？"就听此人道："您是富贵人家，自然不知道丐帮，别看要饭的三三两两穷困潦倒，可他们去哪个地方要饭，要得到丐帮允许才行，要不就会被打出去，丐帮专门管这帮要饭的。"魏景曦的朋友说道："这个我倒是听说过，一帮穷要饭的，他们怎么知道这伙人是谁？"此人道："你不要瞧不起这帮要饭的，你可知道丐帮靠什么挣钱？"刚说话那人问道："靠什么挣钱，难不成靠偷东西不成？"此人道："错错错，丐帮和小偷不一路。"刚说话那人道："那他们靠什么挣钱？"此人道："他们主要是靠卖消息挣钱，要饭才挣几个钱啊，卖消息那就不一定了，有的消息值大价钱。"此时就听魏景嘻道："钱没问题，只要有人卖就行。"听魏景嘻如此说，朋友忙截道："咱们就是闲谈，我们做生意平安是福，管他盐匪还是丐帮，咱们一概不招惹。"说着给魏景嘻递了个眼色，魏景嘻当然心领神会，于是道："那是，我们家每年打发要饭的多了去了，真不知道他们还有帮派，以后我吩咐下去，不中了他们的道才好。"此人道："这事好办，有事告诉我，我帮你摆平。"魏景嘻忙道："好，好，我先敬你一杯，这件事咱就这么说定了，到时候找你可不要嫌麻烦啊。"此人道："哥哥说笑了，就凭老爷子的为人，魏家能让我办事那是看得起我。"众人皆曰如此，魏景嘻豪爽举杯，大家继续喝酒。

喝完酒大家回去，朋友拉了下魏景嘻，魏景嘻特意去了趟茅厕，回来仅剩两个人，魏景嘻朋友道："你真想知道他们的行踪？"魏景嘻道："我都来好几趟了，不是要紧事我也不找你。"魏景嘻朋友道："刚才的朋友虽说信得过，但万一走漏了风声恐怕会给你家惹麻烦，这件事我来办，到时候听我消息，你千万不要亲自出面，安排人过来就行。"过了几天，魏景嘻朋友传过信来，说丐帮要三百两银子，三天后就在上次的酒楼，钱用蓝布口袋装好，放在前厅桌子底下便可。

第三天，俊杰带着一个师弟来到了魏景嘻说的酒楼。酒楼前厅也就七八个客人，俊杰找了个靠墙的位子坐下，按照约定把钱袋放到靠墙的桌子腿边，两个人一直紧盯着，心道两个人死死看住，还放在里面，量谁也拿不了去，今天来个不见兔子不撒鹰，给不了消息谁也别想把钱拿走。两个人要了两盘包子边吃边等，包子吃完了也不见有人过来，俊杰让师弟看着钱袋自己去结账。就在此时，有几个乞丐从门口走了进来，不过乞丐们并没有往里走，而是在门口唱起了数来宝，就听众乞丐唱道：

"打竹板儿，打竹板儿，眼前来到了大门脸。

鸿宾楼，海丰开，南来北往都得来。

那为啥，都来这，能来海丰都是客；

南来的，贩布衣，一丈能赚一百七十七；

北往的，贩马匹，一匹最少七百一十一；

挣了钱，想干啥，好酒好肉随便桌上拿。

大烧鸡，头朝里，让人扯腿埋头抱着屈，

红鲤鱼，尾翘起，眼看着要飞身龙门里，

白切肉，满盘开，看得我口水都要流出来。

高酒壶，棣州白，浓香味道神仙闻见也都想来。

大酒楼，发大财，恭祝老板财源滚滚天天来。

大酒楼，发大财，恭祝老板财源滚滚天天来。

……"

乞丐们唱得好听，客人们不觉得多看了两眼，可酒店伙计许是乞丐们见得多了就没给几个人好气儿，一边喊着："你们这一天来了多少趟了，哪有这么多钱给你们啊？"一边推推搡搡地往外撵。唱了这么一大段也没拿到钱，几个乞丐哪里肯走，躲躲闪闪都张着手讨赏，可酒楼却是死心不拿钱，几个人便呼啦一下子散开了，分头跑到客人桌前开始讨钱，拱手作揖："老板发财，老板发财。"客人们听他们唱的好听也就赏两个钱。伙计们却不干了，来了店里就是客，要如此讨钱还怎么做生意，就听账房喊了一声："来人呐，都给我赶出去。"呼啦一下子出来好几个伙计，吆喝着往外赶这帮乞丐。乞丐见有人讨到钱了哪里肯走，躲躲闪闪四处乱窜，伙计们只能四处追着乞丐们往外撵，一下子酒楼里乱作一团。好不容易伙计们一人捉了一个将他们撵出去，账房忙出来给大家赔礼："扫了各位兴了，请各位多多担待，请各位多多担待。"就在此时小师弟猛然想起钱袋来，往桌子底下一看，明明就在脚边的钱袋不知道什么时候不见了，往窗外一看，那几个乞丐正往街角走去，忙冲俊杰喊道："哥，袋子不见了！"说着三步两步跑到门前，急急忙忙向街角追去。就在他转过街角的时候，迎面与一个行人撞个满怀，差点把人撞倒在地，连忙扶起那人，眼看那帮乞丐又要消失在下一个街角，连忙追了过去。待追到下一个街角，那群乞丐已然消失得无影无踪，再往回看，刚才被撞的行人也不见了踪影，正在着急转圈的时候，忽然发现俊杰和那几个乞丐从一个胡同口走了出来。原来俊杰一看乞丐们拐过墙角，师弟也追了过去，连忙拐弯从另一边截过去，待他拐过街角，见师弟与人纠缠，心道这是遇到连环计了，连忙飞身上房，就见乞丐们躲进了一个小胡同，于是蹿房越脊追上了乞丐们。乞丐们见他却不四散奔逃，而是站了下来，领头的道："东西都给你了怎么还追？"问得俊杰也是一愣，领头的又道："东西给你兄弟了。"说着带俊杰来到胡同口。小师弟急忙跑了过来，俊杰问道："东西给你了吗？"小师弟摆摆手道："什么东西？没有啊。"此时领头的乞丐道："就在你身上。"小师弟往怀里一摸，才觉怀里好像多了个东西，连忙掏出来一看，是一个装钱的口袋。俊杰拿过来仔细一看，却是自己装钱的口袋，装的钱已踪迹全无，打开一看，只有一张纸条放在里面，上面写着五个字"沧州刘家庄"。

终于查清楚了，可这事办起来却麻烦了，在武定府倒是好办，盐场还有各大盐商的队伍都联合好了，协调一下就可以了，但这伙劫匪的老巢却在沧州，天津府管辖跨着省呢。魏肇庆无奈只好去京城找自己的叔父魏景昉，此时的魏景昉已升任刑部员外郎江苏司行走。魏肇庆来到京城，见到魏景昉，将事情来龙去脉一一讲来。等他讲完，魏景昉道："此事非同小可，虽说土匪没什么大不了的，可这帮土匪奸猾得很，这么多年搞得当地盐政如此混乱，地方却无从下手，说明他们自有高明之处，我在刑部多年见过的案子很多，但像你说的这个案子却很少见，虽说这些盗匪伤人很少，但无异杀人越货，此等奸恶之徒必为朝廷所不容。"魏肇庆道："主要是百姓们深受其害。"魏景昉道："我署理江苏不便直接插手直隶事务，明天我具折上报司里郎中，请郎中大人帮着协调。"魏肇庆点头称是。

事情说完，魏肇庆进内宅去看奶奶，老夫人看起来和当年来的时候并没什么太大的变化，还是当年那样俭朴，老人家见魏肇庆来了也很是高兴。这些年魏肇庆一直在外奔波，一年也来不了京城几次，老太太每次都像看孩子一样问东问西。魏景昉在一旁道："他都这么大了您还不放心啊？"就听吴老夫人道："看他这样我很放心，但放心归放心，几天不见他还是挂念，免不了念叨，你出门办差我还不是一样？"是啊，孩子只要离开父母的眼，哪有不挂念的！此时魏景昉道："肇庆，还不快给奶奶道喜，圣上知道你奶奶朴素节俭，安静淡泊，对后人言传身教很是高兴，诰封你奶奶为太夫人。"魏肇庆忙跪下向老夫人道喜："恭喜奶奶。"吴老夫人忙道："起来，起来，在家这样习惯了，没想过当什么太夫人，只要一家人满心向善这就够了，看我孙子这两年，今后必得福报。"晚上一家人陪老夫人一起吃饭，魏肇庆只说来京办事没说实情，怕惊扰了老夫人。

第二天，魏景昉带回来一封信。原来，郎中看了魏景昉的折子，对山东发生这种事很是不解，这几年山东从未上报过，但听说武定府已有安排，再加上魏景昉又是自己的属下，平日里做事非常牢靠也就不再询问，直接写了书信与沧州知州，请沧州地方协助办理。郎中如此处理，也算是给了自己面子，毕竟不是自己署理直隶，说起来沧州虽说是个州县，属直隶天津府管辖，但沧州为散州，所辖甚广，长芦盐场亦在其管辖之下，并且沧州作为京津门户朝廷历来非常重视，常年有驻军，所以知州级别自然比别的地方要高一些，虽说有了郎中的书信不会不管，但此事非同小可，于是魏景昉决定亲自走一趟。

魏景昉带着魏肇庆来到了沧州知州衙门，见到了知州赵炳恒，几个人后衙落座。魏景昉道："肇庆，快过来见过赵大人。"魏肇庆过来见礼，赵炳恒抬头看了魏肇庆一眼并未起身，只道："好，坐吧。"魏景昉又将郎中的书信递给了赵炳恒，赵炳恒仔细看了一遍，只看他眉头微微皱起，又抬头看了魏景昉一眼，慢慢将书信放在桌案上，道："魏大人，武定府上报说盐匪嚣张犯案，累及民生，查实乃沧州治下，不知可有凭据？"魏景昉道："来，肇庆，你把事情详详细细地给赵大人说一说。"魏肇庆道："赵大人，这几年有一伙悍匪时常出没于山东盐场，杀人越货无恶不作，盐场大户不胜其扰纷纷弃田离乡，致使官盐产量日渐下降，不仅如此，这伙悍匪胆大妄为竟屡屡抢劫官家盐坨，盐场也是苦不堪言。至此山东盐价飞涨，各地盐荒频现，已从官价四十文涨到了现在的将近三百文，百姓们更是深受其苦。然这伙盐匪行踪诡秘，盐场多次追查却屡无所获，前日终有义士查出这伙悍匪行踪，老巢就在沧州刘家庄，盐场已安排人查证属实，故来惊动赵大人，还请赵大人指点一二。"魏肇庆说完赵炳恒却并没有接话，而是扭头与魏景昉客套起来，道："魏大人，这种小事你派人过来就行了，怎么还劳烦您亲自跑一趟。"魏景昉一听就明白了，这个赵大人没把这事放在心上，这是要看人下菜碟啊，忙道："赵大人，虽说这是公事，只要查清盗匪踪迹赵大人定会全力清剿，今天来主要是私事，孩子年年从贵境路过，说不定何事还要麻烦到大人，特意过来引荐一下。"赵炳恒忙道："家中的事自然要管，就算不是贵府少爷，子侄在家侍奉长辈，替我们这些在外的人尽了孝心，来到门上也当全力帮衬。"魏景昉道："那是，这孩子是我大哥的儿子，不过你这个侄子是我过继给大哥的，现在大哥不在了，也就跟着我了，他的事我怎么也得跑一趟。"赵炳恒明白了，这是魏景昉的亲儿子啊，此事必须帮忙，再说人家已经找到门上了，怎么说魏景昉也是京官，说不定何事还要有求于人。转头满脸堆笑地道："哈哈，原来是贤侄啊，我说呢，器宇不凡一表人才。魏景晫大人是我等学习之楷模，魏大人安排的事我一定全力以赴。"赵炳恒想了想又道："我虽署理沧州，但听贤侄所说这帮劫匪绝非泛泛之辈，决不能等闲视之，不过就我手下这些衙役魏大人也知道，抓两个毛贼还凑合，要去抓盐枭万万不可能。"魏景昉道："要去绿营找人吗？"赵炳恒道："那些人你又不是不知道，设个卡看个门还行，一打仗跑得比谁都快，比我的人也强不到哪里去。"魏肇庆道："要不我请石大人从盐场调人过来？"赵炳恒道："他们的人如果行也不至于让人抢成那样，还是算了吧，再说沧州的事怎么能让武定府的人过境？"魏肇庆还要说话，魏景昉见此忙道："肇庆，先别着急，赵大人自有安排。"赵炳恒道："这次恐怕要请周盛传大人帮忙了。"魏景昉道："老将军剿匪战功赫赫，如果有他参与那一定手到擒来。"赵炳恒道："周大人的军队现就驻扎在沧州，我明天就去大营请周大人安排人马清剿，想必会给几分薄面。"魏景昉道："如此甚好，还是赵大人安排妥当，明天？明天需要在下和您一起去吗？"赵炳恒道："在下和周大人共事多年，互有支援，这种小事就不需要惊动魏大人了。"魏肇庆一想，这种事发生在自己辖区却一无所知，也算是失察，当然不希望更多的人知道，单独去就全凭自己如何分说了，如此也好，只要事办成了就行，忙向魏景昉道："赵大人与周大人的交情在这里，全凭赵大人费心了。"听儿子如此说魏景昉立刻明白了，道："那是自然，赵大人办事在下早有耳闻，我回京城立即报与郎中大人，赵大人行事果断处置有方。"赵炳恒道："还望魏大人多多美言，兄弟先行谢过。"之后，三个人对如何清剿、如何与山东协作进行了商议。有一件事赵炳恒坚决不同意，那就是山东人马过境剿匪，他不想把事情闹大，不过有周大人兵马参与料想无虞，两个人也就没再坚持。

第二十六章

撒天网，号令一声下
有机关，万事早谋划

这一天，土匪们要去抢永利盐场。这些人已经习惯了，就像要出去赶集一样推着小车，三三两两大说细拉着出发了，话虽如此，然到了地方还是四处分散开，待天黑了才到指定地点集合。像往常一样，抢盐坨还是一如既往地顺利，时辰到了盐坨便有人打出了信号，土匪们翻墙而过先将门房里的人控制住，打开大门让大伙从从容容进去，然后分一部分人堵在营房门口，大部分人则奔向盐坨开始装盐。听到外面有响声，营房里呼呼隆隆一阵响动，却没人敢出来，只几个人扒着窗户偷偷摸摸向外看，也被土匪们挥刀吓了回去，土匪们就像搬自己家东西一样将盐运出了盐坨。出了盐坨还和往常一样分头行动，分别到各处存盐，土匪们护送了一段时间，见没事一部分人在刘自起的带领下潜回，只剩下一小部分由老三带领着护送到接头地点。也就不到一刻钟工夫，盐场便又恢复了平静，让人感觉这里什么也没发生过一样，不过在不远处，老五带着几个人在青纱帐里蹲守着，他要确准盐场没有人出来跟踪才行。

送盐的土匪一路推着小车急速前行，连后面跟着的护卫也都是小跑着才能跟上，虽说匆忙行路，可没人发出半点声响。他们到了一个路口，又分成两队，分别到不同的接头地点送盐，也是早安排好了的，这些人不用安排早已熟悉了路径。又往前走了五六里，土匪们到了接头地点，大门早已打开，众人将小车推进院子，待要歇息一会儿将盐卸下，此时猛听大街上人声嘈杂，街上院外一片灯火通明，待要开门出去查看，房顶院墙便全是官军了。官府的人将院子围了个水泄不通，土匪们见大事不好慌忙拔刀就想往外冲，就听到有人大声喝道："谁敢反抗，格杀勿论。"大家定睛一看，在灯笼火把的照耀下，就见石东章提着钢枪堵在门口，身前十几名守卫手持钢枪站成一排列好阵势，墙头屋顶还有不下四五十名守卫都举着钢枪，黑洞洞的枪口摄人心魄。见此情景土匪们吓得傻呆呆愣在原地不敢动弹，就在他们对峙的时候，突然一个蒙面人从屋里跳将出来，还没等众人反应过来，三蹿两纵便到了石东章的面前，举起钢刀劈头便砍。说时迟那时快，猛然就见石大人身旁也跳出一人，手握长枪一下子挡住了蒙面人的攻击。关键时刻是俊青冲了出来。两个人你来我往就在院子里搏杀起来，土匪们见有人带头正要上前冲杀，就听一声炸响，官兵开枪了，一名土匪应声倒下，吓得众土匪一下子又愣住了。蒙面人听到枪响心里也是一惊，可是并没有停止攻击，反而步步紧逼，刀刀搏命企图将魏俊青逼开，枪手们见他们缠斗也不敢开枪，只得紧紧围着。虽如此魏俊青却阵脚不乱，就见魏俊青双臂猛然用力，大枪迎面砸在钢刀上，无论如何此人总是心虚，本想猛砍两刀抽身逃跑，不想魏俊青这一枪力道实在是大，蒙面人被砸得往后踉跄好几步，魏俊青顺势往前一个跨步，枪随身走，身随枪行，大枪从蒙面人肋间扎了进去，猛然往回一撤，鲜血瞬时喷了出来。只此一下，蒙面人再无反抗之力，只见他左手捂住肋间坐了下去，几个官兵刚要上前擒住，岂料蒙面人却突然举起钢刀对准自己的脖子抹了下去。在场的人一下子全愣住了，黑衣人虽说蒙着面，但土匪们看身形就知道此人不是别人，是他们的二当家，见二当家都没冲得出去，土匪们一下子失去了主心骨纷纷扔刀投降。老二怎么会在此地？这里非是别处，正是李虎的家，说起来这也是他们的约定，这一次行动来取上次的钱，所以老二比他们先到的李虎家。话说以前送盐都不直接送到李虎家里，自从李虎通过守卫首领结识了石东章，便堂而皇之地做起了食盐买卖，有时候家里存的盐少了也让土匪们直接把盐送到家里。每次土匪们把盐送到李虎家，他都好吃好喝地照应，土匪们自然愿意到他家送盐，没承想这次却被石东章逮了个正着。此时李虎也被俊青从屋里揪了出来，现在的他已完全没有了往日大商人的模样，人赃俱获没得话说，看着怒目横眉的石东章吓得连忙低头认罪。

话说送盐的走了，断后的老五带着几个人在青纱帐里观察情况，大约过了半个时辰工夫，就在老五要带人离开的时候，盐场内突然灯火通明，围墙上也人影闪动，盐坨陡然加强了防卫。老五有些看不懂了，每次抢了盐场虽说院子里人声嘈杂，有时还会派出人来跟踪，但从没有如此布置，老五隐隐感觉好像有些不对，连忙吩咐手下去放盐的地方查看情况，顺便通知大家不要久留迅速撤回。两个人立即飞奔而去，一个土匪赶往李虎家，远远就见大街上猛然灯火通明，官军们已将李虎家围了个水泄不通，登时吓得没了主意，这个土匪路都走不成了，连滚带爬跑回来给老五报信，道："五哥，不好了，李虎家被官军围了，我们的人可能被抓了！"听说此话老五的头嗡的一下子大了，心想这是出大事了，忙对手下道："快，快走，咱们赶紧回去报信。"于是几个人抄小路急忙往回赶。老五几人一路飞奔往回赶，突然见后面有一个人也在潜行，几个人急忙躲进青纱帐内，后面那人却不停下，待走到近前就听那人低声喝道："老五，是你吗？"老五听声音知道是三哥，忙跑了出来，道："三哥，怎么就你自己？"老三道："别说了，快走。"几个人再次出发往回赶。路上老三告诉老五："我们中了埋伏了，他们人很多，手里还有猎枪，咱们的人被撂倒好几个。"老五道："你怎么出来的？"老三道："别说了，我看情况不对，跳了院墙就跑出来了，他们在后面打了我好几枪。"老五道："你没事吧？"老三道："没事，还好我跑得快，一个砂也没中。"他不知道这次用的是雷明顿后膛枪，打的是子弹，真要是猎枪恐怕多少会受些伤。老五道："还好，那帮全完了，咱们赶紧给大哥送信，抓紧回来救他们。"老三道："我也是想快点回去送信，没想到追上了你们，快走。"老五道："你说他们有枪，他们怎么来的枪啊？难道官府派军队来了？"老三道："不知道啊，他们人不少，枪也不少？"老五一听大叫不好："坏了，恐怕村里也有埋伏？"老三道：

"不会吧，他们怎么知道我们？"老五道："看他们准备得这么好，应该是把准我们的脉了，咱们快走。"让老五猜对了，魏肇庆安排人早已盯紧了他们，就等他们动手好一网打尽，就在他们出发的时候俊杰给各方面送了信去，现在已经在刘家庄设好埋伏，就等他们自投罗网。

　　说起来行动迅速是好事，老五几个一路飞奔，眼看快到刘家庄的时候才追上队伍。前面的有些已经开始进村了，见此情景老五急忙冲着前面大声呼喊："大哥，等等！大哥，等等！"可是距离太远哪里听得到，老五急中生智，掏出响箭急忙射向天空。刘自起听到报警正在愣神的当口，忽听村庄四周传来了阵阵喊杀声，刘自起心说不好官军来了，当即大喝一声："跑！快跑！"村外的土匪们立即四散奔逃。他曾与大家约定，穿老百姓衣服的抓紧跑回家，穿夜行衣的骨干跟着他跑，就见几十个人猛地向南扎了下去，呼啦一下子扑进了青纱帐里，片刻工夫道路上已不见了人影。老五远远看着干着急帮不上忙，就在此时猛然想起刘自起嘱咐他的一件事，不管官军来多来少，一律不反抗，只一个字"跑"，于是老三、老五忙带领着兄弟们也迅速钻进了青纱帐。刘自起带着手下一路狂奔下来，警觉的他们并没有发现有官军跟上来，这才明白官军远远地等他们钻进口袋阵，幸亏老五放的响箭惊动了官军，他们跑进了青纱帐才避免了被围的下场。土匪们不敢停留继续狂奔，又跑出去大约四五里路，喊杀声已被远远地抛在身后，就在他们躲在庄稼地里略作喘息的时候，却听马队的声音由远及近追了过来，几十个人连忙屏住呼吸蹲在地上，吓得大气不敢出一声。马队声音由远及近、由近及远跑了过去，刘自起他们再次出发，向南一路狂奔，这些人走走停停、停停走走，几次与马队擦肩而过。大约跑出来十几里路，刘自起一伙来到一条河边，就见河上一条大船泊在岸边，大家迅速跑到船上当即拔锚起航。这是刘自起以前抢的一条船，在船上备下了能用半个月的吃穿用度，常年停在这里，岸上随时会有危险，可船一旦出了海，茫茫大海之上哪里还能寻得见。正要起锚出发之时，忽见岸上青纱帐里跑出来一群人，是老三、老五带着十来个兄弟赶了过来，刘自起急忙招呼老五上船，船老大拔锚起航，众人奋力划桨，半个时辰工夫船便来到了海上，大家一颗心终于落了地。回过神来清点人数，大约跑到船上的六十多个，小部分四散逃奔不知所踪，也不知跑掉了多少，只是送货的人全被抓了，差不多有五六十个。就在大家暗自庆幸逃过一劫，才发现只有老三、老五还有刘自起在，老二、老四没有跟来，刚才说过老二已经死了，老四去了哪里却不知道。无论如何刘自起的骨干基本都跟了出来，也就不见了十几个，大部分是被安排保护送盐队伍的。顾不得这些了，这些人又往深海里行进了一段才抛锚停下，见没有船只追来，这才放下心来。

沧州这边，赵炳恒是第二天去的周盛传的大营，向周大人报告说他发现了高岩余党，大约有四五百人，这些人四处抢劫盐场，筹集资金准备再次起势，因为活动区域地处直隶山东交界，并且行动十分隐蔽，自己安排人查了许久才调查清楚，还说这些人经常流窜到山东作案，有可能山东也有同党，所以要与山东这边同时行动才能一网打尽。周盛传一听此事非同小可，当即安排出动步兵一千进行清剿，还派了两百名骑兵进行策应，由自己的副将亲自带队，听从赵炳恒指挥。在劫匪抢永利盐场之前，赵炳恒也派人侦察了当地的情况，刘家庄往南十里有条大河，想过河往西绕行官道要多走五六里路，所以往南是条死路，于是赵炳恒安排人包围了村庄东西北三面，就等刘自起从南面进村自投罗网。没承想老五远远的一支响箭给刘自起报了信，土匪们向南逃了去，于是赵炳恒派骑兵一路向南追赶，正是青纱帐四起的时候，一直追到大河边也没发现土匪踪影，只能回头四处搜查。村庄这边早已安排兵丁守住了出口，官军们在村里挨家挨户地搜查，凡不是本村的青壮劳力全部抓了起来，凡在院内发现夜行衣、钢刀的也全都抓了起来，就这样他也抓了二十多个。有些土匪不少是本村百姓，平时大多在家耕种，青纱帐起来才随着抢盐，与在家务农没有两样所以无法辨认，不过也有些被抓了起来。见大部分土匪跑了，赵炳恒便严刑拷打抓起来的这些人，可这些土匪知道刘自起手段，再就是这些年也受了刘自起不少恩惠，倒也硬气只说自己什么也没干，盐匪的事一概不知。就这样审了好几天一直没有什么进展，再去其他村搜查，土匪们早已回到家中恢复了平常模样，有的怕事便躲了出去，也就不好再查了。原本计划好的一网打尽，被老五的一声响箭搅了局，让他们的主力全逃了出去，不过武定府这边却是大获全胜，不但抓了送盐的，李虎的百十个手下也悉数落网，一共抓了一百五十六人。赵炳恒向周盛传汇报说，这次行动加上山东，他们一共抓获了一百八十多人，只有少数余党逃走，算得大获全胜。

无论如何这次行动还是起了很大的作用，起码私盐的销售渠道断了，盐匪们就像断了一条腿，一下子无法再次行动。再就是通过魏肇庆运作，盐坨官兵们配上了枪支，内应也被抓了起来，没有了内应盐匪们一下子也不敢轻举妄动。这一次石东章算是扬眉吐气一回，土匪们都被抓了，各地盐民也都纷纷回来上工，几个盐场又慢慢恢复了往日的热闹。按照安排，俊杰又在当地招收了不少人壮大了护盐队，这里的盐户世世代代晒盐为生，大户们搬走后他们失去了活路所以才外出讨饭，听说又有人来开办盐场护盐保盐，大家踊跃参加，时间不长护盐队便成立起来了。有了当地护盐队，盐场无形中形成了一张巨大的消息网，一有风吹草动盐场便能得到消息，盐场比以前安全了不少。石东章还做了一件好事，那就是帮着魏肇庆又多批了五千张盐引，随着盐坨逐步恢复食盐供应，盐价慢慢恢复了正常。

第二十七章

欲同赴，谁料难无数
托重负，暗夜寻前路

这一天，魏肇庆正在家里看报纸，一篇奏议引起了他的注意。奏议中写道："天下大乘之变，方如烈火燎原，毁宫室，毙人畜在须臾之际，而一二老师宿儒，反叱火龙、水机为奇技淫巧，方且斋戒沐浴，磬折俯伏，欲以至诚感格上苍，使之反风而自灭，抑或击里鼓、召胥徒、礼井泉、分长幼，持杯勺以灌沃之，心非不诚，法非不古，而财务之烬于火，人命之毙于火者，已不可救药矣。御今日之外侮，而仍以昔日之兵器者，何以异此！"读到此处魏肇庆反反复复看了好几遍，随之陷入了沉思。此前所经所历皆在眼前，如今大势驱变，今后该如何应对？此议计长远。转至另一张，见此篇奏议写道："如铜铁、羽呢、洋布等类，皆关民生日用，洋船转运迅捷，输纳又仅半税，於是奸民包揽冒骗，大宗货物皆免完厘。因税则载在和约，无可议加，以至彼此轻重悬殊，商民交困，业爵渊鱼之喻，何堪设想！丁日昌拟设厂造耕织机器，众臣叠奏请开煤铁各矿，试办招商轮船，皆为内地开拓生计起见，盖既不能禁洋货之不来，又不能禁华民之不用。英国呢布运至中国，每岁售银三千馀万，又铜铁铅锡售银数百万，於中国女红匠作之利，妨夺不少。曷若亦设机器自为制造，轮船铁路自为转运。但使货物精华与彼相埒，彼物来自重洋，势不能与内地自产者比较，我利日兴，则彼利自薄，不独有益厘饷也。"看到此处魏肇庆陷入了沉思。山东自古就有纺纱织布传统，棉花大多自产自销，山东土布被大量卖到蒙古很是热销，但近几年市面上洋纱线越来越多，而且价格要便宜不少，越来越多的作坊改用洋纱线织布，土布生产日渐式微。正想着，芷妍走了进来，道："庆哥，今天正好得闲，我让裁缝给你量量尺寸，做两身衣服。"魏肇庆低头往身上看了看，道："我这身衣服才穿不久，还挺新呢？"芷妍道："都啥样了还新？这都穿一年了，颜色就快掉没了。"魏肇庆又低头看了看，道："没事，干干净净就行。"芷妍道："我知道，衣服新旧你不太在意，可你这一年到头在外面跑，出去办事也要体面不是？前两天我特意去济南府逛了逛，看着洋布不错就截了点回来，这些花色从来没见过，试了试又薄又结实，回来洗了基本不掉色，先给你做两身穿穿试试。"魏肇庆道："真有这么好的布料？"芷妍笑道："我什么时候骗过你。"魏肇庆听夫人如此说，拉着长音道："好，好，听你的，你让穿啥就穿啥。"芷妍笑道："这还差不多。"说着转身就要出去。魏肇庆道："妍儿，等会儿把布拿来我看看。"芷妍应了让丫鬟去拿。时间不长，裁缝宫师傅过来了，丫鬟也把布抱了过来。宫师傅问道："布洗了没有？"丫鬟应道："过了水了，不抽了。"魏肇庆指着布料问道："宫师傅，你是行家，这布料到底怎么样？"宫师傅上前拿起布料仔细看了看，说着拿起一块洋布用手指肚搓了搓，完后拿尺子量了三尺，用剪子剪开一个小口，双臂用力就听到撕拉一声，将布料一撕两半，才对魏肇庆道："不错，这料子真有劲。"魏肇庆道："是吗？"宫师傅道："少爷，不瞒您说，以前我一直认为咱们的土布是最好的布料，不光厚实还十分透气，虽说刚开始穿着有点扎，但是越洗穿着越舒服，可自从这几年有了洋布，在我看确实比咱土布要好不少。"魏肇庆道："您说说，到底好在哪里？"宫师傅拿起刚撕下的那块布递给魏肇庆，道："您摸摸，比咱们的土布薄不少，穿起来会舒服一些，特别是夏天穿着凉快，一般说布薄了就不结实，可刚才你也听了，这布料撕的时候声音很脆，说明人家的线有劲，比一般的布还结实。"魏肇庆用手扯了扯，又拿着布料翻来覆去看了看，确如宫师傅所言。宫师傅又道："少爷，人家洋布不光花色多，这花纹都是现成的，直接就能做成衣服了，可要是咱们土布，也就那几种颜色，青啊、白啊、蓝啊、黑啊，基本都是单色的，要想好看只能往上面绣花，不过绣上花就又多了一层，又扎又硬穿起来感觉就不一样了。"宫师傅问道："少奶奶，咱这布料多少钱一尺啊？"芷妍道："月儿，布料多少钱一尺来着？"月儿指着布料道："这块五十一尺，这块花的七十一尺，这块黑的三十一尺。"宫师傅道："这么便宜啊？比咱本地洋布还便宜啊？应该不是我们本地的，是外面进来的吧？"魏肇庆问道："本地的多少钱啊？"宫师傅道："这个色的土布要七十，本地洋布要六十，这个黑的差不多要四十五，这个花的咱们这里就没有。"转身对芷妍道："少奶奶，您从哪里买的啊？"芷妍道："宫师傅，这是前几天去济南府买来的。"宫师傅道："少奶奶，您啥时候还去济南啊？帮我也捎点回来，还是大地方，就是便宜。"芷妍应道："好的宫师傅，下次去我给您捎几匹回来。"随后宫师傅开始给魏肇庆量衣服。听着他们说话，魏肇庆却浑然不觉走神了，伸着胳膊愣在那里，木头人一样听着宫师傅指挥。宫师傅量完了尺寸，又和芷妍商定了做什么衣服便告辞出门，魏肇庆向门口走了几步像是去送宫师傅，芷妍看他蒙蒙的也就把他拦了下来，自己送了出去。思绪回来，魏肇庆猛见屋里怎么没了人，猛记起是在量衣服，人啥时候走的也不知道，刚要往外面看看就见芷妍从门外走了进来。魏肇庆问道："刚才不是量衣服吗？怎么不见人了？"芷妍看着他呆愣愣的不由得笑出了声，月儿也在后面捂着嘴，过了好一会儿芷妍才道："哎，你这个人啊，一想东西就着迷，刚才一定是又走神了，丢了魂一样快成木头人了。人家宫师傅给你量完就走了，刚才你不是还送人家了吗？"魏肇庆还没完全回过神，道："哦，量完了？"径自走到桌旁坐定，拿着布料翻来覆去地看。芷妍见他这样，强忍着没再笑出声来，知他又在想事情，怕惊扰了他，向月儿使了个眼色，二人轻手轻脚走了出去。

　　过了好久，魏肇庆这才回过神来，不过心里还是在想宫师傅的话。无论如何东西就在那里摆着，不由得你不服气，大势面前又该如何去做，这才是关键。魏肇庆拿起报纸来再看，奏议后面的一段话又引起了魏肇庆的注意：

"原奏持久一条。窃以古无久而不敝之法，惟在办事之人同心协力，后先相继，日益求精，不独保境息民，兼可推悟新意，裕财足用。如泰西各国，皆起於弹丸之地，创造各样利器，未及百年而成就如此之精，规画如此之远，拓地如此之广，岂非其举国上下积虑殚精，人思自奋之效乎？中国在五大洲中，自古称最强大，乃今为小邦所轻视。练兵、制器、购船诸事，师彼之长，去我之短，及今为之，而已迟矣。若再因循不办，或旋作旋辍，后患殆不忍言。若不稍变成法，於洋务开用人之途，使人人皆能通晓，将来即有防海万全之策，数十年后主持乏人，亦必名存实亡，渐归颓废。惟有中外一心，坚持必办，力排浮议，以成格为万不可泥，以风气为万不可不开，勿急近功，勿惜重费，精心果力，历久不懈，百折不回，庶几军实渐强，人才渐进，制造渐精，由能守而能战，转贫弱而为富强，或有其时乎？是天下臣民所祷祀求之者也。"看完，魏肇庆再次陷入了深思。

第二天，魏肇庆带上俊杰启程去了京城。用罢晚饭，魏景昉把魏肇庆叫到了书房，道："今天吃饭看你有话要说，有什么事吗？"魏肇庆道："前天看了您送来的京报，有件事我想问问。"说着把前天看的京报递给了父亲，魏景昉拿过来一看当即明白了，问道："你看了这份奏议有什么想法？"魏肇庆道："看了这份奏议我想了很多，自我记事起，咱们大清就饱受列强欺凌，一直以来大家都说朝廷不争气。这么多年捐输税银每年都不少，应该说百姓们已经尽了力了，朝廷上应该广施恩德抚慰大家，可一直不见多少动静，上下离心如何团结一心抵抗外侮？一直以来，我以为想大家所想，四处通联力保商路通畅，便能富民同心报效朝廷，可不管我如何努力，也不见地方有多少起色，近来更是洋货盛行，商户们越来越艰难。前些天家里买了些洋布做衣服，都说这洋布确比咱土布好了不知多少，由此可见我朝非但枪炮轮船等项不如人家，连这民生日用也落后不少。奏议我前前后后看了好几遍，朝廷如能采纳，博采众议取长补短，上下同心共谋发展定会振兴有望。"听魏肇庆满怀希望地说完，魏景昉知道孩子信心满满想要大有作为，心里自然十分高兴，可其中曲折却不能不说，于是道："肇庆，你说得不错，你能这么想我很高兴。

不过你也知道，现在的朝局真的一言难尽，单说这份奏议，说起来话就长了，你看到的这篇奏议乃是十年前的奏议。"听父亲说完，魏肇庆当时就惊到了，道："啊，这份奏议已经上了十年了啊？"魏景昉无奈地点了点头，道："对，算起来整整十年了。当年奏议呈上来的时候正值先皇驾崩，新皇即位，朝局不宁，奏议就此耽搁了。后来再次上奏，朝廷重臣除了奕亲王等少数几人赞同外，一片反对之声，讲立国之道，尚礼义不尚权谋，根本之图，在人心不在技艺。加之兴办洋务皆为汉官，本就人微言轻，推行起来更是困难重重。所幸有几位大人眼光高远坚持负重，支持兴办洋务，所创实业有了一定的发展，也为朝廷挣了些银子，朝廷这才在京报重发这份奏议，嘱各省督抚予以仿效，兴办洋务以利朝廷，你才在京报上看到了这篇奏议。这十年，可谓曲折艰难啊。"魏肇庆问道："那现在推行洋务应该没什么阻碍了吧？"魏景昉唉了一声，道："现今朝廷重臣多为满人，大都不屑洋务，几个洋务大臣虽有建树仍难进中枢，也就说话没多少分量。纵观朝廷上下，读书皆为出仕为官，期盼有朝一日光宗耀祖，两耳不闻窗外事、一心只读圣贤书，有几人为国事而忧？平常百姓更是度日艰难，根本无心关注朝廷家国，真正关心洋务的就那么区区几个，兴办洋务谈何容易。"不等魏景昉说完，魏肇庆便急声道："那也要办，既然是兴国利民的好事，就算是再困难也要办。"这句话说完，魏肇庆紧盯着魏景昉。昏暗的灯光下，魏景昉只静静坐着却没有接话，魏肇庆的眼里再次充满了迷茫。谈这些事情是有些难为父亲，他虽是一个京官，然进不了中枢的京官又能算得了什么，更何况他还是个汉官。魏肇庆起身给父亲倒了杯茶，递给了父亲，魏景昉接了却只端在手里，眼神木然。好一会儿，魏景昉颓然说了句："时间也不早了，这一天你也累了，先去休息吧。"

回到房里坐了一会儿，魏肇庆却没有一丝睡意，起身来拉开屋门举步来到院子里。天不算太晚，依稀还能听到小贩的吆喝声，远处灯火之光映照着的楼院隐约可见，想是推杯换盏歌舞升平。魏肇庆心里却波涛翻涌，来的时候满怀希望朝廷振兴有望，可父亲一席话却让他心灰意冷，魏肇庆站在院子里望着远方，弦月远挂天际，天空中点点繁星，本是静谧好夜景，一人移境异时空，旦夕祸福谁人设？芸芸众生共苍穹。站立许久，魏肇庆回屋又看起了这份奏议："原奏用人一条……似应於考试功令稍加变通，另开洋务进取一格，以资造就……拟请嗣后凡有海防省分，均宜设立洋学局，择通晓时务大员主持其事。分为格致、测算、舆图、火轮、机器、兵法、炮法、化学、电气学数门，此皆有切於民生日用军器制作之原。外国以之黜陟人才，故心思日出而不穷。华人聪明才力本无不逮西人之处，但未得其法，未入其门，盖无以鼓励作新之耳。如有志趣思议，於各种略通一二者，选收入局，延西人之博学而精者为之师友，按照所学浅深，酌给薪水，俾得研究精明，再试以事，或分派船厂炮局，或充补防营员弁。如有成效，分别文武，照军务保举章程，奏奖升阶，授以滨海沿江实缺，与正途出身无异；若始勤终怠，立予罢革。其京城同文馆、上海广方言馆习算学生，及出洋子弟学成回国，皆可分调入局教习，并酌量派往各机器局、各兵船差遣。如此多方诱掖，劝惩兼施，就所学以课所事，即使十人中得一成就，已多一人之用，百人中得十成就，已多十人之用，二十年后制器、驶船自强之功效见矣。"奏议条条句句在情在理，其呼也急，其求更迫，魏肇庆郁闷的心里闪过丝许光亮。骑马赶了一天路也是累了，魏肇庆熄了灯躺了下来，时值七月本就闷热难耐，辗转反侧许久才得入眠。

第二天早上起来，父亲已去了刑部，想着出去无事便到书房看起报来。不想时间不长父亲便急匆匆赶了回来，是魏景昉听说河南巡抚上了奏报：黄河上游来水日多，已征集物资运送上堤，安排沿岸百姓上堤值守。魏景昉顿觉事情紧急，回来询问山东这边可有防备，魏肇庆道："新上任的巡抚张曜大人十分关心黄河治理，多次巡视黄河，力主疏浚下游河道，不过张大人上任不到半年，很多事情尚未落实。"魏景昉道："既然河南已经安排上堤了，看来这次洪水应该不小，张大人刚到任不熟悉黄河水情，怕是一下子没有准备。"魏肇庆也坐不住了，忙道："那我抓紧回去，魏集附近险工不少，搞不好会出事。"魏景昉知道事情紧急也就不再留他，只嘱咐一路小心。

几个人骑快马往家赶，一路马不停蹄掌灯时分来到一家客栈，马已经累得嘴上泛起了白沫，一气跑出了三百多里路，人可以多坚持一会儿，马没吃没喝实在是跑不动了。几个人要了饭菜准备吃饭，也是饿了，上了菜便大口小口地吃了起来，俊杰猛然一抬头，见魏肇庆举着筷子双眉紧锁面色严峻，呆愣愣不知道在想些什么。一直以来魏肇庆行事从容气定神闲，谈笑间事情已然办好，这次来的路上听魏肇庆说各地洋货盛行，百姓手工货物行销困难，朝中大臣力主引进机器兴办洋务富国强民，是利国利民的大好事，却不知为何来了一趟京城反倒忧心忡忡了？俊杰道："肇庆哥，先别着急了，先吃饭，吃完饭你稍微歇一会儿，马喂饱了我叫你，等会儿还要赶路。"一路上魏肇庆思绪万千，一件利国利民的好事就因为满汉分歧压制了十年，于国于民有几个十年可以糟蹋，今年朝廷重提此事认可洋务，可仍是阻力重重前途未卜，黄河水患又突然而至，这两件事一起压得他有些喘不上气来。胡乱吃了几口饭，魏肇庆坐在椅子上闭目养神竟昏昏沉沉睡了过去，睡梦中依稀听见俊杰在叫自己。见魏肇庆醒了，俊杰道："肇庆哥，今天阴天路上太黑了，咱们还走吗？"魏肇庆出门看了看，天上阴云密布，不远处漆黑一片，可水患不等人，问道："俊杰，天这么黑你能认得路吗？"俊杰道："我认个差不多，咱们的马来回这么多趟了，它们也认得。"魏肇庆道："水火无情，出事就晚了，走。"几个人继续往家赶。

又赶了一夜的路，天渐渐亮了，眼见得进了山东境内，几个人在一条小河旁停了下来。魏肇庆去小河边洗脸，其他人牵着马在路上小遛一会儿，让马到河边吃点草料饮点水，一切准备就绪却不见魏肇庆上来，俊杰把马交给守卫，也想去洗个脸提提神。来到河边，就见魏肇庆正拿着一块手纸往鼻子里塞，身下的水被鼻血染红了一大片，俊杰急忙上前问道："肇庆哥，怎么破鼻子了？上火了啊，流了这么多血。"魏肇庆道："没事，一会儿就好。"俊杰担心道："要不要再休息一会儿吧？止住血再走。"魏肇庆将手纸往鼻子里使劲塞了塞，摆了摆手道："不用，不用，赶路要紧。"略顿片刻，见鼻子不再流血，洗了把手来到官道上。又跑出去三四里路，魏肇庆觉得鼻子堵着难受喘不上气来就把手纸抻了出来，想是堵着的伤口再次裂开，血又流了出来，急忙又把手纸塞了进去，却不想手纸已然被血水湿透，根本无法压住鼻子里的伤口。魏肇庆虽用力将鼻孔堵住了，血不再从鼻子里面流出来，但是口鼻相连，鲜血便倒流到了嘴里。马还在向前跑着，魏肇庆只得把流到嘴里的血吐出来，只能使劲把手纸往里面塞。又跑出去几里路，血流得越来越多，心想总不能一直往外吐吧，于是便任由血在嘴里含着，不想血液却在喉头慢慢凝结，堵在喉咙里上不得下不去，一时间窒息般无法呼吸。魏肇庆本想把马慢慢勒住，嘴里却出不来声，情急间只能双手紧拽缰绳，飞奔间马儿被猛地勒住缰绳，立时灰溜溜乱叫前腿腾空立起，魏肇庆一不留神被猛摔下马，与此同时一口鲜血狂喷而出。这一下摔得着实不轻，魏肇庆感觉头脑突然空了一下，无助的感觉瞬间包围了身体，猛地打了个寒战。俊杰突见魏肇庆从马上摔了下来，连忙从马上跳了下来扑到魏肇庆身边，见魏肇庆身前一摊鲜血，脸上也是血红一片登时惊得是七魂出窍，怕是中了袭击，连忙将身子挡在魏肇庆身前，叫众人四面警戒四处查看。此时魏肇庆已稍缓了过来，摆摆手指指自己的鼻子，俊杰一颗心方落了地。魏肇庆把鼻子里的手纸抻了出来，俊杰一看心立时又提了起来，就见魏肇庆鼻子里的血不再是一滴一滴地往下滴，而是连成了一条线在往下流。魏肇庆往鼻子里塞了几次手纸始终止不住，不长时间一小片地都被染红了。见如此，俊杰慌忙用刀从衣服角上割下一小块布料，三下两下绕成布条，打着火镰把布条头上烧了烧，随后熄了火将布条用力捻进魏肇庆了的鼻孔。魏肇庆只觉得鼻子疼得厉害，却也不敢乱动，俊杰将他慢慢搀到了路边，又将包袱放在树下，让他坐下休息一会儿。魏肇庆靠在树上紧闭双眼，思绪仍不断涌来，摆在眼前的是不管自己如何努力，所作所为仅有丝光寸亮，家国仍受辱于列强，富国强民之良策束之高阁十年不为所用，好端端发现了些许机会却被蒙头泼了一盆冷水，心里无比落寞。魏肇庆一路上一言不发，紧皱的眉头从没舒展过，俊杰很是诧异，从没见过魏肇庆如此难过，俊杰看在眼里急在心里。过了好一会儿，魏肇庆用手使劲搓了搓脸，只说了一个字："走！"

几个人飞马到了徒骇河边，就见徒骇河内波涛翻滚，黄河水翻着巨浪向东狂泻，黄河决口了！几个人急忙快马加鞭继续向前飞奔。到了魏集，魏肇庆让俊杰组织人把护庄沿堵起来，自己则马不停蹄直奔黄河大堰，一路上人们哀号遍地，疯狂奔走回家救援。魏肇庆骑着马继续向上游赶去，就听前面传来隆隆水声，天空阴沉沉了无声息，只那狂流发出恶魔般的吼声，炎炎夏日不免让人不寒而栗。河岸上站了不少人，面对着滔滔洪水已是束手无策，只茫然看向远方那淹没在洪水里的家园。

没膝的水里，魏肇庆牵着马慢慢走着，马儿怕水，魏肇庆用衣服遮了马头这才下来，就像两人携手共行。魏肇庆一只手搭在马脖子上，马儿则顺从地蹒跚而行，黄河水像从地底下冒出来一样，到处都是，慢慢没过了脚膝。许是大水见得多了，还是有心事要想，魏肇庆就这么慢慢走着，走着。浑浊的黄河水慢慢罩住了整个大地，幸好道旁栽了些树，这才找出哪里是路。五里水路魏肇庆走了差不多一个时辰，一路上想了许多许多，直到俊杰接了过来才把思绪慢慢收住。晚上睡下，魏肇庆只觉身上发冷，叫妻子又拿了被子盖上才感觉好些。芷妍轻抚魏肇庆的额头，顿觉热得吓人，忙请了大夫过来诊治。大夫过来问明情况，听说魏肇庆在洪水里泡了一个时辰，说怕是着了寒气，忙开了几副驱寒祛湿的草药，连夜熬了让魏肇庆服下。然第二天早上，魏肇庆仍觉头晕目眩不得动弹，又躺了两天才感觉好些。准备好了饭食，芷妍轻声道："庆哥，躺了两天了，起来坐坐吧，老躺着不好。"听芷妍如此说，魏肇庆强撑着穿上衣服坐了起来，谁知膝盖酸胀无比，仔细一看，膝盖已然肿胀了起来。芷妍忙又去请了大夫过来，仔细看了说是常年奔波应该外感了毒邪，这次又在冷水里泡了些时候，老症新伤发作了出来。大夫在药方的基础上又增加了两味通气活络的药草，又取了自家精心配制的膏药敷上，嘱咐魏肇庆千万不能再受寒。魏肇庆只得在家休养，幸好还算年轻身体倒没什么大碍，只是过了七八天才见好转。

这一天，魏肇庆带着俊杰来到了济南府，与郝大掌柜将这一年的经营账目清了，又将郝大掌柜介绍的客户好处也一并算了。郝大掌柜道："魏兄弟，真没想到你这一招如此厉害，现在好多商号又开始经营起来了，商户们的好处我替他们收下，先替他们谢谢你，今后一定嘱咐他们好好干，绝不能忘了兄弟的好处。"魏肇庆道："可不能这么说，没有二哥在济南掌舵，事情哪有如此顺利。"郝大掌柜道："咱俩就不客气了，一家人不说两家话，今天咱们锦盛楼不醉不归。"魏肇庆道："不必如此麻烦，就在镖局我陪着二哥多喝两盅。"郝大掌柜道："今天高兴，快过年了，也让大伙儿解解馋。"三掌柜的道："今天大哥上心情，你就别客气了。"魏肇庆道："恭敬不如从命，谢谢二哥。"说罢几个人起身出门。

虽是岁末，济南却不觉太冷，几人骑着马走在大街上。脚下的石板路光滑而平整，嘚嘚的马蹄声格外清脆。两旁的商铺人来人往好不热闹，吆喝声不绝于耳，点头哈腰的伙计成了一时风景。街道上人们大包小包拎着，还一边答应着上前揽客的伙计，想是要把一年挣的钱都花净才算。孩子们围着大人团团乱转，自然不是帮家人分担重量，一年不敢开口的他们自然不会放过这几天的好日子。更多的孩子却不与大人纠缠，一个纸糊的风车便满足了心愿，一只手高高举着，那飞速的转动成了他们的迷恋。远去了远去了，一窝蜂地远去了，大人们却不叫喊，只远远看着他们，这时候哪有比疯跑能让他们高兴。忽一阵嗡嗡声传来，就见一只空竹飞向了半空，就在人们惊呼声中空竹落在老者身后，苏秦背剑的招式却发挥了作用，空竹再次飞向了半空。这声音像集合的号角一般，不一会便围满了人，小孩子满眼的渴望，大人们则指指点点，讲述着玩家的机灵。

一行不觉来到了锦盛楼，众人分宾主落座。郝大掌柜道："伙计，先给这位掌柜报报菜名。"伙计道："好嘞，咱们的招牌菜有九转大肠、葱烧海参、红烧面筋、糟煎鱼片、拔丝莲子、蒲菜锅贴、活鱼两吃鸳鸯鱼扇，还有郝大掌柜最爱吃的糖醋黄河大鲤鱼、香酥德州大扒鸡，不知道掌柜的喜欢哪样？"魏肇庆道："还是二哥您来。"郝大掌柜的道："今天弟兄们来的不少，就把你们的招牌菜全上来，让兄弟们都尝尝。"魏肇庆道："二哥，您太客气了。"郝大掌柜道："兄弟不用客气，这次请你是有事请教。"魏肇庆道："二哥，这叫我如何担得起，有什么您尽管问就是。"郝大掌柜道："好，就按我说的，你们下去准备，可要好好露两手。"伙计们下去准备，郝大掌柜道："魏兄弟，一直以来我就在想，说你年纪轻轻怎么会有如此把握，能让整个商路又重新活了起来，以前我不好意思问，今天我好好请你一顿，你给大家好好讲讲。"魏肇庆道："二哥，我哪里那么大的本事，都是哥哥们支持我，我才能把事办成。"郝大掌柜道："这是后面的事，我就想知道一开始你是怎么想的。"魏肇庆道："说这一开始，二哥你也知道，以前做生意大部分是单打独斗，生意本就不大，更要保证货物安全，于是才有了镖局的兴盛。长久以来镖局既通畅了商路，又为商户们提供了安全保障，可近年来灾害饥荒连年不多，已不是逃荒要饭所能解决的了，在生死面前有些人选择了不按规矩行事，于是出现了不少悍匪，商路便出现了更大的危机，甚至有阻断的危险。这次危机要化解谈何容易，没想到机缘巧合，那天我在肇祥哥家中看到了一幕……"魏肇庆把鹰猴斗的故事又讲了一遍，最后讲道："所以我想，既然对手比较难缠，那我们就要比他更强大才行，只有这样才能让对手不敢轻举妄动，甚至一举击败对手，其二就是只有联合起来才能让我们更加强大，有了哥哥们的支持，就有了联通商户的通行证，就能让商户们信任我们，这才让商路慢慢通联起来。商户们也获得更多商机，反过来也能让辛苦劳作的百姓换来活路。"郝大掌柜道："对对，是这个道理，我们只想着怎么帮商家保住货物，人手多了得不偿失，人手少了很多事情又无能为力，你这一个"强大"直接解决了问题。"魏肇庆道："不过说来惭愧，虽说商路算是通了，也仅解决了一小部分人的问题，还是很多人一到灾荒之年便过不下去，背井离乡甚至沦为盗匪，真不知道如何是好？"二掌柜道："没这些人就没这么多事，他们找的麻烦还少吗？"郝大掌柜道："找麻烦是一回事，魏兄弟常怀悲悯之心才是儒商所为。"魏肇庆道："二哥过奖了，兄弟只是略尽绵薄之力。"魏肇庆又道："这两年咱们联合商家虽有所增长，然势头不如前两年，不知为何？"郝大掌柜道："说来惭愧，虽说商路基本通畅了，我们给出的条件也相当优惠，想着大家先发展起来再说，可如今发展困难却不仅商路一条，积弱积贫生活本来就捉襟见肘，货物行销便会非常困难，现在市面上还出现了不少洋货，本地商品更是受冲击不少，商家们也是难以为继。"魏肇庆道："知道这些洋货哪里来的吗？"郝大掌柜道："大部分是烟台那边过来的，烟台开埠通商多年，洋人不在少数。"魏肇庆道："既然洋人能生产出来，咱们人多劳力也多，买了机器我们自己生产。"郝大掌柜道："虽说如此，即便把机器买了来，咱们济南这边也没人懂啊。"魏肇庆道："难道偌大个济南就没有人懂洋务？"三掌柜道："济南倒是办了一家机器局，乃官府一手操办，不过外人一律不得入内。"魏肇庆道："这是为何？"郝大掌柜道："还不是机器局生产枪炮火药，自然不让外人进入。"魏肇庆道："既然如此，不知道二哥能不能请几个懂洋务的出来，给我们指点指点。"郝大掌柜道："估计不太好办，听说他们只归巡抚大人管辖，一般不得接触外人，何况他们造枪造炮，也和我们也没关系啊。"魏肇庆道："虽说他们制造枪炮和我们搭不上界，但经办洋务想必知道洋机器的来由，请教一下也不是坏事。"二掌柜道："我去他们那里看过，一个个大烟囱冒着黑烟吞金化银的，可不是一般人办得了的，也就官府能办得来，咱们还是好好干自己的营生算了。"郝大掌柜道："也是，上百亩地的厂子哪里是我们这些人办得了的，不行不行。"见此魏肇庆道："二哥，前些日子我从报纸上看了，现在朝廷鼓励地方经办洋务，想必有些营生我们可以办，此时抓住机会应该大有前途。"二掌柜道："魏老兄眼光好我相信，可大家想过没有，朝廷对洋务讳莫如深，恐怕事情不会如此简单。"魏肇庆自然知道，但还是说道："朝廷既然让办，那就是洋务自有其好处，不办办怎么知道？"二掌柜道："可当今朝廷对老百姓戒心很重，即便让办也不会十分安生，我们还是看看再说的好。"魏肇庆道："话虽如此，既然是好事那就早些开始，将来说不定大有可为，于国于家都有益处，想着朝廷应该不会太为难。"郝大掌柜见魏肇庆如此执着，便道："好吧，此事我来安排，至于官府同不同意那就要看造化了。"魏肇庆道："好，多谢二哥费心了。"见如此二位掌柜也就不再说什么。

经办洋务看来阻隔不少，魏肇庆一时不得其解，人虽在酒席宴上然心却不在焉。郝大掌柜见魏肇庆兴味索然，忙让着喝了几杯，道："魏兄弟，我知道离此不远漱玉泉那边住着几个高人，老兄一定想见。"魏肇庆道："二哥，都是什么人啊？"郝大掌柜道："是几个有大学问的人，虽说未能出仕为官，然诗词书画却是大有作为。"魏肇庆何尝不是如此，闲来无事常以书画为乐，一下子便来了兴致，抱拳施礼道："知我者，大哥也。"郝大掌柜指着众人道："我就说他喜欢，请来喝酒也没见他如此高兴，你看你们，一说吃后槽牙都露出来了。"众人皆哄堂大笑。

过完年，又下了一场大雪，一早起来屋檐上挂满了长长的冰凌。街边树上几只麻雀散落在树枝上，忽一两只飞来飞去，远没有往年呼啦啦飞起的样子。太阳已高高挂在了天上，没有一丝云彩，可人们却感受不到它的一丝温暖，一刻不停的寒风将温暖吹得一干二净。大街上，两个伙计推着一辆小车向村北走去，车筐里放着用棉被盖着的两只大盆，偶尔有些热气飘出来，立时就被风吹得不见踪影。车子在破庙门前停了下来，讨饭的人们见了一窝蜂地拿着饭碗跑了过来，两个人揭开棉被，将粥分给大家，另一个盆里的窝头也不太多，一个人只有两个。分完了，伙计们又推起车子往回走。已经一个多月了，就像例行公事一般，他们知道过不了多久讨饭的还要来不少。其实，有过七八个人忙这事的年景，看今年的样子，他们做了最坏的打算。不过还有一件事更让人糟心，那就是济南府传了信来，办洋务的人没能约出来，济南府这边把得很紧。

第二十八章

处得失，小事知大度
寻发展，大事莫知处

不知道昨晚喝了多少酒，马宝兴早上起来觉得头疼脑涨得厉害，身子还是不由自主地打着晃儿，晃晃悠悠走到桌边喝了碗水才稍好了些。棉花的事他天天挂在心里，老婆不止一次和他说领家来的活儿干不了两三天，一闲下来便是六七日，再不多领些来就不给饭吃了。周村是棉花布匹加工重地，许多人依靠棉花过生活，只要棉花布匹源源不断送来，人们的日子便不会太差，岂料这两年运过来的棉花越来越少，许多加工户因此停工，就连自己家都三天打鱼两天晒网的。为这事马宝兴找过商队，商队说这两年棉花降价降得厉害，老百姓种的少了，他们也没办法。马宝兴只好去找老朋友崔秀强，两个人聊了整整一个晚上，说了一个晚上棉花，秀强终于答应帮他想办法多转运些过来。想到此头也不那么疼了，马宝兴拍了下手，事情终于有了些眉目。忽感觉肚子有些饿，喊了两声也没人搭话，便到厨房看看有没有饭，马宝兴掀开锅盖一看，见有两个窝头和一碗粥在锅里，端起来还热得很。马宝兴又寻了半碗咸菜过来，刚喝了碗水可嘴里还是有些干，忙将那碗粥滋溜溜下了肚，又就着咸菜将两个窝头吃了，觉得身上才有了劲儿。想着昨天进的货还要安排，马宝兴放下饭碗起身便往货栈走。

刚走到货栈门口，就见院子里围满了人，马宝兴分开众人挤到里面，见几个人正抓着一辆车对峙着，却不是别人，一边抓着车的是自己老婆和一双儿女，另外一边是南街的两位大嫂，大儿子站在中间正手足无措。见此情景马宝兴大喝一声："干什么呢？都放开！"听到喊声几个人吓得慌忙撒了手。宝兴家的抬头见是他来了又伸手拉住了车，对面也不示弱伸手也把住车不放，见状，马宝兴上前拉开了老婆的手，又对另外两个人道："嫂子，你们也放开。"两边这才放开。马宝兴问道："怎么回事？"妇人道："刚才轮到我们领活儿了，这个小伙子刚给我们拉出来，这个人过来拉了就走，我们的活儿她凭什么抢？"宝兴家的道："这是我儿子拉给我的，是你们不论理和我抢。"妇人道："你讲理不？我们挨在前面，怎么就是你的了？"宝兴家的道："他是我儿子，他看见我来了就给我拉出来了，怎么说是给你们的？"妇人道："是你儿子怎么了？这是你家开的？来这里领活儿怎么说也要有个先来后到吧。"听到此马宝兴明白了，便对两个人道："都别说啦，排到你们了，这车你们先拉走。"见马宝兴发了话，妇人拉了车就要走，宝兴家的却不干了，一下子扑到车上大声道："不能走，我儿子给我拉的凭什么让她拉走？"死死抓住不让动。两个人道："你看看，你看看，不是我们的事吧？是她不让我们拉走。"马宝兴对老婆道："这车你让给她们，后面又不是没有，我再给你拉一车。"宝兴家的道："你算哪边的？她们欺负我你不管也就罢了，儿子都给我拉出来了，说什么也不能让给她们。"马宝兴道："人家先来的，就该是人家的，你怎么怪我，你叫我以后怎么安排活。"儿子也道："是人家先来的，先给他们吧。"宝兴家的道："人家欺负我也就算了，咱们还是不是一家人？"说话带了哭腔。马宝兴道："怎么能怪孩子？"说着冲儿子一挥手，道："快去，再去拉一车。"谁知儿子却没动，只道："爹，没有了。"马宝兴道："怎么没有了？"此时却听妇人道："你们一家子啊？那也不能不说理儿，我们可是先来的。"马宝兴往四周一看，围的人越来越多，心里也是着急，厉声对老婆道："你先回去，没了下次再说。"宝兴家的却不走，抢白道："下次？我都和你说多少天了，你一车也没给我拉家来，等你我等到啥时候啊？"马宝兴道："那也不能抢人家的，先让人家拉走，有事回家再说。"说着一把拉住老婆。妇人见马宝兴发话了，拉起车子急忙往外走，宝兴家的见状一把甩开马宝兴，上前死命拉住车子不放。马宝兴也是急了，上前一步用力拉开老婆，谁知用力过猛老婆收不住脚一下子摔倒在地。几时受过这种气啊，宝兴家的坐在地上立时大哭起来，女儿和小儿子对他也是怒目而视。马宝兴也顾不得这些了，大声喊道："还不快走！"妇人听了连忙拉起车子三步并作两步跑了出去。马宝兴冲着围着的人群道："看什么看？还不快去领活儿，再围着不领给他们。"众人听了连忙散开。见众人散又对儿子道："愣着干什么？还不快送你娘回家。"儿子上前想拉起母亲，宝兴家的哪里肯起，一边呼打着儿子的腿一边哭道："我累死累活养着老的拉着小的，你们合伙欺负我，我不活了，我不活了。"她这一哭马宝兴有些过意不去了，忙上前拉起老婆，一边低声道："快家去，在这里让人家笑话。"宝兴家的哭道："看笑话，我怕谁笑话？你这么欺负我，我不活了。"一头撞向马宝兴。急也不是恼也不是，马宝兴只能双手用力抱住老婆，谁知宝兴家的力气倒也不小，拧来滚去撒泼打起滚来。马宝兴的脸腾地红了，转身对儿子吼道："看什么看？还不过来。"儿子忙上前帮忙，两个人架着宝兴家的这才离开。一路上宝兴家的不停哭道："你们两个合伙欺负我，我不活了。"一个劲蹬腿撒泼。两人却也不停，只架着回到了家才罢，顾不得跟着的女儿小子攥着拳头戳戳哒哒，冷着脸白着眼嘴噘得能把驴儿栓。

虽说平日里宝兴家的管起孩子来厉害得很，可对马宝兴却是事事依从，今天马宝兴对她动粗她有些受不了，坐在地上一个劲儿地号啕大哭。女儿对马宝兴也是冷眼冷脸，孩子惧他威严不敢说话，可母亲这样他们也是十分难受，小儿子更是攥起了拳头。马宝兴只好道："别哭了，是我不对，我知道你是为家里好。"宝兴家的哭道："你忘恩负义，知道我为家里好你还当着那么多人摔我？"马宝兴道："你让我怎么办？今天我要让你把活拉家来，明天我就不要去了。"宝兴家的道："还赖我了？明天怎么就不要去了？我们又不是白要他的钱，我这么累死累活你还打我，你干脆打死我算了。"马宝兴道："胡说什么呢？我哪里打你了？"宝兴家的道："你没打我？你没打我？人家都看见了。"马宝兴道："我就是拉了你一下，做生意哪个不想和气生财，今天你来抢明天他来抢，天天打架买卖还做不做了，真要每天乱成这样你看还让不让我去？"宝兴家的听到这里使劲抹了一把泪，道："那你也不能摔倒我啊？让人家知道你厉害？知道你敢打老婆？"马宝兴道："我怎么打你了啦，我是不小心。"宝兴家的道："你就是成心的，使那么大劲。"马宝兴道："怪我怪我，我也是没办法，我要不拉住你，要是真闹到镖局掌柜的还不拿我的不是。"宝兴老婆道："拿你不是又怎么样，你辛辛苦苦这么多年，他还真不让你干了？"马宝兴道："不让干了倒不至于，可不让在货栈干了倒有可能，再说这事还牵扯你儿子，到时候让不让他干就不好说了。"说到儿子，宝兴家的又瞪圆了眼道："和我儿子有什么关系？不要啥事都往孩子身上扯。"马宝兴道："是你儿子拉出来的货对不对？是他没处理好才吵起来的对不对？你说和你儿子有没有关系，再往后老二也不用去了。"听马宝兴如此说宝兴家的气馁了不少。过了一会儿，宝兴家的道："这么说我们还不能从你那里领活了？"马宝兴道："那倒不至于，不过活越来越少，恐怕以后会更难，你没见工费也少了吗？"说到此宝兴家的止住了哭声，只忍不住啜泣道："我们娘仨，忙活一天，才一百个钱，还三天两头没活干，以前我们一天能挣三百多，这日子，没法过了！"说着眼泪又止不住流了下来。马宝兴忙抱起老婆到椅子上坐下，道："昨天就和你说了，我和商队说好了，他们答应多给送点过来，你不听。"宝兴家的道："我以为你说酒话。"马宝兴道："我什么时候骗过你？"宝兴家的白了他一眼，这些宽心的话她这两年听了不少。马宝兴道："你放心，以后我早点去，有活让老大尽量多拉点回来。"宝兴家的道："又骗我，还不知道你。"马宝兴道："怪我吗？这两年实在是活不多，那么多双眼就盯着，我也没办法。"宝兴家的着急道："你就这么天天骗我，就等着喝西北风吧。"马宝兴道："你先别着急，这不是已经和商队说了吗，以后咱们慢慢想办法。"此时宝兴家的不再哭了，活计的事占据了她的脑子，受的委屈只好暂时抛到了一边。

就在此时，一直没有说话的女儿道："娘，俺婶子早就不轧花了，她家买了织机织洋布，燕子说忙都忙不过来。"宝兴家的道："你知道啥，你会纺线还是会牵机织布，这些咱们啥也不会。"女儿道："燕子说不用自己纺线，牵机也不用到外面刷，在家里就能牵好了。"宝兴家的问道："不刷机不断啊？"女儿道："燕子说了，她家买的洋线又细又结实，仔细着基本不断，织出来的布又薄又滑溜，洗了还不掉色。"马宝兴道："他婶子是经常去领线，应该挺挣钱。"宝兴家的道："有好事怎么不早说？"女儿道："我们干活你不让说话，你说说话耽误干活，我一说话你就训我。"宝兴家的道："你和你弟一说话就吵，不让你说是让你们少吵架，你不会抽空和我说啊。"女儿嗫嚅道："我这不是说了吗？"宝兴家的道："你个死丫头，敢反嘴了？"马宝兴道："孩子给你说了还骂她，年下孩子出嫁了看你还骂谁去？"听说此话宝兴家的神情黯然不再说话。见此情景马宝兴也觉不对，道："没事，又不上远处去，妮子，等会儿和你娘上你婶子家去，好好和你婶子学学，把你娘也教会了。"宝兴家的道："好学吗？"女儿道："有我呢，一定能学会。"马宝兴道："现在干得少好挣钱，你先学会了，我去问问织机从哪里买的，明天我就去买。"宝兴家的道："我先去看看，行你再去买。"小儿子听说不用轧棉花了也是高兴了，喊道："不用轧花喽，不用轧花喽。"宝兴家的没好气地道："不轧花你吃啥？明天就不给你饭吃。"女儿也道："我和咱娘织布，这台轧花机就给你留着，让你天天自己轧棉花。"听说此话，刚欢呼雀跃的小儿子哇地一声哭了起来。马宝兴道："吓唬孩子干啥？小川这么听话你还吓唬他。"宝兴家的道："一说不干活就欢腾，不干活吃啥啊？"马宝兴道："怎么不干活了？我看老二干活挺勤快。"说着一把揽过孩子道："织布你是帮不上忙了，明天我去和你二伯说，让你跟他去练武，将来去镖局押镖。"儿子抬头问道："做镖师能挣钱吗？"马宝兴道："比我挣钱多。"儿子一脸惊喜，道："真的吗？"马宝兴道："真的，骗你干啥。"儿子高兴得又要叫起来，回头见娘在看他，举起的手放也不是举也不是，笑容一下子僵在了脸上，一家人看在眼里，憋不住都笑出了声。

见家里安顿好了，马宝兴叫上老大要回货栈。宝兴家的道："都中午了，吃了饭再去吧。"马宝兴道："让你这一闹那里还不知道怎么乱，我过去看看别出事。"宝兴家的道："都快中午了，能出什么事？有事早来叫你了。"马宝兴道："出事就晚了，老二以后还要去镖局，出了事怎么说话？"又道："你做好饭，我看看没事就回来。"说着便出了门。

中午吃过饭，宝兴家的带着两个孩子来到了弟媳家，刚到门口就见大门紧闭，儿子腿快冲上前去啪啪打门，边喊道："婶婶，婶婶。"好一会儿才听里面问道："谁啊？"小儿子喊道："婶婶，我啊，小川。"里面这才拉开门闩打开大门。弟媳抬头见嫂子也在忙道："嫂子，你怎么来了？"还没等宝兴家的说话，小儿子抢道："俺娘来学织布。"弟媳听言却道："学什么织布，谁说俺家会织布的？"小儿子道："俺姐说的，俺姐说你家会织布。"说着望向姐姐。弟媳道："乱说，俺家不会。"话虽如此却迈步拉起娘仨往院里走，一边使了个眼色给嫂子。小儿子却不明白，辩道："俺姐说的，俺姐从来不骗人？"说话众人来到院里。弟媳重又把门插上这才道："傻小子，大人的事你少管，你军哥在屋里玩呢，快去吧。"宝兴家的看了弟媳一眼道："小川，去找你哥玩吧。"小儿子虽仍是疑惑，可禁不住玩的诱惑，边喊着军子哥边向屋里跑去。

见小儿子跑进了屋，宝兴家的才道："你这干啥啊？大白天地插着门，当贼似的。"弟媳道："哎，也就你来吧，别人来我还不一定给他开门呢。"宝兴家的道："为啥啊，大白天的你插着门干啥？"弟媳又把娘俩让到了正房，这才道："干啥，妮子不是和你说了吗，天天忙活，哪有工夫啊？"宝兴家的道："这么忙啊，可也不能老关着门啊？"弟媳没有答话，盯着宝兴女儿道："准是二妮子和你说的吧？"宝兴女儿道："不是她说的，你不让俺妹说，不是她说的。"弟媳道："还不是，这事没有知道的，不是她是谁？"宝兴女儿道："不是，不是俺妹妹。"宝兴家的道："又不是见不得人的事，干啥不说啊？"弟媳道："嗯，你干轧花还不知道吗，你也干我也干，现在还有活吗？"这刚打了一架，宝兴家的那里不知道，忙道："哦，知道了知道了，你哥让我过来，对我你可说吧。"弟媳道："哎呀嫂子，看你说的，我要不教给你，老二还不和我打仗啊。"宝兴家的道:"你放心,你教给我,我谁也不说。"弟媳又叮了一句:"行,只要你不说我就教给你。"说着瞄了一眼里屋。宝兴家的心领神会,道:"你放心,都不会向外说,你知道吗?今天早上为了车棉花和南街那两个不说理的娘儿们打起来了,要是你在,咱们俩一块撕了她。"弟媳对宝兴女儿道:"傻妮子,你怎么不来叫我,我去了一准撕了她,还让她欺负。"宝兴女儿道:"俺爹一会儿就去了。"宝兴家的道:"要不是他爹拦着,我一准不和她散伙。"弟媳道:"俺哥就是老实,咱这么一大家子,还让她欺负?"宝兴家的道:"他也是为了孩子,说不能惹事,他说过两天让川子和军子一块学武,长大了去镖局。"弟媳道:"也对,川子的事大,等川子军子长起来,看谁还敢欺负咱。"

宝兴家的向四周看了看,见屋里什么也没有,便问道:"你的织机在哪里啊,我怎么没看见?"弟媳道:"怎么能放正屋,人来人往的,在东屋呢。"宝兴家的道:"走,我看看啥样的。"说着抬脚便向外走,又道:"难不?我能学会不?"弟媳道:"不难,就是累得慌。"来到东屋,其实就一台织机,二妮子正在织机上忙活着,见大娘进来,忙道:"大娘,英子姐。"说着停下手里的活就要下来。弟媳道:"等会儿,你先织两下给你大娘看看,你大娘想学。"二妮子倒十分熟练,边织边说,不一会儿便讲了个明明白白。宝兴家的道:"妮子,你跟谁学的啊?织得这么溜。"二妮子看了母亲一眼道:"俺从烟台学的。"宝兴家的道:"啥,你上烟台学的?"二妮子道:"俺爹去烟台送货的时候知道那边有织洋布的,让俺去学了半年,这才学会了。"宝兴家的道:"学了半年?你刚和我说了这么一会儿,这就行吗?"二妮子道:"行,慢慢熟了就行了,我去人家那里,人家就让干活,织机都不让上。"宝兴家的道:"那你怎么学会的?"二妮子道:"慢慢看呗,时间长了就学会了。"宝兴家的道:"可不容易了,二妮子。"说着对女儿道:"你看你妹妹,啥都会,你啥也不会。"宝兴女儿道:"你又不送我去学,要送我去烟台我也学会了。"弟媳道:"还去什么烟台,明天过来让二妮子教教你,用不了两天啥都会了。"宝兴女儿道:"行,明天一早我就来。"说着冲二妮子眨了眨眼。二妮子道:"天天织布闷死了，以后咱两个从这里织，让俺娘和俺大娘织去。"宝兴女儿道："好啊好啊，俺娘也是天天不让说话。"弟媳道："你们就天天拉呱，就不用干活儿了。"宝兴女儿道："不干活儿吃啥啊？"宝兴家的道："就是，不干活儿吃啥啊？"说完才反应过来女儿是在学她，举起巴掌作势要打。宝兴女儿道："不说啦，不说啦。"笑着躲到一边。弟媳道："大妮子好，二妮啥话也不说。"宝兴家的道："二妮不说可人家能干，你看你家过得。"弟媳道："还不是早晚去人家。"宝兴家的看了一眼女儿，落寞道："还不一样吗？"弟媳道："英子婆家又不远，你着啥急。"宝兴家的道："不远是不远，可怎么也不在眼前儿，到时候连个说话的都没有。"弟媳道："说话你又嫌人家，要走你又想人家，我看还是二妮说得对，咱俩凑合凑合算了。"宝兴女儿道："对，对，还是俺婶婶好。"说着看向二妮子，两人对视而笑。宝兴家的也笑道："好，听你的，可不能天天拉呱不干活儿啊。"两个孩子学着宝兴家的道："不干活儿吃啥啊？"两个孩子娘听罢也哈哈大笑起来。

大人们聊得热闹，不想两个孩子却聊起了大事。小川见小军正在写字，问道："军哥，你写的啥？"小军今年十七，比小川大了不少，见小川进来放下手中的笔，道："就要乡试了，先生让我多练练。"小川道："咱们长大不都去镖局吗？你写这些干啥？"小军道："这可是好东西。"小川道："我娘就让我干活，从不让我上学，写这个真有用吗？"小军微微一笑，道："书中自有颜如玉，书中自有黄金屋。"小川道："颜如玉？黄金屋？"小军道："你不懂！"小川道："军哥，你给我讲讲。"小军道："你知道我家为什么关着门织布不让别人知道？"小川道："为什么啊？"小军道："我家织布是从烟台那边学的，咱们这里都还不会，所以不让别人知道，免得抢了我家生意。"小川道："那我们来学也不教吗？"小军道："你们怎么能不教？"小川道："那不也抢你家生意吗？"小军道："多你们一家没事。"小川道："那就我们两家干吗？"小军道："也不止我们两家，听我娘说还有不少干的。"小川道："有那么多干的还瞒着干什么？"小军道："咱们这里的人都这样，都互相瞒着不让别人知道，以为只有自己干才能多挣钱。"小川道："不是吗？我家轧花就没活干了。"小军道:"你知道谁抢了你家生意？"小川道:"南街那两个娘们。"小军道:"她们怎么抢了你家的生意？"小川道:"俺家的活就是让她们拉走了。"小军道:"她们拉一车货能抢你多少？你知道现在活为啥少了？"小川道:"不知道，是干得多了吧？"小军道:"以前干的也不少，还不是都有活干。"小川茫然道:"那是为啥？"小军道:"你知道吗，人家烟台那边都用机器轧花，一台机器顶十好几个人，一个厂子好几百台机器，人家干一天顶你家干好几年的，活都让他们抢走了。"小川道:"干那么快啊，你怎么知道的？"小军道:"是我爹说的。"小川道:"那以后就没有轧花的活了？"小军道:"不光没有轧花的活了，连织布的活也快没有了。"小川瞪大了双眼道:"还有织布的机器啊？"小军道:"有。"小川更是惊愕，道:"那你家不说还有什么用啊？"小军道:"所以我爹让我好好读书，要不我天天读书写字干什么？"小川道:"考上秀才你就能当大官了。"小川神情黯然，又问道:"不会以后连押镖也没有了吧？"小军道:"那也说不定。"小川道:"那我以后能干啥？"小军安慰道:"现在镖局还算红火，你先去镖局干着。"小川想了想道:"你以后当了大官可不能忘了我。"小军道:"我怎么能忘了你。"小川笑道:"好，你当了大官我给你当保镖。"小军道:"行，就让你来干。"又问道:"我前两天教给你的拳你会打了吗？"小川道:"我天天练，我打给你看。"说着两个人来到外面。

第二十九章

又无路，恶虎遇穷途
实定数，才见又放逐

　　这一天，刘自起兄弟三人又聚在了一起。自从上次被官军剿杀，转眼几年过去了，他的弟兄们当场死了两个，被抓住的扛不住板子一命呜呼了好几个，发配的有二十来个，还有不少直接吓得不敢来了，最后老三清点了下，留下来的也就六十多人。出了事刘自起和手下四下活动，可最终收效不大，一来是被抓的基本都是抓的现行，证据确凿，二来是虽说他们挣了些钱，可架不住人太多，花了不少钱才将赵炳恒抓去的人救回来两个，其他都按律判了。不过最让人奇怪的是至今没有找到老四，刘自起派人四处打听也没一点消息，老四家里也不知道他到底去了哪里，他的老婆孩子还算不错，没找刘自起哭闹，不过刘自起还是派人送了一百两银子过去安抚，并答应继续寻找。几年里他们试图再去盐场抢盐，可是他们一到盐场附近就发现戒备比以前严了很多，只要入夜，值班的守卫就会爬上院墙碉堡、角楼瞭望，发现情况铜锣敲得山响，守卫们便会呼啦啦爬上院墙。自从盐场购买了枪支，抽冷子就放上几枪，吓得他们不敢靠近。更让他们恐惧的是盐场有了护盐队，不光配备了枪支还配备了马匹，行动非常迅速，有几次不是躲得快，差点就让人家给包了饺子。再就是销盐渠道没了，前些年李虎把他抢到的盐全部销了出去，但这次李虎算是全军覆没，连他的手下也全部送进了监狱，打杂的都给流放了。再就是老二花钱收买的盐场内应也完蛋了，几个人都让石东章给处理了。刘自起只能暂时放弃盐坨，偶尔抢一下其他盐贩的盐，可盐场加强了戒备以后，别的盐匪也没有太多机会了，贩盐的也就少了许多。幸亏刘自起前几年留了些钱，几年下来还算过得去，可是人一旦富起来就很难再过穷日子。老五愁眉苦脸地道："大哥，再这样下去弟兄们都受不了了，实在是挣不到钱了，好几个弟兄说要退伙。"老三不耐烦地道："不愿干散伙！跟着大哥吃香的喝辣的没一个说不干，现在要退伙？以后想来都不要他。"老五又道："也不能怪弟兄们，这几年我们基本没什么进项，坐吃山空的日子实在不好过。"刘自起没答话却问老三："老三，我让你训练的人你训练的怎么样了？"老五见刘自起说话了也就赶紧闭了嘴。老三道："大哥，你放心，你让我办的事我能不好好办吗？我在马家村我姑家旁边找了个院子，白天都在家里干活，晚上教他们功夫，有二十来个长进很快，高来高去低来低走没有问题，您的刀法他们也学了个五六成，一般对付七八个人不在话下。"刘自起轻轻点了点头，就在他刚要说话的时候忽听到窗外有人说话："大哥，我回来了！"刘自起三人立时警觉地站了起来，将手边的钢刀提起来躲到门边。门推开了，有个人蹒跚着走了进来，就见此人身上衣不遮体，整个人瘦得不成人形，一头乱发遮住了大半个脸，三个人猛然一看竟没认出到底是谁，正要上前拿下，就见此人进来扑通一声冲刘自起跪了下来，哭道："大哥，我回来了。"三个人还是非常疑惑，手下没有这个人啊。此人再道："大哥，是我回来了。"刘自起借着灯光仔细一看，一把扶起来人道："老四，是你？真的是你回来了？"三个人仔细观看，确实是老四，只是形容憔悴得不成样子。看着眼前枯瘦的老四，不约而同地问："四哥，你怎么这样了？""老四，你怎么现在才回来？"刘自起挽起老四让他坐下，随后问："这些年你去哪里了？"老四道："大哥，一言难尽！"接着道："我刚去你家了，你不在，我记得你说过，家里找不到有事来这里找，我就赶了过来，没想到你们都在。"刘自起道："我们一直都在，只是到处打听也没找到你，这些年你到哪里去了？"老四却哭道："我对不起二哥。"说着又扑通一声跪了下去。听老四如此讲大家都是一愣，到底出什么事了？都是一头雾水。老三道："哭什么哭，到底怎么回事？"老四道："二哥是为救我而死的，我对不起二哥。"刘自起道："老二是死得可怜，可和你有什么关系？你起来说。"说罢又将老四扶了起来。此时老五给老四端了碗水过来，道："四哥，先喝口水。"老四咕嘟咕嘟喝了又开口道："那天晚上，我们从盐坨出来，看一切顺利就让强子他们跟着老三去送盐，我馋酒了，想去找点酒喝，送盐的都说李虎出手大方送了盐去管酒喝，我就抄近路去了李虎家，到了李虎家见二哥也在。"刘自起道："老二去我知道，他是去收上次的盐钱。"老四接着道："是啊，二哥去了不一会儿李虎就把盐钱给他了，还安排人置办酒菜，这个时候我们送盐的也到了，可谁也没想到，他们刚进门就被围了起来，我和二哥也都被堵在了李虎家里。"刘自起道："我们到处找你找不到，也和李虎那边的人打听了，都说没见过你。"老四接着道："大哥，你听我说，二哥一直对我好，看到被围起来了，他知道李虎家的人都认识他没得跑，我是第一次去，他就和李虎说好让我假扮他的下人，我就换成了下人打扮，二哥他们还把藏钱的地方告诉了我，让我日后告诉大哥，还嘱咐我，让我照顾好他的家人，二哥就冲了出去，二哥死得好惨啊。"说着，老四竟呜呜地哭了起来。一是感激老二救他性命不惜以身赴死，二是自己这些年在西北艰难度日，历尽艰辛找到了兄弟几个，心中感慨一下子涌上心头，终于哭了出来。三个人见老四痛哭失声加之老二如此义气也不免流下了眼泪，过了好一会儿老四才断断续续地道："二哥被人家大枪穿肋而过，死得冤啊，我都疼死了，不过二哥真是硬汉子，到死都没吭一声。"接着又是泣不成声。听到此几人百感交集。老三老五忍不住抱住老四也是悲由心起，泪流满面。等老四止住悲声，老三才问："老四，你又去了哪里？"老四答道："三哥，说来话长，我和李虎家的下人一起被抓了起来，就屋里和我换衣服的人知道我是和二哥一起的，他倒是李虎的心腹，啥都没说，我就按李虎的从犯被判了流放，流放到了陕西。在牢里我不敢说我是谁，也不敢往外面传话，陕西看管得严又跑不出来，刑期满了我才往家赶，没想到我们兄弟还能见着面，是二哥救了我，我没能和二哥一起拼命，我对不起二哥。"说着老四又号啕大哭起

来。刘自起听到这些禁不住潸然泪下。过了好一会儿，刘自起道："老二最讲义气，他知道没得逃，何必死了还要搭上一个，老二是我们的好兄弟。老四能回来找我们，还想着照顾老二的家人，也是我们的好兄弟。"说完与兄弟三个紧紧抱在了一起。刘自起自视甚高，当初他只想帮这几个人活下去，传授给这些人武功，后来他们没有出路，自觉自己有些能力，组织他们抢劫盐场，也是为了帮助他们，然今天听老四说老二为救老四以身赴死，为报恩老四历经艰险回来找寻兄弟，都是舍命相及，自此才真正视几个人为兄弟。

第二天晚上，兄弟四人带着十几个手下来到了李虎的家。李虎家在出事以后就被查抄了，妻子也被收了监，后来李虎受不得严刑死在了狱中，儿子被远房的一个亲戚收留了，刘自起倒是安排人去看过，这个人待孩子还算不错，也就没再怎么管。李虎家的院子也被官府卖了，一个富户看他家宅院好买了过去。李虎当时建这个房子花了五六千两银子，这个富户只花了一千两银子便买了下来。李虎家的院墙足有一丈多高，这倒难不住这些人，两个人搭了个人梯，一下子便蹿了上去，进到院里将院门打开，十几个人一拥而入。到了屋门口便不再顾忌，上去一脚就把屋门哐当踹开，此时富户正在卧房睡觉，几个人上去抓着头发就把他拖到了正房，几个手下高举着火把，刘自起兄弟往前面一站围住了富户。富户抬头一看，见几个大汉手提钢刀凶神恶煞般围着他，吓得是浑身打战，一个劲儿地磕头求饶，见几人仍不说话更是吓得要命，连声道："大爷饶命，大爷饶命，要什么我都给。"此时老三才道："要什么你都给？把你家的银子全拿出来，要不然杀你全家！"富户连忙道："行，行，只要饶了我的家人，银子全给你。"说着哆里哆嗦进到卧房。卧房里富户老婆蜷缩在墙角躲在被子里瑟瑟发抖，见人进来更是吓得要命，抖成一团筛糠一般，富户爬到炕上，在床头的柜子里取出一个包裹递了过来，打开一看，包裹里包的全是现银，足足三百多两。老三道："好，你还挺老实，今天就饶了你，但有一件，今天的事你要讲出去，要你全家的命，去里屋待着，天不亮不能出来。"富户连忙跑进里屋爬到炕上，大气不敢出一声。老四指了指屋角，老五指挥手下用钢刀撬开地面，不一会儿便挖出一个大瓷坛子，几个人带上东西迅速退出，顺原路出了村子。

回到家，兄弟几个打开坛子一看，见里面存着现银就有五百余两，更让几个人都吃惊的是，里面的银票足足有八万两。大家都在盘算，李虎怎么挣了那么多钱？他们兄弟几个一年到头冒这么大风险也就收入个五六千两，还要养着手下两百个弟兄，一年剩下的银子也就两千多两，可李虎一下就存下了这么多。他们没想到的是李虎这么多年在他们这里收盐，虽说比在盐户那里贵了些，但是这些年来得到的盐那是增加了许多倍，并且这些年私盐价格翻了好几番，李虎准确地说是个奸商，市面盐价上升就是他推波助澜的结果，盐价炒到了这么高，与刘自起比起来他更是罪魁祸首，不过老鼠还是给猫攒着，这些钱最终到了他们几个手中。

这一天刚吃过早饭，武定府协和钱庄来了三个客人，有个领头的到了柜上递给伙计一张收据，伙计拿过来一看，是一张八万两银子的收据。伙计微微愣了一下，此时就听领头那人道："看什么看，你们钱庄开的单子不认识？马上兑银子，我有急用。"伙计答道："这位掌柜，收据是我们钱庄的，不过一下子取这么多现银，要先报给我们掌柜的为您筹备才行。"有伙计起身往后面去，不一会儿李掌柜来到了柜前，抱拳施礼道："这位掌柜，伙计和我说您要把银子取走。"领头的道："家里有急事，银子今天要全部取走。"李掌柜答道："您取走现银我们应该立即照办，可实在是对不住，钱庄每天营业也就三五千两银子，您一下子取这么多要容我们准备两日，去总号调银子过来。"领头的不耐烦地道："什么？还要去总号调银子？你们这是怎么干的买卖，这点钱都付不出来？"掌柜的赔着笑道："现在地面上不太平，总号每天都把银子收过去，没多少现银在柜上，两天后您来取，银子立马兑付给您。"领头的道："你们总号在哪里，取这点银子还要两天？"李掌柜道："掌柜的您说笑了，这可是八万两银子，咱们武定府哪家钱庄能一下子拿出八万两银子啊，恐怕现在不好说。"领头的道："这么说你们总号有了？那我们去总号兑银子总可以了吧。"李掌柜道："我们总号只存银子不做兑付，去了您也取不出来，您放心我马上派人去总号，一定尽快把银子给您运过来。"领头的道："那不行，你们总号在哪里？我们去问问为什么我们的银子不能在那里取。"李掌柜道："这个不是我们说了算，这是官府规定的，真要去那里取要报到官府，官府同意了才行。"领头的道："我取我自己的银子还要报到官府？哪有这样的道理。"李掌柜道："实在是不好意思，这也是没办法，我们也不想报啊，您要是想去总号那必须要报，否则日后查出来我们就不用干了。"领头的思量了好一会儿，还是说道："好，那你告诉我总号在哪里，我去问问总可以吧，这总不用报告官府吧？"李掌柜道："那倒不用，总号离此不远，就在城南魏集镇。"领头的道："你们能不能快点，总号离这里又不远。"李掌柜道："好，我马上就派人去，不过最快也要后天上午了。"领头的道："也就几十里路怎么还要两天？"李掌柜道："这么多银子我们要保证路上安全，万一出事也耽误您取银子了不是？"领头的不耐烦地道："那你们就快点，要不以后就不在你们这里存了。"取银子的一万个不愿意也没办法，只好带人先回去。

见几个人走远，李掌柜吩咐照常营业，亲自写了封调银子的单据让伙计送往魏集。没承想这个伙计在路上却碰到了劫道的，被打得鼻青脸肿才被放行，不过单据倒是没丢，几个人看了没用便丢给了他。单据送到了魏肇庆手里，伙计道："老爷，有人来取那笔银子了。"魏肇庆道："他们还真敢来？"伙计道："真来了，李掌柜看了，就是那张银票。"说起这件事还得从李掌柜说起，几年前李掌柜还是钱庄伙计，一个富商模样的人带着两个家人来到了钱庄，拿着几张到期收据来换收据，李掌柜给算了一下，连本带息一共八万两银子。李掌柜来到柜前对坐着的掌柜道："掌柜的您吉祥，在我们店里存钱也好几年了，今天第一次来不知道是您，我们掌柜的在后面，我去请掌柜的过来？"富商道："今天顺道过来，还有事，不用了。"李掌柜道："掌柜的生意兴隆日进斗金，不知道哪里发财？"家人却抢话道："我们东家现在做盐商，买卖好着呢。"李掌柜道："恭喜掌柜的发财，掌柜的您看这样，如果钱一时不用不如存个定期，给您的红利也多，现在散存也就两厘的利息，如果存三年每年可得五厘的利息，不知道掌柜的您怎么打算？"家人道："我们东家买卖大着呢，利息给高点以后多在你这里存。"李掌柜忙向坐着的掌柜施了个礼，道："咱们武定府的盐场海丰、利津的最大，不知道掌柜的您做哪盐场的买卖？"家人抢话道："这是我们李虎李东家，连他你都不认识？"李掌柜忙向李虎作了个揖，道："小的失礼了，不知道李掌柜大驾光临，我马上去禀告我家掌柜请李掌柜后堂喝茶。"说着就要去后堂叫人。李虎狠狠看了家人一眼，道："不用，我还有事，赶紧办吧。"李掌柜见李虎冷冷的不好说话，也就不再说什么，赔着笑脸开好了收据恭恭敬敬送到李虎手上。事情过去不到一年李虎就被抓了，李掌柜一直在武定府钱庄，自然知道李虎被抓的事，于是就把这件事原原本本告诉了魏肇庆。魏肇庆当即去了石东章那里，把这件事告诉了石大人，两人都知道虽说抓获了不少盐匪和帮凶，但是查抄李虎家除了抢到的盐以外没有查抄到太多家产，这下终于查到了李虎财产的下落，然匪首至今杳无音信，于是两人商定留着钓饵等鱼咬钩。

第三天，取钱人又来到了武定府，他们一露面便有人远远跟了上去，三个人见势头不对，与钱庄擦肩而过并没有进去，就在他们自认无事避进一条胡同的时候，还是被守候的人逮了个正着。身上的收据被当场搜了出来，几个人无法抵赖，只好承认就是来取款的，不过只是替人帮忙，于是三个人被关进了武定府大牢。取钱人却不是别人，正是老四，让老四来取钱刘自起也是动了一番脑筋的，虽说从李虎家取出了收据，但是毕竟不敢光明正大到钱庄取钱，这么大数额难免钱庄可能知道存款人，当年这么大的案子，这可是赃款，万一钱庄报了官，去取钱无疑是自投罗网。可是众人又舍不得这么多银子，老四作为李虎家人被流放过，用这个身份来取李虎的钱说起来也算合理，万一被抓了也好搪塞。三人一口咬定只是帮忙，石东章用尽了百般手段也没撬开老四的嘴，另外两个确实是花钱雇来帮忙的，自然问不出什么。到最后只能再次判了老四流放，老四实在是命苦，无论如何也没想到自己历尽千辛万苦回了家，和老婆孩子没团聚几天就又被判了流放。

后面接应的人远远地见老四被抓了，马上躲了起来，等街面上安稳了才敢出来，这伙人还算聪明，绕远路回到了刘家庄，将事情经过一五一十报告了刘自起。刘自起知道这是着了官府的道了，忙通过关系到官府探听消息，

不出所料，官府早有准备，等的就是取款人。众弟兄想去大牢救人，可刘自起知道劫狱无疑是自投罗网，说不定官府早已设下了陷阱等着他们。又过了一段时间，听说老四又被判了流放，几个人心里才稍安了些，兄弟三人决定暂时按兵不动，看看形势再作打算。

第三十章

遇难处，思量换正路
曾跋扈，难言能安处

这一天，负责监视的人回来禀报说老四发配山西就要启程了，刘自起便安排人跟着，直到出了山东也没发现有人埋伏，于是假装山匪出来抢劫，官差们为了自保四散奔逃，老四就这样被救了下来。虽说银子没取出来，老四还被抓了进去，但他们还是有所收获的，那天他们去取银票，装银票的坛子里就有现银五百两，意外收获是那个富户也当场交出了三百两银子。盐场现在不能抢了，刘自起问大家今后怎么办，几个人都把心思就放到了富户身上，可刘自起是不想抢劫的，他抢盐场是认为那是官府的东西，当差的不能为了官家的事和他拼命，但是富户就不同了，虽说大部分富户胆小怕事，但也有舍命不舍财的，闹将起来倒是不怕，自己人武功高强，怕就怕他们下手没个轻重，这帮人蛮横惯了，万一搞死一个两个可是人命关天的大事，到时候恐怕是无尽的麻烦。再就是刘自起自幼在镖局长大，听的说的都是土匪们的百般劣迹，所以骨子里他是瞧不上土匪，让他打家劫舍从心理上很难过得去。见大家没别的主意，刘自起道："既然大家都没有好办法，那咱们就干回我的老本行，虽说发不了大财，可也不至于让大家饿肚子。"众人顿觉眼前一亮。老三道："对呀，怎么就忘了这个事了呢，大哥干镖局那是最拿手的，咱们别的没有就是人多，我敢说挑出一个就顶他十个八个的。"老四道："就是啊，在沧州地界上只要我们出马，给他们个胆估计他们也不敢抢啊。"老三道："到时我就往前面一站，谁敢说个不字我一刀劈了他，到时候我们可以光明正大地干了。"就老五道："好是好，可我们这两年一直在道上，不知道有没有影响？"刘自起道："虽说这两年我们一直在道上，不过我们刻意避开了直隶地界，一直在山东行事，应该没什么问题。"老五道："也对，山东那边也不怕，他们都被我们打怕了，晾他们也不敢和咱们对着干。"见众人都赞成，刘自起道："老四老五，明天和我一起去沧州，咱们找地方开镖局，老三，你把家看好了，不要出什么意外。"刘自起自觉要脱离苦海兴奋异常，安排人准备酒菜，众人自要痛饮一番。酒席间刘自起道："这么多年我没有一天不想回到镖局，你们是不知道，我师父待我就像我父亲一样，手把手地教我练功夫，虽说苦点累点但是真心高兴。"几人见刘自起动了真情知其所言非虚。老三端起酒杯对刘自起说道："大哥，我先谢谢你，想当初我们被打得像孙子似的，没有大哥我们在不在还不一定呢，没有大哥就没有我们。"老四也站起来道："是应该谢谢大哥，以前我们感觉大哥不近人情，现在看来大哥是有苦衷的，干咱们这行哪有出头之日啊，连子孙后代都受连累，干镖局是条好道，我们跟着大哥一定好好干。"说罢老五也站了起来共同向刘自起敬酒。刘自起道："你们都是好兄弟，都讲义气，今后咱们好好干，不指望今后出人头地，只希望在江湖上有咱们一号。"说罢饮了杯中酒，几人心中也是激动万分，都觉出头之日为时不远。

第二天，刘自起带着几个人来到了沧州城。进了城直奔镇远镖局，谁知到了门口却心中一凉，眼前的镖局已是破烂不堪，大门上的牌匾早已不见了踪影，屋顶上野草遍布，院墙上墙皮斑斑驳驳，还有几处坍塌了下来，完全没有了往日庄严威风的样子。几个人推开大门，院子里荒草差不多有一人多高，地上的枯枝败叶差不多没过了脚面。分开杂草众人来到正殿，虽说年久失修门窗已然破败不堪，不过还算完整，只是里面空空如也，只几块破木板子杂乱地扔在墙角。进到殿内，没承想关老爷的画像还端挂在墙上，看着画像刘自起禁不住思绪万千。想当年画像前是多么风光，逢年过节厅堂里跪满了人，一个个虔诚专注，祈求关老爷保佑平安；拜过了关老爷大殿内更是热闹，桌椅摆开酒席上来，一个个是豪情满怀，高谈阔论追昔论今；徒弟们来敬酒定是小心翼翼，响头在地酒杯儿高高举起，师傅们大马金刀满脸得意。刘自起也曾跪过，也曾受过，一晃离开了十几年，师傅早已过世，只不知那小徒弟现在哪里……一时间感慨万千，刘自起扑通一声跪倒在地，眼中已是热泪盈眶。几个人见刘自起跪了连忙跟着跪了，一起磕了三个响头，好一会儿才站起身来。出来再看偏房就不太好了，屋顶已经倒塌，芦苇、檩条指向了天空，诉说着多年来的不平。此刻就听刘自起说了一句："就这儿了。"

三天后，刘自起一伙驻进了原来的镖局，采货进料翻新修葺，不到一个月工夫镖局便恢复了原来的模样。刘自起把手下全部带了来，连老母妻小也搬了过来，这一次他要光明正大地干一回。他和老三负责押镖，一来他以前押镖出事不便出去接镖，二来押镖的事他要跟着，这帮人从没干过，他要手把手教一教。老四老五负责联络生意，经历过这么多事两个人也历练了出来，出门谈事倒也活泛灵活。还别说，一开始生意还算不错，几趟镖下来倒也相安无事。刘自起走镖还是有一套的，处处按照镖行的规矩办，路上让他摆布得有条不紊，几趟镖下来相安无事人们便开始慢慢找上门来。不过随着保镖的数量增多，刘自起不可能每次都跟着，有几次便让老三老四带着押镖，都知道老三武功高强，本身底子就好，所以押镖都由他来牵头。不过老三本身却有些霸气，又自恃走的是正路便少了些顾忌，话不投机就比画两下子。镖局刚出师也是扬名立万的时候，所以刘自起只是提醒了老三几句也没深究，老三便有恃无恐起来。沧州这边还据着控着，到了山东这边便耍起狠来，一来二去便伤了几个人。见事态严重，有段时间刘自起把老三按在家里不让他保镖，可见押镖一切正常也就放松了些，然后面的发展却不像大家料想的那般顺利。

这一天，刘自起在正堂坐着，老三老五走了进来，两个人刚坐下就听老三道："大哥，这也怪了，我们刚干的时候活不少，我们都保得稳稳妥妥的，可怎么越干越没活了？"刘自起问道："我也觉得奇怪，不知道哪里出了问题，老五，我让你找人打听打听，他们怎么说？"老五沉吟半晌道："大哥，我说了你可别不高兴。"刘自起道："咱们都是过命的兄弟，有什么话尽管说。"老五道："我找商家们问了，他们说以前不知道是您开的，后来他们打听到是您开的就不能来了。"老三道："这是什么话，是大哥开的又怎么样？还不是给他们保得好好的。"老五道："这话我问过他们，可他们说和镖局老掌柜合作多年，老掌柜最后憋屈而死，他们不能忘了老掌柜的恩，所以不能找我们保镖。"听他如此说刘自起也是无话可说。老三却道："老掌柜没了都那么多年了，难道他们就不过了？还不是该干什么干什么。"刘自起道："不能这么说，是我对不起老掌柜。"老五道："他们还说您不能用原来的名号，还说……"刘自起问："还说什么？"老五道："我说了大哥你可不要生气，他们说，说您不配用，是您毁了它，只要您用着他们就不会来。"老三啪地一拍桌子道："这说的什么话，大哥用原来的名号是尊重老掌柜的，用了又怎么了，看他们是不想过了。"刘自起道："老五，你就按老三说的和他们讲，我是打心眼里敬重老掌柜的，我用这个名号就是为了重振这个名号，没别的意思。"老五道："好，我尽量和他们沟通。"三番五次讲下来，又找了些人说和，镖局虽说没太大转机，但三三两两还是有了一些活计。

这一天，有一伙人来找镖局说要护送一批货物到周村，是一些北方贩过来的皮货，恰逢刘自起母亲过生日，于是安排老三带上老五领着十几个人去押这趟镖。一行推着十辆小车一路出了直隶地界来到了海兴县城，见天色已晚便在一家客店住了下来。海兴地处直隶山东两省交界，南来北往的客人很多，说来也巧，他们刚住下又有一帮客人也住了进来，送的东西和老三押的镖一样，都是些皮货。吃饭的时候有个人过来攀谈，自称是沧州青县的，要去周村送这批货，一听也是沧州府的老三心就动了，想着以后能多揽些生意，于是答应结成一伙搭伴而行。这帮人只说托老三的福没找人押镖却被保了镖，一路上请客吃饭都是抢着付钱，刚开始老三仗义惯了还有些不忍，可听人家说得多了也就像帮了大忙一样习惯了，心中暗算这次倒是省了不少。每次晚间住到店里，这帮人便从车上取了自己带的酒喝，说来也怪，这帮人个个酒量都很大，有个厉害的三大白碗烈酒下肚走路也不见打晃。这帮人也邀老三他们喝酒，不过刘自起给镖局定过规矩，路途上不准喝酒，所以老三他们谁也不敢喝，见诚邀不喝这伙人也不硬让，只顾自己喝得高兴，喝完便进屋呼呼大睡，货都不管，只说这次沾了老三他们的光。见他们喝得高兴老三忍不住也跟着喝了两碗，让到老五却说什么也不喝，只说大哥严令不让，好说歹说也是不行，不仅如此还天天查夜十分仔细。说来他们带的酒实在是好，喝完口不干睡得还特别香，老三一见他们喝酒便十分眼馋，心想有老五看着也就没事，时常跟他们多少喝点。

话说这天行至魏集镇，见天色已晚便找了家旅店住了下来，晚上这伙人又邀请老三他们喝点，老三也就跟着喝了点，他倒一夜无事，半夜里老五却拉开了肚子，一时三刻便跑了十几趟，肚子疼得直不起腰来。一早起来都要出发了，老五还是一遍一遍地跑茅房，实在是不能赶路，于是老三决定再住上一天等老五好了再走。那帮人也过来看了却想继续赶路，只说他们的皮子运过来时间不短了，闻着有些发臭越早交货越好，再说少一两个人也没事，反正他们是两伙合在一起人多了不少。见老三还在犹豫又说不让老三留人了，他们安排一个人照顾老五，一定帮着照顾好了。老三也到外面看了看货，跟着送货的人说他们的皮子也有点发臭，恐怕不好交货，坚持让老三继续赶路。没办法只好按刚才说好的，那帮人留下一个人照顾老五，其他人继续赶路。说定了那人便出去求医问药，倒是照顾得十分仔细，老三再无话说只好继续前行。就算拉得直不起腰，老五也没忘了嘱咐老三他不在身边千万不能喝酒，见老三满口答应了这才放他离开，还叫了个守卫仔细嘱咐了这才放心。

放下老五寻医求药不说，且说老三他们过了黄河走了一天，晚上住下依旧如常，第二天行至晚间再次住到店里，这帮人住下便继续邀老三喝酒，说过河行路累得要命一起解解乏，第二天到了便要分开了，就在这里酬谢酬谢他们。老五嘱咐的人百般劝说，可老三见店里就他们这些人再没外人住下，于是答应喝点，不过也加着小心就他开了酒戒，其他兄弟断不能喝。一开始老三还有些警醒，可架不住这帮人轮番上阵，再就是人家这帮人自己也喝，并不让他的手下，老三便放松了警惕，豪情上来全然放开，一来二去喝得酩酊大醉。待他第二天醒来，见自己手下一个也没醒，连喊几声也没人开门，推门进去叫起来，见他们仍是混混沌沌，细一查才发现全都中了迷药。一问才知道昨天晚间他的两个手下在外面守夜，到了丑时两个人困了刚要叫人替换，同行的那伙人有两个出来方便，一路同行了几天也熟了，主动提出守夜让他们两个进去休息，也是困了再就是老三酒醉也没人管着，两个人便进去睡了，这一觉下来到天明也没醒过来。老三一伙忙出去查看，那伙人已经都不在了，货物当然也没了踪影。问店里伙计，伙计们说那几个人说了，他们是送货的你们是保镖的，和你们说好了，前面就到地方了他们先去送货，让你们在这里等着，他们送完货就回来找你们。老三听伙计如此说知道是着了道了，想着带人出去追赶，可跟着的却死拉住老三不放，说他们的货丢了老三他们跑了可不行，并且派人到官府报了案，最后老三发了脾气这才答应出去追赶。老三和手下的四处查找了一上午也没见货物踪影，只能又回到了客栈，官府派了两个衙役过来问了问情况，伙计们说他们是一伙的，昨天晚上还在一起喝酒，两个衙役说了句一伙的报什么案啊转身便走，老三一伙弄了个哑巴吃黄连有苦说不出。回来和刘自起一说，刘自起明白是怎么回事，应该是早就让人家给盯上了，人家用了个圈套慢慢把老三装了进去。这次送的东西挺贵，一下子赔了几千两银子，老三喝酒误事是一，官府不出头更是可怕，自己光想着能护住镖，可人家不跟你来硬的，纵你武功高强又能如何。

没承想这件事还没算完，找他们送货的人拿了赔偿银子不算，还四处散播他们和骗子们是一伙的，里应外合故意丢了东西，赔偿也只赔了五成，让他们吃了大亏。过后不久，这件事传到了刘自起的耳朵里，他连忙安排老五出去打听到底怎么回事，到了很晚老五才回来。刘自起忙问："到底怎么回事？"老五道："这伙人是主动找上门来的，要了赔偿银子就走了，都不知道他们是哪里的，我找几个主顾打听了，一开始他们都不肯说，我千求百问他们才说这伙人找过他们，说咱们是骗子，还告诉他们咱们以前是盐枭，让官府剿了干不下去才干的镖局，不光这些，他们还知道我们以前劫过道。"刘自起听了一下子瘫坐在椅子上，心道干镖局这行靠的是信誉，自己的这些底子让人家起了出来，不要说信不信得过，人家躲着还来不及呢。老四道："怎么，我们的事这些人怎么都知道？"老五道："我们这些事虽说刻意隐瞒了，可在江湖上应该是得罪人了，哪有不透风的墙？"刘自起仔细一想，定是当初抢盐场自己人霸道惯了，把山东地界贩盐的欺负了不少，人家这是看自己走明路下套报复来了，现在自己在明人家在暗，一时也查不出到底是谁。老三道："那我们怎么办？"刘自起道："只能慢慢来，以后要打起十二万分的精神，千万不能再犯错了。"

原本没什么根基，这次在山东地界出了事，当地官府根本不管，找沧州官府也是汇报上去便没有音信。镖局离开了官府就像小河沟里的鱼儿一样，十分显眼，各方各面恨不得捞上来便下锅煮了。

第三十一章

又无路，可怜镖师傅
本凶徒，淫邪无法度

转眼又到了年关，老三捏着钱袋子来到了集上。开街第一家是肉铺，卖肉的王掌柜远远见老三来了，拿起大砍刀就开始砍排骨，说起来带骨头的肉很不好卖，一般王掌柜都是剔了精肉来卖，可咱们这位老三却偏好这口，每次卖他精肉他还十分地不高兴。见老三到了近前，王掌柜道："三哥、三哥，好长时间没看见你了，你看我这最好的肉都给你留着了。"说着拿起砍好的肉便上秤称。老三见了忙道："等等，等等，我先进去买点东西再回来。"说话赶紧往前走。老王拿着肉愣在当地，心道："哪次不是拿上就走，秤都不看一眼，今天这是怎么了？"见老三走远，老王把剁好的肉单独放在一边。今天的集是年前最后一个集，赶集的人很多，虽不是人挨人人挤人也算是人流如织，越往里走人越多。老三还是被人远远瞅见了，绸缎庄的赵掌柜可不会放过这个赚钱的好日子，早早就站在店门口招揽客人，一眼瞅见老三晃着肩膀走了过来。赵掌柜忙分开众人迎了上去，拉住老三的手就往店里让，一边走一边说道："三哥，三哥，好久没见你来了，来来来，先到店里暖和暖和。"老三的手被赵掌柜紧紧攥着抽不出来，只好跟着赵掌柜来到店里。进了门，赵掌柜把老三按在椅子上，喊伙计倒了茶来才道："三哥，三哥，前天我才去沧州府进的上好锦缎，想着年前您也该来了，专门挑好了给您留着呢。"赵掌柜早早就看到老三的钱袋子鼓鼓的，可他哪里知道，钱袋里不是以前成把的碎银子，而是几十个大钱，还是家里所有的积蓄。老三手里的茶杯端也不是，放也不是，扯了个由头道："赵掌柜，今天不巧，我还有点别的事，也没带这么多钱过来，过了年我再来。"说着放下茶杯就要往外走。赵掌柜哪里肯依，挂在腰上的钱袋子他是见过多少次了，碎银子是成把的，道："三哥、三哥，咱兄弟俩还提什么钱，料子你先拿着，什么时候有钱了您再拿过来。"老三心里清楚说啥也不要，迈步就往外走。赵掌柜哪里肯让，一把拉住老三一只手从柜台上拿了布料就往老三怀里塞，然后三推两搡就把老三推到了街上。老三拗不过只能抱着布料，心道："再不能往里走了，再往里走说不定还碰到什么人。"于是转身往外走。刚走到集口，肉铺老王远远见老三抱着布料过来，急忙把刚才剁好的肉上称约了约，用草绳绑了快步跑到路中央，将肉就往老三手里塞。老三一个劲地推辞，可老王哪里能让，一边往老三手里塞肉一边道："三哥，三哥，客气什么，过年了谁家还不吃肉啊，拿家给孩子吃，钱以后再说。"说着便跑开了。就这样，老三抱着布料提着猪肉悠悠荡荡便回了村。

刚进家门，老三媳妇见老三抱着绸缎拎着猪肉便迎了上来，问道："你不是去买棒子面吗？怎么买了布料和肉回来了？过年咱们吃什么啊？"老三道："吃什么？我刚到集上老王和老赵就把东西往我手里塞，不要还不行，我就没敢往里走，拿着东西就回来了。"老三媳妇道："他们早晚还不要钱啊？咱拿什么还人家钱啊？"老三道："拿什么还？我哪年不拿百八十两银子回来，就这点钱我干趟活就有了。"老三媳妇道："我知道，你干着拼命的活儿，银子你拿家来不少，可这两年你就再没拿回银子来了。前两年有点积蓄你就经常招朋友来喝酒，哪次不是七个盘子八个碗的，一年拿回来的银子也就刚够一年花的，我哭着闹着让盖房子你就是不盖，你看看这破院子还能住吗？"老三道："又说这些，又说这些，我不是没让住在街上吗？"老三媳妇道："不说这些，让你拿钱去买棒子面，你买了些什么回来啊？明年你拿什么还人家啊？你回去，把东西给人家送回去。"老三急吼吼地道："送回去，我拿着东西回来徒弟们可都看见了，我再把东西给人家送回去，说出去还不让人家笑话死啊。"老三媳妇道："你不送我送，你把钱给我，我去买。"老三道："东

西买回来了就买回来了，谁也不能送回去。"老三媳妇道："不送，到时候让人家堵着门要账啊？"老三道："滚，不用你管。"老三媳妇也受不了了，抹着眼泪道："你让我滚？我成天跟你担惊受怕的，养了老的带着小的，现在你让我滚？"见老婆哭了，老三更不耐烦了，道："哭哭哭，就知道哭，天天哭丧，我还没死呢！"老三媳妇听老三如此说，一头扎进里屋趴到炕上大哭起来。老三更是气恼，摔门而出来到街上。

老三一路瞎逛，不觉来到了老五家门前，却见老五正从院里出来。老五见了三哥忙上前道："三哥，正要去找你就来了，快家里坐。"老三问道："怎么了？有事儿？"老五道："四哥来了，正要去叫你一起坐坐。"老三道："他怎么来了？"老五道："过来玩呗，咱们也好久没聚了。"说着话两个人进了屋。见到老三，老四道："三哥，你来这么快啊，飞来的吗？"老三道："老五说你来了，我这不驾着云就来啦。"老四道："好好，等会儿我回去，我就不走着回去，你可要驾云送我啊。"老三道："行，我驾云送你，到半路上就把你扔下去，让你回你姥姥家过年。"老五道："刚见面就掐，等会儿喝酒看你们谁掐过谁。"两个人见了面就逗，也是习惯。三个人坐好，不一会儿酒菜上来，倒也丰盛，烧鸡炖肉必不可少，还炒了两个青菜，老三看着菜一下子想起了烦心事，长叹了一声道："还是老五会过日子，一出手就一桌子菜，我家里都快揭不开锅了，俺家那个不光不会过日子，一有事就哭哭咧咧，烦死了！"老五道："会过什么日子，这也是刚买的年货，过了年你再来能不能吃上就不好说了，再说两个哥哥来了，她敢不给做好的。"老四道："你说这钱吧也真不经花，拿回来觉得也不少，可一年到头也剩不了多少。"老五道："说真的，咱们就是大手惯了。"老三道："他奶奶的，拼了命换来的，还不让吃点喝点了，兄弟们都一起拼命，比亲兄弟还亲，谁来了不要好好招待招待。"老四道："谁说不是啊，三哥每次都冲在前面，大家都敬重你，再说都是你教出来的徒弟，自然和你关系好，你还好酒好肉的伺候，去你那的一定多啊。"老三道："这话我爱听，这么多过命的兄弟，我见了哪个都高兴。"几杯酒下了肚，烦心事暂时抛在了脑后，频频举杯让酒，不过老三突然想起一件事来，问道："老四，你不在家里忙年，怎么来老五这里了？"老四叹了口气道："话说到这里我就不藏着掖着了，我也是躲清静来了，前些年日子好了过着也有劲，这一有劲孩子就多了。"老三道："孩子多不好吗？每次去你家小子们都能排成排，大家都羡慕得不得了，俺家那个就生了俩丫头片子，气死我了。"说着端起酒杯自顾自地干了一个。两个人也都端起酒杯干了，老四道："孩子多了张口的就多，一袋面子吃不了十天，你是不知道啊，蒸一锅窝头一天就不见了。"老三调笑道："不错不错，养了一群小猪，都好养活。"老四苦笑道："要是猪就好了，到了年下就卖了，这些个祖宗年年都要养着，再加上我们村跟着干的兄弟也不少，去了吃喝也剩不下多少，现在看见这帮祖宗就心烦，早知道不要这么些啊。"老五道："主要是现在干不了活了，要不你再养几个也没事。"老三道："这话老五说到点子上了，没活干，光出不进谁受得了。"老五道："家里的事还好办，你不知道，好几个兄弟和我说要出去逃荒了。"老四也道："是啊，弟兄们看着也没那么亲了，以前十天半月就往家里跑一趟。"老三道："不来更好，都是他们把我吃穷了。"老五道："三哥，不是这么个事，盐场这活人少了可不行。"老三道："你还想盐场的事，就算大哥同意，人家那么多人咱们也干不过啊，再说镖局大哥一直不说散伙。"老四道："别说了，镖局的事够闹心的，十天半月都接不着一个活，还不如散了呢。"老五道："也不能怪大哥，他是想领着我们走正道，谁想到有这么多事啊，那天，官府来催捐，我看大哥都快烦了，没想到他还是从家里拿了钱交上了，他也是为了弟兄们好。"老四道："谁有那么多钱垫啊？我看镖局早晚得关门。"老三道："不能这么说，大哥知道了一准和你急。"老四道："我就是和你们俩说说，你们还卖了我不成？"老五道："这话到此为止，你也没说我们也没听到。"老四道："我们还是要想想法子，总不能在一棵树上吊死吧？"虽是如此，然哪里有办法？过了许久，老四道："三哥，我说个事你还记得不？"老三道："哎呀，你快说，我还记啥啊？"老四道："我从陕西回来那年咱们去李虎家取银子，那个富户一下子拿出了三百两银子，他还买了李虎家的院子。"老三道："是啊，怎么啦？"老四道："三哥你想啊，咱们

一二百人忙活一年才挣两三千两银子，那个富户这一下子就几百两银子。"老三道："哎，这事对啊，咱们抢不了盐场，咱们就抢他们，咱们得去找找大哥，看看什么时候开工，要不饭都没得吃了。"老五道："大哥不是不让干吗？"老三道："这都好几年了，那时候咱们手里都还有钱，大哥不让干咱们就不干，现在都快出去要饭了，我就不信大哥他不管。"老四道："就是，就是，大哥对咱们这么好，不会不管，到时候咱们一块去说。"老五道："行，那就一块去，不过还是过了年吧，年前不要扫了大哥的兴。"最后三人商定出了十五再说。

十六这天晚上，三个人来到了刘自起家，见刘自起正在院中练刀，虽说兄弟几个常见，但刘自起一般不在兄弟几个面前显露武功，教导老三的时候也只是摆个架势，指导指导招式。今天恰好门没插，几个人喊了一声便推门进来，刘自起知道是他们也没有停下来，仍继续练着，兄弟几个难得见刘自起练功，于是站在门口不再往里走。就见刘自起闪转腾挪，提跨纵跃，忽左忽右，忽上忽下，刀随身行，身随刀走，不落花架，刀刀致命。忽见刘自起跳到兵器架下，用刀尖撩起一把钢刀砸向老三，老三一把接过钢刀冲到院中挥刀就向刘自起头上劈去，人借刀势刀借人威，钢刀带着寒风直冲刘自起头顶劈来。就见刘自起左脚轻转右脚轻轻一点，微微一转身，老三的刀擦着身子两寸远刷的一声剁了下去，老三一刀砍空，刚想收刀掉转刃头往上撩，可还没等老三的刀掉过头来，刘自起的刀尖已经抵到老三的肋间。老三退后几步站定，刘自起示意老三再来，就见老三将钢刀舞动起来，一片刀光密不透风慢慢压向刘自起，此时就见刘自起脚尖轻点腰部用力，钢刀斜着撩向老三，就听到一声脆响，老三的刀瞬时飞到了屋顶上，吓得老三高举着双手呆在原地。说起来老三算是他们当中武功最高的，但在刘自起面前，一招都用不了。

几个人进屋坐下，刘自起轻叹了一口气，道："其实你们几个来干什么，我都知道，为什么不让你们干，你们也知道，这件事我比你们考虑的要多，不过既然大家都想干我也不拦着，但有三件事，一定要照我说的办。"大家忙应道："大哥您说，我们一定照办。"见大家都答应了，刘自起才道："好，那我们约法三章。第一，重新整顿队伍，人要精挑细选，选干净利落口风严的，我要亲自把关。第二，不能随便伤人杀人，奸淫妇女。第三，镖局咱们还是要留着，以后慢慢干好了，也是个出路。"听到这些三个人差点笑出声来，这算什么啊？老三道："我们都是当地人，虽说好吃点喝点，好打个架，可也不是什么无恶不作的坏人，谁愿意随便杀人，惹了事还麻烦，大哥您放心，您说的这些我们一定做到。"其实刘自起说的三条这些人遵守得还是比较不错的，一起干了这么多年，虽说有时候出个打架斗殴的，也是争强好胜喝了酒耍个酒疯，没有无缘无故欺负当地百姓的，这一点不得不佩服刘自起管教有方。刘自起加重了语气道："好，话我说到这里，谁要违反就执行帮规，大家一定记住了，不要说我没提醒。"大家会说，犯了不就是和上次一样打棍子吗？其实说起来帮规分很多种，打棍子是最轻的，砍手、挖眼、断腿、砍头、活埋，按照情节会有不同的处罚，刘自起说要执行帮规，那就不是小小的警示打棍子，按刘自起的性格，砍头活埋一般不会，砍手断腿那有可能，一起时间久了大家都知道，刘自起行事向来说话算话。

此后，刘自起一伙接连做了几起案子，不过外人一般无从知晓。他们都是深夜潜入那些富户的深宅大院，破门而入直接逼着富户们拿出银子，他们不抢东西就要银子。对待那些富户他们主要是吓唬为主，深更半夜，十几个人闯到家里，一个个凶神恶煞一般挥舞着钢刀，还作势往头上砍，哪个不吓得屁滚尿流乖乖把银子拿出来了事，有些不太听话的捆起来乒乒乓乓拳脚招呼一番，家人们看不下去也就交银子了事，遇到些死活不拿银子的就到处翻翻，实在找不到也就再打一顿。总之，拿银子的破财免灾，不拿银子的被人一顿臭揍也不是什么光彩的事，况且富户们更怕他们报复，所以没人报官。这一年前前后后抢了有两千多两银子，每个人到手的银子又多了起来，看大家高兴，什么事也没有，刘自起也算放心了。不过刘自起还是和大家说，抢富户为的是钱，绝对不能伤人，兄弟几个自然是言听计从，得了银子还有什么话说。岂料后面发生了一件事，差一点让这些人全军覆没。

这一天，刘自起的一个手下叫强子的和以前的几个哥们一起喝酒，几个人七嘴八舌挤兑强子，其中一个大个子道："强子，你小子天天吃香的喝辣的，是不是又发财了？"一个瘦子道："是啊，吃好的也不叫着弟兄们，你看你哥都饿瘦了。"大家一听这话都哈哈大笑，大个子说道："咱们兄弟这么多年了，哪次我不是冲在前面护着你们，现在发财了忘了弟兄们了吧？"强子分辩道："大哥，大哥，我强子怎么能忘了大家，今天这顿饭我请，大家尽情喝。"说着端起酒杯敬大家。喝完杯中酒，几个人还是不依不饶，都说强子不和以前一样了，就在他们挤兑强子的时候有个黑脸的一直没说话，只是紧盯着强子察言观色。那个瘦子又道："我说强子啊强子，你就可怜可怜你哥哥吧，再不找点活干我就要活不下去了，老大也不领着干活，每次去问都说不干了散伙了，都急死我了。"大个子也跟着道："就是啊，以前生活好老婆生了好几个小崽子，当时也没觉得怎么样，现在没钱挣了，看着这帮兔崽子就心烦，天天找我要吃的，我又不生吃的，都他妈不想回家。"是啊，以前大手惯了，吃不上饭的日子实在是不好过。此时就见强子满脸通红，不知道是喝酒上脸了还是觉得不好意思了，咬了好几次牙，这些黑脸的都看在了眼里，开口道："你们几个说这些干什么，咱们都是从穷日子过来的，强子兄弟你们还不知道吗，最重义气，不管怎样都不会忘了弟兄们的。"此时就见大个子忽地站了起来指着强子道："强子，哥哥我以前怎么对你的你应该知道，我就问你一句，还拿不拿我当你哥？"强子也站起来对大个子道："大哥，不是我今天喝了酒了，我一直拿大哥您当我的亲哥。"大个子反问："当亲哥，那你有事还瞒着弟兄们？"强子争辩："不是我不和弟兄们说，是老大不让。"说完这句话强子一下子知道自己漏嘴了，可话说出去怎么收得回来，几个人听了才知道原来他们又有了别的营生。黑脸的看火候到了，朝大家使了个眼色，出来打圆场道："我就说强子讲义气吧，一定不是他的事，大家喝酒。"几个人都是按黑脸出的主意挤兑强子的，事情明白了也就不再说这些，重新开始喝酒，一直喝到深夜烂醉才各自回家。就这样，强子把刘自起他们干的事说了个七七八八。说起来这几个人奸诈懒滑，刘自起都没看上眼，所以就没让他们入伙。事情已经弄清楚了，他们便打定主意要让强子和他们一起去干趟活，要不就把事情给捅出去。这些人最终还是把强子说动了，几个人商量好要干就干票大的。

　　说来也巧，那个黑脸的在沧州城边一个镇上有个亲戚，听他亲戚说镇上有个财主，光地就有上千亩，骡马成群，城里还有买卖，都说这个财主家有的是钱，于是几个人带好家伙来到了这个财主家的院子。财主家的院墙足有一丈多高，不过强子把飞虎爪往墙上一搭，三下两下就爬到了墙头，纵身一跃便跳到院子里。强子来到大门前轻轻打开大门，七八个人便蜂拥而入，闯进家丁房间将家丁们制住捆了起来，然后直奔内宅。就听到哐当一声众人踹开屋门直闯卧房把那个财主堵个正着，财主没等反应过来就被五花大绑捆了起来。这个财主有个女儿十五六岁，正在另一间屋里休息，听到声音隔着窗户一看，见几个人手持钢刀站在院子里，吓得嘤咛了一声蹲在了地上，几个劫匪冲进去把她也带了过来。财主老婆刚还吓得躲到被子里瑟瑟发抖，见女儿被押了过来顾不得羞臊穿着小衣猛然从被子里站了起来七扭八歪跑了过去，一把搂了过来护住女儿。这时候又听见左右厢房有动静，几个人分别把厢房里的人也带了过来，不是别人，厢房里住的是财主娶的两个小老婆和几个丫鬟。几个人都还没顾上穿太多衣服就被带了过来，就这样满屋削肩香背凝脂般站了一片，劫匪用火把一照，那真是春光外泄白花花一片。这个财主本就是大户人家，娶了一妻二妾个个貌美如花，火把映照下更显得花容月貌，几个人看得眼都直了，口水眼见得流了出来。又在内宅搜了一阵子再没其他人，便叫出财主问他钱藏在哪里，财主心想破财免灾，忙叫夫人把床头柜子里的几十两银子拿了出来，又让妾室把私房首饰也拿了出来，可这点银子哪能打发得了这几个饿狼，连着逼问财主钱藏在哪里。领头的道："没银子？你们这种财主哪个没有上万两银子，你说没银子，糊弄鬼呢？"财主道："有银子是有，不过手头上没有，刚在城里买了宅子。"领头的道："城里买宅子花几个钱，谁不知道你们花钱和流水一样，赶紧把钱拿出来。"财主道："真的没有，在城里刚买的院子花了两千多，又办了个当铺花了一万多，手头上一下子真没钱了。"领头的道："我来和你算账不是？我来和你算账不是？"说着上前啪啪两个嘴巴，鲜血便从财主嘴角流了出来。财主道："大爷饶命，大爷饶命，家里实在是没现银，有钱一定给您。"那个黑脸的劫匪道："没有？谁不知道你们都把钱藏在地窖里！说，地窖在哪儿？"财主道："家里真没钱，真没在地窖里。"黑脸的道："地窖在哪儿？"财主道："就在后院。"黑脸的带上人去了后院，在地窖里翻了个七开八开没有任何发现。说来也巧，这段时间财主的钱就像他说的一样，要不花在了当铺上，要不就拿去城里买了宅子，正想全家往城里搬家，家里确实没太多银子。黑脸的回来上去就给了财主两个耳光，道："耍你爷爷玩呢，地窖里没钱你让我去找？"财主道："我哪让您去那儿找啊？我说没在地窖里。"黑脸的道："没在地窖里你埋在哪儿了？"财主道："哪里也没埋啊，家里真没钱。"黑脸的道："没埋，糊弄鬼呢。"说着劈头盖脸一顿暴揍，打得财主鼻青脸肿嘴角流血。见如此财主老婆忙回到里屋，从炕洞里又拿了一百两银子出来，也是祸催得这个财主竟瞪了老婆一眼，这些全被黑脸的看在眼里。"舍命不舍财是不？"黑脸的抬手还要打，领头的抬手止住，随后向其他几个人使了个眼色，几个人心领神会，把财主带进了卧室，将几个女人也带了进来，进了卧房劫匪们不由分说扑了上去，撕扯女人们的衣服，吓得几个女人体似筛糠惊叫连连。财主女儿哪里见过这种阵势，吓得惊声尖叫，被一个劫匪上去一拳打昏过去。接着领头的再次逼问，财主已经气得脸色铁青双眼通红，但他毫无办法，只能道："家里确实没有银子，您看这些瓷器家具也值些钱，您尽管拿去，如若不行我明天取了钱一定送过去，请各位高抬贵手，高抬贵手。"领头的道："我看你是不见棺材不落泪啊？大爷我可没工夫和你磨嘴。"就见领头的拖过来一条春凳，将昏死过去的小女儿抱过来放到春凳上。财主磕头如捣蒜，道："大爷求求你放过小女，您先把各屋的首饰银子全拿走，明天取了银子一定奉上。"领头的道："明天？明天你带官府去抓我们是不是？你这些鬼把戏我见多了。"财主道："小人不敢，小人不敢。"那个黑脸的道："你家银子藏在哪儿快说了吧，要不一家人遭殃，你看他会饶了你吗？"财主哭求道："在下不敢说谎，家里实在是没有银子。只要大爷放过小女，明天我把宅子卖了银子全都奉上。"领头的大个子冷笑道："还不说？"说罢不由分说一把撕开小女儿的胸衣，露出了雪白的酥胸，旁边的土匪发出了一阵淫邪的笑声。那个黑脸的道："快说吧，以后你闺女还见不见人了？"财主见状忙磕头如啄米，向领头的苦苦哀求道："当家的，当家的，饶了小女要多少给您多少，要多少给您多少。"大个子厉声道："在哪？"财主道："明天一定奉上。"见还是拿不出钱来，领头的三把两把脱掉小女儿衣服，小女儿已是玉体横陈，看到这里财主响头碰地，额头上已是鲜血一片，哭求道："各位大侠，求求你们了，你们要什么我都答应，只求你们不要伤害小女。"领头的好像没听见一样，解衣卸裤就要扑上去。财主再也忍不住了，破口骂道："你们这些天杀的，伤天害理，不得好死！"劫匪们急忙拿了块布把他的嘴堵了起来，财主被气得浑身发抖，双眼充满了血丝，如同一头困兽般扭动着四肢，喉咙里不时发出呜呜之声。见还是问不出结果，其他人纷纷挟了财主的老婆姨太太等人去了其他房间。再问财主，却没有其他言语，只破口大骂："你们丧尽天良，不得好死，我死也不会放过你们！"看他这样骂，留下那人上去一脚踢在财主头上，眼看着口鼻鲜血直冒。此时财主说话已含混不清但仍不停咒骂，料是扫了领头的淫性，领头的放下小女儿飞起一脚踢向财主。这些人都是练家子，腿上都是几百斤的力气，一下财主便被踢飞出去，不料脑袋重重地撞到了墙角上，鲜血直流顿时没了声息。

强子本在外面堵着家丁房门，听到响声从外面跑了进来，看到财主脸上血肉模糊躺在地上，领头的怀中抱着财主女儿立时急了眼，一个劲地埋怨："怎么能这样，大哥知道了怎么办？"领头的冲强子低声喝道："既然做了，就不要怕！"说着抱起财主女儿去西间。强子还要拦住，领头的道："怎么，你先来？"强子只得侧身让开。强子过来试了试财主已然没了气息，急得牙关紧咬，可也束手无策。过了大约一刻钟的工夫，头领心满意足从西里间出来，示意强子进去，强子咬牙顿足绝不肯进，领头的骂道"胆小鬼！有什么事我担着。"无奈强子只得转身出去，后悔答应了他们。财主不可能拿不出钱来了，已然死了一个无论如何也瞒不住了，领头的一个眼色，于是这帮人将院子里的人不留一个活口全杀了，又一把火烧了财主家的院子，焚尸灭迹。

第三十二章

安身前，筹谋建家园
逢大家，从容成美谈

　　自从那日在黄河大沿上亲眼见到那奔腾狂泻的洪水，感受到大堤上人们那死一般的沉寂，魏肇庆便对黄河打心底产生了恐惧，害怕哪一天洪水会吞噬了他的家和他的亲人们，魏肇庆决定要重修他家的院落，就在魏肇庆四处征求建筑方案的时候，石东章大人来了他的家。自从魏肇庆帮他翻了身，私下里两个人经常往来，石东章早已把魏肇庆当成了知己。魏肇庆知道石东章来了赶忙出门迎接，两个人寒暄几句进了院，石东章问道："生意这么忙啊？也不见你去我那里。"魏肇庆道："也没什么大事，就想翻修下院子，家里人多了住不下了，再就是这些年黄河老是发大水，真怕万一哪天扛不住了。"石东章四下打量了一下，道："这院子你住了多少年了？怎么一直没翻修？"魏肇庆道："自小我就住在这里，差不多二十年了吧，一直忙，也没顾得上。"石东章驻足在院子里看了看，指着院墙道："这院墙也太矮了，你也不怕土匪抢了你？"魏肇庆笑道："咱们魏集这地方一向平安，这么多年从没闹过土匪。"石东章摇摇头道："你还记得赵炳恒吗？"魏肇庆问道："你说的是沧州赵大人？"石东章点了点头。魏肇庆道："我和父亲去见过他，上次抓盐匪沧州那边就是他指挥的，怎么了？"石东章答道："他被免职了。"魏肇庆听了有点诧异，虽说上次围歼劫匪失败，也算事出有因，起码赵炳恒是出了力了，于是追问道："怎么免职了？"石东章道："他的地界上出了灭门案，侦办不力被免了职。"魏肇庆不禁脱口而出："灭门案？"石东章说话虽说不紧不慢，但加重了语气道："是的，灭门案，一家十余口全部被杀，听说还是连奸带杀极其惨烈，最后一把火焚尸灭迹。"魏肇庆很是不解，再次追问道："怎么会有这种事，谁干的？查出来了吗？"石东章这才说了他这次来的原因，道："还没有，这次来就是向你告个别，朝廷委派我去沧州做知州，首要任务就是侦办这次灭门案。"听石东章如此说，魏肇庆虽说为死者惋惜，但还是为石东章荣升感到高兴。石东章虽说运气不佳，盐枭的事隐瞒不报终酿祸患，但也不是无所事事，一直在想方设法保住盐场，然在当时环境下上无支持下无勇士，再加上遇到了刘自起这样的对手，只能自认倒霉，幸好遇到了魏肇庆，石东章想方设法亲力亲为终将祸患铲除，也算是将功补过。魏肇庆也是看中了这点才将石东章视为朋友，说到这里魏肇庆连忙起身恭贺道："如此说大哥是高升了，小弟先恭贺大哥。"石东章也起身道："贤弟客气，不过我总觉这次灭门案应该与以前的盐匪有关，到时候少不了找你帮忙。"魏肇庆道："有事大哥尽管吩咐。"石东章知道魏肇庆为人也就不和他客气，道："好，我就不和你客气了，不过我先提醒你，不管你今后想干什么，都要先把家安置好，这修宅院的事你一定要想好了才行。"魏肇庆道："行，我听大哥的。"两个人又聊了些其他事情，魏肇庆摆酒为石东章送行，石东章中午就在魏肇庆家用了午饭。

石东章走后，魏肇庆思前想后总觉得建宅院的事不能小视，于是把魏景启叫了来，对魏景启道："景启叔，家里修宅院的事我仔细想了想，不在这里翻修了，你找人去看地方，再就是以前的设计方案我看过了，太过小气，你去打听一下哪里有高人，只要能设计出好的方案，我亲自登门拜访。"魏景启应了转身出去操办。此时芷妍从里屋走了出来，道："庆哥，我知道一个人，是我家的亲戚，他原来在京城做官，是帮朝廷修建宫院的，不知道他行不行？"魏肇庆自然知道皇宫大殿的宏伟气势，立时喜出望外，忙道："你怎么不早说？我都找了这么长时间了。"芷妍道："我以为咱家就翻修下院子，哪用得着这皇家设计师啊，不过此人虽说是我们家亲戚，业已告老还乡，但一般人也不看在眼里。"魏肇庆道："看来我要亲自出马了，好，咱们就跑一趟，我一准说动他，让他帮咱们设计出让你住着安心的好宅院。"芷妍看魏肇庆说得眉飞色舞，定是打定了主意，心里自然高兴，道："好，那你就和我一起回趟娘家。"说起来一直在忙，魏肇庆许久没跟妻子回娘家了，不过心里一动嘴上酸道："是和我去找高人吗，是想回娘家了吧？"芷妍白了魏肇庆一眼道："是又怎样，你就不去啦？"魏肇庆坏笑着盯着芷妍，道："那我就不去啦，你自己去吧。"芷妍道："这可是你说的，你想去我也不让你去了。"说罢作势往里屋走。见芷妍有点急了，魏肇庆一边笑着一边道："去，哪能不去，和你回娘家就是天上下刀子我也去啊。"芷妍知魏肇庆一直在逗她，也就回了一句："你说的啊，我啥时候回娘家就是天上下刀子你也要去，我可是记下了。"

这一天，魏肇庆带着芷妍来到了章丘，先去了芷妍娘家。芷妍的父母业已过世，两个人便一起来到芷妍大哥的家，哥嫂见他们一起来了很是高兴，魏肇庆平日里很忙，不常和芷妍回娘家，俗话说女婿是家里的贵客，来了一般都要好生待承，更何况魏肇庆还如此有出息。饭间，就听嫂子道："芷妍，自从咱家翻新了院子还没回来过吧？你到处看了没有，咱家这院子盖得怎么样啊？"还没等芷妍搭话，娘家侄子欣康抢先道："小姑来了我就领着到处转了，到我那屋小姑和我说，炕这么大，在上面打趴连都够了。"芷妍道："是啊嫂子，我一来小康就带我到处看了，比以前可是气派多了，你在欣康那屋盘这么大炕，是不是打算就在那屋给他娶媳妇了？"就听嫂子道："欣康也不小了，过几年可不就娶媳妇了吗？你那边有好的没有啊？多给小康打听打听。"芷妍道："行，嫂子，到时候我先带你看看，只要你相中了，我就去说。"芷妍哥哥问道："芷妍，这房子宽敞了住着也舒心，去年夏天我去你家，那时候还是老房子，现在还住老院里吗？"芷妍道："哥，庆哥天天忙，翻修院子的事就拖下来了，不过这次定了，我们马上也盖新院。"芷妍哥哥道："好，肇庆，知道你天天忙，不过修院子这事可千万不能马虎，一定要修得大气敞亮，有需要我帮忙的，尽管说。"魏肇庆要修宅院家人自然十分高兴，有忙定是要帮的。魏肇庆道："我先谢谢哥哥了，不过还真有个事请你帮忙。"芷妍哥哥道："什么事啊？你尽管说。"魏肇庆道："为修院子我找了好几位设计师，不过他们设计的宅院我一个也没相中，听芷妍说咱家有个亲戚在京城做过宫廷设计师，我想请他帮忙设计设计。"哥哥听了却皱起了眉头，道："咱们是一家人，你修院子需要什么我都可以帮，咱们这里石材多，需要多少你尽管说，可是你要找咱姑父，这事恐怕有点难办。"魏肇庆忙问道："怎么了？"芷妍哥哥道："我上次建这个院子，咱家和郭大人不是亲戚吗，我让他帮忙设计设计，那天他来了一看我的宅基扭头就走了，走的时候还丢下一句话，'建个小院能住就行'，我都不知道该说什么好。"魏肇庆听到这里心中却暗暗一乐，算是找对人了，但还是道："大哥，我看你这院子修得就很好，雅致得很，可能是郭大人在京城修宫院气势最要紧，大了才能显出本事，小了他施展不出来吧。"哥哥一听就笑了出来："就你会说话。反正这院子我也建完了，住着也挺舒适，远近十里八村还没有我这么好的宅院呢，好吧，明天一早我就和你一起去见咱姑父，我看他怎么说。"

　　第二天，魏肇庆和芷妍哥哥一起来到了郭大人家。远远看去，郭大人家的院子是一处标准的北方四合院式建筑，青砖灰瓦，黑漆的大门，大门两旁各有两个小石狮子，门前院边都铺满了青砖，不过都用沙土浅浅地埋了起来。昨晚刚下了雨，一行人踩了泥水过来，可到了门前，地上泥水一点也没有，定是暗铺的管道把水排了出去，再就是门前道路上也全部垫上了细沙，雨一停，水渗得快，泥水踪影几乎不见。院子从外面看起来和别家的没什么两样，推门进到院里，整个院子都是青砖铺地，厢房屋檐下各留一个排水口，青砖下暗藏着排水通道直通院外。廊前檐下石柱上用的是雕花装饰，走近细看才发现雕刻工艺十分精美，旺菊花团花锦簇，醉牡丹妖娆妩媚，俏兰花婀娜多姿，风雨竹挺拔潇洒，魏肇庆一下子便被吸引住了，要不是哥哥在喊姑父，魏肇庆还要仔细揣摩一番。芷妍哥哥在屋外喊道："姑父，在家吗？"就听里面应了一声，两个人推开风门进到屋里，就见一个精瘦的老人坐在圈椅上，见两个进来方站起身来，芷妍哥哥忙道："姑父，你好啊。"老者道："小

桐啊，你怎么来了？"芷妍哥哥大名孟广桐，姑父才如此喊他。芷妍哥哥道："姑父，今天我妹夫过来了，说来看看您，我先给您介绍下，这是我妹夫，姓魏，叫肇庆，武定府魏集的。"郭大人上下打量了一下魏肇庆，道："这么说魏景晔大人是你的父亲了？"魏肇庆忙应道："正是，姑父。"魏肇庆也随着芷妍叫了姑父。郭大人招呼两个人坐下，下人上了茶，道："你父亲在的时候我们同在京城为官，加上亲戚这层关系也经常联系，我很佩服你父亲的为人，不过早早过世了，实在可惜。"魏肇庆道："多谢姑父记得。"郭大人问："这次来有什么事吗？"魏肇庆答："我想修建宅院，今天特意过来，想请姑父帮着设计。"就见老人眉头微微一皱，随即道："想让我设计也可，不过我设计的院落规模都有点大，我只问你一句，你家资如何？"魏肇庆心中暗自一乐，不过还是郑重道："请姑父尽管设计，我一定把它建好。"郭大人道："好，我给你设计一套宅院，三个月后你来取吧。"芷妍哥哥还要说些什么，魏肇庆抬手拦了下来。事情办好，几个人又闲聊了几句便告辞出来，来到大街上芷妍哥哥道："你也不和他说说你要建什么样的，要建多大的，他怎么帮你设计？"魏肇庆道："这个不用管，瞧好吧，他一定帮我出一个与众不同的设计，我也一定会建一座绝无仅有的好宅院。"芷妍哥哥问道："你越说我越糊涂了，你什么也没说，凭什么他就能给你设计出来？"魏肇庆道："我们来的时候从远处看这处宅院与别的宅院没太多差别，但近了一看，这处宅院精巧之处太多，廊前檐下多用石雕，上面画作栩栩如生，菊花团簇尤见美人笑，兰花洒脱形若君子傲，无不出自大家手笔。整个宅院古朴典雅，精致而不显奢华，再就是你可注意到昨夜大雨，而院中门前雨水已无影无踪，院外又无排水去处，想必是早就建好了排水管道却又隐藏起来，可见此人大度善容而又心思精巧，他既知我是谁，不必闲话自有大家手笔。"芷妍哥哥道："但愿如此。"

三个月过去了，魏肇庆亲取图纸，寒暄过后，郭大人把设计图纸拿了出来，展开一看众人皆大吃一惊。郭大人设计的这处宅院共占地近四十亩，分住宅、大院、池塘、花园四部分。大院东侧设计池塘一方，取门前来财之意，细一看竟是侧卧元宝式设计，让人不得不叹服其设计精细。核心宅院四周更以大院环绕，家祠祖庙定准玄武，广场花园院内巧布，仓房佣间繁星落户，威严而不失雅致，精巧而不舍大气。主体建筑住宅设计为城堡式建筑，南北长二十六丈六，东西宽十三丈八，共三进九座院落，设计住房九十九间，九为大数，毕竟是民间住房，此数不能过百，然九十九也算得至尊至贵。院落由中路院落和东西跨院组成，前堂后寝，整个院落错落有致、流线分明，住宅房屋鳞次栉比。看到此处魏肇庆欣喜不已，不免暗自赞叹郭大人不愧是皇家设计师。芷妍哥哥更是暗自惊叹，心道自己无论如何也建不起来，但抬头见魏肇庆频频点头也不好说话。魏肇庆抱拳拱手道："姑父，不愧是皇家设计师，百闻不如一见。"郭大人见魏肇庆十分满意，微微点头道："好，大的地方我就不说了，有个地方我先和你说说。"魏肇庆忙道："姑父您说。"郭大人道："你记住，这湖里的土哪里也别放，就起宅基，稍微挖得深一些，地基起一丈也就差不多了。"魏肇庆道："好，全听姑父的。"再往细看，房屋主体结构设计为清宫廷小式木作台梁式构架，以砖石灰木混合构建，为硬山式设计，花脊、卷棚主次分立，主会客厅明间一丈六，进深房两丈四，怎一个大字说得，真真地让人双眼瞪起。房前前厦回廊风格特异，好似那武生拉开了架势，刹那间增添了七八分帅气。两侧跨院分别设计小会客厅、私塾院、裁缝院、厨房院，高门大户自然享用得起。细巧处，各院落明通道回转通联、房屋间夹壁墙暗通道相扣环环。供水石流，壁洞此等皇宫内院方设的机关在图上也标好了位置，如此一来向内宅供水供物内外相通却无需见面。魏肇庆看到此处频频点头，郭大人见此情景说道："虽说宅院要防洪水，但女眷常在家中，还是有个里外的好。"魏肇庆道："还是姑父想得周全，我时常在外，家里这样就更放心了。"此时芷妍哥哥突然问道："姑父，你是不是少设计了东西？"郭大人道："什么，少设计了东西？"低头在图上仔细查看。芷妍哥哥道："我怎么没看见烟囱啊。"郭大人听罢抬起头哈哈笑道："你说烟囱啊，皇宫里从来不设计烟囱。"说着拿出一个细图说道："这种构造是按皇宫里的设计来的，你们看，咱们在屋外设计壁炉，在地下铺设暖道，让它们四通八达通到各个房间，并且每条暖道都通过墙壁上留出的烟道直通屋顶，只要点起

壁炉，整个房间四处都是暖气，并且冒出来的烟经过烟道四处分散，顺着瓦片空隙便可散出，便没有大烟冒出来，所以屋顶上一处烟囱都不用设，就算下面炭火烘烘，屋顶上也见不到烟气升空。"芷妍哥哥道："这样好，看不出有烟没烟就不知道家里有人没人，这心思一般人真想不出来。"郭大人看了眼芷妍哥哥笑了笑，心里暗道我这外甥倒挺有心机。魏肇庆道："还是姑父想得周到。"再看设计的院墙，更是叹为观止，院墙为高耸的城垣式设计，墙高三丈，基宽一丈，顶宽四尺有余，墙体设计为三合土夯筑，外砌青砖，顶部设垛口，内砌女儿墙，中间过道却宽窄不一，往碉堡处渐行渐窄，取一夫当关万夫莫开之势。看到此众人皆想，这哪里是院墙，说是城墙也不为过。芷妍哥哥道："姑父，这院墙用不了如此高大吧？"郭大人笑而不语。魏肇庆道："这样很好，咱们这里离黄河远，黄河发大水你没见过，去年黄河发大水我就在大堰上，好好的院子一个浪就抹平了，一个村用不了一会儿说没就没了，还是这个好。"芷妍哥哥看了郭大人一眼，又看了看魏肇庆，不好意思地笑了笑。再往后，内宅东西硬山设计吊桥两处，与城垣机巧联合，可自由出入，能攻易守进退自如。大院不细说，设计以齐全论，共设计房屋一百五十七间，散建祖祠、商房、仓房、家佣住房，由此宅院总建房屋多达二百五十六间。整个大院内仅粮仓等各色仓库五十余间，宅院内还设有地下粮仓数间，可贮备粮油，大型地下室可存煤炭，两眼砖砌水井取水，遇战乱或灾荒，即使经年不开城门生活保障也足够。在场的人无不惊叹，这哪里是宅院，简直就是一座城！

　　魏肇庆连声道谢，郭大人见魏肇庆喜形于色也是高兴，又推荐了几个能工巧匠给魏肇庆。魏肇庆更是高兴得不得了，直夸郭大人水平高超出手不凡，说开建时请郭大人过去指导。临走魏肇庆留下纹银一千两，郭大人坚辞不收，只说已告老还家闲来无事活动活动手脚而已，见姑父再三推辞，魏肇庆只好作罢，过后去京城收了一幅刘墉的字送与姑父，郭大人倒是欣然收下，此是后话。

第三十三章

遇知音，志投亦同奔
看津门，意足更欢欣

　　家里的事安顿好了，魏肇庆来到了沧州，一来是看望石东章，另一件是想通过石东章见见他的兄弟，那个天津机器局的朋友。说来也巧，石东章正要去天津府汇报政务，于是先安排人去天津送了信，两个人便一起赶往天津，当晚，石东章的兄弟在宴宾楼设好了酒宴款待二人。

　　到了宴宾楼，房间内已有四人在此等候。见了面石东章给他兄弟介绍道："东鹏，这就是上次我和你说过的魏肇庆，来，肇庆，这就是我的兄弟石东鹏，是二叔家的我的五弟。"两个人互相见过，虽说两人没见过面，但通过石东章买过枪支，算是有过来往。石东鹏又分别给众人引见道："大哥，我先给你介绍下，这位是开平矿务局总办唐廷枢唐大人，这位是怡来牟机器磨坊的朱其琛朱经理，这位是机器局我的搭档，采办经理姜旭姜经理，他购我销，黄金搭档。"又指着石东章给众人介绍道："这位是我大哥石东章，现任沧州知州，这位是我跟大家提起过的魏肇庆，山东富商，经办骏马商队和盐场。"几个人见过分宾主落座。唐廷枢官职最高坐了主陪，东鹏坐了副陪，自然石东章坐了主座。大家坐定，魏肇庆仔细打量了打量唐廷枢，见此人身材不高，精瘦身形，上身穿黑绸布对襟马褂，下身着紫绸布团花纹长袍，举手投足间气度非凡，再往脸上看，典型的南方人脸型，目光深邃，颧骨突出，八字胡，留三寸长须，给人一种十分精明干练的感觉，不过接下来唐大人说话行事很是随和，也就多了几分亲近。

虽是北方酒宴，但几人饮酒随意，浅尝辄止，倒像是南方友人小聚。朋友齐聚，石东鹏也是高兴，说话间也领喝了几杯，喝到高兴处站起身来道："今天大家聚在一起，虽说和肇庆兄初次相见，说起来也曾打过交道，大家一见如故，今天有缘聚在一起，一是大家互相认识，今后无论在天津还是在山东，都有可以信赖的朋友，还有就是我听大哥说，肇庆兄心思博大，知我大清现在积极推行洋务特来考察，也请众位老兄倾力相助。"魏肇庆忙站起来抱拳致意，道："多谢东鹏兄抬爱，盐场的事幸得老兄倾力相助得以圆满，在此谢过，这些年我一直在山东经商，虽说也经常往来于京城之间，也只经营些行销之事，与各位兴办洋务领创先机、富国强民之举相差甚远，今天特来请教，还请诸位大人多多赐教。"说罢与众人满饮了此杯。朱其琛道："老兄客气，兴办洋务你来天津就对了，此事我等唯唐大人马首是瞻。"姜旭道："对，兴办洋务非唐大人莫属。"坐在主陪的唐廷枢道："今天来本想兄弟几个相聚，结识一下新朋友，没想到还有如此重任？"石东鹏道："今天聚会，您是我们的大哥，我们兄弟几个唯您马首是瞻，略一指点我们就受益匪浅，如果您要说是重任，我们几个还不被压死啊？"石东鹏说完，几个人忍不住笑了起来，都说唐大人自谦了。唐廷枢正色道："这些年来大家经办洋务，皆知其要义便是富国强民。主要是泰西各国自蒸汽机发明以来，新出的各色机械式样繁多数不胜数，大部分远胜几人甚至几十人之力，更有些设备已非人力所能及，发展之迅猛远超我辈想象，更有不仁之辈借此造出坚船利炮四处劫掠，已有不少国家为其所侵，百姓沦为亡国之奴，对我朝也是觊觎已久，幸我大清国土广阔百姓众多，列强各国有所忌惮，如他们再加发展，势必侵我大好河山，到时候你我都将尽受丧权辱国之痛，现在再不觉醒灾难就在眼前，大家说，这算不算重任？"在座众人皆扶桌静听。唐廷枢又道："咱们现在落后已不是一星半点，仍在使用千百年前流传下来的东西，故步自封只知有汉不知魏晋，岂知夷人已然有备而来，初始还只是向我朝推销商品，稍有不畅便走私鸦片，甚至不惜发动战争，近年来随着技术之进步逐渐向各方各面发展，每每胁迫已不加任何掩饰。单说这海上运输，我们虽成立了招商局，然海上运费价格则长期受制于夷人公司，稍有不从便以低价要挟，公司本来成本便高，只能委曲求全。"说到此魏肇庆道："乡下亦是如此，就说这布料。"说着抬起胳膊让大家看了看，然后道："前几天家里做衣服，从内人到丫鬟、裁缝皆说这洋布比起土布要好多少倍，花色多不掉色还便宜，不仅大行其道人人抢着买，并且开始贩往蒙古，本地布匹生产锐减。"唐廷枢道："对，夷人商品处处可见，让本不兴盛的本地产业更是一蹶不振，长此以往夷人则长期渔利，而我朝则永无翻身之日，所以我们必须引进先进的技术为我所用，大量兴办民族工业借此富国强民。自经办洋务以来，采买机器招揽人才还算顺利，然朝廷偏信龙脉风水之说，颇多顾虑，矿藏开采困难重重，再加上资金用量颇大，以致进展缓慢，再者守旧大臣多方掣肘，致我洋务政令不一，各方人士顾虑颇多。然今天这位老兄不光深谙经商之道，还常怀报国之心，远道而来考察洋务，实在让在下大受感动，所以我们更需加倍努力，吸引更多有识之士参与进来，只有大家携手共进，咱们洋务才有希望。"魏肇庆自觉遇到了知音，忙端起酒杯道："多谢大人指点，再次感谢东鹏老兄提供如这么好的机会，认识了诸位大人，我敬大家一杯。"说完端起酒杯一饮而尽，众人见魏肇庆如此豪爽，聊得又分外投机，也是纷纷举杯。

第二天，石东章去天津府汇报政务，石东鹏和姜旭陪着魏肇庆来到了开平矿务局。有缘人相见自无生分之说，见唐大人这里没有外人也就随着石东鹏叫起了大哥，唐廷枢道："东鹏啊，你这位哥哥一来我就感到十分亲近，昨天说起他经营骏马商队，我听说过，说起来我们做的事差不多，只不过他在陆上我在海上罢了。昨天还说肇庆老兄在你那里买过枪，帮着朝廷平抑了盐价，单买枪这件事就可看出他有眼光，不拘于现状，况且魏老兄还来天津寻机筹办洋务，更是难得。"真是高人，几句话说得魏肇庆心里都暖暖的，一下子便拉近了距离。魏肇庆道："唐大哥说的话我昨天想了很多，今早听东鹏也介绍了您很多事情，轮船招商局您主办的，我在京报上看到过，只是无缘见面，没想到现在还开办煤矿、铁厂，您这是实实在在的大手笔。"唐廷枢道："老兄不要这么说，咱们办的事都一样，都是想富国强民，只是渠道不同，兴办洋务我只是稍早一点，不过现在百废待兴，用武之地处处皆是啊。"兴办洋务建厂开矿说起来容易，一路走来也是历经坎坷，朝内大臣就有开矿破坏龙脉一说，还为此杀过矿主，虽说事情逐渐好转但仍记忆犹新，此时怕坏了魏肇庆心性，唐廷枢也就没说，只问道："魏老兄，这次来可有什么想法？你尽管说出来，让大家听听。"魏肇庆道："大哥，不瞒您说，来之前我心里十分郁闷，经商十几年了，不能说不尽力，凡我结交的客商我都尽力帮扶，谋划长远，然无论我如何做，这些年来都是勉强维持，各方各面亦未见太多起色。再就是这些年我朝时常不是这里起了争端，就是那里签了条约，总有不好的消息传来，大家心怀愤懑却束手无策。如您昨天所说，我大清朝只有兴办洋务，引入先进技术，招贤纳士开办工业才能富国强民，朝廷才有希望，所以我想我虽不懂洋务，但也想加入进来，兴办实业造福于民、富强于国。"听魏肇庆如此说唐廷枢自然高兴，追问道："好，想法我们都一样，不知道你想如何加入？"魏肇庆道："兴办洋务这件事我早就打定了主意，出钱出力都可以，哪里需要我大哥您尽管说，我一定尽我所能。"唐廷枢想了一会儿，道："现在百废待兴，兴办洋务有很多事情要做，比如兴建铁路、开办矿场到处都是用武之地，既然老兄如此信任，你看这样可不可以？开平煤矿开办得虽说时间不长，不过已经开始盈利，你刚办洋务暂时不要新办企业，要不你就参股煤矿试试？"听到此魏肇庆对唐廷枢更是敬佩不已，才结识人家就真心拿自己当朋友，把现成的饭端给了自己，不过魏肇庆总觉有点不好意思，于是道："谢谢老兄美意，这风险怎么能让您一个人承担，我还是和您一起办新的吧。"唐廷枢道："老兄，不必客气，你能参与在下就非常高兴了，也帮我解决了很多问题，你就说你能参股多少吧？"魏肇庆想了一下，如果把能动的钱全拿过来差不多五十万两，于是道："那就五十万两银子吧。"唐廷枢听了也是吃惊不小，五十万两银子可是一笔不小的数目，洋务初兴正是需要资金的时候，自己看过的那家铁矿便有了希望，高兴地道："好，我上报朝廷转让二十的股份给你。"魏肇庆道:"好,就按您说的办,谢谢唐大哥。"唐廷枢应了句:"好,那咱们就一言为定!"魏肇庆也道:"一言为定!"听唐廷枢说给魏肇庆百分之二十的股份,石东鹏和姜旭惊得是目瞪口呆,虽说他们都在天津机器局,与各方企业打交道,就算机器局一年销售也就几百万两银子,没想到两个人几句话五十万两银子的事情谈成了。石东鹏道:"开平矿务局可是个金疙瘩,不说他每年出煤多少,就只看各方各面都离不开,今后定是大有前途。"姜旭也道:"别的不说,我们机器局每年就要几十万两银子的煤,今后洋务再加发展,开平矿务局绝对前途无量。"初见魏肇庆看着沉稳有余激情不足,谁知一开口就是五十万两银子,天津府也没几个,再就是他们没想到唐廷枢能拿出这么多股份,自是对二人刮目相看。

见这么快就把事情定了下来,石东鹏对唐大人道:"不愧是我们的大哥,不光见识长远,办事也爽快,佩服佩服。"唐廷枢道:"是这位魏老兄大气,事情才办得爽快。"魏肇庆道:"是老兄照顾,多谢多谢。"接着又道:"老兄,我还有个事想请您帮忙,您看?"唐廷枢道:"有什么事你尽管说,在下一定尽力。"魏肇庆道:"家里正要修建宅院,想在里面建个学堂,让后辈们多读点书将来参加科考,不过听了您的话,我想请个懂洋务的先生来家里,让孩子们从小学习洋务,长大也好有所作为,还望大哥周全。"姜旭道:"这个想法不错,自小培养自当人才辈出,这才是长久之计。"唐廷枢听了魏肇庆这个想法,对他也是另眼相看,道:"好,还是魏老兄想得长远,这个忙我一定帮,过些日子我去上海,一定帮你物色一位好老师。"这一趟魏肇庆真是收获满满,不但结识了知心的朋友,并且朝着自己的梦想进了一大步。

事情办得如此顺利,说起来这也与他们的行事有关,魏肇庆与石东章、石东鹏有过来往,虽说没有直接接触石东鹏,但事情办得好,各自的人品就得到了认可,周围的朋友当然也是可以信任的,如若不然,他们自己也不会交往并介绍给魏肇庆,这是其一。其二就是唐廷枢对魏肇庆早有耳闻,做的事情虽说不尽相同,可都是名声在外,魏肇庆对唐廷枢仰慕已久,而唐廷枢对魏肇庆也是欣赏有加,所以两个人办起事来自然不拖泥带水,一笔如此大

的生意三言两语便办成了。

事情办好了，几个人劝魏肇庆在天津多住几天，朋友相见恨晚愿意多交流两天，再者希望魏肇庆在天津多看看，也让他们尽尽地主之谊。恭敬不如从命，魏肇庆虽说经常来往于京城山东，但只是经过而已，即便住也住在老城，这次来到了新城，达成心愿心情也不错，也想到处看看。以前听说过洋务，心想也就是用机器替代人工生产，省时省力多赚些钱罢了，可自从看了上次的折子，才知道洋务不仅能富国强民，还事关国家防务和朝廷前途命运，颇为新奇，于是满口答应。石东章政务办完也没急着回去，便和魏肇庆一起来到了这个位于天津大直沽的机器局。

到了天津机器局，远远就见高高的大烟囱密密麻麻十几个突突地冒着烟，高大的厂房星罗棋布，蔚为壮观。这庞大的工厂里面到底是一幅什么景象？魏肇庆几人甚是好奇。进到里面，石东鹏首先把魏肇庆带到了栗色火药厂，在一个巨大的厂房前面，魏肇庆见到了一座与众不同的建筑。自己家里的房屋都是青砖白灰垒墙，黑白相间稳重而又雅致，而这座建筑却与众不同，上下一片青色。魏肇庆问道："你这墙用什么垒的？怎么不用白灰？"此时就听石东鹏介绍道："这是用洋灰垒的，是从外国运来的，灰灰的像面粉一样，可掺上沙子石子加水一和，不到半天便硬得像石头一样，时间长了就是用大锤也很难砸烂。"说着指向地面，地面平平整整像石头一样，道："这都是洋灰抹成的。"俊杰用脚用力在地面上跺了跺，那叫个纹丝不动，倒是震得脚立时麻了，见俊杰抱着脚在跳，几个人差点笑出声来，不过都假装没看见往里面走去。几个人进到屋里，才发觉原来外面看着已经非常高大的厂房，在里面看起来更是显得高出不少，抬眼上望高度陡增了许多。厂房里一个个硕大的机器巍然陈列，工人们各司其职井然有序，一片繁忙景象，隆隆的机器声中说个话都要附耳大喊。第一次亲眼见到这硕大机器，第一次亲耳听到这隆隆的机器声，外面的好奇到这里变成了震撼，魏肇庆心情自是激动万分。几个人分别参观了汽炉房、汽机房、分磨坊、轧药房、筛药房、光药房、分药房，大部分是一样的建筑，一样的蔚然壮观，只是高矮各不相同罢了。来到了分药房，声音小了很多，石东鹏介绍道："肇庆兄，看到没有，这栗色火药和我们家里的黑火药大不相同，我们常用的黑火药燃烧太快，加到炮弹里面一不留神就炸了膛，现在换成了这种栗色火药，燃烧要慢不少，并且特意压制成六角形，就更加密实了，加到炮弹里威力大了好几倍，用这种火药制成的炮弹不炸膛还威力巨大。"几个人看了这些也满是欣喜，频频点头。他们又参观了化学堂和算学堂，里面的东西从没见过，那些瓶瓶罐罐千奇百怪，姜旭道："这些都是做实验的，外国人就是用这种东西实验出了新型炸药，今后说不定我们也能发明出更好的炸药。"魏肇庆问道："怎么做试验啊？"姜旭道："就是将各色东西放在一起，看它们的反应。"魏肇庆道："总不能乱放吧？"姜旭道："那是一定，这要专门的人才，将来你的学堂如果有人想学，我可以帮着联系到外国去学。"魏肇庆大喜过望，道："那太好了，只要有用，我一定让他们去学。"大大的厂区内车间鳞次栉比，这一圈逛下来就像进了迷宫一般让人眼花缭乱。魏肇庆看着新奇便由衷赞叹，没想到我大清朝还有如此之发展，观看之余心潮澎湃，欣喜之情溢于言表。

他们又参观了铁厂、制枪厂、水雷厂，一圈转下来虽说走马观花也足足看了大半天。最后来到了机器局办公楼，径直登上天台放眼远望，整个机器局房屋绵延数里，厂外城墙缭垣若巨臂环绕，规模甚是宏大。近看，车间林立厂厂相连，连绵不绝参错相望。遥向东望，港口处船只进进出出络绎不绝，城墙上隐约可见炮台密布峭然四望。往西面看，轨道蜿蜒西递遥指远方，汽笛声远远传来，庞然巨物轰然而行，源源不断送来资源和希望。整个厂区繁忙而景致，宏大而顺序，宛若一个青年焕发着勃勃生机。刚又听东鹏说起，这是亚洲最大的火药制造厂，至此盛景，魏肇庆心潮澎湃，心中充满了希望和自豪。

转天又去了怡来牟面粉厂，那白白的面粉让魏肇庆着了迷，置于眼前如奶汁初凝，抓在手里若丝绸拂面，轻嗅之下似膏贻过喉。前面说过，魏集的面粉每年都供应京城，这是魏家引以为荣的事情，现在一比倒是逊色了不少。这还没什么，厉害的是麦子一袋袋倒进机器里面，轰隆隆机器转过，接出来的就是雪白的面粉，这要在老家磨一袋面粉，有牲口的石磨也要半天工夫，并且这机器磨的面粉跟石磨磨的简直有天壤之别。朱其琛介绍道："这些磨面机都是德国进口的磨盘，比咱们制作的磨盘坚硬了许多，磨的面也精细，别的不敢说，我这磨坊可说是咱大清最好的磨坊。"人们围着磨面机左看右看，更有人趴到送料口往里观看，却只是黑乎乎啥都不见。现在大家都是朋友了，魏集的麦子以后便有了更好的去处，有魏肇庆在，这里的面粉也会到它想去的地方。朱其琛本是南方人，也是茶道中人，自是拿出好茶招待客人，可朱其琛没想到魏肇庆竟是品茶高手，两个人你讲我说把朱其琛的好茶品评了个遍，朱其琛连连称好，直说自来北方难得同道中人，两个人都认遇到了知己，相邀去魏集以茶会友好好品评一番。

第三十四章

夫妻情，逐年意更浓
谈笑间，平祸意料中

且说在天津新城逗留了好几天，魏肇庆辞别众人高高兴兴地往回赶，一路上与石东章有说有笑，好像又回到了骏马商队出发时的踌躇满志，开办盐场时的决断果敢。俊杰看在眼里喜在心里，终于看到魏肇庆又燃起了希望，他心中的肇庆哥又回来了。几个人一路说说笑笑地走着，石东章还告诉了魏肇庆一个好消息，就是那伙强盗已经找到了。其实石东章一开始就怀疑这伙土匪同那帮盐匪是一伙，所以特别嘱咐手下人按照他说的方向查找，多方查问终于找到了他们的踪迹。石东章道："为了查找凶手，我派人四下打听，特别是刘家庄那几个村我派去了几拨人，让他们打扮成走街串巷、算卦说书的暗中查访，你还别说，没有不透风的墙，还真让我打听出来了。离刘家庄不远的马家村有一伙人时常聚在一起练习武术，并且这些人个个用刀，和那些被抢的富户描述的一样，还有我们上次抓的那些劫匪也是都用刀，应该是上次漏网的那些人。还打听到这伙人在那里练习已经有些日子了，并且有不少人是刘家庄的，一个个武艺高强，而且轻易不让人们靠近，这不得不让人怀疑。我又安排当地衙役仔细一打问，他们说这伙人没人出去干活，但是一个个出手十分阔绰，钱财绝非正路所得，我这次来就是向府尊大人请命，请府尊大人安排人一举剿了这帮恶徒。"石东章这次来天津主要是来天津府请命，请天津府帮着协调部署共同剿匪，这也是石东章高明之处，查明案情立即汇报显得自己做事干净利落，再就是让天津府帮着一起缉拿，功劳大家都有。石东章才来不到三个月就把案子破了，当兄弟的自然替哥哥高兴，魏肇庆道："恭喜哥哥，刚到沧州就把案子破了，需要我干什么？您尽管说。"石东章道："这事还真需要你帮忙，上次这伙土匪就是向南跑的，是不是跑到了武定府地界还真不好说，这次千万不能再让他们跑了，你回去安排人把武定府地界给我守好了，定将他们一网打尽。"石东章将把守武定府地界的重任交给了魏肇庆，他知道现在的盐场已经今非昔比，魏肇庆能调动的盐场护卫就不下上千人，对付区区几个土匪那是绰绰有余，更何况魏肇庆手里还有洋枪。魏肇庆自是满口应下："大哥，您放心，这件事交给我，我保证让他们有来无回。"

快到家的时候魏肇庆却犹豫了，他把家里的钱全部投到了开平矿务局，虽说了了自己一个天大的心愿，但家里已经说好要修建宅院，夫人还帮自己找了这么好的设计师，怎么和家人说啊？说话间到了家门前，小女臻儿一边喊着爹爹一边高举着双手从院子里跑了出来，魏肇庆连忙从马上跳下来，一把抱起了臻儿问道："臻儿，你怎么知道爹爹回来了？"臻儿满脸自豪地道："我天天听着马铃声，听到马铃儿响了，就知道爹爹回来了。"魏肇庆抱着臻儿扭头对俊杰道："俊杰，把东西拿进来。"说着便往院里走。臻儿又道："爹，我跟娘住，我陪着她，娘晚上就不害怕了。"魏肇庆高兴地道："真乖，给你带了好东西，一会儿拿给你。"芷妍此时也从屋里迎了出来，见魏肇庆抱着女儿，道："就你两个亲，这么大了还抱着她，臻儿，快下来，你爹赶路累了，怎么还让爹抱着？"就见臻儿抱着魏肇庆脖子使劲亲了亲，知趣地从怀里下来，却仍不撒手，一路跟着进了屋。丫鬟打了水来，魏肇庆去洗脸，臻儿早早把香皂拿好亲手递给父亲，接着一条崭新的毛巾恰到好处地递到了魏肇庆的手上，这么乖巧可爱的小女儿怎不让人疼爱万分！洗漱完了魏肇庆问道："芷妍，我带回来的包袱放哪里了？"芷妍忙从里屋把包袱拿了出来，魏肇庆打开包袱从里面拿出一套嫩白的洋裙出来，双手提着对臻儿道："臻儿，好看吗？"小臻儿此时脸像开了花儿般笑着，大声叫着："好看，好看。"芷妍带她到里屋换裙子，不一会小臻儿蹦蹦跳跳地跑了出来。就见粉嫩脸似桃花万般娇艳，肩微露一抹润嫩色凝练，白藕臂轻提裙边，羽白绸团花簇绕颈搭肩，腰轻收人儿玉立稚气万般，大裙摆蓬松逸，蝴蝶结若羽翅背后隐现，莫不是小仙女到了人间？

晚上一家人在一起吃饭，看着家人高高兴兴，魏肇庆暂且把缓建宅院的事压了压，饭间其乐融融自不细说。等孩子们走了，芷妍沏好茶端了过来，孟夫人虽已年过四十不再婀娜，但更显端庄贵气，见魏肇庆一直盯着她，小声道："天天看，也看不够？"魏肇庆道："自己夫人啥时候愿意就啥时候看。"说着魏肇庆发出坏坏的笑声。芷妍似娇似嗔看了魏肇庆一眼没有接话，喝了会儿茶，时间不早进屋休息，多日不见自然要亲热一番，小别胜新婚，这天晚上魏肇庆自是威风无比。亲热完魏肇庆再次躺下，虽说是畅快淋漓，但魏肇庆心中有事，思绪掠过一时间没了困意，魏肇庆轻轻抽出手臂，翻身朝向另一侧。刚翻过身来就听妻子道："庆哥，有事吗？和我说就是。"魏肇庆问道："你怎么知道有事？"芷妍道："你我夫妻多年，听喘息就知道你安歇的如何，要没事你早睡着了。"魏肇庆翻过身来，一只手撑住头，若有所思地道："这次去天津事办得非常顺利，遇到了不少好朋友。"芷妍道："我看你回来挺高兴，就知道事办得顺利，还有什么事啊？"魏肇庆应了一句："有件事我觉得挺对不起你的。"芷妍道："什么事啊，怎么还对不起我了？"说着也把身子侧了过来。魏肇庆道："就是建宅院的事，这次我去天津遇到了唐廷枢唐大哥，他这几年一直走南闯北兴办洋务，正好这次他要新开厂子，我就把钱投给了他，不过唐大哥很仗义，没让我和他去开新厂冒险，而是把他开好的厂子股份让给了我。"听魏肇庆说完，孟夫人看了一眼她的庆哥道："这不是好事吗？买卖上的事都是你办，我又不管。"魏肇庆解释道："这我知道，不过看唐大哥如此仗义，我就多投了些，把家里的现钱全投了进去，咱家修院子恐怕要等两年了。"芷妍想都没想便道："我以为什么事呢，没事，这个你做主就是，咱们这么多年了，你做的事我从没阻拦过，你放心，院子又不是不能住，再说也可以慢慢准备着。"魏肇庆听妻子如此说顿觉心事全消，不觉又来了精神，两人聊起了天津那边的事。说起了机器局蔚为壮观，说起了面粉厂机器精巧，说起了新朋友豪迈大气，说到激动处魏肇庆起身坐了起来，手里还不停地比画着，有说不完的话要说给夫人听。芷妍看魏肇庆高兴，觉得自己的丈夫仿佛又回到了年轻时候，两人不觉聊了一个多时辰，起来倒下折腾了好多遍，方才睡下。

时间不长，石东章便派人送信过来，定好十月初二动手剿匪，让他安排盐场守卫把守好武定府地界，以防土匪们逃窜到山东这边，魏肇庆立即与盐场大使马大人联系，调动守卫一千余人沿武定府地界设下埋伏。这天晚上，护卫们悄悄来到埋伏地点，大队人马全部躲在排水沟里隐蔽起来，只派两个岗哨探出头监视着道路，只等劫匪们闯入鸣锣为号一举拿获。晚上有点冷，为了隐蔽又不能生火取暖，人们便坐在沟底闲聊。有个瘦小的护卫寻了个空子挤到了老护卫福全的身边，道："福全哥，你到商队好几年了，土匪都什么样？"福全看了瘦子一眼，道："没见过吧？"瘦子道："还真没见过，福全哥，你和土匪过过招没有？"福全吹牛道："打过，我还亲手杀了好几个。"旁边一个老护卫笑道："你做梦杀的吧。"几个老护卫也哄笑起来。福全道："去去去，你们知道啥，我执行的是秘密任务。"老护卫道："你说说你执行的什么秘密任务？"福全道："秘密任务怎么能告诉你们。"瘦子道："好哥了，给我们讲讲吧。"福全道："好，来上个火。"瘦子忙掏出烟荷包装了袋烟给他，又用火镰给他点上。福全叭叭抽了两口道："你知道土匪怎么劫道吗？"几个新人道："冲出来就抢呗，谁不听话就砍谁。"福全道："果真如此硬抢早让咱们给搞死了，咱们多少人啊。"有个新人道："那他们怎么干？"福全道："他们都是躲在暗处，看你一不注意就下黑手。"瘦子道："那怎么办？咱们又发现不了他们。"福全又抽了口烟道："我告诉你个事啊，以后你要骑马的话晚上千万不能睡觉。"瘦子道："那为什么啊？"福全道："土匪们专挑睡觉的护卫，抓住脚脖子一刀就给你割了脚筋。"几个新人下意识地抓住脚脖子。有个年轻护卫道："那不就废了吗？土匪这么狠啊！"有个老护卫道："我怎么没见过？"福全道："你见过？你跟商队出过夜差吗？"老护卫道："谁没出过夜差？那时候你还没来呢。"福全道："出过出过，可你做过马上护卫吗？"老护卫道："你做过？我怎么不知道。"福全道："我什么时候说我做过，我和他们都熟，他们的马我常骑。"老护卫道："不说你懒吧，天天蹭人家的马骑。"福全道："胡说八道，我给他们牵着马好让他们歇歇。"老护卫道："牵着牵着就骑上去了？"众人一阵哄笑。福全道："不和你们说了，他们让我讲故事，你们掺和什么？"说罢转身对着年轻护卫道："你们想不想听？"瘦子道："怎么不想听了，快讲快讲。"福全这才清了清嗓子道："那天晚上，我们押运货物去京城，刚走到沧州地界，我实在是困了就和别人换了个班，骑马跟在队伍后面，迷迷糊糊猛就觉得腿腕子生疼，我一下子就醒了，就说咱反应也快，手里的大枪一下子就扫了过去，就听啪的一声就打死一个。"有个老护卫道："你还打死一个，你有什么证据？"福全挽起裤腿道："你看，这不是疤。"老护卫道："还不知道是树枝子划得不？"福全道："树枝子能划这么深，你就是看不起人。"有个新人道："打死了没有？你下去看了没有？"福全道："看什么看，就我自己在后面，万一他们人多呢？"老护卫道："你听他吹牛。"福全道："我吹，那天是你还不吓死。"沟底这帮人嘻嘻哈哈聊着天。此时福全向沟沿上扫了一眼，几个哨兵正全神贯注监视着远处，全不关心他讲了什么，此时就见福全向众人示意了下，众人都禁住了声。就见他悄悄摸到了一个负责监视的人身后，猛抓住那人脚脖子便往下拽，就听那人大喊："有土匪！有土匪！"此时众人皆大笑不已，岂料那人仍在喊："有土匪！有土匪！"边说边指向上面，上面另一个也喊道："有土匪。"众人这才警觉了起来，爬到沟沿上蓄势待发。就见沧州方向跑过来两匹快马，来到近前大家一拥而上截住了去路，众人将马拦下，见是两个官军模样的人。此二人也跳下马，问道："请问哪位头领带队？"俊青忙上前道："在下魏俊青。"骑马人道："石大人让我们过来传话，土匪全抓住了，谢谢大家鼎力相助，让大家回去休息吧。"报完信便翻身上马赶回沧州。待两个人走了，大家你看我我看你七嘴八舌地道："抓完了？这么快？""办完了？没事了？""不会这么快吧，我们还没动手。"紧绷的神经一下子没缓过来。待送信人走远，大家这才确认事情已经

结束了，俊青安排人四处传信，沧州的事已然办好，让众人回去休息。事情竟如此顺利，众人都说石大人升了官立马就能干了，大家一路说说笑笑各自回去。

话说沧州这边，这天晚上老三带着二十几个人在院子里练功，一群人有招有式正练得起劲，突然街上灯火通明，院子就被围了起来。不一会儿，院墙上、房顶上站满了官军，有官军跳进院里把门打开，石东章带着人闯了进来。见来了这么多官军老三心里一惊，不知道哪里的事犯了，土匪们一阵慌乱，皆手提钢刀作势要冲出去，老三忙示意众人不要轻举妄动。已经被围了起来硬拼是不可能了，只能硬着头皮走上前去向石东章行了个礼，道："大人，我们在这里练习下拳脚，不知有什么事吗？"石东章往四下看了下，见一个个手握钢刀，道："谁敢拒捕，格杀勿论。"众官军也喝道："把刀放下！"众人齐刷刷看向老三，老三忙上前道："我们又没犯法，你们这是干什么？"石东章也不接话，只朝手下下令道："全部带走。"一听要被带走，二十几个人顿时急了，有人举刀便想上前，官军见状将手中的洋枪举了起来。老三心想动手或能冲得出去，可大部分人难免一死，忙扭头对众人道："没听军爷说吗，要带我们走，又不怎么你，跟着走就是。"听老三如此说知道硬拼无益，好汉不吃眼前亏只好束手就擒。人是抓到了，可石东章忘了一件事，捉奸捉双见贼拿赃，虽说官军搜查了那个院子，但除了那些刀以外什么也没搜到。没搜到物证，这些人自然就什么也不承认，待到再回去搜查他们家的时候，无论什么物证都被藏了起来，连同他们的同伙也都出去逃荒要饭了。石东章叫了几个富户过来指认，可抢劫都发生在晚上，而且劫匪们都蒙着面，除了这刀看着眼熟，谁也没认出人来，刀没什么印记，眼熟不管用。当然也不能就此罢休，提了个罪名叫持械聚众，严刑拷打是少不了的，一个个都被打得皮开肉绽，但是这些人嘴硬得很，都说没有犯命案。恰好那个强子不在，其他人没犯命案，因为不是他们干的，怎么打也打不出来啊。案子审了几个月，也没审出来，不过这些已经给了石东章一个很好的理由，便依盗抢罪判了这二十几个人收监服刑，对上面也算有了交代。

第三十五章

金兰好，来往不能少
机缘巧，可惜未破晓

这一天，邹云轩正在客厅与云东说话，家人进来通报："老爷，客人到了。"邹云轩问道："哪里的客人到了？"家人回道："山东的魏东家来了。"两个人连忙出去迎接。自从魏肇庆与邹云轩结拜为兄弟，魏肇庆每隔两年就来一次崇安，景隆号多年来兴旺发达自有一套生意经，老掌柜和邹云轩都不拿魏肇庆当外人，也就经常讲与他听，魏肇庆受益匪浅。魏肇庆虽说刚入行商业，但眼光独到，经过这些年历练更是颇有些见解，这些年又接连干成两件大事，让邹家也是刮目相看。不过这两年魏肇庆开始接触洋务，自觉很多地方有所欠缺，也就经常往来于京津鲁，再加上修建宅院也是大事，已是三年没来了。时间长了自是想念，这段时间恰好不忙，于是带上俊杰来到了下梅。

见了面，邹云轩问道："老兄，这两年是只见书信不见人啊，忙什么呢？是不是把哥哥给忘了？"魏肇庆道："怎么能把哥哥给忘了啊，这两年实在是忙坏了，再加上修了下院子，一下子抽不出空来，好不容易把事情放了放就赶过来了。"邹云轩道："修院子了，搞了个什么样子的？"魏肇庆道："魏集离黄河近，一到汛期就提心吊胆的，我找了个亲戚给设计了下，主要是防洪水，要不出来也不放心。"云轩道："早该如此，你们离黄河太近了，上次去就看河水都比地面高了不少，那还不是汛期。"俊杰道："云轩哥，肇庆哥修的院子是宫廷设计师给设计的，气派得很。"云轩道："什么样的？和我说说。"俊杰道："样子不好说，不过像座城。"云轩道："什么？像座城？那得多大啊？"俊杰道："差不多有四十亩的吧。"邹云轩瞪大了眼睛，道："真的啊？还真得抽时间去看看，写信告诉我早就过去了，也祝贺祝贺兄弟乔迁之喜。"魏肇庆忙道："哥，我来你这里多了，总感觉咱们这里的院子有灵性，想比着建，不过怎么也学不来，论灵性比你这里差远了，还要过几个月才搬家，到时候请哥哥务必赏光。"云轩忙道："好，到时候我一定去，也好久没去你那里了。"说着几个人进屋。

刚坐下说了会儿话，云东说道："云逸也该到了，怎么还不见人？"魏肇庆问道："哥哥还有客人？"云东道："是村里的一个兄弟，自小被朝廷选中去了美国，年前刚回来，听说是在上海任职，捎信回来说想见见我爹，今天上午就到，不知道什么事耽误了。"魏肇庆正要说话，就见一个家人急匆匆跑进了来，禀报道："老爷，云逸老爷捎了信来，说他坐的火轮船还是不让进崇安，请老爷帮忙问问。"云轩道："他怎么又开火轮船来了？不是不让他开火轮船来吗？"魏肇庆问道："开火轮船来？这位老兄干什么的，还能开火轮船过来？"云轩道："他来信说在什么招商局，我也不知道是干什么的，上次来就是坐火轮船来的，到了崇安按说他是上官县令大人应该迎接才对，可县令大人说他也就学了点洋学奇技故意炫耀，只说不能让火轮船搅了崇安的风水，硬是没让他进崇安县就撵走了，我去县里问，县令大人说云逸嚣张跋扈，下人们差点动了手，县令大人还有些恼怒，这次他说来看我爹，我捎信和他说不让他开火轮船来，不知道为什么又开来了。"魏肇庆道："按说洋务是由咱们这边兴起来的，怎么咱们这里也如此不待见洋务？"云轩道："说起洋务我觉得挺好，确实省工省力，按说官府应该大力支持才对，可朝廷上下推行洋务的多是汉臣，皇室贵胄对此不屑一顾，上行下效，只要地方主官是满人的，大多视洋务为异类，对洋务的好处视而不见。"确实如此，魏肇庆这几年感同身受，道："各个地方因人而异，想不会总是这样。"云轩道："咱们收货行商，做事无论如何也绕不开官府，何况崇安有如此一位反对洋务的主官，对洋务只能望而却步了，暂时这洋务恐怕是近都近不了了。"魏肇庆听云轩说这些，想想当前也是无可奈何，不过还是问道："这位云逸老兄回来有什么事？"云轩道："他不说我也知道，一来这里是他家，自然要回来看一看，虽说家里已经没了亲人，但离家久了总是想念吧，再说我们兄弟三人又是十分要好的朋友，他想回来叙叙旧，再就是我想他既开着火轮船来，自然是想让我见识见识，推广他的洋务。"魏肇庆道："老兄说的这两个理由都应该让他回来，作为兄弟自当帮忙，还请哥哥想办法让他回家。"云轩道："我何尝不想让兄弟回来，可这件事让我十分为难，上次县里就没让他下船，县令大人还有些恼，如果这次我把他接了来，县令大人定对我不满。可不接他回来我又觉得对不住兄弟，就算我办不了洋务，也不能向我兄弟头上泼冷水不是？"魏肇庆自然知道邹云轩的难处，转念一想道："哥哥，既然你为难，那我就替哥哥把这位老兄接回来可好？"云轩不知道魏肇庆想怎么办，不过也算为自己解了围，于是道："肇庆兄，你能去最好，这样我安排人和你一起去，你让他把火轮船先开到别处，先坐我们的船过来。"

魏肇庆乘船到了崇安界，就见几条官船堵着一艘火轮船的去路，双方正在对峙，虽说尚未动手，但两下里剑拔弩张互不相让。幸好魏肇庆坐的是邹云轩家的船，伙计们上前说了得以过去。到了火轮船这边，魏肇庆让伙计把自己的名帖递上去，给邹大人带话说自己是唐廷枢唐大人的朋友，请船跟自己走。还算不错，不长时间火轮船便掉头跟了魏肇庆的船驶离了崇安县，又往前走了一段，在岸边码头停了下来。两个人上岸见了面，魏肇庆把来意一说，邹云逸还算谅解，随魏肇庆坐上小船来到了下梅村。

到了下梅，云轩和云东已早早站在村边等候，见肇庆带着云逸回来忙上前迎接。下了船就听云逸道："云轩哥，年轻时候的豪情哪里去了？怎么让一个小小的县令给吓住了？"云轩道："让兄弟见笑了，你是上官自然不惧他，为兄乃一介百姓，有些事不能没有顾忌。"云逸道："你可不是百姓，你是大商人，在美国大商人可不得了，官员们有事都找他们商量，有些商人做得大了，还可以出来当官，经商大有可为。"三个人都被他的话惊得目瞪口呆，云轩道："那不乱了套了吗？有了钱就可以买官，当了官还不到处收钱，到时候还不坑苦了百姓？"云逸道："云轩哥你想错了，人家的官不是买的，人家是选出来的，有些人干事业兴旺发达了，出来当官是为老百姓办好事。"云轩道："不管怎么说这么办风险太大，万一这个人居心不良可就麻烦了。"魏肇庆道："各国人事各不相同吧，按说在人不在事。"云逸道："魏老兄这话说得对，的确在人不在事，咱们这里倒都是考上去的，四处敛财的也不少。"邹云轩道："可万一他只替富人说话怎么办？"邹云逸一愣，不过还是道："不会吧？他们可是老百姓选出来的，如果不为民办事，下次便不会选他。"魏肇庆道："老百姓为什么选他而不选别人？"邹云逸道："这些人参加竞选可以到处拉票，一般老百姓没有这个实力。"魏肇庆道："那就是说他们参选也是花了钱的？"邹云逸道："可以这么说。"魏肇庆道："那就难说了，如果不需要花钱他们有可能公正以待，如果花钱那就与买官没什么区别，恐怕很难替别人说话。"邹云轩道："先不说这些，咱们进屋。"说话进了屋，云逸道："我这次开火轮船来就是想让哥哥体验体验，没想到又没开进来，只能说给你听了。"云轩道："兄弟，咱们什么关系，我还不信你？"云逸道："我和你说，这火轮船好处可太多了，首先说，这火轮船速度就比帆船快得多，并且火轮船是机器推动，无论顺水逆水皆可畅行无阻。"云轩道："什么？还能逆水行舟？帆船要想走逆水就要人工拉纤，要是有载，劳工们一步走不了四指，真是急死个人，那这火轮船也耗费不少吧？"云逸道："火轮船自然耗费大一些，只要你运输的货物得当，往来的快了自然也能多赚不少。"魏肇庆道："说起用火轮船搞运输，当属唐廷枢大人干得最好，他在海上已经经营了很多年了，获利颇丰，这些大家应该知道啊？到了内地为何推广不开呢？"云逸道："唐大人是我们洋务前辈，为国人做了表率，海上运输干的是风生水起，可不知道为何一到内地立时就变成了风景，今天的事你也看到了，官员不开化，固守成理，甚至搞出火轮船破坏风水这种奇特说法，真要我说，火轮船真要是能改变风水倒好了，现在老百姓都穷成啥样了，是该改改风水了。"云轩道：

"此事以后再说，咱们自祖上就开始产茶卖茶，这么多年咱们的茶叶行销大江南北，也算是小有所成，就算这火轮船过来，我们用他来干什么，难不成替我们运茶叶，茶叶占空又大，那要多少火轮船啊？再说这贩茶也就一季，剩下的时间干什么？"云逸道："那又怎么样，只要云轩哥你要买，我负责帮你订购，要多少你说个数就行，只要你买了船咱不光运茶叶，到时候什么都可以运。"云东道："就算官府放开火轮船，那也轮不到我们啊，漕运历来有漕帮把控，他们和官府自是一家，你认为是官府不让你进来啊？真要用火轮船也要漕帮说话，估计是漕帮怕你们抢了生意，才让官府阻拦不让你们进来吧，官府只是替漕帮出头罢了。"说到这里大家恍然大悟。魏肇庆道："说起洋务，我这两年常去天津，结识了不少经办洋务的朋友，现在的天津早已今非昔比，不光轮船招商局在天津设了分局，还开办了北洋机器局、铁厂、煤矿，还有面粉厂，别的不说就说这面粉厂，不光出的面粉白，还比磨坊快了不知道多少倍，现在我家的麦子大部分就运到了天津，这洋务办好了，不光省时省力，挣的钱也不少，听说招商局一年就能挣几百万两银子，云逸老兄，是不是如此？"云逸也道："确实如此，还是魏老兄见多识广，虽说兴办洋务各地都有一些，然大部分人还不知道洋务的好处，现在办还能抢占先机，晚了可就错过这天赐良机了。"云轩想了想，还是道："你们说的都对，可我这里除了运茶可以用这火轮船外，其他的哪样也用不了，这采茶可不能用机器吧？"众人一想也是，这茶叶如何使用机器一下子还真想不出来，云逸道："云轩哥，你我是最好的朋友，我这次来主要是想邀你出来办洋务，外面的世界天广地阔，并非只靠茶叶一项，就只这火轮船，如果人们认可了，将来一定大有可为？这段时间为了开发内陆商机，轮船招商局正在招商入股，现在加入正是大好机会，所以我就想着先把火轮船开过来让你看看，不想还是这样。"云轩想了想，道："兄弟，这火轮船生意可是兄弟你说了算？"云逸道："这个自然是招商局说了算，我负责推广。"云轩又问道："那兄弟你想让我参与进去做什么？"云逸道："我想让你参股轮船招商局内陆航运，一起搞洋务挣钱。"云轩问道："可我听说招商局是官府的生意？"云逸道："那倒是，不过现在正在招商股，刚才说了，这招商局可是做着现今最挣钱的买卖。"云轩想了想，官府生意岂是普通百姓能参与的，于是道："兄弟，不瞒你说，这些年虽说挣了点钱，可钱真的来之不易，真要把钱交给别人经营还真要仔细想想，还是看看再说吧，不过要有这茶行用得着的机器，我一定尽力而为。"云轩已经说得很明白了，他不想参与自己没把握的事，更何况这官府办的洋务到了地方却不认可，他只能看看再说。魏肇庆道："光顾着说话了，来了还没见过伯父，我先去见见伯父。"云逸也道："对啊对啊，来了就说事，大事都给忘了。"于是云轩带两位兄弟去见父亲。

邹老爷子虽已年过七旬，然心性平和，加之这桃源仙境也是养人的好去处，身体依然十分康健。几个人来了老爷子十分高兴，还是老地方，茶盏仍同，自然雅趣风和日丽。大家坐定闲聊几句，话题还是又转到了办洋务这件事上，老爷子问道："云逸啊，前些年还是我和你父亲一起送你去的西洋留学，想来差不多十年了，你什么时候回来的？也不见你回家看看？"云逸道："大伯，当年我爹送我去美国的时候来问过您，您说西洋各国经常欺扰我国，国家派人留学必是要知己知彼，让我用心留心，我一直记着，丝毫不敢懈怠，这些年一直在美国学习，年前才回来。朝廷把我安排到了上海，我先赴了任，一直想来看您，不过上个月想回来没能进得了家门。"老爷子惊诧道："这是怎么回事？"说罢扭头看了一眼云轩。云东道："大伯，云逸上次回来是开火轮船来的，县令大人说怕火轮船搅了崇安风水，不让云逸进县境，还差点打起来。"老爷子问云轩道："有这事？"云轩道："为此事我去找过知县大人，他亲口和我说的，说为保一方平安不得已才为难上官，这次他能回来还亏肇庆帮忙，是肇庆把云逸接了过来。"老爷子一听此话脸色一沉，道："云轩，你怎么能让肇庆去接？作为大哥，云逸回来你应该亲自去接才对，当年你世信叔送云逸留洋，是为国尽忠，不管县令大人有何说辞，都要想方设法化解才对，这才是做哥哥的担当。"云轩忙道："知道了，爹。"老爷子转身问道："云逸，你为什么一定要开火轮船回来？有什么事吗？"云逸道："我开火轮船回来并非为了炫耀，主要是开回来让大伯和云轩哥看看，火轮船到底是不是与我说的一样先进，再就是我所在的轮船招商局正在招募商股，想要发展内河船运，如果大家不看到火轮船的好处，办起来恐怕难很多。"听云逸说完老爷子想了想问道："肇庆，这件事你怎么看？"魏肇庆道："大伯，我现在正办着洋务。"听魏肇庆如此说几个人都齐刷刷看过来。魏肇庆道："大伯，几年前我读《京报》，上面有不少奏议，说的就是兴办洋务，读后感触颇深，所以想为国出一份力，有幸在天津结识了唐廷枢大人等一帮朋友，便在天津参与了洋务，参股了开平矿务局。"大家听完各有所思。老爷子点点头道："这办洋务我休养在家不甚了解，这些奏议我倒是读过，虽说此折被朝廷搁置多年，然今天提起我仍记忆犹新，这些年朝廷屡被欺凌，早该求强求变了，这洋务能办一定要办，也算为国出力，虽说官府有些人还不理解，只要你们详加运筹，难关总能过去。"魏肇庆道："确实这样，我遇到的唐廷枢大人，不但运作洋务见识长远，而且情深义重，这几年不仅不需要我出力，这分红还定期送到家里，家里的院子便是用这些钱建起来的。"云东道："刚才俊杰说你家院子差不多四十亩地，也花了不少钱吧？"魏肇庆道："差不多十万两银子左右。"众人皆瞪大了眼睛。魏肇庆又道："主要是来了洪水大家可以应急避一避。"老爷子道："肇庆，是应该长远考虑，不仅如此，万事都要长远考虑，不可计一时之得失。"云逸道："多谢大伯点拨，这件事我也有些鲁莽，早该回来向大伯请教。"老爷子对云轩说道："云轩，潜心研究茶叶不错，但也要有闯劲，不要拘于现状，特别是兄弟之间互相扶持才对。"云轩点头答应了。其实兄弟相邀自然是为好，云轩多少有些动心，可是官府态度却让他望而却步，犹豫不决也是常理，不是亲自看了很难下定决心，有父亲的话，云轩决定过段时间去上海看看，便道："好的爹，过两天我去上海看看，顺便看看那边的生意。"

魏肇庆道："这两年家里生意难做，咱们这边没受什么影响吧？"邹云轩看了父亲一眼，道："也有些麻烦，主要是外销越来越难做。"魏肇庆道："不是有夷人专门收购咱们的茶叶吗？"邹云轩道："现在也有，以前只要我们的品质好，价格上一直由我们来定，现在他们说我们的茶叶价格高，他们能买到便宜的，采购量大不如前了。"魏肇庆道："各省的茶叶都云集到咱们这里，这一行里咱家做得最好，大家也都尊着伯父，难道有人被他们私下里收买了？"邹云轩道："那倒不是，我明里暗里都查过，我们的人没事，是他们在印度买了地种茶，还在咱们这里找了些人帮他们炒茶，按他们的话说神奇的东方树叶已经向西迁移了。"此时邹云东道："有些人也是贱，为了几个小钱把老祖宗多少年的积累都卖给了他们。"魏肇庆道："俗话说教会了徒弟，饿死了师傅，以后恐怕会越来越难，不过我们也应该多学他们的技术，礼尚往来这才公平。"老爷子道："肇庆说得对，这样对双方都有利。云逸，有些事你要多想想，毕竟你在那边待的时间长，看看怎么帮到大家。"邹云逸忙应道："好的大伯，我一定尽力。"

第三十六章

兄弟邀，国事成烦扰
人虽少，成事不取巧

　　魏肇庆家的家院建成了，应魏肇庆之约，石东章与天津的朋友们相约一起来到了魏集，在路人的指引下，几个人来到了魏集镇西南面的一个大院子。这些人自然见过世面，京城内外高墙大院也见过不少，可来到这个院子还是被震撼到了。眼前的大院一面院墙就有五十余丈，如此长的院墙要看到尽头需张望一下方可，大块的青砖显得如此厚重，在白灰条的衬托下却又不失雅致，工匠们又在墙上做了些花窗，院子里面的绿树花香零零散散透了出来，引得人们不免驻足观望。进了大门，家人们带着众人往里走，映入眼帘的是一方池塘，倒不很大，也就三亩见方，四周遍植垂杨柳，时值春日，柳枝儿自在风中摇曳拂扰，好不妩媚。来到近前，就见塘内遍植荷花，嫩绿的荷叶团团点点刚刚散开，还有些紧抱双臂尚不肯露出真面，微风掠过，微波里娇娇颤颤惹人怜爱。继续前行，大院内房屋棋布，花草间植，宛若花园中穿行，曲折婉转间，一处宅院好似一座城堡扑到眼前。举目望去，高高的院墙足有三丈上下，俨然一堵城墙横在眼前，东南边更是修建了高高的碉楼，让人不得不抬头仰望。石东鹏道："这哪里是院啊，分明把城墙搬过来了。"众人皆点头称是。石东鹏又目测下高度，道："这院墙恐怕高十米不止，这个碉楼怕是有十五米了吧。"朱其琛道："差不多，这院墙最少十米。"姜旭道："这碉楼怎么如此眼熟，哦对了，欧洲有些城堡庄园就是这种碉楼。"朱其琛道："是这么回事，我看这个院子咱们就叫它魏氏庄园吧，大家说怎么样？"姜旭道："对，这里叫什么大院，那里叫什么大院，名字一点也不大气，这个魏氏庄园倒是与众不同。"石东鹏道："等会儿和肇庆哥说，咱们这次不白来，给他家院子起了这么好的名字，让他好好谢谢大家。"引得众人一阵大笑。

众人缓步宅院门前广场，广场不大，也就两亩见方，方砖铺地，上面遍铺细沙，平整而干净，家人们早早洒上了水，踩在上面宛如土路前行，舒适而轻盈。门前两根旗杆高高耸立，旗杆上悬粮器"升"，半悬于旗杆高处，应是取步步高升、前途无量之意。再往上看，高大的拱券门上方镌刻"树德"两个大字，落款为咸丰辛酉年科举人张会一，书为隶书，字体方正，笔法遒劲雄厚，端庄朴实却又不乏秀逸潇洒，细看，这"树"字"木"旁上行，"寸"中一点转走为撇而成"才"字。石东鹏道："这个树字怎么如此写？第一次见。"石东章道："树字倒是有这种写法，放在此处恰好取德才兼备之意"。此时就听姜旭招呼大家："来来来，来这边。"几个人顺着姜旭手指的方向看去，就见院南遍植桃树，正值桃树花开正盛，几人漫步桃花林，花香怡人春色满园，顿觉心旷神怡，更有甚者凝神冥想，久久不动思绪万千，宛若遁入桃源仙境，世间纷繁喧闹争名夺利皆被这桃花静语驱赶到了千里之外。

魏肇庆带着家人迎到了宅院门口，却不见众人踪影，家人指引下才在桃园见到。但见几人驻足不前扶花弄香心驰神往便不再大声招呼，只快步向前轻声见礼。朱其琛道："我说肇庆兄好几个月都不去与我们相聚，原来是天天醉卧桃花源啊。"魏肇庆连声道："我是天天想着几位老兄，要不是请大家过来，我早去天津找你们了。"说完众人哈哈大笑。此时朱其琛道："一路上我们还想你的院子什么样，大不了修个五进的院子，没想到你搬了个城过来。"魏肇庆道："老兄过奖了，没有东章兄一席话恐怕就如你所言了。"大家扭头看向石东章。石东章道："那是我去沧州赴任，和肇庆兄聊了聊沧州的灭门案。"朱其琛道："确实要防一下，再者说你这里离黄河也近，早做防备也是应该的。"石东鹏道："肇庆兄，我问个事，我们一进来就看着树成荫柳成行的，谁这么有主意早准备下了？"魏肇庆看了芷妍一眼，道："我与东章兄去天津之前就决定要修宅院，去了以后把钱投到了矿务局，就稍微耽搁了两年，不过你弟妹早就开始操持，有些东西早就准备好了，这些花草树木都是别的园子直接移栽过来的。"石东鹏道："我说这么齐整呢？原来嫂子才是有心人啊。"魏肇庆忙叫过家人一一给介绍，都是熟人，听魏肇庆介绍家人时不时酸上两句，直夸嫂子端庄富贵，儿子知书达理，女儿花容月貌。介绍完，魏肇庆带着众人拾级而上，进了院子来到二道门前，见是一处垂花门。楣子板上四扇用宋代透雕技法刻暗八仙图，下三扇雕龙凤牡丹、狮子绣球、鸳鸯荷花，再往下则是那瑞龙巨身化凤，下坠着莲蓬绣球巧戏游龙。石东章道："这道门实在是少见，不仅整体大气端庄，而且细处精妙绝伦，若论这技法高超，都是手艺精到的匠人，单做一件都有可能是精美上品，此门却将砖雕、木雕完美融合实属不易。"朱其琛指着门侧道："大家看，这门枕石上雕刻的兰花，舒展而又不失婀娜，温婉而又兼具贵气，定是大家手笔。"魏肇庆道："各位老兄眼光真高，这些匠人是院子的设计师介绍过来的，手艺自然没的说。"

此时院里传来阵阵诵读之声，几个人循声来到了孩子们读书的地方。小跨院为南北两排房子，南面是先生的寓所，北面是课堂，院里植一株紫藤，时值紫藤含苞晶莹剔透，枝蔓散处嫩芽将露绿意初填，蓝天映下宛若画卷展露在众人眼前，不免赞曰："此乃天造地设之美景也！"此时就听姜旭问道："我怎么听着如此耳熟，孩子们这么小肇庆哥就让他们关心国事啊？"大家都扭头看向魏肇庆，魏肇庆道："我读这些奏议感触颇深，也想让孩子们早些知道，将来好做有用之才。"几个人深感魏肇庆用心良苦。姜旭向魏肇庆抱拳致意道："如我辈都像肇庆兄这般用心，洋务自当后继有人矣。"众人皆点头称是。

移步客厅，正堂除了摆放着八仙桌以外，左侧还摆放了一方矮桌，六七个圆凳，桌子上一套精美的茶具登时吸引了众人的目光。茶具晶莹透白，温润娇柔而无一点异色，粉彩美人图娇艳欲滴，白瓷碗温软如玉，几个人忍不住拿起来仔细观赏。朱其琛道："南方人一般喜爱茶道，所到之处必找好茶和好茶具，天津乔头镇的骨瓷是我见过最精美的茶具，却也未见如此晶莹透白之上品。"魏肇庆道："这套茶具我也是刚得的，说起来多亏了石大人，自从石大人带我们剿灭了盐匪，海丰那边的生活就慢慢富裕了，人们早就有烧贝瓷的习惯，现在又拾了起来，取长补短手艺越来越精进。前些日子盐场张老板知道我这里要来贵客，专门派人送了这套茶具过来，说是知道我好喝茶，特意送过来的。"石东章道："我在盐场多年，听说过这种瓷器，这叫贝瓷，有人曾赞曰'贝瓷之美，外施宣瓷。铎毫之所至，料色之所敷，如生宣之遇水墨，怅然交辉，氤氲华彩。至于云失翠微，乐迷山色，瓷质耶？宣纸耶？其质一也。'"众人听罢皆道："此喻甚妙。"此时，丫鬟手提铜壶进来送水，魏肇庆正要亲自执壶泡茶，却见一位小仙女飘然而至。

小仙女上身着淡蓝色杭绸长袄，嫩桃花似繁星典雅仍俏，月华裙风摆摇摇，移莲步优雅行腰若柳梢，白嫩嫩小脸胭脂儿自得，眉似新月远山黛轻落，双眸若清泉水珠儿晶莹闪耀，扑闪闪大眼一瞥惊鸿，乌黑秀发公主髻儿绕，晶莹莹玉簪似水滴儿摇摇欲掉，垂两颗白珍珠轻落耳际，移身形，走莲步，那珠儿摇摇摆摆好不皮俏。小仙女袅袅婷婷来到众人面前，在座各位无论如何没想到在此能见到如此标致的人儿，恍恍然如小仙女下了凡间。魏肇庆见小仙女进来忙对众人道："这是在下小女臻儿。"接着向女儿招呼道："臻儿，来，快见过几位叔伯。"只见小仙女藕臂轻抬，两只嫩白小手儿身前轻轻莹握，向众人道了个万福。魏肇庆轻声唤道："臻儿，来得正好，今儿这茶你来泡。"臻儿自小被视为掌上明珠，专许她跟着哥哥们读书识字，魏肇庆雅致来了品茶写字，小女儿乖巧时常在一旁伺候，在茶道方面也是颇多体会。但见臻儿先将茶具归入茶盘，又把热水倒入茶壶，回头将铜壶打开盖子置于壶架之上，方轻抬玉臂拿起茶壶，将热水慢慢注入茶杯直至热水四溢，稍等片刻将茶杯中的水倒入一边铜盆，用茶匙将茶放入壶中，取铜壶倒水入壶，待茶略稳再次缓缓倒出，不过此盏仍是倒掉，再次高悬冲茶，略待片刻将茶倒入杯内，但见小仙女秀臂曼舒，玉指律动，身形轻摇，秋水顾盼，宛若舞蹈般将香茗分与众人。朱其琛道："肇庆兄，我来北方这么多年，初次见北方人如此喝茶。"魏肇庆道："前些年去南方购茶，在一位老前辈家喝茶才亲眼所见此种喝法，便跟着学了，有时候来客人了便依样来泡。"此时大家细观手中香茗，茶显琥珀之色，轻嗅间浓郁香味直入心脾。来的多是北方人，这种喝茶技法大多没有见过，且大家一直以来东奔西走没个停歇，难得雅趣坐下来品茶，更不要说如此雅情逸致。就说朱其琛吧，除了面粉厂还有机械厂、炼铁厂一些事情，哪有那么多空闲，此次来魏集如不是魏肇庆极力邀请，几个人还有事要商量很难抽出身来。朱其琛一看便知此乃极品好茶，看了一眼魏肇庆，道："你这老枞水仙可是可遇不可得的上品。"魏肇庆道："朱大哥好眼力，真行家，这是我福建的大哥专门派人送过来的，在当地一年也难得多少。"石东鹏道："还是南方人会生活，喝茶也有这么多门道，我们北方人都是大把地泡到壶里，只要煞口就行，哪有那么多讲究？不服不行，这茶香真是绵延悠长得很。"石东章也道："北方人喝茶喜欢喝花茶，放少了味道寡淡，茉莉花香遮了茶味，放多了，只要稍微一放就酽得很，苦涩便多，难得如此品茶，茶香浓郁味道深厚，慢慢品来还有些许回甘，就算久放也无半点苦涩，我虽不会品茶，但也知道这一定是好茶。"姜旭道："说忙大家可能不信，我和东鹏哥这几年在机器局一年难得在家待上几天，下月又要去德国考察，估计又要半年，好不容易挤出了点时间过来，没想到能品到如此好茶，实在是有幸。"虽是春末，屋内略有寒意，然几杯茶下肚，额头上竟有微微的汗粒儿冒了出来，皆感全身通透，朱其琛更是轻酌细咂，意去神空得意而忘形矣。

饮茶间大家静品雅趣，然细心的应该看出来了，唐廷枢大人却不在其间。与唐廷枢合作的这几年，魏肇庆省心得很，到了分红的日子唐大人便会安排人把银子给魏肇庆送过来，只多花了两年时间魏肇庆便修好了自家的宅院。可就在去年，唐廷枢却不幸走了，一位洋务干将早早地逝去让人们倍感痛惜，"不求做大官，只求做大事"之声犹闻在耳，为世人所称道。上海的报纸专门发表纪念文章，赞扬唐廷枢为民族工商业所作的巨大贡献，称他的一生代表中国历史上的"一个时代"，"他的死，对外国人和中国人一样，都是一个持久的损失"！唐廷枢走了魏肇庆悲痛不已，不过想来，能与这么一位洋务先锋成为好友、知己，一生足矣。

此后开平矿务局换了一名总办，此人叫张翼，曾做过醇亲王奕譞的侍从，江苏候补道。一到任上张翼便大张旗鼓要大干一番，不仅把矿上的钱全拿出来进行投资，还四处筹银子扩建煤矿。对于扩建煤矿，魏肇庆当然大力支持，不仅去年的分红投了进去，还把其他买卖挣的钱也投了些进去，然这次扩建煤矿用的银子可是大数目，魏肇庆的所有努力也只是杯水车薪，随着工程不断推进，大量的银子没有着落，张大人不肯善罢甘休，工程还要继续，于是欠账便越来越多。没钱工程款只能暂时拖着，后来被债主追得急了，这位张大人便想了个法子向外国人借钱。外国人的钱哪有这么好用？利息高不说，煤矿的账目也让他们看了个一清二楚，借的钱多了利息总是要还的，一来二去拆东墙补西墙，煤矿开始亏钱了。这么个大金疙瘩亏钱了，任谁都不相信，可就这么亏了，说起来魏肇庆倒不是想要马上挣多少钱，对一些事情他考虑得要远一些，洋务搞好了大家就有奔头，挣钱早点晚点没什么，再就是这么好的煤矿不可能总亏钱，还有就是张大人扩建煤矿倒有些章法，请了一些外国人帮着谋划，煤矿会慢慢好起来的。

喝了一会儿茶，魏肇庆道："今天请大家来是有件事想和他家商量一下，张翼大人上任以来开平煤矿这边一直扩建，花了不少银子，为了还债张大人借了英国人一百万两银子，利息还不低，去年一算账赔了不少，这倒没什么，投入多自然一下子挣不了那么多钱，可我听说为了弥补煤矿亏空，把本该供到水师的优质煤全卖到了国外，不知道大家听说了没有？"姜旭道："据我所知，有可能是真的，机器局的煤都是开平煤矿供的，他们负责出煤的和我关系不错，私下和我说，他说张大人特意安排过，绝对不能让外人知道，是有一次我检查出煤质量有问题，逼急了他才和我说的。我们的煤质量要求没那么严格，还不要紧，可这水师舰船的煤要是质量差了，那是一定不行的，万一发生什么紧急情况恐怕会出大事。"朱其琛一听便急了，道："怎么能这么干？我们辛辛苦苦办实业为的什么？还不是为了坚实国防不让外国人欺负吗，到时候军舰跑不起来那不净等着挨打啊？"姜旭道："我知道以后向总办禀报了，听总办说水师已经把这件事报了上去，说是很快就有消息，不过这么久一直没有下文，消息肇庆哥都知道了，上面的决断不知道为什么还没下来。"石东章道："不对，大家想想，掌管水师和直隶的都是李大人，他自然知道厉害，为什么没管，恐怕没那么简单，要不就是管不了，难道张大人后面有更厉害人物撑腰？"听石东章说完，大家陷入了沉默，总理衙门都管不了的事情又该怎么解决？石东鹏道："按道理说，这个事总理衙门应该能管得了，恐怕是哪里出了问题没报上去吧，再或许刚才姜经理说他不让对外说，上面查下来让他糊弄过去了？咱们不管是谁，如果有机会去总理衙门，也找人问问情由。"姜旭道："我与这位张大人接触的不少，他经常咒骂洋人，恐怕不是真心想把好煤卖出去，说不定是亏损了怕上面追查不好交代，才想出了这么个法子。"石东章道："这倒有可能，上面让他来干这么大的事情，一下子没干好应该是有些心急了。"魏肇庆想了想道："这么说倒有可能，他只是顾及眼前没想太长远，在我看来，矿务局只要度过当前难关一定大有可为。此前几次接触，每次聊起列强各国他经常咒骂他们不讲道理，恃强凌弱，我想这次应该是一时着急乱了章法。"石东鹏道："有这种可能。"朱其琛道："可不管怎么说这么办就不对，真要有一天他和外国人串通了，一定会闹出大乱子。"石东鹏道："不会吧，他怎么和外国人串通？"朱其琛道："好煤咱们得不到都卖给了外国人，人家反过来欺负咱们，这难道不叫串通？"魏肇庆道："就怕一个利字迷了心窍，咱们今后多和他沟通交流，把事情和他讲讲明白，只有我们抱了团外人才不好乘虚而入。"几个人点头答应了，答应回去多多劝解。石东鹏："这人啊，不是逼急了一般不会想歪道，这段时间也忙，回去以后大家多抽时间凑凑，大家都想把洋务办好，想他不会长此下去，肇庆哥，你也不能闲着，也尽快来天津。"魏肇庆道："好，我尽快过去，请各位老兄回去也帮着想想办法，看能不能筹措资金堵上外国人这个窟窿。"众人答应回去尽量想办法。然而这个窟窿实在是太大了，大家都在兴办实业，一时也真拿不出钱来，不过既然魏肇庆开了口，大家多多少少会想些办法，无论如何都要让矿务局渡过难关。只是现在最要紧的是要劝说张翼，供到北洋水师的煤一定要是优质煤才行。

就在大家认为事情商量的差不多的时候，魏肇祥却道："你们说别的我不懂，不过这个张翼净动些歪心眼，还事事瞒着大家，这种人最好少来往，好几十万两银子交到这种人手里总是不大放心。这洋务既然不那么好办，我们不如干点别的，就像咱们的骏马商队，天天挣着银子还不用那么操心。"此事魏肇庆不好说话，石东鹏道："要说挣钱这件事门路很多，肇庆哥的骏马商队当然是首屈一指，可大家一心要办洋务不仅是为了多挣些钱，主要是为了大义。"魏肇祥道："我们魏家为了保护当地百姓年年出钱修黄河大堤，难道不算大义？"石东鹏道："当然算，不过办洋务想得更长远一些。"说到此石东鹏看了一眼姜旭，又道："还是让姜经理给大家说说，他比我说得明白。"姜旭向众人抱了抱拳，道："好，那我就勉为其难了。咱们先说说当前经营和洋务的区别，在经营这方面肇庆哥没的说，骏马商队和盐场这两块可以说相当成功，既维护了当地经济又挣了钱，可是为什么肇庆哥又选了洋务，那就是洋务有其特殊的地方。首先办洋务就要用到机器，大家可能认为机器不就是代替人工吗？当然机器主要是为了代替人工，并且一台机器能代替几人甚至数十人之力。然大家想过没有，很多机器是人工力所不能及的，别的不说单说这钢铁，以前我们也用土法炼钢，生产出来的钢铁大部分是粗笨的构件，想要制造精密的机器一定不行，就像肇庆哥在机器局买的钢枪，有效射程已达三百米，咱们以前自己造的枪支五十米外能打到人就是运气了，这些枪支零件只有好钢造得出来。"魏肇祥道："是，这些枪确实厉害，和以前我用的枪比一个天上一个地下。"姜旭道："我再举一个例子，比如说肇庆哥的大车车轴，现在是铁磨铁，要时不时加油才能保持润滑，有时候重载要好几匹马才行。"听到此魏肇庆也向前凑了凑仔细听着。姜旭道："现在国外已经开始使用钢制轴承，拉起来十分轻便，真要用上用人就可拉动，并且十分持久耐用。"魏肇祥道："有这好事你不早说，当时为了车轴肇庆可没少费劲，差点车队都办不成了。"姜旭道："主要是现在咱们还没有造这个的地方。"魏肇祥道："没事，你说说什么东西，真要那么好咱们无论如何也要学会了。"石东鹏道："你看，你看，这不说不想办洋务了。"魏肇祥道："有好事谁不干啊，干干干，再说办洋务我双手赞成。"众人皆哈哈大笑。姜旭道："其实也不复杂，就是两个铁圈里面加上滚珠，不过要想持久耐用，要有铣床才行，这东西机器局才有两台。"魏肇祥道："有就行，不行咱们出钱买。"石东鹏道："这可不是说买就买的，一台差不多买一个车队了。"魏肇祥道："啊，这么贵啊？"姜旭道："贵，现在当然贵，咱们现在造不出来，等将来洋务办好了咱们自己能造了就不贵了，这就是办洋务的好处。"大家皆频频点头。姜旭接着道："往大了说，轮船大炮、火车机械都离不开机器，所以说我们想要的东西离开了洋务一定不行。"

坐在一旁的魏景曦一直没有说话，此时却道："你说的这些咱们确实没有，可就算没有你们说的这些好东西，千百年来咱们还不是照样过来了。"魏肇祥道："有好东西为什么不用啊？更何况咱们车队就用得上。"魏景曦道："好东西我买不就行了，何必自己造？"魏肇祥道："你没听姜经理说吗？卖得贵。"魏景曦道："贵，咱家才用多少啊？买就行了。"姜旭道："是，这些东西我们买了就能用，没有洋务我们也能照样过，可放到朝廷就不行了。"魏景曦道："这个我知道，现在咱们朝廷经常受欺负，那我们赚了钱也买枪买炮，保卫朝廷不就行了。"姜旭道："是，保家卫国在各朝各代都是如此办的，可现在不行了，泰西各国不仅造出了大炮军舰，而且先进技术应用到了各方各面，别的不说就说纺织技术吧，比我们先进了多少倍。大家看，咱们现在穿的都是机器织的布，比咱们的土布要好很多，并且还便宜不少，大家都争相购买，长此下去我们只能白白让人家赚了钱去，何谈挣钱买想要的东西？再就是大家想想，我们能卖到外面的东西又有多少，要卖多少茶叶丝绸才能换回人家的轮船大炮，咱们靠什么赶上人家啊？"魏景曦道："那我们也提高丝绸茶叶价格，让他们买咱们的东西也贵。"此时朱其琛道："说起来我朝商人样样都好，吃苦耐劳无人能比，只一件实在可恨，那就是只看自家利益不顾别人，你说涨钱可能无人理睬，要说降价比谁跑得都快。"魏景曦道："既然换不来，那我们也买机器织布。"姜旭道："这不是你也办洋务了？"魏景曦道："叫你如此说我这是也办洋务了？"引得众人哈哈大笑。姜旭道："办洋务是什么？办洋务就是引进技术，购买机器建厂开矿，你这当然是办洋务了。"石东鹏道："还是姜老兄厉害，几句话景曦老兄都想办洋务了。"姜旭道："不过办洋务还有更大的用处。"魏景曦道："还有什么用啊？不就是多赚钱嘛。"姜旭道："办洋务不仅能赚钱，而且还能凝聚人心。"魏肇祥道："办洋务不就是用机器生产东西，再把东西卖出去赚钱，怎么说到凝聚人心去了？"姜旭道："大家看，我们千百年来居家过日子，日出而作日落而息，大家都各自过各自的日子，年来节到走亲访友串个门，也出不了三五十里，就算是经营商队也是接货送货了账完事，人们考虑的还是自家生活。可这办洋务就不一样了，这机器可不是一人两人就能操作的，大的机器要十人甚至几十人，生产东西要几个或几十个流程，不仅要协作配合，还要有一定的技术才行，这技术哪里来？一个是师傅教，再就是要读书识字。师傅教自然慢很多，如此一来大部分人便要读书学习，书读多了自然知书明理，自然会为国家考虑。"魏肇庆道："对，是这个道理，为国家考虑的人多了，自然团结成事，国家才有希望。"朱其琛道："姜兄就是不一样，出过洋说起话来都一套一套的。"姜旭道："大哥莫取笑我，你讲肯定比我讲得好。"石东鹏道："老兄不必客气，你讲得确实好。"朱其深道："唐大人和我说过，我们小富即安忧患不思造成了现在的困境，只有居安思危寻新求变才能改变现在之困局，洋务就是要广联天下有识之士以实业强国。"魏景曦道："好，这么一说肇庆办洋务我再也不说了。"众人又是一阵开怀大笑。

此时魏肇祥道："要说这办洋务好是好，可要一招不慎就有可能倾家荡产。"朱其琛："这话怎么说？"魏肇祥道"前两天我看京报，上面说查抄胡雪岩，想他何止家资百万，千万之巨都不为过，就这么一下子倒了。"朱其琛道："胡雪岩本想投巨资收购生丝与洋商争夺定价权，当年投资两千万两白银通天下收买生丝，逼得洋人不得不出价三千万两让其转让，中间几经交涉，双方不欢而散，岂料僵持对耗之时恰逢与法国开战，生意就此拖了下来，第二年胡雪岩力劝同行团结以待，岂料众人无一配合，只能赔钱售卖，加之生丝经时品质变坏，本息差不多损失了上千万两银子。"魏肇庆听罢叹道："为长久计，为大局计皆当团结，却始终有人只看眼前利益，本就微利，如此一来还不任人揉搓，这一捧散沙不知何时能聚？"朱其琛道："有些人为私利乃本性使然，确属可恶，或为夷人收买也未可知。"此时石东鹏搭话道："非也，名为私利，实为帮凶，卖国无异。"魏肇庆道："诚然这些人获得了些许利益，然身后是众百姓白白辛苦，此后定有公议，免不了背负骂名。"朱其琛道："这倒让我想起秦桧后人曾写下'人自宋后羞名桧，我到坟前愧姓秦'。"魏肇祥道："咱们可不能像他那样，凡事都要事先商量好了。"石东鹏道："那是，不仅要商量，还要齐心协力，否则到头还是一场空。"

众人一边品茶一边聊着事，谁也没想到我们的小仙女此时心里却起了波澜，臻儿今年已经十五了，虽说随父亲见过不少人，可今天见的人却与以往大不相同。以往来的以商人居多，虽说不会在魏肇庆面前夸富，但三句话离不了那个钱字，文人也来过一些，有些也是才华横溢，然那酸腐的味道时不时便会显露些出来，臻儿这几年随哥哥们学的是洋务，自然对此有些不屑。今天来的几个人就石东章是做官的，但在魏肇庆这里却一点也不会摆架子，另外三个人都是办着洋务，见识自然不凡，所聊的事情以忧国忧民的大事为主，没得半点私情，举手投足言谈举止无不透着大气，小仙女听来自然受用得很。有一人更是吸引了她的目光，那就是机器局采购经理姜旭。姜旭少年曾赴美留学，在美国游学多年，回国后便进了北洋机器局，学业十分优秀，处理事情又非常严谨，所以几年时间便升任采购经理一职，刚才一席话不仅洋务讲得透彻，而且处处从大处着想，可谓见识长远。不仅如此，姜旭乃河北人士，小伙子身形俊朗，与另外几位年长的比起来更是多了几分帅气，言语虽不多却总能一语中的，再加上姜旭天生俊秀，浓眉大眼，鼻梁挺拔，略长的脸型自带着一丝傲气，处处透出北方人的英气潇洒。讲话间小仙女儿几次抬头看过去，总被他的帅气打动，几次目光相接竟莫名地心动，想看又不敢看，不敢看又想看，匆匆瞟过去偷偷看两眼，纠结袭来，一向洒脱的小仙女竟拘谨了起来。

第二天，魏肇庆带众人在魏集镇四处看了看。镇上魏家的买卖占了大半，从南到北，同春茂的茶庄、南协增票号、宝合成当铺、协盛昌油坊还有义合堂药铺，当然还有必不可少的骏马商队都是魏家的产业。大街上酒楼客栈人来人往热闹非凡，就连大一点的城市才有的绸缎庄也有店铺开张，无不呈现着魏集镇的富足与繁华。马场上，几个人骑马转了几圈，好好放松了下。中午，魏肇庆请众人来到贾家老店，品尝魏集特色美食仙驴宴，驴肉取自当地黑驴，驴肉、驴心、驴肝、驴肠、驴肚皆用老汤煮制，凉好切片分盘呈上，蘸水倒也简单，用老醋点少许香油调汁，再放些葱花姜蒜末即可。蘸食或直接入口，驴肉略有嚼劲又劲道适中，味道鲜香嫩滑，总觉余味十足不忍下咽。其中驴肠软烂适中，肉肠内些许肥油更增加了肉食的鲜美，口内汁水四溢，鲜美味道直冲上庭，自当魏集一绝。几杯武定府棣州白下肚，回味更是增加不少，几人纷纷言说此等美味未曾尝过。主食驴肉蒸包更要一说，白面自然来自怡来牟，糟子发面蓬松而绵弹，大葱老姜更是将驴肉鲜美摆布得层次分明，再加些老汤包在里面，热腾腾的大包子一上桌，那香味便吸引了每个人。人手拿过一个来，掰开来大肉丸子便露了出来，汁水更是滴滴答答直往外流，顿时满屋香气四溢。也就扔了斯文，人手抓起一个便吃将起来，俗话说一热三分鲜，这热腾腾大包子更是勾出了驴肉十二分的鲜美，让人念念不忘。

几壶热酒下了肚，兴致所致便一起来到黄河岸边。站在高高的大堰上，但见那黄河之水自西向东奔流而下湍流不止。远远望去，太阳照在宽阔的河面上，粼粼金光纵情跳跃，律动不息。水流没有一丝眷恋，义无反顾地向前飞奔着，飞奔着。人们凝神静望，仿佛时间也随着河水流动了起来，思绪更是被一往无前的奔流带到了远方。人们仿佛又回到了从前，回到了年轻时的壮志豪情、征途上的英姿勃发、奋斗中的义无反顾，痴痴望望，心驰神往。心神暂归，放眼望去，田野上一片郁郁葱葱，农人们埋头忙碌，几个人不免感慨万千，这就是千百年来滋养着我们的黄河，这就是世世代代支撑着人们不断前行的精神脊梁。

正所谓：友相念，魂牵梦绕相伴。天下诸事同愿。故人仙去仍犹见，至亲不限家眷。情永在。志落肩、千难万险心不怨。说与君听。黄河行万里，矢志不渝，润天下粮田。

第三十七章

早预料，万事谋划好
危难到，大事国前小

出狱的老三骨瘦如柴，一步三晃地从牢狱里走了出来，兄弟们没人过来接他，只街口不远处有几个人不时向这边望上两眼却不过来。老三是武术教头又带着那帮人练武，虽说他宁死不认但有了其他人的供词也被判了，而且判得最重，五年监禁且不得发配。刘自起曾拿钱打点过，不过也没起多大作用，都知道他是重犯，没几个敢给他通融，只是多多少少会给他些吃的。本来人们就食不果腹，牢饭自然更差，五年下来老三已经被折磨得不成样子，要不是本来身体壮实恐怕熬都熬不过来。见老三出来，老三老婆忙推着两个孩子上前迎接，岂料两个孩子却不肯靠前，只呆呆地看着。老三见女儿长高了许多挺高兴的，一把搂住两个孩子左看右看，眼里噙满了泪水。家里人带了些吃食过来，老三见了还不忘分些给两个孩子，孩子们却不肯接只躲到母亲身后，他也就狼吞虎咽地吃了，老三老婆见此悄悄抹着眼泪。吃过东西一家人开始往家赶，走出好远街口的几个人才尾随着跟了过来，不过仍有两个站在原处。过了大约半刻钟工夫，后面的两个才转身离开，却也慢慢腾腾散逛一般，出城差不多十几里了，这才加快脚步赶了上来。

第二天，几个人又聚到刘自起家里，见老三站着都打晃儿兄弟们都十分心疼。老四在牢狱里待过知道其中滋味，见老三如此知道是受了大罪了，想想自己受过的苦，见了面便搂住老三抱头痛哭。老三倒是硬气，虽说兄弟们见面流出了泪水却是不说半个苦字，还是老三先说了话："老四，别哭了，我这不是好好的嘛。"说着还用手擂了擂胸膛。知道老三是硬汉见不得别人哭，老四猛擦了两把眼泪，道："我不哭，三哥出来就好。"刘自起道："都不要哭了，老三回来了大家该高兴才是。"话是如此说，可哪见过老三这个样子。老五道："三哥，大哥给你报了仇了。"老三道："怎么，大哥杀了那狗官？"老五道："那倒不是，找到了那个惹祸的人，大哥把他给办了。"其实这几年刘自起也没闲着，虽说老三被抓了，他们仍然继续对富户下手，还让富户到衙门告发过，做出老三他们不是土匪的假象，然石东章是恨极了他们，不为所动，仍给老三他们判了刑。刘自起让老五四处打听，到底出了什么事让官府抓了老三，后来老五打听到是一伙人和他们一样出去抢劫，犯了灭门案，听说那家人被先奸后杀还一把火烧了，传闻四起，总之凶残至极。刘自起很是纳闷，手下自己管束得很严，照理不会私自出去犯案，不知道是不是以前的手下干的，便安排人逐个排查，终于把事情查清楚了，顺带把那个多嘴的也查了出来。我们讲过，刘自起虽说干的是强盗营生，但从不轻易杀人放火，更不要说奸杀灭门这种事。这几个人出去犯了案连累自己弟兄被抓了进去，于是刘自起安排人把那个带头的大个子给活埋了，那个强子挑了手筋脚筋撵了出去，其他几个也分别惩戒了才算了事。老三问道："谁啊？这么不懂规矩。"老五道："刘大个子，这小子以前老和强子钻一块，就是他撺掇强子他们去抢了那个富户，还不守规矩先奸后杀给人家灭了门。"老三道："他娘的原来是这个小子，我早就看他不顺眼，咱们留人的时候就把他清了出去，没想到还是让他给害了，我在外面早剁碎了他。"老四道："也行了，大哥安排人把他活埋了。"老三道："他们犯事让老子受罪，活该。"老五道："三哥，你知道吗？害咱们的还有一个人。"老三道："还有？谁啊？我弄死他。"老四道："魏肇庆。"老三道："魏肇庆，就是那个搞商队的魏肇庆？他怎么害咱们？"老五道："他？他和石东章那狗官是一伙的，前几年咱们在海兴中了埋伏就是他的事，现在永利盐场就是他和张家联合搞的，这次狗官抓人，魏肇庆还安排人在南边堵我们。"老三忽地站起来道："原来是他在害咱们，看我不杀他全家为二哥报仇。"老四也道："对，杀他全家为二哥报仇。"说着两个人就要往外走。老五道："等等，等等，你们去干什么？要不是你还在里面怕对你不利，大哥早抄了他家了。"刘自起也道："老三，老四，别着急，老二的仇咱们一定要报，既然老三出来咱们就不怕了，你先在家养两天，咱们准备准备十天后去魏集！"见刘自起早有打算两个人也就坐了下来。刘自起安排酒席给老三压惊洗尘不细说，只说几个人咬牙发狠，要夜闯魏集镇。

这天晚上，刘自起带着众土匪来到魏集镇，他要抄了魏肇庆家为老二报仇雪恨。时过三更，镇上的百姓已然进入梦乡，只偶尔传来几声狗叫声，不过整个小镇已是静悄悄一片。几个土匪翻过城墙进到里面，控制住守卫打开城门，大队人马直奔魏肇庆家而去。刚刚有说有笑的土匪们此时都屏住了呼吸，悄悄摸向魏肇庆的宅院，来到大门前，老三指挥几个得意弟子快速爬上院墙进去开门，岂料几个人刚爬上墙头，就听院子里一片狗叫声。院门口的几只狗听到人声立马警醒起来，冲着这些人开始狂吠，听到叫声，院子四处的狗也飞奔过来，一下子竟来了十几只，冲着众人狂叫不已。这时候也顾不得什么了，几个人跳下院墙，挥舞着手中的钢刀驱赶着恶犬，其中一个快步跑来到大门前，拉开门闩打开大门，众人呼啦一下子冲了进去。众土匪一拥而上举着钢刀向狗儿砍去，瞬时就有五六只狗儿被砍翻，其他受伤的只能哀号着四散奔逃。然就在此时，魏肇庆家院墙上一声枪响划破夜空，时值深夜，枪声传出去几里远，惊得众人都是一愣。

此时就听院子里面人声嘈杂，护卫们纷纷爬上城墙，跑到自己的守护位置，但是没人露头说话，只影绰绰的人影晃动。就在此时，院外跑进一个人来伏在刘自起耳边道："大哥，有人骑马往城外跑，我们把门堵住了他没跑出去，看他往西门去了。"时间紧迫顾不得许多，刘自起安排老三马上行动，就见老三指挥徒弟们开始往内宅冲。土匪们跑过广场奔向内宅，可来到了院墙底下众人都傻了眼，从来没见过如此高的院墙。与其说是院墙倒不如说是城墙，要看院墙上面需使劲仰了脖子才行，武定府城的城墙也比它高不了多少。

不过院墙上再没传来枪响，土匪们胆子渐渐大了起来，拿出准备好的飞虎抓扔向墙头，三四个人拉起绳子就往墙头爬，不一会儿他们便爬到多半截。可院墙实在太高了，就在他们拼命往上爬的时候，就听上面有人号令："上！"院墙上立时站起五六个人，举起钢刀砍向飞虎爪的绳子，只两下绳子便被剁断了，爬院墙的人登时摔了下去。虽是受过训练，可实在是太高了，几个人还是不同程度受了伤，有两个跌断了手脚，有一个直接后脑着地当场便没了气息，受伤的疼得龇牙咧嘴却强忍着不敢喊出声来。老三回头看了一眼刘自起，就见刘自起好像什么也没看见一样，只死死盯着魏肇庆家高高的院墙。老三安排人把摔伤的人抬到一边，转头喊了声："老四！"老四心领神会，两个人收拾好身上衣服，背好了钢刀，后撤出三四丈远。此时早有人把飞虎爪扔到了墙头，两人一个发力冲向院墙，纵身一跃高高跳起，抓住绳索像狸猫一样爬向墙头。不愧是武艺高强，转瞬间两个人距离墙头还有四五尺的距离，眼看就要爬到墙顶，此时上面又传来号令声："上！"老三想着紧倒两手一把抓住院墙翻过垛口，听到号令顿觉来不及了，便一手抓住绳索一手拔出钢刀往上砍去。然就在他往上抬头的刹那，突觉手上的绳子猛地一松，整个人瞬间失去重心跌了下来。虽说落地被人猛推了一把，还是重重地摔在地上，几乎与此同时老四也摔了下来。再怎么武艺高强，从两丈多高的地方摔下来也要摔个半死，虽说刘自起推了他一把，可老三倒在地上只觉得浑身上下疼痛难忍，手脚不听使唤动弹不得，不知道哪里摔断了。老四更惨，脑袋先着的地，顿时一命呜呼。看到这些景象，土匪们都不知如何是好，纷纷看向刘自起，话说刘自起也没想到会这样，一帮人围住了魏肇庆家，院墙上再没有传来枪声，不光老三老四大意了，他刘自起也大意了，人家这叫不见兔子不撒鹰，你不进攻我也不管你，可你只要一动手，这里处处是杀机。人家的枪还没使唤自己就折了两员大将，刘自起也没了办法，好在还算镇静，见势不好忙冲老五做了个手势。老五心领神会，马上指挥人抬上老三老四快速撤出了魏集镇。

就在院里院外斗智斗勇的时候，院墙上的守卫转头向院子里面看去，此时却见了设计师的精巧，就算站在高高的院墙上，也只能看到院内房屋的屋顶，还有那高高的墙头，即便院里有人说话也只闻其声不见其影。就算土匪们爬墙攻城最紧张的时候，整个内院里也是静悄悄的不见一丝动静，就像什么事也没发生一样。魏肇庆早就交代过守住就行，不到万不得已不要用枪，实际上院子里的枪支足有一百多支，如果开枪，劫匪们根本靠近不了院墙。魏肇庆既然有交代，守卫们也就以防守为主，却不知发生这么大的事魏肇庆为什么不出来看看。不想此刻魏肇庆却不在家里，内宅只有孟夫人带着儿孙几人。后堂，孟夫人端坐在太师椅上，儿子魏堃坐在一边，几个丫鬟站在旁边，儿媳孩子们则被安置在孟夫人的房间，一家人就如此安静地坐着，没有慌张，只静静地等着。大约过了半个时辰，外面传来消息说劫匪们撤了，孟夫人方慢慢站起身来，安排家人们各归各位各自休息，又吩咐丫鬟传话，让伙房做饭犒劳大家，外面如何处置等明了天再说。魏集镇又恢复了宁静，整个镇子好像什么事也没发生过一样，就像一场无声电影，除了那一声枪响，大家都在暗中较劲相搏，就连那两声号令也像是从喉咙里发出的低吼，没多大动静。

刘自起带着人急急忙忙往家赶，只想着快点回家好给老三治伤，眼看前面就是村口，就在他们以为就要到家的时候，突然一个马队从村口冲了出来。是魏俊青一马当先带着几十名护卫一路飞奔冲向人群，还没等土匪们反应过来，一杆杆大枪带着风声掷了过来，有几个躲闪不及直接被大枪击中。谁知厉害的还在后面，土匪们躲过了大枪，可躲不过高头大马，虽说劫匪们个个武功高强，但在马队面前还是显得十分脆弱，夜里损兵折将大家都是心慌神乱，这一波冲过去又有十多个人倒在了当地。土匪们一看阵势不对急忙钻进了青纱帐，不过让他们没想到的是，就在他们即将冲出青纱帐的时候，前面已经站满了人，盐场守卫、官军护卫早已将这个地方围了个水泄不通，跑过去的马队此时围着包围圈飞奔起来，实打实地把这伙土匪围在了当中。土匪们悄悄扒头一看，人群中有不少盐坨官兵，一个个手握钢枪，看着黑洞洞的枪口，土匪们也是没了办法，只好蜷缩在一块不大的青纱帐里按兵不动。

　　自从上次石东章抓人失败，魏肇庆就开始做准备，知道早晚会有这么一天，是他安排好报信的人去盐场报的信，他知道盐场守卫差不多上千人，足够剿灭这伙土匪。按说他已经知道这伙土匪的老窝在哪里，还是得饶人处且饶人，只要这伙土匪不招惹他，他也不想招惹是非，经商平安是福他自然懂得。不过还是早做了安排，如果土匪闯到他家门前，不到危急时刻不能动用枪支，他知道真的动了枪支打急了，劫匪们很可能窜入老百姓家中，如果土匪们乱开杀戒，无辜百姓就会受到牵连，所以他早早嘱咐家里守住就行。城墙上的争斗，两次发令时间差不多，只是老三老四功夫高强，差一点就让他们爬了上去了，可就因为快爬上去了，老四才掉下来摔死了，这是个意外，不过也让土匪们知难而退。在这一点上刘自起判断错了，他以为上面不开枪是没有几杆枪，再就是怕他们以后报复，不敢开枪杀人，他是知难而退了，他没想到的是杀招在后面，一个大口袋已经摆好了，就等他往里面钻。

　　魏俊青一声号令，守卫们挥舞着钢刀慢慢压向青纱帐，走在前面的用刀一点一点砍开挡路的庄稼，魏俊青的护卫精英手端着大枪跟在后面，盐坨官兵紧随其后，包围圈一点一点往里缩小。就在此时，突然就见二十几个土匪呼啦一下冲了出来，吓得守卫们一下子倒退了十几步才收住阵型。此时就见护卫精英们站了出来，排成一排堵住去路，不一会儿，劫匪后面的护卫也赶了过来，几百人把这二十几个人团团围住。护卫精英站在前面，盐坨官兵举起枪堵住了空，护卫们稍稍撤后但堵了个里三层外三层。这时俊青骑着马来到前面，用枪指着劫匪道："不想死的，把刀放下。"劫匪们你看我我看你一时没了主意。此时，刘自起慢慢地走了出来，冲着魏俊青喊道："兄弟，我们认栽，你们要抓的人是我，事情都是我做的，请你放了我的兄弟。"魏俊青道："原来你就是刘大当家的，你是一定要抓的，至于这些人，官兵都在这里，放不放官家说了算。"他回头看了看盐场大使马大人，就见马大人冲俊青摆摆手，意思是说现在谁敢说不抓啊，那徇私枉法的罪名可是担当不起。刘自起又道："好吧，你这一群人围在这里，谅你也不敢开枪，我们兄弟们以命相搏恐怕会死不少人，咱们这样，你我一决胜负，如果我侥幸胜了你，我跟你走，放过我的兄弟，怎么样？"俊青想了想，回头和马大人商量了一下，要是硬拼还真要损伤不少，倒不如就依了他。于是他指挥着护卫们慢慢退后，在庄稼地里亮开了场子，魏俊青要和刘自起一决高下。

魏俊青走的是扎实路子，在武功方面一直勤学苦练，只要在一个地方住下俊青便要找地方练枪，罗家枪法早已让俊青练的是炉火纯青。罗家枪法咱们讲过，刺起来银蛇乱点，抢起来乱舞狂龙，俊青力气大，枪法在他手里把棍法招式加了许多，劈挂砸扫威力无比。因为常年练枪，一杆枪被他练得油光锃亮，大枪一挥，在阳光的照射下闪着夺命寒光。说是一决高下，性命攸关定是以命相搏，两个人拉开架势准备拼杀。魏俊青暗想脚下都是踩折砍断的庄稼，自己练的是硬功夫，贸然进攻脚底下一滑那可是要命的，于是俊青屏住心神拉开架势只等刘自起前来进攻。刘自起见魏俊青不动，心里也想，今天不光是沧鹰帮遇到敌手了，自己也是遇到对手了，也不敢贸然动手，两个人就如此对视着，足有半刻钟的工夫不见动静。俊青这边是胸有成竹，对方已经被包围了，也就是能留下谁的问题，可刘自起这边却不一样，他输了那就是全军覆没，心中自然焦急万分。刘自起自恃武功高强，这些年未遇敌手，现在的局势容不得他多想，只有赢了魏俊青兄弟们才有一线生机，于是拉了个架势便向俊青这边冲了过来。刘自起的八卦刀法讲的是脚步灵活，身形步法自是高人一筹，刹那间已来到身前。就见刘自起突然高高跃起，双手举刀劈向魏俊青，刘自起自小练功自恃力大无穷，他想按他的出刀速度和力度，一刀下去对面的人便会枪折人亡。可他没想到的是对面这个人更是猛将一名，最高兴的是硬碰硬，魏俊青见他高高跃起劈了过来，脚下用力双手一举，用枪杆将钢刀硬生生挡了回去，就听噹的一声火星四溅，电光火石间两个人分了开来，刘自起被硬生生震了回去，俊青也被震得倒退了两步。刘自起只觉得虎口发麻，若不是双手持刀，刀早就飞出去了，再就是幸亏他的刀也是特制的，要不这一下早就绷为两截。俊青被震得倒退两步，暗自吃惊，这一下自己是借力打力站实了接了一刀，还能被震出两步远，不知道刘自起哪来的那么大力气，虽说硬接了这一刀，更让他惊诧的是刘自起速度实在是快，心中暗定绝不能让他如此轻易靠前，心到手到俊青挺枪直刺刘自起咽喉。枪属百兵之王，枪扎出去平正迅速，直出直入，力达枪尖，做到力惯一线，出枪如出水蛟龙，入枪似猛虎归洞，更妙的是罗家枪幻化无穷，枪扎出去虚虚实实，一招连三应，招招致命。魏俊青这一枪看似直奔哽嗓咽喉是实招，但是只要用刀格挡，他就会变成虚招，往回稍微一撤，再扎你挥刀的肩膀。一般人做过一个动作，惯性回位那就需要时间，这时候枪就到了，然刘自起不愧得了八卦刀真传，眼看刀已落空，闪身躲过枪尖同时挥刀便撩向俊青下半身，俊青一见急忙往后猛撤，挥枪当棍硬接硬挡，就这样，两个人你来我往打了个难解难分。高手对决虽说是招招致命，可如果棋逢对手那就不能招招用到尽数，假如一招收不住那定是丢了性命。说话间两个人斗了二十多个回合，俊青这边是沉着应对，凝心聚气不露半丝破绽，刘自起却是耗不住了，心想如何快点结束好给弟兄们一个交代，已是乱了阵脚，再想自己家人还在村里，留下兄弟们还能照顾一下，要是都被抓了那只能是妻离子散，家破人亡。虽说无数次想过这件事，但兄弟情谊让他无法结束，就这一刹那分神，魏俊青的大枪横扫了过来，一个疏忽格挡的力量稍微小了一点点，枪尖便顺着前胸扫了过去，枪尖连皮带肉刮出了一道血口子。刘自起这才猛然惊醒了过来，暗道自己今天是走不了了，如不以命相搏定难胜出，想到此就见他瞪圆了双眼使出了杀招，刀刀以命相搏。魏俊青猛见这招招夺命，心中也是一惊，打足了精神沉着应对。此时就见两个人不再是招招相对，已然是招招夺命，众人见状也是胆战心惊。土匪也好，护卫也罢，此刻都是双手紧握心跳咚咚。又战罢二十回合，两个人都是浑身是汗，虽说俊青不管刘自起怎么进攻，只站定自己的位置不敢乱动，他知道脚下全是庄稼乱七八糟，一个闪失便会丢了性命。而刘自起则不然，已是全然不管不顾，本就身体灵便，左跳右跃招招向前夺人性命。既然是以命相搏那就顾不得那么多了，魏俊青更是使出了看家本领，枪法里夹杂着棍法，大开大合使将出来。就见魏俊青使一招横扫千军将刘自起逼出一丈有余，又一招乌龙探海欲扎向刘自起的双腿，欲逼其后退让他手忙脚乱，然后一招三点名才是杀招。魏俊青想的是好，然刘自起却是高手中的高手，乌龙探海一招用尽，刘自起却迎枪而上，侧身让过枪尖一个劈剁便向魏俊青迎面而来。魏俊青见势只能向后退，刘自起哪里肯让，劈剁接二连三连翻而来，见魏俊青慌了阵脚，刘自起一招比一招力气大，恨不得一招结果了魏俊青的性命。俊青招架不住步步后退的时候，突然脚下庄稼一绊猛退几步仰面倒了下去，刘自起顿觉机会来临猛然向俊青这边冲了过来。刘自起的刀法以速度见长，电光火石间便会冲到眼前，败招已现魏俊青性命堪忧，即便此时滚到一边恐也难逃刘自起的连环杀招，人们吓得一闭眼都觉魏俊青难逃一死。见此情景魏俊青身后的护卫们都急了眼，但二人早有约定此时却不好向前，唯一的办法就是喊二人停手，至少此时停手魏俊青尚无性命之虞，就见好几个人抬手那声'住手'便要脱口而出。与此同时却见魏俊青双臂用力将枪杆使劲往后一戳，同时将身子也侧了起来，难道魏俊青还想就此起来？可不管怎么说刘自起的刀实在是太快了，如此这般绝难躲过刘自起的致命一击，即便不死也会被砍成重伤，难道他被脚下一绊吓蒙了？刘自起心道天助我也，这是上天给自己救弟兄们的唯一机会，于是高高跃起一招力劈华山想一刀结果了魏俊青的性命。而此时魏俊青并没有就此往上起，只是用眼睛余光往地上一扫，见大枪枪杆已经实打实挂在了地上，顺势一仰同时双膀叫力将枪尖对准了飞过来的刘自起。刘自起已然高高跃起身子跳在了半空中，眼见魏俊青以命相搏却没了时间反应，只能硬生生劈了下去。时间一下子定格了，大枪一头挂地一头插进了刘自起的前胸，刘自起被挺在了当空，而魏俊青这边，一只手臂也被硬生生砍断飘在了枪上，钢刀扫过胸口一溜刀痕清晰可见。魏俊青的这招舍命回马枪震惊了在场的所有人。刘自起在土匪们心中那就是神，就连武功最好的老三在他面前也过不了两招，竟被俊青用枪活活插死了，众土匪只能乖乖扔刀投降束手就擒。护卫们连忙上前把俊青救了起来，包扎救治，自此视俊青为英雄，没想到平日里话语不多的俊青危难关头为朋友竟肯舍了性命。

魏肇庆是第二天中午才得知家里被偷袭了，是俊青安排人给他送的信。大家知道后劝他赶快回家，魏肇庆只说大家放心，早安排好了，俊青他们会保护好我的家人。大家见他说得如此自信，也就不再深劝。以前分析过沧州这边的盐匪，这次恐怕又是他们，魏肇庆还是安排俊杰带着他的亲笔信立即给石东章传了信去，请他帮忙处理，随后又安排人找了两个西洋医生一块也送了过去。第三天又有人送信过来，说家里的事情处理完了，劫匪们被包了饺子，只是俊青受了伤，已经安排人医治，大家这才放下心。

魏肇庆有什么重要的事要待在天津，即便家里发生如此大事也不回去呢？这个要慢慢说给大家。大清属国朝鲜发生战乱，请大清帮助平乱，而日本图谋扩张觊觎朝鲜已久，为进一步吞并朝鲜，以保护本国侨民为由出兵朝鲜，在未获朝鲜应允情况下悍然派兵前往。大战在即，朝廷支援朝鲜的运兵船在海上遭遇日本舰队伏击，租借的英国运兵船"高升号"被击沉。消息传入国内举国震惊，魏肇庆在家再也坐不住了，于是带上俊杰来到了天津。可到了天津一打听更是乱糟糟一片，虽说已经开战，但朝廷上下意见不一，是攻是守举棋不定，已然开战了朝廷上下还是迟迟下不了决心。

这一天，魏肇庆几个人一起到了开平矿务局，一是来见张翼打听打听消息，另一个就是劝说张翼抓紧把优质煤送到水师那边去。几个人刚到张翼办公室，石东鹏便忍不住道："张大人，听说《高升号》被日本人击沉了，朝廷对日宣战了吗？"张翼重重地放下茶杯，愤恨地道："哎，日本背信弃义，枉我大清拿他做友好邻邦，竟与我朝开战，朝廷已经下旨与他们开战了。"石东鹏道："好，小日本竟敢和我大清开战，是该教训教训他们了。"朱其琛道："不要小看日本，这两年可是今非昔比，听说舰队已与我们水师不相上下。"张翼道："不会吧，他们的舰队怎么比得上我北洋水师？"姜旭道："朱大哥说得没错，听总理衙门的人说北洋水师这边已经几年没有增添舰船了，而日本人近两年连续购买军舰，说不相上下恐怕还高看了北洋水师。"石东鹏惊道："按你说他们还比我们强了？"姜旭道："总理衙门的人没好意思这么说，不过我听他的意思是这样，说日本新买的吉野号航速比我们快了很多。"张翼听了若有所思。石东鹏道："叫你如此说他们海上比我们强，陆上总比不上我们吧，最起码他们不敢侵犯我们吧？"魏肇庆道："这倒不一定，大家看，前些年日本人就意图占我台湾，若非我朝军民奋力抗击，恐怕日本人已经得逞，我看这次日本人野心不小，朝鲜怕是保不住了，如果他们看到机会，说不定狂妄自大要侵我大清。"张翼抬头盯着魏肇庆道："日本人真有如此大胆？弹丸小国也敢侵我大清？他也就在外面占占岛屿，不会对我大清发动进攻吧？"魏肇庆道："姜老兄和我说过，日本的吉野号巡洋舰，速度比我方舰船要快许多，据说一小时能跑二十五海里，我们的舰船也就十七八海里，跑得最快的也就二十海里，他们组织如此强大的水师干什么？看日本做事不像自保，即便现在他不敢侵我大清，沿海各地恐不再安宁了。""原来这样啊，看来海上还真不如日本，要真是这样，我们还真要提防着。"张翼好像自言自语地道。大家对视了一眼，心想张翼大事还是明白的，朱其琛道："日本人奸猾得很，听说他们这些年只要有钱就从国外买矿产，储备如此多应该是有所图谋。"张翼道："这个我也听说过，以前交代过下面，只要日本人买就提高价格，可他们要是通过别国来买，下面人还真不好查。"大家听到这里不免对日本人又憎恨起来，石东鹏道："这些日本人真是奸猾狡诈，以后还真要想个法子才行。"魏肇庆道："是要想个办法，日本人对我朝蓄谋已久，我们真要好好准备准备，张大人，您看是不是先把优质煤给水师运过去，让他们及时换上，万一打起来也不至于太吃亏。"张翼道："这个没问题，我马上安排。"朱其琛道："要想永绝后患，咱们以后就不对外卖优质煤了，让日本人怎么也用不上。"张翼思量了一会才道："这个……"抬头看了一下众人。随即说道："只要合同履行完了，我们就不再签优质煤合同了，一般的这些还真不好控制，如果不卖恐怕不光日本抗议，在国际上起了争端咱们谁也不好担待。"张翼说的也是实情，只能这么办着，大家也就点头认可。张翼叹了口气道："哎，这下煤矿又难啦。"魏肇庆道："张大人，只要不卖给外面优质煤，我们股东宁可少得利润，少赚点就少赚点，如果张大人上面不好交代，后两年的红利我就不要了，帮煤矿渡过难关。"张翼道："这两年为了还债也没分什么红利给你，还让你筹措了些资金，既然肇庆兄如此说，我当然义不容辞，我一定和上面好好说说，让上面同意我们的做法。"听张大人如此说也算有了个结果。此后一段时间，果然开平煤矿不再卖优质煤给外国，这件事还有其他国家抗议过，不过总算是顶住了压力。

俊青被送回了魏集，孟夫人带着孩子们早早来到药铺等候，请了武定府最好的医生为他诊治，俊青的手臂却是保不住了，如果不是医治及时还可能会伤及性命，幸亏当时带着刀伤药，简单包扎了才没大碍。等医生给俊青换完药，魏堃从外面挤到床边，用手轻轻摸着俊青的手臂，轻声道："俊青伯伯，还疼吗？"俊青俊杰从魏肇庆开始经商就在一起，虽说是有主有从，但魏肇庆从不把两人当外人，两个人也是性情中人凡事冲到前面，只要是魏肇庆安排的事定是义不容辞，这一次以命相搏更是不惜舍了性命。魏堃自小就与启东启志要好，俊青也是拿魏堃当自己的孩子看待，不光每次回来要带点好吃的好玩的接着，俊青还专门教授魏堃武功，孩子也喜欢和俊青亲近。看着孩子红着眼圈问自己，俊青心里也是暖暖的，忙揽过孩子道："没事，等我好了还教你。"孟夫人派人把俊青媳妇也接了过来，又安排了几个护卫在药店外守卫以防万一。

虽说天津的事事关重大，但俊青是一起拼搏的兄弟，到底伤得怎么样还不知道，魏肇庆也是十分挂牵，从矿务局出来魏肇庆便立即往家赶。一路上快马加鞭不停催马前行，赶到魏集的时候已是定更时分，直接到药铺查问，知道俊青就在后院养伤便径直跑了进去。进了病房，就见俊青媳妇趴在床边睡着了，不过作为高手，听到动静的俊青已然坐了起来，用手护住老婆往外观看。见是魏肇庆进来俊青忙喊媳妇起来，肇庆连忙摆手低声道："嫂子累了，不要打扰她。"说话间，俊青媳妇听到动静连忙站了起来。看着俊青包着白布的胳膊，半截手臂已不见了踪影，魏肇庆瞬时眼含热泪，一把握住俊青的手，两个人就这么静静地看着对方，一时间不知道说什么才好。过了好一会儿，俊青媳妇搬过椅子让魏肇庆坐下，魏肇庆用力地握了握俊青的手，俊青也用力握了握魏肇庆的手，两个男人就用这种方式表达了彼此的想法。魏肇庆和俊杰待得比较多，两个人也聊得比较多，魏肇庆不便出面或者没时间办的事都交给俊杰去办，所以外面大都对俊杰熟悉些，俊青则行事沉稳，喜欢做事却不善言谈，可这些年来稳扎稳打处理事情一直有条不紊。一开始在骏马商队，俊青、俊杰各领一队，后来骏马商队全都交给了俊青，到后来为了对付劫匪，魏俊青又把盐场负责了起来，他接手以后身体力行加强守卫，亲自带队夜间巡逻，迫使刘自起不再敢打盐场主意。这一次，俊青更是舍命相搏，一举剿灭沧鹰帮更是奇功一件。魏肇庆一时不知道该说什么话感谢和抚慰，只是紧盯着俊青，眼神里充满了感激和心疼。俊青此时反倒劝起了肇庆，道："没事，没事，我这不好好的嘛，这件事办了大家就都放心了，一点小伤算什么。"魏肇庆用手擦了擦眼泪，道："就让他跑了也不要紧，何必和他拼命？"俊青忙道："他已经惦记上家里了，明枪易躲，暗箭难防，真放跑了他恐怕后患无穷。"魏肇庆道："我知道，大哥是为我好，可受这么重的伤，想着就让人后怕。"魏俊青道："我这不没事吗，等好了还要去盐场，那边也离不开人。"肇庆道："盐场那边安排人干就行了，你抽空去看看就行。"俊青道："行，听你的，放心吧。"

第三十八章

风云搅，愤懑结心窍
新人到，世道开眼瞧

　　黄河的每个汛期都让黄河两岸的人们过得提心吊胆，终于来到了春节，在这个最隆重的节日里人们暂时抛却纠缠了一年的烦恼，欢天喜地地迎接新年的到来。每年这个时候，就像举行一场盛大的集会，人们呼朋引伴来到集上，孩子娘总要给孩子们扯几尺布料，过个年怎么也要见见新，这时候说媒的多，怎么也要让孩子们拿得出手；孩子爹也攥着辛辛苦苦挣下来的钱称上二斤肉，买上两条鱼，亲戚们过年来了总要见个荤腥，要不外甥们回家一定说今年连肉饺子都没吃上，那可是很丢人的事。慢慢走到集市最繁华的地方，人们开始你拥我挤起来，调皮的小伙子讲话声比以往高了许多，互相嬉闹着，争相吸引姑娘们的注意。有几个胆大的站在路边盯着路过的俏丽姑娘们看，互相打听着，有好事的指着说那是谁的娃娃亲，小伙子不免神情沮丧，可过不了一会儿，又看着远处走过来的俊俏姑娘神情向往。姑娘们也抛下了往日的羞涩，三五成群地走在人群中，时不时窃窃私语两句，忽而传出一阵银铃般的笑声，原来前面走的是一个姑娘早定下的娃娃亲。姑娘快步走到另一边，一边深深地低下头，不敢往娃娃亲那看上一眼，可女伴们哪里肯放过，不停地拉扯她，还冲着娃娃亲那边指指点点，那又能怎么办？姑娘恨不得使劲打同伴两下，可让娃娃亲见了那可怎么得了，硬是把小脸憋成了红布也不敢多动半分。姑娘小伙子们脸上都似喝了酒般红润，也只有这个时候才能如此的放肆，争相吸引着对方的目光，整个大集差不多成了姑娘小伙子们的相亲会。人们拥挤着、欢笑着，每个人的脸上都挂满了开心的笑，匆匆忙忙一个劲地往前赶着、奔着。

大年初一，来魏家拜年的人更是络绎不绝，这两年四外两村跟着魏肇庆做事的人不在少数，到了年节，大家都来拜个年与魏肇庆照个面，沾点亲的更是带着孩子过来让他见见，有朝一日有事情做的时候好想着他们，别的不说，在魏肇庆这里干活的光年底的红包就赶上别人家的工钱多了。每年这天，魏肇庆都会坐在堂屋里，既然大家都来了，这么个热闹的节日总不能让人家失望吧，都沾亲带故不是。可是今年，除了一大早来堂屋里给祖宗上了香，再也没见魏肇庆来前面，只有孟夫人在前面支应着。

内宅，书桌上摆着刚写完的一幅字，墨迹未干，诗文一气呵成，号呼力竭心似油煎，声声怨只叫人怒发冲冠，狠狠意托付在笔头毫端，笔走龙蛇力将纸穿，最后那个大大的"进"字，占了好大的一块地方，笔墨更是浓得不能再浓。墙角散落着几个大纸团，零零散散扔着，却也不见人来打扫，知道魏肇庆心情不太好，丫鬟们也不敢进来打扰，屋内只有魏肇庆提笔看着刚写就的字呆呆发愣。

乱纷纷，彻骨痛心，梦魇彻夜缠身。恨不能挥刀纵马，形单影只孤身。恨难忍。盼戚军、奈何尺短光仅寸。几时脱困。国破岂可待，星火不息，谁与吾共进。

此时，俊杰从外面走了进来。一般大年初一他是不来的，早有约定，正月十六早起追风的日子，黄河岸边兄弟相聚，今年俊杰总感觉放心不下，于是决定过来看看，顺便给他带了个人过来。见魏肇庆拿着笔呆呆地盯着刚写的字，也不说拜年的吉祥话，直接道："肇庆哥，俊德来看你了。"魏肇庆这才反应过来，问道："你怎么来了？俊德？俊德回来了？"一边说着一边向门外看。俊德从外面走了进来，见到魏肇庆忙施礼，道："肇庆哥，俊德给您拜年了。"说着就要跪下磕头。魏肇庆连忙拉住了他，道："你来我就非常高兴了，咱们弟兄还用这些虚礼，什么时候回来的？怎么年前不过来？"俊杰道："我去别处办了点事，前天才到的家，我爹说还是早过来拜年吧，就没过来。"魏肇庆道："只要回来就好，哪天都一样，你在外面忙什么呢？怎么这么多年也不回来看看？"俊德道："前些年一直跟着学东西，好不容易找到活才知道很多东西还是一窍不通，只能从头再学，这两三年才刚出来办事，正好这次来北边才得空回来看看。"魏肇庆道："能学到东西就好，家里你哥哥们照顾着也没别的事，只是伯父上了年纪，还是要经常回来看看。"魏肇庆又拉着俊德的手仔细地打量了打量。十年不见了，俊德已不再是以前那个毛头小伙子，眼前的俊德身上穿着绸布的长袍马褂，行动沉稳举止文雅，越看越像个生意人。魏肇庆第一次见俊德的时候他还是个十来岁的孩子，天资聪慧家里一直供他读书，然中了秀才以后再也没有考上，此后魏老爷子四处张罗着给他相说媳妇，结婚之后好让他跟着魏肇庆，自然生活无忧。然两次相亲让他产生了一些想法。话说第一次相亲，女孩子相貌家境都不错，两家人对孩子也都非常满意，女孩走的时候照例俊德要去送送，女孩家人也识趣地躲到了一边，让两个人能多少聊上几句。谁知女孩子第一句话便问道："今天吃饭的是你哥家吧？"俊德道："是啊，怎么了？"女孩问道："没给你盖屋吗？怎么在你哥家？"俊德听罢心里登时一乱，望着女孩一时语塞，过了好一会才道："我们在后院住，那里还有五间屋。"女孩道："那是老院吧，我出来的时候看了，盖了好几十年了吧？"俊德道："住着挺好的。"女孩道："给你盖屋你哥哥管吗？"俊德没好气地道："我们分家了，管也行不管也行。"女孩不再问话只低头前行，走出好远才道："你以后也跟着魏家吗？"俊德道："那不一定，我还要考。"说完二人不再说话，俊德送出不远便回来了。宫家的姑娘倒是没问这些，人也老实能干，俊德只问可曾读过书，女孩子倒是实诚只说一个字也不曾识得，虽说乡下读书的女孩子本就凤毛麟角，然有些女孩子家教好些倒也认识些字，加之这个孩子有些粗手粗脚，俊德便有些不情愿。加之俊德两次府试认识了一些志同道合的人，于是想结伴出去闯一闯，老人家自是不允，几个人竟不辞而别，后来听俊杰说俊德这些年一直在上海。一晃十年了，俊德这是第一次回来，见魏肇庆打量着俊德，俊杰道："哥，你看他现在像个买卖人，你不知道，他回来的时候穿着大领子的洋装，活像个穿洋服的外国人，村里人没见过都来看新奇，我让他换了这套才过来。"魏肇庆问道："俊德，你在上海干洋务了？"俊德点头道："不算是干洋务，只是帮外国的公司联络业务。"魏肇庆道："好，好，如此说咱们家也出了一个懂洋务的人了。"俊德不好意思地道："哪里，哪里，也就混口饭吃。"此时俊德看到了魏肇庆刚写的字，路上听哥哥说肇庆哥心情不好，俊德立时懂了，扭头对魏肇庆道："肇庆哥，您是有大情怀的人，可惜现在国运艰辛，列强恃强凌弱，国人多不自省，是很让人烦心。"魏肇庆拉俊德坐下，道："我在家谈起这些人们都不在意，就算朝廷官员们也大都满不在乎，只说我泱泱大国就算输于西洋列强也就赔些银子罢了，可现在竟连日本这种弹丸小国也敢挑起事端，连挫我大清军队。现在不仅海上我北洋水师战败，就连陆上也是节节败退，难道我大清竟连日本也打不过吗？"俊德也是眉头皱起，道："肇庆哥，哎，我在上海见得更多，洋人们横冲直撞，完全不把国人当人看，如果这次我们再战败，恐怕今后会更加艰难。"魏肇庆道："难道真要等到让人家瓜分了，亡国灭族了才能清醒吗？"俊德道："肇庆哥，其实也不是都不明白，只是力量太小，很多事还不明朗。"魏肇庆问道："真的吗？怎么说？"俊德道："肇庆哥，朝廷军队在朝鲜屡战屡败，一来是主将贪生怕死，再就是咱们的军队出去打仗，在枪炮互射的时候还能坚守阵地，可真到了冲锋陷阵的时候一个个畏首畏尾局促不前，而等敌人冲向阵前，上至统领下至军士莫不望风而逃。"魏肇庆问道："还有这事？这是为什么？"俊德道："自从满清入关以来处处压榨我们汉人，八旗军四处布防也只为防备汉人，出国作战他们则一概不去，而汉人军士出兵乃为形势所迫无奈之举，即便打赢了回来还是任人驱策。"魏肇庆自言自语道："我一心想着富国强民报效朝廷，想有一天国家富强不受欺凌，没想到人心竟离散到如此地步！"俊德道："虽说朝廷是满清的朝廷，可国家仍是我们的国家，我们拼命也要保住。"魏肇庆听俊德如此说，抬头看了俊德一眼，可还没等他开口说话，俊杰先道："俊德，这件事在家里说可以，

在外面千万不能说，让官府知道了可是大罪。"俊德道："我知道，哥，我只是想把外面的事情和肇庆哥说说。"魏肇庆道："俊杰，你还拿俊德当孩子看？虽说现在大家都和没事人一样，可现在已是国家危亡的紧要关头，还好俊德他们明白，多少还能想想办法。"俊杰忙应道："肇庆哥，我不是不让他和您说，我只和他说在外面千万小心些。"魏肇庆道："你放心，俊德在外面那么多年了，比我们懂的多。"接着又对俊德说道："俊德，你哥说得也对，在外面千万小心些。"俊德道："你放心，我们会小心的。"魏肇庆和俊德又聊了差不多一个时辰，魏肇庆心情也稍好了些，临走嘱咐俊杰，十六那天一定把俊德一起带来。

不久，又传来了北洋舰队在威海卫再次战败，日本人全面占领了威海卫的消息。日本人提出的条件甚是苛刻，消息传到国内举朝震惊，朝堂上一片乱局，主战派虽极力反对誓与日本人决战到底，但主和派却已是惊弓之鸟。日本人像是把大清朝看透了般迅速增兵满洲，致百余营六万多大军从辽河东岸全线溃退，然"龙兴之地"在皇上、太后眼里那可是他们的命根子。战报不时传来，失地日多，不得不承认朝鲜独立，并向日本赔偿军费两亿两，割让台湾等领土，开放通商口岸，威海卫驻军……

马关条约就像一把刀，深深地扎在每一个国人的心上，让人们不得不捂胸踞立，痛苦难行，从此对日本种下了似海的仇恨；马关条约就像一条绳索勒在了穷苦百姓的脖子上，本来穷苦的人们又背上了巨大的重担，把这个羸弱的国家进一步推向了深渊；马关条约又像一场冰雨，泼洒在每一个中国人的身上，冷激之下，瑟瑟发抖的人们开始警醒。

第三十九章

知人品，心性自相近
遇知音，牌匾当惠存

这一天，魏肇庆正在家中读书写字，丫鬟进来说外面有济南的客人叫刘瑜、苑文铮的求见，魏肇庆听了连忙放下笔出门迎接，来到门前见到二人忙上前施礼道："两位老兄光临寒舍，有失远迎，失礼，失礼，快请进。"来的一个人道："年前一别半年有余，对弟弟的一手好字念念不忘，昨天苑兄也说好久未见，特来与肇庆兄一叙，可否打扰？"魏肇庆道："老兄如此说岂不折煞小弟，在两位大家面前我只是献丑而已。"说着叫过一个伙计，道："快去叫俊杰过来。"说罢引二人来到客厅。不一会儿俊杰来了，一边进门一边问道："肇庆哥，有事吗？"魏肇庆道："快见过两位哥哥，咱们去济南拜访过，就在漱玉泉旁边那个院子。"俊杰忙道："我知道，知道，就是那个满屋子都是书，满墙上都是画的那个大院，刘大哥，苑大哥，一向可好。"说着深施一礼。刘瑜道："老兄真好记性，见过一次面就记住了。"俊杰笑了笑，道："与两位大哥有缘得见是我的福气，自然要记得。"两个人一听哈哈大笑，俊杰这话说得听着就舒服。魏肇庆道："俊杰，快带上我的名帖，去请张会一大人过来。"苑文铮微微一愣，道："不要惊动官面上的人，我二人专为写字而来，人多反而不妙。"魏肇庆道："两位哥哥，忘了告诉你们了，这位张大人也酷爱书法，我大门上的字就是他题的，所以叫来一起切磋切磋。"刘瑜道："你

一提这个名字我就感觉有些熟悉，原来就是这个张会一啊，牌匾上的字有些功力，那快请，快请。"

家人把书案搭了过来，上面铺好宣纸，有书童研了墨垂手在一边伺候。就见苑文铮提笔略一沉吟便下笔题了两句诗："溪旁倚树览山影，月下坐畦赏秋声"（"秋"字写成了左"火"右"禾"）待他写罢，刘瑜道："你是看肇庆兄堂号"树德"旁边题了这么个'秋'字，你也照着写来，这个字你倒要好好说道说道。"苑文铮道："要说这个秋字，可是大有来头，据传雍正帝在位的时候，有一次去杭州城，在涌金门外遇到一个卖字先生，见此人书法颇有功力，攀谈后知道此人学问也颇好，只是生性耿直不屑攀附而屡试不第，并且家境贫寒所以卖字为生，便有意买幅字予以资助，一时却又不知写什么好，便要先生随便写一幅，那个卖字先生便随手提了这一幅字。"刘瑜笑道："那定是一字毁终身。"魏肇庆道："应该不会，要真是一字毁终身定不会流传如此之广。"苑文铮道："肇庆兄说得对，雍正爷看他写完，指着这个秋字问他为什么这么写，卖字先生说，所谓秋，乃禾之成熟也，无天火热供，哪来禾之成熟，金人小篆便是如此写法。"刘瑜道："如此说来也不算强词夺理。"苑文铮道：雍正爷见他博学多才便多留了银两买了这幅字，嘱他早日进京赶考。还真不错，这个人一路过关斩将来到了殿试，轮到他应试的时候传上来也不问话，只写了一个左边是'口'右边是'禾'的字给他，此人看了懵懵懂懂不明就里，金殿之上也不敢多问。见他不明就里，旁边考官上去请旨，皇上什么也不说，只挥挥手让他出去了，下了殿也没说定他个什么名次，只让他回家听信。待他回到杭州，雍正皇帝传了旨意给杭州知府，让此人到杭州知府衙门接旨。圣旨上只说命此人涌金门外再卖字三年方可供职，此人方大悟，原来资助他进京赶考的竟是皇上，那个字定有说法。于是问巡抚大人圣旨上可还有话，杭州知府念道：'食者禾也，皆有食岂不'口禾'也，口有禾，而非禾有口。'刘瑜道："如此一说此字成佳话，此人幸甚。"魏肇庆道："最后一句话才好，口有禾，皆有食，真如此才大幸。"刘瑜道："肇庆兄。"然后苦笑了两声。苑文铮道："你们不用打哑谜，当朝民怨颇深也不是一天两了，岂是一两个故事遮掩得过来的，你我以书法为乐也是朝不容我，此间滋味你我都懂。"刘瑜道："现今满汉之争愈演愈烈，前面还有佳话，而今却大不如前，虽说也用汉臣但多生猜忌，曾文正公就是例子，平乱立下赫赫战功，还不是临了落魄，人没了才赏了个谥号了事。"魏肇庆道："满汉猜忌影响颇大，就连兴办洋务也是百般掣肘，幸好南方各省和天津已有些规模，但看山东，洋务如凤毛麟角，不知何时才能有所起色？"苑文铮道："兴办洋务暂不说富国强民，如果洋务办好了，既有机器省工省力，又有肇庆兄商业联通繁荣，百姓安居乐业岂不是都有了？现今竟有如此多的反对之声，岂不知民怨更甚。"刘瑜道："说这些有什么用，自古以来明君圣主皆以民生为重，先帝爷都明白的道理而今却忘在脑后，民心不聚也不是一天两天了。现今兴办洋务乃是聚民心的大好机会，应当大力支持才对，可朝廷上下仍钩心斗角明争暗斗，哎，只等出了大事才会清醒吗？"魏肇庆道："大事？去年一战难道还不叫大事？被日本小国欺负，千百年来可曾有过？"苑文铮道："这事我都不想说，号称泱泱大国，官不用心士不用命，真是颜面尽失，可悲，可叹。"刘瑜道："若不如是你我何苦以字为乐？若不如此这张会一老兄也不至于局促乡里。"

说话间，俊杰引了张会一走了进来，几个人见过面，张会一看案上的字，道："想是两位老兄想起前朝故事了吧？"魏肇庆道："听了故事才知道张老兄是下得香饵钓金鳌啊。"张会一道："故事而已，我写树德二字是看肇庆老兄不忘乡里有德，广聚贤人有才，触景生情有感而发。"魏肇庆道："也就做了些小事，老兄如此说实不敢当。"刘瑜对张会一说道："老兄如此大才，去年朝廷大挑不知为何没被选上？"张会一道："说来惭愧，帮忙的人不曾知会，我也不好去问。"刘瑜问道："武定府这次选了几人？"张会一道："这次只选上了一人。"刘瑜道："老兄可认识？"张会一道："认识，一个武举，不光选上还进了京城。"刘瑜道："怪事年年有，高树不是柳。"苑文铮道："此事说怪不怪，济南府虽说多两个，家里却非富即贵。"张会一道："大挑是朝廷自上而下挑选人才，总不致如此，应是名额有限吧？"刘瑜、苑文铮对视一眼笑而不语。张会一道："刚听俊杰说是两位书法大家前来，恰好前两天有人送了块牌匾过来，正好请两位鉴赏鉴赏。"二人一听立时来了精神，忙问道："哪位大家所作？"张会一故意卖了个关子，道："两位猜猜看。"说着命人把牌匾抬了进来。众人挪了笔墨将牌匾放好，待揭开绸布就见牌匾上书"听雨读书"四个大字。见此牌匾苑文铮一愣，道："刘大人的真迹如何到得你手？"张会一却不接话，道："如何一眼便知是刘大人所写？"刘瑜在旁边道："别的不敢说，若说要辨刘大人书法，那就要找苑老兄了，老兄修习书法多年，一直尊崇刘大人，常说刘大人书法用墨如泼，丰腴如美人，刚健为骨潇洒自如，绚烂归于平淡，劲气内敛浑然太极，已臻炉火纯青之化境。"苑文铮道："此境非一日之成，心胸、气度、阅尽世间百态缺一不可，兄弟不才虽不及刘大人之万一，然耳濡目染分辨真伪自觉尚可。大家仔细看，此匾所提"听雨读书"四个字，古朴厚重而又随心所欲，若不是自用便是为知己所提，一气呵成，心力所及浑然大气而且神韵兼备，自然容易辨认。"张会一道："今天实在是遇到行家了，来人估价颇高，我还不敢向肇庆老兄开口。"刘瑜疑道："难道张老兄要忍痛割爱？"张会一道："不怕二位老兄笑话，在下一心苦读且不善经济，只能写写字得些润格勉强度日，此等大家真迹岂敢妄想？"魏肇庆道："刘大人墨宝虽有些，但能让苑老兄看中的却不多，不知送匾人说多少。"张会一道："前天送来让我看，他说如不是真迹分文不收，若是真迹千两不少。"说起来价钱也算公道，但自从入股开平煤矿兴办洋务以来魏肇庆却极少花钱买这些东西，于是道："东西实在是好，哥哥知道我喜欢特意带来不胜感激，不过这段时间天津那边用钱的地方多，还真……"话说了半句魏肇庆面露难色。张会一道："天津那边的事我知道，都是些洋玩意儿，中看不中用投机取巧罢了，哪里比得上咱们祖宗传下来的东西，单说这一件，让他们学上多少辈子也学不来。"苑文铮和刘瑜不觉一愣。苑文铮道："据我所知洋务省工省力，发展起来惠及民生，怎能说是投机取巧？"张会一道："若是好事朝廷岂会不加以推广？可现在只是听说过并无实见，想必难入正统。"见苑文铮皱起眉头，刘瑜向他使了个眼色，然后道："今天咱们不谈洋务，既然牌匾拿了来，咱们都揣摩一番，每人各写一幅切磋切磋如何？看谁能写出三五分意思？"魏肇庆知其用意，命人加了桌子过来，将牌匾重新架好。就见几人驻足良久揣摩意会，依次挥毫泼墨，不长时间几幅字便摆了出来。几幅字中张会一写得规整有余，劲力差了许多，形似而神离；刘瑜倒是写出了七八分风骨，然用墨内敛，风姿则不足；魏肇庆倒是写出了七八分的大气，风姿不凡，力道却是稍逊；苑文铮的字却大大出乎大家意料，形似而神离，风骨无从谈起。苑文铮的字刘瑜自是知道，只在自己之上，不知道今天如何写的，却不好当面问及。

　　几个人又探讨了一番，再往下便自由发挥，有高手在场自然都拿出了气势，挥毫泼墨尽情潇洒。此时的苑文铮却是技高一筹，几幅大字出来大气磅礴气势如虹，直觉心情愉悦豁然开阔，几个人谈笑风生。而刘瑜的字以行书见长，据他言讲自幼在临沂长大，日日以王羲之的字为伴，倒也习得了些神韵，虽未达到笔走龙蛇，却也是肆意挥洒形神兼备。几个人你方写罢我登场，挥毫泼墨舒心露意，却忽见张会一突然萎靡了起来，哈欠连连倦容满面。又过了一会儿，张会一揉眼抹鼻坐卧不宁，局促好久只见他拉了拉魏肇庆的衣袖来到院子里，道："今天来得急，东西忘带了，可否借府上的一用？"魏肇庆道："怎么了？什么东西忘带了？我让俊杰准备。"张会一扭捏道："就想抽口烟儿。"魏肇庆忙道："我说什么呢？到我这里你客气什么。"说罢冲屋里喊道："俊杰，快去，把景嘻叔的烟荷包拿来，让他装点好烟儿。"俊杰应声跑了出来。张会一一听忙拦道："烟袋？那顶什么用？"魏肇庆一听猛然明白过来，道："老兄，你怎么好上这口了？这个家里实在没有，我从不许他们用。"知道魏肇庆不说假话，张会一便要告辞。张会一来到屋里与苑文铮刘瑜拜别，只说家中有事要回去处理，临走仍不忘问道："肇庆兄，牌匾可有意留下？"魏肇庆道："多谢老兄辛苦带来，牌匾确是刘大人真迹，不过实在是有些不方便。"见如此，张会一喊下人收了牌匾便要离开，此时苑文铮道："张老兄，我越看我刚写的字越丑，向来自诩颇知刘大人，却不想让老兄见笑了。"张会一道："哪里哪里，刚开始写难免发挥不好，你刚写的字形神兼备，果真名不虚传。"刘瑜道："写字这件事就像刚才张老兄所提，要有感而发，恐怕是感觉未到吧？"苑文铮道："如此说来倒是意犹未尽，今天就麻烦魏老兄找个地方让咱们留宿一宿，将牌匾仔细揣摩一番，不枉你我兄弟魏集一行。"魏肇庆道："两位老兄能住下求之不得，在下正要讨教，哪里来的麻烦。"张会一道："这是人家的牌匾，只是暂时放在我这里，留下不好吧？"苑文铮道："放在肇庆老兄这里你还不放心？"张会一道："那倒不是，不过肇庆老兄没想法，我还是带回去的好。"魏肇庆道："老兄，你放心，苑兄说要留宿我求之不得，要不你也不要走了，咱们一起揣摩揣摩，领会领会大家意境岂不妙哉？"此时的张会一已是抓耳挠腮泪流不止，一刻也坐不得了，只道："肇庆兄，东西我就托付给你了，千万千万看管好了。"说着起身就往外走。

待送走了张会一，刘瑜道："这位老兄怎么好上这口了？"魏肇庆道："前几年还没见他这样，这两年说事聊天总坐卧不宁往外跑，该是这新近才染上的。"刘瑜道："是不是这两年没什么出路心情郁闷啊？"魏肇庆道："那倒有可能，他比我还年长几岁，总无出头之日一定郁闷得很。"刘瑜道："这也难怪，现在抽大烟的太多了，怕只怕沾上了就离不了了。"魏肇庆道："抽得厉害的我也见过，生不如死，张老兄恐怕不好说了。"苑文铮道："也不知道抽这个为啥？花钱不说，只要沾上是一天不如一天，可也怪了，抽的人还越来越多，真不知道他们怎么想的。"刘瑜道："有些人是生活无望沉醉于此，有些人是受了蛊惑沾染上的，却不知大烟如此厉害，沾上就戒不掉，多少人倾家荡产妻离子散，卖儿卖女的不在少数。"魏肇庆道："妻子儿女何等亲人，真到那个地步不如一死了之！"苑文铮道："大烟鬼是人吗？"魏肇庆道："这么多人明知道是火坑还往里跳，简直着了魔一样。"刘瑜道："自作孽不可活，各安天命吧。"

说话间，却见苑文铮站在牌匾前一动不动，见如此两个人便不再说话，又过了一会儿，刘瑜向魏肇庆使了个眼色，两人来到外面。魏肇庆道："刚我便觉得奇怪，苑兄虽说不能写得十分相像吧，最起码也要八九分意思，怎么今天如此出乎意料。"刘瑜道："看来是有意而为，苑兄今天要一展大才了。"

魏肇庆道:"难道……"刘瑜道:"对,我们兄弟二人一直以来以字为乐,也不想结交什么权贵财东,然自从上次见过,对魏老兄所作所为略知一二。老兄既通联商务又参与洋务,富国裕民,着实让在下钦佩。"魏肇庆道:"略尽绵薄之力,不足为道。"刘瑜道:"魏老兄不必过谦,苑兄定是见魏老兄刚才面露难色,知道你用钱的地方多,所以有意留下牌匾,好好临摹一番,不知老兄可看得上眼?"魏肇庆道:"哥哥,让我怎么感谢才好?"刘瑜道:"老兄刚才说略尽绵薄之力,我们只能说千里送鹅毛了。"魏肇庆道:"多谢老兄。"说话间两人来至村外,沿路南行不觉来到黄河岸边,谈天说地不亦乐乎。

第二天,几案上摆了两幅牌匾,"听雨读书"四个大字如出一辙。

第四十章

厦将倒，鬻爵现当朝
挺身啸，重担齐肩挑

　　这一天，家人来报说知府大人有要事请魏肇庆过去。武定府知府戴杰，字树人，是位勤政的官员，多次带人巡视黄河，力主修堤筑坝以免水患泛滥，去年巡查黄河还来过魏肇庆家。魏肇庆这两年一心经办洋务，经常来往于天津山东，与这位戴大人只见过几次面而已，今天戴知府专门派人来找他，魏肇庆还是赶紧备车赶往武定府。到了府衙，衙役直接把魏肇庆引到后堂，进门就见武定府镖局李元亨还有无棣盐场张老板正在屋内与戴知府叙话。见魏肇庆来了，李元亨和张老板忙起身迎接，魏肇庆向两人抱拳致意，随后便向戴大人行礼，戴杰起身拦住，道："又不在大堂，不必拘礼，快坐。"待坐下，魏肇庆问道："府尊大人，不知今天叫学生来有什么吩咐？"戴杰道："肇庆啊，这次上面可是来了大好事。"魏肇庆忙起身道："那我先给大人道喜了。"戴杰道："给我道喜？该给你道喜才是。""怎么，给我道喜？"魏肇庆惊奇道。李元亨道："是该给你道喜，戴大人说昨天来了上谕，自今日起凡捐资助朝廷者皆可救授官衔，着各州府尽快办理，在武定府你当首屈一指，你说是不是该给你道喜。"听李元亨如此一说魏肇庆心中却一惊，怎么朝廷竟到了这个地步，卖官鬻爵竟如此明目张胆起来。虽说魏肇庆一心报效朝廷，出仕为官是他一生的梦想，但此时却如鲠在喉说不出的难受。魏肇庆转念又想，戴知府一直以来勤政爱民，这次让自己来也是为好，于是道："多谢府尊大人，按说肇庆自当报效朝廷，可家里这么多事，天天出发在外，实不适合出来做官。"戴杰心里自是一愣，不过还是说道："肇庆啊，我知道你家里买卖多不好出来做官，不过机会难得，下面孩子们可有成才的推举个上来，这次是实缺，事成即补。"魏肇庆道："多谢府尊大人照顾，犬子魏堃已经在京城内阁任职，再往下就是小辈，年岁尚小，一下子还真没有合适的。"戴大人很是纳闷，有这等好事魏肇庆怎么还如此推三阻四，自己寒窗苦读十几年才出仕为官，其中辛苦想来也难，现在捐些银子出来就可做官，乃天上掉下来的大好事，多少人求之不得。不过戴杰转念一想，看来是小看了魏肇庆，朝廷虽说得好听为救国难捐输的官，可再怎么说也是卖官，魏肇庆想是不担这个名声，随即道："肇庆老兄，这次上面着我办这件事，你的为人大家都清楚，也为地方上做了不少好事，深得朝廷和老百姓信任，你不出来做官其他人怕是要误会朝廷，该会说我徇私了。"魏肇庆忙起身道："不敢，不敢。"戴知府又道："刚才和两位老兄商量此事，两个人都说要办，我想等你来了先问问你再说。"魏肇庆忙道："谢谢大人，张老板经营盐场一直为国效力，功劳自在我之上，元亨大哥祖上是阁老大人，功劳更不必说，应该先为两位老兄办理才是。"此时张老板道："肇庆老兄，可不要如此说，如不是你大力相助，盐场早不知道换了谁家，有你在断不能给我先办。"李元亨也道："咱们兄弟你还和我客气，要不是你这两年镖局恐怕早就关门大吉了。"戴杰道："肇庆啊，你也知道，与日本一战单赔款要两亿两白银，朝廷也是没了办法。"戴知府说起话来滴水不漏，先把魏肇庆抬高了起来，再就是把自己的为难也说了出来，魏肇庆不按他说的办他会很难堪，让魏肇庆没有退路。此时的魏肇庆十分为难，让他将这根鱼刺吞下去实在很难办到，可怎么说戴大人也是自己的父母官，只能看一步再说，于是道："在下先谢了，不知道此次可有额度？两位老兄想怎么办？"戴大人道："武定府额度倒也不算太多，一共三万两，张老兄笑话说他自己就办了，正聊着你便来了，考虑选贤任能不宜过滥，只叫你们三个过来，两位老兄都说先由你来。"李元亨也道："我们都商量好了，先由你来。"张老板也道:"对,先由你来。"戴杰道:"肇庆啊,这捐官历朝都有,我朝十之二三为官者乃捐输所得,候任者不下百万,之所以选你们三位,也是为朝廷推荐人才,你不必多想。"魏肇庆想了想却道:"既然这么说,府尊大人,您看这样好不好,我捐一千两银子,就算尽个心意,还请大人见谅。"戴杰心中一愣,暗想:是小看了魏肇庆?还是另有隐情?于是道:"肇庆老兄,难道不想为朝廷效力?"魏肇庆道:"府尊大人,肇庆并非不想为朝廷效力,这些年往来串联只想繁荣经济,只不想半途而废,还请大人体谅。"听魏肇庆如此说,戴杰道:"既然如此,这样也可。"说罢扭头对李元亨和张老板道:"那就有劳二位了。"谁知李元亨却道:"哎呀,祖上曾留下话让在下一心做好经营,这官恐怕我不好出来做了。"戴杰道:"确有此事?"李元亨道:"确有此事,不过府尊大人您放心,不管张老兄认了多少,剩下的在下全部担了。"戴杰道:"这怎么好?"张老板心想看来李元亨是以魏肇庆马首是瞻,却不想让戴杰丢了面子,想着受了魏肇庆诸多好处便道:"戴大人,剩下的在下担了就是,犬子尚无功名正要寻个去处,在此替犬子谢过两位老兄。"李元亨道:"这怎么好,为朝廷分忧理所应当,多少我一定要出一些,五千两如何?"张老板道:"在下为犬子谋求功名,老兄莫与我争了。"李元亨道:"那绝对不行,无论如何我也要出一些。"张老板道:"咱们都是谁,不必客气。"李元亨道:"既如此,我也与魏老兄一样出一千两吧,这绝对不能少了。"戴杰道:"三位老兄如此大义,在下定好好争取。"长话短说,李元亨出了一千两,张掌柜认了剩下的,没别的事三个人与戴知府客气了一番便起身告辞。不久,任命文书下来了,任命魏肇庆为武定府同知,五品官,还是实缺,张老板的儿子则去了京城任职,李元亨则给了个虚衔。一般说来,一千两银子捐个七品候补知县就不错了,问戴大人,只说朝廷念他为地方尽心尽力,其他没有多说。这件事大家也说不出缘由,有的说戴大人帮他在上面说了好话,也有的说他父亲曾在朝廷为官朝廷特意嘉奖,还有的说这次朝廷捐官者寥寥,朝廷特意授了高衔,众说纷纭。此事魏肇庆虽说不如苑文铮、刘瑜决绝,但魏肇庆做的是行商,很多事情虽不需要仰仗官府,却也不能得罪,有些东西还需官府批准才行，此所谓瑕不掩瑜。此事确在魏肇庆身上发生过，聊述与大家知道。

此后不久，盐涨价了，又过了不长时间，盐又涨价了，还是过了不长时间，盐再一次涨价，算上这次，盐价总共涨了三十文，现在老百姓买一斤盐就要七十文了。没有盐匪骚扰，官商盐价也涨到了七十文，可见这赔款的两万万两白银是多么大的一块石头，重重地压在每个老百姓的身上，让人感觉有些喘不过气来。听到食盐再次加价的消息，魏肇庆在家待不下去了，带上俊杰再一次出发去天津。

就在魏肇庆要出门的时候，女儿魏臻跑了过来，道："爹，我娘说你要去天津？"魏肇庆应道："我去天津办点事，怎么了？臻儿。"小仙女应道："爹，您一直说天津洋务办得好，北洋机器局十分壮观，可您从来没带我去看看？"魏肇庆一直宠爱臻儿，视为掌上明珠，也知道女儿有些见识，有时候还能就事论事说出一二，可偏偏是女儿身，所以一直没有带她出去，这次听臻儿说想去，还是道："我这次是去办事，你还小，不能去。"听魏肇庆如此说，臻儿一脸不高兴，抓着魏肇庆的胳膊使劲摇晃着道："爹，你就是偏心，哥哥比我小的时候你都带他去了多少趟了，我都这么大了你从没带我去一次。"魏肇庆让她缠得没办法，只好道："你要和你哥哥一样，我早就带你去了，谁叫你是我的乖女儿，我要出门谈事情，带着你不方便。"臻儿要的就是这个说法，就见她转身飞跑出去，不长时间就见一个翩翩少年走了进来。魏肇庆一看忍不住笑了起来，臻儿换上了哥哥魏墅的衣服，模样着实俊俏可爱，臻儿见他笑了，有模有样打躬行了个礼，又挺直了身子迈步走了一圈，随后走到魏肇庆身后站定，变了男声道："爹，就让臻儿跟着你去一趟吧。"魏肇庆仍是不肯，道："你去了我又不能带着你出去，你去干什么？"臻儿道："我去机器局看看就回来，您忙您的，您只要带我去就行。"就在此时，芷妍从房内走了出来，看到魏臻先是一愣，转而说道："我以为谁这么没规矩跑到后面来了，你怎么穿成这个样子？"臻儿道："我要和我爹去天津，他说女孩子不能去。"芷妍道："就是不能去啊，出去让别人认出来说咱家没规矩，大了怎么嫁人啊？"臻儿连忙跑到母亲身边抱着胳膊也是一阵乱摇，道："娘，我和我爹是去天津，那里没人认识我。"芷妍道："你爹那么多朋友都在那，传回来也不行。"臻儿道："娘，我去了不跟着出去。"芷妍道："那你去干什么？"臻儿道："我去机器局看看就回来。"芷妍道："那还不是让你爹带着去，刚说了他很多朋友在那边。"臻儿道："我就从外边看看，我不进去，可以了吧？"说罢又扭头对魏肇庆说道："爹，你就带我去看看不行吗？我都快闷死了，你老说那里好又不让我去看看。"魏肇庆看了芷妍一眼，道："你自己去怎么行？"臻儿眼珠一转，道："娘，咱们一块去？"芷妍道："我哪儿有空跟你去呀？"小臻儿听罢不等魏肇庆搭话转身跑到外面，不一刻便回来了，丫鬟梅儿也换了男装抱着个包袱站在了外面，见是如此魏肇庆只好带上魏臻一起出发了。

到了天津先安顿臻儿住下，魏肇庆便去开平矿务局见张翼。刚到张翼办公室就见一个头戴官暖帽官员模样的人正与张大人说话。见此人上身着黑绸布长袍，配古铜缎子马褂，一副商人打扮，看身形略显瘦小，瘦长脸，颧骨微微凸出，胡须尽蓄，双眼深邃炯炯有神，面色刚毅身板挺直，一看便知是南方人士。魏肇庆先给张大人见礼，道："张大人您先忙，我一会再过来。"又向那人打了个躬算是见过，说着转身就要出去。张翼道："等等，等等，我给你介绍一下。"魏肇庆连忙站住。张翼随即介绍道："这位是天津机器局，哦不，北洋机器局总办傅云龙傅大人，傅大人既懂洋务又做事雷厉风行，深得朝廷信任。"扭头向傅大人介绍道："傅大人，我给您介绍一下，这位就是我和你提起过的咱们矿务局的股东魏肇庆魏掌柜。"魏肇庆连忙再次上前施大礼，被傅大人起身拦住，道："不必客气，拜朝廷信任来到机器局，以后还望大力支持，不过魏老兄的事我倒是听过不少，单就剿灭盐匪平抑盐价就不同凡响，还参股了开平矿务局为朝廷洋务出力不少。"魏肇庆忙道："平抑盐价是石东章大人调度有方，再就是各位抬举，和大人相比不值一提。"傅大人道："不必客气，其中作用我是知道的，东鹏、姜旭常和我提起你。"魏肇庆忙道："朋友们说说而已，实不敢当。"张翼道："肇庆，你不知道，傅大人在朝廷上可是响当当的人物。"傅云龙道："哪里哪里，张大人过奖了。"张翼道："傅大人不必过谦，且不说您以第一名考取出洋游历大臣，只说您两年便考察了11国，朝里哪位大臣能比得上？"傅大人道："那都是过去的事了，现在与大人同办洋务，还望照顾些许。"张翼道："傅大人，如此说可折杀小弟了啊，有什么事您尽管吩咐。"傅云龙道："那我就直说了啊，这煤的事还望张大人多多关照。"张翼道："我还以为什么大事呢，您的煤我不是按时足量地供应着吗？"傅大人说："是，机器局的煤是按时足量供应着，不过机器局这边过段时间要引进一些铸钢和轧钢的机器，都是些精密机器，需要的煤要好一些，还望张大人多多关照。"张翼没有立即答应，只问道："傅大人，您需要多少？"傅大人道："我让他们测算了下，不算以前您供应的，大约需要二十万吨。"张翼道："二十万吨？加上以前的您就要三十万吨了。"傅大人道："张大人，您不会连三十万吨优质煤也没有吧？"张翼扫了魏肇庆一眼，道："傅大人，看您说的，您这三十万吨优质煤我一定供应到位。"傅大人轻拍了一下桌子道："好，张大人既然如此说了，我先谢谢了，咱们就一言为定。"张翼也道："一言为定。"傅大人叫了声："好，一言为定。"忍俊不禁笑了起来，魏肇庆脸上也笑开了花，张翼也跟着打起了哈哈。就在此时，东鹏从外面走了进来，见到魏肇庆道："肇庆哥，你怎么来了？远远地就听到笑声，怎么都如此高兴？"魏肇庆道："是应该高兴，张大人与傅大人商定，以后开平煤矿最好的煤优先供应机器局，要多少给多少。"东鹏道："那最好了，你不知道，以前供煤技术员验过就行了，现在不一样了，傅大人安排我要亲自看着验煤，再就是肇庆哥，现在的机器局可是比以前大变样了，有傅大人领着，有各位的支持，我们机器局振兴在即。"高兴之余，魏肇庆问道："东鹏老兄，你不是管销售吗？怎么负责起进货来了？"张翼道："东鹏老兄以前管销售尽职尽责，技术上也颇有研究，傅大人奏请朝廷升他为会办，现在购销都由他管着。"魏肇庆一听连忙向东鹏表示祝贺，道："如此说今天全是好事，傅大人主管机器局，机器局蒸蒸日上，东鹏老兄又升任会办，真是可喜可贺，今天我做东，给两位大人道喜。"傅大人道："魏掌柜太客气了，好吧，今天高兴聚聚也可。"

　　魏肇庆去了开平矿务局，臻儿也出发了。她这次来一是想看看欣欣向荣的天津洋务，还有就是女孩子的心事，她要鼓足勇气去见一个人。魏臻带着同样换了男装的丫鬟梅儿坐车来到了北洋机器局，让人通报进去说要找姜旭姜经理。不一会儿，姜旭来到大门口，见两个人从来没见过，便上前问道："请问两位，你们找我？"臻儿自是大小姐，一时见了姜旭竟不好意思起来，丫鬟梅儿心直口快直接道："姜经理，在我家喝茶的时候认得，到了你门上怎么不认得了？"姜旭这才猛然想起，怎么看着如此眼熟，这不是魏肇庆的女儿臻儿小姐吗，怎么换了男装来到机器局了？忙道："认得，认得，这不是臻儿小姐吗，你们怎么来天津了？"此时臻儿的心怦怦直跳，竟有一种说不出的感觉纠结在心头。听姜旭问起，连忙说道："都说天津洋务办得好，特来见识见识，不知道姜大哥可有空？"说着竟羞红了小脸。姜旭忙应道："有空，有空，请随我来。"说着带上臻儿一起进了北洋机器局。

一路走着看着，姜旭一路给臻儿讲解着，就像她父亲一样，臻儿也被北洋机器局震撼了。除了这机器局，姜旭的讲解也再一次打动了小仙女。这一台台机器姜旭讲的是如数家珍，讲起制造过程来也是头头是道，姜旭指着厂房里的机器一一介绍道："臻儿小姐，你看，这是从英国葛来可力夫工厂购进的铸钢机，这里是英国格林活工厂购进的水压机，这是从英国新南关机器公司购进的西门子马丁炼钢炉，这里是十吨起重机。"小仙女问道："这十吨起重机是用来做什么的？"姜旭指着起重机下的一个大桶讲解道："起重机作用可大了，这钢水炼出来要先放到这大桶里面，再就是这钢水刚炼出来温度有上千度，人近不得碰不得，只能用它吊起来倒进刚才讲的铸钢机里，才能铸出我们想要的东西。"小仙女望着这眼前的庞然大物道："这一吨是两千斤，这十吨就是两万斤，啊！它一下就能吊起两万斤啊。"说着跑到姜旭身前亲手摸了摸那个大家伙，姜旭微笑着道："能，能，他一下就能吊起来。"说话间一阵香气从小仙女身上扑面而来，姜旭竟神情恍惚了一下。

一路看完，姜经理又带着魏臻来到了他的办公室。办公室是按照西洋样式设计的，大大的班台，柔软的沙发，明亮的书橱都让魏臻感到十分新鲜。来到窗前，姜经理指着窗外的机器局道："咱们的机器局不能说是全世界最好的机器局，不过在亚洲算是数一数二的了，自从甲午战败，总办傅大人就任以来，革新除弊，大量引进外国机器设备，已与以前的机器局有天壤之别。"小仙女聆听着，心里充满了羡慕。姜旭又道："现在不光是筹办洋务上大家都尽心尽力，现在越来越多的人开始开眼看世界，今后不光要实业兴国，朝廷还要推新政，筹办新学，操练新军，就连女孩子也能上学读书，出人头地。"听到这里臻儿心情十分激动，恨不得现在就能实现，欣喜地道："是不是我也能像你一样出来筹办洋务。"本来臻儿想说是不是像男孩子一样出来筹办洋务，可出口却说成了你，一时间竟觉得不好意思起来。姜旭给了她一个十分肯定的回答："能，在美国，女孩子和男孩子一样出来做事，只有咱大清朝女孩子才足不出户，现在越来越多的人赞同推行新政，要不了多久，女孩子就和男孩子一样了。"臻儿双眼紧盯着姜旭，满脸爱慕已是无法掩饰。姜旭不仅英俊潇洒，而且懂洋务，明事理，在臻儿的心里姜旭早已偶像般存在着。

傍晚，魏肇庆到了酒楼刚下马车，就见对面洋车上下来一个人十分面熟，此时对面来人也在打量着他，这不是在下梅遇到的邹云逸吗？连忙上前打招呼："云逸兄，还记得我吗？"邹云逸道："肇庆兄啊，你来天津了啊。"两个人见面非常高兴，没想到他乡遇故知。魏肇庆问道："老兄，你怎么来天津了？"云逸道："我上个月调到天津来了，今天傅大人通知我要我过来，说有个人介绍我认识，不会是老兄你吧？"魏肇庆道："真巧了，今天我是第一次见傅大人，傅大人为机器局倾心尽力让我感动，再加上东鹏老兄高升，特意来此为他们祝贺，没想到遇到老兄，今天是三喜临门了。"说话两个人进到房间，魏肇庆问道："老兄，你现在哪里高就啊？"云逸道："在下调到北洋机器局这边来了。"魏肇庆道："真的啊，如此说你和傅大人在一起了，你调过来干什么？"云逸道："调过来任副帮办。"魏肇庆道："太好了，恭喜哥哥高升，没想到天津又多了个老兄。"云逸道："是啊，是啊，我知道你经常来天津，本想安顿一下再找你，没想到今天就遇到了，这叫千里有缘来相会，上次也是恰巧遇到，咱们两个实在缘分啊。"魏肇庆问道："这边事多，好久没和云轩哥联系了，不知道他洋务办得怎么样了？"云逸道："办了，你走后不久他就去了上海，我带他参观了招商局，又和他介绍了招商局的发展，说起来这些年招商局虽说历经坎坷，但也算发展迅速，现今成功突破英美公司封锁，已经能够与外国公司一起议定运输价格，在海上运输方面开始占有了一席之地，云轩哥决定入股，不过略有保守，只入了十万两银子。"魏肇庆听了道："已经不错了，万事开头难，只要开始了就好。"正说着，傅大人也来到了房间，见两个人相谈甚欢，一问才知道两个人也是老相识，没想到还有如此机缘巧合，甚是高兴。

酒桌上自然少不了朱其琛，这位朱经理已然是老天津了，精挑细选，他们还是选了魏肇庆第一次来天津吃饭的地方。几杯酒下去，人们的谈兴被引了出来，就听东鹏道："以前都说旅顺港固若金汤，20多座炮台，150门德国克虏伯大炮，弹药充足能够防御3年，竟败在日军区区五百名敢死队上，人家抢下炮台一看，枪支弹药堆积如山，我北洋机器局辛辛苦苦造出来的弹药竟白白留给了日本人，实乃奇耻大辱。"张翼道："将不争先、军不受命，就说那个吴大澂吧，自诩知兵善领，一路上雅歌投壶风流自赏，这哪里去打仗？这是游山玩水去了，到了那里让人家一击而溃。再说他的手下，贪生怕死迟不赴命，即便亲军统领也惶怯不前，炮队统领闻战更是相率而退，视军务为儿戏，岂有不败之理？想当初王府的卫队一个个弓刀石马步箭样样精通，绝不会出这种洋相！"傅大人道："就此说湘军和淮军也不行了？朝廷必须有人出来整肃军纪，否则不堪设想。"邹云逸道："这次我们与日本发生战争，除了日本国崇尚武力图谋侵犯他国以外，我听朝里议论，英国曾提出借款给日本用作军费，虽说未能达成，可就英国把最先进的炮舰卖给日本这件事来看，英国借助日本窥伺我朝昭然若揭。"众人听到此都吃惊不小，原来日本后面竟有英国人的支持，怪不得有恃无恐。傅大人道："邹大人说得没错，前些年我出访日本、美国，说世界各国技术只要有所突破，最先应用的不一定是欧洲，有可能是他们。我在日本逗留了半年，说十几年前他们就大量选派青少年远赴英德学习先进技术，长年不断，还通过学术交流推进先进技术融会贯通，现在有些技术甚至强过欧洲各国，再加上明治维新成功，日本人创办企业之热情空前高涨，可说是发展神速。"这些大家都略有耳闻，不过没想到日本这些年发展竟如此迅速，有些做法确实有独到之处。傅大人又道："还有就是美国，地大物博但人员稀少，于是美国人另开一径，首先废除了奴隶制度，为此不惜发动了南北战争，如此一来制造工人便随处可寻，再就是但凡欧洲出现新技术必倾力引入，开矿办厂一路畅通，不仅如此，他们还千方百计引进人才，欧洲人趋之若鹜，就连我大清亦有不少人远赴美国创业。"邹云逸点头道："确实如此，经此一战日本更是旁若无人，而美国现在更是后劲十足，反观我大清则远远不及。"张翼道："也不要徒涨了他人士气，我们经办洋务发展大家也都看到了，只要朝廷将军纪整肃好了，日本人不在话下。"此时就听东鹏道："傅大人游历归来，所见所学已编制成书，皇上大加赞赏，安排人付印广为学习。然大家知道，我朝推行事务掣肘颇多，到了地方更是要看主官之好恶，肇庆老兄，到现在你也没见过傅大人的大作吧？"魏肇庆道："没有，不过这次来我看到了希望，既有傅大人奏议论著，又有现在的机器局日新月异，这次战败想必大家清醒了，自当奋力赶上，我们当学傅大人，既看得清，又做得好。"几个人纷纷点头称是，附和道："对，当学傅大人，既看得清，又做得好。"

从天津回来，臻儿天天跟在母亲身后讲天津的所见所闻。讲宽阔的新城，讲高大的厂房，讲隆隆的机器，讲穿行的火车，讲来往的轮船，小仙女眉飞色舞地讲道："娘，您没见过，那火车进站的时候呜呜作响，好几里远就能听见，到了近前一看，一个车头拉着十几节车厢，一节车厢就十五六步长，都说我爹的商队厉害，拉的货多，我看了，那辆火车卸下的东西，我爹的五个车队也拉不了。"芷妍道："哪有这么厉害的东西啊？一个头就能拉那么多东西，里面得放多少牲口啊？"小仙女拽着母亲的手道："哪有？那叫火车，用蒸汽机拉车。"芷妍道："蒸汽机？你是说洋人的机器啊，它有那么大力气啊？"小仙女道："我亲眼看见的。"芷妍道："我信，我信，我闺女说的我还不信啊？""娘，你是不知道啊，现在天津又建了一座新城，里面全是机器厂子，那房子比咱家的院墙还高，那机器都快顶到屋顶了。我问那东西叫什么，姜大哥说叫十吨起重机，娘，你知道吗，十吨是多少？"芷妍道："我怎么知道，又没人给我讲过。"小仙女道："娘，十吨就是两万斤。"芷妍道："这么多啊？"小仙女道："姜旭大哥还给我讲了，他说北洋机器局的设备是英国新南关机器公司进口的，他一个个都记得。"芷妍道："是不是和惠民县城西关和南门街一样啊？咱们这里可净是些小杂货铺，买点绸缎还得去十字街。"小仙女道："哎呀娘，哪有十字街啊？姜大哥说的可是工厂的名字，就像咱们的机器局一样，很大很大的厂子。"芷妍道："好，好，很大很大的厂子。"小仙女歪着头看向半空，若有所思，一边比画着一边说道："姜大哥的办公室可好了，他的办公桌和我爹的画台差不多大，后面的橱子里全是书，我问他这些书你都读过吗，他说他都读过，他还说在美国女孩子和男孩子一样，都可以出来工作，他说往后我也可以和他一样出去工作。"虽说讲姜旭的时候小仙女脸上还露着些许羞涩，但眼中光亮已然出卖了她，还一口一个姜大哥，作为过来人的母亲自然明明白白地看在眼里。天性高傲的小仙女从来没有被打动过，现已年过十八仍是来者全拒，难道自己的小仙女对这个姜经理动了心？此事非同小可，芷妍知道万万不行。姜旭已有妻室，自己的女儿，魏家的嫡女，魏肇庆的掌上明珠怎么可以给人做妾。于是问道："臻儿，姜经理带你看厂子，你爹跟着没有？"听母亲这么问小仙女倒没多想，道："我爹到了天津就忙，他都没顾上我。"芷妍急了："那就是你自己去的啊？"看母亲一脸正色，小仙女才感觉有些不对，忙说道："哪儿啊，梅儿和我去的，她也说姜大哥知书达理，很有学问。"虽说小仙女私自去见姜旭有些不妥，但芷妍知道女儿知书懂礼也就不再说什么。这件事她看破不说破，只有想方设法尽快为女儿找到如意郎君才好。

第四十一章

心中奸，瞒下又欺天
幸天怜，兄弟识倪端

　　这一天，魏景启向魏肇庆报告一年来的收入情况，魏景曦和魏肇祥都在。听完账目魏肇祥道："不错，骏马商队还真不错，这么多年还是如此稳定。"魏景曦道："这要算肇庆眼光好，还有大盛魁那么大的买卖咱们也沾光不少。"魏肇庆道："过了年一起去趟大盛魁吧，年前伙计们传信说李顺廷经理升任总号经理了，咱们得去祝贺祝贺。"魏景曦道："对，对，是应该去，李经理这人不错，上次来我就看他满肚子的经济，对咱们也没的说，到时候一起去。"魏肇庆道："肇祥哥，你准备准备，我们早些动身。"魏肇祥忙应了。魏肇庆又问道："盐务这块收入怎么又少了啊？"魏景启回道："这两年盐价上涨得厉害，老百姓过苦日子，有时候不省也得省，所以这收入就下滑得厉害，咱们家一直按你的吩咐官价出售，花费每年又都差不多，盐店挣的银子就少了不少。"魏肇祥道："这两年一有事儿就加价，一有事儿就加价，这盐都快吃不起了。"魏景曦道："也不知道怎么想的，天天就知道涨价，咱们费多大劲啊，和盐匪拼了命才把盐价降下来，怎么朝廷又涨上去了？"魏肇祥道："还不是朝廷一打败仗就赔款，老百姓跟着受罪，这次又一下子赔了两亿两，多少钱啊！"魏景启道："不光盐务，今年咱们家钱庄当铺经营的也不是很好，朝廷加了不少税，也就勉强有些盈利吧。"魏景曦道："这叫什么世道啊？哪里有赶上这些行当进钱快的，现在怎么也都不好过了，以后还能干什么？"魏景嘻不了解情况，一个劲地抱怨再如此下去买卖没法干了。倾巢之下岂有完卵？朝廷无能战败，老百姓哪个能躲得了？都是要跟着遭殃的。但有一件事魏景启没有提及，那就是开平矿务局今年的分红又没拿回来，魏肇庆又把钱放在开平矿务局用来偿还举借的外债，都知道这是魏肇庆铁心要办的事情，所以也都没问。

正月十六这一天，弟兄几个又聚到了一起，这一次俊德也特意赶了回来。大家不再像年轻时候豪饮了，多少喝了点酒，魏肇庆又拿出他的贝瓷茶具给各位泡茶。魏肇祥道："朱老兄，今年生意不错吧？"朱其琛道："还可以，面粉这块自从肇庆帮着运销，京城山东都用的不少，我准备再扩建扩建。"魏肇祥道："我看老兄气色越来越好，原来生意上顺风顺水啊。"朱其琛道："小打小闹，比人家机器局差远了。"石东鹏道："只要大家尽力办能生产出来就行，不管怎么说销路又不愁，"魏肇祥道："这么说，你们比朱老兄挣得多了？"朱其琛道："他们挣的钱多了去了。"魏景嘻问道："你们一年挣多少银子啊？"石东鹏道："不多不多，也就两百多万。"魏肇祥道："这么多啊？"石东鹏道："这还算多，如果不要那些闲人挣得更多，现在一年光这些人开支差不多一百万两银子。"魏肇祥道："你们哪来这么多人啊？"石东鹏道："都是京城派过来的，什么都不会，你不要还不行。"朱其琛道："行了，不错了，几十万两银子建的厂一年都能挣两百多万两银子了。"石东鹏道："你不算我们每年的投入啊？也就这样吧。"话虽如此脸上却颇多自豪。此时魏肇祥道："俊德，你们洋人的公司挣钱也不少吧？"俊德道："我干采购，销售这块他们从不对外说。"东鹏道："这采购最难干了。"魏肇祥道："那有什么难，花钱的事还不是你说啥就是啥？"石东鹏道："都说采购是花钱买东西，东西还不随便挑着买吗？可自从干了采购才知道完全不是这么回事儿。"魏景嘻道："花钱买东西还不都听你的？"石东鹏道："你说人能塞进来，东西就不能塞进来？"魏肇祥道："那倒是。"石东鹏对俊德道："老兄，你们那里没这事吧？"俊德道："那倒没事，不过前两年收东西也不太好收。"魏景嘻道："这又来了，都说有卖不出去的东西，哪有有钱买不到的东西，是你们东家太抠门吧？"俊德道："一点儿是好买，多了就比较难了。"魏景曦道："你们能买多少啊？别的不说，要棉花的话卖给你十万八万斤。"俊德道："他们买卖做得大，一般几百上千万吨，有的要十几甚至几十万吨。""啊！"众人都瞪大了双眼。石东鹏道："你们都买什么啊？我们怎么没听说过？"俊德道："公司做的是进出口生意，要的东西很多，每年都去天津好几趟，早知道你们在去找你们就好了。"东鹏问道："天津的出口大户是开平矿务局，你不会是去的开平矿务局吧？"俊德道："一看就是老天津，我去哪儿一猜就能猜到。"东鹏道："老兄，既然是和开平煤矿做生意，怎么不去找肇庆哥？"俊德问："找肇庆哥？肇庆哥和开平矿务局有什么关系？"东鹏哈哈笑道："你还不知道肇庆哥和开平矿务局的关系？肇庆哥早些年就入股了开平煤矿，他是实实在在开平煤矿的大股东。"魏肇庆道："什么大股东，东鹏兄，俊德这些年一直在上海，我的事他知道的少，再就是我的事很少对外面说，知道的人并不多。"俊德上下打量了打量魏肇庆，道："真不知道肇庆哥你如此厉害，什么时候的事啊？"魏肇庆道："好几年了，唐大人在的时候。"俊德高兴地道："早知道我早去找肇庆哥了，省得中间转折。"东鹏道："那是，肇庆哥是开平矿务局的大股东，去那里办事不找他找谁？"接着东鹏又问道："老兄，开平矿务局你和谁联系的？到时候我和肇庆哥给他说说，也好有个照应。"俊德应道："英国墨林公司的豪波特，公司安排我去找的他。"东鹏道："你说的是那个外国工程师啊？"俊德答道："是啊，我找他好几次了，他和总办张大人关系很好，每次签合同都十分顺利。"东鹏道："你现在联系煤炭出口千万要小心了，日本人知道咱们不待见他们，经常假借外国公司的名义购买开平矿务局的优质煤，千万不要让他们钻了空子。"俊德道："这个你放心，虽说帮外国人采购东西，但我知道什么该办什么不该办，从不帮日本人采购中国的好东西，再说船上也有我们的朋友，发现是给日本的就再不帮他们了。"说起这些都一个心气儿，大家都痛恨日本人，会时时注意。朱其深道："对，我们吃他们亏不少了，千万注意。"东鹏又道："有件事你不知道吧？我们定好了，开平矿务局的优质煤你们再也买不到了。"俊德不解地问道："不会吧，怎么买不到？这次回来我先去了趟天津，刚签了合同。"听到这里都大吃一惊。魏肇庆忙问道："与日本人开战的时候我们都在天津，那时候我们就定好了，留着优质煤给北洋机器局和北洋水师，总办张大人亲口答应的。去年我去天津，机器局傅大人还亲自去矿务局协调，张大人还满口答应要给机器局最好的煤。"东鹏问道："是啊？俊德，这次你们签的合同在哪儿？"俊德答道："我回来的时候顺路签的，现在就在家里。"魏肇庆道："俊杰，你赶紧回去，把合同拿过来看看。"俊德道："在我带回来的皮包里，你把皮包一起拿过来吧。"俊杰听了立即去办。此时俊德道："肇庆哥，豪波特从来没跟我说起过这事儿，再就是，我在你们那里采购了好几年了，每年都要不少，今年刚签的合同是五十万吨的。"魏肇庆疑问道："你们怎么买了这么多？"俊德道："外国人采购东西一般看质量，只要东西好，价钱一般给的也高，我算了下，光我们的合同，去年你们最少能挣五十万两银子，你的分红也不少吧？"说完俊德笑着望向魏肇庆。魏肇庆却没有说话，大家也都愣住了，光这一笔生意就能挣几十万两银子，虽说这两年扩建花了不少钱，可真正从矿务局拿出来的钱并不多，为了偿还外债魏肇庆还筹集了不少，挣的钱到底去了哪里？大家面面相觑不明就里。众人与俊德认识的时间不长，不知道俊德人究竟怎么样，也不好说俊德替洋人办事，只是为魏肇庆的事着急。魏肇庆一时不知道究竟发生了什么，只是隐隐感到，是张翼把大家给骗了。时间不长俊杰回来了，大家都是生意人，合同一看就明白，算了下俊德说的没错，这份合同履行下来矿务局至少有五十万两银子的利润，并且指标写得清清楚楚，绝对的优质煤，比与北洋机器局签的指标还要好不少，此时众人皆愣了，呆了，傻了。

石东鹏忽地站了起来，道："走，咱们去找他去。"朱其琛也道："对，找他去，甲午海战之前就劝他早点把优质煤运到前线，后来他说时间太紧没运过去，甲午战败就有他的原因。现在朝廷又开始重视洋务，全国各地到处筹办工厂，到处需要煤炭，可他又把优质煤卖到国外，吃里爬外的东西，就该向朝廷告发他。"石东鹏又道："赚了那么多钱，既不还债也不分红，是张翼他自己贪污了吧？"石东章道："这个说不定，反正没用到光明正大的去处。"魏肇庆此时非常气愤，脸涨得通红，张翼口是心非欺骗大家，自己一腔热血兴办洋务得到的却是隐瞒和欺骗，怎让他不气愤，也道："我们兴办洋务为的是富国强民，国家强盛了才不会处处挨打，大家现在都是抱起团来兴办实业，可他却私下里搞这些勾当，我倒要好好问问他，他对得起大伙吗？"魏肇祥也道："看他怎么说？还没有王法了？让他如此为所欲为。"俊杰也道："肇庆哥为了开平煤矿东奔西走，四处筹集了那么多钱进去，他不光不分红，还把钱贪污了起来，是该告他去。"东鹏也道："走，咱们现在就走，都去总理衙门告他去。"说着几个人迈步就要往外走。此时朱其琛却拦住大家，道："等等，如果去了他说投到了工程上，大家怎么说？"大家一愣，石东鹏道："那也没事，我们问清楚了就行，最起码他出口优质煤就不对，这个他要说清楚。"朱其琛道："如果他说是为了还债你又怎么说？"朱其琛年龄大些，自然考虑得周全一些。魏肇庆静下心来一想，如果像朱其琛说的这样还真不好应对，于是道："大家先坐，先商量商量再说。"

就在魏肇庆几个人不知所措的时候，张翼奉诏去了京城，不过接见他的不是皇上，而是太后想要召见他。张翼三更便来到了宫外，本来传话的内官让他四更到，张翼兴奋得睡不着便早早赶了过去。过了四更，有内官出来领着他进去，着他跪在殿外候旨。大殿外张翼跪在地上，这一刻他心情万分激动，看着大殿门前打瞌睡的小太监他都忍不住地笑，在他眼里这些小太监都是那么的憨傻呆萌，可爱得紧。张翼知道，他捐的银子起了作用，太后老佛爷的颐和园已经修了好几年了，虽说东挪西凑花进去了上千万两银子，可仍是不够，园子就像是一只张着大口的巨兽，永远填不满肚子，而他张翼，却在这只巨兽饥渴难耐的时候突然进献了一只鲜美的肥羊。谁也没想到张翼竟会有如此手笔，一下子进献了三百万两银子，整整三百万两白银啊，这个时候与其说是锦上添花倒不如说是雪中送炭，老佛爷可是算着日子要进园子的。再就是这件事是老主子给他办的，老主子本来在太后面前说话就有分量，更何况这次自己又一次进献了这么多银子，太后老佛爷都要亲自召见他了，对他这种外官来说可是天大的荣幸，很多人做了一辈子官都不可能跨进皇宫半步，而他张翼现在却跪在太后老佛爷的寝殿门口，实在是莫大的荣宠。诸多想法在他头脑里不断地闪现着，是留在开平矿务局还是去富庶的南方？还是来京城做官？主子和他说了，只要他开口那就是太后老佛爷一句话的事。就在张翼思前想后做着美梦的时候，老主子从宫外进来了，此时已是日上三竿。老主子在张翼身边过去只看了他一眼却没和他说话，太监们通报了便进了大殿。虽说跪了好几个时辰，可张翼并不觉得累；虽说双腿酸麻得很，可心里却是甜丝丝的。主子过去，他的心竟怦怦直跳，激动得不得了。约莫半刻钟工夫，主子出来了，对张翼道："张翼，太后说你差事办得不错，晋升你为开平矿务督办兼直隶热河矿务督办，还不磕头谢恩？"张翼忙冲着殿内大声谢道："谢太后恩典！谢太后恩典！"接连磕着响头。其实张翼刚才想了很多，去江南，来京城，可不管怎样还是开平矿务局来的最实惠，短短几年时间自己就积攒了三百万两银子，虽说是要遮遮掩掩，可哪里的银子能来得这么快啊？这次不光是升了开平矿务局督办，而且还把整个热河矿务也交给了他，真是意外之喜。一路想着一路随主子出了宫，竟不知道自己是怎么走出来的，这可是他第一次进皇宫。送主子回了家，又把随身携带的十万两银票给主子留下，张翼这才欢天喜地赶回天津。张翼现在发达了，不但有主子的扶持，还搭上了太后这条线，虽说没能见到太后，但太后已然知道了自己，飞黄腾达指日可待，想到这些张翼的嘴角一路上翘个不停。

再说魏肇庆这边，就在大家期待这次聚会的时候，有一个人更是着急，那就是我们的小仙女臻儿。几年来，芷妍、魏肇庆为臻儿的婚事操碎了心，媒婆来了好几波，介绍的人也来了不下几十个，不过大都入不了魏肇庆的眼，更别说咱们的小仙女了。魏肇庆见多识广，在这个相对闭塞的北方区域里，没有多少家庭开放到去经办洋务，相对应经办洋务的年轻人少之又少，见识长远的那就更是凤毛麟角，自己的掌上明珠怎么能屈就呢？再说小仙女儿自从见了姜旭以后，再也没有人入得了她的眼，这次济南府太学家的儿子又被女儿拒绝了。魏肇庆可真是有点着急了，眼看着过了年臻儿就要二十了，再没有个婆家说出去好说不好听，可女儿一句话让他无可奈何，女儿只说我问了，你可曾去过天津，年轻人只说为了读书十几年未曾出过济南府，这样的书呆子我不嫁。万般无奈芷妍只得和魏肇庆说了内情，那就是臻儿已心有所属，是魏肇庆的朋友姜旭姜经理，一开始魏肇庆只说不可能，可听了芷妍说的原因魏肇庆不由得不信。然魏肇庆无论如何也跨不过这个坎，这件事就此耽搁了下来。

小仙女已经大了，不便自己来前面，安排丫鬟来前面打听了好几次一直没有消息。左等不来，右等不来，臻儿有些急了，饮茶间歇叫出石东鹏一问才知道，姜旭因洋务办得好又积极建言新政，奉诏进京做官去了，去的内阁任主事。姜旭进京任职是天大的好事，可这一去便一时半会儿来不了魏集了，臻儿一下子没了主意。

放下臻儿心急如焚不谈，魏肇庆几个人商量了一下，决定回去分别了解一下具体情况。魏肇庆心里非常着急，转天便与朱其琛、石东鹏一起去了天津。到了天津，魏肇庆没有直接去找张翼，而是先去了北洋机器局。见到傅云龙把事情的原委一说，傅大人一言不发，等魏肇庆又把他们几个人商量的说完才道："肇庆，你这一说整件事就清楚了，前几天听朝里议论，说张大人进献了三百万两银子给太后，用于太后进住颐和园之用，还说他不日将荣升，前天圣旨已经到了，张翼由总办升任开平矿务督办兼直隶热河矿务督办，看来传言属实，再就是这煤一船船地向外运着，你我都不知道质量如何，还不是听张翼的一面之词，由此看来，张翼是把好煤都卖给了外国，赚了银子给自己升官铺路。"东鹏气愤地道："他怎么能这样？这就是卖国求荣。"傅大人道："这件事很难办，这三百万两不是给了别人，而是给了太后，如今太后执掌着朝政，追究起来太后不是有了干系？"听傅大人如此说，大家一时间没了主意。事情确实如此，如果说张翼私吞了这倒好办，大家想办法告他，终能将他绳之以法，可他现在把钱送了出去，而且还是送给了太后，大家明明知道这钱来路不正，可普天之下没人敢追查。石东鹏道："那我们怎么办？就如此放任他投机取巧？"傅大人默然不语。魏肇庆叹了口气问道："傅大人，张大人高升了，继任者是谁？今后这生产经营可是由后任说了算？"傅大人眼睛一亮，道："去年新来的会办周学熙周大人升任了总办，这个人我知道，其父周馥一手创办了我朝第一所——天津武备学堂，周学熙大人更是毅然弃考举人一心创办实业，依我看应该不会与张翼同流合污。"魏肇庆道："去年我倒是见过周大人两次，似乎很看不起张大人，当时我还觉得纳闷，没想到竟是看错了人，真如此也算万幸。"

第二天，傅云龙和魏肇庆一起来到了开平矿务局，见到了周学熙，大家都是老相识，见面寒暄几句便直奔主题。傅云龙道："周大人，你这新官上任三把火，我们机器局能不能借着取下暖啊？这些年可把我们冻得够呛。"周大人道："傅大人你说冻得够呛，那我这里还不得熄火啊，煤矿的优质煤都给你烧了，还不够啊。"说完两个人却尴尬地苦笑了起来。魏肇庆道："周大人，有件事想向您禀报一下。"周学熙道："您说。"魏肇庆道："我今年过年在家，有个兄弟带了一份合同回来，是咱们矿务局和一个外国公司签的售煤合同，上面的煤炭指标全是优质煤。前两天不知道周大人已经升任总办，所以先去了傅大人那里，知道您升任了总办，我想应该和您说一下。"此时就见周大人转身来到书案前拿过来一份合同，道："你说的就是这份合同吧？"魏肇庆拿过来一看，道："正是这份合同，您早知道？"周学熙道："前些天交接，张大人神神秘秘地给我看这份合同，还说是送给我的神秘大礼，真是，哎！"周学熙长叹一声。听周学熙如此说，大家都明白了，东鹏道："合同已经签了，要是毁约麻烦可就大了。"周学熙道："这块烫手山芋我接也得接、不接也得接，不过傅大人您放心，有我周学熙在，一定把最好的煤优先给你机器局，我说到做到，没有我矿务局你机器局运转不好，可没有你机器局，哪里还有我矿务局？"周大人一语中的。魏肇庆道："好，周大人这句话说到我们心里去了。"不过周学熙又道："张翼和我说今年要修秦皇岛港，要用开平矿务局名头筹钱，仍还打算向外国借款。"魏肇庆道："我们尽快联系，看看有没有钱投入进来，借外国的钱总觉得不踏实。"听魏肇庆如此说，周学熙仔细地打量了打量魏肇庆，心道这位老兄看来是一心一意办实业，处理事情如此明白，应该可交，道："肇庆老兄，你放心，今后我们同心协力一定要把开平煤矿办好。"仔细看了合同，赔偿条款十分苛刻，要想毁约几无可能，合同只能被执行。北洋机器局这边周学熙给了力所能及的照顾，生产的优质煤也给了不少。

第四十二章

练新军，上下始同心
同发奋，兄弟破迷津

这一天，魏肇庆又来到了天津，到了开平矿务局周学熙却不在，问了才知道周大人去了唐山，说是去考察细棉土厂了。这个细棉土厂魏肇庆倒是知道一些，是唐廷枢一手创办的，虽说石灰石取自当地，但土料却要从广东香山获取，再加上立窑很小，工艺也不得法，生产成本实在是太高，生产了时间不长便倒闭了。想是洋务再兴细棉土需求巨大，周大人要重振这个厂子，虽说困难重重然自己摸索生产终会发展起来，也是好事。既寻不见周大人，魏肇庆便去了北洋机器局，他要去拜望傅大人，顺便去看看几位老朋友。

刚到机器局门口，魏肇庆却被拦了下来，说是要通报了才能进去，魏肇庆忙递上拜帖，过了好一会儿才有人出来将他们领了进去。到了石东鹏的办公室，就见五六个人正围着石东鹏说话，其中一个道："石帮办，袁大人说请您尽快把这批货送到小站，过段时间太后亲临怕是要观看操练，到时候无枪可拿不像样子。"石东鹏道："好，好，既然定好了，到时候过来就行。"那人又道："石帮办，这可说准了。"石东鹏道："你放心，一定办到。"抬头见魏肇庆站在门口，忙道："大哥，来啦，先坐先坐。"说完将那人送了出去。待他回来另外几个人又围了上来，没办法石东鹏只好向魏肇庆道："大哥你先稍等，一会儿就好。"说罢对几个人道："大家听我说，不是我不通融，我知道大家都是拿着兵部的文书来的，虽说文书到了可钱还没影儿，请大家耐心等待几天，等我和兵部会商过了，一定尽快给大家安排。"其中一个道："都是训练新军，为什么他袁世凯的就立马到位了，我们的却还要等？"石东鹏道："袁大人的是北洋特批的款项，钱已经拨过来了，你们的我是一个大子儿也没见着啊。"那人又道："都是训练新军怎么能有亲有后？再说了，这兵部已经批了还能不给你钱吗？"石东鹏道："小站是太后老佛爷要亲临视察的，他敢不给吗？你们的还真有可能。"另一个道："石帮办，上面派我们来的时候严令领不回来就别回去，好歹您也给点，要不回去咱也没法交差呀。"几个人也随声附和着。石东鹏道："这次怎么严令了？那次不是给多少要多少啊。"那人道："那能一样吗？以前我们绿营换装备那是要自己掏钱的，现在兵部拿钱给买谁不多要点，谁知道啥时候又给停了。"石东鹏想了想道："那这样，我先调给你们三成，兵部几时过来钱，我立马提给你们。"有个水师管带道："石大人，怎么才给三成？领这点还不和没领一样啊，至少要领八成给我们，我们回去才好交代。"刚那人也贴近了石东鹏小声道："石帮办，这次只要你给我们八成，你叫我们干什么都成，哪怕意思意思。"石东鹏道："意思意思，傅大人天天盯着，你倒是走了，我就有意思了。"水师管带道："一看就不会办事，石大人什么时候为难过我们？知道咱们不好交代，别在这儿乱说什么。"石东鹏道："你们好交代了，我怎么交代啊？现在欠账欠得人家都不搭理我了，你我都管着采买，不知道多么难吗？"水师管带道："都知道都知道，知道采买难，可咱们这么多年的老交情了，怎么的也要给大家通融通融。"石东鹏道："哎呀刘老兄，我知道你们难，可没钱哪生产得出来啊？"水师管带道："这钱兵部早晚都给不是，你看这样，您给我们拨七成，我保证不再回来烦你。"石东鹏道："你还不知道吗，兵部的钱要回来还不知道什么时候呢，给你三成也是我擅自做主，可不能再加了。"又一个道："石大人，都是老朋友了，我们几个何曾求过人啊，怎么着也要多给点，老刘要的不多。"水师管带道："自从甲午战败，咱们就成了后娘养的，要啥啥不给，想当年老子也是从海上拼过命的。"石东鹏道："知道你们拼过命，可军舰都没了，你们要这么多弹药干什么？"水师管带道："虽说这军舰都毁了，可没有军舰在海上护着岸上扛得住吗？朝廷早晚要把北洋水师恢复起来。"石东鹏道："好，怎么说我们也是一家人，可这兵部也就预拨了两成的钱过来，我给你们三成已经不少了，不过既然大家为难，我就豁出去了，多给大家一成，要是傅大人骂我你们可要给我担着点。"有个年轻的道："豁出去了才给四成，我们拿不回七成去可是要挨军棍的，我们大人说了，少一成十军棍，我们是顶着三十军棍在和你说这个事。"石东鹏道："我倒是想挨棍子，可要再多给你我就要丢饭碗了，到时候你管我饭啊？"有个年轻的说："石帮办，可是三十军棍啊，你要是扛过十棍子，我立马就走。"石东鹏一听便笑了，道："好，马总兵，我今天就和你去见李大人，和他说我替你扛十棍子，剩下的三十打你啊，你可不准耍赖。"一个胖子道："石大人，我那里你也要去啊。"众人一阵哄笑。石东鹏道："好，我就跟你们去，每人替你们扛十棍子，不过我要看着你们挨那三十棍子，走吧，走吧，你们都走吧，我这还有人。"水师管带道："怎么和石帮办说话呢？让石大人去挨棍子，真要打也得自己扛着。"石东鹏道："这还像话。"水师管带道："别听他们的，谁敢打石大人我和他急，石大人，你看我这老胳膊老腿的，十棍子我也受不了啊，你就可怜可怜你哥，多给一成行不行？"石东鹏道："刘老兄，我什么时候为难过您啊，这么多年的交情了，不过今年上面到处操练新军，一下子要这么多哪里有啊？你容我一段时间，我和兵部协商好了再调拨给您。"马总兵道："兵部，那里就不用提了，这段时间我们都去过多少次了，饷银还欠着好几个月呢。"石东鹏道："你这都知道怎么还为难我？"水师管带道："石大人，兵部又不是一点不给，到时候去要我们一准让给您。"石东鹏道："谢谢刘老兄，不过我真做不了主。"马总兵道："要不我们去找傅大人？"说着向众人示意作势要走。石东鹏道："好，你们快去，我在这里等你。"说着便要去接待魏肇庆。水师管带一把拉住石东鹏道："我们怎么能去找傅大人，东鹏老兄，还是您去傅大人那里帮我们求求情，好歹让我们回去也有个交代，多了我不说，只要给我们五成，我保证半年不来打扰你。"那个胖子道："石大人，我也保证不来打扰您。"石东鹏道：

"你们这是让我去傅大人那里挨骂？"马总兵道："挨骂也比挨打强啊，辛苦您了石大人，您就有劳有劳吧。"说着把石东鹏推到了门外。

谁知石东鹏此去却一直不见回来，差不多一刻钟工夫也不见人影，派那个胖子去三楼探听消息，谁知回来说上面吵起来了，说是兵部的钱石大人要不回来谁也别想把货提走。又过了好一会儿，石东鹏气哼哼地回来了，进门便道："我要就我要，大家伙都来找，我不能让大伙空着手回去。"水师管带道："石大人消消气，消消气，兵部的钱我们也帮您要，哪怕我们少要点也要帮石大人把钱要回来。"石东鹏道："谢谢刘老兄，到时候还请各位帮着和兵部说说，我只能帮大家办到这里了。"水师管带道："那我们提多少？"石东鹏道："五成，这主我做了，我不能让大家回去难做。"马总兵道："哎呀，石大人啊你可帮大家伙一个大忙啊。"胖子道："太谢谢了，别的我不说了，今天晚上汇香楼，我做东。"水师管带道："对对，晚上汇香楼，一个都不能少啊。"说完大家都抱拳向石东鹏致谢。石东鹏道："好了，好了，都是老兄弟们了，现在就给大伙安排，让销售给大家办手续。"众人又齐声称谢。

待送走了众人，石东鹏回到办公室，这才和魏肇庆叙话，道："大哥，你怎么过来了？"魏肇庆道："三个多月没见了，就想过来看看，怎么一下子忙成这样啊？"石东鹏道："三个月了？哎呀，这一忙起来都忘了，快坐快坐。"又道："开平那边挺好吧？"魏肇庆道："比以前好多了，周大人管得很仔细。"石东鹏道："周大人年轻有为眼光独到，确实与众不同。"魏肇庆道："对，对，今天他去看唐大哥早先那个细土棉厂了，要再办起来太好了，我们家到处是平原，想用块石头太难了，有了细土棉这就不是事儿了。"石东鹏道："是啊，现在用的地方太多了，咱们这里又买不到，买夷人的又太贵，前两天我们进口了一批细土棉，比以前差不多贵了五成。"魏肇庆道："那就自己办，技术已经有了，也就把规模扩大就行了，看来周大人是想把厂子再办起来。"石东鹏道："就是，自己有了比什么都强，最起码不让人家卡脖子。"魏肇庆道："对，哦对了，你做主办了，傅大人那里你怎么说？"石东鹏一听便笑了。见状，魏肇庆指着石东鹏道："你小子和傅大人商量好的？那他们练兵怎么办？"

石东鹏道："那是，我和傅大人早就定好了，这些人是看小站练兵都跟风上的，多点少点没什么大碍，主要是机器局首先要保障小站练兵，这才是大事。"魏肇庆道："对，一窝蜂不一定干成事，好钢要用在刀刃上。"石东鹏道："主要是现在机器局也难啊，兵部是光下指标不给钱，要不谁还怕生意烫手啊。"魏肇庆道："是啊，两万万两银子能建上百个机器局了，可现在竟连生产的钱都没有。"石东鹏道："这还是傅大人下狠手清理财务欠款才能勉强应付，现在不管是谁借款一律交回，要不这些也供不出去，再就是管理也严了。"魏肇庆道："是啊，我都进不来了。"石东鹏道："哈哈，我和他们说，大哥随时来随时能进，怎么也不能连我哥也拦着啊，走，咱们去傅大人那儿。"

刚进傅云龙的办公室，就见里面也站了七八个人，将傅大人的办公室挤了个满满当当。就听傅云龙道："你说我们的炮弹打不响，以前兵部就查过，我来了又查了一遍，拆了二十多箱，从里到外都仔细查了，也没发现什么问题啊！"兵部和郎中道："就是，自从水师上报兵部就十分重视，派人到机器局也仔细查过，还试过不少，并不像你们说的那样，哑炮的几率并不高。"有个水师军官模样的人道："傅大人，虽说我没在船上，可这是舰船据实上报的，这次海战损失了这么多炮舰，说舰船航速慢我们认了，可炮弹打不出去，咱们的舰船都成了人家的活靶子了。"机器局的一个帮办道："不会是他们夸大其词推脱责任吧。"水师军官道："夸大其词？邱帮办，北洋水师的舰船毁于一旦，很多舰船上的人几无生还，他们还夸大其词？"邱帮办小声道："投降的也不少。"水师军官道："你说水师贪生怕死？"石东鹏上前打圆场道："怎么这么说？邱帮办不是这个意思，都是万不得已，邓大人他们为国捐躯兄弟们佩服得紧。"接着又道："刘管带就在外面，当时他就在船上，落水后拼命游到岸边捡了一条命，当时情况他应该清楚。"说着叫人把刘管带从销售那里叫了过来。

刘管带进来向众人行了礼，水师军官道："刘管带，兵部和郎中今天在这里，你们上报说军舰上的炮弹打不响，可兵部调查说机器局供应的炮弹没有问题，你说说到底怎么回事，是不是你们推脱责任？"刘管带道："夏大人，和大人，海战的时候我当时就在船上，确实有很大一部分炮弹打不响，这千真万确，当时我们就把炮弹给拆了，里面全是沙子。"邱帮办道："刘大人，炮弹里面装沙子那也是没办法，谁让我们没那么多炸药，这也是兵部同意的。"水师军官道："没办法？炮弹打不出去，眼睁睁看着人家把我们的舰船炸沉？"邱帮办道："炮弹装沙子虽说不好，可我们实在是造不出开花弹啊，虽说我们的炮弹里装的是沙子，可打到敌舰却能将它打穿，外国这叫穿甲弹，克虏伯也是如此生产的，可说打不出去这不对，底药我们一定是装了的。"水师军官道："是有些火药在里面，可是太少了，一定是你们偷工减料。"邱帮办道："都是按外国人提供的比例填充的，没理由打不出啊？"傅大人也道："是不是填得不够？"石东鹏道："不会，都是按夷人工程师的要求填的，那些家伙很古板，万不让少填，只弹头里的火药省了。"水师军官道："怎么？我说你们偷工减料把火药省了吧？"邱帮办道："弹头里装火药也不一定炸，除非碰到硬东西，那上面就没有引信。"刘管带瞪起了眼，道："你们不会按上，就这么生产不会炸的？你们安的什么心啊？"众人都盯着邱帮办。邱帮办道："你怎么说话呢？我们不想生产好炮弹啊？"刘管带道："我怎么说话？我们死了多少人啊？可惜没你的兄弟！"说着脸一下子涨红了。石东鹏忙上前一把拉住刘管带，道："刘大人，刘大人，先别急，这不傅大人叫大家来商量这个事吗。"刘管带哽咽着道："我们舰上几百个兄弟丢了性命，北洋舰队就这么没了，我们只能眼睁睁地看着啊！"说着禁不住流下泪来。石东鹏安慰道："刘大人，我们都难受，咱们先找出原因来，我们多造炮弹弄死他们，为弟兄们报仇。"邱帮办道："刘大人，张大人，对不住了，不是我们不想装啊，我们实在是不会啊，洋人工程师说他们也不会。"傅大人道："是不是他们藏私？"邱帮办道："不是，我们把进口的炮弹也拆了，里面确实也没有引信。"石东鹏问道："进口的炮弹有打不响的吗？"刘管带道："也有，不过很少。"石东鹏道："那为什么？"邱帮办摊了摊手道："我们查了那么多，也有不少从水师仓库里运回来的，没什么问题啊。"说着指着桌子上的炮弹道："这个是进口的，这个是刚生产的，这个是水师的。"众人皆仔细看了没见两样。

有几个人上前把炮弹带出去拆了又搬了回来，是刚才厂子里的人说得那样，底药都有，只弹头里没有火药，进口的弹头里也就多少有点。众人都纳了闷，一个个皱眉凝思，拿起弹壳翻来覆去观看。

魏肇庆也到前面观看，拿起三个弹壳仔细观瞧，总觉有点不同却也说不上来。此时有个年轻人道："大家看，它们的底壳是不是不大一样？"邱帮办道："怎么不一样？不都是一样的锡片，大小厚薄都一样。"年轻人道："你看，进口的炮弹底壳平整，我们的不那么平整。"大家看了确实有点。傅大人道："这是怎么回事？"邱帮办道："这些锡片都是从外国进口的，克虏伯用的也是这种。"傅大人道："那为什么他们的平整，咱们的有点坑洼不平。"邱帮办道："当时为了便宜一下子进了一大批，十来年了都是用的这些，现在还没用完呢。"傅云龙道："去仓库拿点过来。"不一会有人拿了一包过来，大家看了也和炮弹上的一模一样。邱帮办道："都是一样的，这个我们不敢掺假。"此时年轻人道："说不定存的时间长了锡面氧化了，所以坑坑洼洼。"傅云龙道："氧化？怎么回事？那为什么进口的没事？"邱帮办道："这些是刚进口的，以前买的炮弹海战的时候打没了。"刘管带也道："是，外国的炮弹也有打不响的，不过很少。"年轻人道："这个锡片要十分光洁平整才行，要不接触不好可能击发不出去。"水师军官道："那为什么不早换了？"邱帮办看了兵部和郎中一眼欲言又止。傅云龙道："既然这样那就全换了。"此时和郎中却道："那要换多少啊？各个地方的弹药何止几百万发。"傅云龙道："不管多少都要换，这是用命换来的教训，不光换了底片，连火药都要换。"水师军官道："谢了，傅大人。"和郎中道："先别急着谢，你说话就换啊？兵部要出多少钱你知道吗？"傅云龙道："和大人，既然查出来了，花多少钱都要换，这事关兵士们的生死，绝不能让军士们因此而丢了性命。"此时刘管带却道："怎么说？要换几百万发炮弹。"和郎中道："按下面报上来的，恐怕要换五百万发炮弹不止。"刘管带道："那怎么我们出海每舰只让带一百发炮弹？"和郎中道："那我怎么知道？"刘管带扭头看向水师军官，水师军官道："就拨那么几万发炮弹，你想怎么用，总不能都带到船上不成？"刘管带道："我们怎么才几万发炮弹，不是有五百多万发吗？那些炮弹都给了哪里？"和郎中道："给了哪里？总不能都给你们水师吧，兵部有兵部的调遣。"刘管带道："可那些调遣现在都在仓库里睡大觉，而我们水师却要拿着这些哑弹去拼命。"和郎中道："你是什么人，竟敢如此说话？"刘管带道："本以为是机器局偷工减料，可现在看来，机器局如何生产都是你们兵部安排的，造了这么多哑弹，让弟兄们白白丢了性命，即便如此你们也多给水师些啊，可你们竟把炮弹私藏起来，留着它们下崽吗？"和郎中道："兵部如何安排岂是你所议论的，水师应得多少也是有据可查的。"说着瞪了一眼水师军官。水师军官忙道："刘管带，我们在此商议大事，把你该说的说完就行了，没你事了，下去吧。"刘管带道："我们怎么不能议论了？就是你们兵部害水师死了那么多弟兄，是你们把北洋水师给毁了。"和郎中道："休要胡说！"水师军官道："刘管带，怎么与和大人说话呢？此次战败朝廷已有定论，不可妄议。"刘管带却急红了眼，道："朝廷定论，说水师贪生怕死，你们知道我们战死了多少弟兄？军舰被毁一个个却不愿逃生，宁与军舰共存亡，在下贪生怕死游到岸上这才活了下来，可也是军舰没救了才下的水。眼睁睁看着满地打不出去的炮弹，敌军的炮弹却呼啸而来，你知道我们什么心情吗？你们见过火海里的兄弟吗？张牙舞爪面目狰狞，扑通扑通往海里跳啊，下去也是九死一生，我们不怕死，可也不能让我们送死啊！"和郎中道："放肆，这里哪有你说话的份。"刘管带道："在下是官职卑微，可在下是拿命换来的，倒是你们眼睁睁看着水师被毁无动于衷，还把屎盆子往水师头上扣，说北洋水师怯懦畏战。不慎触礁的镇远舰长林泰曾为了所谓的怯懦畏战宁可一死也要自证清白，丁汝昌丁大人宁可一死也不愿投降，吞鸦片死了足足三个时辰，满地里打滚，哪怕他能听到一声援军的枪炮声也能闭眼啊，现在却铁箍锁棺不得入土，还有刘步蟾刘大人，站在烧着的船上宁死也不肯上岸，到底谁才是罪人？是谁把北洋舰队推上了绝境？"水师军官见和郎中满脸怒容，咬了咬牙才道："放肆，还不把他拉下去，休得在此胡说八道。"傅云龙也看了和郎中一眼，道："东鹏，快请刘管带下去休息，一定给大家一个交代。"刘管带还要再说话，石东鹏忙上前搂住刘管带，一边拉着他走一边道："刘老兄，你不信我还不信傅大人吗？刚傅大人说了一定会给大家个交代，走走，去我办公室。"刘管带僵着不走，哭道："你们不用拉我，事情不说清楚，谁还会为朝廷卖命？"东鹏无法只好连拉带拽将刘管带拉出了办公室，出门向魏肇庆使了个眼色，魏肇庆心领神会也跟着走了出来。此时刘管带已是泣不成声，若不是看在傅大人面子上不好再发作，定还会咒骂一番，现在只能打落牙齿和血吞，紧咬牙关忍住心头愤恨，闭了双眼任凭石东鹏摆弄。

几个人出去如何劝解暂且不说，待众人出了门，和郎中道："傅大人，你这里怎么什么人都能进啊？"傅云龙道："刚那人叫魏肇庆，是开平矿务局股东，也是朝廷官员。"和郎中哦了一声，道："朝廷大事切不可妄议。"傅云龙道："在下一定安排，不过这炮弹的事还请和大人早作安排。"和郎中沉吟半晌道："好吧，既如此那就换了吧，不过大家都要管束好手下，夏大人！"水师军官道："在下一定好好管束。"和郎中道："好吧，你们议吧，我还要向朝廷复命就不多留了。"说着抬脚便出了门。

到了年底，周学熙不负众望按照盈利给各个股东分了红，魏家自张翼任总办以来第一次把分红带了回家。然事情并没有像大家预想的那样，不久，周大人被派往秦皇岛负责修建港口，开平矿务局又被张翼实际控制了起来。

第四十三章

女儿愿，仙女落尘凡
难兑现，王母又拔簪

这一年，光绪皇帝颁布《明定国是诏》，推新政行变法，有这样一批人如上了发条一般快速运转了起来。

姜旭刚走进了典籍厅，即有人走上前来禀告："姜大人，军机处的杨大人来了，让您马上过去。"姜旭急忙往里走。前面咱们说过，姜旭在美国留过学，北洋机器局任职这几年又多次去欧洲考察，对各国政务体系和革新政治颇有了解，经办洋务这几年又经过实务锤炼，提出的想法大多切实可用，于是便被招到了典籍厅，有些变法诏书便由他负责起草。这段时间每天太阳刚出姜旭便早早来到了典籍厅，按军机处拟定的单子逐项草拟，然后召集手下商量出个眉目再分头拟定。想着圣上也是着急的，新政的单子雪片般飞到这里，都是些要在朝廷上下实施的大政，容不得半点差池。虽说手下有几个人帮着，但熟悉的也就他一个，拟定条目只能由他亲自操刀，昨天晚上为了拟定机构改革裁撤冗员的事二更天才回的家，这一大早杨大人又来了。姜旭可说已经做得十分认真了，然大部分诏书仍被军机处驳了回来，这次杨大人亲自过来想是前面拟定的要有大的改动。姜旭进屋就见杨锐正在书案前看他草拟的关于机构改革和裁撤冗员的条目，便道："杨大人，这些都是些想法，还未商议。"杨锐道："不行，这些都不行，詹事府、通政司、光禄寺、鸿胪寺、太常寺、太仆寺、大理寺这些衙门天天无所事事，你却只让他们精简些人员，如此怎么当机立断？应该把它们全部裁撤掉。"姜旭道："啊！一下子把这些都裁撤掉且不说事情怎么办，这些人你安排到哪里去啊？"杨锐道："人安排到哪儿？还要给他们找事做？他们这些人个个尸位素餐，不让他们把领的银子吐出来已经对得起他们了，你说这些人能办什么事啊？先把他们裁撤了一个也不用留，需要办事的时候捡几个能干的就行了。再就是你这个时间安排也不行，还要六个月？做事要当机立断，圣上天天查问进展，做事不能老这么拖着。"姜旭道："恐怕不好吧？总不能一下子给人家断了生计，我看还是给他们些时间，无论如何让他们也谋个生路。"杨锐道："不行！时间太长了，依我看一个月足够了。"姜旭道："如此一来凭空树敌不少，万一他们闹将起来，恐怕对我们变法不利。"杨锐抬头看了一眼姜旭，道："你可知老师如何说的？先生在朝堂上与皇上冒死奏对，杀几个一二品的大臣这法就变了。"姜旭愕然半晌没有说话。杨锐又道："姜大人，你的想法我知道，你是怕树敌太多阻挠我们行变法，你放心，没事！圣上为了新政英明决断，甚至不惜开罪朝中大臣，天天批阅奏折直至深夜，我们再不尽心尽力，如何对得起圣上皇恩浩荡，更何况你我都明白，这些都是利国利民的好事。"姜旭道："杨大人说的是，我马上修改。"说罢更改了执行日期，又唤外面一个中书进来，让其他人先行商议。

见中书出去，杨锐从袖中拿出一个折子，低声对姜旭道："今天来有一件事找你商量，你先看看这个折子。"姜旭接过折子，见是康有为递交的《应诏统筹全局折》，仔细从头至尾看了一遍，这才道："杨大人，不是说圣上同意设立制度局了吗？"杨锐道："这么和你说吧，老师起初上这个折子主要是为了军机处对变法处处掣肘，想在宫中办一个变法议政的地方，召集变法能臣，汇聚变法政治于一体，圣上当场允了老师的折子，谁想军机大臣们纷纷跳出来反对，直言宁可抗旨也不奉诏。"姜旭沉吟半晌道："怎么？圣上说的话他们也不听？圣上现在什么说法？"杨锐道："虽说变法维新太后是允了的，直言不变祖宗之法圣上即可便宜行事，谁想此事闹到了太后那里，传出话来说军机处的事不再议处，圣上也是左右为难。"姜旭道："这样一来军机处就成了变法阻碍，你是想知道西方国家都是如何处理的对不对？"杨锐道："正是。"姜旭道："在列强各国，国家商议政事都在议会，国家大事都是由议会代表商议决定，实行君主立宪的国家只需皇帝签字便可发布，而实行民主共和的国家则交给民众选举出来的国家元首认可发布。虽说要经过上面认可，可国事拟定都是议会说了算，这就是西方民主政治。"杨锐道："什么？民主政治？要是皇帝不管那不乱套了吗？"姜旭道："议会代表民意，大家商量出来的事才符合民心，民众自然赞同，他们不乱哪里能乱？"杨锐道："那皇上呢？"姜旭道："在君主立宪国家皇上只是虚职，民主共和国家就没有皇上了。"杨锐道："那怎么行，岂不是无君无父了？"姜旭道："列强各国均如此，国家发展十分迅速，便如日本亦是如此。"杨锐道："我来找你想办法，你却说民主政治，当朝万不可行！"姜旭不觉提高了声音道："我们行新政，军机掣肘，太后发话，大臣反对，如此新政如何行得下去？现今只成立一个制度局就如此艰难，这些具体措施到什么时候才能办？"杨锐示意姜旭噤声，低声解释道："不是说太后不让变法，军机说起来也算祖宗之法，并且军机处里面的人都是太后的心腹，想要改革确实有些难处，其他那些新政只都是精简机构提高效率兴工劝农的好事，你放心，很快便可实行。"姜旭道："国家要想富强，必须得民心顺民意，圣上虽能发一时之仁心，却不能事事随民意，所以必有代表民意说话的地方才行，皮之不存毛将焉附，现在成立制度局都如此难，何谈新政实施？"杨锐再次压低了声音道："这些大家都明白，可现在有些事圣上做不得主啊。"

两个人隔桌而坐半晌无话，姜旭想着还是要想些办法，于是道："成立制度局既然很多人反对，那军机处如何而来？"杨锐道："确实军机处也不是一开始就有的，当年雍正帝为了甩开内阁设立的军机处，实话说我们成立制度局与当时情况一样。"姜旭道："这怎么说？"杨锐道："想当年，大清开国，实行的是八王议政，入关以后承袭明朝内阁制度设立了内阁，统管国家事务，后来雍正爷为了断绝朝中大臣与议政王爷们的勾连，设置了军机处，从此大权得握。"姜旭道："如此说军机处也不算是祖宗之法，这八王议政才是。"杨锐道："也不能这么说，军机处自雍正朝后一直沿用至今，自太后听政也一直沿用，再说现在几位军机大臣都是太后亲自捡拔上来的，定是用心呵护。"姜旭道："既然这样，那就直接使用内阁。"杨锐道："那也不行，现在内阁只是办事的地方，再说里面这些人有几个可堪大用？这么多一二品阁员也不能一下子全替换掉，到时候争斗不会比设立制度局简单。"姜旭道："内阁不可用，既然前朝能够设立军机处，那就在其他地方想办法，以前宫中有没有其他议政的地方？"杨锐想了一会儿道："也有过，康熙爷刚登基的时候鳌拜把持朝政，康熙爷就在他读书的地方暗中会见大臣，终将鳌拜剿灭。"姜旭道："康熙爷会见大臣的地方在哪儿？那我们就学康熙爷，谁也不能说违背祖制了吧？"杨锐道："懋勤殿。"说罢盯着姜旭又道："都说你见识多，这下我信了。"说罢起身便走。

谁知刚起身，猛见一个人影在窗外闪过，杨锐微微一愣，遂附在姜旭耳边小声道："今后切莫再提民主政治，以免引来杀身之祸。"姜旭道："多谢杨大人提醒。"谁知杨锐刚走两步又突然站定，回头对姜旭道："裁撤人员的事还是按你说的，三个月吧，周全一些也好。"姜旭道："全凭大人安排。"送走杨锐，大家凑到一起商量裁撤机构的事，一个上午争论不休，万般无奈姜旭只好搬出杨锐决定的事，这才将裁撤通政司、光禄寺、鸿胪寺、太常寺、太仆寺的事拟定下来，直到晚上定更时分，政令起草完毕，连夜将折子递了上去。谁知第二天一早朱批便传了过来，不但詹事府、大理寺又被加了进去，还有湖北、广东、云南三省巡抚、东河总督也被加了进去，并且裁撤时限也由三个月变成了一个月。随之而来废除八股取士制度，改试策论的政令起草也发了过来，事情一个接着一个，每天早出晚归，姜旭忙的是焦头烂额，却不想此时有一个人比他更急。

这天一大早，天依然有些灰暗，朝霞只依稀染红了天际，一驾马车由南向北顺着官道疾驶而来。道路两旁的杨树叶子微微泛着黄色，微风拂过，发出阵阵哗啦啦的声响，然高天碧空微风轻起，成熟的味道不时扑面而来。此时一群雀儿在枝头叽叽喳喳吵个不停，不知道是不是在商量着什么，忽一窝蜂地飞到空中，聚成一只巨鸟翩翩飞舞幻化着身形，忽又闪电般钻进树里，再次叽叽喳喳吵个不停。忽见不远处树上的一群雀儿也飞了起来，幻化了几次身形后一下子扑到地上，跳跃着啄食地上的草虫，不久，刚那群雀儿也飞了起来，幻化着身形飞向远处，应是吵出了方向急忙地去了。

再看马车上，车把式脸上满是倦容，应是赶了一夜的路，然仍不断大声吆喝着马儿，是有急事去办吧。虽说打足了精神，可倦怠依然爬满了车把式整个眉眼，哈欠打了好几个也止不住，只好使劲搓了两把脸，这才稳住了心神。虽说困得要命，可他丝毫不敢懈怠，打足了精神小心赶着车，不管怎么说客人这次给了个大价钱，说只要他两天内赶到京城，十两银子会一分不少的递到他的手上，这个价可是从未有过。又过了半个时辰，前面来到一个小镇，马车慢慢停了下来，从车上下来两位少年，二人面如娇玉、齿白唇红，却为何女扮男装让人不得而知。仔细看来，是臻儿小姐带着丫鬟又女扮男装，如此着急赶往京城却是为何？前面说过小仙女本想在魏家与姜旭表露心迹，然而姜旭却没赶来，自己想去京城与姜旭见面，家里知道她的想法自然拦阻着不让，这一拖就是一年多。的确是等不及了，这一天，臻儿带上丫鬟只说出去散散心，到了武定府便设计骗开家人雇了辆马车一路直奔京城。

三个人草草吃罢早饭便登车继续赶路，虽说京城就在前面，可到了能不能天遂人愿也未可知，赶了一夜的路臻儿着实有些累了，于是靠在梅儿身边闭目养神。不知不觉迷迷糊糊入到梦中，臻儿猛然发现自己在一方湖中游泳，岸边树水中草身下水无不真真切切，虽说小时候曾和丫鬟梅儿晚间到河边戏过水，却何曾正经游过泳，却不料自己竟如鱼儿般浮在水上四处游动。臻儿轻摆玉臂，一下子游了几十丈出去也不觉半点乏力，四周看绿树青草密密匝匝将此地围了个严严实实，此情此景好不自在，小臻儿在水平如镜的水面上四处穿行，忽望远风景如画，看身下鱼虾随行，轻飘飘身子随意而动。抬头见湖中绿茵处乃一方小岛，小岛上树木郁郁葱葱逐渐上行，乃一处小山之形。就在观望之时，猛见一个人站在岸边树下，小臻儿见状急忙躲闪，可脑海中忽闪过一个身影，回头一望却是一般无二。于是急忙转身游向小岛，猛然低头虽说身上并非一丝不挂，可这亵衣如何见得了人，忙又转身往回游，然回身再看那人似要离开。看身上娇柔身形依稀可见如何能行，再抬头那人却又不见了踪影，只依稀一个身影慢慢消失在绿树丛中，来来回回犹犹豫豫，终下决心要上前一探究竟，忽身子一沉双脚陷入了水草之中。小臻儿一下子慌了神儿，双脚胡乱蹬扎双手紧命扑腾，可身子却慢慢沉入水中，虽说十分危险，可小臻儿心里却十分清醒，伸出双手想把水草扯断，奈何自己确没有多少水性，越扯越乱越蹬越紧，眼看着就要撒手人寰命丧水中，想着再也见不到心上人，急得怒目圆睁拼尽力气却不得半丝脱挣。就在臻儿万念俱灰之时，岂料姜旭竟出现在面前水中，小臻儿登时喜出望外，忙伸出双手将那只大手紧握在怀中。姜旭的手竟是如此有力，用力一拉小臻儿便离开了水草掌控，没费太多力气两个人便来到岸边，将小臻儿抱将起来轻轻放到草地当中。小臻儿羞怯怯将头扭向一边，谁知身后却没了声响，再回头已不见姜旭身影，小仙女急忙爬起来四处找寻，忽见密林深处人影闪过，正顺着台阶爬向山顶。小臻儿急忙追了过去，一路上山高林密艰难向前，小仙女手脚并用全不顾清瘦瘦身形怎抵那山顶寒风。曲折婉转忽见山侧有一座小亭，依山傍势似一处望岳台身形前倾，孤零零独立在半山之中。小臻儿来到近前，见立柱上有一副对联，上联书：波浪滔天孵虾游鱼仍弹须扣同，下联落：暴风骤雨鹘隼苍鹰却翅掩悲鸣。往上看横批则是：半日浮生。见此联小臻儿在亭下呆愣愣不知如何是好，此一语难道要点醒梦中人，是劝她半日浮生莫空等，还是争强好胜空悲鸣。好一会儿想起还要找人，四下观看却不见上山之路，便拾阶登上小亭，岂料一阵狂风扑面而来，小臻儿激灵灵打了个寒战。

小臻儿猛然醒了过来，可刚才的梦境让她心中波澜翻滚，只好重又歪下假装闭目养神。忽一阵心烦意乱，眉头一下子蹙到了正当中，一双手急忙抱住前胸，脑海中那人身影乱动，心口若刀扎般痛，忙紧咬银牙隐住了声。送去的信儿石沉大海，不知道此去又能如何？心像是孙猴儿再去天宫，树上的蟠桃白灵灵、脆生生、红彤彤，只一眼那心儿便扑通通，小鹿儿撞得生痛，然众仙班却目不转睛，走不是停不得纠结难行。好一阵子方缓过来，心里还是一阵阵地扑腾，假装扒开车帘向外看风景。梅儿见小姐向外面看，忙掀开门帘问道："师傅，这到哪里了？"师傅忙道："前面就到天津城了，今天傍黑儿准到。"梅儿放下门帘，道："小姐，你放心吧，傍黑儿就到了。"臻儿道："好，我知道了。"梅儿见臻儿有点心不在焉，忙向小姐身边靠了靠，道："小姐，累了吧，倚着我你再睡会吧。"

一路兼程，傍晚时分来到了京城的一处宅院门前，两个人刚下马车，魏堃和俊青便迎了出来，是俊青他们早一步来到了京城。见她们到了，知道一路平安也就不再问什么，魏堃立即给她们安排住处，然后派人回家送信。一夜无话，第二天魏堃来问，臻儿话无二句只说要见姜旭，兄妹两个打小感情就好，无可奈何只得依了她，一大早便带上妹妹去内阁找姜旭。马车刚到西直门再往前走却过不去了，不知为何路口已被官兵把守了起来，闲杂人等一律不得入内。幸好魏堃在内阁任职，递上牌子得以进去，臻儿却是进不去了，只能在外面等着。臻儿小姐翘首以盼，却总也不见魏堃的身影，跳下马车想往里进，都被官兵们拦了回来。三番五次没有办法，只好站在路边焦急等待，就在臻儿小姐等得心急如焚的时候，见魏堃急匆匆赶了出来，谁知来到车上二话不说吩咐车夫赶紧回家。一路上臻儿再三追问，魏堃没有办法压低了声音说了一句让众人心惊胆寒的话："皇上被圈禁了，维新党都被抓了，姜旭也在其中。"听完此话臻儿禁不住打了个寒战，双眼登时立了起来，三扒两扒便跳下马车，却不想猝不及防一下子摔倒在街道正中。臻儿小姐顾不得想爬起来便往内阁方向跑去，魏堃和丫鬟急忙跳下马车，追上小姐死死拖住，费了九牛二虎之力才把她带回了家。一路上臻儿痛哭失声，心有所属却不敢表露，只叫人两相隔断；千辛万苦追寻真爱，到头来天绝人愿；披肝沥胆不得好报，却枉得牢狱之冤，小臻儿哭得是肝肠寸断。

将妹妹送到家里，劝得稍稍平息了些，魏堃再次回去打听消息。内阁虽说未被封禁，然三步一岗五步一哨守卫森严，同僚们见面谁都不敢多说话，魏堃找了好几个人才打听到些许内情。姜旭奉诏调到内阁，不少新政诏书起草是他来做的，于是也被拘禁了起来，不过听同僚所说，姜旭职位不高无面见皇上之权，无从论及蛊惑皇上离间帝后之说，然有人言及懋勤殿一事，至于如何处置恐怕凶多吉少。魏堃回来和妹妹一说，臻儿的心登时凉了半截，虽说姜旭不是维新首领，然维新派既被定为动摇国本，那罪过岂能小了。听到此臻儿眉头紧皱，咬着牙一动不动，只眼泪扑簌簌流个不停。见妹妹如此魏堃也一下子慌了，忙劝道："小臻，你先别着急，姜旭也就是听差遣办事，罪过不在他，我马上回去让张郎中请侍郎大人帮忙说说，想办法通融通融。"此时就见臻儿扑通一声跪在地上，求道："哥，救救他，救救他。"说完放声大哭。看着可怜的妹妹魏堃连声应了，扶妹妹起来好说歹说劝她止住悲声，急忙又出去找人帮忙。臻儿哪里知道，哥哥平日里看到维新变革也是一心向往，话由心生所以时常说些赞扬变法维新的话，此次到了内阁郎中大人还专门找他谈话，劝他莫论维新莫担他责。魏堃力所能及帮忙打点，虽如此，姜旭还是被革职问罪流放西北。

这一天，去往西北的官道上停了一辆马车，有几个人站在路边，远远就见两名差官押着姜旭懒洋洋地走了过来。眼见得来到近前，就见车上下来两个人，正是臻儿小姐和丫鬟在此等候。俊青向差役使了些钱才得见面说话，魏堃走上前道："姜大哥，受苦了。"姜旭："多谢兄弟代为打点，在此谢过。"说着深施一礼。魏堃道："都是在下应该做的，哥哥是我等典范，在下实在惭愧。"姜旭道："为国尽忠天不遂愿，我辈热血定不白流。"魏堃抱拳拱手道："不惧生死，为国尽忠，当得大丈夫所为。"此时臻儿走了过来。魏堃见妹妹过来忙退到一边，臻儿深情地望着姜旭，红肿的双眼满含热泪，四目相对眼泪扑簌簌流了下来，姜旭道："臻儿，莫哭，你的信我已收到，你的心我明白，你对我的情我至死不忘。"臻儿听了更是泣不成声。姜旭又道："臻儿，此一去不知道能不能回来，还请好自珍重。"说完不敢再看臻儿，双眼紧闭仰天长叹。过了一会儿，姜旭示意魏堃来到一边，说道："拜托老兄，代我好好劝劝妹妹，妹妹的情我明白，可我现在是戴罪之身，千万不能为了我而耽误了终身！"魏堃点头称是。说话间，臻儿突然猛擦两把眼泪快步走来到姜旭面前，一把抓住姜旭双手道："无论如何我等你回来！"只此一句，两人四目相对，时间仿佛静止了般。就在此时，差官过来催促，臻儿从怀里掏出一个香囊拍到姜旭手上，双手掩面哭着跑开。几个人挥泪相别，魏堃向俊青示意，俊青紧跑两步追上差官，送了些银子，又让车夫将马车也送给了他们。

马车走远，香囊打开，一缕青丝静卧囊中。

第四十四章

乱乱乱，一字说三遍
鼓声现，当阳桥重见

马宝兴在货栈里待了一上午，不过此时的他已不是货栈掌柜了，毕竟年龄大了，孩子们让他回家休息。货栈里的活正式转交给了老大，老二也加入了镖局，按说他该待在家里享些清福，可此刻他却不想待在家里。马宝兴的老婆信教了，自从老婆信了教，马宝兴是一天好日子没过过，不知为何，老婆心中的教是千般的好，说起里面的事老婆不光眉飞色舞还头头是道。说什么最高莫若天，最尊莫若主，主是宇宙主宰，神、人、万物都在主的掌管之下，现在拥有的所有东西都是主赐予的，要感谢主让大家都活在这个世上，只有信教才有好日子过，如果你不信主，你就会有无尽的麻烦，甚至让你生病或者死去。还说活着的每个人都是有罪的，要信教忏悔并且要赎罪才行，否则死后会下地狱永世不得超生。老婆每天都会把这些一知半解的教义讲给他听，哪怕是晚上不听也不行，并且说不定想起点什么事来就要让他忏悔，有时候还让马宝兴跟着她背半通不通的教义，马宝兴实在困得不行睡着了，宝兴家的定要把他弄醒，稍微有些差错就要让他重讲一遍，如果马宝兴稍稍有些烦那就更要命，会说你不尊敬主，会说主会降罪给她和她的家人，一直哭闹个不停。每天不厌其烦地讲啊讲啊，天知道她怎么知道那么多，天天如此，搞得马宝兴筋疲力尽，于是一有空他便跑到货栈这边躲着，好在货栈待的时间长了，儿子又接了自己的班，随便找个地方眯一下倒不会有人管，就这样，货栈成了马宝兴的临时旅馆。

马宝兴睡了一觉刚醒，打了个长长的哈欠，却听大儿子喊他回家吃饭，忙应道："听见了，这就走。"说着穿上鞋子来到外面。出门见儿子提着两个饭盒，道："怎么又在伙房买饭啊？"大儿子道："这半年生意不大好，伙计们也没什么劲头，我让伙房炖了几只鸡，让大家吃点好的鼓鼓士气。"马宝兴道："是该给大家鼓鼓劲，这段时间不知道怎么了，总觉得乱得很。"大儿子道："就是啊，信洋教的信洋教，入义和拳的入义和拳，没几个安安心心干活的，有什么好信的，信了就不用干活吗？"马宝兴却道："你娘还不是例子啊，自从信了洋教连饭也不做了，要不是我回家做饭，天天喝西北风。"儿子连忙把一个饭盒塞到父亲手里，道："我给你打的，你拿家去，我娘估计又没做饭。"马宝兴道："不用，你拿家去给平子吃吧。"儿子道："我打的有，你不用管了。"马宝兴道："那怎么行，你拿回去给平子，孩子小正长身体，我们早点晚点没事。"老大见拗不过，只好快步将马宝兴舍在后面，边走边喊道："小心点，里面碗里有汤，别洒了。"

马宝兴慢吞吞地往家走，刚走到街口，就见家门前围满了人，连忙紧跑两步过去看发生了什么事。待他扒开人群挤进院子一看，见里面已经乱成了一锅粥，院子里站满了人，前些年剩下的洋线、洋布也被翻了出来扔在院子当中，还有些没用的洋线轱辘被扔了一地，几个人把这些东西堆成了一堆，一把火点着了。再往屋门口一看，就见老婆已经被绑了起来，两个人按着她的肩膀将她死死压在地上，旁边那人抽出了腰刀。宝兴家的虽说被按在地上，可嘴里一直没闲着，叽里咕噜含混不清地咒骂着。前段时间听说义和拳要扶清灭洋诛杀洋人，又过了一段时间听说不光是要杀洋人，连教徒也要杀，马宝兴警告过自己老婆不要出门，不要再和传教的人联系，可老婆却不肯听，还是按时去做礼拜，吓得他每次都要跟着。今天不是礼拜日，老婆自己在家也就没放心上，偷闲去货栈补了个觉，说啥也没想到他们会找到家里来，难道他们要在自己家里杀人？见此情景马宝兴慌忙扒开人群拦在老婆身前道：

"各位兄弟，各位兄弟，不知道在下哪里得罪了各位，要来家里寻仇。"一个领头的道："你家？你就是马宝兴？"马宝兴道："在下正是。"领头的道："你就是马宝兴啊，来人，给我绑了？"几个人呼啦一声就把他围了起来。此时旁边有个邻居道："他不信教。"众人也都附和道："马掌柜不信教。"领头的道："不信教也不行，他家里这么多洋货，他这叫资敌，给我绑了。"马宝兴道："慢着，慢着，买洋货就要绑？你到各家各户看看哪家没有洋货，难道都要绑了？"领头的道："别人家我不管，你老婆信洋教，你家还买了这么多洋货，你就是里通外国。"马宝兴道："纱线我是从市面上买的，我织的布也卖到了市面上，我也就挣点加工费养家糊口，怎么就资敌了？"旁边一个人道："和他废什么话，绑了就完了！"说着上前就去抓他。马宝兴赶紧往旁边一闪接连问道："慢着，慢着，你们是官府哪个衙门的？把拿我的文书给我看看。"此时马宝兴手里的还拿着带饭的布兜，一路躲闪布兜里的鸡汤随之洒了出来，刚出锅的鸡汤有多热大家都知道，不时溅在抓他的那帮人的手上脸上，顿时一片哎哟声咒骂声，院子里立时乱成了一锅粥。领头的不明就里厉声喊道："收住你的妖法，我们是义和团，是官府批准的，扶清灭洋听说过没有，专门抓你们这些信洋教的，快快，快抓住他。"马宝兴道："我又不信洋教，你怎么能抓我？"领头的道："你和你老婆经常去做礼拜，你不信教？"马宝兴道："我老婆受了他们的蛊惑说去看看，我是去劝她回来的，我从来没信过，我老婆也让我劝得不信了。"旁边人道："你老婆不信？她刚才还说让主惩罚我们！"马宝兴一听也着急了，还好以前有过思想准备，道："她刚才说什么？让主惩罚你们？你们是不是打她了，她说是我回来了让我做主惩罚你们。"就在此时，宝兴家的道："你们这帮恶人，主会惩罚你们的。"马宝兴听她还如此说也是急了，上前一巴掌呼在老婆脸上，喝道："我回来做主也会打你，他们是来帮你的，那些东西是我们该信的吗？"领头的道："你不用替她遮掩，她一定是信教，我们都打听清楚了。"说着对旁边几个人道："来，都给我带走，到地方不怕他们不认。"几个人又要上前抓人，马宝兴举起双手四处躲闪起来，手里的饭盒也不由自主地抡了起来，一边躲闪一边大声呼叫："你们凭什么抓我，我又不信教。"旁边一个人道："不用听他的，赶紧抓起来。"任凭马宝兴左躲右闪可架不住来人人多势众，几个人一拥而上将他按倒在地，一个人劈手夺过他的布兜随手扔了出去，谁知竟扔到一个人身上，那人被烫得立时失声嚎叫了起来。

马宝兴见势不好对围观的人喊道："你们哪个没在我这里领过活，就这么看着我被抓走吗？"邻居们纷纷道："马掌柜是好人，放了马掌柜。""不能抓马掌柜，他不信教。""马掌柜不信教，不能抓马掌柜。""马掌柜是好人，不能抓马掌柜。"说着众人围了上来。见众人一直向前拥，领头的道："靠后，靠后，谁再往前一起抓了。"众人仍是不听，就见领头的猛地拔出腰刀来到马宝兴面前，喝道："谁再往前我先砍了他。"众人再不敢动。

就在此时忽听门口有人大喝一声："我看你敢！"镖局老掌柜此刻来到了门前。虽说老掌柜已年过七旬须发皆白，但常年习武再加上身体健硕，走起路来仍虎虎生风不怒自威。众人见老掌柜来了忙闪出一条道来，老掌柜带着人来到了前面，道："老马犯什么事了，让大家兴师动众来抓他？"马宝兴见老掌柜来了忙喊道："老掌柜救我，老掌柜救我。"老掌柜见众人仍将马宝兴按在地上，道："先把人放开。"后面的人上去推开义和团的人，将马宝兴从地上拉了起来。领头的虽说见来了好几个人，一个个还习武打扮，可仍不肯示弱，道："你们是什么人？敢管义和团的事？"老掌柜道："在下福威镖局陈俊德，不知阁下高姓大名？"老掌柜一报名号领头的自然知道，道："原来是老掌柜，失敬失敬，在下韩秋义，这两个人信教，义和团扶清灭洋专杀洋教。"老掌柜道："老马，你信洋教？"马宝兴道："我哪里信教？不信你问问。"老掌柜看了领头的一眼，领头的道："他不信，他老婆信，他买洋货资敌。"老掌柜问道："你老婆信洋教？"马宝兴道："她也就去过几次，我都劝回来了，不信我问问她。"马宝兴恶狠狠地对老婆道："你信洋教吗？"宝兴家的经过刚才的事也是怕了，颤抖着道："不信了，不信了。"领头的道："老爷子，不瞒您说，他信不信教我们都打听过了，杀他们也是官府同意的。"老掌柜道："怎么说杀人也要有个证据，也不能别人说她信教就是信教，就算官府杀人也要过了堂才行。"领头的道："她确实去过教会，这个我们有人证。"老掌柜说："去过教会就要杀，恐怕周村城的人要杀一多半吧？"老掌柜说着抱拳道："我也问了，他们不信了，还请看在我的面子上放过他们两个。"领头向四周看了看，见再没有人来，老掌柜也就带了四五个人，再看看自己身后差不多二三十个手下，于是挺直了腰板道："老掌柜，不是我不给您面子，我们代表官府办事，上面有令只要坐实信教格杀勿论，如若阻拦同罪论处，我劝老掌柜还是不要多管闲事。"说罢又对身后的人道："带走，谁要阻拦格杀勿论。"义和团的人上去就要抓人，老掌柜这边却要死死护住，就在撕扯间，突然门外闯进来二十多个人来。

再看来人，一个个都是护卫打扮，手握长枪，还有几个手握着钢枪，领头的不是别人，正是骏马商队魏俊青和马宝兴大儿子赶了过来。俊青向前猛跑两步大声喝道："住手！"我们说过俊青身高体壮，虽说没了一只胳膊，却是经历过生死的猛将，往前一站不怒而自威。见有人来双方也就自然分开，领头的道："你们是什么人，敢管义和团的事？"俊青道："在下魏俊青，骏马商队领队，听说我哥哥有事特意过来看看。"领头的也知道骏马商队，如此多年行销各地，确实为当地老百姓做了不少好事，早已威名远播，然此情此景却也不能示弱，道："马宝兴是你哥哥？他信教，犯了王法，谁也管不了。"魏俊青道："他信教？马老兄什么时候信教了？每次来他都和我念叨信教的都是走火入魔了，天天讲什么赎罪忏悔，他说这么多年他净做好事了，没什么可以忏悔的，他说就算信也要信咱们自己家的泰山奶奶，说他信教，我不信，要说他信泰山奶奶，这我信。"说着向四周围观的大声道："大家说是不是？"周围的人附和道："是，是，他不信教。"领头的又道："他老婆信。"俊青道："女人懂什么，瞎胡闹，让老马好好管教就是了。"领头的道："他管得了吗？这么长时间也没管过来。"马宝兴紧跑两步来到老婆面前，一巴掌又打了过去，道："你还信不信？"宝兴家的被他一巴掌打倒在地，趴在地上只剩下哭了。马宝兴又对领头的道："大哥你放心，今后我一定好好管教，她再也不敢信了。"领头的正要说话，却见俊青带来的人已经把他们悄悄围了过来，一个个怒目横眉紧盯着他，想是这阵势见得多了，此人却也不惧，身子往前挺了挺，道："就算你们人多又怎么样，你们敢硬来，饶不饶她，你我说了都不算，要看天意。"此时就见有人拿了贡香和黄表过来。俊青听说义和团杀人要焚香燃表，香火不燃纸灰不飞便要杀人。家里老人时常祭拜先祖，曾说过香火不燃是灰土掺得多了，木屑接续不上自然熄火，这纸灰不飞多半要看有风没风。俊青眼睛直向那香看去，就见那人双手将香捧住不敢放松分毫，立时明白定是掺了太多土，稍不注意便会断掉。俊青见状假装回身，用手推向后面的人，人多自然挡了回来，一个不稳脚下拌蒜倒退了几步，瞅准机会一把将那人手中的香打落在地。那些贡香从那人手中掉在地上，登时摔了个粉碎，还不算完，就见俊青站住冲人群喊道："你推我干什么？"后面一个守卫心领神会，道："后面那家伙推我，我没站住。"说着冲后面喊道："挤什么挤。"领头的见了立刻跑了上来，大声喝道："你这是干什么？"俊青站定了身形道："后面的人推我我看看是谁，没注意，没注意。"此时几个护卫也围了上来。见是这样，领头的对拿香的道："连香都拿不住，你能干什么？"那人道："大师兄，不是我，是他碰掉的。"领头的道："还有吗？"那人道："出来就带五根香，没了。"领头的道："没用的东西，快回去拿。"俊青见状忙道："慢，香哪家没有，老马，快去把香拿出来。"马宝兴听了连忙向屋里走。领头的却是不让，道："不行，你们的香不能用。"此时老掌柜看出了门道，向前走了两步道："怎么，我们的香怎么不能用，难道你们的香做了手脚？怎么掉到地上就碎了？"领头的自觉失口，争辩道："谁说我们的香做了手脚？我们的香都是大师兄请了神的，凡人碰不得。"老掌柜却是不让，上前就要捡地下的香查看。那人见了连忙上前拦挡，一来一往地下的香被踩了个粉碎。此时俊青道："等等，大家听我说。"众人听俊青说话忙罢了手。俊青指着领头的手下道："刚才我听他们叫你大师兄，今天就让马宝兴把香拿出来，你当场作法供神，如果中途灭了我们便信了。"那人见此事按压不住，于是道："今天这香便不焚了，烧黄表，直接请天神。"说着直接拿过手下的黄表，手下随手用洋火点了。黄表刚燃了起来，领头的便撒了手，本来就不见多少风，小院里人又密不透风，黄表纸飘飘摇摇向地上落去。幸好俊青早有防备，就在黄表纸向下落的刹那，提起袍襟暗地里猛扇过去，那纸灰才又呼的飞了起来。领头的见了刚要发作，却见俊青指着刚才点火的人道："这个人用洋火，他资敌。"领头的见手下拿着洋火不好抵赖，上前一巴掌将洋火打落在地，一脚把那人踹倒在地，喝道："谁让你用洋火？"那人还算机灵，道："这是他家的。"领头的上去又是一脚，道"那也不许用，滚。"那人见状忙挤出人群往外面跑。俊青忙喝道："别让他跑了。"那人却也灵巧三步两步已经来到了院外。护卫们正要去追，领头的却道："等等。"转身指着马宝兴两口子对俊青和老掌柜道："今天看在两位掌柜面子上饶了你们，如果今后再让我们查出来还信洋教，就地正法！"说完便带人出门，边走边喊道："走，去下一家。"等他们走远老掌柜这才问道："你怎么来了？"俊青道："这段时间路上不太平，我怕出事就跟着到处看看，货栈小掌柜回去喊人我就跟着过来了。"老掌柜道："幸亏你们及时赶到，要不这事还真不好办了。"马宝兴也上来道谢。

一段时间，朝廷对山东义和团四处闹事极为不满，指责山东巡抚毓贤对义和团剿杀不力，委派小站练兵的袁世凯接任了山东巡抚。袁世凯到任后严格限制义和团活动，并设计诛杀了几个义和团大师兄，山东地面义和团自此不再公开活动。谁知过了一段时间，义和团却进了京城，包围了外国公使馆，说是要帮助朝廷抵御外国列强要挟，一时间奔走呼号各地纷纷呼应，都要进京保护皇上，不长时间直隶境内便聚集了几十万人，此事举国震动。

这一天，魏肇庆到了天津，此时石东章已调任天津府同知，于是去了石东章家里。上了茶，魏肇庆道："老兄，听说京津全是义和团，我这一路过来天津地面风平浪静，您用的什么高招啊？"石东章道："这我哪能管得了？与义和团打交道都是驻军在办，我只是出面安抚一下罢了。"魏肇庆道："驻军和他们打交道？那起了冲突怎么办？"石东章道："暂时不会，毓贤大人上奏太后说义和团民能"刀枪不入""枪炮不伤"，朝廷可借助义和团抵抗外国列强，太后随后又派军机大臣刚毅去涿州视察义和团，回来他向太后奏称'天降义和团以灭洋人'，看样子是要联合在一起，不过太后尚未最后决断。"魏肇庆道："山东也有不少义和团，都是村里的百姓，我让俊杰去查过，就是学了些硬功夫，常练是能抗打一些，万不能像他们说的那样刀枪不入、枪炮不伤，俊青俊杰都是练家子，这些骗不了他们。"俊杰道："石大人，我和我哥去拳坛看过，他们练的都是些寻常功夫，这些我们打小就练，也没练成刀枪不入，他们只练了几天便说自己刀枪不入，我反正是不信，我也看了他们大师兄的表演，都是打把式卖艺常用的招式，是些戏法儿，两个人配合起来骗人的，如果我拿刀他们早就两截了。"石东章道："小小把戏怎么骗得了你们这些练家子，前段时间武卫军聂统领就亲自检验过，最后查出来了，这些人在装枪的时候先把弹丸装进枪里再装火药，开枪的时候先出来的是火药，弹丸则是被带出来的，没有火药击发的冲击力当然伤不了人，聂统领命人斩杀了那几个骗子。"魏肇庆道："杀了那些人，他们能干吗？"石东章道："怎么没闹啊，一下子来了上万人，不过聂统领在西北疆场上征战过，只让他们出来再试，却没人敢应了。"魏俊杰道："原来是这样啊，我说他们才练几天就枪炮不伤了？"魏肇庆道："如果都查验过了，太后还要用这些人恐怕就没那么简单了。"石东章往前凑了凑压低了声音道："我听总理衙门的人说的，不知道是不是真的。"魏肇庆也往前凑了凑，道："什么事啊？"石东章道："外面乱里面更乱呢。"魏肇庆道："怎么说？"石东章道："端王带着义和团闯到皇宫去了。"魏肇庆道："这不是造反吗？"石东章道："前些日子端王要太后立他儿子做皇帝，太后不肯，只立了他儿子为大阿哥，现在义和团进了北京，他腰杆更硬了，幸亏太后老佛爷挡在前面，要不真不知道皇上怎么样了。"魏肇庆道："我怎么听说前段时间是太后想废帝，废掉当今皇上另立新君，夷人极力反对，于是太后才想了个法子立端王的儿子为大阿哥，说想着私底下换了皇帝。"石东章道："那都是端王他们传的，实际上他想他儿子当皇上，他儿子当上大阿哥，夷人拒绝入贺，端王非常恼火，刚才说的那两个都是大阿哥党的，就是他们鼓动太后利用义和团对抗夷人。"说着又压低了声音道："这义和团是他们鼓动进直隶的也说不定。"魏肇庆听了大吃一惊，道："这一国政治岂能为一己私利所左右？"石东章道："太后执政这么多年了，义和团怎么来的她会不知道？即便瞒得了一时，难道她手下就没人敢说？"魏肇庆思忖道："真如此就麻烦了，只有一种可能。"石东章道："会怎样？"魏肇庆道："太后知道这些人没什么真本事，只是想利用他们罢了。"石东章道："何以见得？"魏肇庆向前凑了凑压低声音道："太后自当政以来在朝堂上呼风唤雨，哪次不是打一方拉一方，前段时间夷人让她归政十分恼火，恐怕这次也是为了继续训政利用义和团吧。"石东章道："不会吧，万一失控了怎么办？"魏肇庆道："这绝对是火中取栗。"石东章道："怎么说？"魏肇庆道："如果端王那边有厉害人物，就不怕他们看透了起来造反？"

石东章道："太后估计也怕这些人造反，所以才安抚利用，现在京城各镇兵马有十余万人，应该也防着他们生变。"魏肇庆道："如此一来京城便成了火药桶，稍有不慎便殃及池鱼，上次傅云龙大人就说过，日本之所以强大就是上下一心致力发展，才有了现在的成绩，而我们大清却钩心斗角为一己之私，胡作非为置家国于何处？何况现在我们根本没有实力与各国列强抗衡，真打起来几无胜算。"石东章道："是啊，估计因此太后才没有下定决心，可有些朝臣说我们有四万万五千万人，只要同仇敌忾定能战胜外国列强，义和团'刀枪不入、枪炮不伤'，估计撑不了多久就会打起来。"魏肇庆一听便急了，道："无论如何，只要我们自己不先乱，列强各国就一时还找不到借口，现如今自乱阵脚诛杀洋人，没事他们还想找些事由，凭此倒送了些把柄给人家。"石东章也是焦急万分，道："是啊，甲午一战我朝已然气势不存，各国窥伺已久，到头来恐很难收场。"魏肇庆沉吟半晌，道："现在有两件事要抓紧办，事情闹起来咱们洋务恐怕要遭殃，机器局和矿务局请了不少洋人，想请大哥关照一下。再就是要真打起来了，恐怕机器局首当其冲，一定要先派重兵保护起来，机器局完了我们的枪炮就没了火药子弹供应，时间长了恐怕坚持不下去，东章兄，机器局的事早些向上面禀报。"石东章道："这些洋务工厂倒好办，都是朝廷重地，再说总督大人兼着北洋大臣，一般人还不敢惹。机器局要守起来可就难多了，当初日本人攻打威海卫，凭借海上支援海陆夹攻，十几天就把北洋水师给毁了。咱们天津海上没有军舰，炮台虽说不错，没有舰船支援恐怕支撑不了多长时间，一旦炮台失守，机器局就成了人家的待宰羔羊。"俊杰道："要不我们把盐场的守卫调些过来？他们个个精明强干，或许能帮上忙。"石东章道："你们个个精明强干我知道，可现在这么乱，盐场又是个是非之地，更要加强保护才行，如果再闹盐荒就更不好收拾了。"其实都明白，在此等军国大事面前，任何一人之力很难改变时局，更何况这次是国家争端。魏肇庆放心不下，安排俊杰回去处理事情，自己便在天津住了下来。

不久，迫于压力朝廷准许各国调兵进入使馆区，谁知没过多久，各国发现与京城使馆通信再次断绝，恼羞成怒纷纷申请再次派兵前来。不长时间，一下子来了差不多两万人，单日本就来了八千人多，占了联军的将近一半。此后，八国联军开始攻打大沽口炮台企图打通进京通道，就像石东章说的那样，在各国列强军舰的轮番轰击下，仅两天时间炮台即告失守，天津城门户大开。岂料与此同时，太后对外宣战了，于是一石激起千层浪，彻底大乱了。

没有了炮台的保护，北洋机器局完全袒露在八国联军的炮口之下。军舰已经摆列整齐，炮口指向机器局，阵地上的大炮也已摆列整齐，瞄准了北洋机器局，大沽炮台上的火炮也调转了炮口，目标还是机器局。听到隆隆的炮声，魏肇庆匆忙爬上城楼，向机器局方向望去，被眼前的景象吓呆了。几排炮弹响过，炮弹落处火光冲天，机器局顿时冒起滚滚浓烟，仓库里的弹药也被引燃，爆炸声此起彼伏接连不断，偌大的机器局俨然变成了火海一片。机器局里面的人抱头鼠窜，全然不知道往何处躲避，惊叫声声哀号连连，更多的是被炮弹炸到，血肉横飞尸横遍地。然炮声间歇，忽而身后不远处竟传来一阵大鼓书声，讲的是赵子龙七进七出救阿斗，猛张飞喝断当阳桥。不知道什么时候，人们的叫喊声停了下来，只有那大鼓书在炮声间歇传入耳中，高亢而嘹亮。可眼前哪有当年赵子龙？更没有无敌猛张飞，魏肇庆呆呆地站在城楼上，望着远处火光冲天的机器局手足无措。

城墙上站满了人，人们遥望着火光冲天的北洋机器局，那个曾经充满着希望充满着自强充满着生机的地方，心痛不已。此时，魏肇庆忍不住眼泪扑

簌簌流了下来，哭得像个孩子，像个迷路的孩子，像个失去了母亲的孩子。没人劝他，没人拉他，因为城墙上每个人都眼含热泪沉默不语。忽一阵热血翻涌，一阵恍惚直冲上庭，魏肇庆身子一晃瘫坐在地上。人们围了过来，没有人认识此人是谁，却都知道他是为机器局而急火攻心。就在此时，石东鹏找了过来，是石东章告诉东鹏要他保护好魏肇庆，把他安全送回家。石东鹏带着魏肇庆离开了天津城来到了开平矿务局，不料矿务局却已进不去了，站岗的已经换成了英国士兵，英国人占领了这里。后来才知道，八国联军一来豪波特就去和他们联系，英国人派了一个小队士兵打着保护洋人安全的名义占领了这里。机器局没有任何抵抗，因为他们的总办周学熙仍奉皇命在秦皇岛筹建港口，实际管理者张翼早在义和团进京勤皇的时候躲进了天津使馆区，没办法石东鹏送魏肇庆回了山东。

魏肇庆走后不久，武卫军统领聂士成和石东章率军顽强抵抗，誓与天津共存亡。本想合力抗敌，然聂士成曾经捕杀过假演刀枪不入的大师兄与义和团早有嫌隙，只能孤军奋战，即便如此天津守军顽强抵抗，联军久攻不克，岂料联军竟在日本人的怂恿下竟然向天津城发射毒气弹，有书为证：一时间，府城内传来了爆炸声震耳欲聋，黄烟四蔓如鬼随行，立烟中，只半刻，口吐白沫寸步难行，头抢地手抠胸鲜血纵横。即便是在家中受烟少，也总是咳吐不停，受不得到街上即片刻便丢了性命，不忍睹，眼睁睁黑白无常即在眼中。百姓们哪见过毒气弹，不明不白死伤半城，军士们更无助，暴露在墙内街中，尤似那枯草茎独挡寒风，一片片倒下去，四处里恶嚎哀鸣。无奈何，聂统领率军士愤然出城，身先赴冲敌阵中，血肉躯怎敌得恶魔般枪炮乱中，杀几阵身后看只剩下弱勇残兵。又一阵枪炮声，如狼般鬼子兵将统领围在正中，咬钢牙聂统领舍命前冲，似落叶飘下马尘烟正浓。虎狼般鬼子兵占领了天津城，烧杀抢掠恶贯满盈，此当时天津府，人间地狱只做一同。

第四十五章

无牵连，日日租界天
是非前，如何做决断

　　这一天，张翼正在悠闲地摆弄着鸽子。说来也不算多，张翼也就养了二十几只，只不过都是些名贵的品种。他喜欢鸽子是从王府的时候开始的，想当年王爷在花园东墙边搭了个巨大的鸽舍，差不多两间屋大小，上下两层，养了差不多一百来只鸽子，瓦灰、雨点、石斑、麒麟花各有自己的地方。王爷放鸽子从来是不乱放的，每次只放一个品种，向来是亲自放亲自收从不假别人之手，只几次有急事才让张翼看着入了笼。见王爷喜欢，张翼便找高人学习识鸽养鸽，有时候王爷欣赏鸽子，他见机也说了几句，让王爷异常惊喜，慢慢对他有了好感，如果不是这鸽子自己也不能和王爷如此合得来，要不那么多侍卫怎么只有自己被推荐过来，还任了总办。鸽子就是自己的福星，自然要养一些，更何况每年还要给王府送几只过去，张翼看着眼前的鸽子竟慢慢出了神。话说又想到了豪波特，这个人就是会办事，知道自己好养鸽子，从英国找了几只国内没有的品种专门带了过来，再就是这租界的院子也是豪波特帮着买的，要不这一大家子一百多口子还真不好安排，兵荒马乱的想想都心烦，现在好了，不但住进了高档的小洋楼里，还用上了电灯，比起京城的古董老宅方便得不得了。想到此张翼心里美滋滋的，虽说到处乱成了一团，可租界里还是十分安静的，外国人派了重兵过来保护，听说还要增兵，那就

更安心了。张翼觉得豪波特就是自己的福星，有豪波特照看着矿务局，自己安安心心住在这里就行了，心里竟有一丝惬意。就见张翼顺手从鸽笼里掏出一只鸽子，放在手里端详着，麒麟花是王爷最喜欢的品种，自己便养了四个品种，别人都喜欢白麒麟，而自己偏喜欢灰麒麟。这只灰麒麟的羽毛像冰丝般柔滑，羽色纯正没有半点杂色，力气也大，轻轻一抬手便扑棱一声飞了出去，带着风声不一会便没了踪影。张翼又打开了几只鸽笼，两只，三只，七八只，盘旋几圈后十几只鸽子聚在一起，围着小楼在低空盘旋，鸽哨声便忽远忽近地传入耳中。随着鸽子越来越多，哨声也大了起来，有的尖锐些，笛音嘹亮，明亮而活泼，有的低沉些，竟似箫声远起，呜呜咽咽，时远时近混响交错，张翼的思绪也随着合奏声翱翔了起来。随着鸽哨声越来越远，张翼挺直了脖子向远处望去，天湛蓝湛蓝的，只几片薄纱般的白云挂在天边时隐时现，再就是自己的几只鸽子越飞越远。天空一丝风也没有，不仅如此，除了鸽哨再没有声音传来，广阔的天空下仿佛只自己一个人在，张翼提了提鼻子，空气中竟有那么一丝香甜。鸽子渐渐离开了视野，回来还要些时候，张翼进屋坐在绵软的沙发里，许是有些累了，仰倒在柔软的靠背上闭目养神。下人懂事地上了茶来，轻轻放在张翼面前，张翼夫人从楼上走了下来。听到脚步声张翼道："也不知道矿务局那边怎么样了？明天让夏管家和我一起去矿务局看看，千万不能出了事。"张翼夫人道："瞎操什么心啊，我姐夫佟学士天天就待在家里，他官不比你大啊？我看他一点都不着急。"张翼道："那怎么一样，人家是在养病，再说人家老辈可是做过侍郎的。"张翼夫人道："养什么病啊？我看他比你还精神。"张翼道："我不是管着矿务局吗？老佛爷眼里的宝贝，弄不好怪罪下来可不得了。"张翼夫人道："太后老佛爷自己还顾不过来呢，还管你？昨天我姐说天津城已经让外国人给占了，就要打到京城去了。"张翼道："你怎么不早说？"张翼夫人道："早说有什么用，你能干什么？"张翼道："你不懂，这个时候要去护驾。"张翼夫人道："你是能替太后挡枪还是挡炮啊？"张翼道："怎么能如此说？此时我要能在太后身边，那我就是首功一件。"张翼夫人道："这么说咱家要出个护国功臣了？"张翼道："再怎么说我也是护卫出身。"张翼夫人道："说你是护卫出身，可除了会养鸽子你会什么啊？"张翼道："会什么？哎，你懂什么！"张翼夫人道："就你懂？人家王爷府的人天天局在京城不让远去，就此找点乐儿，王爷喜欢你买了送他就是了，可你养这些玩意儿干什么？"张翼道："这么好的东西难道只有王爷们喜欢？看看哪只你不爱？"张翼夫人道："在京城也就算了，离得远听不见，可现在就这么大个地方，大早上你还没醒就听他咕噜噜咕噜噜，你还让不让人睡了？还是趁早把它们弄回京城去吧。"张翼道："那可不行，这几只是专门替王爷选的，别人看着我不放心。"张翼夫人道："人家王爷玩玩鸽子是让太后老佛爷放心，让太后老佛爷觉得他们没有野心，你以为他们真喜欢啊？送两只就算了，现在你是督办，小心别人说你不务正业。"张翼脑子里一闪，夫人为了不让他养鸽子找了个理由，不过这个理由还真不好反驳，这些自己早就明白，可在这个上行下效圈子里，你没个爱好恐怕早就被挤出去了。于是张翼道："好好好，我马上就务正业，明天我就去矿务局盯着。"张翼夫人道："去吧去吧，我姐说天津城里的人死得差不多了，人家洋人的炮弹冒黄烟，闻了就死，要不你出去闻闻？"张翼道："说的这是什么话，让我出去送死？"张翼夫人道："是你想出去，放着好日子不过。"张翼道："那也不能让我去送死啊？"张翼夫人道："谁说让你去送死了？一天天待在家里也不知道出去看看什么情况。"张翼道："我这是光明正大在这里吗？哪能天天出去招摇？还是你去打听打听，看有什么新消息。"张翼夫人道："哎，你自己怎么不能去？姐夫又不会说你，你怕什么？"张翼道："去吧去吧，有些事你不懂。"说着端起茶来喝了口茶，不错，王府赏的茶就是不一样，应该是雨前的龙井，入了口那力道直冲上庭，张翼又躺倒在沙发上，闭起双眼仔细体会了一番。见张翼不动，张翼夫人骂了句："又装死，家里啥事也不管。"说罢起身出门。

张翼夫人刚走不久，一群英国士兵闯进了张翼的家，不由分说就将他带走了。什么也没问便把他关进了监狱，给的理由是张翼养鸽子，天天放鸽子到处飞，是在用鸽子给义和团报信，好让义和团暗地里进攻租界。理由看起来真的很充分，按这个说法，张翼就是朝廷安插在租界里的奸细，并且英国人还说张翼经常咒骂他们，每每人越多越是慷慨激昂，怎么可能来租界避难求救于洋人，明明白白他就是朝廷派进来的奸细，说过几天就把他处死。张翼真是后悔不迭，以前骂洋人是给外人看的，自己私下卖了那么多优质煤给洋人，可又有几个人知道，现在浑身是嘴也说不清了。此时张翼满脑子想的是如何找到那几个知情人，可他现在被抓了起来，想找都找不到了。他现在后悔啊，后悔自己当初为什么不去江浙富庶的地方做官，当年主子可是让他任选的，可他偏偏选择了洋务，这个为朝臣所不屑的洋务，只因为曾跟着主子出过洋，自以为见识了洋务，自以为自己能办好；后悔自己辛辛苦苦与洋人做生意，背着这个瞒着那个偷偷攒了银子给太后修园子，太后许他升官，自己竟选择还留在这里，他完全可以回京做官，太后也是让他选的；后悔怎么躲到了这个人生地不熟的租界里，为什么不去京城，再怎么说自己已经巴结上了太后，看在他捐银子的份上，太后走的时候说不定会带上他，可他却鬼使神差般选了这里，现在义和团骂他是假洋鬼子，洋人说他是奸细，实在是后悔啊！这些想法在张翼头脑里转来转去，骚扰了他的神经五天五夜了，懊恼间脸上着实挨了自己两巴掌。更可恨的是这个时候夫人竟对自己不管不顾，这些事夫人知道得一清二楚，平日里天天说自己娘家亲戚多，此时却不见个人影。

张翼眼巴巴地看着窗外，这是一间半地下的监室，房间里阴沉沉的，紧闭的铁门连个栅栏也没有，把房间密封得严严实实，只有后面背阴的一个小窗口透进些许光亮。突然牢房门被打开了，张翼的救星天津海关税务司的德特林找到了这里。说起来德特林算得上是张翼的老朋友了，为了把煤炭出口，张翼没少跟德特林打交道，并且他还是豪波特的好朋友。突然见到老朋友，张翼惊喜万分，呼地一下子从墙角的破被子上弹了起来，三步并作两步来到门前，一把抓住德特琳的手使劲攥了两下，道："你可来了。"张翼这突如其来的举动让德特林有点发蒙，向来沉稳的张大人，堂堂的开平矿务局督办怎么一下子成了这个样子。德特林身子微微往后一倾，借着微弱亮光仔细地打量了一下张翼。就见张翼身着便服，衣服皱皱巴巴地箍在身上，满是褶皱，再往脸上看，足足黑了一层，原本整齐的头发业已凌乱不堪，弓着腰站在那里眼巴巴地看着自己。见德特林看他，张翼稍稍直了直身子，借着亮光看到自己黢黑的手不好意思起来，忙抽回来在衣服上擦了两下，下意识地示意德特林坐下，可满屋子没有一个座位，张翼皱了一下眉，道：“德特林先生，这地方也没处坐，您看？”德特林却没有要带他出去的意思，只是道：“张大人，实在不好意思，听说你被抓了，我就去找了我们德国统帅瓦德西将军，将军说逮捕你是英国方面下的命令，他也无权干涉。”张翼满怀希望的心一下子凉了半截，急忙问道：“那怎么办？你没去找豪波特？他是英国人，就是他们英国人抓的我。”德特林却没接茬，只说道：“我们是老朋友了，我请瓦德西将军向英国方面交涉，英国方面说你经常在租界里放鸽子，是在给外面的义和团传递情报，说你是朝廷派进来的奸细。”听到这里张翼急了，连忙分辩道：“我喜欢养鸽子这个您是知道的，我怎么会给义和团送信呢，我又不认识他们，一定是弄错了。”见张翼忙着表白，德特林还是不紧不慢地道：“张大人，你有没有送信我不知道，可你的鸽子天天在天上飞，再说你们中国早就有飞鸽传书的习惯，这个很难说清楚。”听到这里张翼彻底急了，道：“德特林先生，我对天发誓，我真的没有给义和团送信，再说我为洋人办过多少事，您最清楚。”这些德特林自然知道，但还是说道：“为你的事我又通过朋友找到了英国方面，和他们讲了你为我们做的事，不过他们说你经常咒骂他们，骂他们恃强凌弱横行霸道，说你打心眼里是仇恨他们的。”听到这里张翼真是后悔了，自己是时常咒骂洋人，那只是装装样子，现在却是百口莫辩。正在张翼考虑怎么解释的时候，德特林又道：“再就是有件事要告诉你，开平矿务局已经让联军占了，现在是英国人管着。”张翼一听急了，道：“他们怎么能这样，开平矿务局虽说是朝廷创办的，可也有私人资金在里面，他们不是保护私有财产的吗？”德特林道：“天津城都占了，还管你私产公产，反正就是占了。”张翼道：“那怎么行啊，我出去怎么向朝廷交代啊？”说着竟带了哭腔。德特林见张翼彻底崩溃了，才说道：“幸亏瓦德西将军事先打了招呼，厂子才没被毁了，你还没被立即处决。你的情况还有我们的关系，我和英国人仔细解释了解释，他们听了终于答应可以放人。"听到这里张翼差点雀跃起来，满脸放光地问道："真的吗？"德特林道："但有一个条件。"听到这里张翼说道："什么条件？我答应，我都答应。"德特林道："让你把开平矿务局交给他们。""那不行，那我一样是死罪。"听说要把矿务局交给英国人，张翼一口回绝道。德特林道："这我想到了，我和他们说了，这件事你一定不会答应，我又找了瓦德西将军，碍于将军的面子他们也不好坚持，和我说管理权一定要交出来，至于交给谁，由你来决定。"张翼低头考虑了好一会儿，才不情愿地道："我们是朋友，我只相信你。"咱们这位张大人犹豫再三，最后为了保住自己的命签署了授权书，授权德特林为开平矿务局总代理，将开平矿务局管理权全权授予了这个德国人。

从租界出来，德特林来到了开平矿务局豪波特的办公室，两个人相视一笑，德特林从身后拿出了张翼签署的授权书放在桌子上。豪波特道："不愧是海关的人，不管是进来的还是出去的你都管得来。"德特林道："这些官员们自认为一起吃过几次饭就成了朋友，要不也不如此好办。"豪波特道："好，事情既然办成了，就按我们说好的，我们墨林公司就与开平矿务局签订合同，开平煤矿租给墨林公司经营，你的好处我会一分不少地付给你。"德特林满口答应："好，一言为定。"豪波特拿出了一份合同，上面开列"开平矿务局所有之地产、码头、铁路、房屋、机器、货物，并所属、所受、执掌或应享有之权利、利益，一并允准、转付、移交、过割与英国墨林公司……每年给付8英镑。"同时还有一起的英文合同，德特林看完合同什么话也没说，因为这些都不是他的，只是心中暗想，这件事会不会牵连到自己，但看到英文合同中那个"租"字，他的心放下了，更何况有笔丰厚的酬金会在签字后递到了他的手上。

监室里依然如故，除了黑暗，墙角边粪桶里不断散发着的恶臭时不时骚扰着张翼的神经。英国人只是从门口小洞里给他送些吃的，其余的按照吩咐不再管他，张翼只能在这种环境里待着。牢房里安静得能听到自己的心跳，随着时间推移，孤独、无助、恐惧再次弥漫了他的心头。张翼时不时侧起耳朵听听外面的动静，可十天过去了，再没有一个人来看过他，就连送饭的人也没有了以往的耐心，只扔下半个窝头一碗凉水便不再管他。此时的张翼完全变成了另外一个人，十几天的监狱生活已经将他饿得不成样子，长时间无法洗漱，脸上堆满了黑黑的污垢，身上的味道臭不可闻，如果没有粪桶的味道遮着，估计几步远就能闻得到。

　　按照豪波特和他的约定，德特林再一次来到了租界牢房。两个人刚进门，一股臭气便扑面而来，两人急忙掩住了口鼻。见到救星来了，张翼慌忙从墙角的破被子上爬了起来，点头哈腰地来到两位面前问好，德特林道："张大人，我出去后和豪波特先生四处奔波，又找了瓦德西将军从中协调，应英国要求，让你把开平矿务局租给英方，开平矿务局才可能保留下来，要不开平矿务局就会像北洋机器局一样化为灰烬。"张翼道："谢谢德特林先生，可租给他们我实在做不了主，这要上报朝廷才行啊。"德特林道："上报朝廷，现在哪里有朝廷？我们的军队现在正在攻打京城，你们的太后和皇上能不能活着还不一定呢。"张翼惊问道："你们还能把太后和皇上给杀了？"德特林道："是她先杀了我们的人，我们怎么不能杀她？"此时的张翼一下子没了主意，不过还是侥幸地道："不能到那一步吧？说不定要和谈，到时候我一定仔细禀报，一定租给你们。"此时豪波特道："既然张大人做不了主，那我们就向英国方面汇报，按他们说的办。"听豪波特如此说张翼沉不住气了，道："豪波特先生，先别着急，我一向对你不错，咱们再想想办法？"此时豪波特拿出了早已拟好的合同放在了张翼面前，冷冷地道："张大人，只要你签了这份合同，英国将不再为难你，只有这样，我和德特林先生才能保你顺利离开这里，除了这个办法，再没有其他可商量的。"德特林也道："张大人，如果不是我和豪波特先生给你说好话，你早就被当作奸细处死了，现在只有把矿务局租给英国你才能活着出去，也就是签个字的事儿，何必如此死扛着。"见到德特林和豪波特，张翼一下子感觉到了生的希望，德特林离开又将近十天了，这段时间再没有人和他说过一句话，自己就像只狗一样被人关在笼子里。一到夜晚，里里外外就黑咕隆咚的，自己无数次在睡梦中惊醒，可除了自己的喘息声什么声音都没有，只能蜷缩到墙角盯着窗口透进来的那一丝丝光亮。这么多天了，也只有这两位朋友来看过自己，他们就是自己的亲人，他选择了相信"朋友"说的话，现在张翼只有一个想法，那就是他要出去，离开这个鬼地方，于是咬着牙道："那就这样吧，我签了字一定要放我出去。"两个人对视了一眼，就听德特林道："那是一定，我说话向来算数。"合同也没细看张翼就在上面画了押，德特林随后也在上面签了字。可让张翼和德特林没想到的是，豪波特胁迫翻译把合同中"租"字改成了"卖"字，就这样，开平矿务局这个大清朝的国有大企业就稀里糊涂地以八英镑的价格卖给了英国墨林公司。随后，张翼被放了出去，不过，他只能待在租界。

张翼一回到住处便去厨房找了把刀，张翼夫人见状忙拉住他道："你这是干啥？好不容易把你救出来，外面那么多人把守着？"张翼却不答话提着刀直奔鸽舍，就在鸽子们咕噜噜的叫声中打开鸽笼，一把将那只麒麟花抓了出来，按在地上一刀便剁了下去。一条弧线完美出现了，漂亮地高开低走，刀剁在了地上，麒麟花完好无损，而张翼却一屁股坐在了地上。离开了张翼的按压，麒麟花扑棱棱飞了起来，随着呼呼地翅膀扇动声鸽子飞在了半空，张翼夫人见状猛扑上去抓，却不想鸽子只要张开了翅膀怎能追得上，瞬间麒麟花便飞了出去。张翼夫人吼道："你怎么还敢放鸽子？"张翼见状也忙爬起来去抓，嘴里还咕咕叫着，全都无济于事，见飞远了张翼懊恼地道："谁知道一下子就飞了。"张翼夫人道："他长着翅膀不飞，等着让你砍死啊？"张翼道："我没想松手啊，它一扑棱就飞了。"张翼夫人道："你不松手它能飞了？你就是砍了也比放掉好啊？"张翼道："要是老王爷知道怎么办？"张翼夫人道："知道就知道，现在还顾得了那些？净干傻事。"张翼道："怪我吗？是他们逼的我。"张翼夫人道："逼你，逼你放鸽子了吗？"张翼道："放鸽子，我得势的时候你怎么不说？"张翼夫人见张翼有些恼，忙道："我是说现在怎么敢放鸽子，你看看，外面的都看见了。"张翼向门口望去，见门外的英国士兵们正望着天空的鸽子。张翼道："我去和他们说说。"张翼夫人道："鸽子都飞走了怎么说？"张翼道："我就说不小心放的，鸽子一会儿就回来。"张翼夫人道："他们信吗？"张翼道："信不信也要说啊。"说罢举步来到门口，却见英国士兵举起枪对他虎视眈眈，张翼忙举手示意自己并无恶意，谁知英国士兵却开始对着他吼叫起来，吓得急忙站住。英国士兵仍对他不停叫喊，张翼不知为何忙比画着解释，而英国士兵更是紧张万分一个劲冲他喊叫。站在身后的张翼夫人猛然明白过来，张翼手里仍拿着刚才杀鸽子的菜刀，忙喊手下人去把刀抢下来，下人们一拥而上，英国士兵更紧张了，就见一个士兵一声口令，英国士兵单膝跪地列开了阵势，只等一声口令就要开枪射击。令他们没想到的是，下人们冲上去是去夺张翼手中的刀，几个人扭成一团，英国士兵不知道发生了什么也愣了，不过还好射击命令总算没发出来。几个人把刀夺了下来，张翼才明白怎么回事，忙喝令下人们回去，自己还要上前解释。英国士兵却不再听，持枪命令他赶紧回去，张翼夫人忙跑上来拉住张翼，道："别出去了，他们又听不懂你说什么。"张翼只好作罢退回到院子里。再往天上看，哪里还有鸽子的身影，只能回屋另想办法。

就在一家人愁眉不展的时候，豪波特出现在了院子门口。此时豪波特来干什么？原来按照英国法律画押没有任何法律意义，豪波特另辟蹊径重新起草了一份移交约，在这份移交约上，开平矿务局所有资产要全部移交给新成立的公司。豪波特刚要进院子，门口守卫拦住了他，告诉他里面的人仍在放鸽子，并且还要拿着刀往外冲，让他不要进去。豪波特也有些纳闷，想张翼行事风格不像如此冲动之人啊，笑了笑便迈步进了院子。下人进来通报说豪波特来了，张翼忙起身迎接，虽说豪波特强逼他把开平矿务局租了出去，可不管怎么说他已经从监狱里被放了出来，见了豪波特忙道："豪波特先生你来得正好，我正有事找你。"豪波特却没接茬而是问道："刚听守卫们说你要出去，还放了鸽子？"张翼道："不是那么回事，是我不小心把鸽子放了，要出去和他们解释，他们也听不懂。"豪波特道："到底怎么回事？"张翼道："我这不刚回来吗，为了鸽子闹这么大事，就想把鸽子杀了，没想到一不小心弄飞了，就想出去和守卫们解释解释，没想到手里的刀没放下，都是误会，都是误会。"豪波特听他一说心里明白了八九不离十，却没有顺着他说，而是道："鸽子都飞走了，拿什么来证明不是你放的？这要汇报上去恐怕你还要被抓进去。"张翼忙道："你来得正好，咱们赶紧去和门卫解释解释，千万不能让他们汇报上去。"说着拉起豪波特就往外走。豪波特却扒开张翼的手道："去和他们怎么说？就你说的这些他们能信吗？还有你拿着刀往外冲他们都看见了，他们敢隐瞒不报？"张翼道："那怎么办？真汇报上去不更坏事了？还是出去和他们说说吧，万一他们走了就晚了。"张翼又道："你知道我说的都是真的，只有你去说他们才信，求求你帮帮忙，千万不能再把我抓进去了。"豪波特却不起身，沉吟半响道："那就看你如何表现了，只有听他们的话你才能确保不出事。"张翼道："我怎么不听了？不是在租约上签上字了吗？这你都知道。"谁知豪波特不慌不忙从公文包里拿出一份文件递给张翼。张翼接过来仔细一看吓得头上冷汗一下子冒了出来，这是一份《移交约》，上面列明开平矿务局一切资产即时全部移交给新成立的公司。这哪里是英国公司要租用开平矿务局，分明是把开平矿务局抢过去，这要让朝廷知道了就不是罢官这么简单了。看到此处，张翼开动那个自认为聪明的脑瓜想了好久，还是对豪波特说了三个字："不能签。"此时就见豪波特从公文包里又拿出两个文件，一个是委托德特林全权处理开平矿务局事宜的委托书，另一张就是那张合同，随后不紧不慢地道："张大人，这张委托书可是你签了字的，合同虽说是德特林签的字，但你也是画了押的，按照大清律法，只要是画了押就代表你是认可的，如果我把这两样东西公开出去，你知道后果。"张翼道："那有什么，租给你们也是权宜之计，最多罢了我的官。"豪波特道："你再仔细看看。"张翼拿过合同仔细一看，那个卖字是那么刺眼，张翼一阵精神恍惚，随之愤怒地质问豪波特道："你不是说租吗？"豪波特道："是翻译搞错了，这我有什么办法？"张翼道："我们可以再签一份啊？"豪波特道："英国方面都看了，这才让我来签这份合同，你认为他们会重新签吗？"豪波特看了张翼一眼，见张翼头上开始渗出细小的汗珠，脸上笑意一掠而过，接着道："张大人，你不用想德特林，他是德国人，这次行动就是他们德国总指挥的，如果你不签德国人一定会撒手不管，到时候你谁也找不到了。"说完豪波特又看了一眼张翼，就见张翼坐在椅子上一动不动，脸色凝重，额头上的汗珠渐渐大了起来。过了许久，张翼道："豪波特先生，你们不能再逼我了，协议上我签了字已经是大罪了，如果这次我再签了，弄不好是要杀头的。"豪波特："守卫就在外面，他们随时都可能去汇报，你马上就会被抓进去。"张翼道："权当在下求你了，你去和他们说说。"豪波特道："我去和他们说什么？说你不想签移交约，就是他们让我来找你的。"张翼此时已坐卧不宁，猛站起来道："我签了这个移交约不等于把开平矿务局卖给你们了吗？这我真做不了主，出了事就是个死。"豪波特要挟道："不签很快就会被抓回去，他们能让你活着出去？你的家人也要受到牵连，这一百多口人都要给你陪葬。"看着张翼的脸一下子变得煞白，豪波特又道："张大人，您考虑考虑，如果你在移交约上签了字，督办你还可以继续做下去，墨林公司也可以拿出一些银子，我想你能封住有些人的嘴，我们还是朋友，还可以继续合作下去。"听罢，张翼扑通一声坐了下去，头深深地勾向自己的胸膛，双眉紧紧地皱着，下巴缓慢地左右摆动着，后槽牙紧紧地咬在一起，双手紧紧攥着拳头放在两腿中间，用力地与自己较着劲儿。两个人就如此坐着不再说话，过了许久张翼扭头向豪波特看了一眼，就见豪波特面无任何表情，也不理他。此时张翼才知道，真正想要开平矿务局的就是眼前这个人，自己的生死其实就掌握在此人手中，他的这个"朋友"早早就谋划好了这一切。虽说有人曾经提醒过他，可在他心里这个人帮他做过很多事，自己也曾给过他不少的好处，应该算是朋友了，可眼前这个人却又不是朋友，他要挟了自己，并且条件十分苛刻，他说得出来也做得出来，心里猛然一痛。张翼还是决定赌上一把，道："今天没有别人在，咱们做个交易，只要你这次放过我，我一次性给你三十万两银子。"豪波特道："张督办，现在我们商量的绝不是你我之间的事，开平矿务局借了我们多少银子，这个你应该清楚，就你如此干下去银子你永远还不上，所以将开平矿务局交给英国方面才是最好的解决方法。"张翼道："我才借了你们不到二百万两银子，就这么把开平矿务局拿走了？多了我不敢说，这些年光投入也要七百万两银子，还不说底下埋的煤。"豪波特道："你投入多少我知道，你挣的钱去了哪里我也知道，开平煤矿将来能发展到什么程度我也知道，你是经营不好的，还是让我们来帮你吧。"张翼道："你凭什么？"豪波特向门外看了一眼道："他们就在外面。"张翼道："他们走了呢？"豪波特道："他们随时能来。"张翼一下子沉默了，过了好一会才道："即便我交给他们，你又能得到多少好处？还不如我给你银子来得实在，还是刚才说的，我每年再给你五万两，哦不，十万两银子，这你总该答应了吧，再说我还答应你，借你们的银子我会慢慢还上。"谁知豪波特却冷笑了一声，道："张督办，既然话说到这份上，我明确告诉你，我是不会要你的钱的，开平矿务局我也不会待太久，解决完这件事我就该离开了。"张翼彻底绝望了，紧咬着牙不再说话，他知道眼前这个人绝不是平日里自己认识的那个人了，他开始考虑自己如何脱身的问题，思虑许久张翼还是开口了，不过声音就像从嗓子眼里硬挤出来的一样："我有个条件，我们之间要签一个副约，里面要写明开平矿务局是中英合办，再就是开平矿务局督办只能由我担任。"随后擦了把头上的汗，咬着牙说道："给我三十万两银子！"不一会儿，豪波特亲手起草了一份副约，连同移交约一起放到了张翼的面前。豪波特说道："签吧，银子立即付给你。"张翼缓缓拿起摆在桌子上的毛笔，又盯着两份合约看了许久，猛然下笔飞快地签上了自己的名字。不过签名像飞起来一般，完全没有了往日的规整，签完字张翼的脸迅速扭向了一边，一眼都不想看那两份合约。

此后，豪波特写信给英军驻北京骑兵旅，请求英军正式进驻矿区，英国方面答应了豪波特的邀请，派兵正式占领了开平矿务局。不久，豪波特被任命为新成立公司的总办，并得到8000股股票。在豪波特写给伦敦董事会的信中宣称："我们的任务完成得令人满意，留给我们后任的乃是一个前程远大的企业。"

此时的朝廷已经乱成了一锅粥，太后和皇上在八国联军进攻京城的时候逃了出去，据说是去了西安，名曰"西狩"；朝廷急调两广总督李大人与八国联军议和，不过听说李大人身体不好，一时间很难过来；又过了一段时间，朝廷严命议和，李大人这才到达京城，签订了个《议和大纲》，说是要赔款四万万五千万两白银。林林总总没有好消息传来，只好回山东等着，大家都郁闷得紧，哪里也去不得，哪里也不得去。

第四十六章

国难前，可怜天尤见
真相现，奸人永不念

事态稍稍平息了些，魏肇庆带人又来到了天津。虽说战事吃紧，魏肇庆还是带着石东鹏和俊杰去了天津一趟，只隔着大门得了张翼一句："已经找了德特林了，他答应帮着协调。"便无功而返。这次到了开平矿务局，令人感到意外的是他们仍被拒之门外，站岗的依旧是英国人，只好先去天津城里。城里到处是残垣断壁，乌黑的墙壁、黑洞洞的大门、破烂的窗户无不向世界昭示着这里曾经历过战火和洗劫。大街上没几个人走动，就算有人经过也是急匆匆的，招呼都不打一个。一队外国士兵扛着枪走了过来，见到他们都扭着头看，好像看怪物一般，俊杰忙紧走两步护在魏肇庆身边，虽听说外国兵经常抢劫路人，但这些外国兵还是列着队走了过去。来到天津租界，这里基本没受到袭击，与战前没什么两样，只是进出盘查得十分严格。到了张翼住处，门前的英国士兵已经撤了岗，几个人进屋落座，魏肇庆问道："张大人，我们去了矿务局，怎么还是不让进？"张翼道："肇庆老兄，真的不容易，咱们总算保住了开平矿务局。"听他如此说魏肇庆的心稍微安了些，道："张大人，辛苦您了，能保住矿务局真的很不容易。"张翼道："都怨那些该死的洋人。"可话刚出口张翼下意识地收住，不再像以前那样滔滔不绝，而是四下看了看，好像在提防着什么。东鹏道："张大人，我们去了矿务局，您怎么把门岗都换成了英国人？我们想进去找您，可好说歹说也不让我们进去。"此时就见张翼面色凝重，想了好一会儿才道："肇庆老兄，有件事我不知道该怎么和你说。"肇庆道："张大人，咱们有什么不能说的，您说就是。"张翼沉吟了半晌才道："你知道，义和团闹事的时候我就来了租界，本想避避风头就回去，谁知道外面就和洋人打起来了，天津城一片大乱。"魏肇庆道："是啊，机器局被毁那天我还在天津，实在是太可惜了。"说着魏肇庆心头一紧，手一下子捂在胸口上。张翼道："本以为没什么事，矿务局我安排豪波特盯着，他是夷人，估计不会把他怎么样，他也答应我一定保住矿务局。可那天洋人不由分说就把我抓了起来，说我是义和团的奸细，后来他们和我说要我把矿务局租给英国人，要不他们就把矿毁了，我也是没有办法，就把，就把矿务局租给了他们……"说到最后竟啜嚅了起来。魏肇庆一下子明白了，张大人为什么如此言辞闪烁，一时间大家陷入了沉默，只是还抱着一丝幻想，魏肇庆问道："租给他们几年？怎么租的？"张翼想了想道："租给他们三年，租金很少。"在大家的追问下，张翼才道："八英镑。"听到是八英镑大家都震惊无比，只有八英镑，大家的心一下子凉透了。过了好一会儿，张翼道："当时情况太后和皇上都不在，他们逼得紧，我也没有办法。"事已至此，魏肇庆道："留得青山在，不怕没柴烧，只要矿务局保住了咱们就有希望。"时间不早，三个人告辞离开，张翼一再挽留说吃了饭再走，大家哪有心情就此告辞。

回去的路上魏肇庆眉头紧锁一言不发，难道他为了矿务局被租出去发愁？众人也不好问，到了住处他把两个人叫到房间，说出了自己的疑问。魏肇庆道："你们注意到没有，这件事恐非张翼说得这么简单，今天他说话躲躲闪闪的，有些事他总要想一想才说。"俊杰道："对，我看也是这样，他说话总是说一半留一半，好像还有什么事瞒着咱们。"东鹏也道："如此说我也觉得有些地方不对，不过，这件事前前后后也只能这么办。"魏肇庆道："每年这个时候矿务局都是生产旺季，张大人应该在矿务局盯着才对，怎么说朝廷用煤还需要他来调度，虽说刚打完仗，不管怎么说协议已经签了，可他仍然待在家里。再就是他说租了三年的时候好像下了很大决心，是不是租的不是

三年？"大家回想了下也觉得有些不对。东鹏道："肇庆哥，天津我比较熟悉，明天我找人打听打听，看看到底怎么回事。"魏肇庆道："也好，俊杰，你陪着石大人去，现在的街面上还是很乱，路上千万小心。"这段时间魏肇庆总觉得浑身没有力气，强打精神吃过晚饭便睡了。

第二天，石东鹏出去一打听，很快便验证了魏肇庆的判断，开平矿务局已经被英国人实际控制了。开平矿务局除了苦力都换成了洋人，管理人员留任的只有张翼，石东鹏找了几个矿务局的管理人员，他们也在查问情况，知道的并不比魏肇庆他们多，并且张翼基本天天待在家里，在矿务局也只是挂个虚名。想再找洋人打听，可石东鹏熟悉的洋人并不多，北洋机器局已经彻底完了，那些熟悉的洋人回国的回国，去别处的去别处基本都散了，好不容易找到一个，也是一直躲在租界里，外面的消息一概不知。回来把情况和魏肇庆一说，魏肇庆道："这件事一定不简单，要想查出真相，恐怕要费些周折。"石东鹏道："那我们该找谁，去找周大人？"魏肇庆道："他一直在秦皇岛，这里的事他不知道吧？"石东鹏道："那倒也不一定，再怎么说他也是总办？"魏肇庆道："我还是股东呢，还不是一样？他一直就没回来过，上个月还说在忙港口的事，这里战火纷飞恐怕还没回来吧？"石东鹏道："恐怕只有一个人知道？"魏肇庆道："你说谁？"石东鹏道："英国人豪波特。"魏肇庆也道："豪波特，这件事肯定和他有关系，要不英国人怎么会知道开平矿务局。"石东鹏道："如果这件事和他有关，他一定不会告诉我们，那还能找谁啊？"此时魏肇庆忽然想起一个人来，或许他能打听出些情况，魏肇庆道："俊德。"石东鹏道："对啊，俊德的公司与矿务局做着生意，一直和豪波特有联系，不过如此一来他就得罪了豪波特，俊德不会来吧？"俊杰道："石大人，只要肇庆哥说话俊德一定会来的。"魏肇庆道："你还不了解俊德，他的想法比你我都进步，为了国家大义他一定会来的。"石东鹏道："那就好，除了他还真没更好的人，我去给他发电报。"魏肇庆道："你不用，让俊杰去就行。"又对俊杰道："俊杰，你去给俊德拍电报，就说有急事找他。"俊杰应道："好，我这就去。"说罢转身出去。

等俊杰发电报回来，见一下子也查不出什么结果，只能等着俊德来了再想办法，于是魏肇庆带着东鹏和俊杰去朱其琛那边看看怎么样了。朱其琛这里还算幸运，有几个洋人在厂里做事，八国联军来的时候他们出面进行了交涉，没在交战区的基本无碍，因此大部分工厂得以保全，可他的面粉厂就没那么幸运了，生产出来的面粉被抢了个一干二净。三个人一进门就听朱其琛的办公室里传出来一阵叫骂声："这些洋鬼子，我都不能进矿务局，难道矿务局成他们的了？我是朝廷任命的总办，真欺负人欺负到家了。"就听另一个人劝道："消消气，消消气，洋人连京城都占了，朝廷差点让人家给灭了，太后皇上都吓得跑到了西安，矿务局能留住就不错了，你看看我这里，辛辛苦苦生产的面粉就这么硬生生被他们抢走了，我找谁说理去？"大家听出来是周学熙和朱其琛在里面。刚还想找周学熙打听打听矿务局的事，可听他们如此说知道也像自己一样吃了闭门羹，只能报以苦笑。几个人见过面，魏肇庆就把见张翼的经过原原本本和周学熙说了一遍，最后道："周大人，我总觉得这件事有问题，一是张翼一直在家里不到任上，朝廷用煤如何调度？再怎么说矿务局生产煤炭还是以自用为主。再就是我们的人全被赶了出来，就连您这个朝廷任命的总办也进不去门，这还是我们的矿务局吗？"周学熙听魏肇庆说完思前想后考虑了很久，道："照你如此说张翼说的有问题？"魏肇庆道："张翼只说把矿租给了英国人，但谁也没见过合约，全听他一面之词，大家以前就受过他的蒙骗，恐怕另有隐情也说不定。"石东鹏道："现在连周大人都进不去，想去里面打听出实情来恐怕更难了。"周学熙道："是啊，进不去你找谁打听去？"魏肇庆前面的事已经安排了，也就对周学熙说道："周大人，我有个弟弟在上海任职洋人的公司，一直和矿务局做生意，就是那个和开平矿务局签合同的人，我给他发了电报，他这两天就来天津。"周学熙道："这个人靠得住吗，他帮洋人做事？"魏肇庆道："靠得住，是俊杰的弟弟。"周学熙点了点头，随后叹了口气，道："哎，我这个总办竟要外人来打听消息，说出去真让人笑话。"说罢苦笑了两声。

接到魏肇庆的电报知道有急事，俊德连忙动身来到了天津。到了以后，魏肇庆把事情的前前后后给俊德说了一遍，道："俊德，张翼说他们签订的是租借协议，如果真签的是租借协议，他应该拿出来让我们看看，他不把协议拿出来应该另有隐情，租金八英镑估计不会错，可能时间上有问题，我们猜测是长期租给了英国人，要真是这样，我们定要讨个说法。"魏俊德道："肇庆哥，这件事我一定帮你们去查，虽说我和豪波特有联系，不过大家都觉得这件事不简单，肯定他们刻意隐瞒，我想他不会轻易告诉我。"周学熙问道："你们公司今年和矿务局签了合同没有？"俊德道："天津这段时间这么乱，不光我们害怕，上海的洋人也不敢来天津，前段时间他们催我来续签合同，他们都和我们开战了怎么来啊？就故意拖着没来，这次我说要来，他们赶紧安排我过来了。"周学熙听说合同没签，道："这就好，这样你就有很多理由问事情。"俊德道："现在我是真的不想帮他们做事，不过既然这样那我就去。"

第二天，俊德来到矿务局，门卫一开始也不让进去，俊德拿出了公司证件通报了才得进来。到里面一看，就见办公楼门口也加了岗，到了办公室见到豪波特，俊德道："豪波特先生，现在见您就像觐见朝中的大臣一样，什么时候咱们办事也如此烦琐了，是不是朝廷给您升了官了？"豪波特见是俊德微微笑了笑，示意俊德坐下，并没有接他的话，而是道："你们胆子也太小了，出了这么点事就不敢来天津了？我们的军队在这里，你们怕什么？"沉吟片刻，又道："今后你们公司和我做生意就可以了，再也不用找别人了。"听到此处，俊德心里咯噔一下，他注意到豪波特说的是我而不是我们，并且处处透着傲慢。俊德以前来签合同总给他些好处，那时候对俊德可不是这个态度，于是故意问道："不和您做生意找谁啊？我们每笔生意都有您撮合的功劳，这次来也希望您多多帮忙，从中美言几句。"此时豪波特脸上露出得意之色，身子向后靠了靠说道："这次你直接和我谈就行了，这里的事现在由我来决定。"俊德故作不解地问了一句："怎么您决定了？不是张翼张大人吗？以前每次签订合同不都是他最后拍板？"豪波特摇了摇头道："现在不一样了，我们成立了新公司，我是董事长，我们英国公司向来是董事长说了算，这个你应该知道。"听到这里俊德明白了八九分，不过还是笑道："那我现在是不是应该称呼您董事长了？是啊，这样我们就更好合作了。"豪波特得意地笑了笑，不过他知道现在俊德的公司业务量很大，自己还要仰仗，于是道："俊德先生，你回去和你们董事长汇报，现在开平矿务局已经隶属于墨林公司，都是自己人，今后我们还要加强合作。"此时，文员把合同样本拿了过来，豪波特让文员直接递给了俊德，俊德拿过来看了看，道："豪波特先生，这次合同怎么变了？"豪波特道："现在的合同完全按照英国公司惯例签署，这样的合同大家更应该放心才是。"此时俊德脑子里转了一下，怎么也要拖两天才行，要不再有什么事就不好来了，于是道："豪波特先生，合同我先带回去看一下，没什么问题就把合同签了。"豪波特道："好，我随时等你过来。"俊德走后，豪波特对下属道："俊德先生什么时候来立刻告诉我。"

回来，俊德把详细情况和大家说了一遍，虽说大家已经有些心理准备，但听俊德说矿务局已经换了门庭还是震惊异常。石东鹏道："张翼卖国求荣，谁给他这么大的胆子，竟然把矿务局给卖了，咱们去总理衙门告他！"朱其琛道："这么大的企业，说卖就卖了，还有王法吗？"魏肇庆道："卖国求荣，天理不容。"俊德随后道："这件事看他们偷偷摸摸估计是私下里办的，朝廷应该还不知道。"虽说已经真相大白，但是仍没有确凿的证据证明张翼已经把开平矿务局卖给了英国人。正在翻阅合同的周学熙突然发现合同的落款变了，由以前的开平矿务局变成了开平矿务有限公司，说道："大家看，这合同不是开平矿务局的，已经变成了开平矿务有限公司，这就是他们改换门庭的证据。"石东鹏道："对，咱们大清就没这样的名字，都是局，矿务局、招商局都是局。"俊德道："这是英国人的叫法。"周学熙道："由此看来，咱们矿务局成了人家的公司了。"众人皆无语。

过了一会儿，朱其琛道："虽说他们改换了门庭，可终究我们没看到他们签的协议，他们死不承认怎么办？"石东鹏道："我们就去总理衙门告他，让他们交出合同。"周学熙道："总理衙门？现在的总理衙门在哪里还说不定，你怎么去告？"石东鹏道："那我们就这么等着？"确是这样，现在太后皇上还在西安，朝廷上下一片大乱，确实无暇顾及这边的事。众人陷入了沉默，此时魏肇庆道："俊德，你打电报回去，让你们公司向英国方面落实下情况，如果我们猜测属实，我想应该能查出事情真相。"周学熙也道："对，这样我们就能拿到证据了。"于是俊德打了电报给公司，只说请公司落实开平矿务有限公司情况避免出事。谁知一连等了三天，也不见上海回信，不知道情况到底怎么样了。

第四十七章

暗夜处，举火不见路
幸得护，寻得伸手助

话说上海的公司接到俊德电报不敢大意，随即向英国方面落实情况，经英国方面确认，开平矿务局已被英国墨林公司收购，并变更为开平矿务有限公司。公司随即给俊德发来电报，电报上写道："经确认，开平煤矿已属墨林公司，速签合同。"当电报摆在大家面前，事情终于真相大白，众人皆义愤填膺。石东鹏道："什么？归了英国人了？谁给了张翼这么大的胆子。"魏肇庆道："张翼，欺上瞒下私自将开平矿务局卖给了英国人，唐大人倾尽心血的洋务硕果竟然成了别人的盘中餐，他这是卖国。"朱其琛道："上次我就说张翼靠不住，私自把优质煤出口，让北洋水师烧着劣质煤与日本人打仗，账还没和他算，这次倒好，直接把开平煤矿给卖了。"石东鹏道："就是，上次说他急功近利，上面还有人给他撑腰，我们没和他计较也就罢了，这次他卖国，我们绝不能饶了他，走，我们找他去。"说着站起来就要往外走。此时朱其深也道："对，绝不能饶了他，看他这次怎么说？"周学熙却道："大家等等。"朱其琛道："电报就在这里，他还狡辩不成？咱们都去。"周学熙道："他要说电报是假的你怎么说？"石东鹏道："我们这么多人证着，他还能说是假的？"周学熙道："你们去了那么多次，他不是一直说是租给英国人了？"石东鹏道："那是我们没证据，现在电报上写得明明白白。"周学熙道："电报上面写的是开平煤矿属墨林公司，如果他不承认卖了只说还是租的你怎么办？"一时大家不知如何应对。过了一会儿，朱其琛道："那我们也去问问他，让他说个明白。"魏肇庆想了想道："周大人说得对，此去如果挑明了，他们私下进行串通就不好办了。"石东鹏道："那怎么办？开平矿务局可是价值几百万两银子的大企业，就这样被白白送了出去？不仅朝廷受了巨大损失，股东们的心血也将付诸东流。"说着看了魏肇庆一眼。周学熙道："矿务局如果白白送给他们，就像列强楔进我们大清一根钉子，不仅事关股东们的利益，更永无伤好之日。"魏肇庆道："对，无论如何也要把矿务局要回来，否则咱们大清将永无宁日。"石东鹏道："周大人，咱们一起上折子，一起参他。"周学熙道："你我都无直接上奏之权，况且太后圣上现在不在京城。"朝廷上下现在仍乱作一团，要彻底解决这件事还要等待时机。魏肇庆道："周大人，到时候如果他还是狡辩那怎么办？"石东鹏道："报上去朝廷一调查不就行了？我们都去作证，事实面前由不得他不承认。"朱其深道："可他背后有王爷撑腰，我们能找谁？"周学熙道："如此一说，我们也要找一个朝堂上说得上话的人才行。"石东鹏道："朝里咱们认识谁啊，官职除了周大人也就傅大人最大了，傅大人已然受到排挤。"石东鹏道："难道就此认输不成？就没人治得了他？"但无良方，众人皆沉默不语。

就在大家束手无策之时，魏肇庆道："此次八国联军侵我大清实属太后利用义和团排外所致，据我所知这件事一开始就有人不看好。"大家都看向魏肇庆。周学熙道："是啊，南方督抚很多人不赞同对外宣战，他们对外宣称东南互保，不过这么多人咱们该去找谁啊？"魏肇庆道："朝廷大员我接触不多，只袁大人见过两次。"袁世凯曾在小站练兵，时任山东巡抚，石东鹏在北洋机器局做帮办主管销售，经常和袁世凯打交道，袁世凯训练新军用的武器弹药大都出自机器局，袁世凯的一些事他和魏肇庆聊过，也觉得可以找找袁世凯，于是道："此人颇有些想法，可以一试。"此时朱其琛猛然站起来摆了摆手道："不行，不行，前年变法就是他向太后告的密，变法才没有成功，要不咱们的姜兄弟也不会被流放到现在还回不来，这次他们又搞什么东南互保，都不来解京津之围，他在山东手握新军离京城又近，按说他最应该来。"石东鹏道："大哥，据我所知，这个东南互保应该利大于弊，只是另一种保法而已，最起码不致战火扩大。此次仅直隶境内起了战火，损失虽说有点大，但国家根基尚在，假如全国都卷入战乱，引得外国列强大举入侵，国家被瓜分了也说不定，真到那个时候国将不国了怎么办？"现今还是太后当政，所以只能说另一种保法，不好明说只保国家。周学熙道："这件事大家都议论过，这次对外宣战朝廷行事实在欠些考虑，南方督抚只能先自保，也是权宜之计。"大家仔细一想觉得有些道理。魏肇庆道："袁大人早年曾上万言书给朝廷，我曾看过，一心振兴朝廷也算是用心良苦，现任山东巡抚，既熟悉洋务又手握新军，可谓是权重之臣，再就是在座的都和他有过交集，对我们来说现在没有比他更好的人选了。我们就以开平矿务局被私自卖掉为由向他告发张翼，我想为了朝廷也好，为了朋友也罢，应该会仗义执言。"周学熙道："去年我主持矿务局的时候他来过两次，看他行事有些主意，再就听说太后对他还算看重。"于是大家决定赶赴山东面见袁世凯。

一行五人来到了山东巡抚衙门求见袁世凯。算是故人见面，袁世凯听说是周学熙他们几个来了，他还是迎到了门口。几个人见过分宾主落座，袁世凯道："你们受苦了！"一句话道出了众人的心酸，几个人感慨万千。袁世凯接着道："天津的事我都知道了，天津城、北洋机器局毁于一旦，我十分痛心，那里就像我的家乡一样，我是看在眼里疼在心里啊。"众人无不如此。袁世凯又说道："在下身受皇命保一方平安，要守护好山东，那些日子恨不得率领军队前线杀敌，可南方各省通电互保，只说不能将事端扩大，如若前去上对不住朝廷，下对不起百姓，只能看在眼里急在心里。"说到这里袁世凯顿了顿看了看大家。周学熙站起来向袁世凯抱拳施礼，道："袁大人，东南互保虽是权宜之计，现在看来还算不错，众位大人用心良苦。"袁世凯道："大家来我这里就像到家一样，有什么需要在下办的尽管说。"周学熙道："在下冒昧到您这里来，是有件事请您做主。"袁世凯微微一愣，一时不知什么事，忙问道："你先坐，怎么了？"周学熙仍站着道："是开平矿务局的事。"袁世凯满脸疑惑地问道:"开平矿务局?这次开平矿务局不是没事吗?听说张翼办得还不错,不管怎么说开平矿务局总算是保住了。"周学熙道:"袁大人,按理说开平矿务局的事不应该来找您,我是矿务局总办,有事应该去找督办张翼,但这件事事关他张某人,只能求您做主。"袁世凯沉吟片刻道:"你且说说看。"周学熙道:"还是让魏肇庆魏老兄和您说说吧。"魏肇庆与袁世凯见过两次,站起身来向袁世凯行了个礼,站着道:"袁大人,这件事还要从唐廷枢大人开始说起,唐大人为了发展民族工业,兴办洋务,开办了开平矿务局,在下有幸结识了唐大人,也参与了进来。"袁世凯见他站着,忙示意道:"坐下说,坐下说,我听东鹏说起过,怎么了?"魏肇庆却不坐下,接着说道:"唐大人走后,张大人接管了矿务局,自此矿务局便开始大举扩建,可惜矿务局资金有限,慢慢欠下了巨额外债,矿务局经营上也出现了亏损,于是张大人就开始与洋人做生意,将大量优质煤卖给国外,以致供给北洋水师和北洋机器局的就只能是劣质煤了,咱们的北洋水师就是烧着劣质煤同日本人作战的,甲午海战我水师屡屡战败与此不无关系。"袁世凯问道:"有什么证据?"魏肇庆叫了魏俊德过来,道:"这是我家兄弟魏俊德,这些年一直在上海,他所在的公司一直以来与开平矿务局做煤炭生意。"就见俊德拿出一份合同递给了袁世凯,道:"这是五年前公司与矿务局签订的合同,按照合同,每年仅我们公司在开平矿务局购买的优质煤就有五十万吨,仅此一项开平矿务局能获利几十万两银子。"袁世凯心道:"挣这么多钱?难怪这几个人四处求告。"魏肇庆道:"开平矿务局每年也就一百多万吨的产量,优质煤只占产量的一半多一点,仅他们公司就买去了五十万吨,哪里还有优质煤供应我们的北洋水师和机器局。"袁世凯道:"他这么办,难道就没人管?"魏肇庆道:"为此我与机器局傅大人一直劝说张大人不要这么做,我们兴办实业目的是强国富民加强国防,首先要保证我们国家自用,他每次都答应得口气满满,可背地里还是把优质煤卖给了外国。"石东鹏道:"对,我和傅大人去找过他,他口头上答应,可背地里照卖不误。"魏肇庆道:"好不容易盼着周大人接任了总办,我和傅大人着实高兴了一番,可是不到一年,周大人便被他派到秦皇岛修建港口,不让周大人再经办开平矿务局业务。"袁世凯恨声道："这种事也做得出来！"虽说大家都知道此事，可听魏肇庆再次说起还是忍不住气愤不已，就听朱其琛说道："我们都错认了他。"见众人如此不由得袁世凯不信。魏肇庆接着道："我听傅大人和我讲过，张翼曾为太后修建颐和园进献了三百万两银子。"袁世凯暗想，这件事是有所耳闻，原来钱是这么来的，可事关太后不好细问，虽如此然转念一想，钱敬献给了太后想是这些人在煤矿上没得到多少好处，现在还四处奔走要回矿务局，想必不仅为了自身利益，看来刚才自己是小看了他们，忙坐正了身子道："请接着说。"魏肇庆道："这次八国联军侵犯我朝，天津城被占了，我们想去开平矿务局，可门卫早已换成了英国人，一直不让我们进去，前些天周大人从秦皇岛回到天津，也和我们一样被拒之门外。"袁世凯扭头看了一眼周学熙，周大人冲他点了点头，扭头重重叹了口气。魏肇庆继续道："后来我找到张翼，他说为了保住开平煤矿不得已将矿务局租给了英国人。"袁世凯问道："这是朝廷的矿务局，这么大的事他怎么能自己做主？租了几年？多少钱？"魏肇庆答道："他说三年，每年八英镑。"就见袁世凯身子猛然一立，诧异道："八英镑？"石东鹏道："还有更厉害的呢！"魏肇庆道："按说事情危急租出去也算是缓兵之计，可时至今日张翼仍天天待在家里不去矿上，我们也不让进去，就感觉事情不像他说得如此简单，于是我们联系了俊德兄弟，让他去矿务局了解情况。让我们万万没想到是，开平矿务局已然变成了开平矿务有限公司，已经成了英国墨林公司的下属企业，他张翼，张翼竟然私自将开平矿务局卖给了英国人！"说到此处，魏肇庆的脸涨得通红，眼睛像着了火一般。俊德把公司给他发的电报递给了袁世凯，袁世凯拿过来仔细看了看，就见他一拳重重砸在了桌案上。石东鹏道："张翼每次不是痛骂洋人就是吹嘘他的宏图大志，说要创办世界上最好的矿务局，谁知道他背后竟如此龌龊，为了自己的荣华富贵置国家利益于不顾，最可恨的是为保自身平安，竟把开平矿务局私自出售，不，这应该叫私自相送，知人知面不知心，我洋务同仁里竟出了如此败类。"大家众口一词，再加上合同、电报就在眼前，袁世凯相信此事所言非虚。

此时袁世凯却没有了刚才的诧异，反而安静了下来，在众人注视的眼光里，他安安静静坐着一动不动。大家心里明白，此事虽说有了不少证据，但是实证还是让张翼和豪波特隐藏了起来，没有确实的物证，事情一下子很难水落石出，最主要的此事非袁世凯分内之事，此事他可管可不管，即便不管大家也无话可说，更何况此事还关着一个亲王。然袁世凯却不是如此想的，虽说此事不是分内之事，但此事却是天大的事，关乎国家利益不说，更关乎人心，早晚有一天会大白于天下，既然这些人能找到他就能找到其他人，自己如果不管以后必为世人所诟病，于情于理都说不过去。自己在维新党的事上有诸多曲折，很多言论对自己十分不利，所以在这件事上自己不但要管，而且要不遗余力地管。想到此袁世凯道："此事大家既然找到我，请大家放心，我一定当作自己的事来办。不过我先说两点，一是现在的证据不足以说明张翼把矿务局给卖了，虽说大家心知肚明，但要有更好的实证才行，这个我们一起想办法。二是此事不宜过多声张，知道的人越多越不利于我们的调查。"听袁世凯如此说大家心里稍安了些，纷纷道："请袁大人做主。"袁世凯道："好，这件事我来想办法，诸位，天津遭此大难想必还没有找到落脚的地方吧？我这里虽说洋务初兴，正是大量需要人才的时候，在下想创办一所新式学堂，教授洋务急需人才，大家如不嫌弃可以暂时先留下，一起把学堂建起来。"除了朱其琛和魏肇庆大家暂时还真没有好的去处，于是应袁世凯之邀，周学熙和石东鹏便留在了袁世凯那里。还有很多事情需要俊德打听联络，他一时还不能离开公司，暂时还得去上海，此事情水落石出以后，俊德毅然回到了袁世凯创办的学堂——山东大学堂，此是后话。

第四十八章

大清朝，风雨叶飘摇
难当道，志士显英豪

　　回到了魏集镇，魏肇庆的身体吃不消了。长年奔波，再加上几年下来事情一个接着一个总不让人省心，俗话说人活一口气，这口气稍微一松，身体就像散了架的机器一般生锈、腐败，再有开平矿务局被私卖这件事深深地刺伤了他，让魏肇庆总有一种喘不上气来的感觉。忙碌的时候不觉得如何，可只要一停下来，藏在身体深处的病症便会纠缠上来，强压着的火爆发了，魏肇庆总觉得身上冷，特别是自己的腿，常年的风湿病一到这个季节交替的时候便开始折腾他，酸疼一直骚扰着他的神经，让他忙不得也闲不得。

　　这天早上魏肇庆早早醒了，可并没有像往常那样立即起来，而是躺在炕上呆呆地看着房顶。身子底下暖暖的，只有在热炕上魏肇庆才会感觉稍好一些，是孟夫人嘱咐丫鬟早早把地暖烧了起来，还嘱咐早上再加些木炭把炕烧得热一些。芷妍早早起来了，亲自下厨去给魏肇庆做早饭，然躺在炕上的魏肇庆突然感觉一阵心神不宁，却不知道为什么。虽说很享受身下暖暖的感觉，但瞬时魏肇庆半刻却躺不住了。坐起来稍顿了片刻魏肇庆便起来了，刚走到堂屋，就见芷妍和丫鬟端着饭走了进来。芷妍猛见魏肇庆起来了，随口道："你不是每天睡个懒觉吗？今天怎么还没叫就起来了？"魏肇庆若有所思地道："睡不着了。"芷妍道："起来正好，这就吃饭了，老躺着也不好，今天外面天挺好，吃完饭咱们出去走走。"说话早饭摆到了桌子上。小米粥自然是主角儿，浓浓稠稠冒着热气，醋熘的白菜清新爽口，嫩黄的炒鸡蛋满满的油光，鲜红的豆腐乳、滴着金黄甜酱的包瓜儿各码了一小盘，小簸箩盛着刚出锅的馒头，松松软软散发着新麦的香气。魏肇庆洗过手坐在桌边开始吃饭，不知道为何这软软甜甜的馒头今天到了嘴里竟没有了滋味，只是机械地嚼着，咸菜吃上几口才得咽下。芷妍把凉好的小米粥递给他，魏肇庆喝了半碗才好了些，半个馒头终于吃了下去，又喝了几口稀饭，早饭算是吃完了。

魏肇庆还是有些心神不宁，坐也不是站也不是，见如此孟夫人说一起出去走走，两个人便出了内宅。刚到大门口，就见台阶下一个人在来回踱步，来来回回时快时慢，时不时还向大门口望两眼，虽说大门早已打开，他竟不敢迈上半步。见魏肇庆出来，此人扑通一声跪了下去，头使劲地低着，更不敢抬头看上一眼。此人却不是别人，是魏肇庆在京城做官的儿子魏堃回来了，究竟出了什么事？一大早到了家门口竟不进去。魏肇庆见此情景心中一惊，看样子魏堃定是闯了祸了。魏肇庆正要发火，芷妍急忙拦住向他使了个眼色，拉起魏堃道："你在这里干什么？还不快回家。"不由分说拉着父子二人就往里走。魏肇庆也是经历过大事的人，明白夫人用意，也就跟着芷妍往家走。魏堃虽说被孟夫人硬拉了起来跟着往家走，可一路上使劲低着头，一眼不敢看向魏肇庆。

三个人进了屋，芷妍扶魏肇庆在椅子上坐下，魏堃还是扑通一声跪了下来。魏肇庆指着魏堃道："你说，你到底怎么了？"魏堃只是一个劲地低着头不敢说话。魏肇庆再次追问道："你说，你到底怎么了？是不是闯祸了？"此时就听芷妍道："堃儿，守着你爹有啥事不能说？有啥事快说。"就见魏堃好像下了很大决心，咬了咬牙关，还是低着头道："爹，我辞官了。""什么？""什么？"夫妻二人惊呼道。入朝为官是魏肇庆一生的梦想，他未能出仕为官是情非得已，整个家族都希望家里能有人出仕为官为国尽忠，所以他倾注心血亲自调教，魏堃终于达成所愿一路过关录得举人，现在内阁任中书，虽说是书吏小官，但作为京官自然前途无量，现在魏堃竟然说他自己辞官了。魏肇庆忽地从椅子上跳起一脚便踢向魏堃，芷妍见状慌忙拉住魏肇庆，喊道：

"堃儿，还不快跟你爹说说，到底怎么回事？"魏堃知道事情既然如此，猛然抬起头来道："爹，我不敢当官了！"魏肇庆更是不解，到底发生了什么事让魏堃不敢当官了？魏肇庆强压怒火坐了下来，用手点着魏堃道："你说，你说到底为什么？要是你自己任性，看我不打死你！"魏堃此时明白，这件事躲是躲不过去的，只好一五一十地回道："爹，娘，去年八国联军进犯京城，我虽说不负责守卫，不过与同僚们都尽力办差，护卫之事竭力上奏调度，没有怕过生死，可眼睁睁看着洋人占了京城却束手无策。后来太后皇上逃往了西安，我等就像被抛弃的孩子一样被舍在了城里，生死无人看顾。然稍一安定，我听说李大人回来居中调度，我立即赶往李大人住处，跟着他参与协商谈判，几经努力赔银丧权方得安生，其间屈辱难以忍受，然我从来没说过，无论如何国还是国。然我自问，太后皇上究竟做了什么？是他们对外宣的战，可他们却一走了之全然不顾，虽不要他们亲自率军死守，也总要个安排调度吧？到后来他们为自家性命竟答应洋人要求，竟诛杀流罚了一百七十四名朝中大臣，这些人虽不能说个个栋梁，最起码多是为国尽忠之人，说什么情非所以，只不过自己惹的祸找替罪羊罢了，这以后还如何为国尽忠？"魏堃越说越急竟满脸通红。魏肇庆道："你说的这些我也听说了，你是受苦了，可现在朝廷正是用人之际，虽说此事朝廷做得不对，但是为了国家大义你更应该尽你所能，扶正扬善恪尽职守为国尽忠。"魏堃道："爹，这些我都知道，无论战事多么吃紧，还是谈判议和受尽屈辱，我以此为念丝毫不敢有半点懈怠。可自太后皇上回朝以后，不管朝臣如何奏议，朝廷上未见些许变化，倒是捐输赋税的廷谕接连不断。"魏堃说的这些魏肇庆自然知道，这些年来老百姓早已是苦不堪言，今年赋税又涨了不少，他也在为此事发愁。魏堃接着道："就在前天，又有廷谕下来，诏令钱庄当铺提高利率增加税赋以担朝廷日用，看完这个廷谕我也不知道怎么了，竟说了句'太后老佛爷这是既不要国也不要家了'。"魏肇庆闻听此言立时瞪大了眼睛紧盯着魏堃。魏堃接着说道："我当时觉得是在心里说的，可不知道为何竟脱口而出，等我反应过来抬头一看，郎中主事在座的好几个人。"魏肇庆惊问道："后来怎么样了？"魏堃道："我一下就蒙了，不知道该如何是好，可不知道为什么，他们好像什么也没听见一样，都各自忙着手头的活，爹，你是知道的，这句话在朝堂上是大逆不道，是要杀头的大罪。"说到此，魏堃的思绪仿佛又回到了内阁大堂，在他说完这句话的刹那，时间好像凝结住了般，话音犹在耳边，却不知为何被同僚当成了耳边风。弹指处时间融化，同僚们瞬时恢复了忙碌，此时的魏堃是多么希望时间倒流、静止，然一种窒息的感觉瞬时将他包围了起来，让他无所适从。现在想来竟忘了自己如何回的家，回到家只觉得身上冰凉，脱下的小衣湿哒哒好像过了水一般。猛然就听魏肇庆道："你，你怎么敢这么说？太后知道了你还有命吗！"魏堃这才回过神来，道："爹，娘，说完这句话我吓得头上身上都是汗，那时候我感觉时间就像定住了一样，我明明说了那句话，他们也明明听到了，可他们就像什么也没发生过一样。不过昨天我向郎中大人辞官，他一句话也没问就给我准了。"魏肇庆深深叹了口气，一下子坐倒在椅子上，道："哎，是他们饶了你一命啊！"待了好一会又道："堃儿，今后无论如何也不要忘了这些恩人。"说完这些，魏肇庆也觉得后背发凉，竟也吓出了一身冷汗，不能再说孩子什么了，这几年经历的事历历在目，儿子自不是贪生怕死之辈，朝堂上能做到这样已经是尽心尽力了，同僚们也有难言之事，不说出去已是仁至义尽。京城是回不去了，就算想办法回去，万一哪天遇到什么事让人告发了，那麻烦可就大了，小了说性命不保，大了说要牵连很多人。想到此魏肇庆向魏堃摆了下手，道："起来吧。"不过还是魏肇庆经历的事多，随即扭头对妻子道："虽说堃儿回来了，可不知道京城那边怎么样了，我还是先带他去济南吧，先避避风头再说。再就是有周大人和东鹏在也能帮着照看照看，他们都是大才，也让魏堃跟着长长见识。"芷妍虽是舍不得，但她知道魏肇庆想得应该更远一些，于是赶紧安排人套车送两个人去济南。

一路无话，到了济南府魏肇庆把大致情况和周学熙说了说，周学熙也是气愤不已，他是朝廷官员不能直说朝廷杀鸡取卵，只对魏肇庆道："大哥，年轻人如不义气则不能叫年轻人，小堃已经不错了，你就把他留在这里吧，帮我把学堂建起来，以后有机会我们一定尽力帮他争取，也不能总这样吧。"魏肇庆道："在你这里我一百个放心，只盼他多向你学习，将来能成为有用之才。"扭头对魏堃道："周大人是开平矿务局总办，秦皇岛港就是他一手建起来的，那里可说是数一数二的大港了。现在帮着袁世凯袁大人筹建山东大学堂，除了京师这里可说是头一份，建设洋务学堂是功在千秋的大事，你一定要好好干。"魏堃对周学熙早有耳闻，当然愿意一起共事，自是满口应承。

嘱咐完魏堃，魏肇庆又问起开平矿务局那边的情况。周学熙道："前天朝廷下旨着袁大人就任直隶总督兼北洋大臣，不日就将赴任。"魏肇庆道："袁大人高升了？等等我去当面道贺。"周学熙又道："还有好消息，袁世凯已然上书朝廷弹劾张翼，奏请朝廷要回开平煤矿，现在正等着圣裁呢。"魏肇庆道："多长时间了？"周学熙答道："差不多一个月了吧。"听到这里魏肇庆既喜且忧，喜的是终于有人站出来说话，揭露张翼卖国恶行，忧的是合同既成事实，软弱的朝廷能不能当家作主，然听周学熙说袁世凯要去天津就任要职，应该事情会有转机。

此时石东鹏也赶了过来，一见面便道："大哥，你什么时候来的？"魏肇庆忙道："我也是刚到。"石东鹏道："我从天津找了几个懂洋务的人，刚回来就听大哥您来了，我立马赶了过来。"见魏堃站在旁边，问道："你不是在京城当官了吗？怎么跑这里来了？"魏肇庆又把魏堃的事和东鹏说了一遍。东鹏道："朝廷，现在的朝廷，这官不当也罢！哎！"东鹏深深叹了口气，可又有什么办法，忙问道："那小堃接下来怎么办？"魏肇庆道："我这次来就是专门送他过来跟着你和周大人的。"石东鹏道："那太好了，我还到处找人，这么好的人才哪里去找啊。"又对魏堃说道："好，你就在这里干吧，这里的人比朝廷上的好多了，最起码在这里干的都是正事。"魏堃忙谢过，道："我听您和周大人的。"石东鹏又对魏肇庆道："肇庆哥，我这次去天津，张翼卖矿的事已在天津、京城传得沸沸扬扬，为此事天津那边还组织上街游行了，已然震动朝野，我想过不了多久朝廷应该会有个说法。"然魏肇庆道："既然袁大人上了折子，上街游行朝野也有了震动，朝廷迟迟不下诏书，恐怕是惧怕英国人不敢强要回来吧？洋人占了京城朝廷都没办法，真指望朝廷把矿要回来恐怕很难，现在首先要把合同研究好，看看有没有什么东西我们可以利用，也好据理力争。"周学熙道："合同张翼一直藏着，和他要一直不肯交出来。"魏肇庆道："那怎么办，总不能就这么僵着吧？"周学熙道："合同的事我和袁大人说了，他想调军舰去秦皇岛港，看看能不能逼迫他们把合同交出来。"魏肇庆道："这个办法可以，我们的港口总要让咱们的军舰进去吧，真不让进就要拿出东西来，到时候就真相大白了。"周学熙道："对，逼着他们把合同拿出来，让真相大白于天下，到时候朝廷就不能装聋作哑了。"魏肇庆又道："说起合同，我倒想起一个人来。"周学熙道："你是说俊德？"魏肇庆道："是啊，俊德与洋人共事多年，合同的事他应该比我们知道的多，既然现在事情快搞清楚了，我马上写信让他回来，他懂洋务见识也多，我想让他帮着把开平矿务局要回来。上次他和我说过他要现身说法教育后人，周大人，你看能不能在大学堂给他谋个差事？"周学熙道："这个好说，俊德老兄我见过，确实是个人才，他能来我求之不得，现在大学堂就需要俊德、魏堃这样的人。"石东鹏也道："我正愁着找不到人呢，俊德能来最好了。"魏肇庆道："好，我这就给他写信。"

石东鹏道："现在好了，咱们又聚到一起了，只要我们把学堂建好了，把人才培养出来，只要我们的人起来了，我们的洋务就更有希望了。"周学熙道："以前我认定只要国富民强、船坚炮利即能救国，可经历了这么多事，我想不光要国富民强，更要民心所向才行，国举民之所想，民办国之所驱，才能上下同心，只有推新政，国家才有希望。"周学熙现在有如此想法，着实令人刮目相看，只要年轻人不屈服、有抱负国家就有希望。魏肇庆道："大家一心报国却屡遭挫折，非我等不尽力，一家天下，视百姓如草芥，百姓莫不想动，大难之前无不随心所欲乱象纷至，就像学熙老兄说的，现在只有推新政、聚民心今后才有希望。堃儿，今后无论你叔叔们如何行动，你一定要竭力追随。"周学熙道："有哥哥今天这句话，在下一定在所不惜。"听罢，魏肇庆一改往日拘礼，一把抱住周学熙使劲在他身上拍了拍，周学熙也紧紧拥着魏肇庆，两个人眼睛里都闪着激动的泪花，同甘共苦的好兄弟融成了一个人。

第四十九章

日夜想，但求救国殇
生死念，只为无遗憾

月余，济南传信过来说袁世凯再次上书弹劾张翼，以京城天津百姓上街游行为由，请求朝廷严办张翼以安民心，并请旨派兵包围开平煤矿，撤出本地劳工，迫使英国人交出开平煤矿。然袁世凯的奏折上过很长时间都没有音信，大家猜测应该是太后对英国人心有余悸不敢用此强硬手段，没有上面的命令袁世凯也不敢轻举妄动，只能等候旨意，后来听说张翼被严斥，朝廷命他立即与英国人交涉并要回开平煤矿。张翼倒是会装样子，天天去找豪波特，结果大家都知道，就他这样到下辈子也要不回来。于是朝廷也不着急催，张翼也不着急要，事情便如此一天天拖了下来。

这天早上，孟夫人将魏肇庆强叫了起来，虽说知道魏肇庆这段时间病得很重，然如此一直躺下去恐再生他疾。服侍着魏肇庆起了床，孟夫人费了不少劲才把浮肿的脚塞进鞋子里，帮他穿好鞋子，这才扶他到椅子上坐下。丫鬟将一小碗煮烂了的小米粥端了上来，还有一小碗鸡蛋羹，一小盘炖豆腐，还有两小碟武定府酱菜，磨茄和包瓜都滴上了香油，闻着香气扑鼻，新蒸的馒头自然必不可少。魏肇庆今天饭量还好，小米粥都喝了下去，两个菜也吃了不少，只是馒头一点没有动。吃过饭上了茶来，魏肇庆望着洁白的茶盏还有熟悉的老枞水仙发了会儿呆，三盏茶下去头上稍稍冒出了些汗来，身上也舒畅了些，起身便要出门走走。孟夫人见魏肇庆要出去，忙给他加了件衣服，扶着他出了内宅。

两个人来到花园，但见花园里桃子早已摘了，只有枝头上零零星星的几个果子还在上面挂着。桃树倒是十分旺盛，枝叶顺着粗壮的枝干四处伸展着，虽有些干涩，但满眼的绿色还是看着十分舒适。孟夫人叫人搬了把椅子过来，扶着魏肇庆在花园坐下，让他散散心，顺便晒晒太阳。坐了一会儿，魏肇庆起身来到桃园深处，但见地上不少腐烂了的果子，便问道："平常也没见这么多烂果子啊，今年怎么这么多？你没让人打扫打扫。"孟夫人道："往年也不打扫，只是让养的鸡给吃了。"魏肇庆道："对啊，往常果园里养的鸡不少，怎么一个也不见了？"孟夫人道："还不是鸡飞狗叫怕吵得你睡不着，我把它们都笼起来了。"魏肇庆道："我说这几天没看到小青呢，原来你把它也关起来了啊。"孟夫人说："你的宝贝小青可不敢给你装笼子里，我把它放到老院了，就它不听话，叫个不停还一个劲噌噌地扒门。"魏肇庆道："小青天天跟着我，每天在院子里跑惯了，它能老实吗？还不跳院墙出来啊？"孟夫人道："就是啊，刚关起来的时候跳墙跑出来好几次，我让小五子找人把院墙加高了，这才跑不出来了。"魏肇庆笑道："为了关狗还垒了院墙？"孟夫人得意道："那是，为了不难为你的狗就没把它拴起来，撒着又往外跑，只能垒了院墙把它们圈起来，这样叫它们在里面就在里面，不放它们就出不来。"魏肇庆笑道："没事，有他们才热闹，还是放出来吧。"说完突然皱起了眉，好一会儿才若有所思地问道："不放它们就出不来？是不是？"孟夫人道："是啊，不放它们怎么出来啊？拴着多难受啊，还不是怕难为了你的狗。"魏肇庆道："我不问这个，我是说不放它们就出不来？"孟夫人道："就是啊，不放它们怎么出来啊？门锁着呢。"魏肇庆问道："为啥？"孟夫人道："你放心吧，都给它们喂得饱饱的。"魏肇庆道："哎，我问不放它们就出不来，你怎么还喂得饱饱的？"孟夫人道："我把院墙垒高了，它们跳不出来，我不喂它们不饿死啊？"孟夫人又道："小五子说小青还是天天扒门，好几次差点跑出来，还好院墙高，要不早跑回来了。"魏肇庆听罢笑了笑道："我说的不是这个意思，咱们说两岔了。"孟夫人一脸懵懵地道："那什么意思啊？"魏肇庆道："你听我说，如咱们把开平煤矿围起来，那不就也跑不出来了吗？"孟夫人道："嗨，那能一样吗？这么大一个厂子怎么围起来？再就是围起来里面的人要吃饭怎么办？"魏肇庆道："要围就一定能围起来，好比我们再开一个厂子，把开平煤矿包围在里面，就像把他们关起来一样，他们就老实了，到时候收回来也容易一些。"孟夫人道："这样啊？到时候只能听咱们的了。"芷妍道："不听话就不给他们吃的，饿死他们。"魏肇庆听说此言抬头看着芷妍，随之憋不住笑了起来。芷妍道："你笑什么笑？我说的不对吗？他们抢我们东西凭什么还要给他们饭吃？"魏肇庆道："对，对，不给他们饭吃，看把夫人气得。"芷妍道："就是，再不老实把他们打出去。"魏肇庆思量半响才道："对，就是应该把他们打出去。"芷妍道："我知道这事不好办，你也别太着急。"魏肇庆道："没事，我给俊德写信先商量商量。"孟夫人道："行，俊德和他们打交道多，应该知道行不行吧。"魏肇庆道："好，咱们回去。"魏肇庆又道："还是把小青放出来吧，这么多狗关在一起里免不了打架，可别咬坏了。"孟夫人道："好，你不怕吵我这就把它放回来。"魏肇庆笑着点了点头，便匆匆往院里去，孟夫人见他走得稳当，知道是心情好了病也去了不少，也不喊他只在后面跟着。

回到书房，孟夫人研好了墨，魏肇庆提笔写道："俊德吾弟，开平煤矿陷入敌手一年有余，收回之日遥遥无期，今偶有一策不知可行否？以开平煤矿限定之区域为界另开一矿环而围之，以图其权之既定，逼其就范，即便不能亦可约之，不致丧权太过。"提笔想了想又写道："其中两件望吾弟细查，一则矿域界限依法例地上地下如何勘定？如一致则此事可行。二则开平煤矿可有矿井跨出地界，如有，将来如何处置？烦请仔细斟酌。"写罢，立即命人骑快马送往济南。

来来回回几封信下来，事情定得差不多了，本想亲自去济南一趟，然心神交瘁的魏肇庆却再次卧床。常年奔波冻坏的双腿此时高高地肿了起来，一天到晚折磨着他的神经，让其疲惫不堪，半宿半宿地睡不着觉。这天早上，魏肇庆稍好了些，对芷妍道："安排人把魏堃叫回来吧，把周大人和石大人还有俊德也一起请来，我有事和他们说。"芷妍立即出去安排。

第二天掌灯时分，魏堃带着周学熙、石东鹏和魏俊德回到了魏集镇。早有人在大门口等候，见人来了连忙进去禀报，不一会儿，有丫鬟迎出来带着他们直奔后院。进到卧房，就见魏肇庆靠在被子上，灯光下看不出脸色，只是形容消瘦得不成样子。济南事忙，魏堃也是几个月没回家了，见父亲这个样子一下子扑到床前，眼泪刷地流了下来，孩子不善表达，只把脸深埋在魏肇庆手里抽泣不止。魏肇庆见几个人进来，忙抽出魏堃紧抓着的手起身下炕，竟一下子扶空差点趴倒，魏堃连忙扶他坐好，几个人也围了上来。魏肇庆向三人拱手致歉，东鹏急忙问道，"大哥，你这是怎么了，才半年没见怎么这么瘦了？找大夫看过没有？"芷妍道："大夫看过了，正在调理。"魏肇庆已同芷妍说好，人来了不说自己的病情。魏肇庆道："今天叫几位老兄来，有件要紧事请托诸位。"魏肇庆示意孟夫人搬椅子过来让他们坐下，周学熙道："肇庆兄，有事您尽管吩咐，兄弟们一定照办。"东鹏道："大哥，咱们这么些年的兄弟，有事您尽管说。"魏肇庆道："周大人，石大人，这第一件还是矿务局的事，情况你们都写信告诉我了，我知道袁大人尽力了，考虑再三，看来依靠朝廷很难要回来了。"这件事一直压在几个人的心头，然朝廷软弱事情一直不见进展。周学熙宽慰道："老兄，袁大人前些天给我来信说他那里需要人让我过去，我把这里安顿一下就去天津，去了我尽快想办法，无论如何也要把开平煤矿要回来。"魏肇庆点了点头，脸上闪过些许欣慰，道："这样最好了，你去了大家就放心了。前段时间我写信给俊德，我们商量了个法子，不知道行不行？"周学熙抬头看了看俊德，俊德冲魏肇庆点了点头道："我替肇庆哥说吧。"俊德道："周大人，石大人，开平煤矿被英国人骗了去日子不短了，虽说已经划定了采矿区域，可只要朝廷不管，地下矿脉延伸到哪里他们就能采到哪里，如不加管束，今后定会肆意开采为所欲为，肇庆哥想了个办法，那就是咱们也开个矿，把他们圈在中间，首先围着他们开采把矿脉先给他们挖断了，这样一来就把他们限定在一定区域内了，不但能制约他们，将来也有利于我们把它收回来，即便一时收不回来，咱们也不致损失太多。"周学熙大喜过望，惊喜地道："老兄，你这个办法好啊！这样不但我们能发展起来，还将开平煤矿置于控制之下。"魏肇庆道："俊德仔细调查了，这么办不存在什么争议，应该可行。"东鹏也道："对，对，如此可以一举两得。"魏肇庆接着道："好，如果大家同意咱们就这么办。"说着抬头对芷妍道："家里还有三十万两银子，全作开办费用，需要的时候交给周大人。"芷妍、魏堃忙点头称是。

魏肇庆歇息了一会儿又道："还有件事，家里景嘻叔还有肇祥哥前两年过世了，本想把生意交给景嘻叔家兄弟，可兄弟们撒手惯了不想接，再就是家里生意也多，有些也不太好管。魏堃是我亲手带大的，本想让他跟着你们在外面长长见识，可家里实在找不出人来了，看能不能让他先回来？"周学熙忙道："这个您放心，家里需要魏堃就让他回来，不管他干什么，我们还是一起做事。"东鹏道："大哥，不要想太多，先好好调养，我们还有很多事情要干呢。"魏肇庆点了点头，然后示意魏堃过来，道："先给你两位叔叔磕个头。"魏堃连忙跪下向周学熙和石东鹏行大礼，两个人急忙起身去拉。魏肇庆道："两位老兄你们先坐下，一会儿我还有话说。"两个人只好受了魏堃的礼。魏肇庆道："小堃，守着你几位叔叔，今后魏家就交给你了，咱们魏家行事你知道，与人为善、行正阻恶，我本意让你入朝做官为国尽忠，现在看来很难办到了，今后你要跟着这几位叔叔，多做事情、为国尽力。""爹，您别说了，你会好起来的。"魏堃已是泪流满面。魏肇庆抬头对三个人道："孩子如果做错了事，请代我责罚。"周学熙忙道："老兄您放心，魏堃是个好孩子，大义他都明白，我们在一起一定会好好做事。"

魏肇庆心里明白，这几位绝对是信得过的，魏堃跟着他们一百个放心，但还有一件事他放心不下。魏肇庆抬头向妻子示意，不一会儿就见芷妍把臻儿带了进来，臻儿向几位叔叔施礼见过。魏肇庆示意臻儿来到床前，拉着魏臻的手道："二位老兄，不怕你们笑话，臻儿这孩子从小娇生惯养，十分任性，自打遇到了姜旭，便铁心追随，到现在我也看开了，既然她愿意就随她

吧，日后姜旭回来还请两位兄弟做主，让姜旭好生待我家臻儿。"说着低头擦拭眼角的泪水。如此一说两个人都明白了，臻儿女扮男装前去天津、京城是为了追求自己的幸福，然天不遂人愿，姜旭归来依然遥遥无期，不过两位还是急忙应下，答应只要姜旭回来一定主持操办。听到此话臻儿双膝跪下，一声"爹"叫得是感慨万千。

晚上三人便在庄园住了下来，岂料第二天早上一开门就见魏堃跪在门口，身穿重孝。

魏肇庆，走了！！！

第五十章

一家人，心性自相通
心传承，危难见真情

魏堃开始料理家中事务，他是魏肇庆一手带大的，不仅在内阁任过职，而且还跟着周学熙大人历练过一段时间，虽说初接生意，料理起来倒是有板有眼的，再加上这两年启东、启志两兄弟也过来了，他们在魏家学堂读过书，处理起事情来更有见地，还有这些年经营也培养了不少人才，各方各面都有人尽心操持着，魏家的生意依然顺畅妥帖。

这一天，魏堃正在家中看书，丫鬟雪儿匆匆忙忙跑了进来，道："少爷，贾管家说有急事找您。"魏堃问道："什么事啊？"雪儿回道："他没说，不过看着挺着急的。"来到客厅，贾管家正急得来回踱步，见魏堃来了连忙迎上来道："少爷，不好了，蒲城的当铺烧了。"魏堃心里一惊，忙问道："烧了？好好的怎么烧了？"管家道："刚才当铺来人了，只说昨天晚上大家都睡了，半夜听到有人喊失火，以为外面着火了赶紧起来救火，没想到是咱们家当铺着火了。昨天晚上风大，等要救的时候火已经烧起来了，连带整个院子都烧了。"魏堃急忙问道："人都跑出来了没有？"管家回道："这个我倒没问，当铺伙计在外面，我叫他进来。"不一会儿，管家带着一个伙计走了进来。魏堃问道："当铺里的人都出来了没有？"伙计道："老爷，人都没事，听到有人喊救火我们就都起来了，可火太大，实在是救不下了。"听到此魏堃不再像刚才那般着急，坐下来想了一会儿道："我知道了，你先回去，告诉贾掌柜抽空回来一趟。"等送走伙计，管家问道："少爷，当铺那边怎么办？"魏堃道："当铺失火当报官交官府处理，这个贾掌柜自然知道，只要人没事就行，有什么事等贾掌柜回来再说。"

第三天，管家又带着上次来的伙计来见魏堃。见到魏堃伙计一下子跪了下去，带着哭腔求道："老爷，不好了，快救救我们家掌柜吧，去晚了要出人命了。"魏堃忙问道："你起来说，怎么回事？"伙计回道："当铺让人给围起来了，贾掌柜好话说尽他们还是不让出来，再不去就晚了。""不要胡说，你怎么出来了？"管家道。伙计道："我不是胡说，已经围了一天一夜了，是贾掌柜和他们说请老爷出面，他们才肯放我出来报信。"魏堃道："咱们家当铺烧了，又没他们什么事，他们围着你们想干为什么？"伙计回道："他们要拿当票兑回当的东西。"管家道："当铺失火东西不是烧了吗，那怎么兑回去？"伙计回道："他们说当的时候东西好好的，当铺失火是咱们的事，别的他们不管。"管家追问道："那给不了他们怎么办？"伙计回道："他们要咱们照价赔偿。"管家问道："怎么能如此不讲理？他们当的时候我们已经付过钱了。"伙计道："他们说东西在咱们这里当了，虽说已经给了钱，但当铺没有按价付钱，是打了折的，所以拿当票来赎东西，要不就赔钱给他们。"魏堃问道："官府怎么说？"伙计道："官府也来人了，也帮我们解释了，按大清律，失火全烧的当铺损失也很大，按律不予赔偿，这次我们是全烧了，根本不用赔偿。"管家道："官府都如此说了他们怎么还围着？"伙计道："他们说还有几间房立着就算没全烧，可是那几间房顶子全烧了，也就立着几堵墙。"魏堃问道："有这个说法？"伙计道："当铺失火要是有房没烧毁，是要折价赔偿的。"听伙计如此说魏堃很长时间没说话，过了好一会儿才道："你回去告诉贾掌柜，就按他们说的折价赔偿！当铺立即清理重修！"管家道："少爷这不合规矩啊？"魏堃道："大家信任咱们魏家才把东西存到咱家，魏家也是靠这个兴旺发达的，虽说现在当铺招了灾，但我们魏家担得起，乡亲们这两年过得本就艰难，不能让他们担咱们的事，这样才对得起他们对魏家的信任。"伙计一听立马跪下给魏堃磕了三个头，连声道："我替蒲城的百姓谢谢您，谢谢您的大恩大德，谢谢您的救命之恩。"拉起伙计，魏堃对管家道："你今天跟他一起去，直接带着钱去，就说魏家库房有些遗存，为体恤客户艰辛给予补助，免得其他商家议论。"伙计千恩万谢跟着管家出去。说起来当铺并不是想象的那样只当些金银细软，也是穷苦百姓临时借贷之所，老百姓生活艰难，每年到了夏播秋种、冬春换季替换衣物，有的人家只能把家里能当的东西当了才能换来种苗和换季衣物，如若不然没个通融这一年还真的过不去，魏家此举确实救了蒲城百姓，并非虚言。

回到内宅，孟夫人问道："堃，刚才她们说当铺失火了，怎么回事？"魏堃连忙把当铺失火的前前后后给孟夫人讲了一遍，最后道："娘，这件事没和您商量我就做主了，还请母亲责罚。"说着就要跪下。孟夫人忙拉起魏堃道："起来，起来，这么办我高兴还来不及，怎么会怪你？"孟夫人让魏堃坐下，道："你如此处理十分像你的父亲，他在也会这么办的。"听母亲如此说，魏堃竟不好意思起来，道："我爹从来大事不慌，按说早做打算我却没有安排，让伙计们被围两天，和爹比起来还差得很远。"孟夫人道："你还年轻，慢慢就好了，不过你能这么做就很好了。"此时，雪儿进来道："俊青伯伯找少爷有事。"孟夫人忙说："你去忙吧，不用事事都和我说。"魏堃应了起身去前厅。

来到客厅，就见魏俊青正站在当庭，见魏堃来了，忙道："少爷。"还没等俊青再说什么，魏堃忙道："俊青伯伯，再别叫少爷了，听着就别扭，我和启东哥天天在一起和亲兄弟一样，你还是叫我小堃吧。"俊青道："好，这事咱们以后再说，出大事了，黄河发大水了。"魏堃听了一愣，道："黄河发大水了？"俊青道："这两天黄河涨水涨得厉害，你忙当铺的事就没急着和你说，有些事我已经安排着办了，只是这次应该有点麻烦。"魏堃道："安排了就好，什么麻烦？需要我干什么？"俊青道："县上已经来人了，在大堤上，抽空你去见见，再就是乡亲们进院的事和你说下。"魏堃道："什么？这次来水这么厉害吗？"俊青道："我刚从堤上下来，水一个劲儿地涨，天也不大好，恐怕要进院。"魏堃道："这个不用说，和往年一样你安排着办就行，我去堤上看看，进院没事，人多进我屋都行。"俊青道："你先别着急，本来看着还不要紧，看北边天，我怕会来大雨，所以事先和你说说。"魏垒道："好，这里你看着办，我先去堤上。"说罢急急忙忙出门去黄河大堤。

黄河大堤上早有人扎好了帐篷，俊杰和县里的差役还有几个村甲长们正在商量着什么，见魏垒进来忙起身迎接，魏垒示意大家坐下，又向差役抱了抱拳，道："孟老兄辛苦，每次都是麻烦您来知会大家，辛苦了。"那个差役抱拳道："没事没事，应该的。"魏垒又对大家道："大家都坐，我刚看了河里水不小。"俊杰道："本来看着问题不大，我们已经加固了河堤，不过河水一直涨个不停，眼看着又变天了，都说让大哥和你先说一声。"魏垒道："刚才俊青伯伯和我说了，我看堤上人不少，大家都上来了，该怎么干还怎么干，需要我的尽管开口。"俊杰道："不下雨还好说，真下雨这事就麻烦了，我正和孟老兄商量，能不能让县里再派些人上来。"魏垒道："对，看这架势人少了恐怕不行，孟老兄，麻烦您辛苦跑一趟？"差役也觉事态紧急，应了起身就往外走。魏垒道："孟老兄，马就在外面，你骑我的马去。"差役应了出门。魏垒又追出门外，拿出身上拜帖递与差役道："辛苦老兄快去快回，日后定当厚报。"差役接了上马便走。魏垒几人目送差役走远，刚要进帐篷，忽见地上铜钱大的雨点啪啪落地，几人的心便如重锤敲击般往下一沉。

半天工夫，镇上的老弱妇孺陆陆续续进了魏家大院。俊青早有准备，已把大院的东西大部分转移到了内院，外面的库房仓舍基本腾空了，人们按原来的安排各自了屋子，住不下的也进了早已扎好的棚子。大雨中人们无所事事，只能眼巴巴看着门外，听雨声紧一阵慢一阵。此时人们没了太多言语，碰了面只是那几句："这雨还不停啊。""孩子回来了吗？""堤上怎么样了？"天渐渐黑了下来，困得紧了才慢慢睡下，不过时不时惊醒一下，着实睡不安稳。晚上不时有人回来，只说晚上下雨不好筑堤，只能四处巡查，不过镇上行动早，堤坝筑高了不少，估计应该没事，人们这才心里稍安些。好不容易天亮了，雨还是紧一阵慢一阵下着，孩子们这时候也安稳了不少，他们也知道，这时候调皮定会挨些巴掌，不过也有忍不住想往外跑的，都被母亲死死按住。有几个想在屋里闹腾，好奇地扒翻旁边的东西，谁知道母亲这次却不讲情面了，还没等他们看见多少，屁股上便挨了巴掌，哭都不行，顺便还挨上了训斥。老人告诉孩子们，这是躲命来的，怎么还敢动人家的东西，孩子们只能躲到奶奶怀里低声抽泣，没承想奶奶也是一顿念叨，全没了往日的溺爱。

　　黎明时分，有几个人举着火把在堤上巡查，走在前面那人道："这里怎么这么浓？"后面人道："下这么大的雨还不浓？"前面人道："我还不知道雨刚停了，不对！这都插下去一脚深了。"几个人停下来，细一听有水流的声音。前面的人道："前面有水声，咱们去看看。"后面人道："等等！我听听。"此时走在前面的人忽一脚陷了下去，挣扎几下却越陷越深，大声喊道："我拔不出脚来了，快拉我出来。"后面两个忙上前拉他，有一个上年纪的道："坏了，地浑浓了！"前面那人忙道："快来救我。"后面两个急忙来到近前，不想双脚也陷进泥里，二人急忙拔出脚来往后躲。前面那人见了忙喊道："希胜大爷，快来救我。"还是老人见得多，见是这样忙喊道："站着别动，越动越拔不出来。"那人听了忙停止了挣扎。年长的对一个年轻的说道："把棍子给我！"说着向前靠了靠，把棍子递到前面那人手里，几个人使劲向外拉，还好陷得不算太深，众人把前面那人硬拉了出来。几个人稍顿了顿，年长的道："六子，你快回去叫人，说这里浑浓了，抓紧上门板。"六子应了就要走。忽水声猛然大了起来，刚前面那人还想绕过去再往前面查看，老者一把抓住那人大声喝道："现在还去，找死啊！"此时就听轰隆隆水声立起，随即撕心裂肺一声破喉而出："开口子了！快跑啊！"此声一出，号声不断，漫天遍野呼声四起，百里皆惊。然救命声在滔天洪水面前微弱至极，首当其冲的几个村落不长时间便没了踪影，人们只能在大堤上远远望着家园被毁束手无策。几个年轻人想要下堤却被老人们死死拉住，他们知道，洪水面前任何人都无能为力，家里老人妇孺只能听天由命，人们眼巴巴地望着远处哭着、嚎着。

　　庄园里的人们也被这一阵惊呼吵醒，就听外面不时传来喊声："开口子了！快跑啊！"几个守卫慌忙从碉楼里跑出来向远处张望。水就像从地底下冒出来的一样，东面排水沟很快就平了口，不到半个时辰工夫镇子东面已是水光一片，又过了一个时辰，水开始慢慢靠近村子，幸亏俊青安排早早清理了河道，要没有这道排水沟隔着，大水便直接来到城下了。有几个老人上了城墙，站在上面向东看去，镇子东面已然成了泽国，不过魏集这边涨水不是太快，老人们断定口子离得还算远些，要不然大水早就过来了。老人们下来招呼稍微能干些活的人们去护庄沿上，虽说先前已经加固了，可谁也说不准这水要涨到什么时候。护庄沿上，听赶回来的年轻人说口子是在五甲杨附近开的。本来看着没事，没想到今天早上又下了几阵急雨，有个地方渗水导致堤坝浑浓了，大水便一泻而下。还好离得稍远，水直接往北去了，人们这才得以跑进了村子。举目四望，护庄沿外庄稼都被水冲倒了，只有高处的还有些禾苗，可现在不是心疼庄稼的时候，水还在涨，人们赶紧又把护庄沿加高了些，这要冲坏了，下一个就是城墙。还好，这时候雨停了，男女老少都赶了过来，肩挑手抬加固护庄沿，半天时间护庄沿竟加高了三尺有余。见水涨得慢了，人们陆陆续续撤回了村里，只留下几个年轻人巡逻，人们又将城门堵了起来，加上了双保险。

　　天又黑了下来，人们却再也没有了困意，只望着黑漆漆的门外发呆，时不时到外面听听，可谁也不想听到那凄惨的叫声。天到三更，辛苦了一整天的人们才渐渐睡下，值夜的小伙子在护庄沿上来来回回巡视着，还有几十个人聚在一边听着动静随时待命。此时，魏家客厅里灯火通明，魏堃、俊青、俊杰还有附近十几个村甲长们都在客厅屋里坐着，巡查的人不长时间便来报告一次。十几个人垂头丧气叹息连天，有个年轻的甲长想出去救人，被俊杰强按了下来，俊杰道："现在怎么出去？现在去无疑就是送命，先耐心等等，明了天我们立马四处救人。"年轻的甲长道："那也不能就这么干等着吧？"俊杰道："不等着你能怎么办？你也看到了，满河的水，就算再快退下去也要三四天，我们只能先保住这里的人再说。"年轻的道："我们找几个水性好的，我知道有好些人能在黄河里打个来回。"俊杰道："我知道你们水性好，可要在水里走上几里你能保准不出事？再说这黑灯瞎火的你能找到谁？院里有上千人，大家要齐心协力先保住这里才行。"另一个年长的甲长道："强子，你俊杰叔说得对，现在不能出去，齐腰深的水一个浪过来就完了，何况你知道现在哪里是沟哪里是井？"年轻的甲长道："你家没人在水里，你是不着急，我娘还不知道在哪儿！"说着话都带了哭声。年老的一听也急了："你胡说什么！"俊杰道："老哥，别着急，他不知道。"扭头对年轻的说："你出去看看，你婶子在吗？"年轻人自觉失言，道："叔，我不是那个意思。"魏堃道："大家先别着急，口子既然开了急也没用，不过大家放心，只要水稳住，立即安排出去救人。俊杰伯伯，救人需要什么抓紧安排。"俊杰应道："好，我这就去准备。"扭头对年轻人道："走，跟我走，咱们连夜把筏子扎起来，你找些年轻的一起来。"年轻人应了跟着出去。魏堃又道："俊青叔，你安排一下大家的伙食，看看家里还有多少粮食，今年大家要共渡难关，如果不够从外地买些回来，最起码让大家能吃上饭。"俊青应道："好，这个交给我。"魏堃又对几个甲长道："各位叔叔伯伯，今年遭此大灾我们只有艰难共度，有需要大家和我说。"甲长们纷纷道："难关魏家帮着过了多少次了，大恩不言谢，有事还请少爷吩咐。"魏堃道："还是我爹说的那句话，我们是四邻乡亲，往大里说咱们就是一家人。"

雨又下了起来，还是紧一阵慢一阵，阴影再一次笼罩在人们的心头，虽说俊杰安排人四处巡逻，可这三更半夜的总让人提心吊胆。见了面再没有别的话，只那句："怎么又下起来了？"闭上的眼转个不停，没有一丝困意，年轻人更睡不着，时不时跑到外面看看，可这天竟发了白，老人们都知道，只要白了天这雨一时半会停不下来。急也没用，只能等着，就在大家昏昏沉沉就要睡去的时候，那声哀号还是再次传到了人们耳中，护庄沿开口子了。虽说有城墙挡着，可总有一些失修的地方，还有些排水口忘了堵上，洪水就像地底下冒出来的一样，不长时间便灌满了魏集镇的大街小巷。不长时间，洪水到了院墙下，人们在惊呼中跑向内院，虽说跑得及时，可泥水里还是让人们猝不及防。院子里的人实在是太多了，上千人一下子涌向门口，挤了黑压压一片，人们呼喊着，碰撞着，到处是人仰马翻。慌乱间，老人摔倒在泥泞

中，小孩子猝不及防砸了上去，虽说孩子身体轻，可老人的骨头总是有些脆，胳膊竟然折了，小孩子已然被吓蒙，坐在地上哭号不止，老人则在泥水里挣扎苦不堪言。人们你挤我推谁也顾不得谁，都怕大浪来了跑不及，幸好俊杰去外面查看恰好进来，这才大吼一声："都停下！"后面护卫们也纷纷呼喊大家停下，这才稳住了阵脚。俊杰指挥着人们顺序进入，这才没酿成大祸，又指挥着把受伤的抬到了院里，才把内院的大门堵了起来。

一下子涌进了上千人，内院里到处都是人，或坐或立或倒或倚，人挨人人挤人密不透风。护卫们的房间不用说，全占得满满当当，就连客厅里也坐满了人。幸好商队东西齐全，这防雨的篷布准备充足，院子被篷布整个罩了起来，人们这才有了个避雨的场所。虽说身上大都湿透了，可只要风吹不着就能多扛一会。虽是这样，冰凉的衣服贴在身上总让人感到寒冷，人们还是不由自主地颤抖起来，小伙子们倒好些，上衣全脱了下来，比穿在身上还要好些，可女人们就没那么幸运了，只能抱着双臂瑟瑟发抖。全不顾这些，人们只期盼雨快快停下，天早点亮起来吧，只一件，没有一个人踏入后院半步。魏堃见是如此忙安排众人进后院，几个甲长总是不肯，只说这就是救了命了，绝不肯再行打扰。几番推让总是不肯，于是安排俊杰将客厅和厨房全让了出来，众人去了小客厅，让女人们都进到前院。孟夫人安排人将家中衣物找了出来，让大家换上，女人们这才好了些。

天渐渐亮了，雨还没有要停的意思，人们站在院墙上举目望去，远处的田野里早已是汪洋一片，已经分不清哪里是农田哪里是村庄，只泛着浪的黄河水在到处肆虐。护庄沿倒是还有不少，只是几处缺口还在不停往里灌着黄河水，已然失去了作用。城墙都还在，只向东面的一处倒塌了，黄河水不停地向镇子里灌着，水流依然十分明显，恐一时半会停不下来。街道上到处都是水，家家户户的院子里都是水光一片，院墙倒了一大半，房屋倒还完整，可谁知道能不能撑住。院墙外面的水已经一尺多了，虽说离二门高度还有不少的距离，可水还在涨着。站在高高的院墙上，庄园就像一座孤岛，在汪洋里孤零零地坚守着，可在人们心里，它更像一条巨船，给人们以生的希望。

三天，大水渐缓；十天，陆陆续续救回来四五十人；一个月，大水才慢慢下去。官道上，人们扶老携幼踩着泥水艰难前行，老人们佝偻蹒跚，孩童们呆若木鸡，背囊里只有几件破衣烂衫再身无长物，只手中的打狗棍乃是全部家当。是年，武定府外出逃荒、饥饿致死不计其数，魏集镇受灾的村庄用了差不多两年工夫才在原来的地界上建起了零星院落，不过还好，总算大部分人活了下来。

第五十一章

国不幸，官司自难平
心难正，卖主为求荣

这一天，滦州知州叶溶光带人到开平煤矿例行巡查，有兵役发现井楼上只悬挂了英国国旗，并没有朝廷的龙旗，叶溶光不敢擅作主张，立即向开平矿务局候补道杨善庆做了汇报。经过商议，二人认为开平矿务局为中英合办，不能只悬挂英国国旗，也应该把龙旗挂上相对并峙，于是决定将龙旗重新挂上。次日清晨，叶溶光和杨善庆带兵进入煤矿，举行了隆重的升旗仪式，强行挂起了中国龙旗。然龙旗刚刚在矿场上升起，驻矿英军便将大门堵了起来，荷枪实弹剑拔弩张。叶杨二人不甘示弱，率领兵丁与英军对峙，指责英方擅自降下龙旗。见官军人多势众，驻矿英军只能放行，不过随后向总理衙门提出抗议，说开平矿务局是英国公司，不得在公司内悬挂龙旗，如果在限定时间内不降下龙旗将以武力解决。

两天后，三份合约递到了直隶总督兼北洋大臣袁世凯的案头，移交约、副约末尾处张翼的印信俱全，根据移交约所示，明确列明开平矿务局各色资产均行移交，开平矿务局已实际卖与洋商，英国方面还明确提出，开平矿务有限公司内部断不准悬挂龙旗。加之前段时间为调查开平煤矿被卖一事，袁世凯调动军舰进入秦皇岛港，被英国人百般阻拦，拒不同意中国军舰进入港口，也曾说过港口属于英国公司，朝廷不得使用。由此看来开平矿务局被低价卖掉已是确凿无疑，事已至此，袁世凯第三次弹劾张翼，指责他："龙旗被撤，开平难归，畏危不前，祸埋深远。"不久，朝廷终下旨责张翼赴英国提起诉讼讨要开平矿务局，万般无奈，张翼只得向英国高等法院提起诉讼，并邀请严复等人一同参与，状告英国墨林公司利用欺骗手段非法占有开平矿务局。自此，一场跨国官司拉开帷幕。

这天早上，伦敦的天空像往常一样灰蒙蒙的，大雾在目力所及的地方布下迷阵，将整个城市里里外外罩了个严严实实。大街上，两辆四轮马车一前一后向前行驶着，坐在前面马车上的两个都穿着清廷的官服，让街上的人们感到十分奇怪，免不了驻足观看，后面马车上则坐满了头戴高礼帽的英国人，不知道一起去干什么。此刻，坐在前面马车前排的两个官员都歪着身子看向窗外。道路两旁高楼林立，比起京城道路两旁低矮的民房高大气派了许多，街道上马车来回疾驰，有豪华大气的四轮马车，也有简单快捷的二轮马车，只不见人力车到处穿行，与大清的京城有些不同。忽几个年轻人骑着两个轮子冲了过去，哈腰弓背两腿紧忙，竟比行驶的马车还快了不少，只一会儿便消失在迷雾之中，两个人望着骑车人远去的背影都有些愣神，心想平白的两个轮子跑得如此快还不倒，不知道他们是怎么做到的？

坐在左边的是张翼，他目送着年轻人远去，心里不免发出慨叹，这英国确实与众不同，洋务机器好用不说，新鲜东西实在是多，不算这些年轻人骑的两个轮子，就说打官司也让他开了眼界。到了伦敦才知道，在英国打官司要有律师才行，张翼暗自庆幸自己找了律师，要不怎么准备都不知道，此刻他竟有些洋洋自得，虽说自己迫不得已也好、被骗也好，让洋人把开平矿务局占了，可背后的大树始终罩着自己，历经几次弹劾仍毫发无损，这次来英国更是被授了特权，能打赢官司就行。为了打赢官司这次他是下了血本，一下子请了五个律师，张翼打听了，在英国打官司不光要有律师，而且还要有好律师，否则好的能说成坏的，黑的都能说成白的。想到此，张翼扭头瞟了同伴一眼，旋即又看向窗外，脸上却未有丝毫变化。身边这位严复严大人都说精通洋务，自己真心实意叫他来帮着打这场官司，可不管自己怎么说他都不明白，既然叫他来了为什么还要浪费这么多钱请律师，真是什么都不懂。说起来真不白请，律师们知道的事情就是多，让他知道了在这里打官司靠的是证据，什么合同啊、证人啊，就连平日里自己都不太关心的书信都是证据。在咱们大清朝哪里管这些，上官来了把事情说说就定了，管你是不是在理。这让他有了些信心，不管怎么说自己不是真心实意想把矿卖给外国人，自己是迫不得已，很多书信里都写了，给王爷的信里就解释了很多遍。开平矿务局是被骗去的，王爷坚信这一点，在回信里也是这么说的，说什么也没想到这些书信还能派上用场。再就是这次来也是王爷极力争取的，包括钱的问题，想到此张翼脸上不觉掠过了一丝笑意，现在想来还是背靠大树的好啊，不像旁边的这位，花点小钱都心疼，一副没见过钱的样子。

严复此刻正望着车外发呆，虽说也不时为骑轮子的年轻人着急，看他七扭八扭的，一不小心便摔倒了可怎么办？可心里还有更大的烦心事挥之不去。他还在生气，一个官司请了五个律师，一个律师最少要两万英镑，一下子花了十几万英镑，差不多上百万两银子，虽说是朝廷花钱，可心里总是不免心疼，然而张翼却振振有词，说什么要集思广益一击中的。更可气的是来了英国官司却起了变化，张翼找他的时候和他说开平矿务局是被英国人骗去的，这次来英国是为了提交证据要回开平矿务局，直到昨天他才知道，张翼明明知道开平矿务局被骗了去仍与英国人签署了移交约，将此事砸实了，按照英国法律此事业已无法更改。幸好张翼为了蒙蔽朝廷与英国方面签订了一个副约，上面明确开平矿务局为中英合办，还有就是督办只能由他出任，虽说英国方面对此不予承认，但英国方面印信齐全，官司出现了些许生机，要不然此次英国之行将滑天下之大稽。许是看得乏了，严复回头看了一眼，见张翼自信满满的样子心中忽然闪过一个想法，难道张翼得了高人指点这次官司有了把握，转念又想，自己这次是随张翼来的，不觉心中掠过一丝歉意。不管怎样打赢官司才是根本，见快到了也就轻声咳了一声，道："张大人，就快到了。"张翼见他恭顺了许多也就稍稍收敛了些，道："好，东西都带好了。"

马车在市中心广场旁边一座白色大楼前停了下来，这是一座四层的哥特式建筑，屋顶高高耸立，门口穹顶尖耸，如张着大口的巨兽。法院门前早已聚满了人，几十个外国记者早早等在这里，见此情景张翼缓缓走下马车，腆胸迭肚迈着四方步慢慢走向法庭。记者们一拥而上将张翼围在中间，用英文、德文、生硬的中文问道："张先生，此次来英国打官司你们觉得能赢吗？""你觉得墨林公司能把开平煤矿还给你们吗？""墨林公司和你们协议收购的公司，你们怎么还要收回去？""墨林公司真的是通过欺骗手段得到的开平煤矿吗？"张翼见众多记者围着他一下子不知道如何是好，听有人说墨林公司通过欺骗手段得到的开平煤矿，张翼心中暗喜正要作答，严复倒是十分小心，挤进去用手拽了一下张翼小声说道："这里不能说，省得他们乱讲。"张翼心领神会，冲记者摆摆手道："我们现在要去开庭，不方便回答你们的问题，先打完官司再说。"勉强挤开众人进了法院。

进到里面，有人领着张翼等人来到一个法庭。法庭面积不是很大，只有三个房间大小，最前面的桌子摆在高高的台阶上，是法官的席位，不过法官们还没有来。张翼被安排到第一排的椅子上坐了，严复则坐在了后面，律师们则坐在了左手边的律师席上，一排五个律师倒是十分有气势。随后，开平煤矿和墨林公司的人也走了进来，他们的律师则被安排到了右边，只有一个，显得势单力薄了些。不一会儿，法官们走了进来，身着法官服并且每人都戴着白色假发，面无表情往法官席上一坐，让人不免心生畏惧，自然噤住了声。大家坐定，有个法官开始讲话，严复则在张翼后面充当翻译，大致介绍了下法官和案子，此人便让双方提交证据。严复连忙将准备好的东西一一递了上去，随后墨林公司也递交了证据，没想到接下来主审法官却直接宣布了休庭。第一次开庭便如此草草结束了，张翼和严复都是一头雾水，一名律师来到张翼面前，道："先请回吧，这个官司案情重大，法庭不会一开始便马上审理，接下来法庭会仔细审阅证据，下次开庭才会正式审理。"几个人只能暂时回到住处。

虽说第一次开庭就这样草草结束了，可接下来的第二次、第三次就大不一样了，开始激烈起来，不断提出证据，质证，律师们倒是辩论得舌剑唇枪，不断就提出的证据发表看法，甚至不惜激烈争吵，法官也时不时提醒律师们注意言行，张翼和严复就像看戏般一头雾水，也不知道他们到底谁说的在理，只能庭审完了找律师解释一遍这才了解一二。虽说张翼提交了不少证据，但都是些自说自话的东西，就说那些信件吧，对方律师则提出这是为了打官司而伪造的，还说即便不是这样也是为了蒙骗上司的说辞。张翼因此气愤不已，在律师面前一再说这些信都是真的，并且诅咒发誓说自己从来都不欺瞒别人。然而这些证据所能起的作用非常有限，公说公有理婆说婆有理，官司就这么一来二去打了起来，没想到庭审到了第十次了竟还是没有个结果。张翼实在是沉不住气了，带上严复便来到了首席律师勒威特的办公室，三个人坐定，严复先说道："这次来英国承蒙勒威特先生鼎力相助，帮我们出谋划策，出庭辩护也好，帮我们寻找证据也好，包括帮我们积极要求赔偿我们都看到了，可经过这么多次开庭一直没有结果，张翼大人十分着急，不知道什么时候能做出判决。"勒威特略一沉吟，道："经过这么多次庭审，张翼大人也看到了，我们是据理力争，按照英国的法律，当时签订了协议和移交约这项交易就已经完成了，不存在你们被骗的问题，但是你们又签订了一个副约，约定开平矿务局是中英合办，并且只能由张翼先生出任督办，这件事有违常理，按照墨林公司的说法，这个副约就是让张翼先生给朝廷的一个说辞，不能当真，就此推理官司对我们十分不利。这几次开庭我们想了很多办法，一直坚持这个副约是补充约定，并且是经过双方同意的，不承认墨林公司的辩护，官司才拖到现在。"严复给张翼翻译了，张翼辩解道："那个卖约本来就是个租约，是他们偷偷改了，那个移交约是逼着我签的字，要不他们就要了我的命，这都是事实。"勒威特双手一摊，道："证据呢？"张翼道："我给王爷的书信里写着呢，王爷是认可的。"勒威特道："这只是你的一面之词，再说这些信件也可能是你给王爷的说辞。"张翼道："那怎么可能，我对王爷可是忠心耿耿，怎么可能欺骗他？你们不知道，他们把我关在一个黑屋子里谁都不让见，还一天到晚威胁要杀了我，任谁受得了啊？"勒威特道："证据呢？谁给你作证？"张翼道："德特林可以作证，他去监舍看过我。"勒威特道："法庭曾经询问过他，他做的证词可不是这样的，他说你被当作奸细抓起来了，他很快就去救你了，他还说开平煤矿卖给了墨林公司你是同意的，并且你还得到了好处。"听到这里严复大吃一惊，脸色大变却又不得不如实翻译给了张翼。张翼听罢知道让人家抓到了短处，却极力辩解道："没有的事，他是胡说。"底气不足自然说得有气无力，严复顿时明白了八九分。怪不得张翼昨天出庭作证的时候阻止他们到庭旁听，只说他要作证自己到庭就行了，省得各位辛苦，原来真正的原因是与德特林质证有些东西要刻意隐瞒，今天不是勒威特说起大家都还蒙在鼓里。见严复欲言又止，张翼道："你看我做什么？那二十万两银子我真没收，当时朝廷危急我让他们交给总理衙门了，我自己绝没收他们的钱。"此地非争论之所，严复看了张翼一眼没有接话，张翼见此气哼哼地扭头看向一边。

沉默了许久，无论如何官司还要继续，还是严复开了口，道："勒威特先生，张翼大人刚说的被困一事确实是真的，这个大清国朝廷上下自是公议，至于证据，都在租界内很难找到人证物证，这件事墨林公司方面也没有全面否认。至于张翼大人在墨林公司方面拿了好处，这只是德特林一面之词，刚才张大人说了，那二十万两银子给的是总理衙门，具体做什么用墨林公司也没明确说明吧？现在我们就按副约让墨林公司遵守约定。"勒威特道："您说得对，我们也是按照这个想法在辩护，只是难度太大，恐怕……"勒威特欲言又止，此时张翼看出了端倪，道："严大人，你问下勒威特先生有什么办法能打赢官司吗？"严复忙翻译了，勒威特想了想道："这个官司出现了对我们十分不利的证据，我们的证据又缺乏说服力，如果想要打赢官司恐怕需要花些钱才行，否则法官大人很难做到公正对待你们清国人。"等严复翻译了，张翼心里却暗中一喜，忙问道："需要多少钱？"勒威特比画了一个二，张翼忙应道："行，行，我马上准备。"待走出大楼，严复道："张大人，二十万英镑，将近二百万两银子，咱们怎么向朝廷交代啊？"张翼道："仅开平煤矿就值几百万两银子，更何况此事关乎朝廷体面，你不用管了，我自有办法。"听他如此说，气得严复扭头不再理他。

不知道张翼用了什么办法，朝廷竟然把钱给送了过来，同时还带给张翼一句话，让他无论如何要把开平矿务局要回来。还好花的钱起了作用，历经十五次开庭终于宣判了，判决墨林公司应当遵守副约中的规定和义务，否则无权取得、持有管理移交约中所可开列的产业和享受其利益，如不遵守副约，法庭将颁发谕令，禁止被告享受该项产权。不过对原告的赔偿要求法庭不予支持，同时法庭认定《副约》因签署《移交约》而制定，是《移交约》的补充，因此不能视作独立执行的合同，故而不能判决强制执行。不管怎么说官司算是赢了，消息传到国内，只说按照副约执行判了胜诉，朝廷传信过来对此十分满意。

得到了朝廷的认可，张翼更加趾高气扬了起来，于是与严复商量决定要办一个庆功宴，宴请给予帮助的英国官员和法官以及所聘请的律师们。庆功宴就设在他们下榻的酒店，同时还邀请了大清国驻伦敦大使张德彝等一干人等。张翼把严复叫到了自己的房间，道："今天叫你过来没别的事，主要是这次宴会有几位政府要员和法官们要到场，另外还有帮我们打官司的皇家律师，怎么说这次打官司他们都帮了忙，宴会一定要办得隆重一些，咱们把宴会菜式商量一下。"其实这些张翼早就和严复说过，为此严复专门找过酒店，已经把各种菜式基本定下来了，严复把一张菜单递给了张翼。

主菜：烤牛肉、烤羊肉、熏鱼、烤火鸡、土豆烩羊肉；

菜类：甜菜根沙拉、炸土豆条、烘葱头、卷心菜沙拉、苹果香蕉沙拉；

主食：面包、火腿、松饼、松脆煎饼、苹果布丁、土豆饼、面包汁、辣根汁、辣酱油；

汤类：牛尾清汤；番茄浓汤；

饮品：葡萄酒、杜松子酒、茶。

张翼接过来一看便皱起了眉头，道："怎么才这么几个菜啊？"严复道："这些都是宴会常用菜式，在大不列颠举行酒会主要是品酒交流，菜式相对简单一些，到时候会加一些时令水果，已经十分丰盛了。"张翼道："这绝对不行，就像你我在家如何简单都不为过，这次绝不可小视，我们是代表朝廷来这里打官司。他们的菜单你那里还有吗？拿过来咱们一起参详参详。"严复只好回去取了菜单过来，张翼拿过来一看，道："如此多菜式你才选了这几样，岂不让人家小看了咱们？这样吧，这些英文我看不懂，你给我讲讲咱们一起选选。"严复道："好吧，这第一道是烤牛肉。"张翼道："这有的就不要说了。"严复道："好，这一道是香煎三文鱼。"张翼道："这个好，这个怎么没选？"严复道："我问过了，现在不是吃三文鱼的季节，这种鱼秋天肥美食用最佳。"张翼道："上次德彝请我们的时候不是还上过？以前听人说他厌食西餐，我可看他吃过好几块。"严复道："应该时间长了习惯了吧？"张翼道："使馆那边有小厨，时间长了也不一定习惯，我看他烤肉几乎不用，想必是三文鱼合他的口味。"严复道："他不是说西式烹鱼既酸且辣一嗅即吐？"张翼道："直接入口倒鲜嫩可口，不过我看夷人蘸食那种黑酱，我试了下是有些酸辣。"严复道："辣酱油？"张翼道："应该是，三文鱼既然张大人喜欢吃那就添上。"严复心道可知我为何不加，价钱贵了三倍不止，却也不好明说。此时就见张翼指着菜单上面问道："上面这些都是烤牛肉吗？"严复道："是，都是些烤牛肉？"张翼疑问道："一个烤牛肉写了这么多？"严复道："牛肉不同部位和配料各不相同，所以价格各不相同。"张翼道："我们要的是什么样的？"严复道："就上次我们要的那种，他们的牌面牛肉，不仅量大而且味道也不错。"张翼道："我们自己吃也就算了，宴请贵宾怎么也要好一点的，那种包着酥皮的牛肉有没有？"严复道："有，这就是，叫惠林顿牛排，不过做法相当复杂，用料也十分昂贵。"张翼道："你不用管花多少钱，你就说说怎么个好法。"严复道："我看上面配料有鹅肝酱，上好的鹅肝酱恐怕赶上咱们要的牛排了。"张翼道："都说德彝不用牛排，那次他就用了几块那种牛排，我吃着鲜嫩多汁味道也不错，咱们那次你说要换换口味，上来一看外面都烤煳了，切开里面却还有血丝，我吃了一口是不大好吃。"严复道："这才是夷人正宗做法，他们喜欢吃。"张翼道："那就两种都上一些，有喜欢的让他们尽管吃。"说着张翼拿起菜单看了看，虽说他一个字也不认识但还是看得十分仔细，眼珠子也转个不停，突然问道："虽说做法不同，里面都是我们吃过见过的东西，难道英吉利就没有我们没见过的东西？"这一问倒把严复问愣了，严复拿过菜单仔细看了看，指着菜单道："他们常吃的就这些东西，也就这个东西恐怕张大人没吃过。"张翼道："什么啊？"严复道："孔雀。"张翼道："孔雀能吃？"严复道："是啊，有一次他们端上来，我还以为是鸡肉，不过吃着有些不同，我就问，这是什么？他们解释了好一会儿我才知道是孔雀。"张翼道："味道怎么样啊？"严复道："味道和鸡肉差不多，不过确实有一些特殊的滋味在里面。"张翼道："什么味道？"严复道："比鸡肉香味浓郁一些，特别是那个汤，要更香甜一些。"张翼道："你看你，就知道自己享受，也不带我尝尝。"严复道："那都是他们请客，我哪里独自享用过？"张翼道："看你，我又不是让你出钱请我，这次你能来就是给我帮了忙了，只要你喜欢吃随便上，这次我请客。"严复看了张翼一眼，道："这次来我们花了不少钱，这样会不会有点奢侈了？"张翼道："咱们是替朝廷办差，不就是一顿饭吗，花点钱怎么了？再挑几个他们喜欢吃的样式，总之这个宴会我们要办出咱们大清国的气度。"严复只好在菜单上仔细斟酌。谁知此时张翼低头思量了一会儿，自言自语道："孔雀东南飞，五里一徘徊。兰芝遭人忌，仲卿挂庭枝。难与敌酋语，怎堪万人讥。不远来边夷，可怜谁能知？"

最后，菜式又加了许多，炖孔雀、烤肥鹅、惠林顿牛排、牛肉腰子派、皇家奶油鸡、威尔士兔子、烟熏鳕鱼、藏红花小圆面包、斯蒂尔顿乳酪、药可君布丁、橙子冰忌廉、白浪布丁、巧克力冰激凌、咖啡、啤酒、白兰地、威士忌、波特、香槟等等都被加了进来。

宴会当天，张翼早早便在酒店会客厅等候。自从收到朝廷的电报，张翼又恢复了往日模样，迈着四方步在会客厅里走来走去，胸脯又挺了起来，随之肚腩也向前伸展了去，不时比比画画指挥着手下。在他看来，这次官司赢下来不仅一雪开平矿务局被骗走之前耻，更是开创了大清国打赢跨国官司的先例，于朝廷自是首功一件，对他自己来说现在不仅懂洋务了，而且外交还会办了，就听张翼说道："严大人，都说这场官司我们不可能赢，说什么我们刚刚战败，夷人不会给我们面子，可来到了英吉利他们对我们还是客客气气的，还帮咱们出主意想办法，这不官司咱们也赢了，所以说这外交就要办，不办怎么知道行不行？"严复道："是啊，来的时候确实都这么说，不过如果按当初我们议定以墨林公司虚假出资为由咬定他们欺骗，他们占着矿务局就没有了合法性，官司赢了开平煤矿就有可能要回来了。"张翼道："我在庭上一直咬定开平矿务局是被他们骗去的，可他们拿出了我被胁迫签订的合约，我也是没办法，上面有咱们的印信，你又不是不知道法官一直警告我，再不照实说他们就不让我出庭了，只能承认卖约和移交约我是知道的。"严复道："来的时候我就和你说过，英国法庭与咱们的不一样，到庭千万不能随意而言，这倒让人家坐实了卖约。"张翼道："那有什么？他们答应给我们的股份还是要给，虽说还是中英合办，可我还是督办，再怎么说矿务局也要听督办的吧。"严复道："四股合了一股，大部分股份还是归了英国人，再者说您的督办到时候他们能不能听啊？"张翼道："他们敢不听？我是朝廷任命的督办，判决又让他们遵守，到时候我再来告他们。"严复不想和张翼争论什么，于是说道："好，但愿他们遵守判决。"张翼道："我回去就把朝廷的煤炭用度安排好，让他们还按原来的供应，即便他们占着，可还是我们的矿务局，无非是让他们挣了点钱去。"严复端起茶喝了一口，心中暗道此时多说无益。此时一个手下上来道："张大人、严大人，外面来了一群记者说要采访，见还是不见？"严复还在考虑，张翼脱口而出道："见，请他们上来。"手下道："来了好多人，这里恐怕召不开。"严复道："让他们先在大厅等候，我和张大人随后就到。"手下下去安排。严复道："记者们向来捕风捉影，张大人可要小心应付。"张翼道："英吉利的法院都已经判了，他们还能怎么说？开平矿务局就是被他们骗去的，现在正是要摆明我们态度的时候。"说着迈步就往外走，严复忙跟了出来。

来到宴会厅，十几个记者正围着那个手下问着什么，客人们也三三两两来到了，有几个熟识的两个人远远便抱拳致意。手下见张翼下来了，忙向记者们说道："张大人下来了，有什么事请和张大人说吧。"众记者便向张翼围了过来，严复一见忙上前拦住道："诸位留步，就在这里问吧。"记者们便在二人前面停了下来。大家站定，此时就听一个记者操着生硬的中文问道："张大人，法院的通知你们收到了吗？"张翼道："收到了，收到了，在此我要向众位郑重宣布一下，这次我们来英吉利国打官司，主要是因为墨林公司通过欺骗手段骗取了我们的开平煤矿，他们不但拘禁过我，而且多次威胁要杀掉我，我是在他们百般逼迫的情况下才与他们签订的协议，所以这次来我们就是要收回开平矿务局，法院的判决大家也知道了，判定的是我们胜诉，虽然还是中英合办，但我依然是督办。今后我们一定会按照判决，两国一起把开平煤矿办好，这也是英吉利国和我们大清国通力合作的一件大事，我们大清向来是坦诚相待，我相信英吉利国一定和我们一样。"就见刚才那个记者一脸懵懂，再次问道："张大人，我们是问，法院的通知你们收到了吗？"张翼道："收到了，法院的判决我们一定严格遵守。"此时严复问道："法院的什么通知？"记者道："让你们到庭应诉的通知，墨林公司不服判决，又把你们起诉到了法院。"听到此张翼惊诧道："什么？我们来是告他们的，怎么他们还把我们告了？哪有这样的道理？"另一个记者道："这就是说你们还不知道，现在开庆功会你们不觉得早了点吗？"张翼道："庆功会的事再说，他们凭什么把我告了？"严复道："你们的法院不是最高法院吗？怎么他们判了还能再告？"记者道："这个我们不知道，墨林公司说法院判决不公正，请求重新审理。"听到此张翼头上的汗一下子冒了出来，他向四周看了看，有两个英国官员和一个法官已经来到了现场，他害怕贿赂法官的事被抖搂出来，忙向律师们看了过去。就见勒威特律师向身边的人嘱咐了几句，便急忙走了过来，道："众位，咱们英吉利法院向来是以事实为依据，这次的判决是法院根据双方提出的证据作出的公正裁判，这个毫无疑问，说法院判决不公平毫无依据。"

此时大厅里的人面面相觑，场面尴尬到了极点。而两个记者却忙着拍照，轰轰爆响的闪光灯让众人猝不及防，惊得众人扭头纷纷闪避，场面混乱而又压抑。就在众人惊慌失措的时候，勒维特的人趁着慌乱将那个法官和两个官员悄悄带了出去，眼看着他们走了，张翼才稍定了心神，道："勒威特先生说得对，法院都判了，他们不能出尔反尔，你们英吉利国不能不讲信用。"有个记者道："你们合同都签了，还要签订什么副约，是不是也是出尔反尔？"另一个记者道："墨林公司说副约是你为了糊弄朝廷才签订的，他们董事会就不知道这个副约，是不是真的？"还有一个记者问道："张翼先生，墨林公司说他们为了救你花了很多钱，你是为了这个才把矿务局卖给了墨林公司，是这样吗？"还有一个记者道："墨林公司说给了你三十万两银子，还给了你五万股股票，有没有这回事？"还有一个记者道："听说大清国有人专杀外国人，是不是真的？现在大清国能保证外国人的人身安全吗？"严复一看情势危急，一句话说错就可能引起外交纠纷，忙上前一步挡在张翼身前，道："各位，大家问的这些在法庭上我们已经说得很明白了，我们也提交了很多证据，大家有不明白的可以问法院，至于墨林公司起诉我们的事，我们要一起商量一下，过后再答复你们。"又向勒威特律师道："勒威特先生，我们这里还有事，能不能先带诸位到律师事务所那边？"勒威特道："好，我这就带他们过去。"于是对众人道："诸位，这个官司是由我们律师事务所全权代理的，有什么事请随我到事务所，我一定会一一解答。"众记者却不想离开，还要再问张翼，岂料张翼已然不在了。刚才张翼见众记者一一将他的事抖了出来，很多事他不好当着自己人的面回答，忙趁慌乱躲了起来。众记者还要上楼找他，严复忙拦住众人道："张大人这边还有事，我随你们去，有什么事尽管问我。"说着与勒威特带着众人离开了酒店。后面诸事不细说，草草应付走了记者，来客也尴尬离场，张翼则灰溜溜不敢露面。

本已报了上去，向朝廷奏报说官司赢了，为朝廷争回了面子，算是将功补过，虽说花了银子可外面是不知道的，谁知道又来了这么一出。张翼咨询了律师事务所，律师说这是正当程序，张翼连忙具了折子上报朝廷，同时写信给自己的主子，只说洋人不讲信用，法庭判决了却不执行，还要上告，让主子代为周旋。不几天便传回了消息，主子让他继续在英国打官司，还让他便宜从事，说他上次办事得体为朝廷争了面子。这对张翼来说不啻为天大的喜讯，萎靡不振的他又趾高气扬起来。接下来还是漫长的开庭，墨林公司提出副约中督办有官督商办之权，超出了公司董事权限，不符合英国法律，同时副约从未获得董事局的批准，因此协议并未生效。张翼这边则坚称只要双方签署了协议就应该执行，无论获不获得批准。双方根据两国法律又开始了争论，与其说争论还不如说争吵，几次开庭大家都被吵得头昏脑涨，法官不得不在庭审过程中几次宣布休庭。与此同时，这个官司在英国引起了强烈反响，不仅各大报纸争相报道，就连英国的议会议员也纷纷发言评论，给法庭施加压力，甚至传出话来，英国首相也安排人到法庭了解了情况。随着事态不断发展，这场架一直吵到了国际上，各国报纸纷纷登载这场国际诉讼，压力一下子聚到了法庭上，谁也不敢轻易下结论。

这一天，张翼再次带着严复来到了律师勒维特的办公室。这次张翼直接开门见山，道："勒威特先生，这次需要多少钱才能打赢这场官司？"勒威特道："张先生，这场官司影响实在太大了，全国上下乃至议会议员们都在关注这件事，恐怕法官们也不敢轻易下结论，再就是国际上也十分关注，各国纷纷要求保护外国公司在华利益。""要是花钱也办不成，我回去就连命也保不住了，请勒威特先生无论如何要帮帮我。"张翼心里着急一下子把心里话说了出来。严复看了一眼张翼，没有照着他的话翻译，而是说道："勒威特先生，难道我们就没有别的办法了吗？"勒威特沉吟片刻，道："也不是没办法，我和对方律师交流过，他们说承认副约也可以，但是督办的权力要削减。"严复道："怎么个削减法？"勒威特道："督办只能行使董事的职权。"严复道："那怎么行？开平矿务局从来就是官督商办，如果没了这个权利与英国独办有什么区别？"勒威特道："不管怎么说你们保留了副约的合法性，官司能赢下来。"见二人你来我往，张翼问道："你们说的什么？"没办法严复只得一五一十和他说了。谁知张翼并没有据理力争，而是道："严大人，你快和勒威特先生说，我同意他的说法。"严复道："这怎么行？我们失去了企业的管理权，这与开平煤矿送给英国人有什么区别？"张翼道："不管怎么说保留了副约，还是中英合办，我们还是赢了官司，不就是损失了一点权利吗，难道还有别的办法？"严复道："这是一点权利？这是主权。"说罢不再说话，也不帮张翼翻译，急得张翼在屋里团团乱转，于是不停地朝勒威特比画着道：

"我可以给钱，也可以同意你的说法，关键是要赢了官司。"勒威特虽听不懂张翼说的，可看情形张翼是同意的，于是出去喊了个翻译过来。严复见是这样，道："张大人，如此赢了形同虚设啊？"张翼道："你能有什么办法，不同意官司赢得了吗？"严复大声道："就这样官司赢了又如何？张大人！当初叫我来你信誓旦旦说要争回权利，为大清争回颜面，我们不能为了区区五万股股票出卖主权啊！"张翼道："这和五万股股票有什么关系？"严复道："我们此行请了这么多律师，又疏通了关系，前前后后花了三百万两银子才赢了官司，倒也罢了，朝廷算是争回了面子，现在不光要花银子，还失去了管辖权，能够留下的也只有你的五万股股票了吧？"张翼道："我这是为官司着想，替朝廷挣回面子。"严复见张翼心意已决，道："挣回面子？掩耳盗铃而已，判决一定，千古骂名！"一把将手中的文件摔在张翼脸上愤而离开。

严复强忍泪水走出律师事务所，想着自己一心为国效力，听信了张翼的花言巧语过来帮忙，现如今却又如此结果，眼泪不觉扑簌簌掉了下来。回到住处带上随身物品便黯然离开，然身上几个钱却无法回国，只能借道法国找寻朋友略作慰藉。历经七次开庭，英国高等法院最终认定副约有效，但张翼的职权不得超过该公司注册章程赋予一名董事所能行使的权限，同时与上次一样，副约只是移交约的补充约定，不能强制执行。

至此，这场世纪诉讼只赢得了纸面上的胜利，而没有争回来一点权利。

第五十二章

两相斗，豺狼隐身后
已看透，不惜付重筹

　　山东大学堂筹办就绪，周学熙再次转任天津，历经努力收开无望，决定创办滦州煤矿。直隶上下对英国人强取豪夺开平矿务局痛恨异常，上上下下纷纷入股，滦州煤矿有限公司如期成立，周学熙就任总经理。袁世凯对此大开绿灯，令："滦州地方三百三十方里矿界以内不准他人开采。"使滦州煤矿比开平煤矿大过十倍，并明确："滦州煤矿系为北洋官矿，为北洋军需服务，以后他矿不得援以为例。"创办伊始，滦州煤矿便立下规矩不接受洋人入股，凡洋人出资参股不管由谁出面购买一经发现立即作废。在众人的支持参与下，滦州煤矿发展顺利，众人都觉既长了中国人的志气，又限制了洋人对我国资源的掠夺，齐夸周学熙深谋远虑，然周学熙知道，有一个人为此付出了巨大的代价，甚至为此至死不渝。魏塈也遵照魏肇庆遗愿以现银三十万两入股滦州煤矿，参与煤矿筹建。滦州煤矿创建伊始并没有引起开平煤矿方面的太多注意，然为更大限度地保护国家利益，滦州矿务有限公司开办之初周学熙就下令，先围着开平矿务局开采，甚至不惜引进了一些小煤窑，一时间开平煤矿四周矿坑遍布，迅速将开平矿务局向外延伸的矿脉切断，将开平矿务局的矿藏局限在了一个有限的范围之内。

　　见此情景，开平矿务局也觉危机四伏，开始几年距离尚远两方平安无事，突然有一天矿工上报说矿脉断了，开平煤矿这边才如梦方醒。此时，窃取开平煤矿的豪波特已经离开了公司，英国人纳森登上了总经理的宝座，听到这个报告纳森气愤异常，却也感受到了中国人的高明。然天下没有束手就擒的盗贼，经过精心谋划，他们想出了一个制约滦州矿务有限公司的毒辣办法。

这一天，魏垫正在周学熙办公室里喝茶。周学熙道："这两年咱们开滦煤矿发展得还算不错，煤炭自用绰绰有余，不过开平煤矿那边这两年经营得要比我们好很多，一来老底子在那边，煤炭产量一直很高，二来他们也有备而来，连年投入产量增加了两倍有余，那实实在在都是我们的啊！"魏垫道："谁看着不心疼啊？可我们只能眼看着让别人谋利。"周学熙道："还是你父亲有先见之明，自从张翼开始向外国人借款他就说可能会有危险，果不其然。"魏垫道："周大人，你这么说我倒想起一件事来，在内阁的时候，有位郎中大人曾和我说过，当年李中堂去日本谈判曾经被刺杀过。"周学熙道："这事我知道，李中堂被日本浪人打了一枪，差点丢了性命。"魏垫道："郎中大人还和我说，那些日本浪人不满政府和我大清朝和谈所以才要刺杀李中堂，认为不该和我们和谈，应该趁机占领我国东北。"周学熙惊诧道："什么？他们要占东北？"魏垫道："是啊，郎中大人还说，当时日本已经攻占了辽东半岛一些地方，朝廷已经失去了抵抗能力，如果不是列强各国怕日本人独占了中国利益纷纷施压，恐怕辽东半岛不会那么轻易还回来。再就是上次八国联军侵我国土，日本人派兵最多，差不多占了八国联军的一半，他说日本亡我之心蓄谋已久，我们应该早做防备。"周学熙虽说有所耳闻，不过没想到如此严重，但此事魏垫说出来定是确凿无疑，毕竟魏垫在内阁任过职，那里的消息自然是最准的。虽说各国列强欺辱我国，但是多以赔银子、开放口岸、倾销产品为主，私下里虽然也划分了势力范围，但明目张胆要占领国土的暂时还没有，真如魏垫所言，日本人要占我国土，那就不是简单的两国利益争执，而是亡国灭族之争了，想到此周学熙不禁心中一凛。

就在此时，石东鹏走了进来，魏垫忙起身施礼，石东鹏伸手拦下，顾不上和魏垫客气便向周学熙汇报道："周大人，我派去开平矿务局探查情况的回来了，说开平矿务局的煤价又降了。"周学熙皱了下眉道："怎么还降？"石东鹏道："看来是和我们杠上了，又降了，上个月已经降到了四块一吨，这次他们一下子降到了两块八。"周学熙道："他们一直想通过降价来挤垮我们，这次是想下狠手了。"魏塈和魏肇庆一样都是以朋友为先，生产经营上从不插手，但这次忍不住问道："原来不是八块一吨吗，怎么一下子降了这么多？"石东鹏道："已经三个月了，他们连续降价，上个月已经降到了四块钱一吨，就已经和出煤的成本差不多了，再加上为了尽快封堵他们，咱们还引进了一些小煤窑，成本还要高一些。为了和他们抗争下去，咱们只能跟着把价格降下来，为此还给那些小煤窑补贴了一些费用进去，这次他们一下子降这么多，恐怕是有了总公司的支持。"周学熙道："看来他们是不达目的不罢休了。"魏塈没想太多便说道："那就和他们拼到底，现在要是怕了，永远也抬不起头来。"石东鹏道："你可知道这一个月要赔多少？""多少？"魏塈问道。"五万块！"石东鹏看了一眼周学熙道。魏塈也是大吃一惊，他看向周学熙，而此时周学熙却不动声色，只吩咐道："石大人，你安排人办吧，从今天开始，咱们的煤价也下调到两块八。"说完突然想起了什么，道："从今天起，开滦煤矿不做日本人生意，无论出多高的价，找谁来都不卖！"石东鹏转身出去安排。

魏塈问道："周大人，我们能撑多久？开平那边应该是总公司撑着。"周学熙道："就算撑不住也要撑，这个时候倒下那就再也站不起来了。"接着道："这几年我们经营得不错，也挣了些钱，除了分红还剩不少，能撑一段时间，再就是北洋那边我和袁世凯说了，他说全力支持我们。"魏塈道："好，既然这样我们就和他们拼到底，需要银子我们都想想办法，我就不信在咱们地盘上他们能肆意妄为。"有了这个信念，大家心里稍宽了些。

转眼一年过去了，两边都没有要停战的意思，而形势却发生了巨大变化。滦州煤矿这边减少了部分产量，因为滦州煤矿主要为国内用煤所设，只要保证朝廷日用和洋务工厂需用即可，可就这样一个月也要赔掉三万两银子。再就是滦州煤矿除了历年积蓄，各个股东也纷纷慷慨解囊，仅魏塈就送来了十万两银子。不光这些，周学熙还有一个特殊的背景，那就是周学熙是北洋银元局的创办人，也从中周转了些。开平煤矿这边万万没想到滦州煤矿能撑这么久，再就是外国公司纷纷到开平矿务局订购煤炭，日本人更是嗅到了血腥，见有利可图便想方设法大肆采购，搞得开平矿务局苦不堪言。

这一天，一个令人异常兴奋的消息传了过来，开平煤矿一个叫彼得的工程师来到了周学熙的办公室，话没多说只递给了周大人一封信，信是开平矿务有限公司总经理纳森写来的，信中写道："开平矿务有限公司郑重告知滦州煤矿有限公司，为避免双方利益损失，开平矿务有限公司拟作价二百七十万英镑出售，请商议后予以答复。"周学熙看完信，问了句："这件事你们总公司知道吗？"彼得道："总公司派人对公司进行的评估，您请放心。"周学熙随即道："彼得先生您先请回，我们商议好了答复你们。"彼得走后，周学熙立即传信给袁世凯，说明开平矿务局拟对外出售，并传信魏垫等几位大股东来天津，一同商议如何处置。

这一天，十几名股东齐聚滦州煤矿会议室，商议收购开平煤矿之事。会议一开始，周学熙道："首先告诉大家一个好消息，开平矿务局终于扛不住了，他们要作价出售！"众人听闻都兴奋得鼓起掌来，坚持了两年时间，无论在财力上还是在心理上，众人都饱受煎熬，这个喜讯无疑是一剂救命良药，让大家看到了希望。周学熙紧攥着拳头，眼里闪着点点泪光，向众人点着头，此刻他心里百味杂陈，不过更多的是激动和兴奋。石东鹏道："前些天，开平矿务局送来信件，告知我们开平矿务局拟作价出售，售价二百七十万英镑，折合白银一千五百万两。我们召集有关人员对开平煤矿进行了评估，通过对开平煤矿这些年来资产投入的统计和对开平煤矿矿产的评估，还有秦皇岛港口建设投入的统计，大体算了一下，开平矿务局资产估值与他们的报价差不多，都是一千五百万两白银。"听到这里大家不禁一愣，开平矿务局竟然值这么多钱。石东鹏道："这里都是自己人，不瞒大家，我们通过朋友了解了下，开平煤矿开办到现在，购买机器设备不下五百万两银子，如果加上地下的一些工程，八百万两银子自多不少。再说秦皇岛港，大家都知道，港口那可是用钱垒起来的，筹建的时候周大人在，花了差不多五百万两银子，并且这几年差不多每年都要投入二十多万两银子，总投入应该在七百多万两银子左右，这些加起来至少一千五百万两银子。虽然每年都有损耗，如果再加上土地和矿产，只会比一千五百万两银子多。"听到这里大家心里大体有了数。此时一名股东提出了一个问题，道："都知道，收回开平矿务局是我们的共同心愿，但这件事来得如此突然，会不会是洋人的阴谋？这两年他们使的坏可不少，到时候不交给我们怎么办？"石东鹏道："这倒不会，可说现在开平煤矿的事没有比我们更熟悉的了，一是我们以滦制开已然取得成效，英国总公司见开平煤矿矿藏越来越少，再加上和我们拼价格他们损失也不少，二是他们是为赚钱而来，如果今后无矿可采那他们将损失惨重，所以才考虑卖掉煤矿。"另一名股东道："既然矿藏越来越少，那我们就再和他们拼下去，等他们无矿可采了贱卖的时候我们再买，现在高价买回来岂不白白让他们赚了？"石东鹏道："理儿是这么个理儿，可如果他们不和我们拼价格，继续正常生产经营，他们还是会挣钱的，他们的机器设备都非常先进，再干些年他们差不多能收回成本，更何况还有秦皇岛港让他们占着，终是后患。""那我们就加大生产，多往外卖，他们不就完蛋了吗？"此人又道。此时魏堃站起来道："按说是这么个道理，我们继续降价也可以挤垮他们，可是鹬蚌相争渔翁得利，这两年我们降价销售赔进去了不少银子，只要对我们有利我们也认了，可这两年日本人大量采购开平矿务局的煤炭，甚至不惜假借他人名义购买，每年获益不下几十万两银子，日本人买了煤炭干什么？还不是发展壮大图谋侵我大清吗？前车之鉴大家都很清楚。"日本人谋我之心不死，甲午战争战败大清朝就赔了日本两亿两白银，在这件事上大家的想法是一致的。刚才问开平煤矿价格的股东道："既然这样我们就买，可是一下子大家也拿不出这么多钱啊？"众人也纷纷道："是啊，哪有这么多钱啊？""就算大家把家底都拿出来，也凑不齐这么多钱啊？"就在大家议论纷纷的时候周学熙开口了："大家先不要着急，先听我说。"听周学熙讲话大家都安静了下来，周学熙道："我们创办滦州煤矿首要任务就是以滦收开，今天机会终于来了，经过这些天的艰苦谈判，开平矿务局的要价已经从二百七十万英镑降到了一百七十八万英镑。"听到这里股东们都齐刷刷盯着周学熙，就听他接着说道："前面的谈判我就不向大家细说了，现在我想说的是，如果大家同意购买，我将上奏袁大人和朝廷，请朝廷发行担保债券，我们融资先把开平煤矿买回来。"魏堃第一个站起来道："好，我同意，只要能收回开平矿务局，就算再困难我们也认了。"各位股东也纷纷表示同意。周学熙向袁世凯的特使道："请徐大人回禀袁大人，我滦州煤矿决心收回开平矿务局，请袁大人尽快上奏朝廷。"袁世凯的特使站起来道："大家今天商议开平煤矿的事，我备受感动，为了收回开平煤矿大家费尽心血，特别是周大人以滦制开、以滦收开大计到今天终于取得成效，我回去禀报袁大人，立即上奏朝廷，争取早日收回开平矿务局。"听特使说完，魏堃心中默念道："父亲，您的心愿就要实现了。"

第五十三章

心愿落，佞人耍奸邪
又错过，无可又奈何

　　大家都知道豪波特通过欺诈从张翼手上骗走了开平矿务局，但是张翼并非什么也没得到，豪波特为了让他签订移交约，给了张翼三十万两银子让他上下打点，还私下给了他五万股开平矿务局股份，银子虽说花了，但股份却是他自己的，还有就是薪水也一分都不少地给他发着。听说总经理纳森要把开平矿务局卖给开滦煤矿，张翼立时急了，一来是他不想丢掉手里的这座金矿，再就是害怕英国人拿到钱会一分也不给他，于是悄悄来到了摄政王载沣的家中。张翼曾给载沣的父亲当过侍卫，那些年为自己的事没少去王府，虽说老王爷不在了，不过看在以往的情面上载沣对他还算照顾。见到载沣，张翼当然没有实话实说，而是道：“王爷，奴才听说袁世凯向朝廷上了折子，想收回开平矿务局？”载沣点了点头，轻轻地嗯了一声，折子已经递到了朝堂上，载沣也看了，开平煤矿自然是要收回来的，自家的企业白白让人家占了，这事关国家体面，虽说要朝廷担些风险，可最终还是开滦煤矿出钱，何乐而不为？载沣现已贵为摄政王，虽说张翼曾给自己的阿玛干过侍卫，但与父亲不同，他不明白为什么父亲一直护着这个张翼，在他看来，张翼让人骗走了开平矿务局就是个无用的奴才，虽说为了朝廷他也曾帮过他，但对他来说已经没什么情分可言了。张翼道：“王爷，万万不可！”载沣抬头看了张翼一眼，嘴里淌出三个字："怎么了？"张翼道："王爷，奴才以为这开平矿务局万万不能由朝廷出银子买回来，我们已经在英国打赢了官司，英国的法庭也判了，开平矿务局虽说是中英合办，但本身就是我们的公司，怎么还要花钱买回来？"此时载沣脸上露出了一丝难以觉察的冷笑，道："官司都过去这么长时间了，还不是人家占着，也没个下文？"张翼道："他们也就暂时占着，我还在和他们交涉，实在不行我再去英国和他们打官司。"载沣冷冷地看了他一眼，朝廷花了几百万两银子打官司，到头来只挣回来一个所谓的面子，这个自己一清二楚，于是道："还是算了吧，花了那么多钱也没要回来，还是花钱买回来算了。"张翼一听头上冷汗直冒，连忙说道："王爷，万万不可，如果这次朝廷花银子买回来了，那以后外国人占了企业岂不是都要朝廷拿钱来买？"听张翼如此说载沣倒是一愣。不知为何载沣突然咳嗽起来，一口痰被卡了出来，载沣眼睛瞟向门口，丫鬟却没有及时进来，载沣正要起身，猛抬头一双手突然伸到了眼前。这双手白净而又细长，是从里到外的白，白得连青筋都看得一清二楚，柔软的皮肤就像锦帕一样。这双手做了个盂状就在自己眼前，后面的那张脸是那么的坚定，让载沣不得不按照他的想法来做，一口痰就这样吐在了手中，随之出去净手，拿了水杯让他净口是那么自然，让他连推辞的话都不好意思说一句。一切处理完毕，张翼又道："王爷，奴才还有件事向王爷回禀。"载沣道："说。"张翼道："王爷可知道这些年袁世凯势力越来越大和谁有关。"听到这里载沣面色一下子严峻起来。太后驾崩前袁世凯就天天推行宪政改革，要搞君主立宪，处处与自己作对，太后在的时候有太后压着，袁世凯还不敢怎么样，太后驾崩以后袁世凯是变本加厉，从不把自己看在眼里，处处与自己为难，虽说自己贵为摄政王，朝廷大权按说都在自己手里，可袁世凯却偏偏不听。听张翼说这些自然来了兴趣，载沣坐直了身子道："你说，怎么回事？"张翼道："滦州矿务有限公司总经理周学熙一直以来与袁世凯关系十分密切，在开平煤矿的时候就和袁世凯有来往，当时有我在他干不了什么，后来他去了山东，帮着袁世凯创办了山东大学堂，袁世凯到了直隶就又把他招了过来，不仅创办了滦州煤矿，还帮他举办了银元局，王爷您知道吗？这北洋银元局还有滦州煤矿那是大把地挣着银子，他挣的银子都去哪里了？还不是去了袁世凯那里。"载沣听到这里坐直了身子，双眼紧盯着张翼。张翼又道："就算朝廷出钱收回开平煤矿，那还不是又落到他周学熙手里，到时候袁世凯就更是如虎添翼了。"听到这里载沣好像明白了什么，说那么多官员都听袁世凯的，还有他的北洋军也越来越强大，肯定有人暗地里在支持着他们，万一袁世凯坐大有朝一日背叛了朝廷？想到这里载沣不禁后背发凉。此时张翼又跟了一句："王爷，这袁世凯可不得不防啊！"是啊，这袁世凯是真的不得不防啊！

三天后，朝廷传出消息，着张翼继续负责收回开平矿务局，有关买回开平矿务局一事，暂不叙议。眼见开平矿务局出手无望，开平煤矿总经理纳森回国商议后决定继续降价，争取把开滦煤矿挤垮，并且四处散播周学熙的假消息，甚至不惜在天津办了一家报纸，专门写一些造谣文章抹黑周学熙和开滦煤矿，称周学熙私下同意与他们合作，"开、滦合作"马上就要开始。与此同时，开平煤矿还私下拉拢滦州煤矿股东，让他们抵制周学熙，可谓无所不用其极。

这一天，周学熙正在办公室与石东鹏商量事情，有三位股东突然闯了进来，其中一位姓张的股东进门便嚷嚷道："我就说和他们合并吧，好说歹说不让，原来是你们暗地里搞鬼。"石东鹏听他如此说忽地站了起来，问道："张老板，你怎么回事？无凭无据可不能乱说。"张老板却不低声，道："乱说，这怎么叫乱说，你自己看看。"说着把一张报纸拍在桌案上，道："报纸上白纸黑字写了，周大人，周经理，您可开了不止滦州煤矿一家公司，您还开了运输公司还有进出口公司，咱们滦州煤矿的煤都让您收了去高价卖给了洋人，您还借口要收回开平煤矿和他们打价格战，也暗地里收他们的煤，两边的煤都让您收了高价卖到国外，您这手高啊，大家都赔钱您却赚大发了。"石东鹏听他如此说气愤地道："你又从哪里看的，这些小报哪有正事？"张老板也不示弱，道："你自己看看，这可不是小报？这可是上海的大报纸，我朋友看了专门给我送过来的，小报说的那些我从来不信，他们说开平煤矿给周大人送钱，给周大人送女人，说周大人答应开滦合并，上次周大人说了，这些都是假的。他开滦州煤矿是要以滦制开、以滦收开，我们都认为他是为国效力，想收回开平矿务局，我们就都信了，可说啥也没想到，他不与开平矿务局合并竟是为了谋私利。"石东鹏道："你又听他们胡说，他们有什么根据？"张老板道："有什么根据？上面写得明明白白，开公司这件事周大人没出面，是一个叫魏俊德的帮着联系的，他一直帮洋人做事，后来洋人通过他和周大人联系上，让周大人低价把煤卖给他们，他们再转手高价卖出去，他们一吨就能赚五块钱的利润，一吨五块，我们的煤一吨才卖两块八，这赚多少啊？"听他如此说石东鹏脸涨得通红，指着张老板道："你这叫血口喷人，说这些有什么依据？"张老板道："依据，报纸上面说得很清楚，说你们开的新公司为了遮人耳目不在天津出口，运到上海再转运出去，大家都知道，上海可不是谁都能去的地方，那里的海关可是洋人把着，你们通过魏俊德和洋人公司亨氏洋行的关系，专门替外国的公司供给煤炭，一年好几十万吨地卖着。"石东鹏道："你怎么知道是不是真的？这两年造谣的多了！"张老板道："是不是真的，你以为我就看他报纸上写了我就信了啊？我朋友把上海的报纸送过来我也不信，我让他回去打听了，他说亨氏洋行每年出口的煤少说也有六七十万吨，他们的煤从哪里来的？再就是你说说魏俊德是不是亨氏洋行的人？我可是听说了，这个魏俊德是魏肇庆介绍过来的，自从魏俊德过来，魏肇庆家可是起了豪门大院，整个山东都没比他家好的院子，恐怕京城的王爷府也比不上吧？"

　　两个人你一言我一语互相质问着，而房间里其他人却自始至终没有说话，一起来的两个人就站在说话的人身后，眼睛却一直盯着周学熙，而周学熙则是坐在桌子后面，脸上似笑非笑似怒非怒地看着两个争吵。听到来人如此说，周学熙不紧不慢地站了起来，道："先别着急吵，先坐下再说。"张老板还要说话，另一个拉了下他的衣服道："等等，坐下，听周大人说。"张老板气哼哼地坐了下来。此时周学熙拿过桌子上的报纸大致看了看，又把报纸递给石东鹏，石东鹏却道："我不看，这些东西这两年看得多了。"周学熙道："看看，看看，这次不一样，这次是个高手，写的东西像模像样，一般人难辨真伪。"石东鹏这才接过报纸也大致看了看，还没等看完石东鹏大声道："他们还说您把儿子送到了英国，也是魏俊德和亨氏公司帮您办的。"周学熙听了道："昨天你侄子还来了滦州煤矿，这么说这是从英国回来了？"说完憋不住笑了起来。石东鹏见周学熙笑，也苦笑了两声，道："哎，现在的报纸怎么啥都能写？"刚才吵的张老板道："这个你不用解释，我知道您孩子没送到国外，我没问这个，您说说刚才那些。"此时就见周学熙转身在身后的橱子里拿出几张纸递给了他，并不说话，转身回到了座位上。

张老板看了周学熙递给他的那几张纸，道："这不是开平煤矿和亨氏公司签的合同吗，真是这么回事？"周学熙道："你仔细看看。"张老板又仔细看了看，道："这是张翼张大人签的，这上面怎么有魏俊德？他那时候就和你们认识？"周学熙道："你再仔细看看，看看是哪年的合同，你再想想那年我在干什么？"张老板想了想道："签合同的时候您在开平矿务局做帮办，签完合同您做了总办？不过张翼早介绍你们认识也不一定？"周学熙指着他道："你啊，你是认定了我欺骗了你们？"同来一个姓崔的老板道："周大人，我们不是这个意思，只是想知道到底怎么回事。"周学熙放下手道："好，那我就和你们说说，你们知不知道张翼给太后送银子的事？"张老板道："这个我们知道，他把开平煤矿挣的钱都送给了太后，这才升的开平矿务督办兼直隶热河矿务督办，这个我们听老李说过。"说着看了一个上年纪的一眼。李老板道："是，这个事我听官府的朋友说过。"周学熙又道："第二年你们的分红我是不是按时分给了你们，是不是比以前多不少？"姓崔的老板道："是，您跟张翼不是一伙的，这我们知道。"周学熙道："那你们还信报纸上说的？"张老板道："听说魏俊德这个人善于钻营，我们想问问他到底怎么回事？"周学熙道："说起来认识魏俊德还真是魏肇庆介绍的。"听周学熙如此说三个人瞪大了眼睛，周学熙接着道："我在矿务局干了一年总办就被派到了秦皇岛，开平煤矿这边的事就又回到了张翼手里，以后再签合同也是张翼签的，我从来没和魏俊德签过合同，我是从张翼转给我的这些合同才知道他。那年八国联军占了开平煤矿，张翼把开平煤矿卖给了英国人，我和魏肇庆就都进不去了，魏肇庆知道魏俊德和开平煤矿签过合同，所以找他来打听消息，我这才真正认识了魏俊德。"张老板道："他替洋人办事，还那么善于钻营，就有可能挑拨你。"周学熙道："哎，我这位老兄可不会干这种事，他对八国联军恃强凌弱深恶痛绝，自从查清了张翼干的事，魏老兄已经从亨氏公司辞职了，现在就在山东大学堂，你可以去打听打听。"说完周学熙从桌子抽屉里拿出去年的销售报表递给了来人，道："你看看，这是咱们去年的销售报表，你仔细看看，哪里能转给亨氏公司几十万吨煤？"三个人看了，林林总总六十七家，差不多大的十几万吨，小的也就六七百吨，总算起来也就九十多万吨，问道："我们不是一年一百好几十万吨吗？怎么少了这么多，那些产量哪去了？"此时石东鹏道："你想多赔点吗？周大人为了少赔钱，特意减少了煤炭生产，只供应朝廷日用和咱们自家的企业，额外的就不对外供应了。"崔老板又看了看手中的报表，都是些必需的单位，道："那亨氏公司现在卖的煤是哪里来的？"周学熙道："亨氏公司以前就和开平煤矿有联系，现在卖的煤肯定是开平煤矿的。如果说开平煤矿把煤运到了上海，那么他们就可以多挣一些运费，他们和亨氏公司合作这么多年，这样一来卖价比煤矿定的价格就要高一些，如此看来他们之间加强了合作，这是要与我们长期对抗下去啊。"张老板沉不住气了，道："这不明摆着要坑死我们吗？那怎么办？"石东鹏道："为这事周大人想尽了办法，求朝廷，求兄弟，要不是北洋方面多方周旋，恐怕煤矿早倒闭了，你看看，上面是不是有些单位价格略高些？"崔老板又看了看，与一同来的人对视了下，刚要说话，就听李老板道："那魏肇庆家的院子怎么回事？他怎么有钱盖那么好的院子？"石东鹏道："他家的院子好，你可知他原来是干什么的？"李老板道："他不就是搞贩运的吗，现在兵荒马乱的能挣多少钱？"石东鹏道："搞贩运的，你知道大盛魁吗？"李老板道："大盛魁谁不知道，整个蒙古草原都是他们的买卖。"石东鹏道："魏肇庆家的买卖就是山东的大盛魁。"李老板道："不会吧？我们怎么没听说？"石东鹏道："你知道魏肇庆平抑过地方盐价吗？"李老板道："没有。"石东鹏道："当年盐价涨到三百文一斤，是魏肇庆出手剿灭盐匪平抑盐价，盐价重回官盐定价。"崔老板道："我倒是听说过有这么回事，是他干的？"石东鹏道："我还说谎不成？魏大哥行事低调，很多事情不为人知。"此时周学熙道："要说起魏肇庆，不要说把在煤矿的钱拿回去，就是不往煤矿拿钱也能盖比这个好多少倍的房子，煤矿亏欠他太多了。入股兴建滦州煤矿，借钱给煤矿渡过难关，生前定下以滦制开大计，我们都要感谢这位老兄。"说着周学熙向着山东方向抱紧拳行了个礼。张老板道："什么，以滦制开是他定下的，我们怎么不知道？"周学熙道："肇庆兄一生不喜张扬，嘱咐我不要对外说起，今天你们说他不对，我告诉你们，没有他就没有现在的滦州煤矿，以滦制开、以滦收开将无从谈起。"说完这些，周学熙眼里已是微微泪光。

就在此时，公司财务突然闯了进来，见有人在刚要转身出去，周学熙忙拦住道："都是自己人，有事你说就行。"公司财务道："周大人，德国银行的借款办不了了。"周学熙问道："怎么回事？怎么办不了了？"公司财务道："今天上午，下面说银行借款一直下不来，我就去了德国银行，到了一问他们说办不了了，我问他们什么原因，他们说我们公司借款太多，现在又经营亏损，所以没通过他们的评估。"石东鹏腾地站了起来，问道："上次他们来的时候不是都让他们看了吗？还把东唐那块煤田也抵押给了他们，怎么现在反悔了？"公司财务道："我也问了，他们都说不知道，我又找上次来的那个人，那人一直躲着不见我，我在那里闹了一场，他们见我急了才带我去了他的办公室，让我逼急了他才和我说了实话。"周学熙问道："他怎么说？"公司财务道："我百般追问他才说英国方面照会了德国使馆，不让德国银行借款给我们，他们也是迫不得已。"周学熙一拍桌子道："无所不用其极。"眼睛扫过来人，随即对财务道："京城方面恐怕来不及了，你抓紧去上海，看看那边有没有别的外国银行能办借款，时间长了恐怕消息会传过去。"财务应了转身出去。

崔老板道："周大人，按说这话我不该说，我们投资开滦煤矿一是为了支持您以滦收开的，二是想兴办洋务也能多少挣些钱，可说什么也没想到现在不光没挣到钱，前前后后还贴进去了不少，这些我不说了，即便我们想筹钱买回开平煤矿，可大家也实在拿不出钱来了，更何况也不是个小钱，这一千万两白银咱们无论如何也办不到。"周学熙看了此人一眼道："有话你直说。"崔老板道："我说句话您别不愿意听，周大人，既然朝廷不想拿钱收回开平煤矿，我们又没钱买回来，现在煤矿经营又如此困难，我看不如就和他们合并算了，联合经营，也不至于天天打商战谁都挣不到钱。"虽说周学熙早有心理准备，可当面向他提起还是有些猝不及防。沉吟半晌周学熙才道："我首先感谢这几年诸位对滦州煤矿的支持，我知道，没有诸位的支持滦州煤矿走不到今天，我们以滦制开、以滦收开没有大家一定走不到今天。这里我再说一下，为什么要开办开平煤矿还有滦州煤矿，那就是朝廷兴办洋务离不开煤炭资源，大家想想，要办洋务哪里离得开煤炭？炼铁造炮、轮船火车都要有煤炭才行，离开了煤炭资源我们的洋务就成了无源之水、无本之木。还有，如果不收回开平煤矿，大家都看到了，就要处处受到英国人的控制和掣肘，拼价格已经拼得我们筋疲力尽，如若他们再找个由头派兵前来，恐非我们能够处理的，所以这些年我们拼尽全力与他们周旋，就是希望有朝一日收回开平矿务局，创办我们独立的煤炭工业。现在给了我们机会，能够把开平煤矿买回来，虽说朝廷有所顾虑这只是暂时的，如果和他们合并，这根刺就会永远扎下去，那就永远要看别人脸色行事。"石东鹏站起来道："这些年，周大人做了很多工作，为了挤垮他们，我们加紧了开平煤矿周围的开采，已经初见成效，我们打听了，他们有些矿坑已经无煤可采了，已经逼得他们想把煤矿卖掉了。我们困难，现在他们更难受，只要我们坚持下去，终有一天会见分晓。"此时周学熙又道："现在有很多流言，有些小报专门鼓吹开滦合并，还说我私下里和他们在谈判，请大家相信我，我绝不会向他们屈服，再就是告诉大家一个好消息，不光是咱们在和英国人抗争，朝中大臣也有不少支持我们的，顶住了英国人的多次武力威胁，只要我们坚持下去，早晚有一天我们会把开平煤矿收回来。"见周学熙态度十分坚决，来的几个人仔细想了想，周学熙说的确实有道理，年老的李老板起身向周学熙行了个礼道："周大人，实在对不住了，既然这样我们就再等等。"周学熙道："这也怪不得你们，看到报纸上说得有鼻子有眼都要着急，他们这么造谣一定会带来不必要的麻烦，不过外面紧逼倒不要紧，如果我们内部生出嫌隙，他们定会乘虚而入，内外夹击人心不稳恐生大乱。"崔老板道："那总不能坐以待毙吧？"周学熙想了想道："东鹏老兄，你抓紧派人请魏埕过来，他在内阁供过职，文章你也见过，文采眼光俱佳，让他把煤矿的事好好写写，将英国人的阴谋公之于众。"石东鹏道："好，让小埕把我们的良苦用心也写一写，省得一一回应，也免得大家误会。"张老板不好意思地道："对，对，我们就是知道的太少才误会了周大人，我回去也和大家好好说说。"说罢几人起身告辞。

送走来人，周学熙对石东鹏道："财务回来能借到钱最好，如果借不到钱你嘱咐他一下，暂时不要对外说，我来想办法。"石东鹏应了出去，临出门回头看了一眼，就见周学熙靠在椅子上紧抱双臂，眉头紧锁一动不动。石东鹏暗暗叹了口气，他心里清楚，现在的滦州煤矿可谓是危机四伏，稍有不慎便粉身碎骨。

然而就在两家煤矿激烈缠斗的时候，风雨飘摇的大清朝灭亡了，中华民国建立了。

第五十四章

新朝廷，如何开新章
有情人，可否结成双

　　民国成立了，袁世凯还当上了大总统，魏堃十分高兴，自觉父亲的愿望终于可以实现了。魏堃兴冲冲地来到了天津，直奔开滦煤矿找周学熙，令人意外的是周学熙竟不在矿上，四处询问去了哪里，众人皆支支吾吾躲躲闪闪。好不容易找到了石东鹏，这才告诉了魏堃一个惊天消息！就在袁世凯当上了大总统，大家以为收回开平矿务局指日可待的时候，袁世凯竟同意了开滦合并，并作出承诺，如所得利润少于三十万两白银，开六滦四，高于三十万两则五五分成。不但开滦合并了，而且还明显地保护了英国人的利益，这与创办开滦煤矿初衷相违，周学熙对此失望透顶，于是拒不就任督办一职。

　　魏堃来到周学熙家中，两个人见过面，魏堃道："学熙叔，下一步咱们怎么办？"周学熙道："你都知道了？"魏堃点点头道："东鹏叔和我说了。"周学熙猛地站起来气愤地道："签这个协议我对不起故人啊！你父亲为开平煤矿倾其所有费尽心血，至死不忘以滦制开、以滦收开，可如今却要开滦合并，白白让英国人占了利益，你说，你说我怎么继续干下去？"说到此周学熙眼含热泪话也说不下去。来的路上魏堃也是无比激动，众志士费尽心血创办了滦州煤矿，为的就是最终收回开平煤矿，然而袁世凯却做出了这个决定。魏堃问道："学熙叔，这到底怎么回事？"周学熙听他问起还是一巴掌拍在了书案上，道："还不是那个东西。"魏堃道："哪个东西？"周学熙道："那个不要脸的东西。"魏堃忽地站了起来，气愤地道："他不是在天津租界里吗？怎么又出来害人。"周学熙道："可不又是他，那天我才知道，是他带着纳森爱德撺掇我的两个董事鼓动开滦合并，还恬不知耻带着纳森爱德去找了袁大人，他怎么还不死心？卖完开平煤矿，难不成还要把滦州煤矿给卖了不成？"魏堃道："怪不得我爹至死都不见他，这个人是从骨子里坏的。"周学熙道："一直总说自己是被逼的，可现在谁还逼他？不光骨子里，根子里也是坏的，自入八旗那天起，他已经是奴才了。"魏堃道："虽说他们鼓动，可最终决定的还是袁大人，难道他不知道利害？以前可是争得你死我活。"周学熙道："这可是当大总统，当上了能拥有至高无上的权力，他还顾得了我们？"事已至此，两个人都觉心头的石头有千斤之重。

过了一会儿，魏堃站起身来说道："周大人，我有句话不知道对不对。"此时周学熙已经稍稍平复了些，道："你说吧，咱们还有什么不能说的？"魏堃道："这几年我们和开平煤矿拼的是你死我活，是敌人先骑到了咱们的脖子上，我们必须以死抗争，要不然就永远站不起来了。您带领大家与他们殊死抗争，不计名利自甘屈辱，为的是早晚有一天能把开平煤矿给收回来，您的所作所为大家都看在眼里，这也是我们应该做的，无论如何我们都不会后悔。"周学熙道："在国家大义面前个人荣辱算什么？不过这种有违初衷的事我绝不会同意。"魏堃道："那是自然，不过有件事您注意了没有？"周学熙道："什么事？"魏堃道："现在开平煤矿的煤大部分还是让日本人买走了。"周大人道："这件事咱们以前聊过，我安排下面不管价钱多高都不卖给他们，不过日本人善于投机取巧，明里购买也好暗度陈仓也罢，应该占尽了开平煤矿的便宜。"魏堃接着周学熙的话道："周叔叔，日本人亡我之心不死，只要让他们抓住机会一定会伺机而动，这个我们不得不防。"周学熙道："现在民国已然成立，虽说大局初定，想他日本不敢怎样吧？"魏堃道："就是大局初定，这才要以防万一。"魏堃道："我想袁大人既然答应了开滦合并，恐怕很难改变了，他现在是大总统，做这个决定绝不是随意而为，这个您也明白，两害相较取其轻，您看能不能这样？咱们向袁大人建议，开滦合并可以，但最终我们还是要把开平煤矿收回来，签协议时能不能明确下来？再就是尽量争取煤矿管理权，只要管理权在咱们手上，我们就可以断了日本人的投机之路，毕竟现在日本人才是我们最大的威胁。"周学熙道："道理虽是如此，滦州煤矿在创办之初就立下规矩不接受洋人入股，以滦制开也是不让洋人获取更多利益，这么多年来我们也是抱定这个信念，如此一来不是自相矛盾吗？再说英国现在势力这么大，合并以后恐怕很难对他们进行限制。"魏堃道："可是袁大人决定要开滦合并，想必是害怕英国人干涉他就任大总统，不管他私心也罢公心也罢，看来英国人他是不敢得罪了。"周学熙道："难道就为了不敢得罪英国人，就把我们这么多年来的努力付诸东流？"魏堃道："按说这件事他的确不对，可您想，这个决定已经对外公布了，我们还能改变他的决定吗？恐怕太难了，现在只能想办法争取更大利益。"见周学熙不说话，魏堃又道："就算开滦合并，我们也是利益一方，尽最大努力说服袁大人争取最大权利才好。"周学熙陷入了沉思，在这件事上自己确实心有余而力不足，况且这些年两矿相斗开滦矿务局已陷入危局，既然这样只能以退为进。打定主意，周学熙道："我立即去京城。"说完周学熙便命人准备。周学熙性格刚强，这么多年从没向外人低过头，为了国家大局周学熙忍辱负重，世间非议恐怕在所难免。周学熙说着就要出门，此时魏堃站起来道："周大人，能否想办法把姜旭放回来？"此时就见周学熙拍了下脑袋，后悔地道："哎呀，这段时间光顾着生气了，忘了把这事给办了，我去了立即找人办。"

不久，协议签订了，滦州煤矿与开平煤矿合并经营，利润分成没有变化，不过收回开平煤矿被明确写进协议，责滦州煤矿以十年为限购回开平煤矿所有资产。周学熙仍拒任督办一职，只就任主任董事一职。好消息是京城那边传来消息，姜旭不日将被赦免回家。

得到消息魏堃立即往家赶，他要告诉自己的妹妹，她的心上人就要回来了。进了家门魏堃便急急忙忙直奔妹妹的房间，此时丫鬟端着一盆水正要出门，差点与魏堃撞个满怀，水盆哐啷一声掉在了地上，还好躲得快，魏堃腿上脚上全湿了，然魏堃顾不得这些三步两步跑进房内，边跑边喊道："小臻，有好消息，小臻，有好消息。"此时臻儿仍歪在床上，听是哥哥的声音才缓缓坐了起来。魏堃大声道："小臻，姜旭被赦免了，马上就要回来了。"臻儿微微笑了笑，总算心上人得以释放，可这笑里却让人看到更多的酸楚在里面。魏臻上次去京城见姜旭，那是维新变法失败那年，如今已经十四年过去了，现在的臻儿已是三十有八了。这十四年，魏臻是数着日子过来的，煎熬带走了她的美丽容颜，带走了她的身体健康，带走了她的美好向往。这天大的好消息却不是医治百病的灵药，咱们的臻儿上下打量了打量自己，只对哥哥说了一句："回来就好，我不想见他。"魏堃看着瘦弱的妹妹自是怜爱万分，忙应道："你说怎样就怎样，想见他我就送你去，不想见他也随你。"魏堃心里也是酸楚万分，眼前的妹妹竟是如此瘦弱，脸上竟无半点血色，只说道："要不要我去请大夫？"臻儿道："不用，我没事。"见如此也无话可说，魏堃只好转身出去。走到门口对丫鬟道："多去厨房做些好吃的，需要什么尽管去买，缺什么直接找我要。"丫鬟忙应了。

臻儿强撑着来到镜子前，让丫鬟给自己梳妆。丫鬟梅儿忙从柜子里取了桂花油放在案儿上，拿起梳子蘸了蘸轻轻梳了几下，虽说已经是十分的仔细小心，可头发仍挂了不少下来，趁小姐不注意，梅儿把梳子藏到姑娘身后，麻利地取下头发缠了缠揣在兜里，如此几次方不再掉了。今儿姑娘来了兴致，让梅儿给她梳了个双髻式，长长的辫子绕在髻上，只留下尺许垂在肩头，还特意挑了根红头绳儿。拿出头花盒子，姑娘选了个绛色的让梅儿给自己带上，梅儿正要把往日常带的坠儿给姑娘带上，臻儿摆了摆手，指了指床头的小盒子，是一对红玉的坠儿，那年就是带着这对红玉坠儿去的京城，姑娘放在手心里端详了好一会儿才让梅儿帮她戴上。又将亲手做的粉缎镶边长袄、浅粉凤尾裙取了来，这套衣服做好十几年未曾上身，今天第一次穿。穿戴好了，臻儿在镜子前左转转右看看，只觉本来合身的衣服空荡荡大了许多。

也顾不得了，带上梅儿便出了内宅，臻儿来到了院子南边的桃花林。两个人一路走一路看，漫步于桃花径上，想当初姜旭第一次来的时候也是桃花盛开，几个人风华正茂何等意气，谈笑间筹谋万事，潇洒处挥斥方遒。昨日里茶香入脑海，目光接处勾魂游，此时想来仍是怦怦心乱动，今却是天各一方十几春秋，怎知那人可变样，如梦里帅气更沉稳，却不要清瘦头下偻。不经意小径到尽头，却没有椅座立路口，无力几欲蹲身坐，幸得梅儿立身后，用力扶住才没出了丑，当真是浑身没力气，歇几气方到大门口。梅儿招呼门房搬了椅子过来，让姑娘坐下来休息休息，见姑娘沉心静气舒缓了些这才放心。门房守卫们不敢近身，只远远看着心中暗自纳闷，许多年不见姐儿出得二门，不知今天为什么跑到大院里走了一大遭。歇了半刻，臻儿望着桃花源，望着远处的天空发起了呆，脸上比往日红润了许多，天空也比往日蓝了许多。怕风儿吹凉了汗招了病来，梅儿忙把臻儿搀回了房，且说没什么大碍，只第二天起来却是过了半晌头。

时光转瞬，半年过去，魏集村西，一个清瘦的男子双膝跪倒在一座孤坟前。那是一座孤零零的坟头，矮矮的没有墓碑，连棵树也没有栽上一棵，只家人烧纸留下的几块碎砖凌乱地散落在地上，坟前却摆了一束鲜花，与旁边的黄土格格不入。男子的头紧紧贴在地上，泪水止不住地流，往事历历在目，千万种情形在心里过着。多少次小仙女远远地跑来，清丽的身影，咯咯的笑声，而今是自己远远地跑来，孤零零一个在外面，孤零零一个在里头，阴阳两隔只能相见在梦中。风也不动，树更不摇，连鸟儿都不飞过一只，只这个男子久久地跪着，跪着，一动不动。夕阳被地平线慢慢遮住了面孔，男人与晚霞慢慢被夜幕涂抹成了一个颜色，身影也随着余晖消失不见了踪影。夜幕下以头抢地的男人缓缓磕了三个响头，一步两回头地离开了，只留下一声长叹久久不散。

如梦令 · 红袖添香

清茶红袖添香。梦郎芳心独藏。宁做男儿郎。奈何簪画国殇。莫忘，莫忘。残红落地成霜。

清酒泪染成浊。佳人青丝紧握。万里关山过。国难蹉跎几何？且说，且说。梦里扁舟随河。

第五十五章

真警觉，蛛丝不能错
耍奸邪，瞒天把海过

　　这一天，魏启东骑着马跟在商队后面走着，忽见商队慢了下来，抬头见是济阳县边卡，此处常有些莫名税捐要收，总要耽误些时间，也就习以为常。看日头已经是中午时分，于是几人便下马来到路边老豆腐摊，吩咐护卫们轮换吃饭休息。进了豆腐摊几个人靠里坐了，留出外面几个长几给护卫们。过了大约一炷香工夫，护卫们轮流吃罢饭陆陆续续都出去了，却不见有人招呼出发，正要派人去问，师弟刘三慌慌张张跑了进来。刘三见只有启东与一位师兄在也就直言道："东哥，过不去了，这税收得太狠了，胜子哥和差役们闹起来了。"启东一听起身立马往前面赶，边走边道："怎么还不明白？该交的都交上，人家也好交代，多的要想办法通融，以前办得挺透妥的，这次怎么了？"刘三道："东哥，不是胜子哥的事，这次啥法也使了，就是不让过，你快去看看吧。"启东还是有些意外。胜子大名宫胜，是父亲魏俊青的爱徒，比自己来商队早了好几年，一直跟在父亲左右，自从启东主管商队这块，父亲特意把宫胜留了下来。其实路上这些关卡商队是常年走着的，断不了打点通融，当地镖局与商队连枝同气，一般也会事先打好招呼，面上过得去也就相安无事，实在不行私下使些钱也就过去了，只济阳这地方怪些，总有些想不到的名目出来。一直以来胜子处理这些事都是熟门熟路，还时不时给启东出出主意，不知道这次为什么。来到前面，就见宫胜站在队伍前面也不说话，只叉腰站着，后面站着十几个护卫也排起了队。对面人倒不多，不过五个人都穿着官衣，一字排开站在路中间，手却放在刀把上，两下里互不相让。启东一看这架势顿觉不对，远远冲前面喊了声："胜子！"宫胜连忙跑了过来，道："东哥。"启东问道："你这是干什么？以后还过不过了？"胜子道："不是，说啥都不让过，我也没办法。"启东道："怎么了？"胜子道："东哥，气死我了，他们变着法地收钱。"启东瞟了一眼前面道："胡说，什么叫变着法收钱？你又不是不懂。"胜子道："不是，这次不一样。"启东问道："这次收什么钱？"宫胜道："东哥，这次除了出境捐、兴学捐、畜头捐，还要收什么城墙捐和戏捐，要是少也就罢了，单这两样就要500块大洋。"启东问道："怎么这么多？"胜子道："我也问了，刚才那个人说他知道这是魏家的商队，年年过境，在济阳挣足了钱，说让我们奉献奉献，都不知道怎么出的名目，怎么奉献啊？我好话说尽就是不松口，说今天交不上钱就要留下车马抵税，幸亏弟兄们多他们才没敢动手。"启东道："什么弟兄们多？这里你也敢硬来？该怎么办你又不是不知道。"宫胜压低了声音道："我送啦，往手里硬塞都不收。"启东道："守着那么多人他敢要吗？真笨。""人多？以前怎么都收了？"胜子在后面嘀咕了一句。启东也不理他，径直向前走去。

来到前面，就见站在前面的守卫有个熟人，忙上前抱拳行礼，拉了那人的手到旁边说话，一边把五块大洋顺手放到那口袋里，用手捂住袋口大声说道："二哥，胜子不懂事惹您生气了，我这里给您赔个礼。"说着向众人也行了个礼。谁承想几个人却不像往常，没半点动静，只被叫二哥的道："魏掌柜，不好意思，上支下派，这次交了钱才能过去，要不我们也不好交代。"说话间向启东使了个眼色，扭头向关卡房看了一眼。启东立时明白，大声道："好，好，大家都是公差，该交的都交上。"宫胜一听忙从怀里掏出五十块大洋递到"二哥"手上。就在此时，关卡房内不紧不慢走出一个人来，就见此人五短身材，面色黝黑，两腮乍起，上下嘴唇略略外翻，初一见怎么看怎么像标准的鲶鱼样儿。身上穿一套黑色中山装，浑身的肥肉将衣服撑得滚圆，腰间的扣子微微张着，让人担心会不会突然飞出来。脚上穿黑色皮鞋，应该是刚刚擦了，猛一看油光锃亮，不过几步走来尘土便无情地蒙了上去。顾不得这些，此人紧走两步一把夺过"二哥"手里的银圆，用手掂了掂便抬手扔在一边，道："就这点钱也想过去？"说罢脖子一歪斜眼看着启东。宫胜子见钱扔到地上便要去捡，见此那人抬腿就是一脚，正蹬在宫胜子肩上，骂道："老子扔的钱你也敢捡？"宫胜一个猝不及防被蹬了出去，也是练家子，就势滚出去拧直了身子对准了那人，双手撑地双脚用力整个人瞬时弹起来就要开口动手。却见启东眼疾手快一个箭步冲到宫胜子身前，一把抱住宫胜一只手捂住宫胜子的嘴，双眼紧瞪着宫胜子硬生生往前面推了两步。胜子紧咬钢牙退到后面，启东看他退后向他使了个眼色，宫胜子明白启东意思，悄悄退后转到后面。

回过头来，启东干笑两声向来人打千行了个礼，道："大人吉祥，小的们不懂规矩惹您生气了，您大人大量，犯不着和他们生气。"谁知此人却不接话，只道："什么吉祥，还来这里老一套，现在是民国了，怎么还这么不懂规矩？"启东忙又鞠了个躬，道："恕在下有眼不识泰山，敢问先生高姓？"就听"二哥"道："这是我们县公署二科史廷常史科长，专管财政，以后尊重些。"启东忙又深深点了点头，道："原来是史科长，失敬失敬。""二哥"又对史廷常道："这位是商队掌柜魏启东魏掌柜，他父亲魏俊青您以前见过。"见启东还算谦卑也就道："原来是魏老掌柜的小子啊，你父亲见了我也要亲自跑过来，你倒躲在后面。"启东忙道："不知道叔叔您亲自过来，知道我早过来问安了。"史廷常道："那倒不必，县长大人着急这捐税收不上来，让我过来盯着，没想到是你们商队抗税不交，正要调人过来把商队扣了。"启东暗自发恨，民国以来税捐便多如牛毛，一路上处处都是欺凌霸掳，只想稍躲痞霸才故意躲在后面，没想到还是没躲过去，这次算是遇到难缠的了，却也没法只能笑脸相迎。启东道："史叔叔，瞧您说的，魏家商队历来遵纪守法，不光税钱照纳，县上捐输也是全交，只是又多了名目小的们不懂罢了，怎么敢抗呢？"史廷常道："哪些不懂？这过路捐、兴学捐、畜头捐年年都收，这城墙捐、戏捐也都为你们好。"启东道："别的好说，这城墙捐，我们又不住在城里，不用交吧？再说这戏捐，咱们天天跑东跑西，这里的戏我们从来没看过，怎么也要捐啊？"史廷常道："说你们不懂你们还乱说，这城墙捐难道只有住在城里才交？修建城墙是为了保护县长大人，只有保护好县长大人，他老人家才能率领军队保境安民，真要动乱起来你们还怎么做买卖？实在没有见识。"启东听这歪理也是无可奈何，只能道："原来是这个道理，可这戏捐怎么也要我们交啊？我们一年忙东忙西累死累活的，哪有工夫看戏啊？"史廷常道："这戏捐你们更要交，县长大人为了教化百姓亲点戏路送戏入乡，为的是教民从善莫生事端，若不如此暴民四起不要说做生意，你的小命还不知道在哪儿呢。"这史廷常也算是巧舌如簧，一番说辞听起来缘由满满，虽是歪理但还真不好辩驳，说多了扣你个不尊县长的帽子，随便个由头你就吃不了兜着走。启东一想不能硬碰，往远处看了看也没见人来，只能道："多谢叔叔教诲，不过魏家兴办商队也是为了畅通商路兴盛地方经济，百姓们能安居乐业自然不出来闹事，也为当地做了好事不是？叔叔您也知道，这两年路上艰难，商队也挣不了几个钱，大家忙死忙活辛辛苦苦，还请叔叔体谅。"史廷常道："你说这个谁信？魏家商队日进斗金咱们谁不知道？不要和我说这些没用的，道理给你讲了，我也懒得和你们多说，老二，去城里报告县长，让四科派些人来。"四科是行动队，手下几百号人，启东早有耳闻，忙拦道："史叔叔，怎么还要劳动别人？我们又没说不交，请叔叔屋里说话。"说着拉住史廷常的手要到关卡房去，没想史廷常却甩开启东的手，道："什么屋里说话？少来这套，你这些把戏对我没用。"转头对"二哥"瞪眼道："老二！怎么还不去？"二哥无奈转身要走，此时就见官道上有几个人策马而来。来到近前，一位长者下马紧走两步双手抱拳拱手道："廷常老弟，辛苦，辛苦。"史廷常见到此人也忙还礼，道："白老掌柜，您怎么来了？"此人姓白，单字名先，济南府"春阳镖局"郝凤平郝老掌柜的关门弟子，当地人士，"春阳镖局"在济阳开了个分号，便派他过来管着。老爷子一生行侠仗义在当地颇有威望，上上下下都给些面子，史廷常碍着面子只能笑脸相迎。老爷子道："孩子们说惹你生气了，我过来看看，代他们赔个不是。"史廷常知是启东请的说客来了，却

不买账还是道："什么惹不惹我生气？我就是个小科长，怎么敢劳动老掌柜大驾？都是为县长大人办差，只要他们把税交了，我立马放他们过去。"老爷子道："那怎么行，来，胜子，快给史科长磕个头，赔个不是。"宫胜倒是麻利，上前跪下就磕头，可磕了头却不起来。见这样史廷常也就上前拉起宫胜，道："没事没事，起来吧。"老爷子见史廷常还不说话放行，从怀里掏出两张纸递给了史廷常，道："前些日子我去公署拜访，县长大人给我写了几个字，请史科长参详参详？"史廷常接过纸来一看，就见纸条上写着"春阳镖局福下体上酌情减免"字样，署着县长的大名，再看第二张纸，却是一张五十两银子的银票，史廷常眼珠一转，把东西往口袋里一塞，道："哎呀，老掌柜怎么不早说？既然县长大人示下，那这样，商队税捐就减半收取，不过以后凡有税捐一定要积极缴纳，否则也不好向县长交代。"启东忙道："多谢叔叔体谅，快，快进屋交上。"说着安排刘三跟着"二哥"去办。史廷常看着他们进了关卡房，扭头又对白老爷子道："白老掌柜，进屋坐坐？"白先道："你们行着公务，我就不打扰了，有空来镖局喝茶。"史廷常道："好说，好说。"转身便跟了进去。

见史廷常他们走远，启东忙谢道："多谢伯父帮忙，您不来这下子真过不去了。"老爷子道："这小子死装硬摆，县长大人也拿他没办法，只能这样了，以后早派人过来看看，免得见面不好说话。"启东道："好的伯父，我记住了。"说着话老爷子和启东往后面走，商队马车一辆挨着一辆，赶车师傅牵着马整装待发，护卫们紧握钢枪四周警戒，一个个生龙活虎。老爷子看了不住点头，有几个上了年纪的见老爷子过来忙上前打招呼，老爷子也是高兴地呼应着。不长时间，来到了队伍后面，老爷子道："商户怎么这么少？跟你们的商户呢？"听老爷子问起这个事，启东向四周看了看，又把老爷子拉到一边才道："就两家商户，我把他们放队伍里了。"老爷子道："怎么了？怎么放进队伍里了？"启东道："还不怪他们。"说着看了一眼关卡，又道："以前我也跟我爹跑过，关卡没那么多，过关卡交的钱也不多，可自从民国了，这关卡一下子就多起来了，各种捐输名目繁多层出不穷，不管大小每户都得交，有些商户慢慢就跑不起了。有两家稍微大一点，也常年跟着我们，前段日子和我们商量合在一起，由我们代缴稍微省一点，我就把他们放在队伍里了。"老爷子指着关卡道："这么好的事都让他们给糟蹋了。"启东道："小的时候我爹带我到商队上玩，那时候商队一出发，骏马商队在前面走，后者跟着二三十的大大小小的队伍，一眼望不到头。"老爷子道："对，对，那时候护卫们来来回回地跑着，小伙子们也精神，一个个骑着马跑起来真威风。"启东道："那是，现在不用了，一眼就看过来了。"老爷子道："说起来魏肇庆眼光毒啊，那些年商业死水一潭，生意都不好干，他带头搞起了商队，东西往来的多了，各家各户慢慢都有活干里里外外也活泛了，人们多少有了盼头。现在总说要保境安民，保境安民，也没见干什么，可钱倒是经常来要，又没个进项，日子过得直打鼓。"启东道："现在基本挣不了多少钱，有时候还要赔一些，照此跑下去估计商队也够呛。"老爷子道："千万别，现在有你们还有点活泛劲，要你们不干了那真没指望了。"启东道："也亏伯父您照顾着，我们还能干下去，有您这句话，我们回去再想想办法。"老爷子道："好，这边我再打点打点，有事你就派人找我。再就是回家问你父亲好，好久不见了，下趟让他一起过来，还存着两坛子好酒，我们兄弟两个好好喝两盅。"启东道："一定，一定，请伯父抽空来魏集坐坐，我父亲也常说起您。"老爷子道："好，我一定去。"老爷子一直守着，见商队走远方转身上马回城。

回到魏集，启东来找魏垄，路上的事只字未提，他有一件大事要告诉魏垄。大清朝是亡了，民国也已经成立了，按说新朝新气象，刚开始还好一点，可这几年地方势力纷纷割据拥兵自重，一个劲儿地敛财扩军。这些启东都知道，他会想尽办法处理，可有一件事他始终没弄明白，启东道："兄弟，有个事我想和你说下，你看看是怎么回事儿。"启东启志还有魏垄一起长大，也就沿着上辈的叫法以兄弟相称。魏垄忙道："启东哥，你说。"启东道："这段时间送货大家都在议论一个事儿，世道这么乱很多东西都落钱，可有样东西不光没落钱，还涨钱了。"生意人最敏感的就是价格，听到这里魏垄一下子来了兴致，忙问道："哥，什么东西啊？"启东道："棉花。"听是棉花魏垄一是没有关注，二是真不知道为什么，但还是问道："棉花？涨了多少？"启东道：

"涨了快一倍了，按说这两年贩过来的洋布越来越多，咱们这里加工土布的越来越少，收棉花的少了应该降钱才对，不知道为什么反而涨钱了。"魏堃忙问道："启东哥，你没查查都是谁在收？干什么用了？"启东答道："查倒是查了，咱们武定府收棉花的不少，不过用棉花的倒不多，大部分运到了外地。"魏堃追问道："运到什么地方去了？"启东道："大部分运到了青岛，我也派人去青岛问了，说是日本人在大量收购，到底他们用来做什么？日本人管得严，只说纺纱织布其他的什么也没打听出来。"日本这两年纺织业发展迅速，本国又不出产棉花，纺纱织布有利可图大量收购棉花很有可能，魏堃转念一想，日本人一向是投机取巧，一般不会高价收购东西，是不是有什么问题在里面？想到此魏堃道："启东哥，我知道了，这事是有点奇怪，我去趟天津看看那边是不是知道。"听魏堃如此说，启东知道他已经把这件事放在心上，只道："好，那我出去忙了。"

转天魏堃来到天津，先去了周学熙大人那里，周学熙忙打发人把石东鹏也请了过来。石东鹏已是上了些年纪，头发基本全白了，可依然在周学熙的工厂里忙碌着，总说兄弟们交给他的事还没办完，他不能休息，大家都明白，便不强劝他回家养老。都是老朋友自然没那么多客套，说话便开门见山，魏堃道："周叔叔，石叔叔，前两天启东哥和我说这两年棉花一直在涨价，大部分运到了青岛，打听了才知道是让日本人收了去，都知道日本人善于投机取巧，向来都是暗地里做事一般不会涨价抢购，一下子想不明白为什么，想过来问问到底怎么回事。"魏堃算是问对人了，周学熙刚从北洋政府财政部部长任上辞职，有些事情自然掌握得清楚一些。说起周学熙辞职，还与一件大事有关，那就是袁世凯要复辟帝制。前面说过袁世凯为了当上大总统不惜出卖开滦煤矿利益，现在又为了自己的皇帝梦不惜与日本人签订了丧权辱国的二十一条，年前又改号洪宪称帝，行倒行逆施之举，周学熙自认实难与之共事，便坚辞离任。学熙道："你说这个事啊，我还知道些，前些年日本得了中国大量赔款，于是在引进和发展技术方面下了大本钱，单纺织技术方面就已经比欧洲那边高出不少，再加上日本人精于算计，人工方面实行一人一岗又节省了大量人力，所以织的布可说是物美价廉颇有竞争力，咱们这边和日本国内需求量又那么大，所以仅在青岛日本人就开了八家纱厂，想必是他们为了争夺货源才抬高了价格吧。"这个说法自然说得通，可日本人抬价收购这件事还是有些蹊跷，此时石东鹏说了一件事，让大家无比震惊。石东鹏道："周大人，小垫，你们还不知道吧？这棉花不光能纺纱织布，还能造炸药。"周学熙和魏垫一脸惊诧，都瞪大了双眼异口同声地问道："能造炸药？棉花怎么能造炸药？"可两个人都知道石东鹏在北洋机器局任职，机器局主产就是火药，石东鹏如此说自然有他的道理。石东鹏道："本来这都是机密，不过今天就咱们三个人，我就和你们说说。这棉花先放进硝酸里硝化，再用硫酸脱水就制成无烟炸药，威力比褐色火药还要大。本来机器局已经进口了制造无烟火药的机器，可还没等生产就被八国联军给毁了，实在太可惜了。"原来如此，周学熙和魏垫一下子明白了日本人抢购棉花的目的，竟隐藏着如此一个巨大的阴谋在里面。魏垫道："日本人这个阴谋恐怕上面还不知道吧？周叔叔，咱们是不是先向上面汇报一下？"周学熙道："这个我会通报上去，不过棉花这个东西虽说日本在大量收购，可作为纺织原料现在没理由不卖给他们，再就是日本在青岛设厂也真是在纺纱织布，背后运回国干什么大家不得而知，何况现在不是两国交战时期，就算上面知道也不好阻止。"石东鹏道："那就这么看着日本人耍阴谋？"过了好一会儿，周学熙道："列强各国对我国窥伺已久，十几个国家这里划一块那里占一片，当作自己的势力范围，还没有说抢了土地当自己家的，我们通过各种途径与他们周旋，贸易战和他们打了几十年，幸到现在国还是国。如果现在日本人不光要占利益还另有图谋，就如前段时间逼迫我国与之签订《二十一条》，便是亡国灭族之争，我们都要打起十二万分的精神，千万不能让他们钻了空子。"魏垫道："对，绝不允许日本人如此肆意妄为，不管贸易战也好还是真枪实弹，我们都要尽一个国人的本分。"石东鹏道："照周大人的说法，他们买我们又不能阻止，那我们怎么办？"魏垫道："那只有一个办法，我们也收。"石东鹏道："那怎么成，你有多少钱，全国这么多棉花你收得过来吗？"魏垫道："我们只要物尽其用，多收一些也不要紧。"周学熙目光坚毅，缓缓地道："好，那我们就也开纱厂，不管他纺纱织布也好还是造炸药也好，我们先把棉花自用了，他们再要用起码就难了，机器厂房我来定，收棉花的事魏垫你来办。"魏垫忙道："周叔叔，你放心，武定府就盛产棉花，收棉花的事你就交给我吧，我保证武定府的棉花都给他收干净了，让日本人一斤也收不了去。"周大人道："收咱就不光收武定府的，我打算在青岛、天津、上海各建一个纱厂，棉花你就大量给我收吧！"魏垫听周学熙如此说更感气魄宏大，自是钦佩万分，一下子站了起来，叫好道："好，只要您要我们魏家来收，保证要多少我就给您收多少。"魏垫忽想起一件事来，又说道："我想还是不要去青岛建厂子的好。"周学熙道："那为什么？"魏垫道："去青岛，日本人已经建了不少厂子恐怕竞争会十分激烈，日本人绝对不会让我们顺顺利利地办起来，而山东周村自古就有纺织传统，并且目前尚无大型厂子，我们去了正好将当地资源整合起来，况且本地棉花不需要长途贩运，也省了不少成本。"周学熙道："只是培训人工要费些时日。"魏垫道："这倒不难，我认识一个人，上次就曾说想办纺织厂子，还说当地染坊已成气候，都对我们十分有利。"周学熙道："好，这个人叫什么名字？"魏垫道："叫马本军，读过书，颇有些见识。"周学熙道："正好这段时间有空，咱们一起去周村看看。"石东鹏道："北京那边你去说吧，再怎么说你也熟。"周学熙道："造炸药的事好说，我写信告诉他们，实在不行咱们办个厂子，至于禁止棉花出口恐怕要费些周折，咱们先去周村，路上再一起商量商量。"

几个人来到周村，见到了镖局掌柜陈绍峰，这才知道染厂已经搬到了青岛。问起当地纺织，陈绍峰则把马本军叫了过来。说起马本军大家应该也熟悉，他就是马宝兴的侄子小军，本想走科举的路子，后来兴西学也就没了出路，幸好常年跑外见识也多，就想着办厂子挣钱。可等他到了一介绍，却让众人大失所望，原来当地有纺织传统不假，然几十年来未有太多发展，基本还是以老家庭作坊为主，而他也只是将规模稍微扩大了些。再说工人，与机器纺织几无联系，只靠着辛苦手工挣些加工费，不过也有好消息，马本军说他去青岛考察过，有一家缫丝厂要卖，叫德华缫丝厂。马本军道："我是没有钱，要开厂子德华缫丝厂必是首选。"魏塑道："那为什么？"马本军道："你是没去看，这个德华缫丝厂是德国人建的，咱们不说厂子建得如何，就说人家的工人吧，建厂之初先期招收了一百人由德国工程师培训技术，还让他们学外语、数学，甚至还有中国先生教授文学，可以说综合素质非常高，然后再由这些人传授新人技术，差不多培养了两千人之多，厂子甚至还给他们建了宿舍楼，这帮工人都成职业工人了。"听到此周学熙眼前一亮，不过还是问道："那为什么他们开不下去了？"马本军道："刚说他们办的这些事成本就上去了，赚的钱本就不多，再加上这两年瘟疫流行，当地栽桑养蚕的人死了不少，当地桑蚕生产直线下滑，工厂也就难以为继了。"周学熙道："照此说来桑蚕这块是没法办了，既然这样，他们熟悉德国技术，那我们就购买德国设备转产棉纺织。"魏塑道："去青岛别的没问题，只一件，要时刻提防日本人。"马本军道："这是个问题，不过缫丝厂的工人周村的不少，只要工人们齐心，日本人想和我们斗也要考虑考虑。"周学熙道："不知老兄有没有兴趣和我一起办纱厂啊？"马本军道："那是求之不得，还望多多提携。"周学熙道："咱们还是按照原来的模式，继续把学校、宿舍建好，同时咱们还要建医院，让工人们生活条件更好，干活更有依靠。"陈掌柜道："那你们的成本不也上去了吗？"魏塑道："既然原来有了，建设成本就不需要了，主要是工人们当时是替外国人干活，不一定尽全力，现在有马老兄管着给自己人干活，工人们肯定努力，会像维护自己家一样维护厂子。"马本军道："好，既然周老兄信得过我，我一定将工人们组织好，绝不让日本人占了便宜。"于是周学熙将厂子设到了青岛，取名青岛华新纺织厂。长话短说，自建厂以来果不出众人所料，日本人用尽各种手段排挤华新厂，最后竟勾结土匪肆意滋扰，开厂伊始麻烦不断。于是周学熙派自己的二儿子周志俊亲自主持，孩子留过洋懂得管理，又得工人支持，华新厂得以不断发展壮大，成为华北最大的纺织染联合企业。

然爱国实业家之倾力所为不及国家混乱之万一，十几年后日本悍然发动了侵华战争，开滦煤矿、青岛华新纺织厂相继落入了日本人手中。

第五十六章

老厅长，国破见真章

救国殇，投笔去握枪

这一天，魏氏庄园迎来了一位神秘客人，时任国民党山东抗战负责人的何思源先生。先生这次来魏集有两件事，一是组织当地抗日武装开展抗日活动，二是先生曾任山东省教育厅厅长，虽说战乱仍念念不忘组织办学，魏集这个地方离府县较远，日本人的势力还没有触及，于是他想在魏集创办一处学校教书育人，逢此乱世以图国家后继有人。家人见来人器宇不凡，后面还带着警卫，连忙到里面通禀。魏堃连忙安排请他们进来见面，寒暄进屋就座，魏堃问道："不知阁下高姓，如何屈尊到了寒舍？"何思源道："在下姓何，名思源，在教育厅任过职。"虽说魏堃没见过何思源，但何厅长率领抗日将士在敌后抗日事迹他知道得一清二楚，"何厅长"这三个字在鲁北抗日战场早已是威名远扬，魏堃急忙站起来拱手道："不知何厅长大驾光临，恕在下眼拙，失敬失敬。"何思源道："在下冒昧前来，还请见谅。"魏堃道："何厅长有事吩咐人传信过来就行了，还麻烦您亲自过来。"何思源道："那怎么行？有事相求老兄，不亲自登门岂不缺了礼数！"魏堃道："何厅长为抗日孤身奋战敌后，令在下十分钦佩，您的事就是我的事，有什么事尽管吩咐，在下一定照办。"何思源道："说起来也是我分内的事，我曾任教育厅长，应该广办学堂为国培育人才，可现在日本人占了大半个中国，山东也沦陷于日寇之手，更不要说兴校办学了。可国家不能没有教育，长此下去人才青黄不接，不要说建设国家，恐怕保家卫国也将后继无人。"虽说前些年魏塾将家里的私塾迁了出来，在村内建了一处小学，聘请教师教书育人，小学读完便可以去县城读中学，可现在各个州府都让日本人占了，外出读书已经没有了可能，这也是魏塾着急的地方。魏塾道："何厅长，这件事大家都很着急，有什么需要我做的您尽管吩咐。"何思源道："我这次来就是想请你帮忙，一起筹建省立魏集高级小学。咱们先把这里的小学规模扩大，把小孩子们的文化知识先教起来，再筹建几个高级班培育高一级人才，我省教育不致后继无人，有朝一日抗日成功，再让他们去高等学堂成就有用之才。"听到这里一个"好"字从旁边的年轻人口中喊了出来。就在何厅长和魏塾谈话的时候，一个年轻人时刻站在魏塾身边。此人中等身材，身着中山装，身形俊朗，凝神静气器宇不凡。两个人进屋便开始讲事情，也没来得及介绍，听他喊好两个人扭头看向那人，魏塾忙道："骏翮，还不见过何厅长？这么没规矩。"魏骏翮忙上前深施一礼道："何厅长好。"何思源问道："你倒说说为什么好。"魏骏翮道："我爷爷常说，多做事情、为国尽力，可现在日本人欺负到家门口了，面临的是亡国灭种，很多人畏葸不前，可您却弃生死于不顾毅然投身抗日，现在还为国家后继有人四处奔波，都应该为您叫好。"魏塾道："对，是应该为何厅长叫好，筹建学校魏家义不容辞，只要您把先生们召集好，其他的我来办。"魏塾把这件事满口应承了下来。何思源道："多谢老先生帮忙。"何思源又仔细地打量了打量魏骏翮，见骏翮正值壮年生得仪表堂堂，凝神静气颇有气度，也对这个热情的小伙子有些喜欢，于是道："就当前中日之战，你有什么看法？"魏骏翮道："何厅长，学生斗胆直言。"何思源道："你且说说看。"魏骏翮道："中国积弱已久，势必困难重重，可我中华民族向来不屈不挠，只要我们同心协力，胜利终会属于我们。"何思源道："不错，只要我们坚持抵抗，总有一天我们会把日本鬼子赶出中国。"接着又说道："好，过两天你到队伍上看看，虽说现在十分艰苦，然国家兴亡匹夫有责，将士们誓与国家共存亡。"

此时虽说魏家的产业因为日本人的入侵停下了许多，开滦煤矿也让日本人占了去，但是筹建学校还是不遗余力，在魏集镇原有小学的基础上，魏家又拿出了几个院子充作校舍，还专门修建了一处院子，增设了高级班，就这样省立魏家集高级小学便在魏集成立了。同时魏家又在王平口村创办了一所培英学校，由魏骏翮任校长，设立高级班，实行军事化管理，意在培养抗战力量。

又过了两年，何厅长再一次来到了魏家，不过这次来是有一件棘手的事情要办，何厅长的妻儿在天津租界被日本人抓了。我们前面讲过，开平矿务局督办张翼也曾在租界被英国人抓去过，那时候张翼选择的是为保命不惜出卖国家利益，同样的事再一次发生在了何厅长身上，虽说不是本人被抓，但妻儿被抓哪个不是感同身受。何思源见了魏垫，把妻儿被抓的事说了一遍，魏垫很是气愤，道："这些可恶的日本人竟如此卑劣！有本事真刀真枪地来，抓人妻女恐吓要挟乃强盗所为，何厅长，需要我办什么您尽管吩咐。"何思源道："魏老兄，我听说咱们魏家在天津有些故交，不知道现在可有来往。"魏垫应道："天津的老朋友不少，不能说过命的交情吧，有事他们一定帮忙，您说，让他们干什么？"何思源道："您看能不能和他们联系一下，让他们打听打听她们现在怎么样了，再就是让他们向意大利使馆交涉一下，不能让日本人在使馆区随便抓人，让他们把人放回使馆区。"魏垫道："租界本来就是中立区，日本人本就不该在那里抓人。"何思源道："他们利欲熏心不惜与我们发动战争，还有什么事做不出来？她们这次看来是凶多吉少。"魏垫道："何厅长，你先别着急，我的朋友肯定会帮忙，他们在天津、北平也算是有些脸面，只要他们出面要人，日本人应该会有所顾忌，有可能就把人要回来，我明天一早就去天津。"何思源道："那就辛苦老兄了，还有件事，你弟妹是法国人，必要的时候可以去找法国人，让法国向日本方面要人。"魏垫应道："行，我找朋友们安排。"知道魏垫亲自去，何思源还真有点于心不忍，此时的魏垫已年过七旬，可为救何先生家人自是在所不惜，除了他没有更合适的人选，只能嘱咐他千万注意身体。

何思源心里清楚，他铁心抗日，日本人是恨极了他，再就是日本人向来奸诈恶毒，想通过抗议把人要回来是一件极其困难的事。在魏埏去天津的这段时间，何思源并没有像日本人想象得那样束手束脚，而是像往常一样继续战斗。何思源是鲁北抗日负责人，哪怕有一点风声日本人都会像野狗一般狂奔而来，就在魏埏回来的前一天，日本人得到了何思源在惠民的消息，悄悄包围了驻守的村子。经过半夜激战，何思源侥幸冲出了包围圈，身边的张振虎营长为掩护部队撤退却不幸牺牲了。

　　三天后，魏埏找到了何先生，两个人见了面，魏埏紧走两步抓住何思源的手上上下下看了看，道："何厅长，你没事吧？"何思源应道："你放心我没事，不过这次张营长……"何思源不忍说出口。魏埏忙问道："张营长怎么了？"何思源道："张营长一直跟在我身边，就像我的孩子一样，这次为了掩护大家撤退不幸殉国，多么好的孩子啊！就这么没了……"魏埏道："怎么回事？"何思远道："那天我在鲁北行署，日本鬼子还有伪军来了一千多，想要把我们一举消灭，张营长带人奋死抵抗，打退了敌人多次进攻，最后寡不敌众想要突围，有三十多个弟兄担任敢死队，背着手榴弹为大家冲出了一条血路，就在大家向前冲锋的时候，敌人安排的机枪队突然向我们扫射，张营长不顾性命冲向前去炸死了两个机枪手，可他却身中数弹不幸殉命当场。"魏埏道："张营长就这么没了？这孩子来过我家，我们还一起聊过，知书明理还非常实在，将来一定有大出息，怎么说没就没了？"何思远道："说起来真让人心疼，在战场上这些孩子们就是拿命和鬼子们换命啊！冲锋前，张营长笑着对大家说，我们就是一命换一命，也不能让鬼子欺负咱们中国人！前面那三十多个孩子冲锋的时候喊得都没有人声，吓得鬼子们连连后退，而他们却死命追上去抱住鬼子就拉响手榴弹。张营长跳出去的时候身上也挂满了手榴弹，紧追在鬼子身后，谁知道鬼子为了拦住他们竟然不管不顾开枪扫射，张营长正在与敌人拼刺刀才没被一下子打死，本来这时候张营长有机会隐蔽起来，而他却选择了扔出手榴弹炸毁敌人的机枪。张营长身上连中两弹，等我扑上去的时候他的眼睛还是睁着的，可身子已经被打烂了。"何思源虽压着怒火紧咬钢牙，可眼泪不觉还是流了下来。都说抗战惨烈，没有上过战场只叫是以命换命，却怎知生命对任何人都只有一次，舍生忘死谈何容易！"宁见老兵哭，莫见老兵笑"，抱定必死之心需要多么大的勇气！此时仍觉不寒而栗。视死如归的孩子们就这么去了，张营长们在和平年代不知能创造何等的雄事伟业啊！可怜的孩子们，天杀的日本人！

过了一会儿，魏堃道："这次到了天津，见到了那边的朋友们，他们听说日本人在租界抓了您的家人都十分震惊，说日本人置国际公约于不顾实在是丧心病狂，通过他们活动，意大利人还有法国人都向日本方面提出了抗议，这件事在天津北平引起了不小的震动。再就是他们打听到您的家人现在还是安全的，暂时日本人不敢对他们怎么样，不过……"听魏堃说不过，何思源急忙问道："有事您尽管说。"魏堃短叹了一声道："不过日本人并没有答应放人，虽说这些朋友有些脸面，但在人家的鼻息之下办事太难了，也确实拿不出太多制约他们的办法。还有就是日本人借口说带您的家人来惠民和您团聚，把她们带到惠民来了。"这些早在何思源的意料之中，他知道日本人既然抓了他的家人一定不会轻易释放，于是道："魏老兄，谢谢你，你和你的朋友们受累了，我知道她们安全就好。"就在此时，一名警卫进来报告："报告，伪治安队的副队长侯军带着日本人的信过来了，说要见您。"说着看了一眼魏堃。何思源道："你说就行。"警卫接着说道："这个侯军以前给我们帮过不少忙，您看是不是见一见？"何思源想了一下道："既然带着日本人的信，他的来意我知道，不过……他曾经帮过我们，那就不见了，你先带他找个房间住下，安排警卫守着，任何人不能接触。"何思源做得对，如果是汉奸来了见一见也无妨，可是朋友来了如果见了，没有不透风的墙，传出去此人就会性命不保。再就是何思源准备下午在魏集举行一个重大集会，他要为英勇牺牲的英雄营长张振虎召开追悼会，借此激发广大抗日官兵的抗日热情，留下此人另有用处。

下午，魏集村北广场上聚集了差不多上千名群众，有何思源领导的抗日武装，有当地的群众，有人数众多的学生，还有一个人也被押了过来，就是那个送信的"汉奸"。高高的戏台上何厅长慷慨陈词，大声道："同志们、乡亲们，今天在这里，我们为壮烈牺牲的张振虎营长召开追悼会，纪念张营长为抗日作出的英勇贡献，张营长为抗日出生入死，历经大小战斗几十次，作战勇猛无敌，鲁北战场可谓人人皆知，敌人闻风丧胆。这一次，他为了保护战友不幸死于敌手，张营长是为民族大义而死，死的光荣，是我齐鲁大地的骄傲，我为有这样的战友而感到自豪！"说到此何思源眼圈有些发红，沉痛地道："张营长为国捐躯，献出了自己年轻的生命，他和无数抗日英烈一样，为国家，为民族抛头颅洒热血，不惜献出自己的生命，他们是我们的英雄。"说着举着的拳头一下子握紧了，像要把敌人一下子砸扁一样猛地向前一挥，接着道："张营长不能白白献出生命，我们活着的人不光要记住他们，还要为他们报仇，为所有的抗日英烈们报仇！"稍顿了一下接着道："28年，日本人强占济南府，见人就杀见面就砍，烧杀淫掠无恶不作，仅5月11日一天就残杀了济南百姓一万多人。这两年，日本人占领了大半个中国，所到之地烧杀抢掠无恶不作，仅在南京就杀害了不下三十万无辜百姓。往近里说，日本人占领武定府以后制造了不下十几次惨案，烧杀淫掠无所不为，单就活活烧死的百姓也不下几十人，时至今日，武定府已有上万军民惨死，在场的一定有亲人惨死其中，日本人杀我父母，戮我妻儿，辱我姊妹，一旦抗战失败大家就会天天生活在恶魔的阴影之下，大家说，日本鬼子应不应该赶出去？我们应不应该为惨死的冤魂报仇？"此时会场里一片响应之声，大家都在高喊："赶出去！赶出去！""报仇！报仇！"人们眼睛已是血红，眼含热泪牙关紧咬，高举着拳头砸向半空。何思源举起了日本人给他送来的劝降信，大声道："前几天，日本人掳走了我的妻子儿女，他们想以此要挟我投降，这就是他们派人送来的信，我不用看，一定是劝降信，日本鬼子想让我去当他们的省长、部长，是瞎了眼！真无耻！这封信我没拆，更不屑一看。"说着三把两把将那封信撕得粉碎，一把抛向了天空。此时下面一片寂静，大家都在静静地听着，何思源接着讲道："日本人看起来气势汹汹，不过请大家相信，日本鬼子是侵略者，侵略者注定没有好下场，做人要堂堂正正，抓人妻女算什么本事！我就在这里，有本事真刀真枪地来，他们的威胁既不能让我屈服，更吓不倒我，我宁愿牺牲我的妻子儿女，也绝不投降！我要他们血债血偿！"众人听到此处，都为何厅长的抗日决心所震撼。此时何思源大声道："现在，我要向意大利要人，我的家人在他们那里被抓走的，他们就是同谋，如果日本人杀害我一个亲人，我就杀他们十个！"何先生又讲道："送信的人，你可以回去，今天叫你来就是让你告诉他们，我何思源是不会屈服的，我们中国是永远不会屈服的！"会场上响起一阵阵怒吼声，人们振臂高呼："打倒日本帝国主义！""打倒日本侵略者！""日本鬼子从中国滚出去！"喊声震天动地，天地为之动容。就在此时，一个声音破空而出，如同冲锋队伍里的军号，"我要从军！"，听到这一句其他声音停了下来，看向那个年轻人，是一个形容儒雅的年轻人，是魏骏翮喊出的那一声，然就在此时，第二声也喊了出来："何厅长，我要从军！"就在众人看向这边的时候，第三声又喊了出来："我要从军！"此时不再是一个人，而是几个人，而后十几个，几十个，众人都喊了起来！他们的手都握紧了拳头，用力地向前挥舞着，"我要从军！"四个字成了他们的信念，成了这个国家的信念。

知道劝降不了何思源，日本人押着他的妻子儿女在惠民四处寻找，不过大家都知道日本人是拿他的妻儿当诱饵，诱惑先生上当，都想方设法为何思源送信保护他安全。何思源也想方设法传去消息，告诉自己的亲人他一切安好，请她们放心，他正在想办法营救。何思源在魏集集会时说的话也通过魏垄传到了天津，意大利方面再也坐不住了，向日本人提出严正抗议，要求立即放人。日本人囚禁了何思源妻子儿女将近两个月时间，威逼利诱却一无所获，迫于国际压力终于把他的家人放回了租界。这是一场斗智斗勇的较量，也是一场破釜沉舟的较量，何厅长的坚强不屈赢得了国人的尊敬，也让一个人备受感动，那就是魏骏翮。魏骏翮感受到在此国破家亡的时刻，多做事情、为国尽力已不能救国，他决定投笔从戎、为国尽忠。

魏氏庄园门前，大槐树在萧萧风中凛然而立。一群年轻士兵牵着战马排列整齐，队伍已经集合完毕，士兵们面色刚毅，没有人说话。他们的周围是前来送行的亲人和为他们送行的乡亲们，人群站满了整个庄园。他们知道，知道孩子、丈夫、父亲此去九死一生，然为了同胞们的生死安危，为了国家血海深仇他们只能上战场，去那个拿着手榴弹与敌人一命换一命的地方；他们明白，明白只有这样才能保护这个羸弱的国家不受欺凌，才能给更多的人、他们的子孙后代带来生机和希望；他们懂得，懂得他们要扛过现在最艰难的日子，他们的孩子会迎来不一样的生活，那个不再贫穷、不再屈辱、充满希望的生活。魏骏翾搀着父母缓缓走出大门，轻轻擦干母亲脸上的泪水，一家人挥泪相别。队伍开始奔赴战场，人群慢慢向前蠕动，送了一程又一程，直到队伍消失在视线之中，只留下魏氏庄园翘首以望。